DE WAARHEID OVER DE ZAAK HARRY QUEBERT

Joël Dicker

*De waarheid over de zaak
Harry Quebert*

Vertaald door Manik Sarkar

2014
DE BEZIGE BIJ
AMSTERDAM

La traduction de cet ouvrage a été entièrement financée par l'Institut français des Pays-Bas dans le cadre du Prix Tulipe 2013/De vertaling van dit boek wordt integraal gefinancierd door het Institut français des Pays-Bas in het kader van de Prix Tulipe 2013

Copyright © Éditions de Fallois / L'Âge d'Homme, 2012
Copyright Nederlandse vertaling © 2014 Manik Sarkar
Eerste druk januari 2014
Tweede druk januari 2014
Derde druk januari 2014
Vierde druk februari 2014
Vijfde druk februari 2014
Zesde druk februari 2014
Zevende druk februari 2014
Achtste druk februari 2014
Oorspronkelijke titel *La Vérité sur l'Affaire Harry Quebert*
Oorspronkelijke uitgever Éditions de Fallois / L'Âge d'Homme
Omslagontwerp Wil Immink Design
Omslagillustratie © Edward Hopper, American, 1882-1967,
Portrait of Orleans, 1950, Oil on canvas, 26 x 40 in. (66 x 101,6 cm),
The Fine Arts Museums of San Francisco,
gift of Jerrold and June Kingsley, 1991.32
Foto auteur Jérémy Spierer
Vormgeving binnenwerk Adriaan de Jonge
Druk Koninklijke Wöhrmann, Zutphen
ISBN 978 90 234 7760 0
NUR 302

www.debezigebij.nl

Voor mijn ouders

De dag van de verdwijning

(zaterdag 30 augustus 1975)

'Meldkamer politie, wat is uw noodgeval?'

'Hallo? Mijn naam is Deborah Cooper en ik woon aan Side Creek Lane. Volgens mij zag ik net een meisje in het bos dat achterna werd gezeten door een man.'

'Wat was er precies aan de hand?'

'Dat weet ik niet! Ik stond bij het raam, ik keek in de richting van het bos en toen zag ik een meisje tussen de bomen door rennen... Met een man achter zich aan... Volgens mij was ze voor hem op de vlucht.'

'Waar zijn ze nu?'

'Ik... Ik zie ze niet meer. Ergens in het bos.'

'Ik stuur direct een wagen naar u toe, mevrouw.'

Met deze oproep begon een gebeurtenis die het stadje Aurora in New Hampshire volledig op zijn kop zette. Op die dag verdween Nola Kellergan, een meisje van vijftien jaar, afkomstig uit het stadje. Er werd nooit meer iets van haar vernomen.

PROLOOG
Oktober 2008

(drieëndertig jaar na de verdwijning)

Iedereen had het over mijn boek. In New York kon ik niet meer rustig over straat, en iedere keer dat ik ging hardlopen in Central Park werd ik herkend door wandelaars die uitriepen: 'Hé, dat is Goldman, de schrijver!' Een enkeling rende zelfs een eindje met me mee om me de vragen te stellen die hem door het hoofd spookten: 'Is het waar wat u zegt in uw boek? Heeft Harry Quebert dat echt gedaan?' In het café in de West Village waar ik kind aan huis was, aarzelden sommige klanten niet om bij me aan te schuiven en een gesprek aan te knopen: 'Ik ben uw boek aan het lezen, meneer Goldman, en ik kan het gewoon niet wegleggen! Ik vond het eerste al zo goed, maar dit! Hebt u er echt een miljoen dollar voor gekregen? Hoe oud bent u? Dertig nog maar? Poeh, dan hebt u goed geboerd!' Zelfs de portier van mijn appartementencomplex, die ik in mijn boek zag lezen als hij geen deuren hoefde open te houden, hield me, toen hij het uit had, langdurig staande bij de lift om te zeggen wat hem op het hart lag: 'Dus dát is er met Nola Kellergan gebeurd! Wat verschrikkelijk! Hoe kún je iemand zoiets aandoen hè, meneer Goldman? Hoe kún je dat?'

Heel New York was in de ban van mijn boek: het was twee weken geleden verschenen en het beloofde nu al de Amerikaanse klapper van het jaar te worden. Iedereen wilde weten wat er in 1975 in Aurora was gebeurd. Op de televisie, op de radio en in de krant ging het over niets anders. Ik was nog maar dertig, en met dat boek, mijn tweede pas, was ik de prominentste auteur van het land geworden.

De zaak waarop ik mijn verhaal had gebaseerd en die Amerika had opgeschud, was een paar maanden eerder aan het rollen gegaan toen aan het begin van de zomer het stoffelijk overschot werd gevonden van een meisje dat drieëndertig jaar geleden was verdwenen. Daarmee begonnen de gebeurtenissen in New Hampshire waarover u nu zult lezen, en zonder welke de rest van Amerika ongetwijfeld nooit van het kleine stadje Aurora zou hebben gehoord.

EERSTE DEEL

De schrijversziekte

(acht maanden voor het verschijnen van het boek)

31
In de krochten van het geheugen

'Het eerste hoofdstuk is essentieel, Marcus. Als dat de lezers niet bevalt, gaan ze de rest van je boek ook niet lezen. Waarmee ben jij van plan te openen?'
 'Dat weet ik nog niet, Harry. Denk je dat het me ooit zal lukken?'
 'Wat?'
 'Een boek schrijven.'
 'Dat weet ik wel zeker.'

Begin 2008, dat wil dus zeggen ongeveer anderhalf jaar nadat ik met mijn eerste roman de nieuwe publieksliefeling van de Amerikaanse letteren was geworden, kreeg ik last van een heel zware aanval van writer's block, een syndroom dat wel vaker schijnt voor te komen bij schrijvers die in één klap overweldigend succesvol zijn. De ziekte sloeg niet in één keer toe, maar kreeg langzaam vat op me. Alsof mijn hersenen besmet waren geraakt en langzaam maar zeker versteenden. Toen de eerste symptomen zich aandienden, wilde ik er geen aandacht aan besteden. Ik zei tegen mezelf dat de inspiratie vanzelf wel terug zou komen: morgen, overmorgen of de dag daarna. Maar de dagen, weken en maanden verstreken en de inspiratie bleef weg.

Mijn afdaling naar de hel verliep in drie fases. De eerste is essentieel voor iedere val van grote hoogte, namelijk een bliksemsnelle opgang: van mijn eerste roman waren twee miljoen exemplaren verkocht, en daarmee was ik op achtentwintigjarige leeftijd al een bestsellerauteur. Dat was in de herfst van 2006, toen mijn naam in een paar weken tijd een begrip werd. Ik was overal te vinden: op televisie, in de krant, op tijdschriftcovers... In metrostations hingen enorme reclameborden waarop mijn gezicht stond afgebeeld. Zelfs de meest kritische recensenten van de grote dagbladen van de Oostkust waren het met elkaar eens dat de jonge Marcus Goldman een heel groot schrijver zou worden.

Eén boek. Een enkel boek en ik zag de deuren naar een nieuw leven voor me opengaan: ik werd een jonge, rijke ster. Ik verliet mijn ouderlijk huis in Montclair, New Jersey, en betrok een luxueus appartement in de Village; ik ruilde mijn derdehands Ford in voor een gloednieuwe zwarte Range Rover met getint glas, ik at in chique restaurants en ik verzekerde me van de diensten van een literair agent die mijn agenda beheerde en baseball met me keek op het reusachtige televisiescherm in mijn nieuwe optrekje. Ik huurde een kantoor vlak bij Central Park waar een secretaresse genaamd Denise die een beetje verliefd op me was mijn post sorteerde, koffiezette en mijn papieren ordende.

Het eerste halfjaar na het verschijnen van mijn boek deed ik niets anders dan genieten van mijn heerlijke nieuwe bestaan. 's Ochtends ging ik even langs kantoor om een blik te werpen op alles wat er eventueel over mij geschreven was en de tientallen brieven van bewonderaars te lezen die ik dagelijks ontving en die Denise vervolgens in grote ordners stopte. Dan vond ik dat ik wel genoeg had gedaan en ging ik, innig tevreden over mezelf, flaneren door de straten van Manhattan, waar het onder de voorbijgangers gonsde als ik langskwam. De rest van de dag maakte ik gebruik van de privileges die de roem me verschafte: het recht om te kopen wat ik wilde, het recht op een VIP-loge in Madison Square Garden bij wedstrijden van de Rangers, het recht om over de rode loper te lopen met muzikanten van wie ik in mijn jeugd de platen had gekocht en het recht om uit te gaan met Lydia Gloor, dé televisiester van het moment, om wie iedereen vocht. Ik was een beroemd schrijver: ik had het gevoel dat ik het mooiste beroep van de wereld had. En omdat ik ervan overtuigd was dat mijn succes nooit voorbij zou gaan, sloeg ik geen acht op de signalen van mijn agent en mijn uitgever toen ze er bij me op aandrongen dat ik aan mijn tweede roman zou beginnen.

In de zes maanden daarna drong het langzaam tot me door dat de wind uit een andere hoek begon te waaien: de brieven van bewonderaars werden schaarser en op straat werd ik minder vaak aangesproken. Niet lang daarna begonnen de voorbijgangers die me nog herkenden te vragen: 'Waar gaat uw volgende boek over, meneer Goldman? En wanneer komt het uit?' Ik begreep dat ik aan het werk moest en dat deed ik ook: ik schreef ideeën op losse blaadjes en typte verhaallijnen uit op de computer. Maar het stelde allemaal niets voor. Dus kwam ik met andere ideeën en bedacht ik andere verhaallijnen. Maar ook die waren niet geslaagd. Daarom kocht ik een nieuwe computer, in de hoop dat die inclusief sterke ideeën en uitstekende verhaallijnen werd geleverd. Tevergeefs. Toen veranderde ik van methode: ik legde tot laat in de avond beslag op Denise en dicteerde haar allerlei invallen die volgens mij geweldige bon mots, prachtige zinnen en buitengewone invalshoeken voor romans waren. Maar de volgende dag vond ik mijn woorden vaal, mijn zinnen gammel en mijn invalshoeken uitvalswegen. En zo begon de tweede fase van mijn ziekte.

In de herfst van 2007 was het een jaar geleden dat mijn eerste roman was verschenen en had ik nog geen regel van de opvolger geschreven. Toen er geen brieven meer op te bergen waren, toen ik in openbare gelegenheden niet meer werd herkend en de affiches met mijn beeltenis uit de grote boekhandels van Broadway waren verdwenen, besefte ik dat roem iets vluchtigs is. Het is een uitgehongerde Gorgo die je moet blijven voeden, anders zal ze je direct vervangen: de politicus van de dag, het sterretje uit de laatste realityshow en de band die pas was doorgebroken namen mijn deel van de aandacht in. Toch waren er nog maar een schamele twaalf maanden verstreken sinds mijn boek was verschenen: in mijn ogen een belachelijk korte tijd, maar op de schaal van de mensheid een eeuwigheid. In dat jaar waren er alleen al in Amerika een miljoen kinderen geboren en een miljoen mensen gestorven, ruim tienduizend mensen beschoten, een half miljoen aan de drugs geraakt, een miljoen miljonair geworden, zeventien miljoen van mobieltje veranderd en vijftigduizend omgekomen bij auto-ongelukken, waarbij ook nog eens twee miljoen al dan niet ernstig gewond waren geraakt. En ik had maar één enkel boek geschreven.

Schmid & Hanson, de machtige New Yorkse uitgeverij die me een aardig sommetje geld voor mijn eerste roman had gegeven en die heel veel hoop op me had gevestigd, bestookte mijn agent, Douglas Claren, die op zijn beurt in mijn nek hijgde. Hij zei dat de tijd drong en dat ik absoluut met een nieuw manuscript moest komen en ik deed er alles aan om hem gerust te stellen, om zo mezelf gerust te stellen: ik bezwoer hem dat ik goed opschoot met mijn tweede roman en dat hij zich niet druk hoefde te maken. Maar ondanks alle uren dat ik me op kantoor opsloot, bleef het papier spierwit: de inspiratie was er zonder enige waarschuwing vandoor gegaan en ik had geen idee waar ik die moest terugvinden. En 's avonds in bed, als ik niet kon slapen, bedacht ik dat de grote Marcus Goldman binnenkort, nog voor zijn dertigste, alweer zou ophouden te bestaan. Die gedachte boezemde me zo'n angst in dat ik besloot op vakantie te gaan om op andere gedachten te komen: ik deed mezelf een maand vakantie cadeau in een paleis in Miami, zogenaamd om nieuwe inspiratiebronnen aan te boren, in de heilige overtuiging dat ontspanning onder de palmbomen me in staat zou stellen om mijn creatieve geest weer op volle toeren te laten draaien. Maar natuurlijk was Florida gewoon een vluchtpoging, en tweeduizend jaar voor mij was de filosoof Seneca ook al eens in die penibele situatie beland: waarheen je ook vlucht, je problemen zoeken een plaatsje in je bagage en reizen overal mee naartoe. Het leek of er bij aankomst in Miami bij de uitgang van het vliegveld een vriendelijke Cubaanse kruier naar me toe kwam rennen die vroeg: 'Bent u meneer Goldman?'

'Ja.'

'Dan is dit voor u.'

En me vervolgens een envelop overhandigde met daarin een stapel papieren.

'Zijn dat mijn ongeschreven bladzijden?'

'Ja, meneer Goldman. U zou toch nooit uit New York vertrekken zonder die mee te nemen?'

Zo bracht ik een maand door in Florida, alleen, ellendig en ontgoocheld, met mijn demonen opgesloten in een suite. Op mijn computer, die dag en nacht aanstond, bleef het document dat ik *nieuwe roman.doc* had genoemd, gekmakend ongerept. Op een avond dat ik de pianist in de hotelbar een margarita aanbood, begreep ik dat ik een ziekte had opgelopen die in creatieve kringen vaker voorkomt. Aan de bar vertelde hij dat hij in zijn hele leven maar één nummer had geschreven, maar dat dat een dijk van een hit was geworden. Het was zo succesvol geweest dat hij nooit meer iets anders had kunnen schrijven; en nu overleefde hij, geruïneerd en ongelukkig, door andermans successen op de piano te pingelen voor hotelgasten. 'In die tijd ging ik op reusachtige tournees langs de grootste zalen van het land,' zei hij terwijl hij zich vastklampte aan de kraag van mijn overhemd. 'Tienduizend mensen brulden mijn naam, sommige meisjes vielen flauw en andere wierpen me hun slipjes toe. Dat was nog eens een tijd.' En terwijl hij als een hondje het zout van de rand van zijn glas likte, zei hij nog: 'Echt waar, ik zweer het.' Maar dat was juist het erge: ik wist dat het waar was.

De derde fase van mijn rampspoed begon met mijn terugkeer naar New York. In het vliegtuig dat me terugbracht uit Miami las ik een artikel over een jonge auteur die een roman had uitgebracht die door de critici werd bewierookt, en toen ik aankwam op het vliegveld LaGuardia zag ik zijn gezicht op grote affiches in de bagagehal. Het leven dreef de spot met me: niet alleen werd ik vergeten, maar wat erger was, ik werd ook nog eens vervangen. Douglas, die me van het vliegveld afhaalde, was in alle staten: het geduld van Schmid & Hanson was bijna op en ze wilden bewijzen zien dat ik goed opschoot en hun binnenkort een voltooid manuscript zou kunnen overhandigen.

'Het staat er niet goed voor,' zei hij in de auto toen hij me naar Manhattan bracht. 'Zeg me in ieder geval dat je energie hebt opgedaan in Florida en dat je opschiet met je boek! Er is een nieuwe schrijver waar iedereen het over heeft... Zijn boek wordt de grote kerstknaller. En jij, Marcus? Wat heb jij voor kerst?'

'Ik ga direct aan het werk!' riep ik in paniek uit. 'Het komt wel goed! We gooien er heel veel publiciteit tegenaan en dan komt het allemaal goed! De mensen vonden m'n eerste boek mooi, dus waarom zouden ze het volgende niet mooi vinden?'

'Je begrijpt het niet, Marc. Dat had gekund als we een paar maanden tijd hadden. Dat was de strategie: meedrijven op het succes van je eerste boek en het publiek voeden, geven waar het om vraagt. Het publiek wou Marcus Goldman, maar Marcus Goldman ging het er lekker van nemen in Florida en nu hebben de lezers een boek van iemand anders gekocht. Heb je je weleens in economie verdiept, Marc? Boeken zijn inwisselbaar geworden: mensen willen een boek dat ze bevalt, ontspant en vermaakt. Als jij dat niet voor ze schrijft, doet je buurman het wel, en dan ben jij rijp voor het grofvuil.'

Douglas' georakel joeg me de stuipen op het lijf, en ik ging harder aan het werk dan ooit tevoren: om zes uur 's ochtends begon ik met schrijven en ik werkte door tot negen of tien uur 's avonds. Hele dagen zat ik onafgebroken op kantoor te werken: gedreven door een waanzin die gevoed werd door wanhoop krabbelde ik woorden neer, bouwde ik zinnen en bedacht ik de ene verhaallijn na de andere. Maar jammer genoeg bracht ik niets van waarde voort. En ondertussen zat Denise zich hele dagen ongerust te maken over mijn toestand. Aangezien ze niks meer te doen had, geen dictaat op te nemen, geen post te sorteren, geen koffie te zetten, liep ze te ijsberen op de gang. En als ze er niet meer tegen kon, trommelde ze op mijn deur.

'Marcus, ik smeek je, laat me binnen!' kermde ze. 'Ga lekker naar buiten, wandelen in het park. Je hebt vandaag nog niks gegeten!'

'Ik heb geen honger! Geen honger!' brulde ik dan ten antwoord. 'Eerst het boek, dan eten!'

Ze stond haast te snikken.

'Zeg niet zulke vreselijke dingen, Marcus. Ik ga naar de deli op de hoek om je lievelingsbroodje met rosbief te halen. Ik ben zo terug! Tot zo!'

Dan hoorde ik hoe ze haar tas pakte en naar de deur rende om vervolgens de trap af te stormen, alsof het feit dat ze zich haastte iets aan mijn situatie kon veranderen. Want eindelijk besefte ik de ware omvang van het probleem waarmee ik zat: vanuit het niets was het heel gemakkelijk geweest om een boek te schrijven, maar nu ik aan de top stond, nu ik mijn talent met me meetorste en ik het afmattende pad naar succes dat het schrijven van een roman is voor de tweede keer moest afleggen, voelde ik mij er niet meer toe in staat. Ik was gevloerd door de schrijversziekte, en niemand kon me helpen: degenen met wie ik erover sprak zeiden dat het niets was, dat het ongetwijfeld heel normaal was en dat ik mijn boek als het vandaag niet lukte toch ook morgen kon schrijven. Ik probeerde twee dagen lang om in mijn oude kamer te werken, bij mijn ouders in Montclair, waar ik ook de inspiratie voor mijn eerste roman had gevonden. Maar dat liep uit op een verschrikkelijke mislukking waarvan mijn moeder niet geheel valt vrij te pleiten, vooral omdat ze beide dagen naast me zat en naar het scherm van mijn laptop zat te kijken, terwijl ze continu tegen me zei: 'Heel goed, Markie.'

'Maar mam, ik heb nog geen zin geschreven,' zei ik ten slotte.

'Ik weet gewoon dat het heel goed wordt.'

'Mama, kun je me niet alleen laten…'

'Waarom wil je alleen zijn? Heb je buikpijn? Moet je een wind laten? Je mag wel een wind laten waar ik bij ben, liefje. Ik ben je moeder.'

'Nee mama, ik hoef geen wind te laten.'

'Of heb je honger? Wil je pancakes? Wafels? Iets hartigs? Eieren misschien?'

'Nee, ik heb geen honger.'

'Waarom wil je dat ik wegga? Of bedoel je dat de aanwezigheid van de vrouw die jou het leven heeft geschonken je tot last is?'

'Nee, je bent me niet tot last, maar…'

'Maar wat?'

'Niks, mama.'

'Je zou een vriendinnetje moeten hebben, Markie. Dacht je dat ik niet wist dat het uit was met die actrice van de televisie? Hoe heette ze ook weer?'

'Lydia Gloor. Maar we hadden niet echt wat, mama. Ik bedoel: het stelde niets voor.'

'Het stelde niets voor! Het stelde niets voor! Zo is de jeugd: eerst stelt het allemaal niets voor en dan zijn ze vijftig, kaal en eenzaam!'

'Wat heeft kaalheid ermee te maken, mama?'

'Niks. Maar vind jij het normaal dat ik in een tijdschrift moet lezen dat jij iets met dat meisje hebt? Welk kind doet zijn moeder dat aan? Stel je voor, net voordat je naar Florida ging kwam ik bij Scheingetz – de kapper, niet de slager – en toen keek iedereen me heel vreemd aan. Ik vroeg wat er aan de hand was, en daar laat mevrouw Berg me met de permanentkap op haar hoofd het tijdschrift zien dat ze aan het lezen is: er staat een foto in van jou met die Lydia Gloor, op straat, samen, en de kop van het artikel is dat jullie uit elkaar zijn. De hele kapsalon wist dat jullie uit elkaar waren en ik wist niet eens dat jullie iets hadden! Natuurlijk wilde ik niet dat ze dachten dat ik achterlijk was, dus ik zei dat ze een schat van een meid was en geregeld bij ons was komen eten.'

'Ik heb je niets over haar verteld omdat het niets voorstelde, mama. Ze was niet de ware, bedoel ik.'

'Het is ook nooit de ware bij jou! Je ontmoet nooit eens een net meisje, Markie! Dat is het probleem. Dacht jij dat televisieactrices weten hoe je een huishouden runt? Maar laat ik nou gisteren in de supermarkt mevrouw Emerson zijn tegengekomen: haar dochter is ook vrijgezel. Ze is perfect voor jou. Bovendien heeft ze prachtige tanden. Zal ik vragen of ze nu even langskomt?'

'Nee, mama. Ik probeer te werken.'

Op dat moment werd er aangebeld.

'Daar zul je ze hebben,' zei mijn moeder.

'Hoe bedoel je, "daar zul je ze hebben"?'

'Mevrouw Emerson en haar dochter. Ik heb ze om vier uur op de thee gevraagd. En het is klokslag vier uur. Een goede vrouw is altijd op tijd. Vind je haar nu al niet geweldig?'

'Heb je ze op de thee gevraagd? Maar mama, stuur ze weg! Ik wil ze niet zien! Ik moet een boek schrijven, verdomme! Ik ben hier om een boek te schrijven, niet om thee te leuten!'

'O Markie, je hebt echt een vriendinnetje nodig. Een vriendinnetje om je mee te verloven en later mee te trouwen. Je denkt veel te veel aan boeken en veel te weinig aan trouwen...'

Niemand besefte hoeveel er op het spel stond: ik moest absoluut een tweede boek schrijven, al was het maar om te voldoen aan de voorwaarden van het contract dat me aan mijn uitgeverij bond. In de loop van januari 2008 werd ik door Roy Barnaski, de machtige directeur van Schmid & Hanson, ontboden op zijn kantoor op de eenvijftigste etage van een wolkenkrabber aan Lexington Avenue voor een serieuze waarschuwing: 'En, Goldman, wanneer krijg ik je nieuwe manuscript?' blafte hij. 'We hebben een contract voor vijf titels: je moet aan het werk, en snel een beetje! We willen resultaat zien, omzet maken! Je deadline is al verstreken! Alles is al verstreken! Heb je die vent gezien van wie met kerst dat boek is uitgekomen? Die heeft jouw plaats bij het publiek ingenomen! Zijn agent zegt dat hij zijn nieuwe roman al bijna af heeft, maar jij? Jij kost alleen maar geld! Dus geef jezelf een schop onder de kont en doe iets. Doe je best, doe jezelf een plezier en schrijf een mooi boek voor me. Ik geef je zes maanden. Je hebt tot juni.' Zes maanden om een boek te schrijven, terwijl ik al bijna anderhalf jaar op slot zat. Het was volstrekt onmogelijk. Maar het was nog erger, want toen ik die nieuwe deadline van Barnaski kreeg, vertelde hij er nog niet bij wat er zou gebeuren als ik die niet zou halen. Dat deed Douglas voor hem, twee weken later, tijdens het zoveelste gesprek in mijn appartement. Hij zei: 'Je zult aan de slag moeten, jongen. Je komt er echt niet onderuit. Je hebt getekend voor vijf boeken! Vijf boeken! Barnaski is woedend, hij wil niet langer wachten... Hij heeft me laten weten dat hij je tot juni met rust laat, maar weet je wat er gebeurt als je die deadline niet haalt? Dan verscheuren ze je contract, klagen je aan en plukken je helemaal kaal. Dan pakken ze al je poen af en kun je een streep zetten door je luxeleventje, je mooie appartement, je Italiaanse schoentjes en je mooie wagentje: dan heb je helemaal niks meer. Ze kleden je uit.' Daar zat ik dan: een jaar geleden was ik de literaire sensatie van het land, nu was ik de grote mislukkeling, het lulletje van de Noord-Amerikaanse boekenwereld. De tweede les: roem was niet alleen vluchtig, maar ook niet zonder gevolgen. De avond na die waarschuwing van Douglas pakte ik mijn telefoon en toetste ik het nummer van de enige persoon van wie ik dacht dat hij me uit de penarie kon halen: Harry Quebert, mijn vroegere docent aan de universiteit, maar in de eerste plaats een van de meest gelezen en gerespecteerde schrijvers van Amerika, met wie ik al een jaar of tien heel goed bevriend was, sinds ik zijn student was geweest aan de universiteit van Burrows, Massachusetts.

Op dat moment had ik hem al ruim een jaar niet gezien en al bijna even lang niet gebeld. Ik belde naar zijn huis in Aurora, New Hampshire. Toen hij mijn stem hoorde, vroeg hij sarcastisch: 'Hé, Marcus! Ben jij dat echt? Ongelooflijk. Sinds je een ster bent laat je nooit meer iets van je horen. Ik heb je een maand geleden proberen te bellen, maar toen kreeg ik je secretaresse aan de lijn die zei dat je voor niemand bereikbaar was.'

Ik wond er geen doekjes om.

'Het gaat slecht met me, Harry. Ik geloof dat ik geen schrijver meer ben.'

Hij werd direct serieus.

'Wat zeg je me nou, Marcus?'
'Ik weet niet wat ik moet schrijven, ik ben leeg. Writer's block. Al maandenlang. Misschien al wel een jaar.'
Hij barstte uit in een geruststellende, warme lach.
'Gewoon een mentale blokkade, Marcus! Writer's block is even stompzinnig als een erectiestoornis vanwege faalangst: het is de angst van het genie, dezelfde paniek die je piemeltje helemaal slap maakt als je op het punt staat de koffer in te duiken met een bewonderaarster en je aan niets anders meer kunt denken dan dat je haar een orgasme moet bezorgen dat in de schaal van Richter valt. Probeer gewoon niet geniaal te zijn en zet wat woorden achter elkaar. Dan komt het genie vanzelf wel.'
'Denk je?'
'Dat weet ik wel zeker. Maar je moet wel minderen met die glamourfeestjes en petitfours. Schrijven is geen kattenpis. Ik dacht dat ik je dat wel had bijgebracht.'
'Maar ik werk me te pletter! Ik doe niet anders! Ik krijg gewoon geen woord op papier!'
'In dat geval werk je niet op de goede plek. New York is leuk en aardig, maar vooral ook heel rumoerig. Waarom kom je niet hierheen, zoals toen je nog bij me studeerde?'
Weg uit New York, een andere omgeving. Nooit had een uitnodiging om in ballingschap te gaan zo zinnig geklonken. Weggaan om op het Amerikaanse achterland inspiratie op te doen bij mijn oude leermeester: dat was precies wat ik nodig had. En zo vestigde ik me een week later, halverwege februari 2008, in Aurora, New Hampshire. Dat was een paar maanden voor de dramatische gebeurtenissen die ik hier zal beschrijven.

*

Voor de zaak die Amerika in de zomer van 2008 in rep en roer bracht, had niemand ooit van Aurora gehoord. Het is een klein stadje aan de oceaankust, op ongeveer een kwartier rijden van de grens met Massachusetts. Aan de hoofdstraat liggen een bioscoop waarvan de programmering continu achterloopt bij de rest van het land, een paar winkels, een postkantoor, een politiebureau en een handjevol restaurants, waaronder Clark's, de historische *diner* van het stadje. Daaromheen liggen rustige woonwijken vol kleurig geschilderde houten huizen met vrolijke markiezen en leistenen daken, omgeven door tuinen met onberispelijk onderhouden gazons. Een Amerika in Amerika, waar de bewoners hun deuren niet op slot doen; zo'n plek die je alleen in New England vindt en waar het zo kalm is dat je denkt dat je er voor alles veilig bent.

Ik kende Aurora heel goed omdat ik in mijn studietijd geregeld bij Harry op bezoek kwam. Hij woonde iets buiten het stadje, in een schitterend huis van steen en massief dennenhout aan Route 1 richting Maine, naast een zeearm die op landkaarten vermeld staat als Goose Cove. Het was een schrijvershuis dat uitzag over de oceaan, met voor de mooie dagen een terras waarvandaan een trap je rechtstreeks naar het strand bracht. De omgeving was een en al ongerepte rust: bossen, stroken strandkeien, reusachtige rotsblokken, vochtige bosjes met varens en mos, wat voetpaden langs de waterlijn. Soms leek het of je er aan de rand van de wereld stond, totdat je bedacht dat de beschaving slechts een paar mijl verderop lag. Het was niet moeilijk om je voor te stellen hoe de oude schrijver zijn meesterwerken op het terras neerpende, geïnspireerd door het getij en de zonsondergangen.

Op 10 februari 2008 verliet ik New York op het hoogtepunt van de schrijversziekte. Het hele land kookte al van de voorverkiezingen voor het presidentschap: een paar dagen eerder, op Super Tuesday (die bij uitzondering in februari in plaats van maart plaatsvond, wat al bewees dat het een buitengewoon jaar ging worden), was het republikeinse ticket naar senator McCain gegaan, terwijl bij de democraten de strijd tussen Hillary Clinton en Barack Obama nog volop woedde. Ik maakte de autorit naar Aurora in één ruk. Het had die winter veel gesneeuwd en de landschappen waar ik doorheen reed waren zwaar van al het wit. Ik hield van New Hampshire: van de rust, van de enorme bossen, van de met waterlelies bedekte meertjes waar je 's zomers kon zwemmen en 's winters kon schaatsen, van het idee dat de staat geen *sales tax* of inkomstenbelasting hief. Ik vond het een libertijnse staat, en het devies LIVE FREE OR DIE dat in de kentekenplaten van de passerende auto's stond gestanst, was een goede samenvatting van het sterke gevoel van vrijheid dat me iedere keer overspoelde als ik Aurora bezocht. Ik herinner me ook dat ik toen ik die dag bij Harry aankwam, halverwege de even koude als mistige middag, onmiddellijk een soort innerlijke rust voelde. Hij stond me op de veranda op te wachten, warm ingepakt in een dik winterjack. Ik stapte uit, hij liep me tegemoet, legde zijn handen op mijn schouders en schonk me een brede, geruststellende glimlach.

'Wat is er aan de hand, Marcus?'

'Ik weet het niet, Harry...'

'Kom, kom. Je bent altijd al veel te gevoelig geweest.'

Nog voordat ik mijn bagage had uitgepakt, gingen we in de woonkamer zitten om bij te praten. Hij schonk koffie in. In de haard knetterde een vuur; binnen was het heerlijk, hoewel ik door het enorme venster zag dat er natte sneeuw op de rotsen viel en de oceaan werd geteisterd door een ijzige wind.

'Ik was vergeten hoe prachtig het hier is,' mompelde ik.

Hij knikte.

'Ik zal goed voor je zorgen, Marcus jongen, dat zul je nog wel merken. Je gaat een dijk van een roman in elkaar zetten. Maak je maar geen zorgen: iedere goede schrijver maakt moeilijke tijden door.'

Hij zag er even rustig en vertrouwenwekkend uit als altijd. Ik had nog nooit enige aarzeling bij hem bespeurd: hij was charismatisch en zelfverzekerd en van louter zijn aanwezigheid ging een natuurlijk gezag uit. Hij was bijna zevenenzestig en hij zag er nog goed uit, met een grote bos grijs haar dat altijd in model zat, brede schouders en een krachtig lichaam, waaraan je kon afzien dat hij jarenlang gebokst had. Hij was een bokser, en doordat ik die sport zelf ook enthousiast beoefende, waren we op de universiteit van Burrows bevriend geraakt.

De band die Harry en mij met elkaar verbond en waarop ik later in dit verhaal nog zal terugkomen, was heel sterk. Hij was in mijn leven gekomen in de loop van 1998, toen ik werd toegelaten tot de universiteit van Burrows, Massachusetts. Hij was toen zevenenvijftig en al een jaar of vijftien de grote man van de letterenfaculteit van die rustige, eenvoudige plattelandsuniversiteit vol sympathieke, beleefde studenten. Harry-Quebert-de-beroemde-schrijver kende ik al van naam, zoals iedereen; maar in Burrows leerde ik gewoon-Harry kennen, die ondanks het leeftijdsverschil een van mijn beste vrienden zou worden en een schrijver van me zou maken. Zelf had hij zijn vuurdoop halverwege de jaren zeventig beleefd, toen zijn tweede boek, *De wortels van het kwaad*, vijftien miljoen keer werd verkocht en hem bovendien de National Literary Award en de National Book Award opleverde, de twee meest prestigieuze literaire prijzen van het land. Sindsdien verschenen zijn boeken in een regelmatig ritme en onderhield hij een zeer goed gelezen maandelijkse rubriek in *The Boston Globe*. Hij was een van de grote namen van de Amerikaanse intelligentsia: hij hield talloze voordrachten, was een veelgevraagde gast op grote culturele evenementen, en zijn mening over politieke aangelegenheden werd serieus genomen. Hij was een uiterst gerespecteerd man, nationaal erfgoed, het beste wat Amerika kon voortbrengen. In de paar weken die ik bij hem zou doorbrengen, hoopte ik dat hij weer een schrijver van me zou kunnen maken en me zou leren hoe je de afgrond van het witte papier kunt overbruggen. Maar ik moest vaststellen dat Harry mijn situatie weliswaar lastig vond, maar volstrekt niet uitzonderlijk. 'Schrijvers hebben soms black-outs, dat is een risico van het vak,' verklaarde hij. 'Ga gewoon aan de slag, dan zul je zien dat je blokkade vanzelf weer verdwijnt.' Hij installeerde me in de werkkamer op de begane grond waar hij al zijn boeken had geschreven, inclusief *De wortels van het kwaad*. Ik bracht er lange uren door en probeerde er ook te schrijven, maar ik werd vooral geabsorbeerd door de oceaan en de sneeuw aan de andere kant van het raam. Telkens als hij me koffie of eten kwam brengen, zag hij mijn wanhopige blik en probeerde hij me op te peppen. Tot hij op een ochtend zei: 'Kijk toch eens wat vrolijker, Marcus, je ziet eruit of je laatste uur geslagen heeft.'

'Zoveel scheelt het niet...'

'Toe nou zeg, je mag je druk maken over de toestand in de wereld, over de oorlog in Irak, maar niet over zo'n stom boek... daar is het nog veel te vroeg voor. Je bent nogal triest bezig, eigenlijk: je maakt een enorme hoop drukte omdat je je er maar niet toe kunt brengen om een paar zinnetjes achter elkaar te zetten. Maar bekijk het eens van een andere kant: je hebt een fantastisch boek geschreven, je bent rijk en beroemd, alleen heb je nu even iets meer moeite om je tweede boek vanuit je hoofd op het papier te krijgen. Daar is toch niets vreemds of beangstigends aan?'

'Maar... heb jij dat dan ook weleens gehad?'

Hij lachte toonloos.

'Writer's block? Wat denk je dan? Lieve jongen, daar heb ik vaker last van gehad dan jij je ooit kunt voorstellen!'

'Mijn uitgever zegt dat het met me gedaan is als ik geen nieuw boek schrijf.'

'Weet je wat dat zijn, uitgevers? Dat zijn mislukte schrijvers van wie de papa zoveel poen had dat ze zich andermans talent kunnen toe-eigenen. Echt, Marcus, alles komt heel snel weer in orde, wacht maar af. Je hebt een dijk van een carrière voor de boeg. Je eerste boek was al buitengewoon en het tweede wordt nog beter. Maak je geen zorgen, ik zal je helpen om je inspiratie terug te vinden.'

Ik kan niet zeggen dat ik op die retraite in Aurora mijn inspiratie hervond, maar het deed me wel goed. En hem ook: ik wist dat Harry zich vaak eenzaam voelde. Hij had geen gezin en weinig omhanden. Het waren gelukkige dagen. Het zouden zelfs de laatste gelukkige dagen zijn die we met elkaar beleefden. We vulden ze met lange wandelingen langs de oceaan, het herbeluisteren van grote operaklassiekers, het afschuimen van culturele evenementen in de buurt, langlauftochten door de omgeving en expedities naar supermarkten in de omtrek, op zoek naar die kleine cocktailworstjes die worden verkocht ten bate van de veteranen van het Amerikaanse leger, waar Harry zo verzot op was dat hij vond dat ze op zichzelf al voldoende legitimering vormden voor de interventie in Irak. Ook gingen we dikwijls naar Clark's om te lunchen of er de hele middag koffie te drinken terwijl we het leven uitsponnen, zoals we dat ook deden toen ik nog bij hem studeerde. Heel Aurora kende en respecteerde Harry, en al een hele tijd kende iedereen mij ook. De twee mensen met wie ik mij het meest verbonden voelde waren Jenny Dawn, de eigenaresse van Clark's, en Erne Pinkas, die als vrijwilliger werkzaam was als gemeentebibliothecaris, goed bevriend was met Harry en soms aan het einde van de dag naar Goose Cove kwam om een glas scotch te drinken. Zelf ging ik iedere ochtend naar de bibliotheek om *The New York Times* te lezen. De eerste dag merkte ik dat Erne Pinkas een exemplaar van mijn boek op een opvallende display had geplaatst. Hij liet het me vol trots zien en zei: 'Kijk, Marcus, je boek staat op één. Het is het meest uitgeleende boek van het jaar. Wanneer komt de opvolger?'

'Eerlijk gezegd kost het me wat moeite om eraan te beginnen. Daarom ben ik hier.' 'Maak je niet druk. Je komt vast met iets geniaals, daar ben ik van overtuigd. Iets heel pakkends.' 'Zoals wat?' 'Tja, dat weet ik niet. Jij bent de schrijver. Maar je moet een thema vinden dat de massa meekrijgt.'

Bij Clark's had Harry al dertig jaar dezelfde tafel, nummer 17, en Jenny had er een metalen plaque op laten schroeven met de volgende inscriptie:

> Aan deze tafel schreef de schrijver Harry Quebert in de zomer van 1975 zijn beroemde roman *De wortels van het kwaad*.

Ik kende die plaque al heel lang, maar ik had er nooit echt aandacht aan besteed. Pas tijdens dit verblijf begon hij me te interesseren, en ik staarde er langdurig naar. Die in metaal gegraveerde woorden werden al snel een obsessie: aan deze armetierige houten tafel, plakkerig van het vet en de maple syrup, in deze diner in een klein stadje in New Hampshire, had Harry zijn meesterwerk geschreven, het boek dat een literaire legende van hem had gemaakt. Wat had hem zó kunnen inspireren? Ik wilde ook aan die tafel zitten schrijven en door het genie worden aangeraakt. En dat deed ik ook: ik ging er zitten met pen en papier, twee middagen achterelkaar. Tevergeefs. Uiteindelijk vroeg ik aan Jenny: 'Hoe ging dat dan, ging hij gewoon zitten en begon hij te schrijven?'

'De hele dag door, Marcus. De hele godganse dag. Hij hield gewoon niet op. Het was in de zomer van 1975, ik weet het nog precies.'

'En hoe oud was hij in 1975?'

'Net zo oud als jij nu. Een jaar of dertig. Misschien iets ouder.'

Ik voelde een zekere woede in me opborrelen: ik wilde ook een meesterwerk schrijven, ik wilde ook een boek op mijn naam zetten dat een maatstaf zou zijn waarnaar andere boeken werden gemeten. Dat ontdekte Harry toen ik bijna een maand in Aurora had gezeten en hij erachter kwam dat ik nog geen regel op papier had gezet. Het was begin maart en ik zat in de werkkamer in Goose Cove op de Goddelijke Illuminatie te wachten, toen hij – gekleed in een vrouwenschort – de kamer binnen liep om me wat beignets te brengen die hij zelf had gebakken.

'Schiet het op?' vroeg hij.

'Ik ben iets geweldigs aan het schrijven,' antwoordde ik, terwijl ik hem het pak papier toestak dat de Cubaanse kruier me drie maanden geleden had overhandigd.

Hij zette het blad neer en begon er direct in te bladeren, totdat hij begreep dat er niets op stond.

'Heb je nog niets geschreven? Je bent hier al drie weken en je hebt nog niets geschreven?'

Ik werd driftig: 'Niets! Niets! Niets van waarde! Alleen maar slechte opzetjes voor een of andere roman!'

'Maar Marcus, wat wil je verdomme anders schrijven dan een roman?'

Ik antwoordde zonder na te denken.

'Een meesterwerk! Ik wil een meesterwerk schrijven!'

'Een meesterwerk?'

'Ja. Ik wil een grote roman schrijven, vol grote gedachten! Ik wil een boek schrijven waar mensen iets aan overhouden.'

Harry keek me een ogenblik aan en barstte toen in lachen uit.

'Je kunt me de pot op met die absurde ambitie van je, Marcus. Dat zeg ik al jaren. Je zult een heel groot schrijver worden, dat weet ik zeker, daar ben ik al van overtuigd zolang ik je ken. Maar zal ik je eens zeggen wat jouw probleem is? Je hebt te veel haast! Hoe oud ben je?'

'Dertig.'

'Dertig! En dan wil je nu al een soort kruising tussen Saul Bellow en Arthur Miller zijn! Die roem komt heus wel, maar neem alsjeblieft de tijd. Ik ben zeventig en ik ben doodsbang: de tijd vliegt, en ieder jaar dat verstrijkt is een jaar dat ik nooit meer kan overdoen. Wat dacht je, Marcus? Dat je zomaar een tweede boek in elkaar kunt flansen? Een carrière moet je opbouwen, jongen. Bovendien heb je helemaal geen grote ideeën nodig om een grote roman te schrijven: wees gewoon jezelf, dan lukt het heus wel. Ik maak me absoluut geen zorgen. Ik heb vijfentwintig jaar literatuur onderwezen, vijfentwintig lange jaren, en jij bent de meest briljante persoon die ik ooit ben tegengekomen.'

'Dank je.'

'Je hoeft me niet te bedanken, het is gewoon zo. Maar ga nou niet een potje zitten janken omdat je de Nobelprijs nog niet hebt gewonnen... Dertig jaar... Tsss, je kunt me wat met die "grote roman" van je... Weet je wat jij verdient? De Nobelprijs voor lulkoek.'

'Maar hoe heb jij het dan gedaan, Harry? Jouw boek, *De wortels van het kwaad*, in 1976. Dat is een meesterwerk! En het was nog maar je tweede boek... Hoe heb je dat gedaan? Hoe schrijf je een meesterwerk?'

Hij glimlachte triest.

'Marcus, meesterwerken schrijf je niet. Die bestaan van zichzelf. En bovendien: in de ogen van heel veel mensen is dat het enige boek dat ik heb geschreven... Ik bedoel dat geen van de boeken die erna kwamen even succesvol is geweest. Als het over mij gaat, denkt iedereen bijna uitsluitend aan *De wortels van het kwaad*. En dat is triest, want ik ben ervan overtuigd dat ik direct in de oceaan was gesprongen als ze me op mijn dertigste hadden verteld dat ik al op het hoogtepunt van mijn carrière zat. Echt, je hoeft geen haast te hebben.'

'Heb je spijt van dat boek?'

'Misschien wel... een beetje... ik weet het niet... Ik hou niet van het woord spijt: dat betekent dat je niet aanvaardt wat je bent geweest.'

'Maar wat moet ik nu?'

'Je moet doen wat je het beste kunt: schrijven. En Marcus, als ik je een tip mag geven, doe dan niet wat ik heb gedaan. We lijken ontzettend veel op elkaar, weet je dat, en daarom bezweer ik je: zorg dat je niet dezelfde fouten maakt als ik.'

'Welke fouten?'
'Toen ik hier in 1975 aankwam, wilde ik ook een meesterwerk schrijven; ik was geobsedeerd door het idee en de wens om een groot schrijver te worden.'
'En dat is je gelukt...'
'Je begrijpt me niet: inmiddels ben ik absoluut een "groot schrijver", zoals jij dat altijd noemt, maar ik woon helemaal alleen in dit enorme huis. Ik leid een leeg bestaan, Marcus. Doe niet wat ik heb gedaan... Zorg dat je je niet door je ambitie laat verteren. Anders wordt je hart eenzaam en je pen verdrietig. Waarom heb je geen vriendinnetje?'
'Ik heb geen vriendin omdat ik niemand kan vinden die me echt bevalt.'
'Ik denk eerder dat je wilt neuken zoals je schrijft: óf extatisch, of helemaal niet. Zorg gewoon dat je een leuk meisje opscharrelt en geef haar een kans. Met je boek precies hetzelfde: geef het een kans. Geef het leven een kans! Weet je wat mijn voornaamste bezigheid is? Meeuwen voeren. Ik spaar oud brood op in dat blik in de keuken waarop SOUVENIR UIT ROCKLAND, MAINE staat, en dat gooi ik naar de meeuwen. Echt, het is niet goed om niets anders te doen dan schrijven...'

Ondanks de adviezen waarmee Harry me overlaadde, bleef het aan me knagen: hoe had hij toen hij net zo oud was als ik nu opeens die klik gehad en het geniale inzicht gekregen dat hem in staat had gesteld om *De wortels van het kwaad* te schrijven? Die vraag bleef me achtervolgen, en aangezien Harry me de beschikking over zijn werkkamer had gegeven, nam ik de vrijheid om er een beetje rond te snuffelen. Maar van wat ik zou vinden, had ik me onmogelijk een voorstelling kunnen maken. Het begon er allemaal mee dat ik een la opentrok op zoek naar een pen en ik op een volgeschreven schrift en wat losse blaadjes stuitte: originelen van Harry. Ik was door het dolle heen: dit was een onverwachte kans om erachter te komen hoe Harry te werk ging, of zijn schriftjes vol doorhalingen stonden of dat het genie voor hem vanzelf kwam. Gretig ging ik in zijn boekenkast op zoek naar andere schriftjes. Maar om rustig mijn gang te kunnen gaan moest ik wachten tot Harry weg was. Het geval wilde dat hij op donderdagen lesgaf aan Burrows, dan ging hij 's ochtends vroeg weg en kwam hij gewoonlijk pas helemaal aan het einde van de dag terug, en zo kwam het dat er op de middag van donderdag 6 maart 2008 iets gebeurde wat ik direct weer besloot te vergeten: ik ontdekte dat Harry op vierendertigjarige leeftijd een relatie had gehad met een meisje van vijftien. Dat was rond 1975 geweest.

Ik kwam erachter toen ik koortsachtig en schaamteloos de planken van zijn werkkamer afschuimde en ik verborgen achter een paar boeken een grote kist van gelakt hout vond, afgesloten met een scharnierende deksel. Ik voelde dat dit de grote klapper was: misschien wel het manuscript van *De wortels van het kwaad*. Ik greep de kist en maakte haar open, maar tot mijn grote verbazing zat er geen manuscript in: alleen een stapel foto's en krantenartikelen. De foto's waren van Harry in zijn jonge jaren, als glorieuze dertiger, elegant en statig, met een jong meisje aan zijn zijde. Er waren vier of vijf foto's, en zij stond op elk daarvan. Op eentje zag je Harry op het strand, met ontbloot bovenlijf, gebruind en gespierd, met tegen zich aan gedrukt het glimlachende jonge meisje dat een zonnebril in haar lange blonde haar droeg om het op zijn plaats te houden; ze drukte een kus op zijn wang. Op de achterkant van de foto stond iets genoteerd: *Nola en ik, Martha's Vineyard, eind juli 1975*. Ik werd zo in beslag genomen door mijn ontdekking dat ik niet hoorde dat Harry veel vroeger dan gewoonlijk thuiskwam van de universiteit: ik hoorde de knarsende banden van zijn Corvette op het grindpad naar Goose Cove niet, en zijn stem toen hij binnenkwam ook niet. Ik hoorde niets, omdat ik na de foto's in het kistje ook een ongedateerde brief vond. Op vrolijk papier stond in een kinderhandschrift geschreven:

Maak je geen zorgen, Harry. Maak je over mij geen zorgen, ik zorg dat ik er ben. Wacht op me in kamer 8, dat is een mooi getal, mijn lievelingsgetal. Zorg dat je om zeven uur 's avonds in die kamer op me wacht. Dan gaan we hier voor altijd weg.

Ik heb je lief.
Zo innig lief.

Nola

Wie was die Nola? Met bonzend hart bekeek ik de krantenartikelen: allemaal gingen ze over de raadselachtige verdwijning van een zekere Nola Kellergan op een avond in augustus 1975; en de Nola van de krantenfoto's was dezelfde als de Nola van Harry's eigen foto's. Op dat moment kwam Harry de werkkamer binnen met een dienblad in zijn handen, zwaarbeladen met kopjes koffie en een schaal koekjes, dat uit zijn handen viel toen hij de deur met zijn voet openduwde en me gehurkt op het tapijt zag zitten met de inhoud van zijn geheime kistje voor me uitgespreid.

'Maar... waar ben jij mee bezig, Marcus?' riep hij uit. 'Zit je... Zit je te snuffelen? Ik nodig je uit in mijn huis en jij gaat in mijn spullen neuzen? Wat ben jij voor een vriend?'

Ik mompelde wat slechte excuses: 'Ik stuitte toevallig op dat kistje, Harry. Ik had het nooit open mogen maken... Het spijt me.'

'Dat had je inderdaad niet mogen doen! Hoe durf je? Waar haal je godverdomme het lef vandaan?'

Hij rukte de foto's uit mijn handen, griste de artikelen bij elkaar en propte alles terug in het kistje; hij nam het mee naar zijn slaapkamer en deed de deur achter zich op slot. Ik had hem nog nooit zo gezien, en ik zou niet kunnen zeggen of hij woedend was of in paniek. Door de deur heen stamelde ik excuses, ik zei dat ik hem niet had willen kwetsen, dat ik er toevallig tegenaan was gelopen, maar het haalde allemaal niets uit. Pas twee uur later kwam hij van zijn kamer; hij liep direct de trap af naar de woonkamer en sloeg een paar glazen whisky achterover. Toen ik dacht dat hij een beetje gekalmeerd was, ging ik naar hem toe.

'Harry... wie is dat meisje?' vroeg ik zacht.

Hij sloeg zijn ogen neer.

'Nola.'

'Wie is Nola?'

'Vraag me niet wie Nola is. Alsjeblieft niet.'

'Harry, wie is Nola?' herhaalde ik.

Hij schudde het hoofd.

'Ik hield van haar, Marcus. Ik hield zoveel van haar.'

'Waarom heb je me nooit over haar verteld?'

'Zo eenvoudig is het niet.'

'Alles is eenvoudig voor vrienden onder elkaar.'

Hij haalde zijn schouders op.

'Nu je de foto's hebt gevonden, kan ik alles net zo goed vertellen. Toen ik in 1975 in Aurora aankwam, werd ik verliefd op een meisje van vijftien. Ze heette Nola en ze was de vrouw van mijn leven.'

Er viel een korte stilte, toen vroeg ik geëmotioneerd: 'Wat is er met Nola gebeurd?'

'Een lelijke geschiedenis, Marcus. Ze is verdwenen. Op een avond tegen het einde van augustus 1975 is ze verdwenen, nadat ze onder het bloed is gezien door een omwonende. Je zult de knipsels wel gezien heb-

ben toen je in het kistje keek. Ze is nooit teruggevonden. Niemand weet wat er met haar gebeurd is.'
'Wat vreselijk,' fluisterde ik.
Hij schudde langdurig het hoofd.
'Weet je,' zei hij, 'Nola heeft mijn leven veranderd. Dat ik de grote Harry Quebert ben geworden, de literaire reus – met alle roem, het geld, het prachtige lot – dat zou me allemaal weinig kunnen schelen als ik Nola nog zou hebben. Niets wat ik sinds haar heb gedaan, heeft mijn leven zoveel zin gegeven als de zomer die ik met haar heb doorgebracht.'
Nog nooit sinds ik Harry kende had ik hem zo overstuur gezien. Hij keek me een ogenblik aan en vervolgde: 'Niemand heeft ooit van onze relatie af geweten, Marcus. Jij bent de eerste. Je moet mijn geheim bewaren.'
'Natuurlijk.'
'Dat moet je beloven!'
'Dat beloof ik, Harry. Het is ons geheim.'
'Als iemand in Aurora erachter komt dat ik een liefdesrelatie met Nola Kellergan heb gehad, dan is dat mijn ondergang...'
'Je kunt op me rekenen, Harry.'

Dat was alles wat ik over Nola Kellergan te weten kwam. Daarna spraken we niet meer over haar of over het kistje. Ik besloot de gebeurtenis voor eeuwig te begraven in de krochten van mijn geheugen, en ik had er geen enkel vermoeden van dat het spook van Nola een paar maanden later door een samenloop van omstandigheden weer in onze levens zou opduiken.
Eind maart keerde ik terug naar New York, na zes weken in Aurora waarin ik er niet in was geslaagd om mijn nieuwe meesterwerk ter wereld te brengen. Ik had nog drie maanden tot de deadline die Barnaski me had opgelegd en ik wist dat het me niet zou lukken om mijn carrière te redden. Ik had mijn vleugels verbrand en nu was mijn val officieel begonnen. Van de New Yorkse schrijvers die ertoe deden was ik de meest ongelukkige en de meest onproductieve. De weken verstreken: in mijn helderste momenten bereidde ik me hartstochtelijk voor op mijn ondergang. Ik vond een nieuwe baan voor Denise, ik nam contact op met advocaten die me van nut zouden kunnen zijn wanneer Schmid & Hanson me voor de rechter zou slepen en ik legde een lijst aan van de zaken waaraan ik het meest gehecht was, zodat ik ze bij mijn ouders kon verstoppen voordat

de deurwaarder aanbelde. Toen juni aanbrak, de beslissende maand, de maand van het schavot, begon ik af te tellen tot mijn artistieke dood: nog dertig luttele dagen totdat ik op Barnaski's kantoor zou worden ontboden voor mijn executie. Het aftellen was begonnen. Ik had er geen flauw vermoeden van dat een dramatische gebeurtenis de situatie volkomen op zijn kop zou zetten.

30
De Geweldenaar

'Hoofdstuk 2 is heel belangrijk, Marcus. Het moet vlijmscherp en trefzeker zijn.'

'Als wat, Harry?'

'Als bij het boksen. Jij bent rechtshandig, maar als je in de bokshouding staat, hou je je linkervuist altijd naar voren: met de eerste directe versuf je de tegenstander, maar je vloert hem met een harde rechts van je rechtse. Zo moet je tweede hoofdstuk zijn: als een rechtse op de kaak van de lezer.'

Het gebeurde op donderdag 12 juni 2008. Die ochtend had ik thuis in de woonkamer zitten lezen. Buiten was het warm, maar het regende: al drie dagen werd New York natgespetterd door een lauwe motregen. Rond één uur 's middags ging de telefoon. Ik nam op: eerst dacht ik dat er niemand aan de lijn was. Toen hoorde ik een gesmoorde snik.

'Hallo? Hallo? Wie is daar?' vroeg ik.

'Ze... ze is dood.'

De stem was nauwelijks hoorbaar, maar ik herkende hem direct.

'Harry? Harry, ben jij dat?'

'Ze is dood, Marcus.'

'Dood? Wie is dood?'

'Nola.'

'Wat? Hoe dan?'

'Ze is dood en het is allemaal mijn schuld. O Marcus... Wat heb ik gedaan? Verdomme, wat heb ik gedaan?'

Hij huilde.

'Harry, waar heb je het over? Wat wil je me vertellen?'

Hij hing op. Ik belde direct naar zijn huis: er werd niet opgenomen. Naar zijn mobiel: ook niet. Ik probeerde het nog een paar keer en ik liet boodschappen achter op zijn antwoordapparaat. Maar ik hoorde niks terug. Ik was heel ongerust. Op dat moment wist ik nog niet dat Harry had gebeld vanaf het hoofdkwartier van de Staatspolitie in Concord. Ik begreep niet wat er gaande was totdat Douglas tegen een uur of vier belde.

'Jezus, Marc, heb je het al gehoord?' brulde hij.

'Heb ik wat al gehoord?'

'Zet de televisie aan, man! Harry Quebert! Het gaat over Quebert!'

'Quebert? Wat is er met Quebert?'

'Zet je televisie dan aan, man!'

Ik zette direct een nieuwszender op. Verbluft zag ik beelden van Goose Cove op het scherm en ik hoorde de presentator zeggen: 'Hier, in zijn huis in Aurora, New Hampshire, is de schrijver Harry Quebert vandaag gearresteerd nadat de politie menselijke overblijfselen op zijn erf heeft gevonden. Volgens de eerste berichten zou het kunnen gaan om het lichaam van Nola Kellergan, een meisje uit de omgeving dat in augustus 1975 op vijftienjarige leeftijd uit haar huis verdween en van wie sindsdien niets meer is vernomen...' Toen begon alles om me heen te draaien; wezenloos plofte ik neer op de bank. Ik hoorde niets meer, de televisie niet en Douglas ook niet, die aan de andere kant van de lijn brulde: 'Marcus? Ben je daar? Hallo? Heeft hij dat meisje vermoord? Heeft hij het gedaan?' In mijn hoofd buitelde alles over elkaar heen, als in een nachtmerrie.

Zo hoorde ik, tegelijk met de rest van een stomverbaasd Amerika, wat er een paar uur geleden was gebeurd: aan het begin van de ochtend was er op verzoek van Harry een hoveniersbedrijf naar Goose Cove gekomen om een bloembed met hortensia's aan te leggen. Bij het omspitten van de aarde waren de hoveniers op een diepte van een meter op menselijke beenderen gestuit, waarna ze direct de politie hadden ingelicht. Algauw werd er een heel skelet blootgelegd, en Harry werd gearresteerd.

De televisie zat erbovenop. Er werd live overgeschakeld tussen de plaats delict in Aurora en Concord, de hoofdstad van New Hampshire, zestig mijl naar het noordwesten, waar Harry vastzat op het bureau van de recherche van de Staatspolitie. Direct werden er nieuwsploegen op uit gestuurd om het onderzoek van nabij te verslaan. Het scheen dat er een aanwijzing bij het lichaam was gevonden die serieus aanleiding gaf om te denken dat het inderdaad om het lichaam van Nola Kellergan ging; een hooggeplaatste politieman had al duidelijk gemaakt dat als dit het geval zou blijken te zijn, Harry Quebert dan ook als verdachte zou worden aangemerkt van de moord op een zekere Deborah Cooper, de laatste persoon die Nola op 30 augustus 1975 in levenden lijve had gezien en van wie het vermoorde lichaam diezelfde dag werd gevonden, kort nadat ze de politie had gebeld. Het was volslagen krankzinnig. De geruchtenstroom zwol exponentieel aan; de berichten vlogen in real time door het land, doorgeseind door televisie, radio, internet en sociale netwerken: Harry Quebert, zevenenzeventig jaar, een van de grote schrijvers van de tweede helft van de eeuw, was een afschuwelijke kindermoordenaar.

Het duurde lang voordat ik besefte wat er aan de hand was: misschien wel een paar uur. Toen Douglas om acht uur ongerust bij me aan kwam zetten om te controleren of ik het nog uithield, was ik er nog steeds van overtuigd dat er een vergissing in het spel was. Ik zei: 'Hoe kunnen ze hem nou beschuldigen van twee moorden als ze nog niet eens zeker weten dat dat lichaam van die Nola is?'

'Hoe je het ook wendt of keert, er ligt wel een lijk in zijn tuin.'

'Maar waarom zou hij die mensen laten spitten op de plek waar hij een lijk heeft begraven? Dat slaat toch nergens op? Ik moet weg.'

'Waarheen?'

'Naar New Hampshire. Ik moet Harry helpen.'

Douglas antwoordde met het gezonde verstand dat kenmerkend is voor Midwesterners: 'Niet doen, Marc. Ga er niet heen. Hou je erbuiten, het is één grote beerput.' *Sumpf*

'Harry heeft me gebeld...'

'Wanneer? Vandaag?'

'Rond één uur vanmiddag. Dat ene telefoontje waar je recht op hebt, denk ik. Ik moet hem toch bijstaan? Dat is belangrijk.'

'Belangrijk? Je tweede boek, dat is pas belangrijk. Ik hoop dat je me niet voor het lapje houdt en dat je aan het einde van de maand een manuscript klaar hebt. Barnaski staat op het punt je voor de wolven te gooien. Besef je wel wat er met Harry gaat gebeuren? Blijf weg uit die beerput, Marc, daar ben je nog te jong voor! Maak je carrière niet kapot!'

Ik gaf geen antwoord. Op televisie was de openbare aanklager net voor een zaal vol journalisten verschenen. Hij somde de feiten op die Harry ten laste werden gelegd: eerstegraads ontvoering en tweevoudige eerstegraads moord. Harry was officieel in staat van beschuldiging gesteld van de moord op Deborah Cooper en Nola Kellergan. En voor de combinatie van een ontvoering met een dubbele moord riskeerde hij de doodstraf.

Harry's val was nog maar net begonnen. De beelden van de pro-formazitting, die de volgende dag werd gehouden, gingen het hele land door. Je zag hem aankomen in de rechtszaal, geboeid en omringd door agenten, onder het oog van tientallen televisiecamera's en bestookt met salvo's flitslicht van fotografen. Hij zag eruit alsof hij het zwaar te verduren had gehad: een donkere blik, ongeschoren, warrige haren, een overhemd met openstaande kraag en dikke ogen. Benjamin Roth, zijn advocaat, stond naast hem. Roth was een vermaard vakman uit Concord, die hem in het verleden al vaker had bijgestaan en die ik een beetje kende omdat ik hem weleens in Goose Cove had ontmoet.

Dankzij het wonder van de televisie kon heel Amerika de zitting live bijwonen en meemaken hoe Harry de betrokkenheid ontkende bij de misdrijven die hem ten laste werden gelegd, waarna de rechter hem voorlopige hechtenis oplegde in de Staatsgevangenis voor mannelijke gedetineerden van New Hampshire. Dat was het begin van de storm: op dat moment koesterde ik nog een naïeve hoop dat alles snel voorbij zou zijn, maar een uur na de zitting werd ik gebeld door Benjamin Roth.

'Harry heeft me je nummer gegeven,' zei hij. 'Hij stond erop dat ik je zou bellen. Hij wilde dat ik je liet weten dat hij onschuldig is en niemand heeft vermoord.'

'Ik weet best dat hij onschuldig is!' antwoordde ik. 'Daar twijfel ik niet aan! Hoe gaat het met hem?'

'Slecht, dat kun je je wel voorstellen. Ze hebben hem flink onder druk gezet. Hij heeft bekend dat hij een relatie met Nola had in de zomer dat ze is verdwenen.'

'Dat wist ik al, van Nola. En verder?'

Roth aarzelde even. Toen antwoordde hij: 'Hij ontkent. Maar...'

Hij stokte.

'Maar wat?' vroeg ik ongerust.

'Marcus, ik zal niet verbergen dat het moeilijk wordt. Ze hebben iets groots.'

'Wat bedoel je met "iets groots"? Zeg het dan! Ik moet het weten!'

'Dit blijft tussen ons. Niemand mag het weten.'

'Ik zeg niks. Daar kun je van op aan.'

'Bij de resten van het meisje heeft de recherche het manuscript van *De wortels van het kwaad* gevonden.'

'Wat?'

'Wat ik zeg: het manuscript van dat rotboek is met haar meebegraven. Harry zit diep in de problemen.'

'Heeft hij er een verklaring voor?'

'Ja. Hij zegt dat hij dat boek voor haar heeft geschreven. Dat ze altijd bij hem in Goose Cove was en dat ze weleens papieren van hem meenam om ze door te lezen. Hij zegt dat ze het manuscript een paar dagen voor haar verdwijning heeft meegenomen.'

'Wat?' riep ik uit. 'Heeft hij dat boek voor haar geschreven?'

'Ja. Dit mag absoluut niet uitlekken. Je kunt je wel voorstellen wat een schandaal het wordt als de media erachter komen dat een van Amerika's bestverkochte boeken van de laatste vijftig jaar niet zomaar een liefdesgeschiedenis is, zoals iedereen denkt, maar de vrucht van een illegale liefdesrelatie tussen een kerel van vierendertig en een meisje van vijftien…'

'Denk je dat je hem op borgtocht vrij kunt krijgen?'

'Borgtocht? Marcus, je hebt geen idee van de ernst van deze zaak! Er bestaat geen borgtocht voor misdrijven waar de doodstraf op staat. Harry riskeert een dodelijke injectie. Tussen nu en tien dagen wordt hij voorgeleid voor een grand jury die beslist of hij voor de aanklachten vervolgd kan worden en of er een proces van komt. Dat is meestal maar een formaliteit, er is geen twijfel mogelijk dat het tot een proces zal komen. Over een maand of zes, hooguit een jaar.'

'En tot die tijd?'

'Blijft hij vastzitten.'

'Maar als hij nou onschuldig is?'

'Het is de wet. Nogmaals, het is een heel ernstige zaak. Hij wordt beschuldigd van een dubbele moord.'

Ik zakte ineen op de bank. Ik móest Harry spreken.

'Zeg dat hij me belt!' zei ik nadrukkelijk tegen Roth. 'Dat is van het grootste belang!'

'Ik zal het doorgeven…'

'Zeg dat ik absoluut met hem moet praten en dat ik op zijn telefoontje wacht!'

Zodra ik had opgehangen, haalde ik *De wortels van het kwaad* uit mijn boekenkast. Op de eerste pagina stond de opdracht van de Meester:

Aan Marcus, mijn meest briljante leerling.
In de grootste vriendschap,
H.L. Quebert, mei 1999

Ik dook weer in het boek dat ik al jaren niet meer had opengeslagen. Het was een liefdesgeschiedenis in de vorm van een verhaal, afgewisseld met brieffragmenten: de geschiedenis van een man en een vrouw die van elkaar hielden, hoewel ze daar eigenlijk het recht niet toe hadden. En nu bleek hij dat boek te hebben geschreven voor een mysterieus meisje over wie ik niets wist. Toen ik het diep in de nacht uit had, dacht ik lang na over de titel. Voor het eerst vroeg ik me af wat die betekende: waarom *De wortels van het kwaad*? Welk kwaad bedoelde Harry?

*

Er verstreken drie dagen, en in die tijd bewezen de analyse van het DNA en de tandafdrukken dat het skelet dat in Goose Cove was gevonden inderdaad van Nola Kellergan was. Botonderzoek wees uit dat het om een kind van circa vijftien jaar ging, wat een aanwijzing was dat Nola niet lang na haar verdwijning was gestorven. Maar het belangrijkste was dat door een fractuur aan de achterkant van haar schedel dertig jaar na dato met zekerheid kon worden vastgesteld dat het slachtoffer was omgebracht, met minimaal één klap: Nola Kellergan was doodgeslagen.

Ik had nog niets van Harry gehoord. Ik had hem proberen te bereiken via de Staatspolitie, de gevangenis en Roth, maar zonder succes. Ik werd gek in mijn appartement, ik werd gekweld door duizend vragen en geplaagd door zijn mysterieuze telefoontje. Aan het einde van het weekend hield ik het niet meer uit en ik besloot dat ik eigenlijk geen andere optie had dan naar New Hampshire te gaan om te zien wat er allemaal aan de hand was.

Op de vroege ochtend van maandag 16 juni 2008 deed ik mijn spullen in de kofferbak van mijn Range Rover en verliet ik Manhattan over de Franklin Roosevelt Drive, die langs de East River loopt. Ik zag heel New York langskomen – Harlem, de Bronx – en toen nam ik de I-95 in noordelijke richting. Pas toen ik al vrij diep in de staat New York was doorgedrongen en er geen gevaar meer was dat ik me zou laten overhalen om van mijn reis af te zien en braaf naar huis te gaan, liet ik mijn ouders weten dat ik op weg was naar New Hampshire. Mijn moeder zei dat ik gek was.

'Waar ben je toch mee bezig, Markie? Je gaat die afschuwelijke crimineel toch niet verdedigen?'

'Hij is geen crimineel, mama. Hij is een vriend.'

'Nou, dan heb je criminele vrienden! Papa zit hier naast me, hij zegt dat je uit New York vlucht vanwege je boek.'

'Ik vlucht niet.'

'Of vlucht je vanwege een vrouw?'

'Ik zeg toch dat ik niet vlucht? Bovendien heb ik even geen vriendin.'

'Wanneer dan eindelijk wel? Ik heb nog eens aan die Natalia zitten denken die je vorig jaar aan ons hebt voorgesteld. Dat was een aardige sjikse. Waarom zou je haar niet nog eens bellen?'

'Je kon haar niet uitstaan.'

'En waarom schrijf je niet meer? Iedereen hield van je toen je een groot schrijver was.'

'Ik ben nog steeds een schrijver.'

'Kom toch naar huis. Dan maak ik lekkere hotdogs voor je en warme appeltaart met een bolletje vanille-ijs dat je eroverheen kunt laten smelten.'

'Mama, ik ben dertig. Als ik hotdogs wil, maak ik die zelf.'

'Weet je dat je vader geen hotdogs meer mag? Dat heeft de dokter gezegd.' (Op de achtergrond hoorde ik mijn vader kreunen dat hij af en toe nog best een hotdog mocht, waarop mijn moeder herhaalde: 'Het is afgelopen met hotdogs en al die andere vieze troep. Daar slib je helemaal van dicht, dat heeft de dokter zelf gezegd!') 'Markie, schat? Papa zegt dat je een boek over Quebert moet schrijven. Dan krijgt je carrière weer een duwtje. Iedereen heeft het over Quebert, dus dan heeft iedereen het straks ook over jouw boek. Waarom kom je niet hier eten, Markie? Dat is al zo lang geleden. Mmm, appeltaart, lekker.'

Ik liet Connecticut net achter me toen ik op het slechte idee kwam om de opera-cd af te zetten en naar het nieuws te luisteren; ik hoorde dat er een lek bij de politie was geweest, dat de media erachter waren gekomen dat het manuscript van *De wortels van het kwaad* bij de resten van Nola Kellergan was gevonden en dat Harry had verklaard dat hij zich bij het schrijven had laten inspireren door hun relatie. Deze nieuwe ontwikkeling had er maar één ochtend voor nodig om het hele land te doorkruisen. In het winkeltje van een pompstation waar ik een volle tank haalde, niet ver voorbij Tolland, zat de pompbediende gekluisterd aan een televisiescherm waarop het bericht aan één stuk door herhaald werd. Ik ging naast hem staan, en toen ik hem vroeg om het geluid wat harder te zetten, zag hij mijn verwilderde blik en vroeg hij: 'Wist u dat nog niet? Iedereen heeft het er al uren over. Waar bent u geweest? Op Mars?'

'In de auto.'

'Ha. Hebt u dan geen radio?'

'Ik heb naar opera geluisterd. Dat brengt me op andere gedachten.'

Hij keek me aan.

'Ken ik u niet ergens van?'

'Nee,' antwoordde ik.

'Jawel, ik denk dat ik u ken...'

'Ik heb een heel doorsneegezicht.'

'Nee, ik weet zeker dat ik u al eerder heb gezien. U bent van de tv, of niet? Acteur?'

'Nee.'

'Wat doet u voor de kost?'

'Ik ben schrijver.'

'Ha, ja, sodeju! Vorig jaar hebben we uw boek hier verkocht. Ik wist het wel, uw bakkes stond op het omslag.'

Hij zigzagde door de gangpaden op zoek naar het boek, dat er kennelijk niet meer was. Uiteindelijk diepte hij een exemplaar op uit het magazijn en keerde triomfantelijk terug naar de balie.

'Kijk, daar staat u! Kijk, dit is uw boek. Marcus Goldman heet u, dat staat erop.'

'Als u het zegt.'

'En? Hoe is het nu, meneer Goldman?'

'Heel gewoon, eerlijk gezegd.'

'En waar gaat de reis naartoe, als ik vragen mag?'

'New Hampshire.'

'Mooi hoor, daar. Vooral 's zomers. Wat gaat u doen? Vissen?'

'Ja.'

'Waar gaat u naar vissen? Er zijn prachtige stekken voor zwartbaars daar.'

'Naar moeilijkheden, geloof ik. Ik ben op weg naar een vriend die in de problemen zit. Diep in de problemen.'

'Och, vast niet zo diep als Harry Quebert!'

Hij barstte in lachen uit en schudde me hartelijk de hand 'omdat we hier niet vaak beroemdheden zien'; toen bood hij me een kop koffie aan voor onderweg.

De publieke opinie was volkomen omgeslagen: niet alleen laadde Harry door de vondst van het manuscript bij het gebeente de verdenking definitief op zich, maar vooral de openbaring dat zijn boek gebaseerd was op een liefdesrelatie met een vijftienjarig meisje bracht een diep gevoel van onbehagen teweeg. Hoe moest er nou tegen dat boek worden aangekeken? Had Amerika en masse een maniak bewonderd door Harry te verheffen tot de rang van literaire grootheid? Tegen de achtergrond van het schandaal opperden de journalisten diverse hypotheses over wat Harry ertoe gebracht zou kunnen hebben om Nola Kellergan te vermoorden. Dreigde ze de relatie openbaar te maken? Was hij doorgedraaid toen zij het uit wilde maken? Tijdens de hele reis naar New Hampshire herkauwde ik die vragen ongewild. Ik probeerde aan andere dingen te denken door de radio uit te zetten en weer naar opera's te luisteren, maar alle melodieën deden me aan Harry denken, en zodra ik aan hem dacht, dacht ik ook weer aan dat meisje dat dertig jaar onder de grond had gelegen, vlak naast dat huis waarin ik de jaren had doorgebracht die ik als de mooiste van mijn leven beschouwde.

Na vijf uur rijden kwam ik eindelijk aan in Goose Cove. Ik was er zonder na te denken heen gereden: waarom kwam ik hiernaartoe en ging ik niet naar Concord om Harry en Roth te bezoeken? In de berm van Route 1 stonden satellietverbindingsbusjes geparkeerd, terwijl op de afslag naar het grindpad naar het huis allerlei journalisten al urenlang stonden te wachten, terwijl ze live verslag deden voor de televisie. Toen ik wilde afslaan, verdrongen ze zich allemaal om mijn auto en versperden ze de weg om te zien wie er aan kwam rijden. Een van hen herkende me en hij riep uit: 'Hé, dat is die schrijver, Marcus Goldman!' De zwerm werd nog dubbel zo actief, lenzen van camera's en fototoestellen werden tegen mijn ruiten gedrukt en ik hoorde dat ze me allerlei vragen toebrulden: 'Denkt u dat Harry Quebert het gedaan heeft?' 'Wist u dat *De wortels van het kwaad* over haar ging?' 'Moet het uit de handel worden genomen?' Ik wilde geen verklaring afleggen, ik hield mijn zonnebril op en mijn ramen dicht. Agenten van de politie van Aurora, die aanwezig waren om de stroom journalisten en nieuwsgierigen in goede banen te leiden, slaagden erin een weg voor me te banen zodat ik kon verdwijnen over het pad, beschut door stekelbosjes en hoge dennen. Ik hoorde dat een paar journalisten me nog nariepen: 'Wat komt u in Aurora doen, meneer Goldman? Wat gaat u doen in het huis van Harry Quebert? Waarom bent u hier, meneer Goldman?'

Waarom ik hier was? Omdat het om Harry ging. En die was waarschijnlijk mijn beste vriend. Want hoe verbazend het ook lijkt – en hoewel ik het zelf pas op dat moment besefte – Harry was de meest dierbare vriend die ik had. In mijn jaren op de middelbare school en de universiteit was het me nooit gelukt om sterke banden met leeftijdsgenoten aan te knopen en vrienden voor het leven te maken. Ik had alleen Harry, en vreemd genoeg maakte het me weinig uit of hij al dan niet schuldig was aan datgene waarvan hij werd verdacht: het antwoord veranderde niets aan de diepe vriendschap die ik voor hem voelde. Het was een merkwaardig gevoel: ik denk dat ik hem liever gehaat zou hebben en met de rest van het land in zijn gezicht zou hebben gespuugd, dat was veel makkelijker geweest. Maar gek genoeg had deze zaak geen enkele invloed op wat ik voor hem voelde. In het ergste geval is hij een mens, bedacht ik, en ieder mens heeft demonen. Iedereen. Het is alleen zaak om te weten hoe ver je die laat gaan.

Ik parkeerde bij de veranda, op het grind van de parkeerplaats. Zijn rode Corvette stond op de plek waar hij altijd stond, voor het bijgebouwtje dat dienstdeed als garage. Alsof het baasje thuis was en er niets aan de hand was. Ik wilde naar binnen, maar het huis zat op slot. Voor zover ik me kon herinneren was dit de eerste keer dat de deur me weerstand bood. Ik liep om het huis heen; de politie was weg, maar de toegang tot de achterkant van het terrein werd afgesloten door middel van linten. Ik stelde me ermee tevreden om van een afstandje te kijken naar het grote gebied dat was afgezet, helemaal tot aan de bosrand. Je zag nog net de gapende krater die ervan getuigde hoe nauwkeurig de politie alles had afgezocht, vlak naast de vergeten hortensia's die stonden te verdrogen.

Ik moet er een goed uur hebben gestaan, want ik hoorde algauw een auto achter me. Het was Roth, die aankwam uit Concord. Hij had me op televisie gezien en was meteen in de auto gestapt. Zijn eerste woorden waren: 'Je bent dus gekomen.'

'Ja. Hoezo?'

'Harry zei al dat je dat zou doen. Hij zei dat je een koppige ezel bent en dat je je neus wel in de zaak zou steken.'

'Harry kent me goed.'

Roth groef in de zak van zijn jasje en haalde er een papier uit tevoorschijn.

'Van hem,' zei hij.

Ik vouwde het open. Het was een handgeschreven briefje.

Waarde Marcus,

Als je dit leest, ben je naar New Hampshire gekomen om te kijken hoe het je oude vriend vergaat.

Je bent een dappere kerel. Daar heb ik nooit aan getwijfeld. Ik zweer bij deze dat ik onschuldig ben aan de misdaden waarvan ik word beschuldigd. Toch denk ik dat ik enige tijd in de gevangenis zal moeten doorbrengen, en jij hebt wel wat beters te doen dan je met mij bezig te houden. Denk aan je carrière, werk aan de roman die je aan het einde van de maand bij je uitgever moet inleveren. In mijn ogen is je carrière het belangrijkste. Verdoe je tijd niet met mij.

Alle goeds.
Harry

ps: *Als je toevallig toch in New Hampshire wilt blijven of als je hier af en toe wilt zijn, dan ben je van harte welkom in Goose Cove. Je mag zo vaak komen als je wilt. Ik vraag je maar één ding: geef de meeuwen te eten. Leg wat brood op het terras. Geef ze te eten, dat is belangrijk.*

'Laat hem niet in de steek,' zei Roth. 'Hij heeft je nodig.'
Ik knikte.
'Hoe ziet het eruit voor hem?'
'Slecht. Heb je het nieuws gezien? Iedereen weet van het boek. Dat is een ramp. Hoe meer ik erover te weten kom, hoe meer ik me afvraag hoe ik hem moet verdedigen.'
'Wie heeft er gelekt?'
'Volgens mij komt de informatie rechtstreeks van het bureau van de aanklager. Ze willen de druk op Harry opvoeren door hem te verpletteren met de publieke opinie. Ze hopen op een volledige bekentenis, want ze weten dat daar niets tegenop kan in een zaak van dertig jaar oud.'
'Wanneer kan ik hem zien?'
'Vanaf morgenochtend. De Staatsgevangenis staat aan de rand van Concord. Waar ga je logeren?'
'Hier, als het kan.'
Hij keek bedenkelijk.
'Dat vraag ik me af,' zei hij. 'De politie heeft het huis doorzocht. Dit is een plaats delict.'
'Is de plaats delict niet bij de kuil?' vroeg ik.
Roth inspecteerde de deur, liep snel om het huis heen en kwam toen glimlachend naar me toe.
'Je zou een goede advocaat zijn, Goldman. Het huis is niet verzegeld.'
'Wil dat zeggen dat ik er mag logeren?'
'Dat wil zeggen dat het niet verboden is om er te logeren.'
'Ik weet niet zeker of ik je begrijp.'
'Dat is het mooie van het Amerikaanse rechtssysteem, Goldman: als er geen wet is, bedenk je zelf wat je doet. En als ze je lastigvallen, procedeer je tot aan het hooggerechtshof, dat je gelijk geeft en een arrest naar je vernoemt: Goldman vs. de staat New Hampshire. Weet je waarom je in dit land je rechten krijgt voorgelezen als je wordt aangehouden? Omdat

in de jaren zestig een zekere Ernesto Miranda op grond van zijn eigen verklaring werd veroordeeld voor een verkrachting. Wil je wel geloven dat zijn advocaat toen verklaarde dat dat onrechtvaardig was omdat die arme Miranda nauwelijks naar school was geweest en dus niet wist dat de Bill of Rights hem het recht gaf om zijn mond te houden? De advocaat in kwestie schopte stennis en procedeerde met alles erop en eraan tot aan de Supreme Court, en raad eens? Hij won! De bekentenis werd nietig verklaard, het beroemde arrest Miranda vs. de staat Arizona was geboren en sindsdien moet iedere agent die je aanhoudt opdreunen: "U hebt het recht om te zwijgen, u hebt recht op een advocaat en als u die niet kunt betalen, dan zal de staat u er een toewijzen." Kortom, dat idiote riedeltje dat je altijd in de film hoort hebben we te danken aan onze vriend Ernesto! Moraal van het verhaal: in Amerika is recht teamwork, Goldman, en iedereen helpt mee. Dus eigen je deze plek toe, niets houdt je tegen, en als de politie het waagt om je lastig te vallen zeg je dat het een geval is van non liquet: begin over de Supreme Court, dreig met schadevergoedingen en torenhoge wettelijke rentes. Daar worden ze altijd bang van. Ik heb overigens geen sleutels van het huis.'

Ik haalde een setje uit mijn zak.

'Die heeft Harry me ooit gegeven,' zei ik.

'Je bent een tovenaar, Goldman! Maar wat je ook doet, blijf buiten de linten van de politie: daar krijg je wel gelazer mee.'

'Beloofd. Trouwens, Benjamin, wat heeft de huiszoeking opgeleverd?'

'Niets. De politie heeft niets gevonden. Daarom is het huis weer vrijgegeven.'

Roth vertrok en ik betrad het enorme, verlaten huis. Ik deed de deur achter me op slot en liep direct naar de werkkamer, op zoek naar het kistje. Het was er niet meer. Wat kon Harry ermee gedaan hebben? Ik wilde het absoluut vinden en ik doorzocht de boekenkasten in de werkkamer en de woonkamer: tevergeefs. Toen besloot ik om alle kamers van het huis te onderzoeken naar de kleinste aanwijzing van wat zich hier in 1975 kon hebben afgespeeld. Zou Nola Kellergan in een van deze kamers zijn vermoord?

Uiteindelijk vond ik een paar fotoalbums die ik nooit eerder had gezien of die me in elk geval nooit waren opgevallen. Op goed geluk sloeg ik er een open: er zaten foto's in van Harry en mij uit de tijd dat ik studeerde. In de collegezaal, in de bokszaal, op de campus, in de diner waar we elkaar vaak troffen. Er zaten zelfs foto's in van mijn diploma-uitreiking. Het volgende album zat vol krantenknipsels over mij en mijn boek. Sommige passages waren onderstreept of rood omcirkeld; ik besefte dat Harry mijn loopbaan al heel lang aandachtig volgde en dat hij alles wat er in de verte mee te maken had nauwgezet bewaarde. Ik vond zelfs een artikel uit een krant uit Montclair van anderhalf jaar geleden, waarin verslag werd gedaan van de ceremonie die te mijner ere was georganiseerd op Felton High. Hoe was hij daaraan gekomen? Ik kon me die dag heel goed herinneren. Het was in 2006, kort voor Kerstmis: de verkoop van mijn eerste roman was de miljoen exemplaren gepasseerd en de directeur van Felton High, waar ik mijn middelbare schooltijd had doorgebracht, had vanwege mijn doorslaande succes besloten om mij de eer te betonen die ik in zijn ogen verdiende.

De met pracht en praal omgeven ceremonie vond plaats op een zaterdagmiddag in de centrale hal van de school, ten overstaan van een uitgelezen gezelschap van leerlingen en oud-leerlingen en enkele plaatselijke journalisten. Die hele beau monde zat dicht op elkaar gepakt op vouwstoeltjes voor een groot doek, dat de directeur na een triomfantelijke toespraak op de grond liet zakken, waarmee hij een grote, glazen kast onthulde voorzien van het opschrift 'Ter ere van Marcus P. Goldman, bijgenaamd "De Geweldenaar", die hier van 1994 tot 1998 naar school ging' en waarin mijn oude rapporten, wat foto's en mijn lacrosse- en hardlooptenues lagen.

Glimlachend herlas ik het artikel. In mijn jaren op Felton High, een kleine, uiterst rustige onderwijsinstelling in Montclair-Noord, bezocht door rustige adolescenten, had ik zo'n indruk gemaakt dat mijn klasgenoten en leraren me 'De Geweldenaar' waren gaan noemen. Maar wat geen van de aanwezigen die op die dag in december 2006 bij die vitrine ter ere van mij zaten te klappen besefte, was dat het enkel aan een reeks misverstanden te danken was – aanvankelijk toevallig, later bewust georkestreerd – dat ik gedurende vier lange, mooie jaren de onbetwistbare held van Felton High was geweest.

Het epos van de Geweldenaar begon in mijn eerste schooljaar, toen ik een sport moest uitkiezen voor mijn vakkenpakket. Ik had bedacht dat het football of basketbal moest worden, maar het aantal plaatsen bij die twee sporten was beperkt, en jammer genoeg kwam ik op de dag van de inschrijving veel te laat bij het inschrijvingsbureau. 'We zijn gesloten,' zei de dikke vrouw die de leiding had. 'Kom volgend jaar maar terug.' 'Alstublieft, mevrouw,' smeekte ik, 'ik moet me absoluut inschrijven voor een sport, anders word ik niet toegelaten.' Ze zuchtte. 'Hoe heet je?' 'Goldman. Marcus Goldman, mevrouw.' 'Welke sport?' 'Football. Of basketbal.' 'Allebei vol. Er is alleen nog plaats bij acrobatische dans of lacrosse.'

Lacrosse of acrobatische dans. Anders gezegd: pest of cholera. Ik wist dat ik de spot van mijn kameraden over me afriep als ik me bij de dansploeg zou aansluiten en daarom koos ik voor lacrosse. Felton had al twintig jaar geen deugdelijk lacrosseteam meer gehad, zodat geen enkele leerling nog in het team wilde: de leerlingen die erin zaten waren of mislukt bij alle andere sporten, of te laat gekomen op de dag van inschrijving. Zo werd ik deel van een uitgedunde, onhandige, krachteloze ploeg, die me echter heel wat roem zou opleveren. Ik hoopte dat ik in de loop van het seizoen door het footballteam zou worden opgepikt, en om op te vallen wilde ik sportieve hoogstandjes verrichten: bij de training was ik gemotiveerder dan wie dan ook, en na twee weken zag de coach in mij de ster waarop hij al sinds mensenheugenis wachtte. Ik werd direct bevorderd tot aanvoerder en het kostte me weinig moeite om de reputatie te verwerven van de beste lacrossespeler uit de geschiedenis van de school. Zonder enige moeite verbeterde ik het doelpuntenrecord van de laatste twintig jaar – dat werkelijk bar slecht was – en vanwege die krachttoer werd mijn naam bijgeschreven op de erelijst van de school, wat een unicum was voor een eerstejaars. Mijn klasgenoten waren onder de indruk en ik trok de aandacht van de leraren: door die ervaring begreep ik dat je om uit te blinken alleen maar beter hoeft te zijn dan de rest; uiteindelijk is het allemaal een kwestie van schone schijn.

Al snel werd ik door het spel gegrepen. Natuurlijk was er geen sprake meer van dat ik uit het lacrosseteam zou stappen, want inmiddels was het mijn enige obsessie om op welke manier dan ook de beste te zijn, en ten koste van alles in de schijnwerpers te staan. Toen kwam het grote wetenschapsfestival, waarbij iedere leerling zijn eigen project moest presenteren. De eerste prijs werd gewonnen door een hoogbegaafd trutje genaamd Sally; zelf eindigde ik als zestiende. Bij de prijsuitreiking in het schoolauditorium zorgde ik ervoor dat ik het woord kreeg, en ik verzon hele weekends van vrijwilligerswerk met geestelijk gehandicapten die de voortgang van mijn project ernstig hadden belemmerd, om daarna met vochtige ogen te besluiten: 'Dus wat doet zo'n eerste prijs ertoe als ik een sprankje vrolijkheid kan brengen in het leven van mijn vriendjes met het syndroom van Down?' Natuurlijk stond iedereen paf, en ik slaagde erin om Sally te overvleugelen in de ogen van mijn leraren, mijn klasgenoten, en Sally zelf, die een zwaar gehandicapt broertje had (wat ik niet wist), de prijs afsloeg en erop stond dat ik die kreeg. Na die gebeurtenis stond mijn naam vermeld in de categorieën sport, wetenschap en kameraadschap van de erelijst, die ik stiekem had omgedoopt tot 'ereloos', omdat ik me ten volste bewust was van mijn bedrog. Maar ik kon niet ophouden, ik leek wel bezeten. Een week later versloeg ik het verkooprecord voor tombolabriefjes door ze zelf allemaal op te kopen met het geld dat ik had verdiend door twee zomers lang de grasvelden van het gemeentelijke zwembad te onderhouden. Dat deed het hem, en al snel begon een gerucht op school de ronde te doen: Marcus Goldman is een uitzonderlijk begaafd persoon. Vanwege die constatering begonnen leerlingen en leraren me de Geweldenaar te noemen, als een soort keurmerk, een absolute garantie voor succes, en mijn bekendheid breidde zich al snel uit tot onze hele wijk in Montclair, en vervulde mijn ouders met immense trots.

Die onterechte reputatie bracht me ertoe om me te bekwamen in de nobele kunst van het boksen. Ik had altijd een zwak voor boksen gehad en ik kon vrij goed slaan, maar wat ik eigenlijk zocht als ik in het geheim ging trainen in een club in Brooklyn, een uur met de trein van mijn huis vandaan, waar niemand me kende en de Geweldenaar niet bestond, was de kans om feilbaar te zijn: ik eiste het recht om verslagen te worden door iemand die sterker was dan ik, het recht op gezichtsverlies. Want langzaam maar zeker werd mijn obsessieve wens om de onbetwistbare nummer één te zijn onvoorstelbaar groot: hoe vaker ik won, hoe banger ik werd om te verliezen.

In de loop van mijn derde jaar zag de directeur zich bij de budgettering gedwongen om het lacrosseteam te ontmantelen, omdat het de school te veel kostte in verhouding tot de opbrengst. Tot mijn grote schrik moest ik dus een nieuwe sport uitkiezen: natuurlijk lonkten de football- en basketbalteams naar me, maar ik wist dat ik, als ik me bij een daarvan zou aansluiten, geconfronteerd zou worden met andere spelers die getalenteerder en gemotiveerder waren dan mijn teamgenoten bij lacrosse. Ik zou het gevaar lopen om overvleugeld te worden, terug te vallen in de anonimiteit, en ik kon zelfs nog veel meer verliezen: hoe zou men reageren als Marcus Goldman, bijgenaamd de Geweldenaar, de voormalige aanvoerder van het lacrosseteam en houder van het doelpuntenrecord van de laatste twintig jaar, zou eindigen als *waterboy* van het footballteam? Ik leefde twee weken in angst, totdat ik hoorde over het volslagen onbekende hardloopteam van de school, dat bestond uit twee korte dikkerds op pootjes en een magere slapjanus. Toen het ook nog eens de enige sport bleek te zijn waarin Felton niet deelnam aan wedstrijden met andere scholen kon ik er zeker van zijn dat ik me nooit zou hoeven meten met iemand die een gevaar zou kunnen vormen. Opgelucht en zonder enige aarzeling sloot ik me dus aan bij het hardloopteam van Felton, waar ik vanaf de eerste training direct en zonder enige moeite het snelheidsrecord van mijn flegmatieke teamgenoten verbrak, onder de verliefde ogen van een paar groupies en de directeur.

Het zou allemaal goed zijn gegaan als de directeur, verleid door mijn resultaten, niet op het absurde idee was gekomen om het blazoen van zijn school opnieuw te vergulden door een groot hardlooptoernooi te organiseren met alle scholen uit de omtrek, in de overtuiging dat de Geweldenaar zonder enige moeite zou winnen. Toen dat bekend werd, raakte ik volkomen in paniek: ik trainde een volle maand achterelkaar, maar ik wist dat ik niets zou kunnen inbrengen tegen de hardlopers van de andere scholen, die aan wedstrijden gewend waren. Ik was een lege huls, een dun laagje fineer: ik zou afgaan als een gieter, en dan ook nog eens in eigen huis.

Op de dag van de wedstrijd was heel Felton en de helft van mijn wijk komen opdagen om me aan te moedigen. Het startsein werd gegeven, en zoals ik gevreesd had werd ik door de andere renners direct op afstand gezet. Het was een beslissend moment: mijn reputatie stond op het spel. De wedstrijd was over zes mijl, dus vijfentwintig rondes door het stadion. Vijfentwintig vernederingen. Ik zou als laatste eindigen, roemloos en onteerd. Misschien zou de winnaar me zelfs nog inhalen. De Geweldenaar moest gered worden, ten koste van alles. En dus verzamelde ik al mijn krachten, al mijn energie, en begon ik met de moed der wanhoop als een waanzinnige te sprinten: onder de toejuichingen van de menigte, die op mijn hand was, nam ik de koppositie over. Op dat moment zette ik het machiavellistische plan in werking dat ik had bekokstoofd: nu ik eventjes aan kop lag maar besefte dat ik aan mijn grens zat, deed ik alsof ik met mijn voet ergens achter bleef haken: ik wierp me op de grond, met spectaculaire buitelingen, gebrul, geschreeuw van de menigte en uiteindelijk een gebroken been, wat niet bepaald in de planning had gezeten maar waardoor ik tegen de prijs van een operatie en twee weken in het ziekenhuis mijn reputatie redde. En de week na dit ongeluk schreef de schoolkrant over mij:

Tijdens deze formidabele wedstrijd werd Marcus Goldman, bijgenaamd de Geweldenaar, die zijn tegenstanders ruim de baas was zodat een verpletterende overwinning gegarandeerd leek, slachtoffer van de slechte kwaliteit van de renbaan: hij kwam ernstig ten val en brak zijn been.

Het betekende niet alleen het einde van mijn hardloopcarrière, maar ook van mijn sportcarrière in het algemeen: vanwege de ernstige blessure werd ik tot het einde van de middelbare school vrijgesteld voor sport. Voor mijn inzet en mijn offer werd ik beloond met een plaquette met mijn naam in de prijzenkast, waar ook mijn lacrossetenue al in lag. Wat de directeur betreft, die vervloekte de slechte kwaliteit van het materieel van Felton en liet voor veel geld het dek van de renbaan in het stadion geheel vervangen: hij betaalde de werkzaamheden uit het budget van de schooluitjes, zodat hij het jaar daarop de leerlingen van alle klassen hun uitstapje onthield.

Aan het einde van mijn middelbareschooltijd was ik bedolven onder de goede cijfers, oorkondes en aanbevelingsbrieven, en moest ik de beslissende keuze voor een universiteit maken. En toen ik op een middag in mijn kamer op bed lag met voor mij drie acceptatiebrieven, een van Harvard, een van Yale en de derde van Burrows, een kleine, onbekende universiteit in Massachusetts, aarzelde ik niet: ik wilde naar Burrows. Als ik naar een topuniversiteit zou gaan, liep ik het risico dat ik mijn etiket van Geweldenaar zou verliezen. Met Harvard of Yale zou ik de lat te hoog leggen: ik had helemaal geen zin om de onverzadigbare crème de la crème tegenover me te vinden, die uit het hele land was gekomen om mee te dingen naar de erelijst. De erelijst van Burrows leek me veel bereikbaarder. De Geweldenaar wilde zijn vleugels niet verbranden. De Geweldenaar wilde de Geweldenaar blijven. Burrows was perfect: een bescheiden campus waar ik gemakkelijk kon uitblinken. Het kostte me geen moeite om mijn ouders ervan te overtuigen dat de letterenfaculteit van Burrows in alle opzichten superieur was aan die van Harvard en Yale, en zo verruilde ik in de herfst van 1998 Montclair voor een klein industriestadje in Massachusetts, waar ik Harry Quebert zou ontmoeten.

Aan het begin van de avond zat ik nog steeds op het terras door de albums te bladeren en herinneringen op te halen, toen Douglas ontzet opbelde.

'Marcus, verdomme! Ik kan niet geloven dat je zomaar zonder iets te zeggen naar New Hampshire bent vertrokken! Ik werd gebeld door journalisten die vroegen wat je daar uitspookt en ik wist van niks! Ik moest de televisie aanzetten om erachter te komen. Kom terug naar New York. Kom terug, nu er nog tijd is. Die hele geschiedenis gaat jou volkomen boven de pet! Maak dat je wegkomt uit dat gat, kom morgenochtend meteen weer naar New York. Quebert heeft een uitstekende advocaat. Laat hem zijn werk doen en concentreer je op je boek. Over twee weken moet je je manuscript bij Barnaski inleveren.'

'Harry heeft een vriend nodig,' zei ik.

Er viel een stilte en Douglas mompelde iets, alsof hij nu pas besefte wat hem al die maanden was ontgaan.

'Er is geen boek, hè? Barnaski's deadline is over twee weken en je bent godverdomme te beroerd geweest om een boek te schrijven! Is dat het, Marc? Zit je daar om een vriend te helpen of ben je uit New York gevlucht?'

'Hou je bek, Doug.'

Opnieuw viel er een stilte.

'Marc, zeg in ieder geval dat je een opzet hebt. Dat je een plan hebt, dat je een goede reden had om naar New Hampshire te gaan.'

'Een goede reden? Is vriendschap dan niet voldoende?'

'Maar wat ben je hem dan in godsnaam verschuldigd, dat je daar zit?'

'Alles. Gewoon alles.'

'Hoe bedoel je, "alles"?'

'Het is een lang verhaal, Douglas.'

'Marcus, wat probeer je me verdomme te vertellen?'

'Douglas, er is een tijd in mijn leven waarover ik je nooit heb verteld… Na mijn middelbareschooltijd had het slecht met me kunnen aflopen. En toen leerde ik Harry kennen… Hij heeft me min of meer het leven gered. Ik heb een schuld aan hem… zonder hem was ik nooit de schrijver geworden die ik ben. Het speelt zich allemaal af in 1998, in Burrows, Massachusetts. Ik heb alles aan hem te danken.'

29
Kun je verliefd zijn op een meisje van vijftien?

'Ik zou je graag willen leren schrijven, Marcus, niet zodat je dan kunt schrijven, maar zodat je schrijver kunt worden. Want een boek schrijven is niet niks: iedereen kan schrijven, maar niet iedereen is schrijver.'
 'Hoe weet je dat je schrijver bent, Harry?'
 'Niemand weet dat hij schrijver is. Dat hoor je alleen van anderen.'

Iedereen die zich Nola herinnerde, zei dat ze een geweldige meid was. Zo eentje die altijd opvalt: vriendelijk en attent, stralend en goed in alles. Het schijnt dat ze barstte van levensvreugde, zodat ze de donkerste regendag nog kon verlichten. 's Zaterdags werkte ze in de bediening bij Clark's; ze fladderde lichtvoetig tussen de tafeltjes door en liet haar blonde, golvende haar door de lucht dansen. Ze had voor iedere klant een vriendelijk woord. Dan zag je even niets anders meer dan haar. Nola was een wereld op zich.

Ze was het enige kind van David en Louisa Kellergan, evangelische christenen uit het Zuiden, afkomstig uit Jackson, Alabama, waar zij op 12 april 1960 was geboren. De Kellergans hadden zich in de herfst van 1969 in Aurora gevestigd, toen de vader als predikant was aangesteld bij de Saint James-gemeente, de grootste van Aurora, die in die tijd bijzonder welvarend was. Het kerkgebouw van Saint James, dat aan de zuidelijke toegangsweg van het stadje lag, was een imposant houten gebouw waar geen spoor meer van bestaat sinds de kerkgemeenschappen van Aurora en Montburry vanwege economische overwegingen en een gebrek aan gelovigen zijn gefuseerd. Tegenwoordig staat er een McDonald's. Toen de Kellergans aankwamen, betrokken ze een mooi huis van twee verdiepingen aan Terrace Avenue 245, dat eigendom van de kerk was: zes jaar later, op 30 augustus 1975, zou Nola er spoorloos uit verdwijnen, hoogstwaarschijnlijk door haar slaapkamerraam.

Dat waren zo ongeveer de eerste dingen die de vaste klanten van Clark's vertelden toen ik er de ochtend na mijn aankomst in Aurora naartoe ging. Ik was uit mezelf wakker geworden toen de zon opkwam, gekweld door het onaangename gevoel dat ik niet precies wist wat ik hier kwam doen. Nadat ik had hardgelopen op het strand ging ik de meeuwen voeren, en toen stelde ik me de vraag of ik echt alleen naar New Hampshire was gekomen om watervogels van brood te voorzien.

Ik had pas om elf uur met Benjamin Roth in Concord afgesproken om Harry te bezoeken; en omdat ik niet alleen wilde zijn, ging ik in de tussentijd pancakes eten bij Clark's. Als ik tijdens mijn studie bij Harry kwam logeren, had hij de gewoonte om me iedere dag 's ochtends vroeg hiernaartoe te slepen: hij maakte me wakker voor zonsopgang, schudde me zonder pardon door elkaar en zei dat het tijd was om mijn sportkleren aan te trekken. Dan daalden we af naar het oceaanstrand om te boksen en hard te lopen. Als hij geen kracht meer had, hing hij de trainer uit: dan hield hij op met boksen, zogenaamd om mijn bewegingen en positie te corrigeren, maar ik weet dat hij vooral op adem moest komen. Met de oefeningen en het lopen legden we de paar mijl af van het strand dat Goose Cove met Aurora verbond. We beklommen de rotsen bij Grand Beach en liepen door het slapende stadje. In de hoofdstraat, die nog in duisternis gedompeld was, zag je van verre het helle licht dat uit de glazen gevel van de diner straalde, het enige etablissement dat zo vroeg al open was. Binnen heerste absolute rust: de weinige klanten waren truckers of handelsreizigers, die hun ontbijt in stilte naar binnen werkten. Het achtergrondgeluid was de radio die altijd op een nieuwszender stond afgestemd, op zo'n laag volume dat je niet alles kon verstaan wat de nieuwslezer zei. Op heel warme ochtenden sloeg de plafondventilator met een metaalachtig geknars door de lucht, zodat het stof rondom de lampen ging dansen. We namen plaats aan tafel 17, en Jenny kwam direct met koffie naar ons toe. Voor mij had ze altijd een lieve, haast moederlijke glimlach. Dan zei ze: 'Arme Marcus, laat hij je weer samen met de zon opstaan? Dat doet hij al zolang ik hem ken.' En dan lachten we.

Maar op 17 juni 2008 was Clark's ondanks het vroege uur al ten prooi aan een grote drukte. Men had het alleen maar over de zaak, en toen ik binnenkwam, klitten de vaste klanten die ik kende om me heen om te vragen of het waar was, of Harry een relatie met Nola had gehad en of hij haar en Deborah Cooper had vermoord. Ik ontweek de vragen en nam plaats aan tafel 17, die nog vrij was. Toen zag ik dat de plaquette ter ere van Harry was verwijderd: in plaats daarvan zag ik twee schroefgaten in het hout van de tafel en de omtrek van het metaal waar de laklaag was verschoten.

Jenny kwam koffie inschenken en begroette me vriendelijk. Ze zag er triest uit.

'Ben je in Harry's huis getrokken?' vroeg ze.

'Ik geloof het wel. Heb je de plaquette weggehaald?'

'Ja.'
'Waarom?'
'Marcus, hij heeft dat boek geschreven voor een kind. Voor een meisje van vijftien. Ik kan die plaquette toch niet laten zitten? Dat is een walgelijk soort liefde.'
'Volgens mij ligt het iets ingewikkelder,' zei ik.
'En volgens mij moet jij je niet met deze zaak bemoeien, Marcus. Ga toch terug naar New York, hou je ver van dit alles.'
Ik vroeg haar om pancakes en worstjes. Op tafel slingerde een exemplaar van de *Aurora Star*, vol vetvlekken. Op de voorpagina stond een foto van Harry in zijn glorietijd, met zijn respectabele voorkomen, diepzinnige blik en zelfverzekerdheid. Vlak daaronder stond een foto van zijn aankomst in de zittingszaal van de rechtbank in Concord, geboeid en van zijn troon gestoten, met warrige haren, vermoeide trekken en een verslagen blik; in een inzet stonden de portretten van Nola en Deborah Cooper. Het bijschrift luidde: 'WAT HEEFT HARRY QUEBERT GEDAAN?'
Erne Pinkas kwam vlak na mij binnen en schoof met zijn koffie bij me aan.
'Ik zag je gisteravond op televisie,' zei hij. 'Blijf je hier?'
'Ja, een tijdje.'
'Wat kom je doen?'
'Geen flauw idee. Iets voor Harry.'
'Dus hij is onschuldig? Ik kan me niet voorstellen dat hij zoiets zou doen. Het slaat nergens op.'
'Ik weet het niet meer, Erne.'
Op mijn verzoek vertelde Pinkas hoe de politie een paar dagen geleden in Goose Cove het stoffelijk overschot van Nola had opgegraven van een meter diepte. Die donderdag was heel Aurora opgeschrikt door de sirenes van politieauto's die uit de gehele county waren komen toestromen, van de onopvallende auto's van de recherche tot de Highway Patrol en zelfs een vrachtwagen van het forensisch laboratorium.
'Toen bekend werd dat het waarschijnlijk om Nola Kellergan ging, was dat een enorme schok voor iedereen!' zei Pinkas. 'We konden het niet geloven: dat meisje had gewoon al die tijd hier gelegen, onder onze ogen. Ik bedoel, hoe vaak heb ik niet met Harry scotch gedronken op het terras, vlak naast haar... Zeg, Marcus, heeft hij dat boek echt voor haar geschreven? Ik kan nauwelijks geloven dat ze een relatie hadden... Weet jij er meer van?'

Ik draaide met mijn lepeltje in mijn koffiekopje om een draaikolk te maken, zodat ik niet hoefde te antwoorden. Ik zei alleen: 'Het is één grote klerezooi, Erne.'

Niet veel later kwam Travis Dawn, het hoofd van politie van Aurora en bovendien Jenny's echtgenoot, op zijn beurt bij me aan tafel zitten. Hij was een van de mensen in Aurora die ik al een eeuwigheid kende: een man van een jaar of zestig met wit haar en een zachtaardig karakter, een goede vent, zo'n typische plattelandsagent voor wie al heel lang niemand bang meer is.

'Ik leef met je mee, jongen,' zei hij, terwijl hij me groette.

'Hoezo?'

'Dat deze hele zaak in je gezicht ontploft. Ik weet dat jij en Harry close waren. Dit kan niet makkelijk voor je zijn.'

Travis was de eerste die zich druk maakte over wat er door mij heen ging. Ik knikte en vroeg: 'Waarom heb ik al die tijd dat ik hier kom nooit iets over Nola Kellergan gehoord?'

'Omdat het oude geschiedenis was totdat haar lichaam in Goose Cove werd gevonden. Het soort geschiedenis waar de mensen liever niet meer aan denken.'

'Wat is er op 30 augustus 1975 gebeurd, Travis? En wat is er met die Deborah Cooper gebeurd?'

'Een smerige zaak, Marcus. Heel smerig. Ik heb het van heel dichtbij meegemaakt, want ik had die dag dienst. In die tijd was ik nog gewoon agent. De meldkamer stuurde mij erop af... Deborah Cooper was een lief oud vrouwtje dat sinds de dood van haar man alleen in een afgelegen huis aan de rand van het bos van Side Creek woonde. Weet je waar dat is, Side Creek? Waar dat enorme bos begint, twee mijl voorbij Goose Cove. Ik herinner me die oude mevrouw Cooper nog heel goed: in die tijd zat ik nog niet zo lang bij de politie, en ze belde regelmatig. Vooral 's nachts, om te melden dat ze verdachte geluiden rond het huis hoorde. Ze zat voortdurend in de rats in dat grote huis aan de rand van het bos, en soms had ze behoefte aan iemand die haar gerust kwam stellen. Iedere keer verontschuldigde ze zich voor de overlast en bood ze de agenten die gekomen waren taart en koffie aan. En de volgende ochtend kwam ze ons op het bureau een kleinigheidje brengen. Een lief oud vrouwtje, kortom. Zo iemand voor wie je graag iets doet. Hoe dan ook, op 30 augustus 1975 belde mevrouw Cooper het alarmnummer van de politie en vertelde ze dat ze in het bos een meisje had gezien dat achtervolgd werd door een man.

Ik was de enige die op dat moment in Aurora op patrouille was en ik ging direct naar haar toe. Het was de eerste keer dat ze overdag belde. Toen ik aankwam, stond ze voor het huis te wachten. Ze zei: "Je zult wel denken dat ik gek ben, Travis, maar ik heb echt iets raars gezien." Ik ging een kijkje nemen bij de bosrand, waar ze het meisje had zien rennen: ik vond een stukje rode textiel. Ik concludeerde direct dat we dit serieus moesten nemen en ik bracht Chief Pratt op de hoogte, die in die tijd het hoofd van de politie van Aurora was. Hij had geen dienst, maar toch kwam hij meteen. Het is een enorm bos en we waren maar met z'n tweeën. We trokken dieper het bos in: na ruim een mijl vonden we bloedsporen, blonde haren en nog wat flarden rode textiel. We hadden geen tijd om nog meer vragen te stellen, want op dat moment hoorden we een schot uit de richting van het huis van Deborah Cooper… we renden ernaartoe; we vonden de oude mevrouw Cooper in een plas bloed in de keuken liggen. Toen hoorden we dat ze kort daarvoor met de meldkamer had gebeld om te zeggen dat het meisje dat ze eerder had gezien om hulp was komen vragen.'

'Dus het meisje was terug naar het huis gegaan?'

'Ja. Terwijl wij in het bos waren, was ze onder het bloed komen aanzetten en had ze om hulp gevraagd. Maar toen wij aankwamen was er niemand in huis, alleen het lijk van mevrouw Cooper. Het was volslagen krankzinnig.'

'En dat meisje was Nola?' vroeg ik.

'Ja, daar kwamen we al snel achter. Eerst toen haar vader korte tijd later belde om haar als vermist op te geven. En daarna toen we hoorden dat Deborah Cooper dat aan de meldkamer had doorgegeven.'

'En wat gebeurde er toen?'

'Na mevrouw Coopers tweede telefoontje waren alle eenheden uit de omtrek al onderweg. Een deputy sheriff die naar de rand van het bos van Side Creek reed, zag een zwarte Chevrolet Monte Carlo in noordelijke richting wegrijden. Er werd een achtervolging ingezet, maar ondanks de wegversperringen wist hij te ontkomen. Wekenlang zochten we naar Nola: we hebben de hele streek binnenstebuiten gekeerd. Wie had gedacht dat ze gewoon in Goose Cove was, bij Harry Quebert? Alles wees erop dat ze ergens in dat bos was. We hebben een eindeloze klopjacht op touw gezet, maar wist je dat dat bos helemaal doorloopt tot aan Vermont? We hebben die auto nooit gevonden, en het meisje ook niet. Als we de kans hadden gehad, hadden we het hele land afgezocht, maar na drie weken moesten we het onderzoek opgeven, zeer tegen onze zin, omdat de hoge piefen van de Staatspolitie hadden besloten dat het te veel geld kostte en de uitkomst te onzeker was.'

'Hadden jullie indertijd een verdachte op het oog?'

Hij aarzelde even. Toen zei hij: 'Officieel niet, maar... we dachten wel aan Harry. Ik bedoel: dat meisje verdween drie maanden na zijn aankomst in Aurora. Wel heel toevallig, vind je niet? En bovendien: weet je wat voor auto hij in die tijd had? Een zwarte Chevrolet Monte Carlo. Maar de bewijslast tegen hem was niet sterk genoeg. En nu blijkt dat manuscript het bewijs te zijn dat we drieëndertig jaar geleden zochten.'

'Ik kan het me niet voorstellen, niet van Harry. En bovendien: waarom zou hij zoiets belastends bij het lichaam achterlaten? En waarom heeft hij die hoveniers laten spitten op een plek waar hij een lijk heeft begraven? Dat snijdt gewoon geen hout.'

Travis haalde zijn schouders op.

'Geloof me, na al die jaren als politieman heb ik geleerd dat je nooit kunt weten waartoe iemand in staat is. Vooral iemand die je goed denkt te kennen.'

Met die woorden stond hij op en nam hij vriendelijk afscheid. 'Als ik iets voor je kan doen, aarzel dan niet,' zei hij voordat hij wegging. Pinkas, die het gesprek had gevolgd maar zich er niet in had gemengd, herhaalde stomverbaasd: 'Krijg nou wat... Ik heb nooit geweten dat Harry destijds verdacht werd...' Ik antwoordde niet. Ik scheurde alleen de voorpagina van de krant los om hem mee te nemen, en hoewel het nog te vroeg was, vertrok ik naar Concord.

*

De Staatsgevangenis voor mannelijke gedetineerden van New Hampshire ligt aan North State Street 281, ten noorden van Concord. Om er vanuit Aurora te komen, moet je Route 93 verlaten bij het winkelcentrum Capitol, dan bij de Holiday Inn afslaan naar North Street en vervolgens een minuut of tien rechtdoor rijden. Als je het kerkhof van Blossom Hill en het kleine, hoefijzervormige meertje bij de rivier bent gepasseerd, rij je langs lange hekken en prikkeldraad die er geen twijfel over laten bestaan waar je bent; iets later kondigt een bord de gevangenis officieel aan, en dan zie je strenge gebouwen van rode baksteen, beschermd door een stevige omheiningsmuur, en daarna het hek van de hoofdingang. Daar recht tegenover, aan de andere kant van de weg, zit een autohandelaar.

Roth stond me op de parkeerplaats op te wachten en rookte een goedkope sigaar. Hij zag er doodkalm uit. Bij wijze van groet klopte hij me op de schouder, alsof we oude vrienden waren.
'Je eerste keer in de gevangenis?' vroeg hij.
'Ja.'
'Probeer ontspannen te blijven.'
'Waarom zou ik dat niet zijn?'
Niet ver van ons stond een meute journalisten te wachten.
'Ze zijn overal,' zei hij. 'Ga er vooral niet op in als ze je uitlokken. Het zijn net aasgieren, Goldman. Ze blijven je net zo lang lastigvallen tot je iets sappigs loslaat. Je moet sterk blijven en je mond stijf dichthouden. Het minste woord dat verkeerd geïnterpreteerd wordt kan tegen ons werken en mijn strategie overhoopgooien.'
'Wat is je strategie?'
Hij keek me doodernstig aan.
'Ontkennen.'
'Ontkennen?' herhaalde ik.
'Alles ontkennen. De relatie, de ontvoering, de moorden. We pleiten onschuldig, ik zorg dat Harry wordt vrijgesproken en ik ga ervan uit dat we miljoenen dollars schadevergoeding en rente van de staat New Hampshire krijgen.'
'En wat doe je met het manuscript dat de politie bij het lijk heeft gevonden? En Harry's bekentenissen over zijn relatie met Nola?'
'Dat manuscript bewijst niks! Schrijven is niet hetzelfde als moorden. Bovendien heeft Harry er een verklaring voor gegeven die hout snijdt: Nola had het manuscript meegenomen voordat ze verdween. Wat hun avontuurtje betreft, dat was gewoon kalverliefde. Niets ernstigs. Niets misdadigs. Wacht maar, de aanklager kan niks bewijzen.'
'Ik heb met de huidige politiechef van Aurora gesproken, Travis Dawn. Hij zegt dat Harry indertijd ook al verdacht werd.'
'Bullshit!' zei Roth, die snel grof werd als hij geïrriteerd was.
'Het schijnt dat de verdachte van toen in een zwarte Chevrolet Monte Carlo reed. Travis zegt dat Harry ook zo'n auto had.'
'Dubbele bullshit!' deed Roth er nog een schepje bovenop. 'Maar wel goed om te weten. Goed werk, Goldman, dit soort informatie heb ik nodig. Trouwens, jij kent die boerenlullen uit Aurora, kun je ze niet een beetje uithoren zodat we alvast te weten komen wat voor onzin ze tegen de jury gaan ophangen als ze als getuigen worden opgeroepen? En pro-

beer er ook achter te komen wie er te veel drinkt en wie zijn vrouw slaat: een getuige die drinkt of zijn vrouw mept kan nooit betrouwbaar zijn.'

'Da's nogal een walgelijke tactiek, vind je niet?'

'Oorlog is oorlog, Goldman. Bush heeft het land voorgelogen om Irak te kunnen binnenvallen, maar het was wel nodig; we hebben Saddam een schop onder z'n kont gegeven en de Irakezen bevrijd, en sindsdien gedraagt de wereld zich een stuk beter.'

'De meeste Amerikanen waren tegen de oorlog. En het is op een fiasco uitgelopen.'

Hij zag er teleurgesteld uit.

'Och, nee toch,' zei hij. 'Terwijl ik toch nog zo dacht…'

'Wat?'

'Ga jij op de democraten stemmen, Goldman?'

'Natuurlijk ga ik op de democraten stemmen.'

'Wacht maar tot ze ongelooflijk zware belastingen gaan heffen op rijkelui zoals jij. En dan is het te laat om te huilen. Om Amerika te regeren moet je ballen hebben. En olifanten hebben grotere ballen dan ezels, dat is nou eenmaal een feit, dat is genetisch zo bepaald.'

'Je bent een prachtmens, Roth. Maar het maakt toch niet uit: de democraten hebben de presidentsverkiezingen al gewonnen. Die geweldige oorlog van jou is impopulair genoeg om de balans te doen omslaan.'

Hij glimlachte spottend, haast ongelovig.

'Toe zeg, je gaat me toch niet vertellen dat je erin gelooft? Een vrouw en een zwarte, Goldman? Een vrouw en een zwarte? Kom nou, je bent best een slimme jongen, dus even serieus: wie kiest er nou een vrouw of een zwarte tot staatshoofd? Schrijf daar liever een boek over. Een sciencefictionverhaaltje. En wat wordt het de volgende keer? Een Porto Ricaanse lesbienne en een indianenopperhoofd?'

Op mijn verzoek liet Roth me na de gebruikelijke formaliteiten een ogenblikje met Harry alleen in de bezoekersruimte waar hij op ons wachtte. Hij zat aan een plastic tafeltje, gekleed in een gevangenisuniform, en zag er verslagen uit. Op het moment dat ik de kamer binnen kwam, klaarde zijn gezicht op. Hij ging rechtop zitten en we omhelsden elkaar langdurig voordat we zwijgend aan weerszijden van de tafel plaatsnamen. Uiteindelijk zei hij: 'Ik ben bang, Marcus.'

'We halen je hier wel uit, Harry.'

'Ze hebben hier televisie, weet je. Ik hoor alles wat er gezegd wordt.

Het is afgelopen met me. Mijn carrière is voorbij. Mijn leven is voorbij. Dit is het begin van mijn neergang: volgens mij ben ik aan het vallen.'

'Je moet nooit bang zijn om te vallen, Harry.'

Hij perste er een triest glimlachje uit.

'Fijn dat je gekomen bent.'

'Daar heb je vrienden voor. Ik zit in Goose Cove, ik heb de meeuwen gevoerd.'

'Als je terug wilt naar New York begrijp ik dat heel goed, hoor.'

'Ik ga nergens heen. Roth is een vreemde vogel, maar hij lijkt te weten wat hij doet: en hij zegt dat je zeker wordt vrijgesproken. Ik blijf hier om hem te helpen. Ik zal al het nodige doen om de waarheid boven tafel te krijgen en je blazoen schoon te wassen.'

'En je nieuwe roman? Verwachtte je uitgever die niet aan het einde van de maand?'

Ik boog mijn hoofd.

'Ik heb geen roman. Ik heb geen ideeën meer.'

'Hoe bedoel je, "geen ideeën"?'

Ik gaf geen antwoord en bracht het gesprek op een ander onderwerp door de krantenpagina uit mijn zak te halen die ik een paar uur geleden uit Clark's had meegenomen.

'Harry,' zei ik, 'ik wil het begrijpen. Ik moet weten wat er gebeurd is. Ik blijf maar denken aan dat telefoontje van jou, laatst. Je vroeg je af wat je Nola had aangedaan…'

'Dat was de emotie, Marcus. Ik was net gearresteerd, ik had recht op één telefoontje, en de enige die ik iets wilde laten weten was jij. Niet om je te vertellen dat ik was gearresteerd, maar dat ze dood was. Want jij was de enige die wist van Nola, en ik had er behoefte aan mijn verdriet met iemand te delen… Al die jaren hoopte ik dat ze nog in leven was, waar ze ook mocht zijn. Maar al die tijd was ze dood… Zij was dood en ik voelde me om allerlei redenen verantwoordelijk. Misschien omdat ik haar niet heb kunnen beschermen. Maar ik heb haar nooit een haar gekrenkt, ik zweer dat ik onschuldig ben aan alles waarvan ik beschuldigd word.'

'Ik geloof je. Wat heb je tegen de politie gezegd?'

'De waarheid. Dat ik onschuldig ben. Waarom zou ik daar anders bloemen hebben laten planten? Dat is toch volslagen idioot? Ik heb ook gezegd dat ik niet weet hoe dat manuscript daar terecht is gekomen, maar dat ze moeten weten dat ik die roman voor en over Nola had geschreven. Voordat ze verdween. En dat Nola en ik van elkaar hielden. Dat we een relatie hadden in de zomer dat ze verdween en dat ik die heb gebruikt als basis voor een roman waarvan ik indertijd twee manuscripten had: een handgeschreven origineel en een getypt exemplaar. Nola was heel geïnteresseerd in wat ik schreef, ze hielp me zelfs om het uit te typen. En op een dag kon ik de getypte versie van het manuscript niet meer vinden. Dat was eind augustus, net voor haar verdwijning... Ik ging ervan uit dat Nola het had meegenomen om erin te lezen, dat deed ze wel vaker. Ze las wat ik had geschreven en gaf me haar mening. Ze nam het mee zonder mijn toestemming te vragen... Maar die keer kon ik haar niet meer vragen of ze mijn manuscript had meegenomen, omdat ze was verdwenen. Het handgeschreven exemplaar had ik nog. En die roman was *De wortels van het kwaad*, en je weet hoe succesvol die een paar maanden later werd.'

'Dus je hebt dat boek echt voor Nola geschreven?'

'Ja. Ik zag op televisie dat ze overwegen om het uit de handel te nemen.'

'Maar wat speelde er tussen jou en Nola?'

'Een liefdesgeschiedenis, Marcus. Ik werd stapelverliefd op haar. En ik geloof dat dat mijn ondergang is geworden.'

'Heeft de politie nog meer bewijzen tegen je?'

'Weet ik niet.'

'En dat kistje? Waar is dat kistje met die brief en de foto's? Ik heb het niet bij je thuis gevonden.'

Hij had geen tijd om te antwoorden: de deur van de kamer ging open en hij maande me met een gebaar tot stilte. Roth kwam binnen. Hij kwam naar onze tafel toe, en toen hij ging zitten pakte Harry onopvallend het notitieboekje dat ik voor me had neergelegd en schreef er een paar woorden in die ik op dat moment niet kon lezen.

Roth begon aan lange uitweidingen over de voortgang van de zaak en over de procedures. Na een monoloog van een halfuur vroeg hij aan Harry: 'Zijn er details over Nola die je nog niet hebt verteld? Ik moet alles weten, dat is essentieel.'

Er viel een stilte. Harry keek ons langdurig aan, toen zei hij: 'Ja, er is nog iets wat jullie moeten weten. Over 30 augustus 1975. Op die avond, de avond dat ze is verdwenen, zou ze naar me toe komen...'

'Naar je toe komen?' herhaalde Roth.

'De politie heeft gevraagd wat ik deed op de avond van 30 augustus 1975, en ik heb gezegd dat ik niet in de stad was. Maar dat is een leugen. Het is het enige waarover ik niet de waarheid heb verteld. Die nacht zat ik vlak bij Aurora in een kamer van een motel aan Route 1, richting Maine.

Het Sea Side Motel. Het bestaat nog steeds. Ik zat in kamer 8 op bed te wachten, opgedoft als een puberjongen en met een grote bos blauwe hortensia's, haar lievelingsbloemen. We hadden om zeven uur afgesproken, en ik herinner me dat ik wachtte en wachtte en dat ze maar niet kwam. Om negen uur was ze twee uur te laat. Ze was nog nooit te laat geweest. Nog nooit. Ik zette de hortensia's in een bodempje water in de wasbak en ik deed de radio aan voor wat afleiding. Het was een drukkende, onweerachtige nacht, ik stikte van de hitte, het was bloedheet in mijn pak. Ik haalde het briefje uit mijn zak en las het tien, misschien wel honderd keer over. Dat briefje dat ze een paar dagen eerder voor me geschreven had, dat korte liefdesbriefje dat ik nooit zal vergeten en waarin stond:

Maak je geen zorgen, Harry. Maak je over mij geen zorgen, ik zorg dat ik er ben. Wacht op me in kamer 8, dat is een mooi getal, mijn lievelingsgetal. Zorg dat je om zeven uur 's avonds in die kamer op me wacht. Dan gaan we hier voor altijd weg.

Ik heb je lief.
Zo innig lief.

Nola

Ik herinner me nog dat de radio-omroeper zei dat het tien uur was. Tien uur, en Nola was er nog steeds niet. Uiteindelijk viel ik met al mijn kleren aan op bed in slaap. Toen ik mijn ogen weer opendeed, was het al geen nacht meer. De radio stond nog aan en ik hoorde het nieuws van zeven uur: "... Groot alarm in de omgeving van Aurora nadat gisteravond rond zeven uur een vijftienjarig meisje genaamd Nola Kellergan is verdwenen. De politie is op zoek naar iedereen die er meer over zou kunnen vertellen [...] Ten tijde van haar verdwijning ging Nola Kellergan gekleed in een rode jurk [...]." In paniek sprong ik op. Zo snel als ik kon deed ik de bloemen weg en ik vertrok meteen naar Aurora, met kreukels in mijn kleren en haar dat alle kanten op stond. De kamer had ik van tevoren al betaald.

Ik had nog nooit zo veel politie in Aurora gezien. Er stonden wagens uit alle county's in de omtrek. Bij een wegversperring op Route 1 werden alle auto's die de stad in en uit reden gecontroleerd. Ik zag Gareth Pratt staan, het hoofd van politie, met een karabijn in de hand.

"Ik hoorde het net op de radio," zei ik.
"Het is één grote puinhoop," antwoordde hij.
"Wat is er gebeurd?"
"Dat weten we nog niet. Nola Kellergan is uit haar huis verdwenen. Ze is gisteravond in de buurt van Side Creek Lane gesignaleerd, en sindsdien hebben we geen enkel spoor meer van haar. De hele streek is vergrendeld en we zijn het bos aan het doorzoeken."

Op de radio werd haar signalement aan één stuk door verspreid: "Een jonge, blanke vrouw van vijf voet twee, gewicht honderd pond, met lang blond haar en groene ogen, gekleed in een rode jurk. Ze draagt een gouden halsketting met daarin de inscriptie NOLA." Een rode jurk, een rode jurk, een rode jurk, klonk het alsmaar op de radio. Die rode jurk was haar lievelingsjurk. Die had ze voor mij aangetrokken. Dát deed ik op de avond van 30 augustus 1975. Zo goed?'

Roth en ik zeiden geen woord.

'Wilden jullie er samen vandoor gaan?' zei ik. 'Waren jullie van plan om er samen vandoor te gaan op de dag dat ze verdween?'

'Ja.'

'Zei je daarom dat het jouw schuld was toen je laatst belde? Jullie hadden afgesproken, en toen ze naar jou toe kwam is ze verdwenen...'

Hij knikte ontdaan.

'Als we die afspraak niet hadden gehad, was ze nu misschien nog in leven...'

Toen we de zaal uit liepen, zei Roth dat het verhaal dat ze er samen vandoor wilden gaan een ramp was en dat het onder geen beding mocht uitlekken. Als die beschuldiging zou worden geuit was het gedaan met Harry. Op de parkeerplaats namen we afscheid; ik wachtte tot ik in de auto zat voordat ik mijn notitieboekje opensloeg en las wat Harry had geschreven.

Marcus – op mijn bureau staat een porseleinen pot. Helemaal onderin zit een sleutel. Die komt uit de kleedkamer van de sportschool in Montburry. Locker 201. Alles ligt erin. Verbrand het. Ik ben in gevaar.

Montburry is een buurstadje van Aurora dat een mijl of tien landinwaarts ligt. Diezelfde middag reed ik ernaartoe, nadat ik naar Goose Cove was gereden en de sleutel tussen de paperclips in de pot had gevonden. Er was maar één sportschool in Montburry, gevestigd in een modern gebouw dat volledig uit glas bestond, aan de belangrijkste verkeersader van het stadje. In de verlaten kleedkamer vond ik locker 201 en de sleutel paste. Erin lagen een trainingspak, energierepen, handschoenen voor de halters en ook het houten kistje dat ik een paar maanden eerder op Harry's werkkamer had gevonden. Alles zat er nog in: de foto's, de artikelen, het briefje in Nola's handschrift. Ik vond ook een pak ingebonden, vergeelde papieren. Het voorblad was leeg; er stond geen titel op. Vluchtig las ik de eerste bladzijden door: het was een handgeschreven tekst en ik hoefde alleen de eerste paar zinnen maar te lezen om te begrijpen dat dit het manuscript was van *De wortels van het kwaad*. Het manuscript waar ik een paar maanden eerder zo lang naar had gezocht, lag rustig te slapen in de kleedkamer van een sportschool. Ik ging op een bank zitten en ik nam een moment om koortsig en verrukt naar de bladzijden te kijken: de tekst was perfect, geen doorhaling te bekennen. Er kwamen mensen binnen om zich om te kleden, maar ik sloeg geen acht op ze: ik kon me niet losmaken van de tekst. Harry had een meesterwerk geschreven zoals ik dat ook zo graag tot stand zou willen brengen. Hij was in een café aan een tafeltje gaan zitten en had deze volkomen geniale woorden geschreven, deze sublieme zinnen die heel Amerika hadden geraakt, en ondertussen had hij ervoor gezorgd dat hij zijn liefdesgeschiedenis met Nola Kellergan erin verborg.

Terug in Goose Cove volgde ik Harry's instructies angstvallig op. Ik maakte een vuur in de haard in de woonkamer en gooide de hele inhoud van de kist erin: de brief, de foto's, de krantenknipsels en ten slotte het manuscript. 'Ik ben in gevaar,' had hij geschreven. Wat voor gevaar bedoelde hij? Het vuur verdubbelde in omvang: Nola's brief verging tot stof, er kwamen gaten in het midden van de foto's en daarna verdwenen ze in de hitte. Het manuscript ontbrandde met een immense oranje vlam en de pagina's vielen uiteen in enorme haardslakken. Ik zat voor de schouw en zag de geschiedenis van Harry en Nola verdwijnen.

*

Dinsdag 3 juni 1975

Het was die dag slecht weer. De middag liep ten einde en het strand was verlaten. Sinds zijn aankomst in Aurora was de hemel nog nooit zo zwart, zo dreigend geweest. Het noodweer ontketende de oceaan, die zwol van schuim en woede: het zou nu snel gaan regenen. Juist vanwege dit slechte weer was hij naar buiten gegaan: hij was de houten trap af gedaald die van het terras naar het strand liep en hij was op het zand gaan zitten. Zijn opschrijfboek lag op zijn knieën, zijn pen gleed over het papier. De op til zijnde storm inspireerde hem, hij zat vol ideeën voor een grote roman. Deze laatste weken had hij meerdere goede ideeën voor zijn nieuwe boek gehad, maar geen enkel was op iets uitgelopen; hij was verkeerd begonnen of had ze verkeerd uitgewerkt.

De eerste druppels vielen uit de hemel. Eerst sporadisch, toen werd het plotseling een stortbui. Hij wilde net wegvluchten om te schuilen, maar toen zag hij haar: ze liep op blote voeten langs de oceaan met haar sandalen in de hand. Ze danste in de regen en speelde met de golven. Verbijsterd en vol verwondering bleef hij naar haar staan kijken: ze volgde de lijn van de branding en lette goed op dat de slippen van haar rok niet nat werden. Eén moment was ze onzorgvuldig en liet ze het water tot haar enkels komen; verrast barstte ze in lachen uit. Ze waagde zich nog wat verder in de grijze oceaan, draaide om haar as en gaf zich over aan de enormiteit. Het leek of de wereld van haar was. In haar blonde haren die meedreven op de wind zat een gele haarspeld in de vorm van een bloem, die ervoor zorgde dat er geen lokken in haar gezicht sloegen. Nu daalde er een stortvloed van water neer uit de hemel.

Toen zij zich ervan bewust werd dat hij op een tiental meters van haar vandaan stond, verstarde ze. Gegeneerd dat ze was gezien, riep ze uit: 'Het spijt me... Ik had niet gemerkt dat u er was.'

Hij voelde zijn hart bonzen.

'Je hoeft absoluut geen sorry te zeggen,' antwoordde hij. 'Ga toch door. Ga alsjeblieft door! Ik heb nog nooit iemand zo van de regen zien genieten.'

Ze straalde.

'Houdt u er ook zo van?' vroeg ze enthousiast.

'Waarvan?'

'Van regen.'

'Nee, ik... ik heb er eigenlijk zelfs een hekel aan.'

Haar glimlach was prachtig.

'Hoe kun je nou een hekel aan regen hebben? Ik heb nog nooit zoiets moois gezien. Kijk dan! Kijk!'

Hij keek omhoog; het water parelde op zijn gezicht. Hij keek naar de miljoenen strepen die het landschap striemden en hij draaide om zijn as.

Zij deed hetzelfde. Ze lachten. Ze waren doorweekt. Uiteindelijk gingen ze schuilen onder de pijlers van het terras. Hij haalde een pakje sigaretten uit zijn zak dat gedeeltelijk voor de zondvloed gespaard was gebleven en stak er een op.

'Mag ik er ook een?' vroeg ze.

Hij stak haar het pakje toe en ze pakte er een uit. Hij was volledig van haar in de ban.

'U bent toch die schrijver?' vroeg ze.

'Ja.'

'U komt toch uit New York…?'

'Ja.'

'Dan heb ik een vraag voor u: waarom zou je uit New York naar zo'n afgelegen gat vertrekken?'

Hij glimlachte.

'Ik had behoefte aan een andere omgeving.'

'Ik zou zo graag naar New York willen!' zei ze. 'Ik zou er urenlang rondlopen en alle shows op Broadway gaan zien. Ik zou best een ster willen zijn. Een New Yorkse ster…'

'Pardon,' onderbrak Harry haar, 'maar kennen wij elkaar eigenlijk?'

Ze lachte weer met die prachtige lach.

'Nee. Maar iedereen weet wie u bent. U bent de schrijver. Welkom in Aurora, meneer. Ik heet Nola. Nola Kellergan.'

'Harry Quebert.'

'Dat weet ik. Dat weet iedereen, dat zei ik toch.'

Hij wilde haar een hand geven maar ze leunde op zijn arm, ging op haar tenen staan en kuste hem op de wang.

'Ik moet weg. Aan niemand vertellen dat ik rook, hè?'

'Beloofd.'

'Tot ziens, meneer de schrijver. Ik hoop dat we elkaar nog eens tegenkomen.'

En ze verdween door de striemende regen.

Hij was volkomen van de kaart. Wie was dat meisje? Zijn hart bonsde. Lange tijd bleef hij onbeweeglijk onder het terras staan; totdat de avond viel. Hij voelde de regen niet meer en de duisternis evenmin. Hij vroeg zich af hoe oud ze was. Te jong, dat wist hij. Maar ze had hem veroverd. Ze had zijn ziel in brand gezet.

*

Een telefoontje van Douglas bracht me terug naar de werkelijkheid. Er waren twee uur verstreken; het werd al avond. In de haard lagen alleen nog wat kooltjes te gloeien.

'Iedereen heeft het over je,' zei Douglas. 'Niemand begrijpt wat je in New Hampshire uitspookt... Iedereen zegt dat je de grootste stommiteit van je leven begaat.'

'Iedereen weet ook dat Harry en ik bevriend zijn. Ik kan toch niet werkeloos toekijken?'

'Maar dit is iets anders, Marc. Denk aan die moorden, aan dat boek. Ik geloof dat je geen idee hebt van de omvang van dit schandaal. Barnaski is woedend, hij denkt dat je geen roman voor hem hebt. Hij zegt dat je naar New Hampshire bent gegaan om onder te duiken. En geef hem eens ongelijk... Het is 17 juni, Marc. Over dertien dagen is de deadline. Over dertien dagen is het afgelopen met je.'

'Denk je dat ik dat niet weet, verdomme? Bel je me daarvoor? Om me eraan te herinneren hoe ik ervoor sta?'

'Nee, ik bel omdat ik denk dat ik een idee heb.'

'Een idee? Vertel op.'

'Schrijf een boek over de zaak Harry Quebert.'

'Wat? Nee, geen sprake van. Ik ga geen comeback maken over Harry's rug.'

'Hoe bedoel je, "over Harry's rug"? Je zei toch dat je hem wilt verdedigen? Bewijs dat hij onschuldig is en schrijf er een boek over. Heb je enig idee hoe goed zoiets zou lopen?'

'En dat allemaal in tien dagen?'

'Ik heb het er met Barnaski over gehad. Om hem te kalmeren...'

'Wat? Heb je...'

'Marc, voordat je op je achterste poten gaat staan, moet je even luisteren. Volgens Barnaski is het een gouden kans! Hij denkt dat de zaak Harry Quebert in de woorden van Marcus Goldman tientallen miljoenen zou kunnen opleveren! Dat het het boek van het jaar zou kunnen worden. Hij is bereid om je contract open te breken. Hij is bereid om je met een schone lei te laten beginnen: ontbinding van het oude contract, een nieuwe overeenkomst en bovendien een voorschot van een half miljoen. Weet je wat dat betekent?'

Wat dat betekende was dat het schrijven van zo'n boek mijn carrière weer op de rails zou zetten. Het zou gegarandeerd een bestseller worden, succes verzekerd en bergen geld in het vooruitzicht.

'Waarom zou Barnaski dat voor mij doen?'

'Dat doet hij niet voor jou, dat doet hij voor zichzelf. Je hebt geen idee hoeveel er hier over die zaak gepraat wordt, Marc. Dat boek wordt de klapper van de eeuw!'

'Ik denk niet dat ik het kan. Ik kan niet meer schrijven. Ik weet niet eens of ik het ooit heb gekund. En om nou op onderzoek uit te gaan... is dat niet het werk van de politie? Ik heb geen idee hoe je zoiets aanpakt.'

Douglas bleef aandringen.

'Marc, dit is de kans van je leven.'

'Ik zal erover nadenken.'

'Daarmee bedoel je dat je er niet over zult nadenken.'

Om dat laatste moesten we allebei lachen: hij kende me goed.

'Doug... Kun je verliefd worden op een meisje van vijftien?'

'Nee.'

'Hoe weet je dat zo zeker?'

'Ik weet niks zeker.'

'En wat is liefde?'

'Marc, alsjeblieft, geen filosofische discussies nu...'

'Maar Douglas, Harry hield van dat meisje! Hij was stapelverliefd op haar. Dat heeft hij me vandaag in de gevangenis verteld: hij stond op het strand voor zijn huis, hij zag haar en hij was op slag verliefd. Waarom op haar en niet op een ander?'

'Ik weet het niet, Marc. Maar ik zou graag weten wat jou zo sterk aan Quebert bindt.'

'De Geweldenaar,' antwoordde ik.

'Wie?'

'De Geweldenaar. Een jongeman die niet vooruitkwam in het leven. Totdat hij Harry ontmoette. Harry heeft me geleerd hoe je schrijver wordt. Hij heeft me geleerd hoe belangrijk het is om te leren vallen.'

'Wat bazel je nou, Marc? Ben je dronken? Je bent schrijver omdat je talent hebt.'

'Nee, dat is het hem nou juist. Je wordt niet als schrijver geboren. Dat moet je worden.'

'Is dat wat er in 1998 in Burrows is gebeurd?'

'Ja. Hij heeft al zijn kennis aan me overgedragen... Ik heb alles aan hem te danken.'

'Wil je me erover vertellen?'

'Als je dat wilt.'

Die avond vertelde ik Douglas welke geschiedenis mij met Harry verbond. Na het gesprek daalde ik af naar het strand. Ik had behoefte aan frisse lucht. In de duisternis kon je nog net de dikke wolken zien: het was drukkend weer, er was onweer op til. Plotseling stak de wind op: de bomen begonnen woest te schudden, alsof de aarde zelf het einde van de grote Harry Quebert aankondigde.

Pas veel later liep ik terug naar het huis. En toen ik bij de voordeur stond, zag ik het briefje dat een anonieme hand in mijn afwezigheid had achtergelaten. Een doodgewone envelop zonder enige aanduiding, waarin ik een op de computer getypt berichtje vond. Het luidde:

Ga naar huis, Goldman.

28

Weet hoe je moet vallen

(Universiteit van Burrows, Massachusetts, 1998-2002)

'Harry, als ik maar één van je lessen zou moeten onthouden, welke zou dat dan zijn?'
 'Wat vind je zelf?'
 'Ik zou zeggen: "Weet hoe je moet vallen".'
 'Dat ben ik volkomen met je eens, Marcus. Het leven is één grote valpartij. En het belangrijkste is dat je leert hoe dat moet.'

1998 was niet alleen het jaar van de grote ijzelstorm die het noorden van de Verenigde Staten en een deel van Canada lamlegde en miljoenen mensen dagenlang in duisternis dompelde, maar ook van mijn kennismaking met Harry. Die herfst verliet ik Felton High en zette ik mijn eerste stappen op de campus van de universiteit van Burrows, een mengsel van prefab- en victoriaanse gebouwen, omringd door reusachtige, prachtig onderhouden gazons. Ik kreeg een mooie kamer toegewezen in de oostelijke vleugel van het studentencomplex die ik deelde met een sympathieke slungel uit Idaho genaamd Jared: een vriendelijke, bebrilde zwarte uit een dominant gezin, die duidelijk doodsbang was voor zijn nieuwverworven vrijheid en altijd vroeg of dingen móchten. 'Mag je naar buiten om cola te kopen? Mag je na tienen de campus nog op? Mag je eten bewaren op je kamer? Mag je een college missen als je ziek bent?' Ik antwoordde dat hij sinds de invoering van het dertiende amendement, waarmee de slavernij werd afgeschaft, mocht doen wat hij wilde, en hij straalde van geluk.

Jared had twee obsessies: studeren en zijn moeder bellen om haar te laten weten dat het goed met hem ging. Zelf had ik er maar één: een beroemd schrijver worden. Mijn tijd bracht ik door met het schrijven van verhalen voor het tijdschrift van de universiteit, maar dat plaatste er maar de helft van, en dan nog op de ongunstigste plek, in het advertentiekatern voor lokale bedrijven, dat niemand interesseerde: Drukkerij Lukas, Forster Rioolreiniging, Kapper François en Julie Hu Bloemen. Ik vond het schandalig en onrechtvaardig. De waarheid was dat ik het sinds mijn aankomst op de campus moest opnemen tegen een geduchte concurrent in de persoon van Dominic Reinhartz, een met een uitzonderlijk schrijftalent begenadigde derdejaarsstudent bij wie ik bleekjes afstak. Alle lof die het tijdschrift kreeg was voor hem, en telkens als het blad verscheen, ving ik in de bibliotheek de bewonderende opmerkingen van mijn medestudenten op. De enige die me onvoorwaardelijk steunde was Jared: als ik mijn verhalen had uitgeprint las hij ze aandachtig, en als het blad verscheen opnieuw. Ik bood hem steevast een exemplaar aan, maar hij stond erop om er op het kantoor van de redactie twee dollar voor te betalen, die hij zuur had verdiend met zijn weekendbaantje bij de schoonmaakploeg van de universiteit. Ik geloof dat hij me mateloos bewonderde. Hij zei vaak: 'Jij bent een kei, Marcus... Wat doe je eigenlijk in zo'n gat als Burrows, Massachusetts?' Op een avond in die zomer waar geen einde aan kwam, lagen we op de campus in het gras bier te drinken en naar de sterren te kijken. Jared had eerst gevraagd of je op de campus bier mocht drinken en daarna of je 's nachts op het gras mocht lopen; toen zag hij een vallende ster en riep hij uit: 'Snel, Marcus! Doe een wens!'

'Ik wens dat we slagen in het leven,' antwoordde ik. 'Wat wil jij in het leven bereiken, Jared?'

'Ik wil gewoon een goed mens worden, Marc. En jij?'

'Ik wil een beroemd schrijver worden. Miljoenen en miljoenen boeken verkopen.'

Hij sperde zijn ogen wijd open en in het donker zag ik zijn oogbollen oplichten als twee manen.

'Ik weet zeker dat dat gaat lukken, Marc. Je bent een kei!'

En ik bedacht dat vallende sterren misschien wel mooi waren maar niet durfden te stralen, en dat ze daarom zo ver mogelijk wegvluchtten. Ongeveer zoals ik.

Op donderdag misten Jared en ik nooit de colleges van een van de centrale figuren van de universiteit: de schrijver Harry Quebert. Een zeer indrukwekkende persoon, zowel door zijn charisma als vanwege zijn persoonlijkheid, en een bijzondere docent, aanbeden door zijn leerlingen en gerespecteerd door zijn collega's. Hij had heel wat in de melk te brokkelen op Burrows: iedereen luisterde naar hem en respecteerde zijn mening, niet alleen omdat hij Harry Quebert was, dé Harry Quebert, de pen van Amerika, maar ook omdat hij imponeerde met zijn grote gestalte, zijn natuurlijke elegantie en zijn warme bulderstem. Als hij over een gang van de universiteit of een pad van de campus liep, draaide iedereen zich naar hem toe om hem te groeten. Hij was mateloos populair: de studenten waren hem dankbaar omdat hij zijn tijd aan zo'n kleine universiteit besteedde, terwijl iedereen wist dat hij maar één telefoontje hoefde te plegen om een leerstoel te krijgen aan de meest prestigieuze universiteiten van het land. Hij was trouwens de enige van het hele docentenkorps die zijn colleges in het grote auditorium gaf, dat gewoonlijk alleen voor diploma-uitreikingen of theatervoorstellingen werd gebruikt.

Het jaar 1998 was ook het jaar van de affaire-Lewinsky, het jaar van de presidentiële pijpbeurt, toen Amerika met afgrijzen ontdekte dat zulke verwennerijtjes waren doorgedrongen tot de hoogste kringen, en de gerespecteerde president Clinton werd gedwongen tot een scène van boetvaardigheid ten overstaan van het hele land omdat hij zijn edele delen had laten aflebberen door een toegewijde stagiaire. Een smeuïge zaak die op ieders lippen lag: op de campus ging het over niets anders, en we vroegen ons bloedserieus af hoe het met onze goede president zou aflopen.

Op een donderdagochtend aan het einde van oktober begon Harry Quebert zijn college als volgt: 'Dames en heren, we zijn allemaal zeer opgewonden over de gebeurtenissen in Washington, nietwaar? De zaak-Lewinsky... Beseft u wel dat er in de geschiedenis van de Verenigde Staten sinds George Washington nog maar twee oorzaken zijn geweest voor de beëindiging van het mandaat van een president: het feit dat hij een smerig stuk vreten is, zoals in het geval van Richard Nixon, of het feit dat hij doodgaat? Tot de dag van vandaag hebben negen presidenten hun termijn om een van deze redenen vervroegd moeten afbreken: Nixon is afgetreden en de andere acht zijn overleden, van wie de helft vermoord. Maar nu kan er een derde reden aan de lijst worden toegevoegd: fellatio. Orale omgang, pijperij, slurpie-slurp, een afzuigbeurt. En het is aan iedereen om bij zichzelf te rade te gaan of onze machtige president onze machtige president nog wel is als zijn broek op zijn knieën hangt. Dit is de grootste liefhebberij van Amerika: seksverhalen. Ethische kwesties. Amerika is het paradijs van de pik. En u zult zien dat over een paar jaar niemand nog weet dat meneer Clinton de economie uit het slop heeft gehaald, dat hij zeer behendig heeft weten om te gaan met de republikeinse meerderheid in de Senaat en dat hij Rabin en Arafat zo ver heeft gekregen dat ze elkaar de hand hebben geschud. Terwijl iedereen zich wel de zaak-Lewinsky zal herinneren, want, dames en heren, zo'n pijpbeurt wordt in het geheugen gebrand. Goed, dus onze president laat zich af en toe graag afzuigen. Nou en? Daar is hij vast niet de enige in. Wie van de aanwezigen houdt daar ook van?'

Na die woorden zweeg Harry en keek hij het auditorium rond. Er viel een lange stilte; de meeste studenten staarden naar hun schoenen. Jared, die naast me zat, deed zijn ogen zelfs dicht zodat hij Harry's blik niet zou ontmoeten. En ik stak mijn hand op. Ik zat op een van de achterste rijen, en Harry wees me aan en zei: 'Sta op, jonge vriend. Sta op zodat men je goed kan zien en vertel ons wat je op de lever hebt.'

Ik ging trots op mijn stoel staan.

'Ik vind het heerlijk om gepijpt te worden. Mijn naam is Marcus Goldman en ik laat me graag pijpen. Net als onze geliefde president.'

Harry liet zijn leesbril zakken en keek me geamuseerd aan. Later zou hij me toevertrouwen: 'Toen ik je die dag zag, Marcus, toen ik die jonge, trotse man met dat sterke lichaam op zijn stoel zag staan, dacht ik bij mezelf: "Verdomd, dat is een flinke kerel."' Maar op dat moment vroeg hij alleen: 'En zeg eens, jongeman, laat jij je liever afzuigen door jongens of door meisjes?'

'Door meisjes, professor Quebert. Ik ben een goed heteroseksueel en een goed Amerikaan. God zegene de president, God zegene de seks en God zegene Amerika.'

De stomverbaasde zaal barstte in lachen uit en begon te applaudisseren. Harry was heel opgetogen. Aan mijn medestudenten zei hij: 'Weet u, niemand zal deze arme jongen ooit nog in hetzelfde licht zien. Iedereen zal denken: dat is die viezerik die zich zo graag laat verwennen. En los van al zijn talenten, los van al zijn kwaliteiten zal hij vanaf nu bekendstaan als "meneertje Pijp".' Hij richtte zich weer tot mij. 'En, meneertje Pijp, wilt u dan nu met ons delen waarom u dergelijke bekentenissen doet, terwijl uw medestudenten zo kies zijn om hun mond te houden?'

'In het paradijs van de pik kan seks je ondergang betekenen, maar het kan je ook naar de top lanceren, professor Quebert. En nu iedereen in de zaal de blik op mij heeft gericht, kan ik u tot mijn grote vreugde meedelen dat ik uitstekende verhalen schrijf voor het universiteitsblad, waarvan de exemplaren na afloop van dit college voor slechts vijf dollar verkocht zullen worden.'

Na het college kwam Harry bij de uitgang van het auditorium naar me toe. Mijn medestudenten hadden mijn voorraad exemplaren van het tijdschrift bijna uitgeput. Hij kocht het laatste.

'Hoeveel heb je er verkocht?' vroeg hij.

'Mijn hele voorraad, vijftig stuks. En er zijn er nog een stuk of honderd besteld en vooruitbetaald. Ik heb ze ingekocht voor twee dollar per stuk en doorverkocht voor vijf. Ik heb dus net vierhonderdvijftig dollar verdiend. En daarnaast heeft een van de redactieleden me gevraagd om de nieuwe hoofdredacteur te worden. Hij zegt dat ik een enorme publicitaire slag voor het blad heb gemaakt en dat hij nog nooit zoiets gezien heeft. O ja, ik zou bijna vergeten dat ik van een stuk of tien meisjes het telefoonnummer heb gekregen. U hebt gelijk, dit is het paradijs van de pik. En het staat iedereen vrij om daar zo goed mogelijk van te profiteren.'

Hij glimlachte en stak zijn hand naar me uit.

'Harry Quebert,' stelde hij zich voor.

'Ik weet wie u bent, meneer. Ik ben Marcus Goldman. Het is mijn droom om net zo'n groot schrijver te worden als u. Ik hoop dat mijn verhaal u zal bevallen.'

We schudden elkaar stevig de hand en hij zei: 'Waarde Marcus, er kan geen twijfel over bestaan dat jij het ver zult schoppen.'

Maar desondanks kwam ik die dag niet veel verder dan het bureau van de decaan van de letterenfaculteit, Dustin Pergal, die me woedend op zijn kamer ontbood.

'Jongeman,' zei hij met zijn nasale, opgewonden stem, terwijl hij zich vastklampte aan de armleuningen van zijn stoel. 'Hebt u eerder vandaag in een afgeladen auditorium pornografische uitspraken gedaan?'

'Pornografisch niet, nee.'

'Klopt het dan niet dat u ten overstaan van driehonderd medestudenten de orale omgang hebt verheerlijkt?'

'Ik had het over pijpen, meneer. Dat klopt.'

Hij hief zijn ogen ten hemel.

'Meneer Goldman, kunt u beamen dat u de woorden God, zegenen, seks, heteroseksueel, homoseksueel en Amerika in een en dezelfde zin hebt gebruikt?'

'Ik weet niet meer wat ik precies heb gezegd, maar ongeveer zoiets was het wel, ja.'

Hij probeerde rustig te blijven en articuleerde langzaam: 'Meneer Goldman, kunt u mij dan vertellen welke obscene zin al die woorden tegelijk kan bevatten?'

'O, maakt u zich maar geen zorgen, meneer de decaan. Er was niets obsceens aan. Het ging gewoon over Gods zegen over Amerika en over seks en alle activiteiten die daaruit kunnen voortvloeien. Van voren, van achter, van links naar rechts en weer terug, als u snapt wat ik bedoel. Wij Amerikanen houden nou eenmaal van zegenen. Dat zit in de cultuur. Zodra we ergens tevreden over zijn, beginnen we alles en iedereen te zegenen.'

Hij hief zijn ogen ten hemel.

'Bent u vervolgens bij de uitgang van het auditorium een geïmproviseerde stand begonnen waar u het universiteitsblad hebt verkocht?'

'Zeker, meneer. Maar dat was een geval van overmacht, waarover ik u graag meer vertel. Ziet u, ik doe heel veel moeite om verhalen te schrijven voor het universiteitsblad, maar de redactie plaatst ze altijd op de slechtste pagina's. Ik had dus wat publiciteit nodig om gelezen te worden. Want waarom zou je schrijven als niemand je leest?'

'Is het een pornografisch getint verhaal?'

'Nee, meneer.'

'Ik zou er graag een blik op werpen.'

'Natuurlijk. Dat is dan vijf dollar voor het tijdschrift.'

Pergal ontplofte.

'Meneer Goldman, volgens mij hebt u geen idee van de ernst van de situatie! U hebt met uw uitspraken aanstoot gegeven! Er hebben studenten geklaagd! Dit is een vervelende situatie voor u, voor mij, voor iedereen. U schijnt te hebben gezegd' – hij las van een papier dat voor hem lag – '"Ik vind het heerlijk om gepijpt te worden... Ik ben een goed heteroseksueel en een goed Amerikaan. God zegene de president, seks en Amerika." Wat is dat in hemelsnaam voor idiotie?'

'Het is gewoon de waarheid, meneer de decaan: ik ben een goed heteroseksueel en een goed Amerikaan.'

'Dat hoef ik helemaal niet te weten! Uw seksuele geaardheid kan niemand wat schelen, meneer Goldman! Met de walgelijke activiteiten die zich ter hoogte van uw middel afspelen, hebben uw medestudenten niets te maken!'

'Ik gaf alleen antwoord op de vragen van professor Quebert.'

Toen Pergal dat hoorde, stikte hij haast.

'Wat... wat zegt u daar? Vragen van professor Quebert?'

'Ja, hij vroeg wie van ons zich graag liet afzuigen, en toen stak ik mijn hand op omdat ik het niet beleefd vind om geen antwoord te geven als je iets gevraagd wordt, en toen vroeg hij of ik me liever liet afzuigen door jongens of door meisjes. Dat is alles.'

'Professor Quebert vroeg of u zich...'

'Precies. Het is namelijk de schuld van president Clinton. Wat de president doet, wil iedereen doen.'

Pergal stond op en zocht een dossier tussen zijn hangmappen. Hij ging weer zitten en keek me strak aan.

'Wie bent u, meneer Goldman? Vertel eens wat over uzelf. Ik ben heel nieuwsgierig naar uw verhaal.'

Ik legde uit dat ik aan het einde van de jaren zeventig was geboren in Montclair, New Jersey, dat mijn moeder bij een warenhuis werkte en mijn vader ingenieur was. Een middenklassegezin, goede Amerikanen. Enig kind. Gelukkige kindertijd en jeugd, ondanks mijn bovengemiddelde intelligentie. Felton High. De Geweldenaar. Giants-fan. Beugel op mijn veertiende. Grootouders in Florida vanwege de zon en de sinaasappels. Alles volkomen normaal. Geen allergieën, geen kennelijke aandoeningen. Op achtjarige leeftijd een voedselvergiftiging opgelopen door kip tijdens een vakantiekamp van de padvinderij. Liefhebber van honden, niet van katten. Beoefende sporten: lacrosse, hardlopen en boksen. Ambitie: een beroemd schrijver worden. Niet-roker omdat je er longkanker van krijgt en je ervan gaat stinken bij het wakker worden. Matige drinker. Favoriete eten: steak en macaroni met kaas. Incidentele consumptie van zeevruchten, vooral bij Joe's Stone Crab in Florida, ook al zegt mijn moeder dat dat ongeluk brengt vanwege onze 'overtuiging'.

[kanttekening: Zahn-spange]

Pergal hoorde mijn biografie aan zonder een krimp te geven. Toen ik uitgepraat was, zei hij alleen: 'Meneer Goldman, hou liever op met die verhaaltjes. Ik heb zojuist uw dossier bekeken. Ik heb een paar telefoontjes gepleegd en ik heb met de directeur van Felton High gesproken. Hij zei dat u een buitengewone leerling was en dat u naar de grootste universiteiten had kunnen gaan. Dus zegt u eens: wat doet u hier?'

'Wat bedoelt u, meneer de decaan?'

'Meneer Goldman, wie kiest er nou voor Burrows als je ook naar Harvard of Yale kunt?'

Mijn opzienbarende daad in het auditorium zou mijn leven volledig veranderen, ook al kostte het me bijna mijn plek aan Burrows. Pergal had ons gesprek beëindigd met de woorden dat hij ging nadenken over mijn lot, maar uiteindelijk zou de kwestie geen gevolgen voor me hebben. Jaren later hoorde ik dat Pergal de mening was toegedaan dat een student die eens problemen maakte altijd problemen zou maken en dat hij me daarom van Burrows had willen sturen, maar dat Harry er bij hem op had aangedrongen om me te laten blijven.

De dag na deze memorabele gebeurtenis werd ik uitverkoren om de teugels van het universiteitsblad in handen te nemen en er een nieuwe dynamiek aan te geven. Als goede Geweldenaar besloot ik dat die nieuwe dynamiek erin zou bestaan dat we het werk van Reinhartz niet meer zouden publiceren en dat ik me de cover van ieder nummer toe-eigende. De maandag daarop kwam ik Harry toevallig tegen in de bokszaal van de campus, die ik gedurende mijn gehele verblijf al trouw bezocht. Maar toch was het de eerste keer dat ik hem er zag. Gewoonlijk kwam er bijna nooit iemand; op Burrows bokste men niet, en behalve ik was de enige die hier regelmatig kwam Jared, die ik ertoe had weten over te halen om maandag om de twee weken een paar rondes tegen me te boksen, want ik had een tegenstander nodig, liefst zo zwak mogelijk, zodat mijn overwinning van tevoren al vaststond. Iedere twee weken gaf ik hem dus een pak slaag, en dat deed ik met een zekere tevredenheid: de tevredenheid dat ik voor eeuwig de Geweldenaar zou blijven.

Op die maandag dat Harry naar de bokszaal kwam, stond ik voor de spiegel aan mijn bokshouding te werken. In zijn sportkleding zag hij er even elegant uit als in zijn ruitjespakken. Toen hij binnenkwam groette hij me uit de verte en zei alleen: 'Ik wist niet dat u ook van boksen hield, meneer Goldman.' Toen begon hij te oefenen tegen een zandzak in een hoek van de zaal. Hij bewoog heel goed, hij was kwiek en alert. Ik brandde van verlangen om met hem te praten, te vertellen dat ik na het college door Pergal was ontboden om te praten over pijpbeurten en vrijheid van meningsuiting, te zeggen dat ik de nieuwe hoofdredacteur van het universiteitsblad was en dat ik hem bewonderde. Maar ik was zo onder de indruk dat ik hem niet aan durfde te spreken.

De maandag daarop kwam hij opnieuw naar de zaal, waar hij getuige was van Jareds tweewekelijkse aframmeling. Vanaf de rand van de ring keek hij geïnteresseerd toe hoe ik mijn vriend een reglementair en meedogenloos pak slaag gaf, en toen het gevecht was afgelopen zei hij dat hij me een goede bokser vond en dat hij zin had om er zelf weer serieus mee te beginnen; hij wilde in vorm blijven en mijn raadgevingen zouden welkom zijn. Hij was ergens in de vijftig, maar onder zijn wijde T-shirt kon je een groot en krachtig lichaam zien: hij sloeg behendig tegen de boksballen, hij stond stevig op zijn voeten, zijn benenwerk was een beetje langzaam maar stabiel, zijn bokshouding en reflexen waren ongeschonden. Dus stelde ik hem voor om eerst de zandzak een beetje te bewerken, en zo brachten we de avond door.

De volgende maandag was hij er weer, en de daaropvolgende weken ook. In zekere zin werd ik zijn privétrainer, en zo begonnen Harry en ik met het verstrijken van de trainingssessies een band op te bouwen. Na de training kletsten we vaak wat, als we naast elkaar op de houten banken in de kleedkamer zaten om ons zweet te laten opdrogen. Na een paar weken kwam het gevreesde moment dat Harry zich in de ring wilde wagen voor een wedstrijd over drie ronden tegen mij. Natuurlijk durfde ik hem niet te slaan, maar hij had geen aansporing nodig om mij een paar keiharde rechtsen tegen de kaak te geven, en ik ging meer dan eens tegen de vlakte. Hij lachte en zei dat hij al jaren niet meer gebokst had en dat hij was vergeten hoe leuk het was. Toen hij me flink had afgetuigd en me voor slappeling had uitgemaakt, stelde hij voor om ergens iets te eten. Ik reed naar een eetcafé voor studenten aan een drukke verkeersader van Burrows, en terwijl we hamburgers aten die dropen van het vet spraken we over boeken en schrijven.

'Je bent een goede student,' zei hij. 'Je weet er heel wat van af.'
'Dank u. Hebt u mijn verhaal gelezen?'
'Nog niet.'
'Ik zou graag horen wat u ervan vindt.'
'Goed dan, vriend, als het je gelukkig maakt beloof ik dat ik er een blik op zal werpen en mijn mening zal geven.'
'Wees vooral streng,' zei ik.
'Dat beloof ik.'

Hij had me 'vriend' genoemd, en ik was buiten zinnen. Diezelfde avond belde ik mijn ouders om het ze te vertellen: na slechts een paar maanden op de universiteit dineerde ik al met de grote Harry Quebert. Mijn moeder was door het dolle heen en belde direct half New Jersey af om te vertellen dat die geniale Marcus, háár Marcus, de Geweldenaar, nu al contacten had aangeknoopt in de hoogste literaire kringen. Marcus zou een groot schrijver worden, dat stond nu wel buiten kijf.

Algauw werden de etentjes na het boksen deel van het maandagavondritueel, waar niets tussen kon komen en die mijn overtuiging dat ik de Geweldenaar was een nieuwe impuls gaven. Ik had een bevoorrechte relatie met Harry Quebert; als ik op donderdagen iets te berde bracht tijdens zijn colleges, trakteerde hij me op een 'Marcus', waar andere studenten het moesten doen met een doodgewoon 'meneer' of 'mevrouw'.

Een paar maanden later – het moet in januari of februari zijn geweest, kort na de kerstvakantie – drong ik er tijdens een van onze maandagavondetentjes bij Harry op aan om te vertellen wat hij van mijn verhaal had gevonden, want daar had hij nog steeds niets over gezegd. Na een korte aarzeling vroeg hij: 'Wil je het echt weten, Marcus?'

'Absoluut. En wees kritisch. Ik ben hier om te leren.'
'Je schrijft goed. Je hebt enorm veel talent.'
Ik bloosde van blijdschap.
'En verder?' riep ik ongeduldig uit.
'Je hebt onmiskenbaar aanleg.'
Zo gelukkig was ik nog nooit geweest.
'En is er iets waar ik volgens u nog aan moet werken?'
'O, dat spreekt vanzelf. Weet je, je hebt heel wat in je mars, maar uiteindelijk was het vrij slecht wat ik van je heb gelezen. Bar slecht zelfs, eerlijk gezegd. Volkomen waardeloos. Net als je andere teksten die ik in het universiteitsblad heb gelezen, trouwens. Het is haast crimineel dat er bomen worden omgehakt om zulke vodjes te drukken. Er zijn verhoudingsgewijs veel te weinig bossen voor alle slechte schrijvers van dit land. Want je moet wel je best doen.'
Het bloed stolde in mijn aderen. Het voelde of ik een enorme klap met een moker kreeg. Harry Quebert, de koning van de literatuur, bleek dus vooral de koning van de klootzakken te zijn.
'Bent u altijd zo?' vroeg ik op bitse toon.
Hij glimlachte geamuseerd en keek me aan als een pasja, alsof hij genoot van het moment.
'Hoe ben ik dan?' vroeg hij.
'Niet te pruimen.'
Hij barstte in lachen uit. 'Weet je, Marcus, ik weet precies hoe jij in elkaar zit. Je bent een mateloos pretentieus mannetje dat denkt dat Montclair het middelpunt van de wereld is. Precies wat de Europeanen in de middeleeuwen ook dachten voordat ze in hun boten stapten en ontdekten dat de meeste beschavingen aan de andere kant van de oceaan ontwikkelder waren dan die van hen, wat ze vervolgens probeerden te verdoezelen door enorme bloedbaden aan te richten. Wat ik bedoel, Marcus, is dat je een geweldige jongen bent, maar dat je het risico loopt om als een nachtkaars uit te gaan als je jezelf geen schop onder de kont geeft. Je teksten zijn niet slecht. Maar je zou alles opnieuw moeten bekijken: stijl, zinsbouw, concepten en gedachten. Je moet jezelf in twijfel trekken en veel harder werken. Jouw probleem is dat je niet hard genoeg werkt. Je bent veel te snel tevreden, je zet woorden op een rij zonder ze speciaal te hebben uitgekozen en dat is te merken. Je denkt dat je geniaal bent, hè? Nou, mooi niet. Je raffelt je werk af en daarom is het waardeloos. Er moet nog enorm veel aan gebeuren. Snap je wat ik bedoel?'

'Niet bepaald, nee…'

Ik was woedend. Harry Quebert of niet: hoe durfde hij? Waar haalde hij het lef vandaan om zo te spreken tegen degene die bekendstond als de Geweldenaar? Hij vervolgde: 'Ik zal je een heel eenvoudig voorbeeld geven. Je bent een goede bokser. Daar is geen twijfel aan. Je weet hoe je moet vechten. Maar kijk eens naar jezelf, je meet je alleen met die arme jongen, die slungel die je er met al je kracht van langs geeft, en dan ben je zo tevreden met jezelf dat ik er haast van moet kotsen. Je meet je alleen met hem omdat je zeker weet dat je hem de baas kunt. Dat maakt je tot een zwakkeling, Marcus. Een lafbek. Een softie. Een nietsnut. Gebakken lucht, een jaknikker. Zand in de ogen. En het ergste is dat je daar tevreden mee bent. Meet je eens met een echte tegenstander! Wees eens moedig! In de ring kun je niet liegen, boksen is een betrouwbaar middel om te ontdekken wat je waard bent: of je gaat tegen de vlakte, of je slaat de ander tegen de vlakte, maar je kunt niet doen alsof, niet voor jezelf en niet voor een ander. Maar jij? Jij zorgt er altijd voor dat je je kunt drukken. Het schoolvoorbeeld van een charlatan. Weet je waarom het universiteitsblad je teksten altijd achterin plaatste? Heel eenvoudig: omdat ze niet goed waren. En waarom Reinhartz met eer werd overladen? Omdat zijn verhalen uitstekend zijn. Dat had jou moeten aansporen om jezelf te willen overtreffen, om als een gek aan de slag te gaan en een pracht van een tekst te creëren, maar nee, het was zoveel makkelijker om een staatsgreepje te plegen, om Reinhartz uit te vlakken en je eigen verhalen te publiceren, dan om de uitdaging met jezelf aan te gaan. Laat me raden, Marcus: zo heb je het je hele leven al gedaan. Waar of niet?'

Ik was door het dolle heen van woede. 'Je weet er niks van!' riep ik uit. 'Ik werd enorm gewaardeerd op school! Ik was de Geweldenaar!'

'Bekijk jezelf nou eens, Marcus: je hebt geen idee hoe je moet vallen! Je bent er doodsbang voor. En als je daar niets aan doet, zul je een leeg en oninteressant mens worden. Hoe kun je leven als je niet weet hoe je moet vallen? Kijk jezelf recht in de ogen en vraag je verdomme eens af wat je in godsnaam op Burrows uitspookt! Ik heb je dossier ingezien! Ik heb met Pergal gepraat! Hij stond op het punt om je van school te trappen, slimmerik! Als je wilde had je naar Harvard of Yale gekund, waar dan ook in de Poison Ivy League, maar nee, je wilde per se hiernaartoe, omdat je van de Here Jezus zulke kleine balletjes hebt gekregen dat je het lef niet hebt om je te meten met werkelijke tegenstanders. Ik heb zelfs naar Felton gebeld, ik heb met de directeur gepraat en die arme drommel heeft zich volkomen door jou in de luren laten leggen, hij sprak met tranen in de ogen over de Geweldenaar! Je bent hierheen gekomen omdat je wist dat je hier het onoverwinnelijke personage zou kunnen blijven dat je met plakband en paperclips in elkaar hebt geflanst, maar dat volstrekt niet is toegerust om het ware leven te lijf te gaan. Je wist dat je hier niet het gevaar liep om te vallen. Want volgens mij is dat jouw probleem: je hebt nog niet door hoe belangrijk het is om te weten hoe je moet vallen. En als je geen grip op jezelf krijgt, zal dat je ondergang worden.'

Terwijl hij dat zei, schreef hij een adres in Lowell, Massachusetts, op zijn servet: een uur met de auto van Burrows vandaan. Hij zei dat daar een boksclub zat waar iedere donderdagavond wedstrijden werden georganiseerd waaraan iedereen mocht meedoen. Toen ging hij weg; hij liet me achter met de rekening.

De volgende maandag was Quebert niet in de bokszaal, en de maandag daarop evenmin. In het auditorium noemde hij me 'meneer' en deed hij uit de hoogte. Uiteindelijk besloot ik hem na afloop van een college aan te spreken.

'Komt u nooit meer in de bokszaal?' vroeg ik.

'Ik mag je graag, Marcus, maar zoals ik al zei meen ik dat je een pretentieuze huilebalk bent, en mijn tijd is te kostbaar om aan jou te verspillen. Je bent niet op je plaats in Burrows en ik heb niets in jouw gezelschap te zoeken.'

En dus leende ik de volgende donderdag Jareds auto en reed ik woedend naar de bokszaal die Harry me had opgegeven. Het was een enorme loods midden op een bedrijventerrein. Een angstaanjagende plaats: het barstte er van de mensen en de lucht rook naar bloed en naar zweet. In de centrale ring was een opvallend gewelddadig gevecht aan de gang, en de talrijke toeschouwers die zich rondom de touwen verdrongen brulden als beesten. Ik was bang, ik wilde me gewonnen geven en vluchten, maar daar kreeg ik de kans niet eens voor: een enorme zwarte man van wie ik hoorde dat hij de eigenaar van de zaal was, kwam voor me staan. 'Kom je boksen, *whitey*?' vroeg hij. Ik antwoordde bevestigend en hij stuurde me naar de kleedkamer om me om te kleden. Een kwartier later stond ik tegenover hem in de ring voor een gevecht over twee rondes.

Nooit zal ik het pak slaag vergeten dat hij me die avond toediende; ik dacht dat ik het niet zou overleven. Het was een ware slachting, onder de woeste toejuichingen van het publiek dat door het dolle heen was bij het

zien van dat lieve studentje, die bleekscheet uit Montclair, wiens koontjes tot pulp werden geslagen. Ondanks mijn toestand maakte ik er een erezaak van om op de been te blijven tot de wedstrijd was afgelopen: een kwestie van trots. Ik wachtte op de laatste gongslag; daarna zakte ik knock-out op de vloer in elkaar. Toen ik mijn ogen weer opendeed, volkomen van de kaart maar de hemel dankbaar dat ik nog leefde, zag ik dat Harry over me heen gebogen stond met water en een spons.
 'Harry? Wat doe jij hier?'
 Voorzichtig bette hij mijn gezicht. Hij glimlachte.
 'Arme Marcus. Het formaat van je ballen gaat alle begrip te boven: die kerel moet zestig pond zwaarder zijn dan jij... Je hebt je geweldig geweerd. Ik ben heel trots op je...'
 Ik probeerde overeind te komen, maar hij hield me tegen.
 'Niet te veel bewegen, volgens mij is je neus gebroken. Je bent een goede jongen, Marcus. Dat vermoedde ik al, maar nu heb je het bewezen. Dit gevecht heeft me laten zien dat de hoop die ik sinds de dag van onze kennismaking op je heb gevestigd terecht is. Je hebt laten zien dat je in staat bent om het gevecht met jezelf aan te gaan en jezelf te overstijgen. Nu kunnen we vrienden worden. Wat ik wil zeggen is dat je de meest briljante persoon bent die ik de laatste jaren ben tegengekomen, en dat er geen twijfel over bestaat dat je een groot schrijver zult worden. En ik zal je daarbij helpen.'

*

Na dat gedenkwaardige pak slaag in Lowell nam onze vriendschap echt een aanvang; en Harry Quebert, overdag mijn docent letterkunde, werd op maandagavond gewoon-Harry, mijn bokspartner, en op vrije middagen een vriend en leermeester die me leerde hoe je schrijver wordt. Dat laatste was in de regel op zaterdag. Dan spraken we af in een diner in de buurt van de campus waar hij, aan een grote tafel waarop we boeken en papieren konden uitspreiden, mijn teksten las, adviezen gaf en me aanspoorde om steeds opnieuw te beginnen en nooit op te houden met het overdenken van mijn zinnen. 'Een tekst is nooit af,' zei hij. 'Er komt alleen een moment dat hij minder slecht is dan daarvoor.' Tussen onze afspraken door zat ik urenlang op mijn kamer om steeds opnieuw aan mijn teksten te schaven. En zo stuitte ik, die altijd met een zeker gemak door het leven was gegleden, die altijd iedereen voor de gek had kunnen houden, op een obstakel – maar wat voor een! Harry Quebert in eigen persoon, die me als eerste en laatste met mezelf confronteerde.

Harry leerde me niet alleen schrijven, hij leerde me mijn geest open te stellen. Hij nam me mee naar het theater, naar tentoonstellingen, naar de bioscoop. En ook naar Symphony Hall in Boston; hij zei dat hij kon huilen om een goed gezongen opera. Hij was van mening dat hij en ik heel veel op elkaar leken, en hij vertelde vaak over zijn vroegere schrijversleven. Hij zei dat het schrijven zijn leven had veranderd, halverwege de jaren zeventig. Ik herinner me dat we op een dag in de buurt van Teenethridge waren om naar een koor van gepensioneerden te luisteren, toen hij de kelders van zijn geheugen voor me openzette. Hij was in 1941 geboren in Benton, New Jersey; zijn moeder was secretaresse en zijn vader arts; hij was enig kind. Ik geloof dat hij een volkomen gelukkig kind was geweest en dat er over zijn jeugd weinig te vertellen was. In mijn ogen begon zijn levensverhaal pas echt aan het einde van de jaren zestig, toen hij zijn studie letteren aan de universiteit van New York had afgerond en werk vond als leraar op een middelbare school in Queens. Maar hij voelde zich al snel opgesloten in het klaslokaal; hij had maar één droom, en die had hij altijd al gehad: schrijven. In 1972 publiceerde hij zijn eerste roman, waar hij heel veel van verwacht had, maar die slechts in zeer beperkte kring succes had. Toen besloot hij om een nieuwe stap te zetten. 'Op een dag haalde ik al mijn spaargeld van de bank en ging ik aan de slag: ik besloot dat het tijd werd dat ik een verdomd goed boek ging schrijven, en ik ging op zoek naar een huis aan de kust waar ik een paar maanden in alle rust zou kunnen zitten om ongestoord te werken. Ik vond een huis in Aurora en ik wist direct dat het dát huis moest worden. Eind mei 1975 verliet ik New York om me in New Hampshire te vestigen, en daar ben ik nooit meer weggegaan. Want het boek dat ik die zomer heb geschreven, heeft de poorten van de roem voor mij geopend: want ja, Marcus, in het jaar dat ik me in Aurora vestigde heb ik *De wortels van het kwaad* geschreven. Van de royalty's heb ik het huis gekocht, en ik woon er nu nog steeds. Het is een spectaculaire plek, dat zul je wel zien, je moet eens langskomen...'

De eerste keer dat ik in Aurora kwam was begin januari 2000, tijdens de kerstvakantie van de universiteit. Harry en ik kenden elkaar toen ongeveer een jaar. Ik herinner me dat ik naar hem toe ging met wijn voor hem en bloemen voor zijn vrouw. Toen Harry het enorme boeket zag, keek hij me verwonderd aan en zei: 'Bloemen? Dat is interessant, Marcus. Probeer je me iets te vertellen?'

'Die zijn voor je vrouw.'

'Mijn vrouw? Ik ben helemaal niet getrouwd.'

Ik besefte dat we in al die tijd dat we met elkaar omgingen nooit over zijn privéleven hadden gesproken: er was geen mevrouw Quebert. Er was geen familie Quebert. Er was alleen Quebert zelf. Quebert zonder iets. Quebert die zich thuis zo stierlijk verveelde dat hij vriendschapsbanden aanknoopte met een student. Dat werd me allemaal duidelijk toen ik in zijn ijskast keek: kort na mijn aankomst zaten we in de woonkamer, een prachtige ruimte met houten lambrisering en boekenkasten, toen hij vroeg of ik iets wilde drinken.

'Limonade?' bood hij aan.

'Graag.'

'Er staat een karaf in de ijskast, die heb ik speciaal voor jou gemaakt. Ga je gang, en neem voor mij ook een glas mee.'

Ik deed wat hij zei. Toen ik de ijskast opendeed, zag ik dat die leeg was: er stond alleen een eenzame karaf zorgvuldig bereide limonade in met stervormige ijsklontjes, citroenrasp en muntblaadjes. Het was de ijskast van een man alleen.

'Je ijskast is helemaal leeg, Harry,' zei ik toen ik terugkwam in de woonkamer.

'O, ik ga straks wel boodschappen doen. Sorry, ik krijgt niet zo vaak bezoek.'

'Woon je hier alleen?'

'Natuurlijk. Met wie zou ik hier moeten wonen?'

'Ik bedoel: heb je geen gezin?'

'Nee.'

'Geen vrouw, geen kinderen?'

'Niemand.'

'Geen vriendinnetje?'

Hij glimlachte triest. 'Geen vriendinnetje. Niemand.'

Dat eerste verblijf in Aurora maakte me duidelijk dat het beeld dat ik van Harry had onvolledig was: zijn huis aan zee was enorm, maar volkomen uitgestorven. Harry L. Quebert, de ster van de Amerikaanse literatuur, een gerespecteerde hoogleraar die werd aanbeden door zijn studenten, charismatisch, charmant, elegant, een bokser, onaantastbaar, was thuis in zijn stadje in New Hampshire gewoon Harry. Die geen kant op kon en af en toe wat triest was, die hield van lange wandelingen op het strand achter zijn huis en die het belangrijk vond om de meeuwen brood te voeren dat hij bewaarde in een blikken trommel met het opschrift SOUVENIR UIT ROCKLAND, MAINE. En ik vroeg me af wat er in het leven van deze man gebeurd kon zijn dat hij in deze situatie was beland.

Harry's eenzaamheid zou me niet zo dwars hebben gezeten als onze vriendschap niet tot roddelpraatjes zou hebben geleid. Andere studenten, die merkten dat ik een bevoorrechte relatie met hem onderhield, insinueerden dat Harry en ik geliefden waren. Ik vond die praatjes zo vervelend dat ik hem op een zaterdagochtend op de man af vroeg: 'Harry, waarom ben je altijd zo alleen?'

Hij boog het hoofd; ik zag dat zijn ogen glommen.

'Je wilt het over liefde hebben, maar liefde is gecompliceerd, Marcus. Erg gecompliceerd. Liefde is tegelijk het bijzonderste en het verschrikkelijkste wat je kan overkomen. Daar kom je nog wel achter. Liefde kan veel pijn doen. En toch: je moet nooit bang zijn om te vallen, en al helemaal niet om voor iemand te vallen, want liefde is ook prachtig; maar zoals alles wat prachtig is, kan het je verblinden en kunnen je ogen er pijn van gaan doen. Daarom wordt er na afloop zo vaak om de liefde gehuild.'

Sinds die dag ging ik regelmatig in Aurora bij Harry op bezoek. Soms reisde ik op een dag op en neer vanuit Burrows, soms overnachtte ik bij hem. Harry leerde me een schrijver te worden en ik zorgde ervoor dat hij zich minder eenzaam voelde. En zo kwam het dat ik in de daaropvolgende jaren, tot aan het einde van mijn studietijd, in Burrows de beroemde schrijver Harry Quebert trof en in Aurora omging met gewoon-Harry, de man alleen.

In de zomer van 2002 kreeg ik na vijf jaar op Burrows mijn letterkundebul. Op de dag van de uitreiking, na de ceremonie in het grote auditorium waar ik als primus mijn toespraak hield zodat mijn familie en vrienden die uit Montclair waren overgekomen ontroerd konden vaststellen dat ik nog steeds de Geweldenaar was, wandelde ik een eindje met Harry over de campus. We liepen onder de grote platanen door en bij toeval bracht onze wandeling ons naar de bokszaal. De zon straalde, het was een prachtige dag. We maakten een laatste pelgrimstocht langs de zandzakken en de ringen.

'Hier is het allemaal begonnen,' zei Harry. 'En wat ben je nu van plan?'

'Ik ga terug naar New Jersey. Een boek schrijven. Schrijver worden, zoals jij me hebt geleerd. Een meesterwerk schrijven.'

Hij glimlachte.

'Een meesterwerk? Geduld, Marcus, daar heb je nog je hele leven voor. Je komt toch af en toe nog weleens deze kant op, hè?'
'Natuurlijk.'
'Je bent altijd welkom in Aurora.'
'Dat weet ik, Harry. Dank je.'
Hij keek me aan en pakte me bij de schouders.
'Het is al een paar jaar geleden dat we elkaar ontmoet hebben. Je bent veranderd, je bent een man geworden. Ik kan niet wachten tot ik je eerste roman kan lezen.'
We keken elkaar lang aan en hij vervolgde: 'Waarom wil je eigenlijk schrijven, Marcus?'
'Geen flauw idee.'
'Dat is geen antwoord. Waarom schrijf je?'
'Omdat het in mijn bloed zit... Als ik 's ochtends wakker word, is schrijven het eerste waar ik aan denk. Meer kan ik er niet over zeggen. En jij, waarom ben jij schrijver geworden, Harry?'
'Omdat schrijven mijn leven zin heeft gegeven. In zijn algemeenheid heeft het leven geen zin, voor het geval je daar nog niet achter bent. Dat krijgt het alleen als je je best doet om er een zin aan te geven en je iedere dag die God je gunt vecht om dat doel te bereiken. Je hebt talent, Marcus: geef je leven zin, laat de wind van de overwinning over je naam waaien. Schrijver zijn betekent leven.'
'Maar stel dat ik het niet kan?'
'Je kunt het wel. Het zal niet makkelijk zijn, maar je kunt het wel. Op de dag dat schrijven je leven zin geeft, zul je een echte schrijver zijn. En tot die tijd moet je vooral niet bang zijn om te vallen.'

De roman die ik in de twee daaropvolgende jaren schreef, bracht me naar de top. Diverse uitgeverijen wilden het manuscript kopen, en uiteindelijk tekende ik in de loop van het jaar 2005 voor een aardig bedrag bij de prestigieuze New Yorkse uitgeverij Schmid & Hanson, waar de machtige uitgever Roy Barnaski me als weldenkend zakenman direct een contract voor vijf boeken liet tekenen. Direct na de verschijning, in de herfst van 2006, werd het boek een enorm succes. De Geweldenaar van Felton High werd een beroemd romanschrijver en dat zette mijn leven op z'n kop: ik was achtentwintig jaar oud, rijk, beroemd en getalenteerd. Ik had er geen flauw benul van dat Harry's les nog maar net was begonnen.

27
De plek waar de hortensia's werden geplant

'Harry, ik twijfel over wat ik aan het schrijven ben. Ik weet niet of het wel goed is. Of het de moeite waard is…'
 'Trek je korte broek aan, Marcus. En ga hardlopen.'
 'Nu? Maar het giet!'
 'Bespaar me je geklaag, slapjanus. Van een beetje regen is nog nooit iemand doodgegaan. Als je te laf bent om in de regen hard te lopen, ben je ook te laf om een boek te schrijven.'
 'Is dat nog zo'n raadgeving?'
 'Ja. En deze raad geldt voor alle personen die jij in je hebt: de man, de bokser en de schrijver. Als je op een dag twijfelt over waar je mee bezig bent, ga dan gewoon hardlopen. Hardlopen totdat je alles bent vergeten: dan voel je vanzelf een winnaarsmentaliteit ontstaan. Weet je, Marcus, vroeger had ik ook een hekel aan regen…'
 'Wat heeft je daar dan van af gebracht?'
 'Wie.'
 'Wie?'
 'Wegwezen nu. Schiet op. En kom pas terug als je uitgeput bent.'
 'Hoe kan ik nou van je leren als je nooit iets vertelt?'
 'Je vraagt te veel, Marcus. Loop ze.'

Een blok van een vent die er niet bepaald vriendelijk uitzag: een Afro-Amerikaan met handen als schoffels, in een te krappe blazer die een sterke, solide bouw verried. De eerste keer dat ik hem zag, had hij een revolver op me gericht. Hij was trouwens de eerste die me ooit met een wapen had bedreigd. Op woensdag 18 juni 2008 kwam hij in mijn leven, de dag waarop mijn onderzoek naar de moordenaar van Nola Kellergan en Deborah Cooper echt van start ging. Die ochtend besloot ik na bijna achtenveertig uur op Goose Cove dat het tijd werd om de confrontatie aan te gaan met het gapende gat dat twintig meter van het huis was gegraven en dat ik tot nu toe alleen vanuit de verte had bekeken. Nadat ik onder de linten van de politie door was gekropen, onderwierp ik het terrein dat ik zo goed kende eerst aan een langdurig onderzoek. Goose Cove werd omringd door strand en kustbos; er waren geen hekken en verbodentoegangsborden om het perceel af te bakenen. Iedereen die dat wilde, kon komen en gaan wanneer hij wilde, en het was dan ook geen uitzondering om wandelaars op het strand of in de omringende bosjes te zien. De kuil bevond zich in een grasveldje met uitzicht op de oceaan, tussen het terras en het bos. Toen ik ervoor stond, borrelden er duizend vragen op in mijn hoofd, vooral de vraag hoeveel uren ik wel niet op dit terras en in Harry's werkkamer had doorgebracht terwijl het lijk van dat meisje hier onder de grond verborgen had gelegen. Ik maakte foto's en zelfs een paar filmpjes met mijn mobieltje en probeerde me het vergane lichaam voor te stellen zoals de politie het had aangetroffen. Ik werd zo beneveld door de plaats delict dat ik niet voelde dat er zich achter mij iets dreigends ophield. Pas toen ik me omdraaide om de afstand tot het terras te filmen, zag ik dat er op een paar meter afstand een man stond die een pistool op me richtte. Ik brulde: 'Niet schieten! Niet schieten, verdomme! Ik ben Marcus Goldman! Schrijver!'

Hij liet direct zijn wapen zakken.

'Dus jij bent Marcus Goldman?'

Hij stak zijn pistool in een holster aan zijn riem en ik zag dat hij een penning droeg.

'Bent u van de politie?' vroeg ik.

'Sergeant Perry Gahalowood. Recherche van de Staatspolitie. Wat doe je hier? Dit is een plaats delict.'

'Doet u dat vaker, die blaffer op iemand richten? Stel dat ik van de FBI was geweest! Dan had u een behoorlijk modderfiguur geslagen. Dan had ik u op staande voet laten ontslaan.'

Hij barstte in lachen uit.

'Jij, bij de politie? Ik hou je al tien minuten in de gaten, je loopt op je tenen om je mocassins niet vuil te maken. En Feds beginnen niet te gillen als ze een wapen zien. Die trekken hun eigen wapen en schieten op alles wat beweegt.'

'Ik dacht dat u een crimineel was.'

'Omdat ik zwart ben?'

'Nee, omdat u een boeventronie hebt. Is dat een veterdas om uw nek?'

'Ja.'

'Helemaal passé.'

'Ga je me nou eindelijk vertellen wat je hier uitvoert?'

'Ik woon hier.'

'Hoezo, "ik woon hier"?'

'Ik ben een vriend van Harry Quebert. Hij heeft me gevraagd om tijdens zijn afwezigheid op het huis te passen.'

'Je bent niet goed wijs! Harry Quebert wordt beschuldigd van een dubbele moord, zijn huis is doorzocht en is niet toegankelijk! Jij gaat met mij mee, vriend.'

'Er zitten geen zegels op de deuren.'

Een ogenblik was hij sprakeloos, toen antwoordde hij: 'Ik had dan ook niet gedacht dat het huis door een of andere zondagsschrijver gekraakt zou worden.'

'Dat had u wel moeten doen. Ook als dat best ingewikkeld is voor een agent.'

'En toch ga je met mij mee.'

'Non liquet!' schreeuwde ik. 'Geen zegels, geen verbod. Ik blijf waar ik ben, en anders sleep ik u voor de Supreme Court en klaag ik u aan omdat u me bedreigd hebt met uw pistool. En dan dien ik een miljoenenclaim in voor schadevergoeding plus rente. Ik heb alles gefilmd.'

'Dat heeft Roth zeker bedacht,' zuchtte Gahalowood.
'Ja.'
'Pff. Wat een duivel. Hij zou zijn bloedeigen moeder nog op de elektrische stoel zetten als hij daarmee een cliënt vrij kreeg.'
'Het is een juridische leemte, sergeant. Een non liquet. Neemt u het me niet kwalijk.' *leke*
'Dat doe ik wel. Hoe dan ook, het huis interesseert ons niet meer. Wel verbied ik je om nog een stap voorbij de politielinten te zetten. Kun je niet lezen? NIET BETREDEN – PLAATS DELICT, staat er.'

Nu ik mijn trots had hervonden, sloeg ik het stof van mijn overhemd en zette een paar stappen in de richting van de kuil.

'Wilt u wel geloven dat ik zelf ook een onderzoek doe, sergeant?' zei ik bloedserieus. 'Vertelt u mij liever wat u over de zaak weet.'

Weer proestte hij het uit.

'Wat zeg je? Je doet ook een onderzoek? Die kende ik nog niet. In elk geval krijg ik nog vijftien dollar van je.'

'Vijftien dollar? Hoezo?'

'Zoveel kostte dat boek van je. Ik heb het vorig jaar gelezen. Heel, heel slecht. Zonder twijfel het slechtste wat ik van m'n leven heb gelezen. Ik wil m'n geld terug.'

Ik keek hem recht in de ogen en zei: 'Laat u nakijken, sergeant.'

En omdat ik doorliep zonder te kijken waarheen, viel ik in de kuil. En toen begon ik weer te gillen omdat ik op de plek lag waar Nola dood had gelegen.

'Dat meen je toch niet?' riep Gahalowood vanaf de hoop aarde naast de kuil.

Hij stak zijn hand naar me uit en hielp me naar boven. We gingen op het terras zitten en ik gaf hem zijn geld. Ik had alleen een briefje van vijftig.

'Kunt u wisselen?' vroeg ik.

'Nee.'

'Hou maar.'

'Bedankt, schrijver.'

'Ik ben geen schrijver meer.'

Ik zou er snel genoeg achter komen dat sergeant Gahalowood een onbehouwen kerel was, en nog een stijfkop ook. Toch vertelde hij na enig aandringen dat hij op de dag dat het lichaam was gevonden dienst had gehad en dat hij als een van de eersten bij de kuil had gestaan.

'Er lagen menselijke resten in en een leren tas. En aan de binnenkant van die tas stond de naam NOLA KELLERGAN gestanst. Toen ik hem openmaakte, vond ik een manuscript in redelijke staat. Het leer moet het papier hebben geconserveerd.'

'Hoe wist u dat dat het manuscript van Harry Quebert was?'

'Dat wist ik toen nog niet. Maar ik liet het hem zien in de verhoorkamer en hij herkende het direct. Toen heb ik de tekst natuurlijk gecontroleerd. Die kwam woord voor woord overeen met zijn boek *De wortels van het kwaad*, verschenen in 1976, minder dan een jaar na het drama. Dat is wel heel toevallig, vind je niet?'

'Het feit dat hij een boek over Nola heeft geschreven bewijst nog niet dat hij haar vermoord heeft. Hij zegt dat het manuscript weg was en dat Nola het weleens meenam.'

'Het lichaam van dat meisje is in zijn tuin gevonden. Het manuscript van zijn boek lag naast haar. Bewijs jij zijn onschuld maar, schrijver, daarna verander ik misschien wel van gedachten.'

'Ik zou het manuscript heel graag willen zien.'

'Onmogelijk. Bewijsmateriaal.'

'Maar ik zei toch dat ik ook een onderzoek doe?' drong ik aan.

'Je onderzoek interesseert me niet, schrijver. Je krijgt inzage in het dossier zodra Quebert voor de Grand Jury is verschenen.'

Ik wilde laten zien dat ik geen amateur was en dat ik ook wel iets van de wet wist.

'Ik heb met Travis Dawn gesproken, het hoofd van de politie hier in Aurora. Het schijnt dat ze bij de verdwijning van Nola een spoor hadden: de chauffeur van een zwarte Chevrolet Monte Carlo.'

'Dat weet ik, ja,' antwoordde Gahalowood. 'En raad eens, Sherlock Holmes: Harry Quebert had een zwarte Chevrolet Monte Carlo.'

'Hoe weet u dat, van die Chevrolet?'

'Ik heb het toenmalige dossier bekeken.'

Ik dacht een ogenblik na en zei: 'Ho even, sergeant. Als u het allemaal zo piekfijn hebt uitgevogeld, waarom liet Harry dan bloemen planten op de plek waar hij Nola had begraven?'

'Hij had niet gedacht dat de hoveniers zo diep zouden spitten.'

'Dat slaat nergens op en dat weet u zelf ook. Harry heeft Nola Kellergan niet vermoord.'

'Hoe kun je daar zo zeker van zijn?'

'Hij hield van haar.'

'Dat zeggen ze allemaal tijdens het proces: "Ik hield te veel van haar, daarom heb ik haar vermoord." Maar iemand van wie je houdt, vermoord je niet.'

Met die woorden stond Gahalowood op om me duidelijk te maken dat hij klaar was met mij.

'Gaat u al, sergeant? Ons onderzoek begint nog maar net.'
'Ons onderzoek? Mijn onderzoek, bedoel je.'
'Wanneer zie ik u weer?'
'Nooit, schrijver. Nooit.'
Zonder te groeten ging hij weg.

Die Gahalowood nam me misschien niet serieus, maar dat lag heel anders met Travis Dawn, die ik niet lang daarna opzocht op het politiebureau van Aurora om hem de anonieme brief te brengen die ik de vorige avond had gekregen.

'Ik ben gekomen omdat ik dit in Goose Cove heb gevonden,' zei ik, terwijl ik het papiertje op zijn bureau legde.

Hij las het.

'"Ga naar huis, Goldman"? Van wanneer is dit?'

'Van gisteravond. Ik ging wandelen op het strand. Toen ik terugkwam zat dit briefje tussen de voordeur gestoken.'

'En je hebt natuurlijk niks gezien…'

'Niks.'

'Is dit de eerste keer?'

'Ja. Maar ik ben er ook nog maar twee dagen…'

'Ik zal je aangifte opnemen en een zaak openen. Wees voorzichtig, Marcus.'

'Het is alsof ik mijn moeder hoor.'

'Nee, ik meen het. Je moet de emotionele impact van deze geschiedenis niet onderschatten. Mag ik het briefje houden?'

'Ga je gang.'

'Bedankt. Kan ik nog meer voor je doen? Ik vermoed dat je hier niet alleen bent gekomen om me over dat papiertje te vertellen.'

'Ik zou je willen vragen om met me naar Side Creek te gaan, als je daar tijd voor hebt. Ik zou graag de plek zien waar het allemaal gebeurd is.'

Niet alleen was Travis bereid om mee naar Side Creek te gaan, hij nam me zelfs mee op een reis door de tijd, naar drieëndertig jaar geleden. In zijn patrouillewagen legden we de weg af die hij indertijd ook had afgelegd toen hij in actie was gekomen na het eerste telefoontje van Deborah Cooper. Toen we Aurora hadden verlaten, namen we Route 1 richting Maine, die langs de kust loopt. We passeerden Goose Cove en een paar mijl verderop bereikten we de bosrand van Side Creek en de afslag naar Side Creek Lane, het weggetje waaraan Deborah Cooper had gewoond. Travis sloeg af en algauw waren we bij het huis: een leuk houten bouwsel, omringd door bossen en met uitzicht op de oceaan. Het was een prachtige plek, maar volkomen verlaten.

'Er is hier niets veranderd,' zei Travis terwijl we om het huis liepen. 'Het is overgeschilderd in een iets lichtere kleur, maar voor de rest is alles hetzelfde.'

'Wie woont hier nu?'

'Een echtpaar uit Boston dat hier de zomermaanden doorbrengt. Ze komen pas in juli en vertrekken eind augustus. De rest van de tijd staat het leeg.'

Hij liet me de achterdeur zien die toegang tot de keuken gaf en vervolgde: 'De laatste keer dat ik Deborah Cooper in levenden lijve zag, stond ze voor die deur. Chief Pratt was er net: hij zei dat ze binnen moest blijven en zich gedeisd moest houden, en wij gingen in het bos op onderzoek uit. Wie had gedacht dat ze twintig minuten later met een schot in de borst zou worden vermoord?'

Onder het praten liep Travis naar het bos. Ik begreep dat hij dezelfde weg aflegde die hij drieëndertig jaar eerder met Chief Pratt had afgelegd.

'Wat is er van Chief Pratt geworden?' vroeg ik, terwijl ik achter hem aan liep.

'Gepensioneerd. Hij woont nog steeds in Aurora, op Mountain Drive. Je bent hem vast al weleens tegengekomen. Een vrij potige kerel die te pas en te onpas een golfbroek draagt.'

We baanden ons een weg tussen de bomenrijen. Door de dikke begroeiing heen kon je iets in de diepte het strand zien liggen. Na ruim een kwartier lopen bleef Travis voor drie kaarsrechte dennenbomen staan.

'Hier was het,' zei hij.

'Wat?'

'Hier hebben we dat bloed, die plukken blond haar en dat stukje rode stof gevonden. Het was gruwelijk. Ik zal het hier altijd herkennen: er groeit nu geen mos meer op de stenen en de bomen zijn dikker geworden, maar voor mij is er niks veranderd.'

'Wat hebben jullie gedaan?'

'We begrepen dat er iets ernstigs aan de hand was, maar we kregen de tijd niet om erover na te denken, want op datzelfde moment klonk er een schot. Vreemd genoeg hadden we niemand zien langskomen... Ik bedoel, op een gegeven moment moeten we het meisje of de moordenaar hebben gekruist... Ik weet niet hoe we ze hebben kunnen missen... Ik denk dat ze zich in de bosjes hadden verstopt en dat hij ervoor zorgde dat ze niet kon schreeuwen. Het bos is immers, het is niet moeilijk om er ongemerkt doorheen te trekken. Ik denk dat zij ten slotte heeft geprofiteerd van een moment van onoplettendheid van haar agressor om zich uit zijn greep los te rukken, naar het huis te rennen en om hulp te vragen. Hij kwam achter haar aan en toen heeft hij mevrouw Cooper uit de weg geruimd.'

'Dus toen jullie het schot hoorden, gingen jullie meteen terug naar het huis...'

'Ja.'

We liepen dezelfde weg terug naar het huis.

'Het gebeurde allemaal in de keuken,' zei Travis. 'Nola kwam uit het bos en riep om hulp; mevrouw Cooper ving haar op en liep toen naar de woonkamer om de politie te bellen en te zeggen dat het meisje bij haar was. Ik weet dat de telefoon in de woonkamer stond, omdat ik hem zelf een halfuur eerder had gebruikt om Chief Pratt te bellen. Terwijl ze aan het bellen was, drong de aanvaller de keuken binnen om Nola te pakken te krijgen, maar op datzelfde moment kwam mevrouw Cooper weer tevoorschijn en toen schoot hij haar neer. Daarna greep hij Nola en sleepte haar mee naar zijn auto.'

'Waar stond die?'

'Langs Route 1, waar die langs dit vervloekte bos loopt. Ik laat het je wel even zien.'

Vanuit het huis nam Travis me opnieuw mee naar het bos, maar dit keer precies de andere kant op. Met zelfverzekerde passen leidde hij me tussen de bomen door. Al snel stonden we bij Route 1.

'Hier stond de zwarte Chevrolet. In die tijd was de berm wat dichter begroeid, en de auto stond verborgen in de bosjes.'

'Hoe weten jullie hoe hij is gelopen?'

'Er liep een bloedspoor vanuit het huis hiernaartoe.'

'En de auto?'

'In rook opgegaan. Zoals ik al zei werd hij toevallig gezien door een deputy sheriff die versterking kwam bieden. We hebben de achtervolging ingezet, we hebben in het hele gebied wegversperringen opgericht, maar toch is hij ontkomen.'

'Hoe kon de moordenaar door de mazen van het net glippen?'

'Dat zou ik dolgraag willen weten, en ik moet zeggen dat ik me al drieëndertig jaar lang allerlei vragen stel over deze zaak. Er gaat geen dag voorbij zonder dat ik me, als ik in mijn politieauto stap, afvraag wat er gebeurd zou zijn als we die verdomde Chevrolet hadden ingehaald. Misschien dat we haar dan hadden kunnen redden…'

'Dus je denkt dat ze in die auto zat?'

'Nu we haar lichaam op twee mijl afstand hebben gevonden, zou ik haast zeggen dat dat wel vaststaat.'

'En je denkt ook dat Harry aan het stuur van die zwarte Chevrolet zat, hè?'

Hij haalde zijn schouders op.

'Laat ik zeggen dat ik met het oog op alles wat er nu gebeurt niet zie wie het anders geweest zou kunnen zijn.'

Gareth Pratt, het voormalige hoofd van de politie, die ik diezelfde dag bezocht, leek dezelfde mening over Harry's schuld toegedaan als zijn toenmalige plaatsvervanger. Hij ontving me op zijn veranda, gekleed in een golfbroek. Amy, zijn vrouw, bracht ons iets te drinken en deed toen of ze in de weer was met de plantenbakken om mee te kunnen luisteren: maar daar maakte ze geen geheim van, want ze gaf commentaar op wat haar echtgenoot zei.

'Ik heb u eerder gezien, of niet?' vroeg Pratt.

'Ja, ik kom wel vaker in Aurora.'

'Dit is die aardige jongeman die dat boek heeft geschreven,' legde zijn vrouw uit.

'Bent u die jongen die een boek heeft geschreven?' herhaalde hij.

'Ja,' antwoordde ik. 'Onder andere.'

'Dat zeg ik toch, Gareth,' onderbrak Amy.

'Schat, wil je je er alsjeblieft buiten houden? Dit bezoek komt voor mij. Dankjewel. En meneer Goldman, waar heb ik dit genoegen aan te danken?'

'Eerlijk gezegd probeer ik antwoorden te vinden op een paar vragen die ik over de moord op Nola Kellergan heb. Ik heb met Travis Dawn gepraat en die zei dat u uw oog indertijd al op Harry hebt laten vallen.'

'Klopt.'

'Op basis waarvan?'

'Vanwege een paar kleinigheden. Vooral de manier waarop de achtervolging verliep: het was duidelijk dat de moordenaar uit de streek kwam. Je moet hier perfect de weg kennen om te kunnen ontkomen als alle politiekorpsen van de county je op de hielen zitten. En dan die zwarte Monte Carlo. U kunt u natuurlijk wel voorstellen dat we een lijst hebben gemaakt van iedereen in de omtrek die zo'n auto had: Quebert was de enige zonder alibi.'

'Toch hebt u dat spoor uiteindelijk niet gevolgd...'

'Nee, want buiten die auto hadden we eigenlijk helemaal niets tegen hem. We hebben hem dan ook heel snel van de lijst van verdachten afgevoerd. Nu het lichaam van dat arme kind in zijn tuin is gevonden, blijkt dat we ongelijk hadden. Vreemd, ik heb hem altijd zo sympathiek gevonden... Misschien heeft dat mijn beoordelingsvermogen wel vertroebeld. Hij was altijd zo charmant, zo joviaal en overtuigend... Ik bedoel, u kende hem goed, meneer Goldman: is er niets wat u te binnen schiet, nu u weet dat dat meisje in zijn tuin lag, dat iets van een verdenking bij u losmaakt?'

'Nee, Chief. Niets wat ik me herinner.'

Terug in Goose Cove zag ik aan de andere kant van de politielinten dat de hortensia's aan de rand van de kuil met hun wortels bloot stonden dood te gaan. En dus liep ik naar het bijgebouwtje dat dienstdeed als garage en haalde een schop tevoorschijn. Toen begaf ik me in de verboden zone, groef een vierkant met uitzicht op de oceaan in de zachte aarde en plantte de bloemen.

*

30 augustus 2002

'Harry?'

Het was zes uur in de ochtend. Hij stond op het terras van Goose Cove met een kop koffie in de hand. Hij draaide zich om.

'Marcus? Je zweet... Je gaat me toch niet vertellen dat je al hebt hardgelopen?'

'Jawel. Ik heb er al acht mijl op zitten.'

'Hoe laat ben je opgestaan?

'Vroeg. Weet je nog dat je me twee jaar geleden, toen ik hier net begon te komen, altijd dwong om samen met de zon op te staan? Daar ben ik aan gewend geraakt. Ik sta vroeg op zodat de wereld van mij is. Maar jij, wat doe jij buiten?'

'Ik kijk, Marcus.'

'Waar kijk je naar?'

'Zie je dat kleine grasveldje tussen de dennenbomen, dat uitkijkt over het strand? Daar wil ik al heel lang iets mee doen. Het is het enige stukje grond op het perceel dat vlak is en waar je een tuintje zou kunnen aanleggen. Ik wil er een leuk zitje maken met twee bankjes, een metalen tafel en overal hortensia's. Heel veel hortensia's.'

'Waarom hortensia's?'

'Omdat ik iemand kende die daar dol op was. Ik wil bloembedden vol hortensia's, zodat ik altijd aan haar zal blijven denken.'

'Iemand van wie je hield?'

'Ja.'

'Je ziet er triest uit, Harry.'

'Besteed er maar geen aandacht aan.'

'Harry, waarom praat je nooit over je liefdesleven?'

'Omdat er niets over te zeggen valt. Kijk liever, kijk maar goed. Of beter nog: doe je ogen dicht! Ja, knijp ze stijf dicht zodat er geen licht meer door je oogleden komt. Zie je het? Een klinkerpaadje vanaf het terras naar de hortensia's? Twee bankjes waarvandaan je én de oceaan én de prachtige bloemen kunt zien? Wat is er beter dan tegelijk de oceaan en hortensia's te kunnen zien? Er is zelfs een fonteintje, een bekken met een fontein in de vorm van een beeldje erin. En als er ruimte voor is, ga ik er kleurige Japanse karpers laten zwemmen.'

'Vissen? Die houden het nog geen uur uit voordat de meeuwen ze opvreten.'

Hij glimlachte.

'Hier mogen de meeuwen doen wat ze willen, Marcus. Maar je hebt gelijk: geen karpers in de fontein. Zou je geen lekkere warme douche nemen? Voordat je kouvat of weet ik wat voor andere rotzooi oploopt die je ouders laat denken dat ik niet goed voor je zorg? Dan ga ik ontbijt maken. Zeg Marcus...'

'Ja, Harry?'

'Als ik een zoon had...'

'Ik weet het, Harry. Ik weet het.'

*

Op de ochtend van donderdag 19 juni 2008 ging ik naar het Sea Side Motel. Het was heel makkelijk te vinden: als je vanaf Side Creek Lane vier mijl in noordelijke richting over Route 1 reed, was het onmogelijk om het enorme houten bord te missen waarop stond:

SEA SIDE MOTEL & RESTAURANT
Sinds 1960

De plaats waar Harry op Nola had gewacht, was er altijd al geweest. Ik was er ongetwijfeld al duizend keer langsgereden, maar ik had er nooit enige aandacht aan besteed – trouwens, waarom zou ik, tot vandaag? Het was een houten gebouw met een rood dak, omringd door een rosarium; het bos begon er vlak achter. De kamers op de begane grond keken direct uit op de parkeerplaats; via een externe trap kwam je bij de kamers op de enige verdieping.

Volgens de receptionist aan wie ik mijn vragen stelde was er nauwelijks iets aan het motel veranderd sinds het gebouwd was, alleen waren de kamers gemoderniseerd en was er een restaurant aan het hoofdgebouw geplakt. Om zijn bewering te staven haalde hij het gedenkboek ter ere van het veertigjarig bestaan van het motel tevoorschijn, waarin hij me op foto's uit die tijd aanwees dat het inderdaad zo was.

'Waarom bent u zo in het motel geïnteresseerd?' vroeg hij uiteindelijk.

'Omdat ik op zoek ben naar een heel belangrijke inlichting,' zei ik.

'Ik luister.'

'Ik zou willen weten of er hier in de nacht van zaterdag 30 augustus op zondag 31 augustus 1975 iemand op kamer 8 heeft geslapen.'

Hij barstte in lachen uit.

'1975? Maakt u een grapje? Sinds we de gastenlijsten op de computer bijhouden, kunnen we hoogstens twee jaar terugkijken. Als u wilt kan ik u wel vertellen wie hier op 30 augustus 2006 heeft geslapen. Nou ja, in theorie dan, want dat zijn natuurlijk inlichtingen die ik niet zomaar kan geven.'

'Dus er is geen enkele manier om erachter te komen?'

'Buiten de gastenlijst zijn de enige gegevens die we opslaan de e-mailadressen voor de nieuwsbrief. Wilt u die trouwens ontvangen?'

'Nee, dank u. Maar ik zou wel graag een kijkje op kamer 8 willen nemen, als dat kan.'

'Helaas niet. Al is die kamer nog wel vrij. Wilt u hem hebben voor een nacht? Honderd dollar.'

'Op het bord staat dat alle kamers vijfenzeventig dollar kosten. Weet u wat: ik geef u twintig dollar, u laat me de kamer zien en iedereen is blij.'

'U bent een keiharde onderhandelaar. Maar vooruit.'

Kamer 8 lag op de eerste verdieping. Het was een doodgewone kamer met bed, minibar, televisie, schrijftafeltje en badkamer.

'Waarom bent u zo geïnteresseerd in deze kamer?' vroeg de medewerker.

'Dat is een lang verhaal. Een vriend heeft verteld dat hij hier dertig jaar geleden een nacht heeft doorgebracht. Als dat klopt, zou dat betekenen dat hij onschuldig is aan het misdrijf waarvan hij wordt beschuldigd.'

'En waar wordt hij dan van beschuldigd?'

Ik gaf geen antwoord en vroeg door.

'Waarom heet het hier het Sea Side Motel? Je kunt de zee niet eens zien.'

'Nee, maar er loopt wel een paadje door het bos naar het strand. Dat staat ook in de folder. Onze gasten kan het trouwens weinig schelen: de mensen die hier stoppen, gaan niet naar het strand.'

'Bedoelt u dat je bijvoorbeeld vanuit Aurora over het strand zou kunnen lopen en dan via dat bospad hiernaartoe komen?'

'In theorie wel, ja.'

De rest van de dag bracht ik door in de gemeentelijke bibliotheek, waar ik de archieven raadpleegde en de loop van de gebeurtenissen probeerde te reconstrueren. Erne Pinkas was me daarbij zeer behulpzaam: hij hielp me net zo lang als nodig was met mijn naspeuringen.

Volgens de kranten uit die tijd had niemand op de dag van de verdwijning iets vreemds gezien: geen weggelopen Nola, geen verdachte personen die zich in de buurt van haar huis ophielden. Iedereen was het erover eens dat de verdwijning een groot raadsel was, dat nog onduidelijker werd door de moord op Deborah Cooper. Toch waren er een paar getuigen – voornamelijk buren – die gewag maakten van lawaai en geschreeuw uit het huis van de Kellergans, hoewel anderen meldden dat dat lawaai gewoon muziek was waar de dominee op vol volume naar luisterde, zoals wel vaker. Uit onderzoek van de *Aurora Star* bleek dat meneer Kellergan in de garage aan het klussen was en dat hij altijd muziek opzette als hij aan het werk ging. Hij zette het volume zo hoog dat de muziek het geluid van zijn gereedschap overstemde, vanuit de gedachte dat goede muziek, zelfs als die te hard staat, nog altijd te prefereren is boven hamergeklop.

Als zijn dochter om hulp had geroepen, had hij dat onmogelijk kunnen horen. Volgens Pinkas nam meneer Kellergan het zich nog altijd kwalijk dat de muziek zo hard had gestaan: hij was altijd in het huis op Terrace Avenue blijven wonen, waar hij een teruggetrokken bestaan leidde en diezelfde plaat aan één stuk door op oorverdovend volume beluisterde, als een boetedoening. Hij was al heel lang de enige overgeblevene van het echtpaar Kellergan. Zijn vrouw Louisa was lang geleden gestorven. Het scheen dat op de avond dat duidelijk werd dat het gevonden lichaam inderdaad van de kleine Nola was, een paar journalisten David Kellergan thuis waren komen lastigvallen. 'Dat was zo'n trieste scène,' zei Pinkas. 'Hij zei zoiets als: "Dus ze is dood… en ik heb al die tijd gespaard zodat ze naar de universiteit kon…" En wat denk je? De volgende dag stonden er vijf zogenaamde Nola's op de stoep. Voor de centen. De arme man was volkomen van de kaart. Dit is echt een zieke tijd: het hart van de mensen zit vol rotzooi, Marcus. Zo denk ik erover.'

'Zette haar vader de muziek wel vaker zo hard?' vroeg ik.

'Ja, geregeld. Trouwens, over Harry… ik kwam de oude mevrouw Quinn gisteren in de stad tegen…'

'Mevrouw Quinn?'

'Ja, de vroegere eigenaresse van Clark's. Ze vertelt aan wie het maar wil horen dat ze altijd al heeft geweten dat Harry een oogje op Nola had… Ze zegt dat ze daar indertijd zelfs een onweerlegbaar bewijs voor had.'

'Wat voor bewijs?' vroeg ik.

'Geen flauw idee. Heb je nog iets van Harry gehoord?'

'Ik ga morgen bij hem langs.'

'Doe hem de groeten van me.'

'Joh, ga toch zelf bij hem op bezoek… Dat zal hem goeddoen.'

'Ik weet niet zeker of ik dat wel wil.'

Ik wist dat Pinkas, vijfenzeventig jaar oud, gepensioneerd medewerker van een textielfabriek in Concord, iemand die nooit had gestudeerd en het jammer vond dat hij zijn passie voor boeken nooit had kunnen bevredigen buiten zijn vrijwilligersbaantje als bibliothecaris, Harry eeuwig dankbaar was omdat die ervoor had gezorgd dat hij de literatuurcolleges aan de universiteit van Burrows kosteloos kon volgen. Ik beschouwde hem dus als een van Harry's trouwste aanhangers, maar zelfs hij nam nu liever afstand.

'Weet je,' zei hij, 'Nola was zo'n bijzondere meid, zo zacht, zo aardig voor iedereen. De hele stad hield van haar! Ze was als een dochter voor ons allemaal. Dus hoe kon Harry... Ik bedoel, ook als hij haar niet heeft vermoord, heeft hij nog wel dat boek voor haar geschreven! Kom nou, zeg! Ze was vijftien, verdomme! Een kind! En dan zou hij zoveel van haar hebben gehouden dat hij een boek voor haar heeft geschreven? Een liefdesverhaal? Ik ben vijftig jaar met mijn vrouw getrouwd geweest en ik heb nooit de behoefte gevoeld om een boek voor haar te schrijven!'

'Maar dat boek is wel een meesterwerk.'

'Dat boek is van de duivel. Het is een perversie. Trouwens, ik heb alle exemplaren die we hier hadden weggedaan. De mensen zijn te overstuur.'

Ik zuchtte, maar ik gaf geen antwoord. Ik wilde geen ruzie met hem maken. Ik vroeg alleen: 'Erne, zou ik hier een pakje naartoe mogen laten sturen? Naar de bibliotheek?'

'Een pakje? Natuurlijk. Waarom?'

'Ik heb mijn werkster gevraagd om iets belangrijks bij mij thuis op te halen en het per FedEx naar me toe te sturen. Maar ik heb liever dat het hier wordt bezorgd: ik ben niet zo vaak in Goose Cove en de brievenbus puilt uit met allerlei weerzinwekkende brieven, die ik er niet eens meer uithaal... Hier weet ik tenminste zeker dat het aankomt.'

De brievenbus van Goose Cove was een goede weergave van de staat van Harry's reputatie: Amerika dat hem ooit had bewonderd, schold hem de huid vol en overlaadde hem per brief met beledigingen. Hier voltrok zich het grootste schandaal uit de literaire geschiedenis. *De wortels van het kwaad* was inmiddels geschrapt van de lesprogramma's en verdwenen van de schappen van de boekhandels, *The Boston Globe* had de samenwerking eenzijdig opgezegd en de bestuursraad van de universiteit van Burrows had besloten hem met onmiddellijke ingang uit al zijn functies te ontheffen. De kranten schaamden zich er inmiddels niet meer voor om hem een pedofiel te noemen; hij was het onderwerp van alle discussies en alle gesprekken. Roy Barnaski, die een zakelijke kans rook die hij onder geen beding wilde missen, wilde absoluut een boek over de affaire uitbrengen. En aangezien Douglas er niet in slaagde me te overtuigen, belde Barnaski me uiteindelijk zelf met een lesje markteconomie. 'Het publiek wil dit boek hebben,' legde hij uit. 'Luister maar, er staan hier op de stoep van het gebouw zelfs fans je naam te roepen.'

Hij zette de telefoon op de speaker en gaf een teken aan zijn assistentes, die zich hees schreeuwden: 'Gold-man! Gold-man! Gold-man!'

'Dat zijn geen fans, Roy, dat zijn je assistentes. Hallo, Marisa.'

'Dag, Marcus,' antwoordde Marisa.

Barnaski nam de hoorn weer op.

'Denk er toch nog maar eens over na, Goldman: we willen het in de herfst uitbrengen. Succes gegarandeerd! Anderhalve maand om het te schrijven, klinkt dat redelijk?'

'Anderhalve maand? Mijn eerste boek heeft me twee jaar gekost! Trouwens, ik heb geen idee wat ik zou moeten vertellen, niemand weet nog wat er is gebeurd.'

'Ik kan wel een paar ghostwriters* regelen, zodat je sneller kunt werken. En het hoeft heus geen hoogstaande literatuur te zijn: de mensen willen vooral weten wat Quebert met dat meisje heeft uitgespookt. Beperk je tot de feiten, met wat spanning, smerigheid, en seks natuurlijk.'

'Seks?'

'Toe, Goldman, ik hoef je je vak toch niet te leren? Wie zou zo'n boek ooit kopen als er niet een paar aanstootgevende scènes in zitten tussen de oude bok en het meisje van zeven? Dat willen de mensen. Zelfs als het een slecht boek is, kunnen we er honderdduizenden verkopen. En daar gaat het om, of niet?'

'Harry was vierendertig en Nola vijftien!'

'Zit nou niet te mierenneuken... Als je dat boek voor me schrijft, verscheur ik je vorige contract en krijg je bovendien een voorschot van een half miljoen, als dank voor je medewerking.'

Ik weigerde ronduit; Barnaski begon zich op te winden.

'Goed dan, als jij je als een klootzak gedraagt, doe ik dat ook, Goldman. Over precies elf dagen verwacht ik een manuscript van je, anders heb je een proces aan je broek en is het gedaan met je!'

Hij gooide de hoorn op de haak. Toen ik even later boodschappen deed in de general store in de hoofdstraat, werd ik gebeld door Douglas, die ongetwijfeld door Barnaski op de hoogte was gebracht en me op andere gedachten wilde brengen.

'Je kunt nou niet dwars gaan liggen, Marc' zei hij. 'Vergeet niet dat Barnaski je bij de ballen heeft! Je vorige contract is nog steeds van kracht, en daar kom je alleen onderuit door zijn aanbod te accepteren. En bovendien: dat boek zal je carrière een enorme boost geven. Een voorschot van een half miljoen! Ik kan wel iets vervelenders bedenken, jij?'

---

* Door een schrijver die in naam van een ander schrijft met het woord 'ghostwriter' aan te duiden, slagen de Angelsaksen er goed in om de wreedheid van dit beroep voor haar beoefenaars tot uitdrukking te brengen (noot van de auteur).

'Maar Barnaski wil dat ik iets sensationeels schrijf! En dat gebeurt gewoon niet. Met zo'n boek wil ik niks te maken hebben, ik wil geen wegwerpboek dat je in een paar weken kunt schrijven. Voor een goed boek is tijd nodig.'

'Maar zo halen ze tegenwoordig hun omzet! Er is geen plaats meer voor schrijvers die de hele dag dagdromend zitten te wachten tot het gaat sneeuwen, op zoek naar inspiratie! Van jouw boek staat nog niet één zin op papier, maar toch is het nu al razend populair, omdat iedereen alles over de zaak wil weten. En wel nu. We hebben weinig tijd om het boek te verkopen: in het najaar zijn de presidentsverkiezingen, de kandidaten gaan ongetwijfeld boeken uitbrengen en die zullen alle mediaruimte in beslag nemen. Iedereen praat nu al over het boek van Barack Obama, kun je het geloven?'

Ik kon niets meer geloven. Ik betaalde voor mijn boodschappen en liep terug naar mijn auto, die langs de stoeprand stond. Achter een van de ruitenwissers vond ik een briefje met weer dezelfde boodschap:

Ga naar huis, Goldman

Ik keek om me heen: niemand te zien. Iets verderop zaten wat mensen op een terras, uit de general store kwamen wat klanten. Door wie werd ik achtervolgd? Wie wilde liever niet dat ik de dood van Nola Kellergan onderzocht?

De dag na dit nieuwe incident, vrijdag 20 juni, ging ik Harry opnieuw opzoeken in de gevangenis. Voordat ik Aurora uit reed stopte ik bij de bibliotheek, waar het pakje net was bezorgd.

'Wat zit erin?' vroeg Pinkas nieuwsgierig, in de hoop dat ik het in zijn bijzijn zou openmaken.

'Een instrument dat ik nodig heb.'

'Wat voor instrument?'

'Een beroepsinstrument. Bedankt dat ik het hierheen mocht sturen, Erne.'

'Wacht even, wil je geen koffie? Ik heb net gezet. Wil je een schaar om het open te maken?'

'Bedankt, Erne. Die koffie wil ik heel graag een andere keer. Nu moet ik weg.'

Toen ik aankwam in Concord besloot ik een omweg te maken langs het hoofdkantoor van de Staatspolitie, om sergeant Gahalowood op te zoeken en hem de hypotheses voor te leggen die ik sinds onze korte ontmoeting had geformuleerd.

Het hoofdkantoor van de Staatspolitie van New Hampshire, waar de recherche was gevestigd, was een groot gebouw van rode baksteen in het centrum van Concord, aan Hazen Drive 33. Het liep tegen enen; ik kreeg te horen dat Gahalowood aan het lunchen was en werd verzocht op een bankje op de gang te wachten, naast een tafel met tijdschriften en koffie waarvoor je moest betalen. Toen hij een uur later aankwam, was het slechte humeur van zijn gezicht af te lepelen.

'Ben jij het?' barstte hij los toen hij me zag. 'Ik word gebeld, ze zeggen: "Schiet op, Perry, er zit hier iemand al een uur op je te wachten" en ik breek mijn lunch af om te komen kijken wat er aan de hand is omdat het misschien belangrijk is, en dan zit hier... de schrijver!'

'Neem me niet kwalijk... Ik bedacht dat we niet op goede voet uit elkaar waren gegaan en dat ik misschien...'

'Ik mag jou niet, schrijver. Dat je het maar weet. Mijn vrouw heeft je boek gelezen; ze vindt je knap en intelligent. De achterflap met die kop van jou lag wekenlang op haar nachtkastje. Je hebt in onze slaapkamer gewoond! Je hebt bij ons geslapen! Met ons gegeten! Je ging mee op vakantie! Je bent met mijn vrouw in bad geweest! Je hebt al haar vriendinnen laten kakelen! Je hebt mijn leven verpest!'

'Bent u getrouwd, sergeant? Vreemd, u bent zo onaangenaam dat ik had kunnen zweren dat u alleenstaand was.'

Woedend drukte hij zijn hoofd in zijn onderkin.

'Wat moet je in godsnaam?' blafte hij.

'Ik wil begrijpen hoe het zit.'

'Dat is best veel gevraagd, voor iemand als jij.'

'Weet ik.'

'Laat de politie nou gewoon haar werk doen.'

'Ik heb informatie nodig, sergeant. Ik heb een afwijking: ik wil altijd alles weten. Ik heb zwakke zenuwen, ik moet altijd de controle hebben.'

'Controleer jezelf dan maar!'

'Kunnen we naar uw kantoor gaan?'

'Nee.'

'Vertel me dan alleen of Nola inderdaad op vijftienjarige leeftijd is overleden.'

'Ja. Dat heeft de botanalyse bevestigd.'

'Dan is ze dus tegelijkertijd ontvoerd en vermoord?'
'Ja.'
'En die tas... Waarom is die met haar meebegraven?'
'Geen idee.'
'Het feit dat ze een tas bij zich had zou erop kunnen wijzen dat ze van huis is weggelopen.'
'Als je een tas meeneemt om weg te lopen, dan doe je er kleren in, lijkt me.'
'Precies.'
'Bij haar zat er alleen een boek in.'
'Eén-nul voor u,' zei ik. 'Ik sta versteld van uw scherpzinnigheid. Maar die tas...'
Hij onderbrak me.
'Ik had je nooit over die tas moeten vertellen. Ik weet niet wat ik had...'
'Ik ook niet.'
'Medelijden, denk ik. Ja, dat is het: ik had medelijden met je. Je zag er zo verloren uit met je schoenen die onder de modder zaten.'
'Bedankt. Als u me toestaat: wat kunt u me vertellen over de autopsie? Heet dat trouwens wel "autopsie" bij een skelet?'
'Geen idee.'
'Of is iets als "medisch-juridisch onderzoek" beter op zijn plaats?'
'Kan me niet schelen wat er op z'n plaats is! Ik kan je wel vertellen dat haar schedel was ingeslagen! Bam! Bam! Kapot!'
Onder het spreken beeldde hij uit wat hij zei, en aangezien hij deed of hij met een knuppel sloeg, vroeg ik: 'Dus het is met een knuppel gebeurd?'
'Weet ik veel, lastpak! Idioot!!'
'Door een vrouw? Een man?'
'Wat?'
'Zou een vrouw die klappen kunnen hebben uitgedeeld? Waarom moet het per se een man geweest zijn?'
'Omdat de toenmalige ooggetuige, Deborah Cooper, formeel een man heeft herkend. Maar goed. Dit gesprek is afgelopen, schrijver. Je werkt me te veel op de zenuwen.'
'En u? Wat denkt u van deze zaak?'
Hij haalde een foto van een gezin uit zijn portemonnee.
'Ik heb twee dochters, schrijver. Veertien en zeventien. Ik kan me niet voorstellen dat ik zou moeten doorstaan wat meneer Kellergan heeft

doorstaan. Ik wil de waarheid achterhalen. Ik wil dat het recht zijn beloop heeft. Het recht is geen optelsom van simpele feiten: het is veel ingewikkelder dan dat. En daarom ga ik door met mijn onderzoek. Geloof me, als ik bewijzen vind voor de onschuld van Quebert, dan komt hij vrij. Maar als hij schuldig is, kun je er zeker van zijn dat ik Roth niet zal toestaan om de jury in te pakken met die bluf waar hij het patent op heeft en waar hij criminelen mee vrij krijgt. Want dat is ook geen rechtvaardigheid.'

Achter zijn uiterlijk van een woeste bizon verborg Gahalowood een levensfilosofie die me aanstond.

'Eigenlijk bent u best een geschikte kerel, sergeant. Als ik trakteer op donuts, kunnen we dan nog even kletsen?'

'Ik wil geen donuts, ik wil dat je weggaat. Ik heb werk te doen.'

'Maar u moet me uitleggen hoe je zo'n onderzoek doet. Ik weet niet hoe dat moet. Wat moet ik doen?'

'Dag, schrijver. Ik heb al meer dan genoeg van je gezien voor een week. Misschien wel voor altijd.'

Ik was teleurgesteld dat hij me niet serieus nam en ik drong niet verder aan. Ik stak mijn hand naar hem uit. Hij verbrijzelde mijn vingerkootjes in zijn grote vuist en ik ging ervandoor. Maar op de parkeerplaats hoorde ik dat hij me riep: 'Schrijver!' Ik draaide me om en ik zag zijn grote gestalte op een drafje naar me toe komen.

'Schrijver,' zei hij toen hij buiten adem voor me stond. 'Een goede politieman interesseert zich niet voor de moordenaar... maar voor het slachtoffer. Stel jezelf wat vragen over het slachtoffer. Je moet vóór de moord beginnen: bij het begin, niet bij het einde. Je concentreert je te veel op de moordenaar en daarmee beland je op het verkeerde spoor. Stel je de vraag wie het slachtoffer was... Wie Nola Kellergan was...'

'En Deborah Cooper?'

'Als je het mij vraagt, draait het allemaal om Nola. Deborah Cooper is maar een zijdelings slachtoffer. Zoek uit wie Nola was: dan vind je vanzelf de moordenaar van haar en mevrouw Cooper.'

Wie was Nola Kellergan? Dat is de vraag die ik aan Harry wilde stellen toen ik naar de Staatsgevangenis ging. Hij zag er slecht uit. Hij leek zich erg druk te maken over de inhoud van zijn fitnesslocker.

'Heb je alles gevonden?' vroeg hij nog voordat hij me begroet had.

'Ja.'

'En alles verbrand?'

'Ja.'

'Ook het manuscript?'

'Ook het manuscript.'

'Waarom heb je me niet laten weten dat het gebeurd was? Ik werd gek van ongerustheid! En waar heb je twee dagen gezeten?'

'Ik werkte aan mijn onderzoek. Harry, waarom stond die kist in een locker in een sportschool?'

'Ik weet dat het je bizar in de oren zal klinken... Nadat je in maart in Aurora was geweest, werd ik bang dat iemand anders de kist ook zou kunnen vinden. Ik bedacht dat iedereen er zomaar bij kon: een onbeschaamde bezoeker, de werkster. Ik besloot dat het beter was om mijn herinneringen ergens anders te bewaren.'

'Je hebt ze verstopt? Maar dat pleit tegen je. En het manuscript... Was dat van *De wortels van het kwaad*?'

'Ja. De allereerste versie.'

'Ik herkende de tekst. Er stond geen titel op de kaft...'

'De titel heb ik pas later bedacht.'

'Toen Nola al verdwenen was, bedoel je?'

'Ja. Maar hou liever op over dat manuscript, Marcus. Er rust een vloek op, het heeft me alleen maar kwaad gedaan. Kijk maar: Nola is dood en ik zit in de gevangenis.'

We keken elkaar een ogenblik aan. Ik zette een plastic tas op tafel waarin de inhoud van het postpakket zat.

'Wat is dat?' vroeg Harry.

Zonder antwoord te geven haalde ik er een minidisk-speler uit waarop een microfoon was aangesloten zodat je kon opnemen. Ik zette hem voor Harry neer.

'Marcus, wat ben je in godsnaam aan het doen? Je gaat me toch niet vertellen dat je dat vervloekte apparaat nog steeds hebt...'

'Natuurlijk wel, Harry. Ik ben er heel zuinig op.'

'Doe dat ding alsjeblieft weg.'

'Zet nou niet zo'n kop op, Harry...'

'Maar wat moet je verdomme met dat kreng?'

'Ik wil dat je me vertelt over Nola, over Aurora, over alles. Over de zomer van 1975, over je boek. Ik wil het allemaal weten, Harry. De waarheid moet ook ergens worden vastgelegd.'

Hij glimlachte triest. Ik drukte op de opnameknop en liet hem praten.

Het was een mooie scène: in de bezoekersruimte van de gevangenis, waar tussen de plastic tafels echtgenoten hun vrouw troffen en vaders hun kinderen, trof ik mijn oude leermeester die me zijn verhaal vertelde.

Die avond at ik vroeg, op de terugweg naar Aurora. Ik had geen zin om direct naar Goose Cove te gaan en alleen in het enorme huis te zitten, en daarom reed ik lange tijd met de auto langs de kust. De dag liep ten einde, de oceaan glinsterde; alles was prachtig. Ik passeerde het Sea Side Motel, het bos van Side Creek, Side Creek Lane en Goose Cove, ik reed door Aurora en verder naar Grand Beach. Daar liep ik naar het water toe; ik ging zitten op de rotsen om naar de ontluikende nacht te kijken. In de verte dansten de lichten van Aurora in de spiegel van de golven; watervogels slaakten schrille kreten, in de omringende bosjes zongen nachtegalen, ik hoorde de misthoorns van de vuurtorens. Ik zette mijn minidiskspeler aan en Harry's stem klonk op in de duisternis:

Ken je Grand Beach, Marcus? Het eerste strand van Aurora als je uit de richting van Massachusetts komt. Daar ga ik 's avonds weleens naar toe om naar de lichtjes van de stad te kijken. En dan denk ik terug aan alles wat er in de laatste dertig jaar is gebeurd. Op dat strand stopte ik op de dag dat ik aankwam in Aurora. 20 mei 1975. Ik was vierendertig. Ik kwam uit New York en ik had net besloten dat ik mijn lot in eigen handen ging nemen: ik had alles opgezegd, ontslag genomen als literatuurdocent en al mijn spaargeld opgenomen, want ik had besloten om me aan een schrijversavontuur te wagen: ik zou me terugtrekken in New England om de roman te schrijven waar ik van droomde.

Aanvankelijk was ik van plan om een huis in Maine te huren, maar een makelaar in Boston wist me ervan te overtuigen om voor Aurora te kiezen. Hij vertelde over een droomhuis dat precies overeenkwam met wat ik zocht: Goose Cove. Toen ik bij het huis aankwam, was ik op slag verliefd. Het was precies wat ik nodig had: een rustige retraite in de wildernis, maar toch niet te afgelegen, want Aurora lag maar een paar mijl verderop. Het stadje beviel me ook prima. Het leven leek er lieflijk, op straat speelden onbezorgde kinderen en er was geen criminaliteit; zo'n plek die op briefkaarten staat. Het huis in Goose Cove lag ver boven mijn budget, maar het verhuurbureau ging ermee akkoord dat ik in twee termijnen betaalde, en na enig rekenwerk kwam ik erachter dat ik de eindjes aan elkaar zou kunnen knopen als ik niet te veel uitgaf. Bovendien had ik een voorgevoel dat dit de juiste keuze was.

En ik had me niet vergist, want die beslissing zou mijn leven veranderen: het boek dat ik die zomer schreef heeft me rijk en beroemd gemaakt.

Wat me geloof ik het beste aan Aurora beviel, was de bijzondere status die ik er al snel kreeg: in New York was ik gewoon een docent aan een middelbare school die ook een boekje had geschreven, maar in Aurora was ik Harry Quebert, de schrijver uit New York die hier was gekomen om zijn nieuwe roman te schrijven. Weet je, Marcus, die geschiedenis van de Geweldenaar, van toen je op de middelbare school zat en je alleen beter wilde zijn dan de mensen om je heen om je een uitblinker te voelen: dat is precies wat mij overkwam toen ik hier kwam wonen. Ik was een zelfverzekerde jonge vent, elegant, knap, atletisch en ontwikkeld, die bovendien in het prachtige huis in Goose Cove woonde. De bewoners van het stadje kenden me dan wel niet van naam, maar ze gingen ervan uit dat ik succesvol was, vanwege mijn gedrag en het huis waarin ik woonde. Meer was er niet voor nodig om de inwoners te laten denken dat ik een grote ster uit New York was; en van de ene dag op de andere wás ik iemand. De gerespecteerde schrijver die ik in New York niet kon zijn, was ik in Aurora wel. Ik had een paar exemplaren van mijn eerste boek meegenomen en aan de gemeentelijke bibliotheek gegeven, en dat miserabele stapeltje papieren, dat door New York werd versmaad, wekte hier in Aurora heel veel enthousiasme. Het was 1975, lang voor het internet en al die andere technologie, en een piepklein stadje in New Hampshire was op zoek naar bestaansrecht en vond in mij de plaatselijke beroemdheid waarvan het altijd al gedroomd had.

*

Rond elf uur keerde ik terug naar Goose Cove. Toen ik het kleine grindpad op reed dat naar het huis leidde, doemde er in de lichtbundel van mijn koplampen een gemaskerde gestalte op, die het bos in vluchtte. Ik remde abrupt, sprong met een schreeuw de auto uit en wilde de achtervolging inzetten, toen mijn aandacht werd getrokken door een fel schijnsel: bij het huis stond iets in brand. Ik rende erheen om te kijken wat er aan de hand was: Harry's Corvette stond in brand. De vlammen laaiden al op en een zuil van scherpe rook steeg op naar de hemel. Ik riep om hulp, maar er was niemand. Er was alleen het bos. De ruiten van de Corvette sprongen door de hitte, de kap begon te smelten, de vlammen werden nog twee keer zo hevig en begonnen aan de muren van de garage te likken. Ik kon niets doen. Hij zou volledig afbranden.

26
N-O-L-A

(Aurora, New Hampshire, zaterdag 14 juni 1975)

'Weet je waarom schrijvers zulke kwetsbare wezens zijn, Marcus? Dat komt doordat ze twee soorten emotionele pijn kennen, dat wil zeggen twee keer zoveel als normale mensen: liefdesverdriet maar ook boekenverdriet. Een boek schrijven is hetzelfde als van iemand houden: het kan enorm veel pijn doen.'

DIENSTMEDEDELING
BESTEMD VOOR HET GEHELE PERSONEEL

Jullie hebben ongetwijfeld gemerkt dat Harry Quebert sinds een week dagelijks in dit etablissement komt lunchen. De heer Quebert is een beroemde schrijver uit New York, en daarom is het gepast om hem bijzondere aandacht te betonen. In al zijn behoeften dient met de grootst mogelijke omzichtigheid te worden voorzien. Hij mag nooit gehinderd worden.

Tot nader order wordt tafel 17 voor hem vrijgehouden. Die dient te allen tijde voor hem te worden gereserveerd.

Tamara Quinn

Het dienblad raakte uit balans door het gewicht van de fles esdoornsiroop. Toen ze die erop zette, kantelde het blad, en toen ze het wilde grijpen raakte ze zelf ook uit balans, zodat alles met een monumentale herrie op de grond viel, met haar erbij.

Harry's hoofd verscheen boven de bar.

'Nola? Gaat het?'

Lichtelijk versuft stond ze op.

'Ja, ja, ik...'

Een ogenblik keken ze samen naar de omvang van de schade; toen barstten ze in lachen uit.

'Lach maar, Harry,' wees Nola hem ten slotte vriendelijk terecht. 'Als mevrouw Quinn erachter komt dat ik weer een blad heb laten vallen, krijg ik ervan langs.'

Hij liep om de bar heen en hurkte neer om haar te helpen de glasscherven op te rapen die in de smurrie van mosterd, mayonaise, ketchup, maple syrup, suiker en zout lagen.

'Verdorie,' zei hij, 'kan iemand me uitleggen waarom iedereen het hier sinds een week nodig vindt om me alle denkbare sauzen te brengen als ik iets bestel?'

'Dat komt door het briefje,' antwoordde Nola.

'Het briefje?'

Ze wees met haar blik op het briefje dat achter de bar was aangeplakt; Harry kwam overeind, maakte het los en begon hardop te lezen.

'Harry, nee! Wat doe je? Ben je gek? Als mevrouw Quinn daarachter komt...'

'Maak je niet druk, er is niemand.'

Het was halfacht 's ochtends; Clark's was nog uitgestorven.

'Wat is dat voor briefje?'

'Mevrouw Quinn heeft een dienstmededeling gedaan.'

'Voor wie?'

'Voor al het personeel.'

Er kwamen klanten binnen, wat een einde aan het gesprek maakte; Harry liep snel terug naar zijn tafel en Nola ging haastig aan het werk.

'Ik breng u zo snel mogelijk nieuwe toast, meneer Quebert,' zei ze op officiële toon, om daarna in de keuken te verdwijnen.

Achter de klapdeurtjes bleef ze een moment staan dromen. Ze glimlachte voor zich uit: ze hield van hem. Sinds ze hem twee weken geleden op het strand had ontmoet, sinds die prachtige regenachtige dag dat ze zomaar wat was gaan wandelen in de buurt van Goose Cove, had ze hem lief. Ze wist het zeker: het was een gevoel waarin je je niet kon vergissen, er was niets wat erop leek. Ze voelde zich anders: gelukkiger, en de dagen leken mooier. En het belangrijkste: als hij er was, voelde ze haar hart harder kloppen.

Na de episode op het strand waren ze elkaar nog twee keer tegengekomen: voor de general store in de hoofdstraat en bij Clark's, waar zij op zaterdag in de bediening werkte. Bij beide gelegenheden had ze gevoeld dat er iets speciaals tussen hen was. Sindsdien kwam hij iedere dag naar Clark's om er te schrijven, wat Tamara Quinn, de eigenaresse, ertoe had gebracht om drie dagen geleden aan het einde van de middag met spoed haar 'meisjes'– zoals ze haar serveersters noemde – bij elkaar te roepen. Bij die gelegenheid had ze die beroemde dienstmededeling uitgevaardigd. 'Dames,' had Tamara Quinn gezegd tegen haar werkneemsters, die ze zich in het gelid had laten opstellen, 'de afgelopen week hebben jullie ongetwijfeld gemerkt dat de grote New Yorkse schrijver Harry

Quebert hier dagelijks komt, wat bewijst dat hij in dit etablissement hetzelfde raffinement en overige kwaliteiten heeft aangetroffen als in de chicste eetgelegenheden van de Oostkust. Clark's is een etablissement van niveau: wij moeten de verwachtingen van onze meest veeleisende cliënten waarmaken. Aangezien de hersenen van sommigen van jullie niet groter zijn dan een erwt heb ik een dienstmededeling opgesteld om jullie eraan te herinneren hoe jullie met de heer Quebert moeten omgaan. Jullie moeten de mededeling lezen, herlezen, en uit het hoofd leren. Ik zal jullie onverwacht overhoren. De mededeling zal zowel in de keuken als achter de bar worden opgehangen.' Daarna had Tamara Quinn de instructies staccato voorgelezen: de heer Quebert mocht vooral niet gestoord worden, hij had behoefte aan rust en concentratie. Het personeel moest zich efficiënt betonen zodat hij zich hier thuis kon voelen. De statistieken van zijn voorgaande bezoeken aan Clark's wezen uit dat hij uitsluitend zwarte koffie dronk: bij aankomst moest men hem koffie serveren en verder niets. Als de heer Quebert iets anders bliefde of als hij honger had, zou hij dat zelf wel laten merken. Hij mocht niet worden gestoord en hij mocht niet worden aangespoord om meer te consumeren, zoals dat bij andere cliënten wel diende te gebeuren. Als hij iets te eten bestelde, moesten hem direct alle bijbehorende sauzen en extra's worden gebracht, zodat hij daar niet om hoefde te vragen: mosterd, ketchup, mayonaise, peper, zout, boter, suiker en maple syrup. Een groot schrijver zoals hij hoeft nooit om iets te vragen: die moet zijn geest vrijhouden om in alle rust te kunnen creëren. Misschien waren het boek dat hij schreef en de aantekeningen waar hij aan werkte als hij uren achterelkaar op dezelfde plaats zat de basis van een reusachtig meesterwerk, en dan zou er binnenkort in heel het land over Clark's worden gesproken. Tamara Quinn droomde er al van dat het boek haar restaurant de faam zou opleveren waarnaar zij zo verlangde: met het geld zou ze een tweede vestiging in Concord openen, dan een in Boston, in New York, en in alle andere grote steden langs de kust tot in Florida aan toe.

Mindy, een van de serveersters, had om aanvullende uitleg gevraagd.

'Maar m'vrouw Quinn, hoe kunnen we zeker weten dat m'neer Quebert alleen maar zwarte koffie wil?'

'Dat weet ik gewoon. In goede restaurants hoeven belangrijke gasten nooit iets te bestellen: het personeel kent hun gewoontes. En is dit een toprestaurant?'

'Ja, m'vrouw Quinn,' hadden de werkneemsters geantwoord. 'Ja, mama,' had Jenny geblèrd, omdat ze haar dochter was.

'Noem me geen "mama" meer,' had Tamara toen bevolen. 'Dan lijkt het hier wel een dorpsherberg.'

'Hoe moet ik je dan noemen?' vroeg Jenny.

'Je hoeft helemaal niks te zeggen, je luistert naar mijn opdrachten en je stemt gedienstig in, met een hoofdknik. Je hoeft niks te zeggen. Begrepen?'

Jenny knikte bij wijze van antwoord.

'Begrepen of niet?' herhaalde haar moeder.

'Ja, mama. Begrepen. Ik knikte toch?'

'O ja. Heel goed, liefje. Wat leer je toch snel. Kom dames, nu wil ik jullie gedienstige blik zien... Zo ja, heel goed... En nu knikken. Ja... Zo ja... één keer, van boven naar beneden... Heel goed, het lijkt hier het Château Marmont wel.'

Tamara Quinn was niet de enige die heel opgewonden was door Harry Queberts komst naar Aurora: het hele stadje was in rep en roer. Sommige mensen beweerden dat hij een grote ster was in New York, andere bevestigden het omdat ze niet onontwikkeld wilden overkomen. Erne Pinkas, die een paar exemplaren van zijn eerste roman in de gemeentelijke bibliotheek had neergelegd, zei echter dat hij nog nooit van een schrijver had gehoord die Quebert heette, maar eigenlijk nam niemand de mening serieus van zo'n fabrieksarbeider die geen flauw benul had van de high society in New York. En waar ze het vooral over eens waren, was dat niet iedereen zomaar in het prachtige huis in Goose Cove kon trekken, waar al jaren geen huurder voor was geweest.

Het tweede punt dat een enorme opwinding teweegbracht had te maken met de meisjes van huwbare leeftijd, en in het verlengde daarvan met hun ouders: Harry Quebert was vrijgezel. Zijn hart lag voor het oprapen, en door zijn roem, zijn intellectuele capaciteiten, zijn fortuin en zijn zeer aangename uiterlijk was hij een gewilde huwelijkskandidaat. Bij Clark's was het al heel gauw duidelijk dat Jenny Quinn, vierentwintig jaar oud, een sensuele, knappe blondine en de voormalige leidster van de cheerleaders van Aurora High, een oogje op hem had. Jenny, die doordeweeks in de bediening werkte, was de enige die de dienstmededeling openlijk in de wind sloeg: ze maakte grapjes met Harry, kletste onophoudelijk tegen hem aan, stoorde hem in zijn werk en bracht nooit ongevraagd alle sauzen. Jenny werkte nooit in het weekend; op zaterdag werkte Nola.

De kok drukte op het belletje en rukte Nola uit haar gedachten: Harry's toast was klaar. Ze zette het bord op het dienblad, en voordat ze terugliep naar de eetzaal deed ze eerst de vergulde haarspeld goed die haar haar bij elkaar hield; toen duwde ze trots de deur open. Ze was al twee weken verliefd.

Ze bracht Harry zijn bestelling. Clark's stroomde langzaam maar zeker vol.

'Eet smakelijk, meneer Quebert,' zei ze.

'Noem me maar Harry…'

'Niet hier,' mompelde ze. 'Dat vindt mevrouw Quinn niet goed.'

'Ze is er toch niet? Niemand komt erachter…'

Ze wees met haar blik op de andere klanten en liep toen naar hun tafel.

Hij nam een hap van de toast en krabbelde een paar regels op het papier. Hij schreef de datum op: zaterdag 14 juni 1975. Hij vulde de bladzijden zonder echt te weten wat hij opschreef: hij was er nu al drie weken, en het was hem nog niet gelukt om aan zijn roman te beginnen. De ideeën die langs zijn geest waren gefladderd, waren nergens op uitgelopen en hoe harder hij zijn best deed, hoe slechter het ging. Hij had het gevoel dat hij langzaam uitdoofde, hij voelde zich besmet met de verschrikkelijkste kwaal die iemand als hij kon krijgen: hij had de schrijversziekte opgelopen. De angst voor het lege papier kreeg hem met de dag sterker in zijn greep, en inmiddels twijfelde hij zelfs aan de hele onderneming: hij had al zijn spaargeld opgeofferd om dat indrukwekkende huis aan zee tot aan september te kunnen huren, een schrijvershuis zoals hij er altijd van had gedroomd, maar wat had je eraan om schrijvertje te spelen als je niets had om over te schrijven? Terwijl het plan toch onfeilbaar had geleken toen hij de huurovereenkomst tekende; hij zou een verdomd goede roman schrijven en in september al ver genoeg zijn om de eerste hoofdstukken te kunnen aanbieden bij de grote uitgeverijen van New York, die direct zouden toehappen en elkaar te lijf zouden gaan om de rechten in handen te krijgen. Hij zou een mooi voorschotje krijgen om het boek te kunnen afmaken; zijn financiële toekomst zou gewaarborgd zijn en hij zou de ster worden die hij altijd al had willen zijn. Maar zijn droom smaakte nu al als as in zijn mond: hij had nog geen zin op papier gezet. Als het zo doorging zou hij in de herfst zonder geld en zonder boek naar New York moeten terugkeren, de directeur van de middelbare school waar hij had gewerkt smeken om hem weer aan te nemen en de roem voor eeuwig vergeten. En zo nodig zou hij een baan als nachtwaker vinden om wat geld opzij te zetten.

Hij keek naar Nola, die met andere klanten stond te praten. Ze straalde. Hij hoorde haar lachen en hij schreef:

Nola. Nola. Nola. Nola. Nola.
N-O-L-A. N-O-L-A.

N-O-L-A. Vier letters die zijn wereld op de kop hadden gezet. Nola, een opdondertje dat zijn hoofd al sinds hun eerste ontmoeting op hol bracht. N-O-L-A. Twee dagen na hun kennismaking op het strand was hij haar voor de general store opnieuw tegengekomen, en toen waren ze samen door de hoofdstraat naar de jachthaven gewandeld.

'Iedereen zegt dat je naar Aurora bent gekomen om een boek te schrijven,' had ze gezegd.

'Dat klopt.'

Ze was door het dolle heen.

'O, Harry, wat spannend! Jij bent de eerste schrijver die ik ken! Ik heb je zoveel te vragen...'

'Zoals?'

'Hoe je dat doet, schrijven?'

'Dat gaat vanzelf. Ideeën wervelen net zo lang door je hoofd tot ze zinnen worden die op het papier spatten.'

'Wat moet het heerlijk zijn om schrijver te zijn!'

Hij had haar aangekeken, en hij was in één klap smoorverliefd op haar geworden.

N-O-L-A. Ze zei dat ze op zaterdagen bij Clark's werkte en de volgende zaterdag was hij al heel vroeg gekomen. De hele dag had hij naar haar zitten kijken en al haar bewegingen bewonderd. Toen herinnerde hij zich dat ze nog maar vijftien was en had hij zich geschaamd: als iemand in dit stadje erachter zou komen wat hij voor dat jonge serveerstertje van Clark's voelde, kwam hij in de problemen. Misschien riskeerde hij zelfs een gevangenisstraf. En dus besloot hij, om te voorkomen dat de mensen er iets van zouden denken, iedere dag bij Clark's te gaan lunchen. Inmiddels speelde hij al een week lang voor stamgast en kwam hij er iedere dag werken alsof er niets aan de hand was. Niemand mocht weten dat zijn hart op zaterdagen harder bonsde. En dag na dag schreef hij niets anders dan haar naam, aan zijn werktafel, op het terras van Goose Cove en bij Clark's. N-O-L-A. Hele bladzijden vol noemde hij haar naam, dacht hij aan haar, beschreef hij haar. Bladzijden die hij uitscheurde en daarna in de metalen prullenbak verbrandde. Als iemand die woorden zou vinden, was het gedaan met hem.

Rond het middaguur werd Nola midden in de lunchdrukte afgelost door Mindy, wat ongebruikelijk was. Ze nam beleefd afscheid van Harry, in gezelschap van een man van wie Harry begreep dat hij haar vader was: dominee David Kellergan. Hij was aan het einde van de ochtend gekomen en had aan de bar een glas ijsthee gedronken.

'Tot ziens, meneer Quebert,' zei Nola. 'Ik ben klaar voor vandaag. Ik wilde u alleen even aan mijn vader voorstellen, dominee Kellergan.'

Harry stond op en de twee mannen schudden elkaar vriendelijk de hand.

'Dus u bent de beroemde schrijver,' glimlachte de dominee.

'En u bent de dominee Kellergan over wie hier zoveel gepraat wordt,' antwoordde Harry.

David Kellergan keek geamuseerd.

'U moet niet alles geloven wat ze zeggen. Er wordt altijd zo overdreven.'

Nola haalde een kleine poster uit haar zak en gaf hem aan Harry.

'Vandaag is de eindejaarsvoorstelling van de middelbare school, meneer Quebert. Daarom ga ik eerder weg. We beginnen om vijf uur, komt u ook?'

'Laat die arme meneer Quebert toch met rust, Nola,' wees haar vader haar vriendelijk terecht. 'Wat moet hij nou bij een schoolvoorstelling?'

'Het wordt echt heel leuk!' rechtvaardigde ze zich enthousiast.

Harry bedankte Nola voor de uitnodiging en groette haar. Door het grote raam zag hij haar om de hoek verdwijnen; toen ging hij terug naar Goose Cove om zich opnieuw op zijn eerste versie te storten.

Het was twee uur. N-O-L-A. Hij zat al twee uur achter zijn bureau en hij had nog niets geschreven: hij kon zijn ogen niet van zijn horloge afhouden. Hij mocht onder geen beding naar de school gaan: dat was ten strengste verboden. Maar noch de muren, noch de gevangenis weerhielden hem ervan om bij haar te willen zijn: zijn lichaam zat opgesloten in Goose Cove, maar zijn geest danste met Nola over het strand. Het werd drie uur. Toen vier uur. Hij klampte zich vast aan zijn pen om vooral niet op te staan. Ze was vijftien, dit was een verboden liefde. N-O-L-A.

Om tien voor vijf betrad Harry, gekleed in een elegant donker pak, het auditorium van de school. De zaal zat stampvol; het hele stadje was er. Toen hij tussen de rijen door liep had hij het gevoel dat iedereen over hem fluisterde als hij langskwam, en dat de blikken van de ouders die hij kruiste zeiden: 'Ik weet wel waarom je hier bent.' Hij voelde zich enorm slecht op zijn gemak, koos lukraak een rij uit en liet zich op een stoel vallen om maar niet meer te worden bekeken.

De voorstelling begon: hij luisterde naar een afschuwelijk koorzang, daarna naar een blazersensemble zonder swing. Hij zag niet zo prima ballerina's, beluisterde een zielloze quatre-mains en zangers zonder stem. Toen gingen alle lichten uit; in de duisternis zag je alleen de halo van een schijnwerper die een cirkel van licht op het podium wierp. Toen kwam ze op, gekleed in een blauwe glitterjurk die haar liet schitteren met duizend flitsen licht. N-O-L-A. Het was oorverdovend stil; ze ging zitten op een barkruk, deed haar haarspeld goed en schoof de telescopische microfoonstandaard die voor haar werd neergezet op de goede hoogte. Daarna wierp ze het publiek een stralende glimlach toe, pakte een gitaar en zette abrupt *Can't Help Falling in Love with You* in, in een door haarzelf gearrangeerde versie.

Het publiek zat met open mond te luisteren; en op dat moment begreep Harry dat het lot hem naar Aurora had gebracht en hem zo op het spoor van Nola Kellergan had gezet, het bijzonderste schepsel dat hij ooit was tegengekomen en ooit nog zou tegenkomen. Misschien was het niet zijn lotsbestemming om schrijver te zijn, maar om te worden bemind door deze unieke jonge vrouw; en was er een mooier lot denkbaar? Hij was zo in de war dat hij na afloop van de voorstelling midden in het applaus opstond en wegvluchtte. Hij haastte zich terug naar Goose Cove en ging op het terras zitten; en terwijl hij grote slokken whisky achteroversloeg, begon hij als een bezetene te schrijven: N-O-L-A, N-O-L-A, N-O-L-A. Hij wist niet wat hij moest doen: weggaan uit Aurora? Maar waarheen dan? Naar de New Yorkse drukte? Hij had dit huis voor vier maanden gehuurd en hij had de helft vooruitbetaald. Hij was gekomen om een boek te schrijven, en dat moest hij doen ook. Hij moest zichzelf weer in de hand krijgen en zich als een schrijver gedragen.

Toen hij zo lang had geschreven dat zijn pols pijn deed en zijn hoofd tolde van de whisky, daalde hij ellendig af naar het strand, liet zich tegen een grote rots zakken en staarde naar de horizon. Plotseling hoorde hij voetstappen achter zich.

'Harry? Harry, wat is er aan de hand?'

Het was Nola in haar blauwe jurk. Ze haastte zich naar hem toe en knielde neer in het zand.

'Harry, in godsnaam! Heb je pijn?'

'Wat... Wat doe je hier?' vroeg hij in plaats van te antwoorden.

'Ik heb na de voorstelling op je gewacht. Ik zag je tijdens het applaus weglopen en toen was je verdwenen. Ik was zo ongerust... Waarom ging je zo snel weg?'

'Je kunt hier niet blijven, Nola.'

'Waarom niet?'

'Omdat ik heb gedronken. Ik bedoel: ik heb me een beetje bezat. Daar heb ik nu spijt van: als ik wist dat je zou komen was ik nuchter gebleven.'

'Waarom heb je gedronken, Harry? Wat zie je er triest uit...'

'Ik voel me eenzaam. Ik voel me zo verschrikkelijk eenzaam.'

Ze drukte zich tegen hem aan en keek met haar schitterende ogen diep in de zijne.

'Maar Harry, je hebt zo veel mensen om je heen!'

'Ik ga dood van eenzaamheid, Nola.'

'Dan zal ik je gezelschap houden.'

'Dat kan niet...'

'Maar ik wil het. Tenzij ik stoor.'

'Jij stoort nooit.'

'Harry, waarom zijn schrijvers altijd zo eenzaam? Hemingway, Melville... Waarom zijn het de eenzaamste mensen ter wereld?'

'Ik weet niet of je van schrijven eenzaam wordt of dat je van eenzaamheid gaat schrijven...'

'En waarom plegen alle schrijvers zelfmoord?'

'Niet alle schrijvers plegen zelfmoord. Alleen degenen die niet gelezen worden.'

'Ik heb je boek gelezen. Ik heb het uit de gemeentelijke bibliotheek geleend en het in één nacht uitgelezen. Ik vond het schitterend! Je bent echt een groot schrijver, Harry! Harry... Vanmiddag zong ik voor jou. Ik heb dat lied voor jou gezongen!'

Hij glimlachte en keek haar aan; oneindig teder haalde ze haar hand door zijn haar, toen zei ze weer: 'Je bent een geweldige schrijver, Harry. En je hoeft je niet alleen te voelen. Ik ben bij je.'

25
Over Nola

'Hoe word je nou eigenlijk schrijver, Harry?'
'Door nooit op te geven. Weet je, Marcus, vrijheid, de hang naar vrijheid, is een strijd op zichzelf. We leven in een maatschappij van berustende kantoorknechten, en om daaraan te ontsnappen moet je zowel tegen jezelf als tegen de wereld vechten. Vrijheid is een strijd die ieder moment aan de gang is, maar waarvan we ons nauwelijks bewust zijn. Ik zal die strijd nooit opgeven.'

Het lastige aan kleine stadjes in het Amerikaanse achterland is dat er alleen een vrijwillige brandweer is, die minder snel op de been is dan een beroepskorps. En dus verstreek er op de avond van 20 juni 2008, toen ik had gezien dat de vlammen uit de Corvette sloegen en het vuur zich uitbreidde naar het kleine bijgebouw dat dienstdeed als garage, nog flink wat tijd tussen het moment dat ik de hulpdiensten waarschuwde en het moment dat ze Goose Cove bereikten. Het mag dus een wonder heten dat het huis zelf gespaard bleef, ook al was dat wonder in de ogen van de commandant van de brandweer van Aurora vooral te danken aan het feit dat de garage een vrijstaand gebouw was, waardoor ze gemakkelijk hadden kunnen voorkomen dat het vuur zich uitbreidde.

Terwijl politie en brandweer druk in de weer waren kwam ook Travis Dawn, die op de hoogte was gebracht, naar Goose Cove.

'Ben je gewond, Marcus?' vroeg hij terwijl hij haastig naar me toe kwam.

'Nee, met mij is alles in orde, behalve dat het huis haast is afgefikt.'

'Wat is er gebeurd?'

'Ik kwam van Grand Beach, en toen ik de grindweg op reed zag ik iemand wegvluchten door het bos. Toen zag ik de vlammen...'

'Heb je nog kans gezien om die persoon te identificeren?'

'Nee. Het ging allemaal te snel.'

Toen werden we geroepen door een politieman die tegelijk met de brandweer was gearriveerd en die de omgeving van het huis had afgezocht. In de spleet van de deur had hij een briefje gevonden waarop stond:

Ga naar huis, Goldman.

'Verdomme! Gisteren heb ik er ook al een gevonden,' zei ik.

'Nog een? Waar dan?' vroeg Travis.

'Op mijn auto. Ik was tien minuten in de general store en toen ik weer naar buiten kwam zat er zo'n briefje achter mijn ruitenwisser.'

'Denk je dat iemand je volgt?'

'Ik... Ik heb geen idee. Ik heb er niet op gelet. Wat denk je dat het betekent?'

'De brand heeft heel veel weg van een waarschuwing, Marcus.'

'Een waarschuwing? Waarom zou iemand me willen waarschuwen?'

'Het lijkt erop dat iemand niet blij is dat je in Aurora bent. Iedereen weet dat je overal vragen stelt...'

'En dus? Is er iemand bang voor wat ik over Nola zou kunnen ontdekken?'

'Misschien. Hoe dan ook, het zint me niet. Deze hele zaak kan ieder moment ontploffen. Ik laat hier vannacht voor de zekerheid een wagen staan.'

'Dat hoeft niet. Als iemand me wil spreken, moet hij maar komen: ik ben gewoon hier.'

'Rustig, Marcus. Er blijft hier vannacht een politiewagen staan, of je het wilt of niet. Als dit inderdaad een waarschuwing is, wat ik denk, dan houdt dat in dat er nog meer gaat gebeuren. We moeten heel voorzichtig zijn.'

De volgende dag ging ik heel vroeg naar de Staatsgevangenis om Harry over het voorval in te lichten.

'"Ga naar huis, Goldman"?' herhaalde hij, toen ik hem over het briefje had verteld.

'Precies zoals ik het zeg. Getypt op de computer.'

'Wat doet de politie eraan?'

'Travis Dawn is gekomen, hij heeft het briefje meegenomen. Hij zegt dat hij het laat analyseren. Volgens hem is het een waarschuwing. Misschien wil iemand niet dat ik nog dieper in deze zaak duik. Iemand die in jou de ideale schuldige ziet en niet wil dat ik er mijn neus in steek.'

'De moordenaar van Nola en Deborah Cooper?'

'Bijvoorbeeld.'

Harry keek ernstig.

'Roth heeft gezegd dat ik aanstaande dinsdag voor de Grand Jury moet verschijnen. Een handvol eerzame burgers gaat mijn zaak bestuderen en beslissen of de beschuldigingen gegrond zijn. Het schijnt dat de Grand

Jury steevast meegaat met de aanklager... Dit is een nachtmerrie, Marcus; en elke dag heb ik het gevoel dat ik dieper wegzink. Dat ik de grip verlies. Eerst word ik gearresteerd en denk ik dat het een vergissing moet zijn, dat het een kwestie van uren is, en nu blijf ik vastzitten tot aan het proces dat God weet wanneer zal beginnen en kan ik zelfs de doodstraf krijgen. De doodstraf, Marcus! Ik kan nergens anders meer aan denken. Ik ben bang.'

Ik zag dat Harry wegkwijnde. Hij zat nog maar iets meer dan een week in de gevangenis en het was duidelijk dat hij het er nog geen maand zou uithouden.

'We halen je hier wel uit, Harry. We krijgen de waarheid wel boven tafel. Hou moed, Roth is een uitstekende advocaat. Blijf alsjeblieft doorpraten. Vertel over Nola, ga door met je verhaal. Wat gebeurde er daarna?'

'Waarna?'

'Na die episode op het strand. Toen Nola die zaterdag na de schoolvoorstelling bij je kwam en zei dat je je niet eenzaam hoefde te voelen.'

Terwijl ik dat zei, zette ik het opnameapparaat op tafel en schakelde het in. Harry perste er een glimlachje uit.

'Je bent een goede jongen, Marcus. Want dat is waar het om gaat: dat Nola naar het strand kwam en zei dat ik me niet eenzaam hoefde te voelen, dat ze er voor me was... Eigenlijk ben ik altijd nogal op mezelf geweest, en op dat moment veranderde dat opeens. Met Nola had ik opeens het gevoel dat ik deel uitmaakte van een groter geheel, van de eenheid die we samen vormden. Als ze niet bij me was voelde ik een lacune, een gemis dat ik nooit eerder had gevoeld: alsof mijn wereld sinds zij in mijn leven was gekomen zonder haar niet meer kon draaien. Ik besefte dat mijn geluk van haar afhing, en ik was me er ook van bewust dat het enorm ingewikkeld zou worden tussen haar en mij. Allereerst probeerde ik dan ook mijn gevoelens weg te drukken: het was allemaal toch onmogelijk. Die zaterdag bleven we even op het strand zitten en toen zei ik dat het al laat was, dat ze naar huis moest voordat haar ouders ongerust werden, en ze gehoorzaamde. Ze liep weg over het strand en ik keek haar na in de hoop dat ze zich zou omdraaien om naar me te zwaaien, één keertje maar. N-O-L-A. En toch moest ik haar absoluut uit mijn hoofd krijgen... en om Nola te vergeten dwong ik mezelf de hele volgende week ertoe met Jenny aan te pappen, de Jenny die nu de eigenaresse van Clark's is.'

'Wacht even... Bedoel je dat die Jenny over wie je het had, die in 1975 bij Clark's in de bediening werkte, dat dat Jenny Dawn is, de vrouw van Travis, die nu Clark's runt?'

'Een en dezelfde. Maar dan dertig jaar ouder. Indertijd was ze een beeldschone vrouw. Dat is ze trouwens nog steeds. Ze had zo naar Hollywood kunnen gaan om haar geluk als actrice te beproeven. Daar had ze het vaak over. Weggaan uit Aurora en een mooi bestaan opbouwen in Californië. Maar er is niets van terechtgekomen. Ze is hier gebleven, ze heeft de diner van haar moeder overgenomen en straks heeft ze haar leven lang hamburgers verkocht. Eigen schuld: je leidt het leven waar je zelf voor kiest, Marcus. En ik weet waarover ik het heb...'

'Waarom zeg je dat?'

'Dat doet er niet toe... ik dwaal af en ik raak de draad van mijn verhaal kwijt. Goed, Jenny dus. Jenny, vierentwintig jaar, een hele mooie vrouw: een schoonheidskoningin op school, een sensuele blondine naar wie alle mannen omkeken. Indertijd had iedereen een oogje op haar. Ik bracht mijn dagen door in haar nabijheid, bij Clark's. Ik had een rekening waar ik alles op liet zetten. Ik lette nauwelijks op hoeveel ik uitgaf, terwijl al mijn spaargeld in dat huis zat en ik een heel klein budget had.'

*

Woensdag 18 juni 1975

Sinds Harry in Aurora woonde, had Jenny Quinn 's ochtends ruim een uur langer nodig om zich klaar te maken. De eerste keer dat ze hem zag, werd ze direct verliefd op hem. Nooit eerder had ze dergelijke emoties gevoeld: dit was de man van haar leven, dat wist ze. Hij was degene op wie ze altijd had gewacht. Iedere keer dat hij haar zag, stelde ze zich voor hoe hun gezamenlijke leven eruit zou zien: de triomfantelijke bruiloft en het leven in New York. Goose Cove zou hun zomerverblijf zijn, de plek waar hij in alle rust zijn manuscripten kon bewerken en vanwaar zij haar ouders zou bezoeken. Hij was de man die haar uit Aurora mee zou nemen; nooit zou ze nog vettige tafels hoeven schoonmaken, of de wc's van deze boerentent. Ze ging carrière maken op Broadway, films opnemen in Californië. Ze zouden een echtpaar worden waarover alle kranten schreven.

Ze verzon het niet, haar verbeelding speelde haar geen parten: het was overduidelijk dat er iets bloeide tussen Harry en haar. Hij hield van haar, ja, hij ook van haar, daar was geen twijfel over mogelijk. Waarom kwam hij anders dagelijks naar Clark's? Hij was er iedere dag! En dan die gesprekjes bij de bar! Wat vond ze het heerlijk als hij tegenover haar kwam zitten om zomaar wat te kletsen. Hij was anders dan alle andere mannen die ze ooit had ontmoet, veel ruimer van geest. Haar moeder Tamara had een dienstmededeling gedaan aan al het personeel van Clark's: het was vooral verboden om hem aan te spreken en van zijn werk af te houden, en het was al eens voorgekomen dat ze er thuis van langs had gekregen omdat haar moeder vond dat het geen pas gaf hoe ze met hem omging. Maar haar moeder begreep het niet, ze wist niet dat Harry zoveel van haar hield dat hij een boek over haar schreef.

Dat hij dat deed vermoedde ze al een paar dagen, maar sinds vanochtend wist ze het zeker. Harry was voor dag en dauw naar Clark's gekomen, zo tegen halfzeven, kort na openingstijd. Het was ongebruikelijk dat hij zo vroeg kwam; gewoonlijk kwamen er op dat tijdstip alleen vrachtwagenchauffeurs of handelsreizigers. Hij zat nog maar net aan zijn vaste tafel toen hij koortsachtig begon te schrijven, haast over zijn papier heen liggend alsof hij vreesde dat iemand zou zien wat hij opschreef. Af en toe stokte hij en keek haar dan langdurig aan; ze deed alsof ze niets merkte, maar ze wist dat hij haar met zijn blikken verslond. Aanvankelijk begreep ze niet waarom hij haar zo indringend bekeek. Maar kort voor twaalven begreep ze dat hij een boek over haar schreef. Inderdaad, zij, Jenny Quinn, was het centrale element van Harry Queberts volgende meesterwerk. Daarom wilde hij niet dat iemand zijn papieren zag. Zodra ze dat besefte, voelde ze een enorme opwinding. Ze maakte gebruik van het lunchuur om hem de kaart te brengen en wat met hem te kletsen.

De hele ochtend had hij doorgebracht met het schrijven van de letters van haar naam: N-O-L-A. Haar beeltenis zat in zijn hoofd, haar gezicht overspoelde zijn gedachten. Af en toe sloot hij zijn ogen om haar voor zich te zien, maar dan dwong hij zichzelf om naar Jenny te kijken, als in een poging om zichzelf te genezen en haar te vergeten. Jenny was een prachtige vrouw: waarom kon hij niet van haar houden?

Toen hij Jenny even voor twaalf uur naar hem toe zag komen met koffie en de menukaart, verborg hij de bladzijde onder een wit vel papier, zoals hij altijd deed als iemand te dichtbij kwam.

'Het is tijd om te eten, Harry,' droeg ze hem op, te moederlijk. 'Je hebt de hele dag nog niets binnen, behalve anderhalve liter koffie. Als je niet eet, krijg je last van je maag.'

Hij dwong zichzelf om beleefd te glimlachen en knoopte een gesprekje met haar aan. Hij voelde zweet op zijn voorhoofd en veegde het snel weg met de rug van zijn hand.

'Je hebt het warm, Harry. Je werkt te hard!'
'Misschien wel.'
'Heb je inspiratie?'
'Ja. Je zou kunnen zeggen dat het ditmaal niet slecht gaat.'
'Je hebt de hele ochtend niet opgekeken.'
'Klopt.'

Jenny toverde een glimlach van verstandhouding tevoorschijn om hem te laten weten dat ze alles wist over het boek.

'Harry... Ik weet dat het heel onbescheiden is, maar... Mag ik het lezen? Een paar bladzijden maar? Ik ben zo benieuwd naar wat je schrijft. Het moeten zulke mooie woorden zijn...'
'Zover ben ik nog niet...'
'Ik ben ervan overtuigd dat het nu al geweldig is.'
'We zien nog wel.'

Ze glimlachte opnieuw.

'Ik zal je een verkoelend glas limonade brengen. Wil je ook iets eten?'
'Bacon en eieren.'

Jenny verdween direct naar de keuken en brulde naar de kok: 'Eieren en bacon voor de grrrrrrote schrijver!' Haar moeder, die haar in de eetzaal had zien kletsen, riep haar tot de orde.

'Jenny, ik wil dat je meneer Quebert niet meer lastigvalt!'
'Lastigvalt? Maar mama, je snapt er niks van: ik ben zijn inspiratie!'

Tamara Quinn leek niet overtuigd. Haar Jenny was een lieve meid, maar veel te naïef.

'Wie heeft je dat nou weer aangepraat?'
'Harry heeft een oogje op me, mama. En volgens mij speel ik een grote rol in zijn boek. Ja, mama, die dochter van jou zal niet haar hele leven bacon en koffie hoeven rondbrengen. Die gaat iemand worden.'
'Wat zeg je me nou?'

Jenny overdreef een beetje zodat haar moeder het goed zou begrijpen.

'Binnenkort wordt het officieel tussen Harry en mij.'

Ze grijnsde spottend en triomfantelijk, en alsof ze de first lady was liep ze terug naar de eetzaal.

Tamara Quinn kon een tevreden glimlach niet onderdrukken: als haar dochter erin zou slagen om Quebert te strikken, zou er in het hele land over Clark's worden gepraat. Wie weet konden ze de bruiloft hier wel laten plaatsvinden, daar zou ze Harry vast wel toe kunnen overhalen. De hele omgeving afgezet, grote witte tenten op de straat, een uitgelezen gezelschap genodigden; de halve beau monde van New York, tientallen journalisten om het evenement te verslaan en een geknetter van flitslichten waar geen einde aan kwam. Hij was de reddende engel.

Die dag verliet Harry Clark's om vier uur, heel gehaast, alsof hij de tijd was vergeten. Hij sprong in zijn auto die voor het restaurant geparkeerd stond en reed er snel vandoor. Hij wilde niet te laat zijn, hij wilde haar niet mislopen. Kort nadat hij weg was, werd de parkeerplaats die hij had vrijgemaakt ingenomen door een auto van de politie van Aurora. Agent Travis Dawn tuurde onopvallend het restaurant in en klemde zich nerveus vast aan zijn stuur. Hij vond het te druk: hij durfde nog niet naar binnen. Daar maakte hij gebruik van om de zin te repeteren die hij had voorbereid. Eén zinnetje, dat moest lukken; hij moest niet zo verlegen zijn. Een heel simpel zinnetje, krap tien woorden. Hij keek in de achteruitkijkspiegel en declameerde voor zich uit: 'Goedemorgen Jenny, heb je zin om baterdag naar de zioscoop te gaan?' Hij vloekte: dat was het toch niet! Hij kon niet eens één stom zinnetje onthouden! Hij vouwde een papiertje open en herlas wat hij had opgeschreven.

Hallo Jenny,
Als je zaterdagavond vrij bent, dacht ik dat we misschien in Montburry naar de bioscoop konden gaan.

Eigenlijk was het helemaal niet moeilijk: hij moest gewoon bij Clark's naar binnen gaan, glimlachen, aan de bar gaan zitten en koffie bestellen. Als ze zijn kopje volschonk, zou hij het zeggen. Hij streek zijn haar glad en deed of hij in de microfoon van zijn mobilofoon praatte, zodat hij er druk uitzag als er iemand naar hem keek. Hij wachtte tien minuten: er kwamen vier klanten tegelijk naar buiten. De weg was vrij. Zijn hart ging als een razende tekeer: hij voelde het opspringen in zijn borstkas, in zijn handen, in zijn hoofd: zelfs zijn vingertoppen leken te reageren op iedere puls. Hij stapte uit en omklemde het papiertje in zijn vuist. Hij hield van haar. Al sinds de middelbare school hield hij van haar. Ze was de prachtigste vrouw die hij ooit had gezien. Vanwege haar was hij in Aurora gebleven: op de politieacademie hadden ze gezien wat hij in zijn mars had en toen hadden ze hem aangeraden om hoger te mikken dan de plaatselijke politie. Ze spraken over de Staatspolitie en zelfs over de federale. Iemand uit Washington had tegen hem gezegd: 'Jongen, je verdoet je tijd in zo'n uitgestorven gat. De FBI zoekt mensen. En de FBI, da's toch zeker niet niks.' De FBI. Ze hadden hem een baan bij de FBI aangeboden. Misschien had hij zelfs kunnen vragen om te worden toegelaten tot de uiterst prestigieuze Secret Service, die belast was met de beveiliging van de president en andere nationale hoogwaardigheidsbekleders. Maar er was een meisje dat bij Clark's in Aurora in de bediening werkte, op wie hij al zo lang hij zich kon herinneren verliefd was en van wie hij altijd had gehoopt dat ze ooit haar oog op hem zou laten vallen: Jenny Quinn. En daarom had hij gevraagd om in Aurora te worden aangesteld. Zonder Jenny had zijn leven geen zin. Toen hij voor de deur van het restaurant stond, haalde hij diep adem en ging naar binnen.

Als een automaat stond ze kopjes af te drogen die niet nat waren; ze dacht aan Harry. De laatste tijd ging hij altijd rond een uur of vier weg; ze vroeg zich af waar hij zo vaak naartoe ging. Een afspraak? Maar met wie dan? Er kwam een klant aan de bar zitten die haar uit haar gepeins haalde.

'Dag, Jenny.'

Het was Travis, die aardige jongen van school die bij de politie was gegaan.

'Hoi, Travis. Wil je koffie?'

'Graag.'

Hij deed even zijn ogen dicht om zich te concentreren: hij moest zijn zin zeggen. Ze zette een kopje voor hem neer en schonk het vol. Dit was het moment.

'Jenny... Wat ik wilde zeggen...'

'Ja?'

Ze keek met haar grote, lichte ogen in de zijne en hij raakte volledig van de kaart. Hoe ging die zin ook weer? Bioscoop.

'De bioscoop,' zei hij.

'Hoezo, de bioscoop?'

'Ik... De bioscoop in Manchester is overvallen.'

'O ja? Een overval op een bioscoop? Wat gek.'

'Het postkantoor van Manchester, bedoel ik.'

Waarom begon hij nou verdomme over die overval? De bioscoop! Hij moest het over de bioscoop hebben!

'Het postkantoor of de bioscoop?' vroeg Jenny.

De bioscoop. De bioscoop. De bioscoop. Begin dan over de bioscoop! Zijn hart stond op springen. Hij begon.
'Jenny... Ik wilde... Nou, ik dacht dat misschien... als je wilt...'
Op dat moment riep Tamara haar dochter vanuit de keuken, en Jenny moest hem onderbreken.
'Sorry, Travis, ik moet even weg. Mama heeft de laatste tijd zo'n rothumeur.'
De jonge vrouw verdween door de klapdeur zonder de jonge politieman de tijd te geven om zijn zin af te maken. Hij zuchtte en mompelde: 'Als je zaterdagavond vrij bent, dacht ik dat we misschien in Montburry naar de bioscoop konden gaan.' Hij liet vijf dollar achter voor de koffie van vijftig cent die hij niet eens had aangeraakt; toen verliet hij Clark's, bedroefd en teleurgesteld.

*

'Waar ging je elke dag om vier uur naartoe, Harry?' vroeg ik.
Hij gaf niet direct antwoord. Hij keek door het dichtstbijzijnde raam en het leek of hij gelukzalig glimlachte. Uiteindelijk zei hij: 'Ik had er zo'n behoefte aan om haar te zien...'
'Nola, bedoel je?'
'Ja. Weet je, Jenny was een prachtmeid, maar ze was geen Nola. Als ik bij Nola was, leefde ik echt. Ik weet niet hoe ik het anders moet zeggen. Iedere seconde die ik met haar doorbracht was een seconde dat ik volledig leefde. Volgens mij is dat liefde. Die lach, Marcus, die lach van haar hoor ik iedere dag in mijn hoofd, al drieëndertig jaar lang. Die heel bijzondere blik, die ogen die sprankelden van leven, die zie ik nog steeds voor me... Net als haar bewegingen, de manier waarop ze haar haar in model deed, hoe ze op haar lippen beet. Haar stem weerklinkt nog steeds in me, soms lijkt het of ze er nog is. Als ik naar het centrum ga, naar de jachthaven, naar de general store, dan zie ik weer hoe ze met me praatte over boeken en het leven. In die junimaand in 1975 was ze nog niet eens een maand in mijn leven, en toch had ik het gevoel dat ze er altijd al deel van had uitgemaakt. En als ze er niet was, vond ik alles zinloos: een dag dat ik Nola niet zag was een verloren dag. Ik had er zo'n behoefte aan om haar te zien dat ik niet kon wachten tot de volgende zaterdag. Daarom begon ik bij de school te wachten als die uitging. Dat deed ik dus, als ik om vier uur bij Clark's wegging. Ik pakte de auto en reed naar de middel-

bare school van Aurora. Ik ging op de docentenparkeerplaats staan, vlak naast de hoofdingang, en dan zat ik weggedoken in mijn auto te wachten tot ze naar buiten kwam. Zodra ze verscheen voelde ik me zoveel sterker, zoveel levendiger. Ik hoefde haar alleen maar te zien en ik was weer gelukkig; ik bleef naar haar kijken tot ze de schoolbus in stapte en dan bleef ik nog even wachten tot de bus wegreed. Was ik gek, Marcus?'

'Nee, dat denk ik niet, Harry.'

'Ik weet alleen dat Nola in mij leefde. Letterlijk. Toen was het weer zaterdag, en die zaterdag was een heerlijke dag. Op die dag gingen de mensen vanwege het mooie weer van het strand genieten: Clark's was uitgestorven en Nola en ik konden lange gesprekken voeren. Ze zei dat ze heel veel aan mij en aan mijn boek had gedacht, en dat wat ik aan het schrijven was zonder twijfel een meesterwerk werd. Aan het einde van haar dienst, tegen zes uur, bood ik aan om haar met de auto thuis te brengen. Ik zette haar af op één blok van haar huis, in een stil steegje, beschut voor alle blikken. Ze vroeg of ik een stukje met haar meeliep, maar ik legde uit dat dat moeilijk lag, dat de mensen zouden kletsen als ze ons samen zagen wandelen. Ik weet nog dat ze zei: "Het is geen misdaad om samen te wandelen, Harry…" "Dat weet ik, Nola. Maar ik denk dat de mensen zich dingen zullen gaan afvragen." Ze pruilde een beetje. "Ik vind het zo heerlijk als jij er bent, Harry. Je bent zo'n bijzonder mens. Wat zou het heerlijk zijn als we gewoon samen konden zijn, zonder ons te hoeven verbergen."'

Zaterdag 28 juni 1975

Het was één uur 's middags. Jenny Quinn was druk in de weer achter de bar van Clark's. Iedere keer dat de deur van het restaurant openging, maakte haar hart een sprongetje, hopend dat hij het zou zijn. Maar dat was niet zo. Ze was nerveus en prikkelbaar. De deur ging weer open, en weer was het Harry niet. Het was Tamara, haar moeder, die zich verbaasde over de kleding van haar dochter: ze droeg een schitterend, crèmekleurig ensemble dat ze gewoonlijk alleen bij bijzondere gelegenheden aanhad.

'Liefje, waarom ben je zo opgedoft?' vroeg Tamara. 'Waar is je schort?'

'Misschien had ik wel geen zin om dat rotschort aan te trekken en me lelijk te maken. Af en toe mag ik er toch wel een beetje leuk uitzien? Denk je dat het een pretje is om de hele dag steaks rond te brengen?'

Jenny had tranen in haar ogen.

'Wat is er aan de hand, liefje?' vroeg haar moeder.

'Behalve dat het zaterdag is en ik aan het werk ben? Ik werk niet in het weekend!'

'Maar je wilde per se Nola vervangen toen ze vroeg of ze vandaag een vrije dag mocht!'

'Nou. Weet ik veel. Misschien. O mama, ik ben zo ongelukkig!'

Jenny, die met een fles ketchup stond te spelen, liet hem onhandig op de grond vallen: de fles brak en haar stralend witte sportschoenen kwamen onder de rode spatten te zitten. Ze barstte in snikken uit.

'Maar liefje, wat is er toch met je?' vroeg haar moeder ongerust.

'Ik wacht op Harry, mama! Hij komt iedere zaterdag... Dus waarom vandaag niet? O mama, ik ben gewoon niet goed wijs! Hoe had ik kunnen denken dat hij iets in me zag? Een man als Harry ziet toch niks in zo'n smerig klein serveerstertje uit een hamburgertent? Wat ben ik ook een rund!'

'Zeg dat nou niet,' troostte Tamara, terwijl ze haar dochter omhelsde. 'Ga maar wat leuks doen, neem lekker vrij. Ik vervang je wel. Ik wil je niet zien huilen. Je bent een geweldige meid en ik weet zeker dat Harry een oogje op je heeft.'

'Maar waarom is hij er dan niet?'

Haar moeder dacht een ogenblik na.

'Wist hij wel dat je vandaag zou werken? Je werkt nooit op zaterdag, dus waarom zou hij komen als jij er toch niet bent? Weet je wat ik denk, liefje? Dat Harry's zaterdags heel ongelukkig is omdat hij jou niet ziet.'

Jenny's gezicht klaarde op.

'O mama, waarom heb ik daar zelf niet aan gedacht?'

'Je moet hem thuis gaan opzoeken. Ik weet zeker dat hij het heerlijk vindt om je te zien.'

Jenny begon te stralen: wat een geweldig idee van haar moeder! Harry opzoeken in Goose Cove en een lekkere picknick meebrengen: die arme man zou wel keihard aan het werk zijn en hij had vast vergeten te lunchen. Ze haastte zich naar de keuken om iets te eten te pakken.

Op hetzelfde moment zaten Harry en Nola honderdtwintig mijl verderop in het stadje Rockland, Maine, te picknicken aan de boulevard langs de oceaan. Nola wierp stukjes brood naar de enorme meeuwen, die rauwe kreten slaakten.

'Ik ben gek op meeuwen!' riep Nola uit. 'Dat zijn mijn lievelingsvogels. Misschien omdat ik van de oceaan hou, en waar meeuwen zijn, is de oceaan. Echt waar: zelfs als je de horizon niet ziet door alle bomen, weet je door de meeuwen aan de hemel dat de oceaan vlakbij is. Komen er ook meeuwen in je boek voor, Harry?'

'Als je dat wilt. Ik stop alles wat je wilt in het boek.'

'Waar gaat het over?'

'Dat zou ik je dolgraag vertellen, maar dat kan ik niet.'

'Is het een liefdesverhaal?'

'In zekere zin wel.'

Hij keek haar geamuseerd aan. Hij had een schriftje in zijn hand en probeerde de scène met potlood vast te leggen.

'Wat doe je?', vroeg ze.

'Ik schets.'

'Teken je ook al? Jij kunt echt alles. Laat zien, ik wil het zien!'

Ze liep naar hem toe en toen ze de tekening zag, was ze verrukt.

'Prachtig, Harry! Wat heb je toch veel talent!'

In een vlaag van tederheid drukte ze zich tegen hem aan, maar hij duwde haar weg, bijna in een reflex, en keek om zich heen om zich ervan te vergewissen dat niemand het gezien had.

'Waarom doe je dat?' zei Nola boos. 'Schaam je je voor me?'

'Nola, je bent vijftien... Ik ben vierendertig. De mensen zouden het afkeuren.'

'De mensen zijn stomkoppen!'

Hij lachte en schetste met een paar lijnen haar woedende gezicht. Ze kwam weer tegen hem aan zitten en hij liet haar begaan. Samen keken ze hoe de meeuwen vochten om de stukjes brood.

Een paar dagen eerder hadden ze afgesproken dat ze dit uitstapje gingen maken. Na school had hij in de buurt van haar huis op haar gewacht. Bij de halte van de schoolbus. Ze was dolblij en verrast geweest toen ze hem zag.

'Harry? Wat doe je hier?' had ze gevraagd.

'Eerlijk gezegd heb ik geen flauw idee. Maar ik wilde je zien. Ik... Weet je, Nola, ik heb nog eens nagedacht over wat je zei...'

'Dat we een keer met z'n tweeën zouden moeten zijn?'

'Ja. Ik heb bedacht dat we dit weekend ergens naartoe zouden kunnen gaan. Niet te ver. Naar Rockland, bijvoorbeeld. Waar niemand ons kent. Zodat we ons vrijer kunnen voelen. Als je het leuk vindt, natuurlijk.'

'O Harry, dat zou heerlijk zijn! Maar het moet wel op zaterdag, want ik kan de zondagsdienst niet missen.'
'Dan gaan we zaterdag. Kun je dan?'
'Natuurlijk. Ik neem vrij bij mevrouw Quinn. En ik weet al wat ik mijn ouders ga vertellen. Maak je geen zorgen.'
Ze weet al wat ze haar ouders gaat vertellen. Bij die woorden vroeg hij zich af hoe hij het in godsnaam in zijn hoofd haalde om verliefd te worden op een pubermeisje. En op het strand in Rockland dacht hij aan hen.
'Waar denk je aan, Harry?' vroeg Nola, die nog altijd tegen hem aan zat.
'Aan waar we mee bezig zijn.'
'Wat is er verkeerd aan waar we mee bezig zijn?'
'Dat weet je best. Of misschien niet. Wat heb je tegen je ouders gezegd?'
'Die denken dat ik bij mijn vriendin Nancy Hattaway ben, en dat we vanochtend heel vroeg zijn vertrokken om een lange dag te hebben op de boot van de vader van haar vriendje, Teddy Bapst.'
'En waar is Nancy?'
'Die zit met Teddy op de boot. Alleen. Ze heeft gezegd dat ik meeging zodat ze er van Teddy's ouders alleen met de boot op uit mochten.'
'Dus haar moeder denkt dat ze bij jou is, jouw moeder denkt dat je bij Nancy bent, en als ze elkaar bellen zullen ze het verhaal bevestigen?'
'Precies. Een onfeilbaar plan. Ik moet om acht uur thuis zijn, hebben we genoeg tijd om te gaan dansen? Ik wil zo graag met jou dansen.'

Om drie uur kwam Jenny aan in Goose Cove. Toen ze voor het huis parkeerde, zag ze dat de zwarte Chevrolet er niet stond. Harry moest op stap zijn. Toch belde ze aan: zoals ze had verwacht, werd er niet opengedaan. Ze liep om het huis heen om te kijken of hij niet op het terras zat, maar ook daar was niemand. Uiteindelijk besloot ze naar binnen te gaan. Ongetwijfeld was Harry een luchtje gaan scheppen. Hij werkte de laatste tijd heel hard, af en toe had hij even pauze nodig. Hij zou wel dolblij zijn als hij bij terugkeer een lekker hapje op tafel vond: sandwiches met vlees, eieren, kaas, rauwkost die zwom in een kruidensaus waarvan alleen zij het geheim kende, een stuk taart en wat sappige vruchten.
Jenny had het huis in Goose Cove nog nooit vanbinnen gezien. Ze vond het prachtig. Het was een enorm, smaakvol ingericht bouwwerk met blootliggende plafondbalken, grote boekenkasten langs de muren,

gelakt houten parket en enorme schuiframen die vrij uitzicht boden op de oceaan. Ze kon zich er niet van weerhouden om zich voor te stellen dat ze hier met Harry woonde: 's zomers ontbijt op het terras, 's winters lekker warm binnen, en dan zou hij bij de haard in de woonkamer passages uit zijn nieuwe roman voorlezen. Wat moest ze in New York? Zelfs hier zou ze zo gelukkig met hem zijn. Ze hadden niets anders nodig dan elkaar. Ze stalde de maaltijd uit op de tafel in de eetkamer, zette serviesgoed neer dat ze in een kastje vond en toen alles klaar was, ging ze in een stoel zitten wachten. Om hem te verrassen.

Ze wachtte een uur. Wat zou hij toch aan het doen zijn? Omdat ze zich verveelde, besloot ze de rest van het huis te gaan bekijken. De eerste kamer waar ze naar binnen ging was de werkkamer op de begane grond. Het was nogal een kleine ruimte maar wel mooi ingericht, met een kast, een schrijftafel, een boekenkast tegen de muur en een grote houten werktafel die vol pennen en papieren lag. Hier moest Harry werken. Ze liep naar de schrijftafel toe, gewoon, om er een blik op te werpen. Ze wilde zijn werk niet ontwijden, zijn vertrouwen niet schaden, ze wilde alleen zien wat hij de hele dag over haar schreef. Bovendien zou niemand het ooit weten. Overtuigd dat ze er het recht toe had, pakte ze het bovenste papier van de stapel en las het met bonzend hart. De eerste regels waren zo vaak doorgehaald en doorgekrast met zwarte viltstift dat ze er niets meer van kon lezen. Maar verderop was alles duidelijk:

Ik ga alleen naar Clark's om haar te kunnen zien. Ik ga erheen om dicht bij haar te zijn. Ze is alles waarvan ik ooit gedroomd heb. Ze woont in mij. Ze heeft bezit van me genomen. Het mag niet. Ik mag dit niet doen. Ik moet er niet meer naartoe gaan, niet eens in deze vervloekte stad blijven: ik moet weg hier, vluchten en nooit meer terugkomen. Ik heb het recht niet om van haar te houden. Het is verboden. Ben ik gek aan het worden?

Stralend van geluk zoende Jenny het papier en drukte het tegen zich aan. Toen maakte ze een danspasje en riep luidkeels: 'O Harry, mijn liefste, je bent helemaal niet gek! Ik hou ook van jou, en je hebt alle recht van de wereld op mij! Ga niet weg, liefste! Ik hou zoveel van je!' Opgewonden door haar ontdekking legde ze het papier snel terug op de werktafel, bang dat ze betrapt zou worden, en haastte zich toen weer naar de woonkamer. Ze ging languit op de canapé liggen, schoof haar jurk omhoog zodat haar dijen blootlagen en maakte een knoopje los om de aandacht op haar borsten te vestigen. Niemand had ooit zoiets moois voor haar geschreven. Zodra hij terug was, zou ze zich aan hem geven. Ze ging hem haar maagdelijkheid schenken.

Op datzelfde moment liep David Kellergan binnen bij Clark's en ging aan de bar zitten, waar hij zoals altijd een groot glas ijsthee bestelde.

'Uw dochter is er vandaag niet, dominee,' zei Tamara Quinn terwijl ze hem bediende. 'Ze heeft vrij genomen.'

'Dat weet ik, mevrouw Quinn. Ze zit met vrienden op zee. Ze is vanochtend al heel vroeg vertrokken. Ik vroeg nog of ik haar zou brengen maar dat hoefde niet, ze zei dat ik beter kon blijven liggen om wat uit te rusten. Ze is zo attent.'

'Zeg dat wel, dominee. Ik heb heel veel aan haar.'

David Kellergan glimlachte en Tamara keek een moment naar de joviale kleine man met het goedaardige, bebrilde gezicht. Hij moest een jaar of vijftig zijn, hij was mager en haast breekbaar om te zien, maar toch ging er een grote kracht van hem uit. Hij had een rustige, bedachtzame stem die hij nooit verhief. Ze vond hem erg sympathiek, net als de rest van het stadje trouwens. Ze hield van zijn preken, ook al sprak hij met zo'n hortend, zuidelijk accent. Zijn dochter leek op hem: zacht, vriendelijk, gedienstig en welwillend. David en Nola Kellergan waren goede mensen; goede Amerikanen en goede christenen. Ze waren zeer geliefd in Aurora.

'Hoe lang woont u al in Aurora, dominee?' vroeg Tamara Quinn. 'Ik heb het gevoel dat u hier altijd al bent geweest.'

'Bijna zes jaar, mevrouw Quinn. Zes heerlijke jaren.'

De dominee keek een ogenblik naar de andere aanwezigen en als goede vaste klant zag hij dat tafel 17 onbezet was.

'Hé,' zei hij, 'is de schrijver er niet? Dat komt niet vaak voor!'

'Vandaag niet. Het is een erg charmante man.'

'Hij lijkt me heel aardig. Ik heb hem hier weleens ontmoet. Toen was hij zo vriendelijk om naar de eindejaarsvoorstelling van de school te komen kijken. Ik zou hem graag als gemeentelid willen hebben. We hebben prominente figuren nodig om de stad vooruit te helpen.'

Toen dacht Tamara aan haar dochter en ze kon zich niet inhouden, en dus vertelde ze hem glimlachend het grote nieuws.

'U mag het aan niemand vertellen, dominee, maar er is iets gaande tussen hem en mijn Jenny.'

David Kellergan glimlachte en nam een grote slok van zijn ijsthee.

149

Rockland, zes uur. Op een zonovergoten terras nipten Harry en Nola van hun vruchtensap. Nola wilde dat Harry zou vertellen over zijn leven in New York. Ze wilde alles weten. 'Vertel me alles,' vroeg ze, 'vertel me hoe het is om een ster in New York te zijn.' Hij wist dat zij zich een leven vol cocktails en petitfours voorstelde, dus wat moest hij zeggen? Dat hij in de verste verte niet is wat ze in Aurora denken? Dat niemand in New York hem kent? Dat de verschijning van zijn eerste boek onopgemerkt is gebleven en dat hij tot nu toe een nogal onopvallende leraar op een middelbare school is geweest? Dat hij zo goed als platzak is omdat al zijn spaargeld in de huur van Goose Cove zit? Dat hij geen letter uit zijn pen krijgt? Dat hij een charlatan is? Dat de geweldige Harry Quebert, de beroemde schrijver in die chique villa aan zee, die zijn dagen al schrijvend in cafés doorbrengt, maar één zomer lang zal bestaan? Hij kon haar redelijkerwijs niet de waarheid vertellen: dan liep hij het risico om haar kwijt te raken. Hij besloot te fantaseren en in de rol van zijn huidige leven te blijven: een getalenteerde, gerespecteerde kunstenaar die was uitgekeken op de rode lopers en de drukte van New York en daarom een hoognodige adempauze in een klein stadje in New Hampshire had ingelast.

'Wat heb jij toch een geluk, Harry,' zei ze opgetogen toen ze zijn verhaal had gehoord. 'Zo'n opwindend leven! Af en toe zou ik hier zo graag weg willen, weg uit Aurora, heel ver weg. Ik stik hier, snap je? Mijn ouders zijn zulke moeilijke mensen. Mijn vader is een goed mens, maar wel een man van de kerk: hij kan heel star zijn. En mijn moeder is altijd zo streng! Het lijkt wel of ze zelf nooit jong is geweest. En het hangt me zo de keel uit om elke zondagochtend naar de kerk te moeten gaan! Ik weet niet eens of ik wel in God geloof. Geloof jij in God, Harry? Als jij in Hem gelooft, doe ik dat ook.'

'Ik weet het niet, Nola. Ik weet het niet meer.'

'Mijn moeder zegt dat je in God móét geloven, omdat Hij je anders heel zwaar straft. Af en toe denk ik dat je bij twijfel maar beter met de stroom mee kunt gaan.'

'Uiteindelijk is God Zelf de enige Die weet of Hij wel of niet bestaat,' antwoordde Harry gevat.

Ze barstte in lachen uit. Een naïeve, onschuldige lach. Teder pakte ze zijn hand en vroeg: 'Is het erg om niet van je moeder te houden?'

'Volgens mij mag dat best. Liefde is geen verplichting.'

'Maar het is wel een van de tien geboden: "Eert uw vader en uw moeder." Het vierde of het vijfde. Dat weet ik niet meer. Trouwens, het eerste gebod is dat je in God moet geloven. Dus als ik niet in God geloof hoef ik ook niet van mijn moeder te houden, of wel? Mijn moeder is zo streng. Soms sluit ze me op in mijn kamer en ze zegt ook dat ik ontaard ben. Maar ik ben niet ontaard, ik hou gewoon van vrijheid. Ik wil gewoon een beetje kunnen dromen. O nee, het is al zes uur! Ik wou dat de tijd stilstond. We moeten terug, we hebben niet eens tijd gehad om te dansen.'

'We gaan nog wel een keertje dansen, Nola. We gaan nog wel een keertje dansen. We hebben ons hele leven nog om te dansen.'

Om acht uur schrok Jenny wakker. Ze was ingedommeld terwijl ze op de bank lag te wachten. De zon ging al onder: het was avond. Ze lag languit op de bank, er liep een draadje speeksel uit haar mondhoek en haar adem was zwaar. Ze trok haar slipje recht, borg haar borsten weg, pakte gehaast de picknick weer in en vluchtte beschaamd weg uit het huis in Goose Cove.

Een paar minuten later bereikten ze Aurora. Harry stopte in een steegje bij de haven zodat Nola naar haar vriendin Nancy kon lopen en ze samen naar huis konden gaan. Ze bleven nog even in de auto zitten. De straat was uitgestorven, de dag liep ten einde. Nola haalde een pakje uit haar tas.

'Wat is dat?' vroeg Harry.

'Maak maar open. Een cadeau voor je. Ik heb het gevonden in dat kleine winkeltje in het centrum, waar we vruchtensap hebben gedronken. Een souvenir zodat je deze heerlijke dag nooit meer vergeet.'

Hij maakte het open: het was een blauwgeverfde blikken trommel met het opschrift: SOUVENIR UIT ROCKLAND, MAINE.

'Om oud brood in te bewaren,' zei Nola. 'Dan kun je thuis de meeuwen voeren. Je moet de meeuwen echt voeren, dat is belangrijk.'

'Dankjewel. Ik beloof dat ik de meeuwen altijd zal voeren.'

'Nou moet je iets liefs tegen me zeggen, lieve Harry. Zeg dat ik je liefste Nola ben.'

'Mijn liefste Nola...'

Ze glimlachte en bracht haar gezicht naar het zijne toe om hem te kussen.

Hij deinsde terug.

'Nola,' zei hij abrupt. 'Het kan niet.'

'Hè? Waarom niet?'

'Het is veel te ingewikkeld tussen jou en mij.'
'Wat is te ingewikkeld?'
'Alles, Nola. Alles. Nu moet je naar je vriendin toe, het is al laat. Ik... ik denk dat we elkaar maar niet meer moeten zien.'

Gehaast stapte hij uit om het portier voor haar open te maken. Ze moest zo snel mogelijk weg; het was zo moeilijk om haar niet te vertellen hoeveel hij van haar hield.

*

'Dus dat broodtrommeltje in de keuken is een souvenir aan die dag in Rockland?' zei ik.

'Eh, ja, Marcus. Ik voer de meeuwen omdat Nola dat heeft gevraagd.'

'En wat gebeurde er na Rockland?'

'Het was zo'n heerlijke dag dat ik er bang van werd. Het was heerlijk, maar veel te ingewikkeld. Daarom besloot ik dat ik afstand moest nemen van Nola en me op een ander meisje moest richten. Een meisje van wie ik wel mocht houden. Kun je raden wie?'

'Jenny.'

'Bingo.'

'En?'

'Dat vertel ik een andere keer wel, Marcus. We hebben zoveel gepraat dat ik er moe van ben.'

'Natuurlijk, ik begrijp het.'

Ik schakelde de recorder uit.

24
Herinneringen aan de vierde juli

'Neem de bokshouding eens aan, Marcus.'
 'De bokshouding?'
 'Ja. Toe dan! Vuisten omhoog, stevig op je benen, klaar voor de strijd. Wat voel je nu?'
 'Ik... ik voel me op alles voorbereid.'
 'Heel goed. Schrijven en boksen liggen dicht bij elkaar, wist je dat? Je neemt de bokshouding aan, je neemt de beslissing om je in het gevecht te storten, je houdt je vuisten hoog en je werpt je op je tegenstander. Met een boek is het min of meer hetzelfde. Een boek is een gevecht.'

'Je moet ophouden met dat onderzoek, Marcus.'

Dat was het eerste wat Jenny tegen me zei toen ik haar in Clark's opzocht om wat vragen te stellen over haar relatie met Harry in 1975. De brand was op de plaatselijke televisie geweest en langzaam maar zeker deed het nieuws de ronde.

'Waarom zou ik ermee stoppen?' vroeg ik.

'Omdat ik me zorgen over je maak. Ik hou niet van dit soort dingen...' Er lag een moederlijke tederheid in haar stem. 'Het begint met een brand en je weet niet hoe het afloopt.'

'Ik ga niet weg uit deze stad voordat ik begrijp wat er drieëndertig jaar geleden is gebeurd.'

'Je bent onmogelijk, Marcus! Je bent zo koppig als een muilezel, net als Harry!'

'Dat beschouw ik als een compliment.'

Ze glimlachte.

'Goed dan, wat kan ik voor je doen?'

'Ik zou graag wat met je praten. We zouden een eindje kunnen gaan lopen, als je wilt.'

Ze droeg Clark's over aan een werkneemster en we liepen naar de jachthaven. We gingen bij de oceaan op een bankje zitten en ik bekeek de vrouw die volgens mijn berekeningen zevenenvijftig jaar moest zijn. Het leven had haar niet gespaard: ze was mager, haar gezicht was getekend en ze had wallen onder de ogen. Harry had haar beschreven als een mooie, voluptueuze, blonde jonge vrouw, de schoonheidskoningin op de middelbare school. Opeens vroeg ze: 'Wat doet het met je, Marcus?'

'Wat?'

'Roem.'

'Het doet pijn. Het is prettig, maar het doet vaak pijn.'

'Ik weet nog dat je als student vaak met Harry naar Clark's kwam om aan je teksten te werken. Hij liet je zwoegen als een paard. Uren zaten jullie aan zijn tafel te herschrijven, te krabbelen, opnieuw te beginnen. Ik weet nog dat we jullie tegenkwamen als je bij hem logeerde en jullie bij zonsopgang met ijzeren discipline gingen hardlopen. Als jij er was, dan straalde hij, wist je dat? Dan werd hij een ander mens. En we wisten het als je zou komen, want dat liet hij iedereen al dagen van tevoren weten. Dan zei hij steeds: "Heb ik al verteld dat Marcus volgende week komt logeren? Het is zo'n bijzondere jongen. Die gaat het nog ver schoppen, daar ben ik van overtuigd." Jouw aanwezigheid veranderde zijn leven. Want hij nam niemand in de maling: iedereen wist hoe eenzaam Harry was, daar in dat grote huis. De dag dat jij in zijn leven kwam veranderde dat allemaal. Als een wedergeboorte. Alsof een oude kluizenaar het voor elkaar had gekregen dat er iemand van hem was gaan houden. Jouw aanwezigheid deed hem zo goed. Als je weer wegging, zeurde hij ons aan de kop over Marcus dit, Marcus dat. Hij was zo trots op je. Zo trots als een vader. Jij was de zoon die hij nooit heeft gehad. Hij had het voortdurend over je: je bent nooit uit Aurora weggeweest, Marcus. En toen stond je op een dag in de krant. Het fenomeen Marcus Goldman. Een groot schrijver is geboren. Harry kocht alle kranten in de general store en in Clark's trakteerde hij op champagne. Op Marcus, hieperdepiep hoera! En we zagen je op televisie, we hoorden je op de radio, het godganse land praatte alleen nog over jou en dat boek van je! Hij heeft er tientallen van gekocht en hij deelde ze overal uit. En wij vroegen hoe het met je ging en wanneer we je weer zouden zien. Dan antwoordde hij dat het vast uitstekend met je ging, maar dat hij weinig van je had gehoord. Dat je het wel te druk zou hebben. Van de ene dag op de andere belde je niet meer, Marc. Je was zo druk bezig met gewichtig doen, met in de kranten te staan en voor de camera's te verschijnen, dat je hem hebt laten vallen. Je bent nooit meer teruggekomen. Terwijl hij zo trots op je was, zo reikhalzend uitkeek naar levenstekens van jou die maar niet kwamen. Je had het gemaakt, je was beroemd, en je had hem niet meer nodig.'

'Dat is niet waar!' riep ik uit. 'Ik heb me laten meeslepen door mijn succes, maar ik dacht wel aan hem. Iedere dag. Ik had geen seconde voor mezelf.'

'Zelfs geen seconde om te bellen?'

'Natuurlijk heb ik wel gebeld!'

'Toen je tot aan je nek in de stront zat heb je gebeld, ja. Omdat meneer de grote schrijver die weet ik veel hoeveel miljoen boeken had verkocht opeens in de rats zat en niet meer wist waarover hij moest schrijven. Dat hebben we ook van dichtbij mogen meemaken, vandaar dat ik het zo goed weet. Harry stond doodongerust aan de bar van Clark's omdat je hem gebeld had dat je in de put zat, dat je niet meer wist wat je moest schrijven en dat je uitgever al die heerlijke centjes terug wilde. En ta-daa, daar was je weer, met trieste hondenogen, en Harry doet er alles aan om je moreel wat op te krikken. Arm klein ongelukkig schrijvertje, waar moest je nou toch over schrijven? En dan vindt twee weken geleden dat prachtige wonder plaats: de reuring barst los, en wie komt er hier aanzetten? Marcus. De schat. Wat doe je hier in Aurora, Marcus? Zoek je inspiratie voor je volgende boek?'

'Hoe kom je daar nou bij?'

'Intuïtie.'

Eerst was ik zo verward dat ik geen antwoord gaf. Toen zei ik: 'Mijn uitgever kwam met het idee dat ik er een boek over zou schrijven. Maar dat doe ik niet.'

'Dat is het hem nou juist, Marc: je kunt niet anders! Een boek is waarschijnlijk de enige manier om Amerika te laten zien dat Harry geen monster is. Hij heeft het niet gedaan, daar ben ik van overtuigd. Dat voel ik in het diepst van mijn hart. Je mag hem niet laten vallen, want verder heeft hij niemand. Je bent beroemd, de mensen zullen luisteren. Je moet een boek schrijven over Harry, over jullie jaren samen. Je moet vertellen hoe bijzonder hij is.'

'Je houdt van hem, hè?' zei ik zacht.

Ze sloeg haar ogen neer.

'Volgens mij weet ik niet precies wat "houden van" betekent.'

'Dat denk ik juist wel. Kijk alleen maar hoe je over hem praat, ondanks alle moeite die je doet om hem te haten.'

Ze glimlachte triest. Met tranen in haar stem zei ze: 'Ik denk iedere dag aan hem, al meer dan dertig jaar. Dat hij alleen is terwijl ik hem zo dolgraag gelukkig had willen maken. En kijk eens naar mij, Marcus... ik droomde ervan een filmster te worden, maar ik ben een frituur-ster geworden. Ik had me mijn leven zo anders voorgesteld.'

Ik voelde dat ze bereid was om haar hart uit te storten en ik zei: 'Jenny, vertel eens over Nola. Alsjeblieft...'

Ze glimlachte triest.

'Ze was een heel lief meisje. Mijn moeder was gek op haar, ze gaf altijd huizenhoog over haar op, en daar werd ik stapelgek van. Want voordat

Nola er was, was ik het prinsesje van de stad. Het meisje naar wie iedereen keek. Ze was negen jaar toen ze hier aankwam. Op dat moment kon ze niemand wat schelen, natuurlijk. Maar toen, op een keer, in de zomer, zoals dat vaker gaat bij meisjes in de puberteit, merkten al die mensen opeens dat Nola een mooie jonge vrouw was geworden, met prachtige benen, volle borsten en een engelengezichtje. En die nieuwe Nola in badpak wekte heel wat begeerte op.'

'Was je jaloers op haar?'

Ze dacht even na voordat ze antwoord gaf.

'Ach, nu kan ik dat wel zeggen, het doet er toch niet meer toe: ja, ik was best jaloers. De mannen keken naar haar en dat merk je als vrouw.'

'Maar ze was nog maar vijftien...'

'Geloof me, ze zag er echt niet uit als een kind. Ze was een vrouw. Een mooie vrouw.'

'Vermoedde je iets van haar en Harry?'

'Absoluut niet! Dat ze iets met hem had, had niemand kunnen vermoeden. Niet met hem en niet met iemand anders. Natuurlijk, ze was een heel mooi meisje. Maar ze was ook vijftien, dat wist iedereen. En de dochter van de dominee.'

'Dus jullie vochten niet om Harry?'

'God, nee!'

'En is er tussen Harry en jou ooit iets geweest?'

'Nauwelijks. We zagen elkaar weleens. Hij deed het heel goed bij de vrouwen hier. Ik bedoel, een grote ster uit New York die naar dit gat komt...'

'Jenny, ik wil je een vraag stellen die je misschien overvalt, maar... Wist je dat Harry niemand was toen hij hier kwam? Gewoon een leraar die al zijn spaargeld had opgenomen om het huis in Goose Cove te kunnen huren?'

'Wat? Maar hij was toch al schrijver...'

'Hij had een roman gepubliceerd, maar wel in eigen beheer, en erg succesvol was die niet geweest. Volgens mij bestond er hier een misverstand over hoe beroemd hij was, en daar heeft hij gebruik van gemaakt om in Aurora te kunnen zijn wie hij in New York wilde zijn. En toen daarna *De wortels van het kwaad* verscheen, werd hij echt beroemd en was de illusie volmaakt.'

Ze lachte, haast geamuseerd.

'Krijg nou wat! Dat wist ik echt niet. God, die Harry... Ik kan me ons eerste echte afspraakje nog herinneren. Wat was ik nerveus. Ik weet de datum nog precies, want het was Independence Day: 4 juli 1975.'

Ik maakt snel een rekensommetje in mijn hoofd: 4 juli, dat was een paar dagen na het uitje naar Rockland, in de tijd dat Harry had besloten dat hij Nola uit zijn hoofd moest zetten. Ik gebaarde naar Jenny dat ze door moest gaan: 'Vertel eens over die vierde juli.'

Ze sloot haar ogen, alsof ze ernaar terugkeerde.

'Het was een mooie dag. Harry was diezelfde dag naar Clark's gekomen om te vragen of we samen naar Concord zouden gaan om naar het vuurwerk te kijken. Hij zei dat hij me om zes uur thuis zou komen afhalen. Mijn dienst duurde in principe tot halfzeven, maar ik zei dat dat perfect was. En van mama mocht ik eerder weg, zodat ik me kon klaarmaken.'

*

Vrijdag 4 juli 1975

In het huis van de familie Quinn aan Norfolk Avenue was het een drukte vanjewelste. Het was kwart voor zes en Jenny was nog steeds niet klaar. Als een furie vloog ze de trap op en af, in haar ondergoed, met telkens een andere jurk in haar hand.

'En deze dan, mama, hoe is deze?' vroeg ze toen ze voor de zevende keer de woonkamer binnen kwam, waar haar moeder was.

'Nee, die niet,' oordeelde Tamara streng. 'Daar heb je een dikke kont in. Je wil toch niet dat Harry Quebert denkt dat je je volpropt? Probeer maar een andere.'

Jenny haastte zich de trap weer op naar haar kamer, snikkend dat ze een troel was, dat ze niets had om aan te trekken en dat ze de rest van haar leven lelijk en alleen zou blijven.

Tamara was bloednerveus: haar dochter móest haar beste beentje voorzetten. Harry Quebert viel in een heel andere categorie dan de jongelui uit Aurora, en ze mocht geen fouten maken. Zodra haar dochter haar had verteld over haar afspraakje van die avond, had ze haar opgedragen om weg te gaan uit Clark's: het was midden in de lunchdrukte, het restaurant zat vol, maar ze wilde niet dat Jenny nog een minuut langer in de vette frituurlucht zou staan die in haar huid en haar zou trekken. Ze moest perfect zijn voor Harry. Ze had haar naar de kapper en de manicure gestuurd, ze had het huis van kelder tot zolder schoongemaakt en wat borrelhapjes gemaakt die ze als 'geraffineerd' beschouwde, voor het geval Harry Quebert alvast iets wilde knabbelen. Haar Jenny had dus gelijk gehad: Harry maakte haar het hof. Ze was erg opgewonden, ze kon alleen nog aan de bruiloft denken: eindelijk ging haar dochter trouwen. Ze hoorde de voordeur in het slot vallen. Haar man kwam thuis: Robert Quinn, die als ingenieur in een handschoenenfabriek in Concord werkte. Van schrik zette ze grote ogen op.

Robert merkte direct dat er op de begane grond was schoongemaakt en opgeruimd. Er stond een mooi boeket irissen in de gang en er lagen kleedjes die hij nog nooit had gezien.

'Wat is er aan de hand, schatteboutje?' vroeg hij toen hij de woonkamer binnen kwam, waar op een klein tafeltje zoete en hartige hapjes en een fles champagne met flûtes stonden.

'O Bobby, lieve Bobbo,' antwoordde Tamara geïrriteerd, terwijl ze haar best deed om aardig te blijven. 'Wat komt dat slecht uit, ik kan je nu echt niet gebruiken hier. Ik heb een bericht voor je achtergelaten op je werk.'

'Ik heb niks gekregen. Waar ging het over?'

'Dat je vooral niet voor zevenen thuis moest komen.'

'O. En waarom niet?'

'Wil je wel geloven dat Harry Quebert Jenny heeft gevraagd om vanavond in Concord naar het vuurwerk te gaan kijken?'

'Wie is Harry Quebert?'

'O, Bobbo, je moet wel een beetje op de hoogte blijven van wat er in de stad gebeurt! Dat is die beroemde schrijver die hier eind mei naartoe is gekomen.'

'O. En waarom mag ik dan niet naar huis komen?'

'O? O, zegt-ie. Een groot schrijver maakt onze dochter het hof en jij zegt o? Nou, daarom dus: ik wilde dat je nog niet naar huis kwam omdat je niet in staat bent om beleefde gesprekken te voeren. Harry Quebert is niet zomaar iemand. Hij heeft het huis in Goose Cove gehuurd.'

'Het huis in Goose Cove? Poepoeh!'

'Voor jou is zoiets misschien duur, maar voor hem is die huurprijs gewoon een fluim in het water. Hij is een grote ster in New York!'

'Een fluim in het water? Die uitdrukking kende ik niet.'

'O, Bobbo, je weet ook niks.'

Robert keek een beetje verongelijkt en liep naar het kleine buffet dat zijn vrouw had klaargemaakt.

'Vooral niet aankomen, Bobbo!'
'Wat is dat voor spul?'
'Dat is geen spul. Dat is een verfijnd borrelhapje. Heel chic.'
'Maar je zei dat de buren hadden gevraagd of we hamburgers kwamen eten! We eten op 4 juli altijd hamburgers bij de buren.'
'Ja, dat gaan we ook heus wel doen. Maar nu nog niet! En ga vooral niet aan Harry Quebert vertellen dat we hamburgers eten zoals Jan en alleman!'
'Maar we zijn toch Jan en alleman? Ik hou van hamburgers. En jij hebt zelfs een hamburgerrestaurant.'
'Je begrijpt er helemaal niets van, Bobbo! Dat is heel wat anders! Bovendien heb ik er grote plannen mee.'
'Dat wist ik niet. Daar heb je nooit iets over verteld.'
'Dacht je dat ik jou alles vertelde?'
'Waarom niet? Ik vertel jou wel alles. Ik heb de hele middag last van mijn maag gehad. En winderig dat ik was! Het deed zo'n pijn dat ik mijn kantoordeur op slot heb gedaan en op handen en voeten ben gaan zitten om scheten te laten. Zie je wel? Ik vertel jou wel alles.'
'Bobbo, hou op! Je haalt me uit mijn concentratie!'
Jenny verscheen in weer een andere jurk.
'Te gekleed!' blafte Tamara. 'Je moet er stijlvol maar ontspannen uitzien!'
Robert Quinn maakte gebruik van het moment dat zijn vrouw was afgeleid. Hij plofte neer in zijn lievelingsstoel en schonk zichzelf een glas scotch in.
'Niet gaan zitten, jij!' riep Tamara. 'Je maakt alles vies! Weet je wel hoe lang ik heb staan schoonmaken? Ga je liever omkleden!'
'Omkleden?'
'Trek je nette pak aan, iemand als Harry Quebert kun je toch niet op je sloffen ontvangen?'
'Hé, heb je de fles champagne gepakt die we voor een bijzondere gebeurtenis bewaren?'
'Dit ís een bijzondere gebeurtenis! Of wil je soms niet dat je dochter met een goede man trouwt? Ga je nou maar snel omkleden in plaats van met me te bekvechten. Hij komt zo.'
Tamara liep met haar man mee naar de trap om er zeker van te zijn dat hij zou doen wat ze zei. Op datzelfde moment kwam Jenny in tranen de trap af, met blote borsten en alleen gekleed in haar slipje, en zei tussen

twee snikken door dat ze alles ging afzeggen omdat ze het niet aankon. Robert maakte van de situatie gebruik door te kreunen dat hij de krant wilde lezen en helemaal geen diepzinnige gesprekken met grote schrijvers wilde voeren, dat hij hoe dan ook nooit boeken las omdat hij daarvan in slaap viel en dat hij geen idee had waar hij in godsnaam over moest praten. Het was tien voor zes, dus tien minuten voor de afgesproken tijd. Ze stonden alle drie op de gang te bekvechten toen plotseling de bel ging. Tamara dacht dat ze een hartaanval kreeg. Hij was er. De grote schrijver was te vroeg.

Er werd aangebeld. Harry liep naar de deur. Hij droeg een linnen pak en een lichte hoed: hij stond op het punt om Jenny op te halen. Hij deed open; het was Nola.

'Nola? Wat doe jij hier?'

'"Hallo", zeg je dan. Beleefde mensen zeggen hallo als ze elkaar zien, en niet "wat doe jij hier".'

Hij glimlachte. 'Hallo, Nola. Sorry, ik had gewoon niet gedacht dat je zou komen.'

'Wat is er aan de hand, Harry? Sinds die dag in Rockland heb ik niks meer van je gehoord. Een hele week geen nieuws! Heb ik iets verkeerd gedaan? Ben ik onaardig geweest? O Harry, ik heb zo genoten van onze dag in Rockland. Het was gewoon magisch!'

'Ik ben absoluut niet boos op je, Nola. En ik heb ook genoten van onze dag in Rockland.'

'Waarom heb je dan niets van je laten horen?'

'Vanwege mijn boek. Ik heb het heel druk gehad.'

'Ik wil elke dag bij je zijn, Harry. Elke dag van mijn leven.'

'Je bent een engel, Nola.'

'En vanaf nu kan dat ook. Ik heb geen school meer.'

'Hoe bedoel je, je hebt geen school meer?'

'De school is gesloten, Harry. Het is vakantie. Wist je dat niet?'

'Nee.'

Ze zag er opgewekt uit. 'Is het niet heerlijk? Ik heb erover nagedacht en ik kan voor je gaan zorgen. Je kunt beter hier werken dan in de drukte van Clark's. Je kunt op het terras schrijven. De oceaan is zo mooi, ik weet zeker dat je daar inspiratie van krijgt! En dan zorg ik ervoor dat je het naar je zin hebt. Ik beloof dat ik goed voor je zal zorgen, dat ik er mijn hele hart in zal leggen, dat ik een gelukkig man van je zal maken! Toe, laat me een gelukkige man van je maken, Harry!'

Hij zag dat ze een mand bij zich had.

'Een picknickmand,' zei ze. 'Voor ons, voor vanavond. Ik heb zelfs wijn meegebracht. Ik had gedacht dat we heel romantisch op het strand konden gaan picknicken.'

Hij wilde geen romantische picknick. Hij wilde niet bij haar zijn, hij wilde haar niet: hij moest haar vergeten. Hij had spijt van hun zaterdag in Rockland: hij was de staatsgrens overgestoken met een meisje van vijftien, zonder toestemming van haar ouders. Als de politie hen staande had gehouden, hadden de agenten zo kunnen denken dat hij haar ontvoerd had. Dit meisje werd nog zijn ondergang: hij moest zorgen dat ze uit zijn leven verdween.

'Ik kan niet, Nola,' zei hij alleen.

Ze zag er teleurgesteld uit.

'Waarom niet?'

Hij zou haar moeten zeggen dat hij een afspraakje met een andere vrouw had. Ze zou het moeilijk vinden, maar ze zou wel inzien dat deze relatie geen toekomst had. Toch kon hij het niet over zijn hart verkrijgen en daarom loog hij voor de zoveelste keer.

'Ik moet naar Concord. Naar een feestje van mijn uitgever voor Independence Day. Het wordt heel saai. Ik zou veel liever iets met jou gaan doen.'

'Mag ik mee?'

'Nee. Ik bedoel: je zou je kapot vervelen.'

'Je bent heel knap in dat overhemd, Harry.'

'Dankjewel.'

'Harry... ik ben verliefd op je, smoorverliefd. Al sinds die dag toen het zo regende en ik je op het strand zag. Ik wil tot het einde van mijn leven bij je blijven.'

'Hou op, Nola. Zeg dat toch niet.'

'Waarom niet? Het is toch zo? Ik kan het niet verdragen om ook maar één dag bij je weg te zijn! Iedere keer dat ik je zie, wordt mijn leven iets mooier! Maar jij voelt niks voor mij, hè?'

'Natuurlijk wel! Absoluut wel!'

'Ik weet best dat je me lelijk vindt. En je zult me in Rockland wel irritant hebben gevonden. Daarom heb je niets meer van je laten horen. Je vindt me een kleine, domme, vervelende lelijkerd.'

'Praat niet zulke onzin. Kom, we gaan, ik breng je naar huis.'

'Noem me dan "Mijn liefste Nola"... Zeg dat nog eens.'

'Dat kan niet, Nola.'
'Alsjeblieft!'
'Dat kan niet. Dat zijn verboden woorden!'
'Waarom dan? Waarom in godsnaam? Waarom mogen we niet van elkaar houden als het nou eenmaal zo is?'
'Kom, Nola. Ik breng je naar huis,' zei hij weer.
'Maar Harry, waarom zouden we blijven leven als we het recht niet hebben om van elkaar te houden?'

Hij gaf geen antwoord en trok haar mee naar de zwarte Chevrolet. Ze huilde.

Niet Harry Quebert had aangebeld maar Amy Pratt, de vrouw van het hoofd van politie in Aurora. Ze ging van deur tot deur in haar hoedanigheid van organisatrice van het zomerbal, een van de belangrijkste evenementen in het stadje, dat dit jaar op zaterdag 19 juli zou worden gehouden. Op het moment dat de bel ging had Tamara haar halfnaakte dochter en haar echtgenoot naar boven gestuurd om daarna opgelucht te kunnen vaststellen dat niet hun beroemde gast voor de deur stond maar Amy Pratt, die lootjes kwam verkopen voor de tombola op de avond van het bal. Dit jaar was de eerste prijs een vakantie van een week in een prachtig hotel op het eiland Martha's Vineyard in Massachusetts, waar allerlei sterren hun vakantie doorbrachten. Toen ze vertelde wat de eerste prijs was, begonnen Tamara's ogen te glimmen: ze kocht twee boekjes met lootjes, en hoewel de welllevendheid vereiste dat ze de bezoekster – een vrouw die ze trouwens graag mocht – een glas sinaasappellimonade zou aanbieden, zette ze haar zonder enige scrupules het huis uit omdat het inmiddels vijf voor zes was. Jenny was weer tot rust gekomen en kwam de trap af in een groen zomerjurkje dat haar geweldig stond, gevolgd door haar vader die een driedelig pak had aangetrokken.

'Dat was Harry niet, maar Amy Pratt,' verklaarde Tamara blasé. 'Ik wist wel dat hij het niet was. Je had eens moeten zien hoe jullie wegstoven als een stel konijnen. Ha! Ik wist best dat hij het niet was, want hij is chic, en chique mensen komen nooit te vroeg. Dat is nog onbeleefder dan te laat komen.'

De klok in de woonkamer sloeg zes keer en de familie Quinn ging in het gelid bij de voordeur staan.

'Doe vooral gewoon!' smeekte Jenny.

'We doen heel gewoon,' antwoordde haar moeder. 'Hè Bobbo, we doen toch gewoon?'

'Ja, schatteboutje. Maar ik ben nog steeds zo winderig: ik voel me net een snelkookpan die ieder moment kan ontploffen.'

Een paar minuten later belde Harry aan bij het huis van de Quinns. Hij had net Nola afgezet in een straat in de buurt van haar huis, zodat ze niet samen gezien zouden worden. Toen hij wegging, was ze in tranen.

*

Jenny vertelde me dat ze op die vierde juli een heerlijke avond had gehad. Ontroerd beschreef ze de kermis, het diner, het vuurwerk boven Concord.

Uit de manier waarop ze over Harry sprak leidde ik af dat ze haar hele leven van hem was blijven houden, en dat de afkeer die ze nu voor hem voelde vooral een uitdrukking was van haar verdriet dat hij haar in de steek had gelaten vanwege Nola, dat kleine serveerstertje van de zaterdag, en hij zijn meesterwerk voor háár had geschreven. Voordat ik bij haar wegging vroeg ik nog: 'Zeg, Jenny, wie kan mij volgens jou het meeste over Nola vertellen?'

'Over Nola? Haar vader natuurlijk.'

Haar vader. Natuurlijk.

23
De mensen die haar goed kenden

'En je personages? Op wie baseer je een personage?'

'Op iedereen. Op een vriend, een werkster, een loketmedewerker bij de bank. Maar pas op: het zijn niet de mensen door wie je je laat inspireren, maar hun daden. Hun manier van handelen doet je denken aan iets wat een van de personages uit je roman zou kunnen doen. Schrijvers die zeggen dat ze zich door niemand laten inspireren liegen, maar daar hebben ze groot gelijk in: zo besparen ze zichzelf heel veel moeilijkheden.'

'Hoe bedoel je?'

'Het privilege van het schrijverschap is dat je je rekeningen met je omgeving kunt vereffenen door middel van de boeken die je schrijft, Marcus. De enige regel is dat je je slachtoffers niet bij name noemt. Gebruik nooit iemands naam: daarmee open je de deur naar rechtszaken en problemen. Waar zijn we op de lijst?'

'23.'

'Dan wordt dit de drieëntwintigste, Marcus: "Schrijf uitsluitend fictie. Met de rest haal je je alleen maar moeilijkheden op de hals."'

Op zondag 22 juni 2008 ontmoette ik dominee David Kellergan voor het eerst. Het was een grauwe zomerdag zoals je die soms hebt in New England, wanneer de oceaanmist zo dik is dat hij zich vastklampt aan de daken en de boomtoppen. Het huis van de Kellergans lag aan Terrace Avenue 245, in het hart van een prettige woonwijk. Er leek niets te zijn veranderd sinds ze in Aurora waren komen wonen. De muren hadden dezelfde kleur, de struiken om het huis waren hetzelfde. De vers geplante rozen waren struiken geworden en de kersenboom voor het huis was tien jaar geleden doodgegaan en vervangen door een nieuwe.

Toen ik aankwam, klonk er oorverdovende muziek uit het huis. Ik belde een paar keer aan, maar niemand deed open. Uiteindelijk riep een voorbijganger me toe: 'Als u meneer Kellergan wilt spreken, hebt u niks aan bellen. Hij zit in de garage.' Ik klopte op de deur van de garage, waar de muziek inderdaad vandaan kwam. Na lang volhouden ging de deur eindelijk open en verscheen er een kleine, oude, breekbaar uitziende man met grijs haar en een grijze huid, gekleed in een stofjas en met een veiligheidsbril voor zijn ogen. David Kellergan, vijfentachtig jaar.

'Wat wilt u?' brulde hij vriendelijk vanwege de muziek die zo hard stond dat het haast onverdraaglijk was.

Ik moest mijn handen aan mijn mond zetten om me verstaanbaar te maken.

'Mijn naam is Marcus Goldman. U kent me niet, maar ik doe onderzoek naar Nola's dood.'

'Bent u van de politie?'

'Nee, ik ben schrijver. Kunt u de muziek misschien uitdoen, of in ieder geval iets zachter zetten?'

'Onmogelijk. Ik zet de muziek nooit uit. Maar we kunnen naar de woonkamer gaan, als u wilt.'

Hij liet me binnen door de garage: de hele ruimte was omgevormd tot een werkplaats en in het midden stond een Harley-Davidson: een collector's item. In de hoek stond een oude pick-up, aangesloten op een stereo, waaruit klassieke jazzmuziek galmde.

Ik had er niet op gerekend dat meneer Kellergan me zo hartelijk zou ontvangen. Ik had gedacht dat hij door zoveel journalisten zou zijn lastiggevallen dat hij behoefte zou hebben aan rust, maar hij was juist heel welwillend. Hoewel ik regelmatig naar Aurora kwam, had ik hem nog nooit gezien. Het was duidelijk dat hij niets wist over mijn relatie met Harry en ik keek wel uit om erover te beginnen. Hij maakte twee glazen ijsthee en we installeerden ons in de woonkamer. Hij had zijn veiligheidsbril nog op, alsof hij ieder moment gereed moest zijn om terug te gaan naar de motorfiets, en op de achtergrond klonk nog steeds die oorverdovende muziek. Ik probeerde me deze man drieëndertig jaar geleden voor te stellen, toen hij de energieke dominee van de Saint James-gemeente was.

'Wat brengt u hier, meneer Goldman?' vroeg hij toen hij me nieuwsgierig had bekeken. 'Een boek?'

'Dat weet ik niet precies, dominee. Ik probeer vooral te achterhalen wat er met Nola is gebeurd.'

'U hoeft me geen dominee te noemen, dat ben ik niet meer.'

'Het spijt me van uw dochter, meneer.'

Hij glimlachte verrassend hartelijk.

'Dank u. U bent de eerste die me condoleert, meneer Goldman. De hele stad praat al twee weken lang alleen nog over mijn dochter: iedereen stort zich op de kranten om de laatste ontwikkelingen te volgen, maar er is niemand naar me toe gekomen om te vragen hoe het met me gaat. De enige mensen die hier aanbellen, behalve journalisten, zijn buren die zich beklagen over het lawaai. Maar een rouwende vader heeft toch het recht om naar muziek te luisteren?'

'Absoluut, meneer.'

'Dus u schrijft een boek?'

'Ik weet niet of ik nog wel kan schrijven. Goed schrijven is niet zo makkelijk. Mijn uitgever kwam met het idee dat ik een boek over deze zaak zou schrijven. Hij zei dat dat mijn carrière nieuw leven kon inblazen. Bent u tegen het idee van een boek over Nola?'

Hij haalde zijn schouders op.

'Nee. Als dat ouders kan helpen om voorzichtiger te zijn. Op de dag dat mijn dochter verdween, was ze in haar kamer, weet u. Ik was in de garage aan het werk en ik had muziek opstaan. Ik heb niks gehoord. Toen ik naar haar toe wilde gaan, was ze er niet meer. Het raam van haar kamer stond open. Het leek of ze in rook was opgegaan. Ik heb mijn dochter niet kunnen beschermen. Schrijf een boek voor ouders, meneer Goldman. Ouders moeten heel goed op hun kinderen passen.'

'Wat deed u die dag in de garage?'

'Ik was die motor aan het opknappen. Die Harley, die u net zag.'

'Een mooi ding.'

'Dank u. Die heb ik indertijd bij een schadehersteller in Montburry gekocht. Hij zei dat hij er niets meer van kon gebruiken en dat ik hem mocht meenemen voor de symbolische prijs van vijf dollar. Dat deed ik toen mijn dochter verdween: ik was met die rotmotor bezig.'

'Woont u hier alleen?'

'Ja. Mijn vrouw is al heel lang dood…'

Hij stond op en pakte een fotoalbum. Hij liet me Nola als klein meisje zien, en zijn vrouw Louisa. Ze zagen er gelukkig uit. Ik was verrast hoe gemakkelijk hij me in vertrouwen nam, hoewel hij me eigenlijk helemaal niet kende. Ik denk dat hij het vooral deed om zijn dochter weer even tot leven te wekken. Hij vertelde dat ze in de herfst van 1969 naar Aurora waren gekomen uit Jackson, Alabama, waar ondanks de sterk groeiende gemeente de roep van nieuwe streken te sterk was geweest: de gemeente in Aurora was op zoek naar een nieuwe dominee en hij had de post gekregen. De belangrijkste reden voor het vertrek naar New Hampshire was de wens om een rustige plek te vinden om Nola te laten opgroeien. In die tijd woedde er een binnenbrand in het land door politieke onrust, segregatie en de oorlog in Vietnam. Na de gebeurtenissen van 1967 – de rassenrellen in Saint-Quentin en de onrust in de zwarte wijken van Newark en Detroit – hadden ze besloten om op zoek te gaan naar een veilige plek waar je beschut was voor alle onrust. Dus toen hun kleine, puffende autootje, uitgeput door het gewicht van de caravan, de oevers van de grote, met waterlelies overdekte meren van Montburry bereikte en vervolgens in de richting van Aurora reed, en David Kellergan in de verte het prachtige, rustige stadje had zien liggen, was hij dolblij met zijn keuze. Hoe kon hij weten dat dit de plek was waar zijn enige dochter zes jaar later zou verdwijnen?

'Ik ben langs uw voormalige kerkgebouw gereden,' zei ik. 'Het is een McDonald's geworden.'

'De hele wereld wordt een McDonald's, meneer Goldman.'

'Maar wat is er met uw gemeente gebeurd?'
'Ze heeft jarenlang gebloeid. Toen verdween mijn Nola en werd alles anders. Nou ja, eigenlijk veranderde er maar één ding: ik verloor mijn geloof in God. Als God echt zou bestaan, zouden er niet zomaar kinderen verdwijnen. Ik maakte er een potje van, maar niemand durfde me te ontslaan. En langzaam maar zeker viel de gemeente uit elkaar. Toen is de kerkgemeente van Aurora vijftien jaar geleden om economische redenen met die van Montburry gefuseerd. Het gebouw is verkocht. Nu gaan de gelovigen 's zondags naar Montburry. Na Nola's verdwijning ben ik nooit meer in staat geweest om mijn functie weer op te pakken, ook al heb ik pas zes jaar later officieel ontslag genomen. Ik krijg nog steeds een pensioen van de kerk. En dit huis mocht ik voor een habbekrats kopen.'

Daarna beschreef David Kellergan de gelukkige en onbezorgde jaren in Aurora. De mooiste jaren van zijn leven, zei hij. Hij herinnerde zich de zomeravonden dat hij Nola toestemming gaf om langer op te blijven en op de veranda te lezen; hij wou dat die zomers nooit voorbij waren gegaan. Hij vertelde me ook dat zijn dochter heel trouw het geld opzijzette dat ze 's zaterdags bij Clark's verdiende; ze zei dat ze met dat bedrag naar Californië wilde gaan om actrice te worden. Zelf was hij altijd met trots vervuld als hij naar Clark's ging en hoorde hoe tevreden mevrouw Quinn en de klanten over haar waren. Tot lang na haar verdwijning had hij zich afgevraagd of ze naar Californië was vertrokken.

'Hoezo vertrokken?' vroeg ik. 'Bedoelt u dat ze zou zijn weggelopen?'
'Weggelopen? Waarom zou ze weglopen?' zei hij verontwaardigd.
'En Harry Quebert? Kent u die goed?'
'Nee. Nauwelijks.'
'Nauwelijks?' vroeg ik verbaasd. 'Terwijl u en hij al dertig jaar in dezelfde stad wonen!'
'Ik ken niet iedereen, meneer Goldman. Ik leid een nogal teruggetrokken bestaan, ziet u. Is het waar wat ze zeggen? Van Harry Quebert en Nola? Heeft hij dat boek voor haar geschreven? Wat is de betekenis van dat boek, meneer Goldman?'
'Om heel eerlijk te zijn denk ik dat uw dochter verliefd was op Harry en dat dat wederzijds was. Het boek gaat over een onmogelijke liefde tussen twee mensen die niet uit dezelfde sociale klasse komen.'
'Dat weet ik,' riep hij uit. 'Dat weet ik! Dus Quebert heeft "perversie" vervangen door "sociale klasse" om zichzelf een zekere respectabiliteit te verlenen en toen heeft hij miljoenen exemplaren verkocht van een boek

vol obsceniteiten over mijn dochter, mijn kleine Nola, dat dertig jaar lang door heel Amerika is gelezen en geprezen!'

Dominee Kellergan wond zich op; die laatste woorden sprak hij met een felheid die ik nooit had gezocht achter een man die er zo breekbaar uitzag. Hij zweeg een ogenblik en liep rond door de kamer alsof hij zijn woede kwijt moest. Op de achtergrond brulde nog steeds de muziek. Ik zei: 'Harry Quebert heeft Nola niet vermoord.'

'Hoe kunt u daar zo zeker van zijn?'

'Je kunt nooit ergens zeker van zijn, meneer Kellergan. Dat maakt het leven soms zo moeilijk.'

Hij keek bedenkelijk.

'Wat wilt u weten, meneer Goldman? U zult me wel van alles te vragen hebben als u hiernaartoe bent gekomen.'

'Ik probeer te begrijpen wat er gebeurd kan zijn. Hebt u niets gehoord op de avond dat uw dochter is verdwenen?'

'Niets.'

'De buren hebben indertijd verklaard dat ze geschreeuw hebben gehoord.'

'Geschreeuw? Er was geen geschreeuw. In dit huis is nog nooit geschreeuwd. Waarom zou er geschreeuwd worden? Ik was die dag in de garage aan het werk. De hele middag. Om klokslag zeven uur ging ik koken. Ik ging naar haar kamer om haar te halen zodat ze me kon helpen, maar toen was ze er niet meer. Ik dacht dat ze misschien was gaan wandelen, ook al deed ze dat eigenlijk nooit. Ik wachtte nog even, toen werd ik ongerust en ging ik een rondje door de buurt lopen. Nog geen honderd meter verderop stuitte ik op een oploopje op de stoep: de buren dromden samen en zeiden dat er een bebloede jonge vrouw in Side Creek was gesignaleerd en dat er uit de wijde omtrek politiewagens kwamen aanrijden om het hele gebied af te sluiten. Ik stormde het eerste het beste huis binnen om de politie te bellen en te zeggen dat het misschien om Nola ging... Haar kamer lag op de begane grond, meneer Goldman. Meer dan dertig jaar lang heb ik me afgevraagd wat er van mijn dochter is geworden. En ik heb mezelf ik weet niet hoe vaak voorgehouden dat ik als ik ooit nog kinderen zou krijgen, ze altijd op zolder zouden slapen. Maar ik heb nooit meer kinderen gekregen.'

'Gedroeg uw dochter zich opvallend in de zomer dat ze verdween?'

'Nee. Weet ik niet meer. Ik dacht het niet. Alweer zoiets wat ik me heel vaak heb afgevraagd en waarop ik geen antwoord heb.'

Hij herinnerde zich wel dat Nola die zomer, toen de schoolvakantie net was begonnen, af en toe heel melancholisch was geweest. Hij had dat op het conto van de puberteit geschreven. Ik vroeg of ik de kamer van zijn dochter mocht bekijken. Hij begeleidde me als een suppoost en gaf me de opdracht 'om vooral niks aan te raken'. Sinds haar verdwijning had hij niets in de kamer veranderd. Alles was er nog: de kast, de plank met poppen, het boekenplankje, het bureau waarop pennen, een lange ijzeren liniaal en vergeelde vellen papier door elkaar lagen: hetzelfde briefpapier waarop dat briefje aan Harry was geschreven.

'Dat papier had ze gevonden bij een kantoorboekhandel in Montburry,' legde haar vader uit toen hij zag dat ik er aandacht aan besteedde. 'Ze was er gek op. Ze had het altijd bij zich, ze gebruikte het voor haar aantekeningen, voor briefjes... Dat papier, dat wás zij. Ze had er altijd een paar blokken van in voorraad.'

Ook stond er in een hoek van de kamer een draagbare Remington.

'Was die van haar?' vroeg ik.

'Van mij. Maar zij gebruikte hem ook. De zomer dat ze verdween gebruikte ze hem zelfs heel vaak. Ze zei dat ze belangrijke dingen moest uittypen. Het kwam zelfs regelmatig voor dat ze hem meenam als ze wegging. Dan bood ik aan om haar te brengen, maar dat wilde ze nooit. Ze ging te voet en zeulde dat ding met zich mee.'

'Dus haar kamer is nog precies hetzelfde als toen ze verdween?'

'Alles staat nog op precies dezelfde plaats. Toen ik haar ging halen, vond ik deze lege kamer. Het raam stond wijd open en de gordijnen wapperden zachtjes in de wind.'

'Denkt u dat iemand op die avond haar kamer is binnen gedrongen en haar onder dwang heeft meegenomen?'

'Dat zou ik niet kunnen zeggen. Ik heb niets gehoord. Maar zoals u ziet zijn er geen sporen van een gevecht.'

'De politie heeft een tas bij haar lichaam gevonden. Een tas waarin aan de binnenkant haar naam stond gestanst.'

'Ja, ze hebben me zelfs gevraagd of ik die kon identificeren. Ik had hem aan haar gegeven voor haar vijftiende verjaardag. Ze had hem gezien toen we een keer samen in Montburry waren. In de hoofdstraat, ik weet nog precies in welke winkel. De volgende dag ben ik teruggegaan om hem te kopen. En bij een leerbewerker heb ik haar naam er aan de binnenkant in laten zetten.'

Ik probeerde een hypothese te formuleren.

'Als het haar tas was, dan heeft ze hem dus meegenomen. En als ze hem heeft meegenomen, ging ze ergens naartoe, denkt u niet? Meneer Kellergan, ik weet dat het moeilijk is om het u voor te stellen, maar denkt u dat Nola van huis is weggelopen?'

'Ik weet niets meer, meneer Goldman. Dat heeft de politie me dertig jaar geleden ook al gevraagd en een paar dagen geleden opnieuw. Maar er ontbreekt niks uit het huis. Geen kleren, geen geld, niks. Kijk maar, daar staat haar spaarpot, op het plankje, nog even vol als toen.' Hij pakte een koektrommel van de bovenste boekenplank. 'Er zit honderdtwintig dollar in. Honderdtwintig dollar! Waarom zou ze die hebben achtergelaten als ze wegliep? De politie zegt dat dat rotboek in haar tas zat. Klopt dat?'

'Ja.'

Er dansten allerlei vragen door mijn hoofd: waarom zou Nola zonder kleren of geld zijn weggelopen? Waarom zou ze niets anders dan dat manuscript hebben meegenomen?

In de garage bereikte de plaat de laatste track, en de dominee haastte zich ernaartoe om hem weer van voren af aan te laten beginnen. Ik wilde hem niet nog langer tot last zijn: ik nam afscheid en vertrok. In het voorbijgaan nam ik een foto van de Harley-Davidson.

Terug in Goose Cove ging ik boksen op het strand. Tot mijn verbazing kreeg ik algauw gezelschap van sergeant Gahalowood, die uit de richting van het huis kwam. Ik had mijn oordopjes in en ik merkte hem pas op toen hij op mijn schouder tikte.

'Je bent wel in vorm,' zei hij terwijl hij naar mijn blote torso keek, en hij veegde zijn hand, die nat was van mijn zweet, af aan zijn broek.

'Ik probeer goed voor mezelf te zorgen.'

Ik haalde mijn opnameapparaat uit mijn zak om het uit te zetten.

'Een minidiskspeler?' zei hij spottend. 'Heb je niet gehoord dat Apple de wereld op zijn kop heeft gezet en dat je tegenwoordig een bijna onbeperkte hoeveelheid muziek op een draagbare harde schijf kunt zetten? Een iPod, heet dat.'

'Ik heb geen muziek opstaan, sergeant.'

'Waar luister je dan wel naar onder het sporten?'

'Dat doet er niet toe. Vertel liever waaraan ik uw bezoek te danken heb. Op zondag nog wel.'

'Ik ben gebeld door Chief Dawn: hij heeft me verteld over de brand van vrijdagavond. Hij maakt zich zorgen en ik moet eerlijk zeggen dat ik hem geen ongelijk geef: ik hou er niet van als een zaak zo'n wending neemt.'

'Zegt u nou dat u zich bezorgd maakt over mijn veiligheid?'

'Volstrekt niet. Ik wil alleen voorkomen dat alles uit de hand loopt. We weten dat misdaden tegen kinderen altijd enorm veel beroering veroorzaken onder de bevolking. Ik kan je verzekeren dat iedere keer dat haar naam op televisie valt, heel wat volstrekt geciviliseerde familievaders verklaren dat ze in staat zijn om Quebert de ballen af te snijden.'

'Alleen ben ik nu het doelwit.'

'Precies, en daarom ben ik hier. Waarom heb je niet gezegd dat je een anonieme brief hebt gekregen?'

'Omdat u me uit uw kantoor hebt gezet.'

'Dat is dan ook weer waar.'

'Wilt u een biertje, sergeant?'

Hij aarzelde even, toen knikte hij. We liepen naar het huis en ik pakte twee flesjes bier, die we op het terras opdronken. Ik vertelde hoe ik de vorige avond, toen ik terugkwam van Grand Beach, de brandstichter had gezien.

'Ik zou hem niet kunnen beschrijven,' zei ik. 'Hij had zijn gezicht bedekt. Hij was alleen een vlek. En weer diezelfde boodschap: Ga naar huis, Goldman. Dat is nu al de derde keer.'

'Dat heb ik van Chief Dawn gehoord. Wie weten er allemaal dat je met je eigen onderzoek bezig bent?'

'Iedereen. Ik bedoel, ik stel de hele dag links en rechts vragen. Het zou iedereen kunnen zijn. Aan wat voor iemand denkt u? Iemand die niet wil dat ik te diep in deze geschiedenis graaf?'

'Iemand die niet wil dat je de waarheid over Nola achterhaalt. Hoe gaat het trouwens met je onderzoek?'

'Mijn onderzoek? Interesseert dat u inmiddels ook al?'

'Misschien. Laten we zeggen dat je geloofwaardigheid met stip is gestegen nu je bedreigd wordt met de bedoeling je te stoppen.'

'Ik heb meneer Kellergan gesproken. Een goed mens. Hij heeft me Nola's kamer laten zien. Ik ga ervan uit dat u hem ook hebt bezocht...'

'Ja.'

'Stel dat ze is weggelopen, hoe verklaart u dan dat ze niets heeft meegenomen? Geen geld, geen kleren, niks?'

'Ze is niet weggelopen,' zei Gahalowood.

'Maar als ze ontvoerd is, zouden er dan geen sporen van een gevecht zijn? En waarom heeft ze die tas met het manuscript dan meegenomen?'
'Ze hoefde alleen haar moordenaar maar te kennen. Misschien hadden ze zelfs een relatie. Hij verscheen bij het raam, wat misschien vaker gebeurde, en heeft haar overgehaald om mee te gaan. Misschien alleen om een wandelingetje te maken.'
'U doelt op Harry.'
'Ja.'
'En toen? Toen pakte ze het manuscript en klom ze uit het raam?'
'Wie zegt dat ze dat manuscript heeft meegenomen? Wie zegt dat ze dat ooit in handen heeft gehad? Dat is wat Quebert zegt: zo verklaart hij de aanwezigheid van het manuscript bij Nola's lijk.'
Een fractie van een seconde overwoog ik om te vertellen wat ik over Harry en Nola wist, dat ze in het Sea Side Motel hadden afgesproken en ervandoor wilden gaan. Maar om Harry geen schade te berokkenen hield ik het nog even voor me. Ik vroeg alleen aan Gahalowood: 'Wat is uw hypothese?'
'Quebert heeft het meisje vermoord en het manuscript bij haar begraven. Misschien uit wroeging. Het boek ging over hun liefde, en hun liefde had haar gedood.'
'Waarom zegt u dat?'
'Er staat een opdracht op het manuscript.'
'Een opdracht? Wat voor opdracht?'
'Dat mag ik niet zeggen. Vertrouwelijk.'
'Hou toch op met die onzin, sergeant! Nu hebt u of te veel, of niet genoeg verteld: u kunt zich niet alleen achter het onderzoeksgeheim verschuilen wanneer het u toevallig uitkomt.'
Hij zuchtte gelaten.
'Er staat "Vaarwel, mijn liefste Nola".'
Ik stond versteld. 'Mijn liefste Nola'. Was dat niet wat Nola Harry in Rockland had gevraagd om tegen haar te zeggen? Ik probeerde rustig te blijven.
'Wat gaat u met dat briefje doen?' vroeg ik
'We gaan het handschrift onderzoeken. In de hoop dat we er iets uit kunnen afleiden.'
Ik was volkomen van de kaart door het nieuws. 'Mijn liefste Nola'. Precies de woorden die Harry zelf had gebruikt, de woorden die ik had opgenomen.

Een groot deel van de avond zat ik te peinzen: ik wist niet wat ik moest doen. Om negen uur precies belde mijn moeder. Kennelijk was de brand op televisie geweest. 'Markie, in hemelsnaam,' zei ze. 'Ga je je leven in de waagschaal stellen voor zo'n duivelse crimineel?'

'Rustig, mama. Rustig.'

'Iedereen heeft het over je, en ze zeggen weinig leuke dingen, als je snapt wat ik bedoel. De mensen hier beginnen zich dingen in hun hoofd te halen... Ze vragen zich af waarom jij zo koppig partij blijft kiezen voor die Harry.'

'Zonder Harry was ik nooit de Grote Goldman geworden, mama.'

'Klopt: zonder die vent zou je de Reusachtige Goldman zijn. Je bent veranderd sinds je met hem omgaat. Sinds de universiteit. Je bent de Geweldenaar, Markie. Weet je dat niet meer? Zelfs die kleine mevrouw Lang, de caissière bij de supermarkt, vraagt nog altijd: "Hoe gaat het met de Geweldenaar?"'

'Mama... De Geweldenaar heeft nooit bestaan.'

'Heeft die nooit bestaan? Heeft de Geweldenaar nooit bestaan?' Ze riep mijn vader. 'Nelson, kom eens! Markie zegt dat de Geweldenaar nooit heeft bestaan!' Ik hoorde mijn vader onverstaanbaar mompelen op de achtergrond. 'Zie je wel, je vader zegt het ook: op school was je de Geweldenaar. Gisteren kwam ik je oude directeur tegen. Hij vertelde dat hij zulke prachtige herinneringen aan je heeft... Even dacht ik zelfs dat hij ging huilen, zo ontroerd was hij. En toen zei hij: "O, mevrouw Goldman, ik weet niet in wat voor wespennest uw zoon zich heeft begeven." Vind je dat niet triest? Zelfs je oude directeur weet niet wat hij ermee aanmoet. En wat dacht je van ons? Waarom sloof je je zo uit om een oude leraar te helpen in plaats van een leuke vrouw te zoeken? Je bent dertig en je bent nog steeds niet getrouwd! Wil je soms dat wij doodgaan voordat je getrouwd bent?'

'Je bent tweeënvijftig, mama. We hebben alle tijd.'

'Nou zit je weer zo te muggenziften! Wat is dat nou weer voor opmerking? Vast nog zoiets wat je van die vervloekte Quebert hebt. Waarom breng je niet eens een leuk jong meisje mee naar huis? Nou? Nou? Hallo, of geef je geen antwoord meer?'

'Ik heb de laatste tijd niemand ontmoet die me beviel, mama. Mijn boek, de tournee, mijn volgende boek...'

'Allemaal smoesjes! Dat volgende boek, waar gaat dat eigenlijk over? Perverse seksverhaaltjes? Ik ken je niet meer, Markie. Markie, liefje, luister, ik móet het je wel vragen: ben je verliefd op die Harry? Ben je homofiel met hem?'

'Welnee! Absoluut niet!'

Ik hoorde haar tegen mijn vader zeggen: 'Hij zegt van niet. Dat betekent ja.' Toen vroeg ze op fluistertoon: 'Heb je de Ziekte? Je mama houdt nog evenveel van je als je ziek bent, hoor.'

'Wat? Welke ziekte?'

'Die van mannen die allergisch zijn voor vrouwen.'

'Bedoel je of ik homo ben? Welnee! En al was ik dat wel, dan nog was er niks mis mee. Maar ik val op vrouwen hoor, mama.'

'Vrouwen? Hoe bedoel je dat, "ik val op vrouwen"? Zorg liever dat je er op eentje valt en trouw daar dan mee! "Ik val op vrouwen"! Wil je zeggen dat je niet in staat bent om trouw te zijn? Ben je seksverslaafd, Markie? Wil je naar een psychiater om je hoofd te laten genezen?'

Uiteindelijk hing ik ontgoocheld op. Ik voelde me heel eenzaam. Ik ging aan Harry's bureau zitten, zette het opnameapparaat aan en luisterde weer naar zijn stem. Ik had een nieuwe aanwijzing nodig, een tastbaar bewijs dat de loop van het onderzoek zou veranderen, iets wat licht zou kunnen werpen op deze op niets uitdraaiende puzzel die ik probeerde op te lossen en die tot nu toe alleen bestond uit Harry, een manuscript en een dood meisje. Hoe meer ik erover nadacht, hoe meer ik werd bevangen door een vreemd gevoel dat ik al heel lang niet meer had gekend: ik had zin in schrijven. Schrijven over wat ik meemaakte, wat ik voelde. Al snel buitelden in mijn hoofd de ideeën over elkaar heen. Ik had niet alleen zin in schrijven, ik voelde de noodzaak. Dat was me al anderhalf jaar niet meer overkomen. Als een vulkaan die opeens wakker wordt en op uitbarsten staat. Ik haastte me naar mijn laptop, en nadat ik me een ogenblik had afgevraagd hoe ik aan het verhaal zou beginnen, begon ik de eerste zinnen te typen van wat mijn volgende boek zou worden.

In het voorjaar van 2008, ongeveer een jaar nadat ik de nieuwe ster van de Amerikaanse boekenwereld was geworden, gebeurde er iets waarvan ik besloot dat ik het diep ging wegstoppen in mijn geheugen: ik kwam erachter dat mijn hoogleraar Harry Quebert, zevenenzestig jaar, een van de meest gerespecteerde schrijvers van het land, op vierendertigjarige leeftijd een relatie had gehad met een meisje van vijftien. Dat was in de zomer van 1975 geweest.

*

Op dinsdag 24 juni 2008 verklaarde de Grand Jury dat de beschuldigingen van de openbare aanklager gegrond waren, en zo werden Harry formeel ontvoering en tweevoudige moord in de eerste graad ten laste gelegd. Toen Roth me de beslissing van de jury meedeelde, ontplofte ik aan de telefoon: 'Jij hebt toch rechten gestudeerd? Leg me dan maar eens uit waar die idioten hun beslissing op hebben gebaseerd!' Het antwoord was eenvoudig: op het dossier van de politie. En aangezien wij de verdediging voerden, zouden we daar door de inbeschuldigingstelling voortaan toegang toe hebben. Het was een gespannen ochtend toen ik het dossier met hem doornam, vooral doordat hij bij het doornemen van de documenten aan één stuk door zei: 'O o, dat ziet er niet goed uit. Helemaal niet goed.' 'Dat het er niet goed uitziet, heeft niks te betekenen,' riposteerde ik. 'Het gaat er toch om dat jij goed bent?' Waarop hij dan weer reageerde met een verbouwereerde blik, die mijn vertrouwen in zijn juridische kwaliteiten er niet groter op maakte.

In het dossier zaten foto's, getuigenverklaringen, rapporten, deskundigenverklaringen en afschriften van verhoren. Een deel van de foto's dateerde uit 1975: foto's van het huis van Deborah Cooper, haar lichaam languit in een plas bloed op de keukenvloer, en ten slotte de plek in het bos waar de bloedsporen, haren en textielflarden waren aangetroffen. Daarna volgde een sprong van drieëndertig jaar door de tijd en stond je in Goose Cove, waar je onder in een door de politie gegraven kuil een skelet in de foetushouding zag liggen. Hier en daar zat er nog wat vlees aan de botten en op de schedel zaten nog wat haren; het skelet was gekleed in een halfvergane jurk, en de beruchte leren tas lag ernaast. Ik werd onpasselijk.

'Is dat Nola?' vroeg ik.

'Ja. En in die tas zat Queberts manuscript. Het manuscript, en verder niks. Volgens de aanklager zou een meisje dat van huis wegloopt niet zonder bagage vertrekken.'

Het autopsierapport onthulde een forse fractuur ter hoogte van de schedel. Nola had een ongehoord heftige klap gekregen, die haar achterhoofdsbeen had verbrijzeld. De gerechtelijk geneeskundige vermoedde dat de moordenaar een zeer zware stok of iets vergelijkbaars had gebruikt, zoals een gummiknuppel of een baseballbat.

Daarna namen we kennis van de verklaringen van de hoveniers en van Harry, en in het bijzonder van die van Tamara Quinn, waarin ze tegenover sergeant Gahalowood bevestigde dat ze indertijd al had ontdekt dat

Harry een oogje had op Nola, maar dat het bewijs dat ze daarvan had in rook was opgegaan en dat niemand haar daarom ooit had geloofd.
'Is dat een geloofwaardige getuigenis?' vroeg ik ongerust.
'Voor een jury wel,' meende Roth. 'En we kunnen het onmogelijk weerleggen: Harry heeft bij zijn verhoor zelf bekend dat hij een relatie had met Nola.'
'Goed dan. En zit er dan niets in dat hele dossier dat voor hem pleit?'
Daarover had Roth wel een idee: hij zocht tussen de documenten en stak me een dik pak papieren toe, die met een plakbandje aan elkaar vastzaten.
'Een kopie van het bewuste manuscript,' zei hij.
Het voorblad was blanco, er stond geen titel op; kennelijk had Harry die pas later bedacht. Maar in het midden stonden vier duidelijk te lezen, handgeschreven woorden, met blauwe pen geschreven:

Vaarwel, mijn liefste Nola

Roth stak een lang verhaal af. Hij meende dat hij het manuscript zou kunnen gebruiken als het belangrijkste bewijs dat de aanklacht tegen Harry een grove dwaling van de aanklager was: er zou een handschriftonderzoek worden verricht en zodra de uitkomst daarvan bekend werd – hij was ervan overtuigd dat het Harry zou vrijpleiten – zou het hele dossier instorten als een kaartenhuis.
'Dit is de spil van mijn verdediging,' zei hij triomfantelijk. 'Met een beetje geluk komt het niet eens tot een proces.'
'Maar stel nou dat het wel Harry's handschrift blijkt te zijn?' vroeg ik.
Roth keek me bevreemd aan.
'Waarom zou dat in godsnaam zo zijn?'
'Ik moet je iets belangrijks vertellen: Harry heeft me verteld dat hij op een dag met Nola naar Rockland is gegaan, en toen heeft ze hem gevraagd of hij haar "Mijn liefste Nola" wilde noemen.'
Roth verbleekte. Hij zei: 'Als hij die woorden om welke reden dan ook heeft opgeschreven, tja, dan...' en nog voordat hij zijn zin afmaakte raapte hij zijn spullen bij elkaar en sleepte me mee naar de Staatgevangenis. Hij was buiten zinnen.

Roth was nog niet in de bezoekersruimte of hij zwaaide al met het manuscript onder Harry's neus en riep uit: 'Heeft ze je ooit gevraagd om haar "Mijn liefste Nola" te noemen?'

Harry boog het hoofd en antwoordde: 'Ja.'

'En zie je wat hier staat? Op de eerste pagina van dat vervloekte manuscript? Wanneer was je godverdomme van plan me dat te vertellen?'

'Dat is niet mijn handschrift, echt niet. Ik heb haar niet vermoord! Ik heb Nola niet vermoord! Dat weet je toch wel, verdomme? Jullie weten toch wel dat ik geen meisjes vermoord?'

Roth kalmeerde en ging zitten.

'Dat weten we, Harry,' zei hij. 'Maar al die toevalligheden zijn zo verwarrend. Haar vertrek, dat briefje... En ik moet je hachje verdedigen tegenover een jury van rechtschapen burgers die jou het liefst nog voordat het proces is begonnen al ter dood zouden veroordelen.'

Harry zag er ellendig uit. Hij stond op en ijsbeerde door de betonnen ruimte.

'Het hele land keert zich tegen me. Straks wil iedereen mijn bloed. Als dat nu al niet zo is... Ze gebruiken woorden waarvan ze de reikwijdte niet kunnen overzien: pedofiel, viezerik, maniak... Ze bezoedelen mijn naam en verbranden mijn boeken. Maar jullie moeten het weten, dus ik zeg het nog één keer: ik ben geen viezerik. Nola is de enige vrouw van wie ik ooit gehouden heb, en jammer genoeg was ze nog maar vijftien. Maar liefde laat zich toch niet commanderen, verdomme!'

'We hebben het wel over een meisje van vijftien!' viel Roth uit.

Harry keek gekwetst. Hij wendde zich tot mij.

'Denk jij er ook zo over, Marcus?

'Harry, wat mij dwarszit is dat je me nooit iets over al die dingen hebt verteld... We zijn al tien jaar bevriend en je hebt nooit een woord over Nola gezegd. Ik dacht dat we elkaar kenden.'

'Wat had ik in godsnaam moeten zeggen? "O ja, trouwens, Marcus, ik heb het je nooit verteld, maar toen ik in 1975 in Aurora aankwam ben ik verliefd geworden op een meisje van vijftien dat mijn leven heeft veranderd maar dat drie maanden later verdween, op een avond aan het einde van de zomer, en daar ben ik nooit echt van hersteld..." Zoiets?'

Hij schopte een plastic stoel weg die tegen een muur aan vloog.

'Harry,' zei Roth, 'als jij dit niet hebt geschreven – en als jij dat zegt, dan geloof ik dat – heb je dan enig idee wie wel?'

'Nee.'

'Wie wisten er van jou en Nola? Tamara Quinn beweert dat ze het altijd al heeft geweten.'

'Geen idee! Misschien heeft Nola een paar vriendinnen over ons verteld...'

'Maar lijkt het je waarschijnlijk dat er meer mensen van wisten?' drong Roth aan.

Er viel een stilte. Harry zag er zo verslagen en verdrietig uit dat mijn hart brak.

'Toe,' drong Roth aan om hem aan het praten te krijgen. 'Ik merk dat je dingen achterhoudt. Hoe moet ik je verdedigen als je niet alles vertelt?'

'Ik... ik kreeg anonieme brieven.'

'Wat voor anonieme brieven?'

'Kort na Nola's verdwijning begonnen ze te komen. Ze zaten altijd tussen de voordeur geklemd, en dan vond ik ze als ik thuiskwam. Indertijd maakte dat me doodsbang. Het betekende dat iemand me in de gaten hield, dat ze wisten wanneer ik er niet was. Op een gegeven moment was ik zo bang dat ik stelselmatig de politie belde als ik er een vond. Dan zei ik dat ik dacht dat ik iemand bij het huis had gezien, dan kwam er een wagen en dan was ik weer gerust. Natuurlijk kon ik niet vertellen wat de werkelijke reden was waarom ik zo ongerust was.'

'Maar wie zou die brieven geschreven kunnen hebben?' vroeg Roth. 'Wie wisten er van jou en Nola?'

'Ik heb geen flauw idee. In elk geval ging het zes maanden door. Toen hield het op.'

'Heb je die brieven bewaard?'

'Ja. Thuis. Ze zitten tussen de bladzijden van een grote encyclopedie in mijn werkkamer. Ik denk dat de politie ze niet heeft gevonden, want ze hebben er geen woord over gezegd.'

Terug in Goose Cove pakte ik direct de encyclopedie die hij bedoelde. Verborgen tussen de bladzijden vond ik een envelop van pakpapier waarin een stuk of tien vellen papier zaten. Brieven op vergeeld papier. Op elk ervan stond hetzelfde bericht getypt:

Ik weet wat je met dat meisje van vijftien hebt uitgespookt. En binnenkort weet de hele stad het.

Iemand wist dus van Harry en Nola. Iemand die drieëndertig jaar lang had gezwegen.

*

De twee volgende dagen deed ik mijn best om iedereen te ondervragen die Nola op welke manier dan ook zou kunnen hebben gekend. Opnieuw was Erne Pinkas van onschatbare waarde: nadat hij in het archief van de bibliotheek het yearbook van 1975 van de middelbare school van Aurora had gevonden, slaagde hij erin om met behulp van dat boek en het internet een lijst op te stellen van de huidige adressen van een groot deel van de vroegere klasgenoten die nog in de buurt woonden. Jammer genoeg was het een weinig vruchtbare onderneming: weliswaar waren ze nu allemaal in de vijftig, maar ze hadden me niets anders te vertellen dan jeugdherinneringen die me voor wat betreft het onderzoek weinig vooruithielpen. Totdat ik besefte dat ik een van de namen op de lijst al eerder was tegengekomen: Nancy Hattaway. Harry had verteld dat zij Nola's alibi was geweest voor het uitstapje naar Rockland.

Volgens Pinkas' informatie had Nancy Hattaway een winkel in kleding en patchwork op een bedrijvencomplex iets buiten de stad, aan Route 1 in de richting van Massachusetts. Op donderdag 26 juni 2008 ging ik voor het eerst naar haar toe. Het was een leuke winkel met een kleurrijke etalage, ingeklemd tussen een snackbar en een ijzerwarenhandel. De enige die ik in de winkel zag, was een dame van in de vijftig, met kort, grijzend haar. Ze zat met een leesbril op aan een bureau, en nadat ik beleefd had gegroet, vroeg ik: 'Bent u Nancy Hattaway?'

'Dat ben ik,' antwoordde ze, terwijl ze overeind kwam. 'Kennen we elkaar? Uw gezicht komt me vaag bekend voor.'

'Ik heet Marcus Goldman. Ik ben...'

'Schrijver,' onderbrak ze. 'Ja, nou weet ik het weer. Er wordt gezegd dat u flink over Nola aan het rondvragen bent.'

Ze leek op haar hoede. Ze zei er dan ook direct achteraan: 'Ik vermoed dat u niet voor mijn patchwork bent gekomen.'

'Klopt. En het klopt ook dat ik geïnteresseerd ben in de dood van Nola Kellergan.'

'En wat heb ik daarmee te maken?'

'Als u bent wie ik denk dat u bent, kende u Nola heel goed. Toen u vijftien was.'

'Van wie hebt u dat?'

'Van Harry Quebert.'

Ze stond op van haar stoel en liep gedecideerd naar de deur. Ik dacht dat ze me zou vragen om weg te gaan, maar ze zette een bordje met 'gesloten' tegen de ruit en deed de deur op slot. Toen wendde ze zich naar mij en vroeg: 'Hoe drinkt u uw koffie, meneer Goldman?'

We zaten bijna een uur in een kamer achter de winkel. Ze was inderdaad de Nancy over wie Harry het had gehad en die indertijd met Nola bevriend was geweest. Ze was nooit getrouwd en gebruikte nog steeds haar meisjesnaam.

'Bent u nooit uit Aurora weggegaan?' vroeg ik.

'Nooit. Ik ben te veel aan dit stadje gehecht. Hoe hebt u me gevonden?'

'Via internet, geloof ik. Het internet doet wonderen.'

Ze knikte.

'En?' vroeg ze. 'Wat wilt u precies weten, meneer Goldman?'

'Zeg maar Marcus. Ik zoek iemand die me over Nola kan vertellen.'

Ze glimlachte.

'Nola en ik zaten bij elkaar in de klas. Direct na haar aankomst in Aurora raakten we bevriend. We woonden bijna naast elkaar aan Terrace Avenue, en ze kwam heel vaak bij me langs. Ze zei dat ze graag bij me kwam omdat ik een "normaal" gezin had.'

'Hoe bedoelt u, normaal?'

'U zult meneer Kellergan al wel ontmoet hebben…'

'Ja.'

'Hij was een heel strenge vader. Je kunt je moeilijk voorstellen dat hij een dochter als Nola had: zo intelligent, lief, vriendelijk, goedlachs.'

'Wat vreemd dat u dat zegt over dominee Kellergan, mevrouw Hattaway. Ik heb hem een paar dagen geleden ontmoet en hij maakte op mij juist een heel zachtaardige indruk.'

'Die indruk wekt hij inderdaad. In het openbaar dan. Toen de Saint James-gemeente begon te versloffen, werd hij erbij gehaald om haar erbovenop te brengen; het scheen dat hij in Alabama wonderen had verricht. En inderdaad: kort na zijn komst zat de kerk van Saint James weer iedere zondag vol. Maar verder was het moeilijk te zeggen wat er precies bij de Kellergans gebeurde…'

'Hoe bedoelt u?'

'Nola werd geslagen.'

'Wat?'

Volgens mijn berekening heeft de gebeurtenis waarover Nancy Hattaway me toen vertelde zich afgespeeld op maandag 7 juli 1975, dus in de periode dat Harry afstand had genomen van Nola.

*

Maandag 7 juli 1975

Het was vakantie. Het was werkelijk schitterend weer en Nancy ging Nola halen om samen naar het strand te gaan. Toen ze op Terrace Avenue liepen, vroeg Nola opeens: 'Zeg Nancy, vind je mij een slecht kind?'
'Een slecht kind? Hoe kom je daar nou bij? Waarom vraag je dat?'
'Omdat ze thuis vinden dat ik een slecht kind ben.'
'Wat? Waarom zeggen ze dat?'
'Laat maar. Waar gaan we zwemmen?'
'Grand Beach. Maar geef eens antwoord, Nola: waarom zeggen ze dat?'
'Misschien omdat het waar is,' zei Nola. 'Misschien om wat er in Alabama is gebeurd.'
'Hè? Wat is er dan in Alabama gebeurd?'
'Maakt niet uit.'
'Je ziet er verdrietig uit, Nola.'
'Ik ben ook verdrietig.'
'Verdrietig? Het is vakantie! Hoe kun je nou verdrietig zijn in de vakantie?'
'Zo eenvoudig is het niet, Nancy.'
'Zit je ergens mee? Als je ergens mee zit moet je het zeggen, hoor!'
'Ik ben verliefd op iemand die niks voor mij voelt.'
'Wie dan?'
'Ik wil er liever niet over praten.'
'Is het Cody uit de vijfde, die toen achter je aan zat? Ik wist wel dat je hem leuk vond! Het maakt toch niet uit dat je met een jongen uit de vijfde uitgaat? Maar hij is wel een lul! Een enorme lul! Dat hij in het basketbalteam zit, maakt hem niet zomaar leuk, hoor. Was je zaterdag bij hem?'
'Nee.'
'Bij wie was je dan? Toe, zeg nou! Hebben jullie gevreeën? Heb je al weleens met een jongen gevreeën?'
'Welnee! Ben je wel goed bij je hoofd? Ik wacht op de ware.'
'Maar bij wie was je zaterdag dan?'
'Bij een ouder iemand. Het doet er niet toe. Hij zal toch nooit van me houden. Niemand zal ooit van me houden.'
Ze kwamen aan op Grand Beach. Het was niet zo'n mooi strand, maar het was er altijd uitgestorven. Bovendien vormde het enorme getij, dat telkens drie meter oceaan drooglegde, natuurlijke zwembadjes in de hol-

le rotsen, die door de zon werden verwarmd. Ze vonden het heerlijk om zich erin te laten zakken: het water was er veel minder koud dan in de oceaan. Het was uitgestorven op het strand, daarom hoefden ze zich niet te verbergen om hun zwempakken aan te trekken; toen zag Nancy dat Nola bloeduitstortingen op haar borsten had.

'Nola! Wat erg! Wat is dat?'

Nola verborg haar borsten.

'Niet kijken!'

'Ik heb het al gezien! Je hebt plekken…'

'Het is niks.'

'Het is helemaal niet niks! Wat is dat?'

'Mama heeft me zaterdag geslagen.'

'Wat? Je kletst!'

'Echt waar! En toen noemde ze me een slecht kind!'

'Wat zeg je nou?'

'Echt waar! Waarom wil niemand me geloven?'

Nancy durfde niet door te vragen en veranderde van onderwerp. Na het zwemmen gingen ze naar het huis van de familie Hattaway. Nancy pakte medicinale zalf uit de badkamer van haar moeder en smeerde die op de beurse borsten van haar vriendin.

'Nola,' zei ze. 'Je moeder… Ik vind dat je daar met iemand over moet praten. Misschien op school, met mevrouw Sanders, de verpleegster…'

'Hou er nou toch over op, Nancy, alsjeblieft…'

*

Toen Nancy terugdacht aan de laatste zomer met Nola kreeg ze tranen in haar ogen.

'Wat is er dan in Alabama gebeurd?' vroeg ik.

'Geen idee. Daar ben ik nooit achter gekomen. Dat heeft Nola nooit verteld.'

'Heeft hun vertrek daar ook iets mee te maken?'

'Ik zou het niet weten. Ik zou je graag helpen, maar ik weet het gewoon niet.'

'En wist u om wie ze dat liefdesverdriet had?'

'Nee,' antwoordde Nancy.

Ik vermoedde dat het Harry was; toch moest ik weten of zij dat ook wist.

'Maar u wist wel dat ze met iemand omging,' zei ik. 'Als ik me niet vergis waren jullie indertijd elkaars alibi als jullie afspraakjes hadden.'

Ze perste er een glimlachje uit.

'Ik zie dat u goed op de hoogte bent... In het begin deden we dat weleens als we een dagje naar Concord wilden. Voor ons was Concord een reusachtig avontuur: er was altijd wel iets te beleven. Dan voelden we ons hele dames. Later deden we het ook, ik om alleen met mijn vriendje boottochtjes te maken en zij om... Weet je, indertijd dacht ik al wel dat Nola met een oudere man omging. Daar liet ze weleens iets over doorschemeren.'

'Dus u wist dat zij en Harry Quebert...'

Spontaan antwoordde ze: 'God, nee!'

'Hoezo "nee"? U zei net dat Nola met een oudere man omging.'

Er viel een pijnlijke stilte. Toen begreep ik dat Nancy iets wist wat ze absoluut niet wilde delen.

'Wie was het?' vroeg ik. 'Niet Harry Quebert, dus? Mevrouw Hattaway, ik weet dat u me niet kent, dat ik zomaar uit de lucht kom vallen en u in uw geheugen laat graven. Als ik alle tijd van de wereld had, zou ik alles veel beter aanpakken. Maar de tijd dringt: Harry Quebert kwijnt weg in de gevangenis en ik ben ervan overtuigd dat hij Nola niet heeft vermoord. Dus als u iets weet wat mij zou kunnen helpen, dan moet u het zeggen.'

'Ik had geen idee van Harry,' vertrouwde ze me toe. 'Nola heeft het nooit over hem gehad. Ik heb het tien dagen geleden op televisie gehoord, tegelijk met de rest van de wereld... Maar ze heeft het weleens over een man gehad. Ja, ik wist dat ze een relatie had met een man die veel ouder was dan zij. Maar dat was niet Harry Quebert.'

Ik was met stomheid geslagen.

'Maar wanneer was dat dan?' vroeg ik.

'Ik kan me alle details niet meer herinneren, daar is het te lang geleden voor, maar ik kan u verzekeren dat Nola in de zomer van 1975, de zomer dat Harry Quebert hier kwam aanzetten, een relatie had met een man van rond de veertig.'

'Rond de veertig? En weet u nog hij heette?'

'Ja, dat vergeet ik niet zo snel. Elijah Stern heet hij, en hij moet een van de rijkste mannen van New Hampshire zijn.'

'Elijah Stern?'

'Ja. Ze zei dat ze zich voor hem moest uitkleden, dat ze moest gehoorzamen en hem moest laten begaan. Ze moest naar zijn huis in Concord komen. Stern stuurde zijn assistent om haar te halen – een rare snuiter genaamd Luther Caleb. Die haalde haar op in Aurora en nam haar mee naar Stern. Dat weet ik, want ik heb het met eigen ogen gezien.'

gewähren lassen

22
Politieonderzoek

'Harry, hoe kun je zeker weten dat je in staat bent om boeken te schrijven?'

'Sommige mensen kunnen dat gewoon, anderen niet. Jij wel, Marcus. Dat weet ik gewoon.'

'Hoe ben je daar zo zeker van?'

'Omdat het in je zit. Haast als een ziekte. Want Marcus, de ziekte van schrijvers is niet dat ze niet meer kunnen schrijven, maar dat ze niet meer wíllen schrijven en er toch niet mee kunnen ophouden.'

FRAGMENT UIT *DE ZAAK HARRY QUEBERT*

27 juni 2008. Vrijdagochtend halfacht. Ik wacht op sergeant Perry Gahalowood. De zaak speelt nog maar een dag of tien, maar ik heb het gevoel dat hij al maanden aan de gang is. Ik vind dat het stadje Aurora bizarre geheimen herbergt en dat niemand het achterste van zijn tong laat zien. Waarom houdt iedereen zijn mond? Dat is de grote vraag. Gisteravond kreeg ik weer dezelfde boodschap: *Ga naar huis, Goldman.* Iemand heeft het op mijn zenuwen voorzien.

Ik vraag me af wat Gahalowood zal zeggen over mijn ontdekking over Elijah Stern. Ik heb op internet wat naspeuringen gedaan: hij is de laatste erfgenaam van een financieel conglomeraat dat hij nu met succes leidt. Hij is in 1933 in Concord geboren en daar woont hij nog steeds. Hij is vijfenzeventig jaar.

Dat schreef ik terwijl ik bij Gahalowoods kantoor op hem wachtte, op de gang van het hoofdkwartier van de Staatspolitie in Concord. Plotseling werd ik onderbroken door de holle stem van de sergeant.

'Wat doe jij hier, schrijver?'

'Ik heb verrassende ontdekkingen gedaan, sergeant. Ik moet met u praten.'

Hij deed de deur van zijn kantoor open, zette zijn koffiebeker op een bijzettafeltje, gooide zijn jasje over een stoel en deed de jaloezieën omhoog. Toen zei hij, zonder zijn werk te onderbreken: 'Je kunt ook bellen, wist je dat? Zoals normale mensen doen. Dan spreken we iets af en kom je hier op een moment dat het ons allebei uitkomt. Zoals het hoort, zeg maar.'

In één adem zei ik: 'Nola had een minnaar, een zekere Elijah Stern. En Harry kreeg indertijd anonieme brieven over zijn relatie met Nola, dus er was iemand die ervan wist.'

Hij keek me verbluft aan.

'Hoe ben je daar in godsnaam achter gekomen?'

'Ik doe mijn eigen onderzoek, dat had ik toch gezegd?'

Meteen keerde zijn ontevreden blik terug.

'Je hangt me de keel uit, schrijver. Je gooit m'n hele onderzoek overhoop.'

'Bent u met het verkeerde been uit bed gestapt, sergeant?'

'Ja. Want het is zeven uur 's ochtends en jij zit nu al in mijn kantoor drukte te maken.'

Ik vroeg of hij iets had waarop ik kon schrijven. Hij zuchtte gelaten en bracht me naar een aangrenzende kamer. Foto's uit Side Creek en Aurora waren met punaises op een prikbord bevestigd. Hij wees me een whiteboard dat ernaast hing en gaf me een stift.

'Toe dan maar,' zuchtte hij. 'Ik luister.'

Ik schreef Nola's naam op het bord en verbond hem door middel van pijlen met de namen van de andere personen die bij deze zaak betrokken waren. Eerst Elijah Stern, toen Nancy Hattaway.

'Stel dat Nola Kellergan helemaal niet zo'n net meisje was als iedereen zegt?' vroeg ik. 'We weten dat ze een relatie met Harry had. Inmiddels weet ik dat ze in diezelfde periode nog een relatie had met een zekere Elijah Stern.'

'Elijah Stern, de zakenman?'

'Jazeker.'

'Van wie heb je die flauwekul?'

'Van Nancy Hattaway, Nola's beste vriendin van toen.'

'Hoe heb je die gevonden?'

'Via het yearbook van de middelbare school van Aurora uit 1975.'

'Goed. En wat probeer je me duidelijk te maken, schrijver?'

'Dat Nola ongelukkig was, sergeant. Aan het begin van de zomer van 1975 ging het niet zo goed tussen Harry en haar: hij had haar afgewezen en zij was verdrietig. Ondertussen slaat haar moeder haar bont en blauw. Hoe meer ik erover nadenk, hoe meer ik ervan overtuigd raak dat haar verdwijning het gevolg is van schimmige spelletjes die zich in die zomer hebben afgespeeld, in tegenstelling tot wat iedereen ons wil laten denken.'

'Vertel.'

'Nou, ik ben ervan overtuigd dat er mensen op de hoogte waren van Harry en Nola. Nancy Hattaway misschien, maar dat weet ik niet zeker:

ze zegt dat ze van niks weet en ze klinkt oprecht. In ieder geval kreeg Harry anonieme brieven van iemand...'

'Over Nola?'

'Ja. Kijk maar wat ik bij hem thuis heb gevonden,' zei ik, terwijl ik een van de brieven liet zien die ik had meegenomen.

'Bij hem thuis? Maar we hebben het hele huis doorzocht.'

'Hoe dan ook. In ieder geval betekent dit dat iemand er al die tijd van af heeft geweten.'

Hij las het briefje hardop voor: '"Ik weet wat je met dat meisje van vijftien hebt uitgespookt. En binnenkort weet de hele stad het." Wanneer heeft Quebert die brieven gekregen?'

'Vlak na Nola's verdwijning.'

'Heeft hij enig idee wie ze zou kunnen hebben geschreven?'

'Jammer genoeg niet.'

Ik wendde me naar het prikbord vol foto's en aantekeningen.

'Is dat uw onderzoek, sergeant?'

'Jazeker. Maar laten we bij het begin beginnen. Nola Kellergan verdween op de avond van 30 augustus 1975. Volgens het toenmalige rapport van de politie van Aurora is niet vast te stellen of ze is ontvoerd of dat ze met slechte afloop van huis is weggelopen: er zijn geen sporen van een gevecht en ook geen getuigen. Toch nemen we het spoor van een ontvoering serieus. Vooral omdat ze geen geld en geen bagage meeneemt.'

'Ik denk dat ze is weggelopen,' zei ik.

'Goed. Laten we die hypothese dan maar eerst onderzoeken,' suggereerde Gahalowood. 'Ze klimt door haar slaapkamerraam en ze gaat weg. Waar gaat ze heen?'

Het moment was gekomen dat ik moest vertellen wat ik wist.

'Naar Harry,' antwoordde ik.

'Denk je?'

'Dat weet ik. Dat heeft hij verteld. Ik had nog niets gezegd omdat ik bang was dat het tegen hem zou pleiten, maar ik denk dat het nu tijd is om open kaart te spelen. Op de avond dat Nola verdween, had ze met Harry afgesproken in een motel aan Route 1. Ze wilden er samen vandoor gaan.'

'Ze wilden ervandoor gaan? Hoezo? Waarheen? Hoe?'

'Dat weet ik allemaal niet. Ik ga ervan uit dat ik daar nog wel achter kom. Hoe dan ook, die avond wachtte Harry in een motelkamer op Nola. Ze had een brief voor hem achtergelaten om te zeggen dat ze naar hem toe kwam. Hij heeft de hele nacht op haar gewacht. Ze is nooit gekomen.'

'Welk motel? En waar is die brief?'

'Het Sea Side Motel. Een paar mijl ten noorden van Side Creek. Ik ben er geweest, het bestaat nog steeds. En die brief... die heb ik verbrand. Om Harry te beschermen...'

'Die heb je verbrand? Ben je niet goed wijs, schrijver? Wil je vervolgd worden voor het vernietigen van bewijsmateriaal?'

'Ik had het niet moeten doen. Het spijt me, sergeant.'

Vloekend pakte Gahalowood een kaart van de omgeving van Aurora en rolde hem uit op tafel. Hij wees achtereenvolgens op het stadscentrum, Route 1 die langs de kust loopt, Goose Cove en het bos van Side Creek. Hij dacht hardop.

'Stel, ik ben een meisje dat van huis is weggelopen en ik wil niet gezien worden. Dan ga ik naar het dichtstbijzijnde strand en loop ik langs de zee tot ik Route 1 bereik. Dat wil dus zeggen of naar Goose Cove, of naar...'

'Side Creek,' zei ik. 'Vanaf het strand loopt er een pad door het bos naar het motel.'

'Bingo! riep Gahalowood uit. 'Dus zonder al te voorbarig te zijn kunnen we zeggen dat ze van huis is weggelopen. Daar is Terrace Avenue... En het dichtstbijzijnde strand is... Grand Beach! Ze gaat dus naar het strand en loopt langs het water naar het bos. Maar wat is er in dat verdomde bos gebeurd?'

'Misschien is ze iemand tegengekomen toen ze door het bos liep. Een psychopaat die haar probeerde te verkrachten en haar toen met een stevige tak heeft doodgeslagen.'

'Misschien wel, schrijver, maar dan vergeet je één detail dat honderd vragen oproept: het manuscript. Met die handgeschreven woorden: "Vaarwel, mijn liefste Nola". Dat betekent dat degene die Nola heeft vermoord en begraven haar kende, en dat hij iets voor haar voelde. En als we aannemen dat dat niet Harry was, moet je me toch nog uitleggen waarom we dat manuscript bij haar hebben gevonden.'

'Ze had het bij zich. Dat is een ding dat zeker is. Ze loopt weg, maar ze wil geen bagage meenemen: daarmee zou ze de aandacht trekken, vooral als haar ouders haar zouden betrappen op het moment dat ze vertrekt. Bovendien heeft ze niets nodig: ze denkt dat Harry rijk is, dat ze alles kunnen kopen wat ze nodig hebben voor hun nieuwe leven. Dus wat is het enige wat ze meeneemt? Iets onvervangbaars: het manuscript van het boek dat Harry heeft geschreven en dat ze had meegenomen om te lezen, zoals ze wel vaker deed. Ze weet dat het manuscript belangrijk is voor Harry. Ze stopt het in haar tas en sluipt het huis uit.'

Gahalowood overwoog mijn theorie.

'Dus volgens jou heeft de moordenaar de tas met het manuscript meebegraven om de bewijzen uit de weg te ruimen,' zei hij.

'Exact.'

'Maar dat verklaart nog niet die liefdesboodschap op het voorblad.'

'Dat is waar,' gaf ik toe. 'Misschien betekent die wel dat de moordenaar verliefd was op Nola. Moeten we de mogelijkheid van een crime passionnel overwegen? Dat de moordenaar zijn daad in een vlaag van waanzin heeft begaan, en daarna weer bij zijn positieven kwam en het er toen heeft opgeschreven, zodat haar graf niet anoniem zou zijn? Iemand die verliefd was op Nola en het niet kon verdragen dat ze een relatie had met Harry? Iemand die wist dat ze wegging en haar er niet van kon weerhouden en haar liever vermoordde dan dat hij haar zou verliezen? Dat is een steekhoudende hypothese, toch?'

'Steekhoudend wel, schrijver. Maar zoals je zegt is het slechts een hypothese, en die moet je nog wel hardmaken. Zoals iedere hypothese. Welkom in de wereld van de smeris, vol moeilijkheden en details die je kloppend moet krijgen.'

'Wat zegt u ervan, sergeant?'

'We hebben een handschriftonderzoek laten doen, maar het duurt nog even tot de resultaten er zijn. En er moet nog iets worden opgehelderd: waarom zou hij Nola in Goose Cove begraven? Dat is vlak bij Side Creek; waarom zou je de moeite nemen om een lijk te transporteren als je het toch twee mijl verderop al begraaft?'

'Zonder lijk geen moord,' suggereerde ik.

'Daar had ik ook al aan gedacht. Misschien dacht de moordenaar dat hij omsingeld was door de politie en dat hij genoegen moest nemen met een plek in de buurt…'

Peinzend keken we naar het whiteboard waarop ik mijn lijst met namen had geschreven.

Harry Quebert		*Tamara Quinn*
Nancy Hattaway	**NOLA**	*David en Louisa Kellergan*
Elijah Stern		*Luther Caleb*

'Al die mensen hebben hoogstwaarschijnlijk iets te maken met Nola of met deze zaak,' zei ik. 'Het zou zelfs een lijst van mogelijke daders kunnen zijn.'

'Het is vooral een lijst die alles nodeloos gecompliceerd maakt,' meende Gahalowood.

Ik sloeg geen acht op zijn verwijt en probeerde door te gaan.

'Nancy was in 1975 nog maar vijftien en had geen enkel motief, dus ik denk dat we haar kunnen uitsluiten. Tamara Quinn vertelt aan iedereen die het wil horen dat ze het wist van Harry en Nola... misschien heeft zij Harry die anonieme brieven wel geschreven.'

'Een vrouw?' onderbrak Gahalowood. 'Ik weet het niet. Je moet behoorlijk sterk zijn om op die manier een schedel in te slaan. Ik zou eerder denken aan een man. Vooral omdat Deborah Cooper Nola's achtervolger duidelijk als een man heeft geïdentificeerd.'

'En meneer en mevrouw Kellergan? Nola werd door haar moeder geslagen...'

'Het is niet fraai om je dochter te slaan, maar het is wel wat anders dan die woeste aanval die tot Nola's dood heeft geleid.'

'Ik heb op internet gelezen dat de dader, als het gaat om vermiste kinderen, heel vaak uit de familiekring afkomstig is.'

Gahalowood hief zijn ogen naar de hemel en zei: 'En ik heb op internet gelezen dat jij een groot schrijver bent. Het internet staat vol leugens.'

'Elijah Stern mogen we ook niet vergeten. Ik vind dat we hem direct moeten ondervragen. Nancy Hattaway zegt dat hij zijn chauffeur Luther Caleb naar Nola stuurde om haar naar zijn landgoed in Concord te brengen.'

'Rustig aan, schrijver: Elijah Stern is een invloedrijk man uit een vooraanstaande familie. Hij is heel machtig. Zo iemand met wie de aanklager de degens alleen wil kruisen als er verpletterende bewijzen tegen hem zijn. En wat heb jij, behalve de getuigenis van iemand die indertijd nog maar een kind was? Nu is haar getuigenis niks meer waard. We hebben feiten nodig, bewijzen. Ik heb de rapporten van de politie van Aurora doorgespit en er wordt geen woord gezegd over Harry, Stern of die Luther Caleb.'

'Toch vond ik Nancy Hattaway behoorlijk betrouwbaar klinken...'

'Ik zeg niet dat ze dat niet is, schrijver. Ik heb alleen weinig fiducie in herinneringen die dertig jaar later weer bovenkomen. Ik zal proberen om er meer over te weten te komen, maar om het spoor van Stern serieus te nemen, heb ik meer bewijzen nodig. Ik ga mijn leventje niet op het spel zetten door iemand die golf speelt met de gouverneur te ondervragen zonder dat ik iets tastbaars tegen hem heb.'

'Daar komt nog bij dat de Kellergans uit Alabama naar Aurora zijn gekomen om een heel specifieke reden, die niemand echt weet. Haar vader zegt dat ze voor de frisse lucht zijn gekomen, maar volgens Nancy Hattaway had Nola weleens gezegd dat er iets was voorgevallen toen ze nog in Jackson woonden.'

'Hm. Dat moeten we dus allemaal gaan uitspitten, schrijver.'

*

Ik besloot Harry niets te vertellen over Elijah Stern zolang ik niets concreets had. Ik vertelde het daarentegen wel aan Roth, omdat ik dacht dat het van groot belang voor Harry's verdediging zou kunnen zijn.

'Nola Kellergan had een relatie met Elijah Stern?' stamelde hij door de telefoon.

'Absoluut. Dat heb ik uit betrouwbare bron.'

'Goed werk, Marcus. We dagvaarden Stern, we ondervragen hem en we draaien de zaak om. Stel je de koppen van de juryleden eens voor als Stern eerst op de Bijbel zweert en daarna allerlei sappige details vertelt over zijn vrijages met die kleine Kellergan.'

'Vertel het alsjeblieft niet aan Harry. Niet voordat ik meer weet over Stern.'

Diezelfde middag ging ik naar de gevangenis, waar Harry bevestigde wat Nancy Hattaway had verteld.

'Nancy Hattaway zei dat Nola werd geslagen,' zei ik.

'O Marcus, die klappen. Dat was zoiets verschrikkelijk...'

'Ze heeft me ook verteld dat Nola aan het begin van de zomer heel depressief en verdrietig leek.'

Triest boog Harry het hoofd.

'Toen ik Nola op afstand probeerde te houden, heb ik haar heel ongelukkig gemaakt, en dat heeft catastrofale gevolgen gehad. In het weekend na de vierde juli – toen ik met Jenny naar Concord was geweest – was ik helemaal van slag door mijn gevoelens voor Nola. Ik moest en zou afstand nemen. En dus besloot ik op zaterdag 5 juli niet naar Clark's te gaan.'

En terwijl ik luisterde naar Harry's relaas over het rampzalige weekend van 5 en 6 juli 1975, begreep ik dat *De wortels van het kwaad* een nauwkeurige weergave was van zijn relatie met Nola, waarin fictie was vermengd met flarden bestaande correspondentie. Harry had dus nooit iets verborgen gehouden: al die tijd had hij het verhaal van zijn onmogelijke liefde aan heel Amerika opgebiecht. Uiteindelijk onderbrak ik hem dan ook met de woorden: 'Maar Harry, het staat allemaal in je boek!'

'Ja, Marcus, alles staat erin. Maar dat heeft niemand ooit proberen te begrijpen. Ze hebben er enorme tekstanalyses op losgelaten, ze spraken over allegorieën, symbolisme en stijlfiguren waarvan ik niet eens weet hoe je ze gebruikt. Het enige wat ik heb gedaan, is een boek schrijven over Nola en mij.'

*

Zaterdag 5 juli 1975

Halfvijf in de ochtend. De straten van het stadje waren uitgestorven, het enige wat weerklonk was de cadans van zijn stappen. Hij dacht alleen aan haar. Sinds hij had besloten dat hij haar niet meer mocht zien, kon hij niet meer slapen. Nog voordat het licht was werd hij wakker, en dan kon hij de slaap niet meer vatten. Dus trok hij zijn sportkleding aan om te gaan hardlopen. Hij rende over het strand, achtervolgde de meeuwen, imiteerde hun vlucht en draafde verder tot Aurora. Het was ruim vijf mijl vanaf Goose Cove; hij legde ze af als een afgeschoten pijl. Als hij de stad achter zich had gelaten, maakte hij gewoonlijk aanstalten om de weg naar Massachusetts te nemen, alsof hij op de vlucht sloeg, maar dan hield hij halt op Grand Beach, waar hij naar de zonsopgang keek. Toen hij die ochtend in de buurt van Terrace Avenue kwam, bleef hij echter staan om op adem te komen, en daarna liep hij een tijdje tussen de huizenrijen door, doorweekt van het zweet en met bonzende slapen.

Hij passeerde het huis van de Quinns. De avond die hij gisteren met Jenny had doorgebracht was zonder twijfel de saaiste van zijn leven geweest. Jenny was een geweldige vrouw, maar ze liet hem niet lachen en niet dromen. De enige die hem kon laten dromen was Nola. Hij liep de straat door totdat hij voor het verboden huis stond: de woning van de Kellergans, waar hij Nola gisteravond in tranen had achtergelaten. Hij had zo kil tegen haar gedaan als hij kon, zodat zij het zou begrijpen, maar dat was niet gelukt. Ze had gezegd: 'Waarom doe je dit, Harry? Waarom ben je zo gemeen?' De hele avond had hij aan haar gedacht. In Concord had hij zich tijdens het diner zelfs geëxcuseerd om haar op te bellen vanuit een telefooncel. Hij had de telefoniste verzocht hem te verbinden met de familie Kellergan in Aurora, New Hampshire, maar zodra hij de wachttoon hoorde, had hij opgehangen. Terug bij de tafel had Jenny gevraagd of hij zich niet lekker voelde.

Hij stond onbeweeglijk op het trottoir en speurde de ramen af. Hij probeerde uit te vinden in welke kamer ze sliep. N-O-L-A. Mijn liefste Nola. Enige tijd bleef hij staan, maar toen meende hij plotseling iets te horen; toen hij zich uit de voeten wilde maken, liep hij tegen een paar metalen vuilnisbakken op, die met een enorm kabaal omvielen. In het huis ging een licht aan en Harry vluchtte weg. Hij ging terug naar Goose Cove, nam plaats achter zijn bureau en probeerde te schrijven. Het was begin juli en hij was nog steeds niet aan zijn grote roman begonnen. Wat moest er van hem worden? Wat zou er gebeuren als hij niet kon schrijven? Dan zou hij terugkeren in zijn ongelukkige leven. Dan zou hij nooit schrijver worden. Nooit iets betekenen. Voor het eerst dacht hij aan zelfmoord. Tegen zeven uur viel hij in slaap op zijn bureau, met zijn hoofd op zijn verscheurde aantekeningen vol doorhalingen.

Om halfeen spatte Nola op het personeelstoilet van Clark's wat water op haar gezicht, in een poging de rode randen om haar ogen te doen verdwijnen. Ze had de hele ochtend gehuild. Het was zaterdag en Harry was niet komen opdagen. Hij wilde haar niet meer zien. De zaterdag in Clark's was hun vaste afspraak: voor het eerst had hij haar laten zitten. Toch was ze bij het ontwaken vol goede hoop geweest: ze had gedacht dat hij zich zou komen verontschuldigen omdat hij zo gemeen was geweest, en natuurlijk zou ze hem vergeven. Bij het idee dat ze hem weer zou zien was ze opgeklaard, en toen ze zich gereedmaakte voor haar werk had ze zelfs wat rouge op haar wangen gedaan. Maar aan de ontbijttafel had haar moeder haar alleen maar verwijten gemaakt.

'Nola, ik wil weten wat je voor me verborgen houdt.'

'Ik hou niks verborgen, mama.'

'Lieg niet tegen je moeder! Denk je dat ik blind ben? Denk je dat ik achterlijk ben?'

'Nee mama, echt niet! Dat zou ik nooit denken!'

'Denk je dat ik niet merk dat je nooit thuis bent, dat je zo vrolijk bent en dat je van alles op je gezicht smeert?'

'Ik doe niks verkeerds, mama. Echt niet.'

'Denk je dat ik niet weet dat je met die kleine sloerie Nancy Hattaway naar Concord bent geweest? Je bent een slecht kind, Nola! Ik schaam me voor je!'

De eerwaarde Kellergan was de keuken uit gelopen en had zich opgesloten in de garage. Dat deed hij altijd als er ruzie was, daar wilde hij niets mee te maken hebben. Hij had de pick-up aangezet om de klappen niet te horen.

'Mama, ik doe niks verkeerds, heus,' had Nola herhaald.

Louisa Kellergan had haar dochter aangekeken met een mengeling van minachting en walging. Toen had ze op spottende toon geantwoord: 'Niks verkeerd? Waarom zijn we dan uit Alabama weggegaan? Dat weet je toch nog wel? Of moet ik je geheugen soms opfrissen? Kom mee!'

Ze pakte Nola bij de arm en sleepte haar mee naar haar kamer. Ze droeg haar op om zich uit te kleden, en toen ze in haar ondergoed stond te rillen van angst, bekeek ze haar.

'Waarom draag je een bh?' vroeg Louisa Kellergan.

'Omdat ik borsten heb, mama.'

'Die zou je helemaal niet moeten hebben! Daar ben je nog veel te jong voor! Trek die bh uit en kom hier!'

Nola deed haar bh af en liep naar haar moeder toe, die een metalen liniaal van haar dochters bureau pakte. Eerst bekeek Louisa haar van top tot teen, toen hief ze de liniaal op en sloeg haar op de borsten. Ze sloeg heel hard, steeds weer, en toen haar dochter ineenkromp van pijn beval ze haar om stil te blijven staan, anders kreeg ze nog meer klappen. En terwijl ze haar dochter ervanlangs gaf, zei ze steeds: 'Je mag niet tegen je moeder liegen. Je mag geen slecht kind zijn, hoor je me? Je mag niet denken dat ik achterlijk ben!' Uit de garage klonk jazzmuziek, op vol volume.

Nola kon het alleen opbrengen om aan haar dienst bij Clark's te beginnen omdat ze Harry weer zou zien. Het was het enige wat haar de kracht gaf om door te gaan, en alleen voor hem wilde ze blijven leven. Maar hij kwam niet. Volkomen in de war hield ze zich de hele ochtend schuil op de toiletten om te huilen. Ze bekeek zichzelf in de spiegel, tilde haar blouse op en keek naar haar pijnlijke borsten: ze zaten onder de blauwe plekken. Ze bedacht dat haar moeder gelijk had: ze was slecht en lelijk. Daarom wilde Harry ook niets meer van haar weten.

Opeens werd er op de deur geklopt. Het was Jenny.

'Nola, wat doe je allemaal? Het restaurant zit stampvol! Je moet aan de slag!'

In paniek deed Nola open: hadden de andere serveersters bij Jenny geklaagd dat ze de hele ochtend al op de toiletten zat? Maar dat Jenny er was, was toeval. Of beter gezegd: ze was gekomen in de hoop dat ze Harry zou zien. Toen ze aankwam, had ze gemerkt dat de bediening het niet kon bijbenen.

'Heb je gehuild?' vroeg Jenny toen ze Nola's ongelukkige gezicht zag.

'Ik... Ik voel me niet zo goed.'

'Doe wat water op je gezicht en kom naar de eetzaal. Ik zal je helpen met de ergste drukte. Het is paniek in de keuken.'

Toen de lunchdrukte voorbij was en de rust was weergekeerd, schonk Jenny een glas limonade voor Nola in om haar te troosten.

'Drink maar,' zei ze zacht, 'dat zal je goeddoen.'

'Dank je. Ga je tegen je moeder zeggen dat ik het vandaag heb verknald?'

'Maak je niet druk, ik hou mijn mond. Iedereen is weleens verdrietig. Wat is er aan de hand?'

'Liefdesverdriet.'

Jenny glimlachte.

'Joh, je bent nog jong! Je vindt heus nog wel iemand die bij je past.'

'Ik weet het nog zo net niet...'

'Toe nou, joh. Lach het leven toe! Het komt allemaal goed, dat zul je wel zien. Wil je wel geloven dat ik zelf kortgeleden in dezelfde situatie zat als jij? Dat ik me alleen en ongelukkig voelde? En toen kwam Harry hier wonen...'

'Harry? Harry Quebert?'

'Ja! Hij is geweldig! Luister... Het is nog niet officieel en eigenlijk mag ik niks zeggen, maar we zijn toch een soort vriendinnen? En ik vind het zo heerlijk om het met iemand te delen. Want Harry houdt van me. Hij houdt van me! Hij schrijft een liefdesverhaal over me. Gisteravond zijn we naar Concord gegaan voor de vierde juli. Dat was zo romantisch.'

'Gisteravond? Hoefde hij dan niet naar zijn uitgever?'

'Nee hoor, hij was bij mij! We hebben naar het vuurwerk boven de rivier gekeken, het was zo mooi!'

'Dus Harry en jij... jullie... jullie zijn samen?'

'Ja! O Nola, ben je niet blij voor me? Maar je mag het nog aan niemand zeggen hoor, ik wil nog niet dat de mensen het weten. Want je weet hoe mensen zijn: ze zijn zo snel jaloers.'

Nola voelde haar hart samenknijpen; alles deed opeens zo'n pijn dat ze dood wilde. Harry had dus een ander. Jenny Quinn. Het was voorbij, hij moest haar niet meer. Ze was vervangen. Haar hoofd tolde.

  Om zes uur, toen haar dienst erop zat, ging ze snel naar huis en daarna naar Goose Cove. Harry's auto stond er niet. Waar kon hij zijn? Bij Jenny? Alleen al die gedachte deed haar pijn; ze dwong zich om haar tranen in te houden. Ze beklom de treden naar de veranda, haalde de envelop die ze voor hem had meegenomen uit haar zak en stak hem tussen de deur. Er zaten twee foto's uit Rockland in. Op de ene stond een zwerm meeuwen bij het strand. Op de andere stonden ze samen, tijdens hun picknick. Er zat ook een briefje bij van een paar regeltjes, geschreven op haar lievelingspapier.

Mijn liefste Harry,

* Ik weet dat je niet van me houdt, maar ik zal altijd van jou houden.*
* Ik stuur je een foto van de vogels die jij zo goed kunt tekenen, en een foto van ons zodat je me nooit vergeet.*
* Ik weet dat je me niet meer wilt zien. Maar schrijf me dan in elk geval. Eén keertje maar. Een paar woorden maar, zodat ik iets heb om me je te herinneren.*
* Ik zal je nooit vergeten. Je bent de bijzonderste persoon die ik ooit heb ontmoet.*
* Ik zal altijd van je houden.*

Ze rende weg. Ze liep naar het strand, trok haar sandalen uit en rende door het water, net als op de dag dat ze hem had ontmoet.

FRAGMENTEN UIT *DE WORTELS VAN HET KWAAD*, DOOR HARRY L. QUEBERT

De briefwisseling begon met een briefje dat ze op de deur van het huis achterliet. Een liefdesbrief om hem te laten weten wat ze voor hem voelde.

Mijn liefste,

Ik weet dat je niet van me houdt, maar ik zal altijd van jou houden.
  Ik stuur je een foto van de vogels die jij zo goed kan tekenen en een foto van ons, zodat je me nooit vergeet.
  Ik weet dat je me niet meer wilt zien. Maar schrijf me dan in elk geval. Eén keertje maar. Een paar woorden maar, zodat ik iets heb om me je te herinneren.
  Ik zal je nooit vergeten. Je bent de bijzonderste persoon die ik ooit heb ontmoet.
  Ik zal altijd van je houden.

Een paar dagen later schreef hij terug toen hij er de moed voor vond. Schrijven stelde niets voor: aan háár schrijven was een odyssee.

Liefste,

Hoe kun je zeggen dat ik niet van je hou? Hier heb ik liefdeswoorden voor je, eeuwige woorden uit het diepst van mijn hart. Woorden om te zeggen dat ik iedere ochtend bij het ontwaken, en iedere avond bij het slapengaan aan je denk. Je gezicht staat in mij gebrand, en als ik mijn ogen sluit, ben je gewoon bij me.
  Vandaag nog ben ik in de vroege ochtend langs je huis gelopen. Dat doe ik wel vaker, moet ik bekennen. Ik zocht naar je raam; alle lichten waren uit. Ik stelde me voor dat je lag te slapen als een engel. Later heb ik je gezien, heb ik je bewonderd in je mooie jurk. Een

jurk met bloemen die je heel goed stond. Je zag er zo verdrietig uit. Maar waarom ben je triest? Vertel me de reden, dan zal ik triest met je zijn.

PS: Schrijf me per post, dat is veiliger.

Ik heb je zo lief. Iedere dag, iedere nacht.

Liefste,

Ik heb je brief net gekregen en nu schrijf ik je terug. Ik moet bekennen dat ik hem tien, misschien wel honderd keer gelezen heb! Wat schrijf je mooi. Ieder woord is een wonder. Wat heb je veel talent.

Waarom wil je me niet zien? Waarom hou je je schuil? Waarom wil je me niet spreken? Waarom kom je naar mijn raam toe als je me niet wilt zien?

Ik smeek je, laat je zien. Ik ben zo triest sinds je niet meer met me praat.

Schrijf snel terug. Ik kan niet wachten op je brieven.

Ze begrepen dat ze elkaar voortaan met brieven moesten liefhebben, want met elkaar omgaan mochten ze niet. Ze kusten het papier omdat ze brandden van verlangen om elkaar te kussen; ze wachtten op de postbode alsof ze op het perron op de trein wachtten.

Soms verstopte hij zich in het diepste geheim bij de hoek van haar straat en wachtte hij tot de postbode kwam. Dan keek hij hoe ze gehaast naar buiten kwam om zich op de brievenbus te storten en zich over de kostbare post te ontfermen. Ze leefde alleen voor die woorden van liefde. Het was een schitterende aanblik, en tragisch tegelijk: de liefde was hun grootste schat, maar die werd hun ook onthouden.

Mijn teerbeminde liefste,

Ik kan me niet aan jou laten zien, omdat dat te veel pijn zou doen. We komen uit twee verschillende werelden, de mensen zouden het niet begrijpen.

Wat is het vreselijk om van lage afkomst te zijn! Waarom moeten we leven naar andermans normen? Waarom mogen we niet gewoon van elkaar houden, ondanks al onze verschillen? Ziedaar de wereld van nu: een wereld waarin twee mensen die elkaar liefhebben elkaars hand niet mogen vasthouden. Ziedaar de wereld van nu: vol codes en regels, maar de regels zijn zwart, ze kooien de harten van de mensen en maken ze flets. Gelukkig zijn onze harten puur en onmogelijk te kooien.

Ik hou van je met een eeuwige, oneindige liefde. Al sinds de eerste dag.

Liefste,

Dank voor je laatste brief. Blijf je altijd schrijven? Het is zo mooi.

Mijn moeder vraagt wie me zo vaak schrijft. Ze wil weten waarom ik onophoudelijk in de brievenbus duik. Om haar gerust te stellen vertel ik over een vriendin die ik vorige zomer op een vakantiekamp heb ontmoet. Ik hou niet van liegen, maar het is gemakkelijker zo. We mogen niets zeggen, ik weet dat je gelijk hebt: de mensen zouden je kwaad doen. Ook al kost het zoveel moeite om je brieven te moeten sturen terwijl we zo dicht bij elkaar zijn.

21
Over de moeilijkheid van liefde

'Marcus, weet je wat de enige manier is om je liefde voor iemand te meten?'
 'Nee.'
 'Hem of haar kwijtraken.'

Aan de weg naar Montburry ligt een klein meer dat in de wijde omgeving bekend is, en dat op mooie zomerdagen zwart ziet van de gezinnen en vakantiekampen. De invasie begint al in de ochtend: de oevers worden bedekt met badhanddoeken en parasols waaronder de ouders uitzakken, terwijl hun kinderen rumoerig rondstampen in het groene, lauwige water waarop hier en daar, op de plaatsen waar de stroom het afval van alle picknicks naartoe drijft, wat schuim ligt. Sinds een kind er twee jaar geleden op een gebruikte injectienaald stapte die op de oever lag, doet de gemeente Montburry er alles aan om de omgeving van het meer op orde te krijgen. Er zijn picknicktafels en barbecues neergezet om de wildgroei aan kampvuren in te dammen die het gras de aanblik van een maanlandschap gaven, het aantal vuilnisbakken is aanzienlijk uitgebreid, er zijn prefabtoiletten neergezet, de parkeerplaats aan de rand van het meer is kortgeleden vergroot en verhard, en van juni tot augustus komt er dagelijks een onderhoudsploeg om de oevers te ontdoen van afval, voorbehoedmiddelen en hondendrollen.

De dag dat ik vanwege het boek naar het meer ging hadden een paar kinderen een kikker gevangen – waarschijnlijk het laatste wezen dat in dit water leefde – en probeerden ze hem van zijn ledematen te ontdoen door tegelijkertijd aan zijn beide achterpoten te trekken.

Erne Pinkas zegt dat het meer een goede illustratie is van de menselijke decadentie die de Verenigde Staten en de rest van de wereld teistert. Drieëndertig jaar geleden kwamen er nauwelijks mensen naar dit meer. Het was moeilijk bereikbaar: je moest je auto langs de kant van de weg parkeren, door een strook bos lopen en je daarna een weg van ruim een halve mijl door het hoge gras en de wilde rozenstruiken banen. Maar het was de moeite waard: het was een schitterend meer vol roze waterlelies, omgeven door enorme treurwilgen. In het heldere water zag je het kielzog van de scholen goudkleurige baarsjes die werden belaagd door grauwe reigers die een plek hadden ingenomen in het riet. Aan een van de uiteindes was zelfs een strandje van grijs zand.

De oever van dat meer was de plaats waar Harry zich voor Nola verstopte. Daar zat hij op zaterdag 5 juli, toen zij haar eerste brief bij zijn voordeur achterliet.

*

Zaterdag 5 juli 1975

Aan het einde van de ochtend bereikte hij het meer. Erne Pinkas was er al: hij zat op zijn gemak op de oever.

'Ha, daar ben je eindelijk,' zei Pinkas geamuseerd toen hij hem zag. 'Wat een schok om je buiten Clark's te zien.'

Harry glimlachte.

'Je hebt zoveel over dit meer verteld dat ik niet níet kon komen.'

'Mooi, hè?'

'Schitterend.'

'Dat is New England, Harry. Een beschermd paradijs, en dat bevalt me er zo. In de rest van het land bouwen ze en asfalteren ze maar raak. Hier is het anders: ik garandeer je dat het er hier over dertig jaar nog precies hetzelfde uitziet.'

Nadat ze een frisse duik hadden genomen, gingen ze in de zon zitten om op te drogen en over literatuur te praten.

'Over boeken gesproken,' vroeg Pinkas. 'Hoe gaat het met het jouwe?'

'Och,' was Harry's enige antwoord.

'Kijk niet zo, ik weet zeker dat het prachtig wordt.'

'Nee, volgens mij wordt het erg slecht.'

'Als je het me laat lezen, krijg je een objectief oordeel van me, beloofd. Wat bevalt je er niet aan?'

'Alles. Ik heb geen inspiratie. Ik weet niet hoe ik moet beginnen. Volgens mij weet ik niet eens waarover ik het heb.'

'Waar gaat het over?'

'Het is een liefdesverhaal.'

'Ach ja, de liefde...' zuchtte Pinkas. 'Ben je verliefd?'

'Ja.'

'Een goed begin. Zeg eens, Harry, mis je het mondaine leven niet te veel?'

'Nee. Het bevalt me hier wel. Ik had rust nodig.'
'Wat doe je eigenlijk in New York?'
'Ik… Ik ben schrijver.'
Pinkas aarzelde voordat hij tegen Harry in ging.
'Harry… vat het niet verkeerd op, maar ik heb met een vriend gepraat die in New York woont en…'
'En?'
'Hij zegt dat hij nog nooit van je gehoord heeft.'
'Niet iedereen kent me… Weet je wel hoeveel mensen er in New York wonen?'
Pinkas glimlachte om te laten zien dat hij het niet verkeerd bedoelde.
'Volgens mij kent niemand jou, Harry. Ik heb contact opgenomen met de uitgever van je boek… Ik wilde exemplaren bijbestellen… ik had nog nooit van je uitgever gehoord, dus ik dacht dat ik slecht op de hoogte was… tot ik erachter kwam dat het een drukkerij in Brooklyn was… Ik heb ze gebeld, Harry… Je hebt een drukkerij betaald om je boek te laten drukken…'
Harry boog het hoofd, overmand door schaamte.
'Dus je weet alles,' mompelde hij.
'Wat weet ik?'
'Dat ik een bedrieger ben.'
Pinkas legde een vriendschappelijke hand op zijn schouder.
'Een bedrieger? Kom nou! Zeg toch geen domme dingen! Ik heb je boek gelezen en ik vond het prachtig! Daarom wilde ik het ook bijbestellen. Het is een prachtboek, Harry! Waarom zou je als schrijver beroemd moeten zijn om goed te zijn? Je bent enorm getalenteerd, en ik weet zeker dat je snel genoeg bekend wordt. Wie weet, misschien is het boek dat je nu schrijft wel een meesterwerk.'
'En als ik het niet kan?'
'Je kunt het wel. Dat weet ik gewoon.'
'Bedankt, Erne.'
'Je hoeft me niet te bedanken; het is gewoon zo. En maak je niet druk, ik zal het aan niemand vertellen. Dit blijft tussen ons.'

*

Zondag 6 juli 1975

Om klokslag drie uur posteerde Tamara Quinn haar echtgenoot op de veranda van het huis, in zijn nette pak, met een coupe champagne in zijn hand en een sigaar in zijn mond.

'Vooral blijven staan,' gelastte ze.

'Maar schatteboutje, dat overhemd kriebelt!'

'Mond houden, Bobbo! Het is een heel duur overhemd, en wat duur is, jeukt niet.'

Schatteboutje had de overhemden gekocht in een zeer goed bekendstaande winkel in Concord.

'Waarom mag ik niet een van mijn andere hemden aan?' vroeg Bobbo.

'Dat heb ik toch al gezegd: omdat ik niet wil dat je zulke walgelijke oude vodden draagt als er een groot schrijver op bezoek komt!'

'En sigaren vind ik smerig...'

'Andersom, rund! Je hebt hem verkeerd om in je mond gestoken! Zie je dat bandje dan niet? Dat geeft aan waar het mondstuk zit!'

'Ik dacht dat dat een dopje was.'

'Weet je dan niks van sjiekte?'

'Van *sjiekte*?'

'Chique dingen.'

'Ik wist niet dat dat *sjiekte* heette.'

'Arme Bobbo. Dat komt omdat jij helemaal niks weet. Harry zou er over een kwartier moeten zijn: probeer je een beetje waardig te gedragen. En probeer indruk te maken.'

'Hoe doe ik dat?'

'Rook peinzend van je sigaar. Als een zakenman. En als hij tegen je praat, moet je superieur doen.'

'Hoe moet dat, superieur doen?'

'Dat is een hele goede vraag. Je bent dom en je weet nergens iets van, en dus moet je alles uit de weg gaan. Vragen met vragen beantwoorden. Als hij vraagt: "Was u voor of tegen de oorlog in Vietnam?", dan zeg je: "Dat u dat vraagt, betekent ongetwijfeld dat u er een duidelijke mening over hebt." En dan: bam! Dan schenk je champagne in! Dat heet een afleidingsmanoeuvre.'

'Ja, schatteboutje.'

'En stel me niet teleur.'

'Nee, schatteboutje.'

Tamara ging weer naar binnen en Robert ging met tegenzin in een rieten stoel zitten. Hij haatte die Harry Quebert, die zogenaamde koning der schrijvers, die kennelijk vooral de koning van de kouwe kak was. En hij vond het vreselijk om te zien hoe zijn vrouw zo'n grote paringsdans voor hem opvoerde. Hij deed alleen mee omdat ze had beloofd dat hij die avond haar zwijntje mocht zijn en zelfs op haar kamer mocht slapen – want gewoonlijk sliepen de Quinns apart. Over het algemeen was ze eens per drie of vier maanden bereid tot de daad, meestal na lange smeekbeden, maar dat hij bij haar mocht blijven slapen was al veel langer geleden.

Boven was Jenny al klaar: ze droeg een lange, wijde avondjurk met pofmouwtjes en franje, had te veel lippenstift op en extra ringen aan haar vingers. Tamara schikte de jurk van haar dochter en glimlachte naar haar.

'Je ziet er prachtig uit, liefje. Quebert slaat steil achterover als hij je ziet!'

'Dankjewel, mama. Maar is het niet wat overdreven?'

'Overdreven? Welnee, het is perfect zo.'

'Maar we gaan alleen maar naar de film!'

'En daarna? Stel dat jullie daarna chic uit eten gaan? Heb je daar al over nagedacht?'

'Er zijn geen chique restaurants in Aurora.'

'Misschien heeft Harry wel voor zijn verloofde gereserveerd in een toprestaurant in Concord.'

'Mama, we zijn nog niet verloofd.'

'Nog even geduld, schatje, daar ben ik van overtuigd. Hebben jullie al gezoend?'

'Nog niet.'

'Hoe dan ook, als hij aan je zit, laat hem dan in godsnaam begaan!'

'Ja, mama.'

'En wat een charmant idee van hem om je mee te vragen naar de bioscoop!'

'Eigenlijk was het mijn idee. Ik heb mijn moed bij elkaar geraapt, gebeld en gezegd: "Harry, je werkt te hard! Laten we vanmiddag naar de film gaan."'

'En toen zei hij ja...'

'Direct! Zonder enige aarzeling!'

'Zie je wel, dan was het ook zijn idee.'

'Ik voel me altijd zo schuldig als ik hem stoor terwijl hij zit te schrijven... Omdat hij over mij schrijft. Dat heb ik met eigen ogen gelezen. Er stond dat hij alleen naar Clark's kwam om mij te zien.'

'O, schatje, wat heerlijk!'

Tamara pakte een poederdoosje en begon het gezicht van haar dochter bij te werken, en onderwijl droomde ze weg. Hij schreef een boek voor haar: binnenkort zou iedereen in New York het over Clark's en over Jenny hebben. Er zou vast ook een film van komen. Wat een zalig vooruitzicht! Dankzij die Quebert werden al haar gebeden verhoord: wat hadden ze er goed aan gedaan dat ze als goede christenen hadden geleefd: nu kwam de beloning. Haar gedachten gingen in sneltreinvaart: volgende zondag moest ze absoluut een tuinfeest organiseren om het officieel te maken. Dat was kort dag, maar ze had haast: de zaterdag daarna was het zomerbal al en dan zou de hele stad Jenny stomverbaasd en jaloers aan de arm van de grote schrijver kunnen zien. Ze moest er dus voor zorgen dat haar vriendinnen haar dochter al voor het bal met Harry zouden zien, zodat het nieuws zich door Aurora kon verspreiden en ze op het bal het middelpunt van de avond zouden zijn. Wat was het allemaal heerlijk! Ze had zich zo ongerust gemaakt over haar dochter: ze had wel aan de arm van een trucker op doorreis kunnen eindigen. Of erger: van een socialist. Of nóg erger: van een neger! Ze rilde bij die gedachte; haar Jenny met zo'n vreselijke neger. Plotseling werd ze bevangen door een angstgevoel: veel beroemde schrijvers waren Joods. Stel dat die Quebert dat ook was? Dat zou verschrikkelijk zijn! Misschien was hij zelfs wel een socialistische Jood! Ze vond het niet eerlijk dat er zoveel Joden met een blanke huid waren, want dan kon je ze niet herkennen. Negers waren tenminste nog zo eerlijk om zwart te zijn, zodat je ze duidelijk kon onderscheiden. Maar Joden waren geniepiger. Ze voelde haar maag samenkrimpen: er zat een knoop in haar buik. Sinds de zaak-Rosenberg was ze doodsbang voor Joden. Ze hadden tenslotte de atoombom aan de Russen gegeven. Hoe kon ze erachter komen of Quebert Joods was? Opeens kreeg ze een idee. Ze keek op haar horloge: ze had nog net genoeg tijd om naar de general store te gaan voordat hij zou komen. Ze vertrok onmiddellijk en kwam snel weer terug.

Om tien voor halfvier kwam er voor het huis van de Quinns een zwarte Chevrolet Monte Carlo tot stilstand. Robert Quinn was verrast toen hij Harry Quebert eruit zag stappen: het was een model dat hem bijzonder beviel. Hij zag ook dat de Grote Schrijver heel alledaags gekleed was.

Toch begroette hij hem plechtig en bood hem direct in alle *sjiekte* een drankje aan, zoals zijn vrouw hem had geleerd.

'Champagne?' brulde hij.

'Hm, eerlijk gezegd ben ik niet zo van de champagne,' antwoordde Harry. 'Misschien gewoon een biertje, als u dat hebt?'

'Maar natuurlijk!' zei Robert, opeens enthousiast en joviaal.

Bier, daar kon hij over meepraten. Hij had zelfs een boek met alle bieren die in Amerika werden gebrouwen. Snel haalde hij twee koude flesjes uit de koelkast, en onderweg liet hij de dames op de verdieping weten dat de heus-niet-zo-grote Harry Quebert er was. Op de veranda, met opgestroopte mouwen, proostten de beide mannen door hun flesjes tegen elkaar te laten klinken; toen spraken ze over auto's.

'Waarom een Monte Carlo?' vroeg Robert. 'Ik bedoel, in uw positie kun je iedere auto kiezen die je maar wilt, en dan kiest u de Monte Carlo...'

'Hij is sportief en praktisch tegelijk. Bovendien heeft hij een mooie lijn.'

'Volkomen mee eens! Vorig jaar ben ik bijna voor de bijl gegaan!'

'U had het moeten doen.'

'Mijn vrouw was tegen.'

'Dan had u eerst die auto moeten kopen en daarna pas haar mening moeten vragen.'

Robert barstte in lachen uit: eigenlijk was die Quebert een heel gewone vent, vriendelijk en bovenal erg sympathiek. Op dat moment kwam Tamara aangestormd met in haar handen datgene wat ze in de general store had gekocht: een dienblad vol spek en ander varkensvlees. Hijgend riep ze: 'Goedemiddag, meneer Quebert! Welkom! Wilt u wat varkensvlees?' Harry groette en nam wat ham. Tamara voelde een heerlijk gevoel van opluchting bezit van haar nemen toen ze zag dat haar gast varkensvlees at. Hij was de perfecte man: geen neger en geen Jood.

Maar ze beheerste zich, en toen zag ze dat Robert zijn stropdas had afgedaan en dat de mannen bier uit het flesje dronken.

'Wat is dat nu? Drinkt u geen champagne? En Robert, waarom heb je je half uitgekleed?'

'Het is zo warm!' klaagde Bobbo.

'Ik heb liever bier,' verklaarde Harry.

Toen kwam Jenny: veel te gekleed, maar schitterend in haar avondjurk.

Op het zelfde moment vond dominee Kellergan op Terrace Avenue 245 zijn dochter in tranen op haar kamer.
'Wat is er, liefje?'
'O papa, ik ben zo triest...'
'Waarom dan?'
'Om mama...'
'Dat moet je niet zeggen...'
Nola zat op de vloer met ogen vol tranen. De dominee had enorm met haar te doen.
'Als we nou eens naar de film gingen?' stelde hij voor om haar te troosten. 'Jij, ik en een enorme zak popcorn? De voorstelling begin om vier uur, dat halen we nog net.'

'Mijn Jenny is zo'n bijzonder meisje,' verklaarde Tamara terwijl Robert gebruikmaakte van het feit dat zijn vrouw niet op hem lette om zich vol te proppen met vleeswaren. 'Weet u dat ze op haar tiende alle misswedstrijden in de omtrek al won? Weet je dat nog, lieve Jenny?'
'Ja mama,' zuchtte Jenny ongemakkelijk.
'Zullen we de oude fotoalbums bekijken?' opperde Robert met volle mond, terwijl hij het toneelstukje opvoerde dat hij van zijn vrouw uit het hoofd had moeten leren.
'Hè ja!' riep Tamara uit. 'De fotoalbums!'
Snel haalde ze een stapel albums die Jenny's vierentwintig eerste levensjaren illustreerden. En steeds als ze de bladzijde omsloeg, riep ze uit: 'Wie is dat beeldschone meisje?' En dan riepen Robert en zij in koor: 'Jenny!'
Na de fotoalbums gaf Tamara haar echtgenoot opdracht om de champagnecoupes te vullen; toen vond ze het een goed moment om te beginnen over het tuinfeest dat ze de zondag daarop wilde geven.
'Hebt u zin om volgende zondag te komen lunchen, meneer Quebert?'
'Heel graag,' antwoordde hij.
'Maakt u zich niet druk, het wordt niets bijzonders. Ik bedoel, ik weet dat u hier bent gekomen om te ontsnappen aan de mondaine drukte van New York. Het wordt gewoon een plattelandslunch van vrienden onder elkaar.'

Om tien voor vier betraden Nola en haar vader de bioscoop; op hetzelfde moment kwam de zwarte Chevrolet Monte Carlo ervoor tot stilstand.

'Zoek jij maar vast twee plaatsen uit, dan zorg ik voor popcorn,' stelde David Kellergan zijn dochter voor.

Nola betrad de zaal op hetzelfde moment dat Harry en Jenny de bioscoop binnen liepen.

'Zoek jij maar vast twee plaatsen uit, dan ga ik nog even snel naar het toilet,' stelde Jenny Harry voor.

Harry betrad de zaal, en te midden van alle toeschouwers kwam hij oog in oog met Nola te staan.

Toen hij haar zag, voelde hij zijn hart ontploffen. Hij miste haar zo.

Toen ze hem zag, voelde zij haar hart ontploffen. Ze moest met hem praten: als hij hier met Jenny was, moest hij dat zeggen. Ze moest het van hem horen.

'Harry,' zei ze, 'ik…'
'Nola…'

Op dat moment dook Jenny op uit de menigte. Toen Nola haar zag, begreep ze dat ze hier met Harry was; ze vluchtte de zaal uit.

'Alles in orde, Harry?' vroeg Jenny die Nola niet had gezien. 'Je ziet er zo vreemd uit.'

'Ja… Ik… Ik ben zo terug. Zoek jij maar vast twee plaatsen. Ik ga popcorn halen.'

'Ja! Popcorn! Vraag maar of ze er veel boter op doen.'

Harry duwde de klapdeuren van de zaal open: hij zag Nola de foyer doorkruisen en de trap op gaan naar het eerste balkon, dat niet toegankelijk was voor het publiek. Hij beklom de trap met vier treden tegelijk om haar in te halen.

Er was niemand op het balkon; hij greep haar hand en duwde haar tegen een muur.

'Laat los,' zei ze, 'laat los of ik ga gillen!'
'Nola! Alsjeblieft Nola, niet boos zijn!'
'Waarom ontloop je me? Waarom kom je niet meer in Clark's?'
'Het spijt me…'
'Je vindt me lelijk. Is dat het? Waarom heb je niet gezegd dat je met Jenny Quinn verloofd bent?'
'Wat? Ik ben helemaal niet verloofd. Wie heeft je dat verteld?'

Er verscheen een enorme, opgeluchte glimlach op haar gezicht.

'Dus Jenny en jij zijn geen stel.'
'Nee! Echt niet.'
'Dus je vindt me niet lelijk?'

'Lelijk? Maar Nola, je bent beeldschoon!'
'Echt waar? Ik was zo verdrietig... Ik dacht dat je me niet wilde. Ik wou zelfs uit het raam springen.'
'Zulke dingen mag je niet zeggen.'
'Zeg dan nog eens dat ik mooi ben.'
'Ik vind je heel erg mooi. Het spijt me dat ik je verdrietig heb gemaakt.'
Ze glimlachte opnieuw. Het was maar een misverstand! Hij hield van haar. Ze hielden van elkaar. Ze fluisterde: 'Laten we erover ophouden. Hou me stevig vast... Je bent zo briljant, zo knap, zo elegant.'
'Het kan niet, Nola...'
'Waarom niet? Als je me echt zo mooi vindt, wijs je me toch niet af?'
'Ik vind je echt heel mooi. Maar je bent nog maar een kind.'
'Ik ben geen kind.'
'Nola... Jij en ik, dat is onmogelijk.'
'Waarom doe je zo gemeen tegen me? Ik wil je nooit meer zien!'
'Nola, ik...'
'Laat me maar. Laat me maar en hou je kop. Als je je kop niet houdt, vertel ik aan iedereen dat je een viezerik bent. Ga maar terug naar je liefje! Ze zei zelf dat jullie verloofd zijn. Ik weet het wel! Ik weet het wel en ik haat je, Harry! Weg! Ga weg!'

Ze duwde hem van zich af, stormde de trap af en vluchtte de bioscoop uit. Ontgoocheld keerde Harry terug naar de filmzaal. Toen hij de deur openduwde, stond dominee Kellergan voor hem.

'Goedemiddag, Harry.'
'Dominee!'
'Ik zoek mijn dochter, heb jij haar gezien? Ik had gezegd dat ze alvast een plaatsje voor ons moest zoeken, maar het lijkt wel of ze verdwenen is.'
'Ik... volgens mij ging ze net weg.'
'Ging ze weg? Wat is dat nou? De film begint zo.'

Na de film gingen ze pizza eten in Montburry. Op de terugweg naar Aurora zat Jenny te stralen: het was een heerlijke avond geweest. Ze wilde al haar avonden, haar hele leven met deze man doorbrengen.

'Harry, breng me nog niet naar huis,' smeekte ze. 'Het was allemaal zo perfect... Ik wil de avond nog wat langer laten duren. We kunnen naar het strand gaan.'
'Het strand? Waarom naar het strand?' vroeg hij.
'Dat is zo romantisch! Parkeer maar bij Grand Beach, daar is nooit ie-

mand. Dan kunnen we op de motorkap liggen en flirten, alsof we nog op school zitten. Kijken naar de sterren en profiteren van het donker. Toe…'

Hij wilde weigeren, maar ze bleef aandringen. Daarom stelde hij voor om naar het bos te gaan in plaats van het strand: het strand was van Nola. Hij parkeerde vlak bij Side Creek Lane, en zodra hij de motor had afgezet wierp Jenny zich boven op hem en kuste hem vol op de mond. Ze pakte zijn hoofd tussen haar handen en benam hem de adem met haar tong, zonder hem iets te vragen. Haar handen betastten hem overal en ze bracht walgelijke kreuntjes voort. In de nauwe autocabine ging ze boven op hem zitten; hij voelde haar harde tepels tegen zijn borst. Ze was een prachtige vrouw, ze zou een modelechtgenote zijn, en meer wilde ze niet. Hij zou zonder enige aarzeling de volgende dag met haar zijn getrouwd: heel veel mannen droomden van een vrouw als Jenny. Maar in zijn hart stonden al vier letters gegrift die alle ruimte innamen: N-O-L-A.

'O Harry,' zei Jenny. 'Jij bent de man op wie ik altijd heb gewacht.'

'Dank je.'

'Ben jij ook zo gelukkig?'

Hij antwoordde niet, maar duwde haar zachtjes van zich af.

'We moeten naar huis, Jenny. Ik had niet gezien dat het al zo laat was.'

Hij startte de auto en reed naar Aurora.

Toen hij haar thuis afzette, merkte hij niet dat ze huilde. Waarom was hij niet op haar avances ingegaan? Viel hij niet op haar? Waarom voelde ze zich zo alleen? Terwijl ze toch heus niet veel vroeg: haar enige droom was een aardige vent die van haar hield en haar beschermde, die af en toe bloemen kocht en haar mee uit eten nam. Hotdogs desnoods, als hij geen geld had. Alleen maar omdat het leuk was om samen uit te gaan. Wat deed Hollywood er nog toe als je iemand had van wie je hield en die ook van jou hield? Vanaf de veranda keek ze hoe de zwarte Chevrolet wegreed door de nacht en toen barstte ze in snikken uit. Ze verborg haar gezicht tussen haar handen zodat haar ouders haar niet zouden horen; vooral haar moeder niet, ze had helemaal geen zin om tekst en uitleg te moeten geven. Ze zou wachten tot de lichten op de eerste verdieping uitgingen voordat ze naar binnen ging. Opeens hoorde ze een auto; ze keek op in de hoop dat Harry was teruggekeerd om haar tegen zich aan te drukken en te troosten. Maar er stopte een politieauto voor het huis. Ze herkende Travis Dawn, die op patrouille toevallig langs het huis van de Quinns kwam.

'Jenny? Is alles in orde?' vroeg hij door het open raam.

Ze haalde haar schouders op. Hij zette de motor uit en opende het portier. Voordat hij uitstapte, vouwde hij een stukje papier open dat hij zorgvuldig in zijn zak bewaarde en las het snel door.

IK: *Hoi, Jenny, hoe gaat het?*
ZIJ: *Hoi Travis! Prima, met jou?*
IK: *Ik kwam hier toevallig langs.* ~~Wat ben je mooi. Wat zie je er goed uit.~~
Je ziet er goed uit. Ik vroeg me af of je al iemand had voor het zomerbal. Anders dacht ik dat we misschien samen konden gaan.
— IMPROVISEREN —
Meevragen voor wandeling en/of milkshake.

Hij liep de veranda op en ging naast haar zitten.
'Wat is er?' vroeg hij ongerust.
'Niks,' zei Jenny, terwijl ze haar tranen wegveegde.
'Dat is niet waar. Ik zie dat je huilt.'
'Iemand doet me pijn.'
'Wat? Wie? Zeg wie het is! Mij kun je alles vertellen. Wacht maar af, ik neem hem wel onder handen!'
Ze glimlachte triest en legde haar hoofd op zijn schouder.
'Het doet er niet toe. Maar toch bedankt, Travis, je bent een lieverd. Ik ben blij dat je er bent.'
Hij waagde een troostende arm om haar schouders.
'Weet je,' vervolgde Jenny. 'Ik heb een brief van Emily Cunningham gekregen, die bij ons op school zat. Ze woont nu in New York. Ze heeft een goede baan gevonden en ze is in verwachting van haar eerste kind. Soms besef ik dat iedereen is weggegaan. Iedereen behalve ik. En jij. Waarom zijn wij in Aurora gebleven, Travis?'
'Dat weet ik niet. Dat hangt ervan af...'
'Maar jij, waarom ben jij gebleven?'
'Ik wilde in de buurt blijven van iemand die ik heel graag mag.'
'O ja? Ken ik haar?'
'Eh, nou... Weet je, Jenny, ik... Ik wilde je vragen... Nou, als je... Ik bedoel...'
Hij omklemde het briefje in zijn zak en probeerde kalm te blijven: hij moest vragen of ze met hem naar het bal wilde. Zo'n krachttoer was dat toch niet? Maar op dat moment vloog de voordeur met veel kabaal open. Daar stond Tamara, in kamerjas en met krulspelden in.

'Jenny? Wat doe je daarbuiten, liefje? Ik dacht al dat ik je stem hoorde... Hé, dat is Travis, dag jongen. Hoe gaat het met jou?'
'Goedenavond, mevrouw Quinn.'
'Fijn dat je er bent, Jenny. Kun je me binnen ergens mee helpen? Ik moet die dingen uit mijn haar halen en je vader kan er niks van. Het lijkt wel of de goede God hem voeten in plaats van handen heeft gegeven.'
Jenny kwam overeind en stak een hand op naar Travis; ze verdween in huis en hij bleef nog een tijdlang alleen op de veranda zitten.

Diezelfde avond om middernacht klom Nola uit haar slaapkamerraam en verliet haar huis om naar Harry te gaan. Ze wilde absoluut weten waarom hij haar niet meer moest. Waarom had hij niet eens teruggeschreven? Waarom schreef hij niet? Ze moest ruim een halfuur lopen voordat ze in Goose Cove was. Ze zag licht op het terras: Harry zat aan de grote houten tafel naar de oceaan te kijken. Hij sprong op toen ze zijn naam zei.
'Nola! Ik schrik me een ongeluk!'
'Is dat wat ik in je oproep? Angst?'
'Dat is onzin, en dat weet je... Wat doe je hier?'
Ze begon te huilen.
'Ik weet het niet... Ik hou zoveel van je. Dit heb ik nog nooit gevoeld...'
'Ben je stiekem uit huis gegaan?'
'Ja. Ik hou van je, Harry. Hoor je dat? Ik hou van je zoals ik nog nooit van iemand heb gehouden en zoals ik nooit meer van iemand zal houden.'
'Zeg dat nou niet, Nola...'
'Waarom niet?'
Hij voelde een knoop in zijn maag. Er lag een blaadje voor hem dat hij probeerde te verbergen en waarop het eerste hoofdstuk van zijn roman stond. Eindelijk was het hem gelukt eraan te beginnen. Het ging over haar. Hij schreef een boek voor haar. Hij hield zoveel van haar dat hij een boek voor haar schreef. Toch durfde hij dat niet te zeggen. Hij was te bang voor wat er zou kunnen gebeuren als hij van haar hield.
'Ik kan niet van je houden,' zei hij gespeeld onverschillig.
Ze liet haar tranen de vrije loop.
'Je liegt! Je bent een rotzak en je liegt! En Rockland dan? En de rest?'
Hij dwong zich om gemeen tegen haar te zijn.
'Dat was een vergissing.'

'Nee! Nee! Ik dacht dat we iets bijzonders hadden! Komt het door Jenny? Ben je verliefd op haar? Wat heeft zij dat ik niet heb?'
En Harry, die niet in staat was om nog een woord uit te brengen, keek naar Nola, die in tranen wegvluchtte door de duisternis.

*

'Het was een afschuwelijke nacht,' vertelde Harry in de bezoekersruimte van de Staatsgevangenis. 'Het was zo sterk tussen Nola en mij. Zo ijzersterk, begrijp je? Het was gewoon belachelijk! Een liefde zoals je die maar één keer in je leven meemaakt. Ik zie nog voor me hoe ze wegrende over het strand. En ik zat me daar maar af te vragen wat ik moest doen: achter haar aan rennen? Of blijven zitten waar ik zat? Moest ik moedig zijn en de stad verlaten? De dagen daarop bracht ik door bij het meer van Montburry, alleen maar om niet in Goose Cove te hoeven zijn, zodat ze me niet zou vinden. Wat mijn boek betreft, de reden dat ik naar Aurora was gekomen, datgene waaraan ik al mijn spaargeld had opgeofferd: dat schoot volstrekt niet op. Niet meer, in elk geval. Ik had de eerste bladzijde geschreven, maar nu zat ik weer op slot. Het was een boek over Nola, maar hoe moest ik dat zonder haar schrijven? Hoe moest ik een liefdesgeschiedenis schrijven die gedoemd was te mislukken? Urenlang zat ik over mijn papieren gebogen, ik deed uren over een paar woorden, over drie zinnen. Die nog slecht waren ook: zouteloze banaliteiten. De dieptreurige fase waarin je alles wat met boeken en schrijven te maken heeft begint te haten omdat alles beter is dan wat jij voortbrengt, totdat zelfs een menukaart in een restaurant lijkt te zijn opgesteld door iemand met een onbegrensd talent: "T-bonesteak: 8 dollar", meesterlijk, je moet er maar opkomen! O, Marcus, het was zo'n ramp; ik was zo ongelukkig; Nola ook, en dat kwam door mij. Bijna een week lang ontliep ik haar zoveel mogelijk. Toch kwam ze nog een paar keer 's avonds naar Goose Cove. Ze plukte wilde bloemen en die kwam ze me dan brengen. Ze klopte aan, ze smeekte: "Harry, liefste Harry, ik heb je nodig. Laat me binnen, alsjeblieft. Laat me op z'n minst met je praten." En ik hield me muisstil. Ik hoorde hoe ze tegen de deur ineenzakte en snikkend bleef kloppen. En ik zat aan de andere kant van de deur en verroerde geen vin. Ik wachtte. Soms bleef ze meer dan een uur. Dan hoorde ik hoe ze de bloemen bij de deur legde en wegging: ik vloog naar het keukenraam en ik keek haar na als ze wegliep over het grindpad. Ik hield zoveel van haar, ik wilde mijn hart uit mijn lijf rukken. Maar ze was vijftien. De vrouw die me gek maakte van liefde was nog maar vijftien! Dus raapte ik de bloemen maar op, om ze net als alle andere boeketten die ze had gebracht in een vaas in de woonkamer te zetten. En dan keek ik er urenlang naar. Ik was zo eenzaam, zo triest. En toen, de volgende zondag, 13 juli 1975, gebeurde dat verschrikkelijke.'

*

Zondag 13 juli 1975

Een compacte menigte dromde samen voor het huis aan Terrace Avenue 245. Het nieuwtje had zich al door de hele stad verspreid. Het was begonnen bij Chief Pratt, of beter gezegd bij zijn vrouw Amy, toen haar echtgenoot met spoed naar het huis van de Kellergans werd geroepen. Amy Pratt had meteen haar buurvrouw ingelicht, die een vriendin had gebeld, die met haar zus had getelefoneerd, wier kinderen op hun fietsen bij hun vriendjes waren langsgegaan: er was iets ergs gebeurd. Voor het huis van de Kellergans stonden twee politieauto's en een ambulance; op de stoep hield agent Travis Dawn de nieuwsgierigen in bedwang. Vanuit de garage klonk keiharde muziek.

Harry werd om klokslag tien uur 's ochtends ingelicht door Erne Pinkas. Die roffelde op de deur en begreep dat hij Harry wakker maakte toen hij hem in kamerjas en met verwarde haren aantrof.

'Ik ben gekomen omdat ik dacht dat je het anders van niemand zou horen,' zei hij.

'Wat dan?'

'Nola.'

'Wat is er met Nola?'

'Ze heeft er een einde aan proberen te maken. Een zelfmoordpoging.'

20

De dag van het tuinfeest

'Harry, zit er een structuur in wat je me vertelt?'
 'O, absoluut…'
 'Welke dan?'
 'Tja, daar vraag je me wat… Misschien zit er wel geen structuur in.'
 'Het is belangrijk, Harry! Het lukt me nooit als je me niet helpt.'
 'Kom, kom, mijn structuur doet er niet toe. Uiteindelijk gaat het om de jouwe. Waar zijn we nu? Bij 19?'
 '20.'
 'Bij 20 dus. Marcus, de overwinning zit in je. Je moet alleen zo vriendelijk zijn om haar naar buiten te laten.'

Roy Barnaski belde me op de ochtend van zaterdag 28 juni.

'Mijn beste Goldman,' zei hij. 'Weet je welke dag het maandag is?'

'30 juni.'

'30 juni. Och heden, wat vliegt de tijd! *Il tempo è passato*, Goldman. En wat is er zo speciaal aan 30 juni?'

'Dat is de nationale dag van de icecream soda,' antwoordde ik. 'Daar heb ik net een artikel over gelezen.'

'30 juni is je deadline, Goldman! Dat is er zo speciaal aan. Ik heb net met Douglas Claren gesproken, je agent. Hij is in alle staten. Hij zegt dat hij je niet meer belt omdat je bent losgeslagen. "Goldman is een op hol geslagen paard," zegt hij. We proberen je de reddende hand toe te steken, een compromis te vinden, maar jij draaft doelloos rond en stormt recht op een muur af.'

'Een reddende hand? Je wilt dat ik een soort softpornoverhaaltje over Nola Kellergan schrijf.'

'Altijd die grote woorden, Marcus. Ik wil het publiek vermaken. Ik probeer mensen zover te krijgen dat ze zin hebben om boeken te kopen. Er worden steeds minder boeken verkocht, het enige wat nog loopt zijn smerige vodjes die de lezers in contact brengen met hun eigen laag-bij-de-grondse neigingen.'

'Ik weiger een of ander vodje te schrijven om mijn carrière te redden.'

'Zoals je wilt. In dat geval zal het er op 30 juni als volgt aan toegaan: Marisa, mijn assistente, die je goed kent, komt naar mijn kamer voor de bespreking van halfelf. Iedere maandag om halfelf laten we de belangrijkste deadlines van de week de revue passeren. Dan zal ze zeggen: "Marcus Goldman had tot vandaag de tijd om een manuscript in te leveren. We hebben niets ontvangen." Ik zal ernstig knikken, waarna ik de dag waarschijnlijk laat verstrijken om mijn afschuwelijke plicht voor me uit te schuiven, totdat ik zo tegen halfzes met lood in de schoenen Richardson bel, het hoofd van de juridische afdeling, om hem op de hoogte te brengen. Dan zal ik hem zeggen dat we direct actie tegen jou gaan ondernemen wegens breuk van contractuele clausules en dat we schade en rente zullen claimen ter hoogte van tien miljoen dollar.'

'Tien miljoen? Doe niet zo belachelijk, Barnaski.'

'Je hebt gelijk. Vijftien miljoen.'

'Je bent een lul, Barnaski.'

'En dat is nou precies wat je niet snapt, Goldman: jij bent de lul. Je wilt meespelen met de grote jongens, maar je weigert je aan de regels te houden. Je wilt in de NHL spelen, maar je weigert mee te doen aan de play-offs en zo werkt dat niet. En zal ik je eens wat vertellen? Met de opbrengst van jouw proces kan ik met gemak een jong schrijvertje boordevol ambitie betalen om de geschiedenis van Marcus Goldman op schrift te stellen, over een veelbelovende jongen met een overschot aan goede bedoelingen die zijn eigen carrière en toekomst om zeep hielp. Hij zal je komen interviewen in je smerige huisje in Florida, waar je een kluizenaarsbestaan leidt en vanaf tien uur 's ochtends aan de whisky zit om te voorkomen dat het verleden weer gaat opspelen. Tot snel, Goldman. We zien elkaar bij de rechter.'

Hij hing op.

Kort na dat opwekkende telefoontje ging ik naar Clark's om te lunchen. Toevallig kwam ik er de Quinns tegen, versie 2008. Tamara zat aan de bar op haar dochter te schelden omdat ze dit of dat verkeerd deed. Robert zat in een hoekje op een bankje roerei te eten en het sportkatern van *The Concord Herald* te lezen. Ik ging naast Tamara zitten, sloeg zomaar een krant open en deed of ik erin verdiept was om haar beter te kunnen horen mopperen en klagen dat de keuken er vies uitzag, dat de bediening te traag was, dat de koffie koud was, dat de flessen maple syrup kleefden, dat de suikerpotten leeg waren, dat er vetvlekken op de tafels zaten, dat het binnen te warm was, dat de toast niet lekker was, dat ze geen cent wilde betalen voor haar eten, dat twee dollar voor koffie gewoon diefstal was, dat ze het restaurant nooit aan haar dochter zou hebben overgedaan als ze had geweten dat ze er zo'n tweederangstoko van zou maken terwijl zij zo veel grote plannen voor dit establishment had gehad, dat hier in haar tijd mensen uit de hele staat naartoe kwamen voor de hamburgers waarvan men zei dat ze de beste uit de wijde omgeving waren. Ze merkte dat ik meeluisterde, keek me minachtend aan en begon te foeteren.

'Hé, jonkie, jij daar. Waarom zit je mij af te luisteren?'

Ik speelde de vermoorde onschuld en draaide me naar haar toe.
'Ik? Ik zit u niet af te luisteren hoor, mevrouw.'
'Natuurlijk wel, je geeft me nu toch antwoord? Waar kom je vandaan?'
'New York, mevrouw.'
Ze werd direct vriendelijker, alsof het woord New York een rustgevend effect op haar had, en vroeg toen met een honingzoete stem: 'En wat doet een nette jonge New Yorker zoals jij in Aurora?'
'Ik schrijf een boek.'
Ze betrok meteen en bulkte: 'Een boek? Ben je schrijver? Ik haat schrijvers! Nietsnutten, leugenaars en leeglopers, dat zijn het! Waar leef je van? Subsidies zeker! Dit restaurant is van mijn dochter en ik waarschuw je: aan poffen doen ze hier niet! Dus als je niet kan betalen, ga je maar weg. Wegwezen, voordat ik de politie bel. Het hoofd van politie is mijn schoonzoon.'

auf Pump

Achter de bar zag Jenny er getergd uit.
'Mam, dat is Marcus Goldman. Een bekende schrijver.'
Mevrouw Quinn verslikte zich in haar koffie.
'Godverdorie, ben jij dat kleine hoerenjong dat altijd aan Queberts rokken hing?'
'Ja, mevrouw.'
'Je bent wel groot geworden, zeg... Je hebt goed geboerd. Wil je weten hoe ik over Quebert denk?'
'Liever niet, mevrouw.'
'Toch zeg ik het: ik vind het een godverdomd hoerenjong, en ik hoop dat hij op de elektrische stoel belandt!'
'Mam!' protesteerde Jenny.
'Het is de waarheid!'
'Mam, hou op!'
'Kind, hou je mond. Ik ben aan het woord. Luister goed, meneer de rotschrijver. Als je over een grammetje eerlijkheid beschikt, moet je de waarheid over Harry Quebert schrijven: hij is de grootste klootzak die er is, een viezerik, een stuk vuil en een moordenaar. Hij heeft die kleine Nola en mevrouw Cooper vermoord, en in zekere zin ook mijn Jenny.'
Jenny vluchtte de keuken in. Ik dacht dat ze huilde. Gezeten op haar barkruk, rechtop als een kaars, met een blik die glom van woede en een vinger in de lucht vertelde Tamara Quinn waarom ze zo boos was en hoe Harry Quebert haar naam had onteerd. De gebeurtenis waarover ze vertelde had plaatsgevonden op zondag 13 juli 1975, een dag die gedenk-

waardig had moeten zijn voor de familie Quinn, die op die dag, op het vers gemaaide gazon van de tuin, vanaf twaalf uur 's middags (zoals vermeld op de uitnodiging die ze aan een tiental genodigden had gestuurd) een tuinfeest gaf.

*

13 juli 1975

Het was een grote gebeurtenis, en daarom had Tamara Quinn de zaken groots aangepakt: in de tuin was een tent opgezet, op tafel lag een wit tafellaken en zilveren bestek en bij een traiteur uit Concord was een lunchbuffet besteld dat bestond uit amuse-bouches met vis, koude vleeswaren, schalen fruits de mer en salades. Er was een ober met goede referenties geregeld die voor de koude dranken en Italiaanse wijn zou zorgen. Alles moest perfect zijn. De lunch was van het grootste belang, en het moest een mondaine aangelegenheid worden: Jenny zou haar nieuwe vriend immers officieel presenteren aan enkele vooraanstaande leden van Aurora's beau monde.

Het was tien voor twaalf. Trots overzag Tamara de inrichting van de tuin: alles was klaar. Vanwege het warme weer zou ze tot het laatste moment wachten met het neerzetten van de schotels. O, wat zou iedereen genieten van de jakobsschelpen, venusschelpen en kreeftenstaarten, onder het genot van de briljante conversatie van Harry Quebert, met een stralende Jenny aan zijn arm. Het zou iets heel bijzonders worden, en Tamara sidderde van plezier als ze zich het tafereel voorstelde. Ze wierp een laatste bewonderende blik op al haar voorbereidingen, toen bestudeerde ze voor de laatste keer het briefje met de tafelschikking die ze had gemaakt en die ze per se uit haar hoofd wilde leren. Alles was perfect. Het enige wat nog ontbrak, waren de gasten.

Tamara had vier vriendinnen en hun echtgenoten uitgenodigd. Ze had lang nagedacht over het aantal gasten. Dat was een moeilijke zaak: als er niet genoeg mensen waren, zou men denken dat het tuinfeest mislukt was, en als er te veel waren, zou haar uitgelezen plattelandslunch te veel op een kermis gaan lijken. Uiteindelijk had ze besloten om haar gasten te plukken uit degenen die het stadje voorzagen van de meest krankzinnige kletspraatjes, zodat dankzij hen iedereen binnenkort zou rondvertellen dat Tamara Quinn, sinds ze de ster van de Amerikaanse letteren als aanstaande schoonzoon had, heel exclusieve evenementen organiseerde. En dus had ze Amy Pratt uitgenodigd, die het zomerbal organiseerde; Belle Carlton, die zichzelf beschouwde als de hogepriesteres van de goede smaak omdat haar echtgenoot ieder jaar een nieuwe auto kocht; Cindy Tirsten, die aan het hoofd stond van diverse vrouwenverenigingen, en Donna Mitchell, een vreselijk mens dat te veel praatte en continu opschepte over het succes van haar kinderen. Tamara was van plan om ze eens goed de ogen uit te steken. Zodra ze de uitnodigingen hadden ontvangen, hadden ze haar trouwens stuk voor stuk gebeld om te vragen ter gelegenheid waarvan het feest werd georganiseerd. Maar ze was erin geslaagd de spanning te laten voortduren door die kwestie vaardig te ontwijken: 'Ik heb een belangrijke aankondiging.'

Ze kon niet wachten tot ze hun koppen zou zien als ze haar Jenny en de grote Quebert bij elkaar zouden zien, en dat voor altijd. Binnenkort zou de familie Quinn het onderwerp zijn van alle gesprekken en alle jaloezie.

Tamara was zo druk met de lunch in de weer dat ze als een van de weinigen niet te hoop liep voor het huis van de Kellergans. Aan het begin van de ochtend had ze het nieuws wel gehoord, zoals iedereen, en toen had ze zich zorgen gemaakt over haar tuinfeest: Nola had een zelfmoordpoging gedaan. Maar godzijdank had het meisje jammerlijk gefaald, en daarom was ze dubbel opgelucht geweest: in de eerste plaats omdat ze het feest had moeten afzeggen als Nola was overleden – want het zou niet correct zijn om in dergelijke omstandigheden feest te vieren. Maar bovendien was het een zegen dat ze het op zondag en niet op zaterdag had gedaan, want als Nola zich op een zaterdag van het leven had proberen te beroven, had ze een vervanger voor Clark's moeten vinden, en dat was heel lastig geweest. Ze vond het echt heel fijn dat Nola het op zondagochtend had gedaan, en dat het bovendien was mislukt.

Toen Tamara zich ervan had vergewist dat buiten alles in orde was, ging ze kijken hoe het er binnen voor stond. Ze vond Jenny op haar plaats bij de voordeur, klaar om de genodigden te verwelkomen. Wel moest ze die arme Bobbo er flink van langs geven omdat hij zijn overhemd en stropdas al wel aanhad, maar zijn broek nog niet, aangezien hij op zondag in zijn boxershort de krant mocht lezen op de veranda omdat hij er zo van hield dat de wind door zijn boxershort danste zodat het daarbinnen wat frisser werd, vooral in de behaarde delen, wat erg aangenaam was.

'Dat je je halfnaakt vertoont, daar is het nu mee afgelopen!' bromde zijn vrouw. 'Wat denk je wel? Straks zijn we familie van de grote Harry

Quebert, blijf je dan gewoon in je onderbroek rondlopen?'

'Weet je,' antwoordde Bobbo, 'ik geloof dat hij heel anders is dan de mensen denken. Eigenlijk is hij een heel gewone kerel. Hij houdt van automotoren en koud bier, en ik denk dat hij er helemaal geen aanstoot aan zou nemen als hij me op zondag zo zou zien zitten. Ik zal het hem straks trouwens zelf wel even vragen...'

'Jij vraagt helemaal niets! Jij zegt geen woord tijdens het eten. Het is heel simpel: ik wil je sowieso niet horen. Och, Bobbo, als het legaal was zou ik je lippen laten dichtnaaien zodat je niets meer kon zeggen, want iedere keer dat jij je mond opendoet, komt er een stommiteit uit. Voortaan draag jij op zondag een pantalon en overhemd. Punt uit. Ik wil je niet meer in je onderbroek door het huis zien walsen nu we vooraanstaande mensen zijn geworden.'

Onder het spreken zag ze dat haar man een paar woordjes krabbelde op een briefkaartje dat voor hem op de salontafel lag.

'Wat is dat?' blafte ze.

'Zomaar iets.'

'Laat zien!'

'Nee,' weigerde Bobbo, terwijl hij het kaartje oppakte.

'Laat zien, Bobbo!'

'Dat is privé.'

'O, dus de heer Quinn correspondeert tegenwoordig privé! Laat zien, zeg ik! Ik heb het hier in huis nog altijd voor het zeggen, of niet soms?'

Ze rukte het kaartje uit de handen van haar man, die het onder zijn krant probeerde te verbergen. Er stond een puppy op de kaart. Ze las het hardop voor, op spottende toon:

Lieve, lieve Nola,

We wensen je een goed herstel toe en hopen je snel weer bij Clark's te zien. Hierbij iets lekkers om je leven wat zoeter te maken.

Alle goeds,
Familie Quinn

'Wat is dat nou weer voor onzin?' riep Tamara uit.

'Een kaartje voor Nola. Ik ga wat lekkers kopen en dan doe ik dit erbij. Dat zal haar goed doen, denk je niet?'

'Doe niet zo belachelijk, Bobbo! Die kaart met dat hondje is belachelijk en je tekst ook! "We hopen je snel weer bij Clark's te zien"! Ze heeft net een zelfmoordpoging gedaan: denk je nou echt dat ze weer in de bediening wil werken? En "iets lekkers"? Wat moet ze daar nou mee?'

'Opeten. Ik denk dat dat best goed voor haar is. Zie je wel, nou heb je alles weer verpest. Daarom wou ik niet dat je het zag.'

'Zit niet zo te jammeren, Bobbo,' zei Tamara boos, terwijl ze de kaart in vieren scheurde. 'Ik zal wel bloemen sturen, chique bloemen uit een goede winkel in Montburry in plaats van wat snoepjes uit de general store. En het briefje schrijf ik zelf wel, op een wit kaartje en met nette letters: "De beste wensen voor je herstel, namens de familie Quinn en Harry Quebert." Trek nu je broek aan, mijn gasten komen zo.'

Om twaalf uur precies belden Donna Mitchell en haar man aan, op de voet gevolgd door Amy en Chief Pratt. Tamara gaf de ober opdracht om de welkomstcocktails te brengen, en die dronken ze op in de tuin. Toen vertelde Chief Pratt hoe hij die ochtend uit bed was gebeld.

'Dat meisje Kellergan had heel veel pillen geslikt. Volgens mij had ze van alles door elkaar genomen, ook een paar slaappillen. Maar het was niet zo ernstig. Ze is naar het ziekenhuis in Montburry gebracht voor een maagspoeling. De dominee heeft haar in de badkamer gevonden. Hij bezweert ons dat ze koorts had en de verkeerde pillen heeft gepakt. Tja, daar denk ik het mijne van... In ieder geval gaat het goed met haar, en dat is het belangrijkste.'

'Wat een geluk dat het vanochtend is gebeurd en niet nu,' zei Tamara. 'Het was zo jammer geweest als je niet had kunnen komen.'

'Ja, want wat is die belangrijke aankondiging nou?' vroeg Donna, die het niet meer uithield.

Tamara glimlachte breed en antwoordde dat ze liever met de aankondiging wilde wachten tot alle genodigden er waren. Even later kwamen de Tirstens, en om twintig over twaalf de Carltons; de reden voor hun vertraging had iets met hun nieuwe auto te maken. Nu was iedereen er. Iedereen behalve Harry Quebert. Tamara stelde voor om nog een welkomstcocktail te drinken.

'Op wie wachten we?' vroeg Donna.

'Dat zien jullie wel,' antwoordde Tamara.

Jenny glimlachte; het zou een heerlijke dag worden.

Om tien over halfeen was Harry er nog steeds niet. Er werd een derde welkomstcocktail geserveerd. En om twee minuten voor één een vierde.

'Nog een welkomstcocktail?' klaagde Amy Pratt.

'Omdat jullie allemaal enorm welkom zijn!' verklaarde Tamara, die zich ernstig zorgen begon te maken over haar verlate hoofdgast.

De zon brandde fel. De hoofden begonnen te tollen. 'Ik heb honger,' zei Bobbo uiteindelijk, wat hem een ferme tik tegen zijn achterhoofd opleverde. Het werd kwart over een, en nog steeds geen Harry te bekennen. Tamara voelde dat haar maag zich in een knoop legde.

*

'We stonden daar gewoon wortel te schieten,' vertelde Tamara aan de bar van Clark's. 'We stonden verdorie wortel te schieten! En heet dat het was! Iedereen zweette zich een ongeluk...'

'Zoveel dorst heb ik nog nooit gehad,' schreeuwde Robert die zich in het gesprek probeerde te mengen.

'Mond dicht, jij! Hij praat met mij. Hij wil weten wat ik er nog van weet. Grote schrijvers zoals meneer Goldman interesseren zich niet voor ezels zoals jij.'

Ze smeet een vork in zijn richting, wendde zich toen weer tot mij en zei: 'Hoe dan ook, we hebben tot halftwee gewacht.'

*

Tamara hoopte dat het autopech was, of zelfs een ongeluk. Het deed er allemaal niet toe, als hij haar maar niet liet stikken. Ze ging geregeld naar binnen, met het excuus dat ze iets in de keuken te doen had, om naar het huis in Goose Cove te bellen, maar er werd niet opgenomen. Toen luisterde ze naar het nieuws op de radio, maar er werden geen ongelukken gemeld, en er waren die dag al helemaal geen beroemde schrijvers omgekomen in New Hampshire. Tot tweemaal toe hoorde ze een auto voor het huis, en beide keren maakte haar hart een sprongetje: daar was hij! Maar nee, het waren de buren, die idioten.

De gasten hielden het niet meer uit: bevangen door de hitte waren ze uiteindelijk onder het tentdak gaan zitten voor wat verkoeling. Daar zaten ze zich in doodse stilte te vervelen. 'Ik hoop maar dat het heel groot nieuws is,' zei Donna uiteindelijk. 'Als ik nog zo'n cocktail krijg, ga ik over m'n nek,' verklaarde Amy. Uiteindelijk vroeg Tamara de ober om de schotels op het buffet te zetten en nodigde ze haar gasten uit om aan de lunch te beginnen.

Om twee uur was de lunch goed onderweg, maar er was nog steeds geen nieuws van Harry. Jenny had een knoop in haar maag en kreeg geen hap door haar keel. Ze moest zich inhouden om niet in het bijzijn van al die mensen in snikken uit te barsten. Tamara zelf trilde van woede: hij was twee uur te laat, hij kwam niet meer. Hoe kon hij haar zoiets flikken? Dat deed een gentleman toch niet? En alsof het nog niet erg genoeg was, begon Donna aan te dringen wat dat o zo belangrijke nieuws toch was. Tamara hield haar kaken stijf op elkaar. Die arme Bobbo wilde de situatie en de eer van zijn vrouw redden, en daarom kwam hij plechtig overeind uit zijn stoel, hief zijn glas en verklaarde trots aan de aanwezigen: 'Beste vrienden, we willen jullie laten weten dat we een nieuwe televisie hebben.'

Er viel een lange stilte, vol onbegrip. Tamara, die het niet kon verdragen om zo voor schut te staan, kwam op haar beurt overeind en verklaarde: 'Robert heeft kanker. Hij gaat dood.' Alle genodigden waren direct geëmotioneerd, inclusief Bobbo zelf, die niet wist dat hij stervende was en zich afvroeg wanneer de dokter had gebeld en waarom zijn vrouw hem niets had verteld. En toen huilde Robert, omdat hij het leven zo zou missen. Zijn gezin, zijn dochter, zijn stadje: alles zou hij missen. En toen kwamen ze allemaal om hem heen staan, ze beloofden dat ze hem in het ziekenhuis zouden blijven bezoeken tot hij zijn laatste adem uitblies en dat ze hem nooit zouden vergeten.

Harry was niet naar het tuinfeest van Tamara Quinn gekomen omdat hij aan Nola's bed zat. Zodra Pinkas hem het nieuws had gebracht, was hij naar het ziekenhuis van Montburry gegaan, waar Nola naartoe was gebracht. Hij was een paar uur op de parkeerplaats achter het stuur van zijn auto blijven zitten, niet wetend wat hij moest doen. Hij voelde zich schuldig: het was zijn schuld dat ze dood wilde. En die gedachte deed hem zelf ook naar zelfmoord verlangen. Hij liet zich overspoelen door zijn emoties: hij begon te beseffen hoe diep zijn gevoelens voor haar waren. En hij vervloekte de liefde: zolang zij bij hem in de buurt was, kon hij zich ervan overtuigen dat er geen diepe gevoelens tussen hen bestonden en dat hij haar uit zijn leven moest bannen, maar nu hij het risico had gelopen om haar kwijt te raken, kon hij zich een leven zonder haar niet voorstellen. Nola, mijn liefste Nola. N-O-L-A. Wat hield hij veel van haar.

Om vijf uur durfde hij eindelijk naar binnen te gaan. Hij hoopte dat hij niemand zou tegenkomen, maar in de grote hal zag hij David Kellergan, met rode ogen van het huilen.

'Dominee... Ik heb het gehoord van Nola. Wat vreselijk.'

'Wat aardig dat je je medeleven komt betuigen, Harry. Je zult vast horen vertellen dat Nola een zelfmoordpoging heeft gedaan, maar dat is niet zo. Ze had hoofdpijn en ze toen heeft ze de verkeerde pillen genomen. Ze is er wel vaker niet bij met haar gedachten, zoals alle kinderen.'

'Natuurlijk,' antwoordde Harry. 'Al die rotmedicijnen. Wat is haar kamernummer? Ik wilde haar even gedag zeggen.'

'Dat is heel aardig van je, maar eigenlijk is het beter dat ze even geen bezoek krijgt. Ze mag niet te vermoeid raken, begrijp je?'

Dominee Kellergan had wel een boekje bij zich waarin bezoekers iets konden opschrijven. 'Van harte beterschap, H.L. Quebert,' schreef Harry; toen deed hij alsof hij wegging en dook weer onder in zijn Chevrolet. Hij wachtte nog een uur, en toen hij dominee Kellergan over de parkeerplaats naar zijn auto zag lopen, keerde hij ongemerkt terug naar het hoofdgebouw van het ziekenhuis, waar hij zich Nola's kamer liet wijzen. Kamer 26, tweede etage. Met bonzend hart klopte hij aan. Geen reactie. Zachtjes deed hij de deur open: Nola was alleen, ze zat op de rand van het bed. Ze keek op en ze zag hem; eerst lichtten haar ogen op, toen werd ze triest.

'Laat me met rust, Harry... Laat me met rust of ik bel de verpleegster.'

'Nola, ik kan je niet met rust laten...'

'Je bent zo gemeen geweest, Harry. Ik wil je niet meer zien. Ik word alleen maar verdrietig van je. Ik wilde dood vanwege jou.'

'Vergeef, me, Nola...'

'Ik vergeef je alleen als je mij weer wilt. En anders moet je me met rust laten.'

Ze keek hem recht aan; hij zag er zo triest en schuldig uit dat ze een glimlach niet kon onderdrukken.

'O, mijn liefste Harry, je kijkt als een trieste hond. Beloof je dat je nooit meer gemeen zult zijn?'

'Ik beloof het.'

'Je moet me om vergiffenis vragen voor al die keren dat je me voor een dichte deur hebt laten staan.'

'Vergeef me, Nola.'

'Nee, dat moet beter. Op je knieën. Op je knieën en smeek me om vergiffenis.'

Zonder enige aarzeling knielde hij voor haar neer en legde hij zijn hoofd op haar blote knieën. Ze boog zich over hem heen en streelde zijn gezicht.

'Kom maar weer overeind, Harry. En kom tegen me aan zitten, mijn liefste. Ik hou van je. Al sinds de dag dat ik je voor het eerst zag. Ik wil voor eeuwig je vrouw zijn.'

Terwijl Harry en Nola elkaar terugvonden in het kleine kamertje in het ziekenhuis, was het tuinfeest in Aurora al een paar uur afgelopen en had Jenny zich opgesloten op haar kamer en huilde ze van schaamte en verdriet. Robert wilde haar troosten, maar ze weigerde de deur open te doen. Gedreven door een verschrikkelijke woede was Tamara naar Harry vertrokken om een verklaring te eisen. Op een haar na miste ze de bezoeker die minder dan tien minuten na haar vertrek aanbelde. Robert deed open, zag Travis Dawn in gala-uniform, die hem met dichtgeknepen ogen een grote bos rozen gaf en in één adem zei: 'Jenny-wil-je-met-mij-naar-het-zomerbal-alsjeblieft-dankjewel.'

Robert barstte in lachen uit.

'Dag Travis, wil je Jenny misschien spreken?'

Travis sperde zijn ogen wijd open en onderdrukte een gil.

'M'neer Quinn? Ik... Het spijt me. O, wat ben ik ook een sukkel! Ik wilde alleen... Nou, vindt u het goed als ik met uw dochter naar het zomerbal ga? Als zij ook wil, natuurlijk. Nou ja, misschien gaat ze allang met iemand. Ze gaat zeker al met iemand, hè? Ik wist het wel! Wat ben ik ook een sukkel.'

Robert klopte hem vriendelijk op de schouder.

'Kom, kom, beste jongen. Je komt als geroepen. Kom binnen.'

Hij bracht de jonge agent naar de keuken en pakte een biertje uit de koelkast.

'Bedankt,' zei Travis, die de bloemen op het aanrecht legde.

'Nee, die is voor mij. Jij hebt iets veel sterkers nodig.'

Robert pakte een fles whisky en schonk een dubbele in met een paar ijsklontjes.

'Achterelkaar opdrinken.'

Travis gehoorzaamde. Robert vervolgde: 'Wat zie je er nerveus uit, jongen. Ontspan je toch! Meisjes houden niet van nerveuze types. Geloof me, ik weet waarover ik het heb.'

'Ik ben helemaal niet verlegen, maar als ik Jenny zie, klap ik gewoon dicht. Ik weet niet hoe het komt...'
'Dat is liefde, jongen.'
'Denkt u?'
'Dat weet ik wel zeker.'
'Uw dochter is inderdaad geweldig, m'neer Quinn. Zo lief en slim en mooi! Ik weet niet zeker of ik het wel aan u moet vertellen, maar soms rij ik langs Clark's alleen om door het raam naar haar te kijken. Dan zie ik haar... Dan zie ik haar en dan voel ik mijn hart ontploffen in mijn borst, alsof ik stik in mijn uniform. Dat is toch liefde?'
'Absoluut.'
'En weet u, dan wil ik uit mijn auto stappen en naar binnen gaan om te vragen hoe het met haar gaat en of ze misschien zin heeft om als ze klaar is naar de bioscoop te gaan. Maar dat durf ik nooit. Is dat ook liefde?'
'Nee, dat is nou juist het erge. Dat is iets wat gebeurt als je een meisje ziet op wie je verliefd bent. Maar je moet niet verlegen zijn, jongen. Je bent jong en knap, je hebt alles mee.'
'Maar wat moet ik doen, m'neer Quinn?'
Robert schonk hem nog een whisky in.
'Ik zou Jenny met alle plezier naar beneden roepen, maar ze heeft nogal een rotmiddag. Als je het mij vraagt moet je dit opdrinken en weer naar huis gaan: doe dat uniform uit en trek gewoon een shirt aan. Dan bel je hiernaartoe en nodig je Jenny uit om ergens te gaan eten. Zeg dat je zin hebt om een hamburger te gaan eten in Montburry. Daar zit een restaurant waar ze gek op is, ik zal je het adres wel geven. Weet je, eigenlijk kom je als geroepen. En als je vanavond dan merkt dat de sfeer ontspannen is, vraag je of ze zin heeft in een wandeling. Dan ga je op een bankje naar de sterren zitten kijken. Je wijst haar de sterrenbeelden...'
'De sterrenbeelden?' onderbrak Travis wanhopig. 'Die ken ik helemaal niet!'
'Dan wijs je alleen de Grote Beer aan.'
'De Grote beer? Hoe moet ik de Grote Beer herkennen? O, ik maak echt geen enkele kans!'
'Nou, dan wijs je gewoon naar iets glimmends aan de hemel en bedenk je er maar een naam bij. Vrouwen vinden het altijd heel romantisch als een jongen iets van sterrenkunde weet. Zorg er alleen voor dat je geen vliegtuigen voor vallende sterren aanziet. En daarna vraag je of ze met jou naar het zomerbal wil.'

'Denkt u dat ze dat wil?'
'Dat weet ik wel zeker.'
'Bedankt, meneer Quinn! Heel erg bedankt!'

Toen Robert Travis naar huis had gestuurd, wist hij Jenny van haar kamer af te krijgen. Ze gingen ijs eten in de keuken.

'Met wie moet ik nou naar het bal, pa?' vroeg Jenny ongelukkig. 'Ik moet vast alleen, en dan lacht iedereen me uit.'

'Zeg toch niet zulke vreselijke dingen. Ik weet zeker dat heel veel jongens ervan dromen om met jou te gaan.'

Jenny nam een enorme hap ijs.

'Dan zou ik heel graag willen weten wie!' kreunde ze met volle mond. 'Want ik ken ze niet!'

Precies op dat moment ging de telefoon. Robert liet zijn dochter opnemen en hoorde haar zeggen: 'Hé, hoi, Travis. Ja? Ja, leuk. Over een halfuur is prima. Tot zo.' Ze hing op en vertelde snel aan haar vader dat haar vriend Travis had gevraagd of ze iets wilde gaan eten in Montburry. Robert probeerde er zo verbaasd mogelijk uit te zien.

'Zie je nou wel,' zei hij. 'Ik zei toch al dat je heus niet alleen naar het bal hoefde?'

Op hetzelfde moment snuffelde Tamara in Goose Cove in het lege huis. Ze had lang op de deur getrommeld, maar er was geen reactie gekomen: als Harry zich verstopte, zou zij hem wel vinden. Maar er was niemand thuis en ze besloot het huis aan een kleine inspectie te onderwerpen. Ze begon met de woonkamer, toen deed ze de slaapkamers en ze eindigde in Harry's werkkamer. Ze snuffelde tussen de papieren die kriskras op zijn werktafel lagen totdat ze het briefje vond dat hij net had geschreven.

O Nola, mijn liefste Nola, teerbeminde Nola. Wat heb je gedaan? Waarom wil je sterven? Komt dat door mij? Ik hou meer van je dan van wat dan ook. Laat me niet alleen. Als jij doodgaat, sterf ik ook. Het enige wat er in mijn leven toe doet ben jij, Nola. Vier letters: N-O-L-A.

Ontzet stak Tamara het briefje in haar zak, vastbesloten om Harry Quebert kapot te maken.

19
De zaak Harry Quebert

'Schrijvers die hele nachten doorschrijven, die shag roken en misselijk zijn van te veel cafeïne zijn een mythe, Marcus. Je moet discipline hebben, net als bij het boksen. Je moet je aan een schema houden en oefenen: ritme bewaren, doorzetten en je zaken onberispelijk op orde houden. Dat zijn de drie koppen van de cerberus die je zal behoeden voor de grootste vijand van de schrijver.'
'En dat is?'
'De deadline. Weet je wat een deadline inhoudt?'
'Nee.'
'Dat je hersenen, die van zichzelf wispelturig zijn, in een door een ander bepaalde tijdsspanne moeten produceren. Het is alsof je pakjes rondbrengt en je baas van je eist dat je precies op een bepaald tijdstip op een bepaalde plaats moet zijn: je móet het halen, en het doet er niet toe of het druk is op de weg of dat je een lekke band krijgt. Als je te laat bent, ben je de klos. Met de deadlines van je uitgever is het precies hetzelfde. Je uitgever is je echtgenote en je baas tegelijk: zonder hem stel je niets voor, en toch haat je hem. Hou je vooral aan de deadlines, Marcus. Maar speel ermee, als je je die luxe kunt veroorloven. Dat maakt het veel leuker.'

Dat Tamara Quinn dat briefje had gestolen, vertelde ze me zelf. Ze vertrouwde het me toe op de dag na ons gesprek bij Clark's. Haar verhaal had mijn nieuwsgierigheid gewekt, en daarom was ik zo vrij om haar thuis op te zoeken, zodat ze me meer kon vertellen. Ze ontving me in de woonkamer, opgewonden omdat ik belangstelling voor haar had. Ik begon over de verklaring die ze twee weken eerder bij de politie had afgelegd en ik vroeg hoe ze van de relatie van Harry en Nola had geweten. Toen vertelde ze me van haar bezoek aan Goose Cove op de avond van die zondag van het tuinfeest.

'Dat briefje dat ik op zijn werktafel vond was om te kotsen,' vertelde ze. 'Zulke vreselijke dingen over die kleine Nola!'

Aan de manier waarop ze het vertelde merkte ik dat ze nooit rekening had gehouden met de mogelijkheid dat Harry en Nola een relatie hadden gehad.

'En is het nooit in u opgekomen dat ze gevoelens van liefde voor elkaar konden hebben?' opperde ik.

'Liefde? Wat een onzin. Quebert is gewoon een doorgewinterde viezerik, zo simpel is het. Ik kan me niet voorstellen dat Nola ooit op zijn avances zou ingaan. God weet wat hij haar heeft aangedaan... Het arme kind.'

'En toen? Wat hebt u met dat briefje gedaan?'

'Ik heb het mee naar huis genomen.'

'Met welk doel?'

'Om het tegen Quebert te gebruiken. Ik wilde hem achter de tralies krijgen.'

'En hebt u iemand over dat briefje verteld?'

'Natuurlijk!'

'Wie dan?'

'Chief Pratt. Een paar dagen nadat ik het gevonden had.'

'Alleen hem?'

'Na Nola's verdwijning heb ik er met nog meer mensen over gesproken. De politie mocht het spoor van Quebert niet verwaarlozen.'

'Dus als ik het goed begrijp ontdekte u dat Harry Quebert achter Nola aan zat, maar sprak u er verder met niemand over totdat het meisje een maand of twee later verdween?'

'Precies.'

'Mevrouw Quinn,' zei ik. 'Ik ken u niet erg goed, maar toch begrijp ik niet waarom u dat briefje niet meteen nadat u het vond gebruikt heeft om Harry kapot te maken, terwijl hij u toch slecht had behandeld door niet op het tuinfeest te komen opdagen... Ik bedoel dat u me, met alle respect, eerder iemand lijkt die zo'n briefje op alle muren van de stad aanplakt of het in de brievenbussen van al uw buren stopt.'

Ze sloeg haar ogen neer.

'Snapt u dat niet? Omdat ik me schaamde. Ik schaamde me zo verschrikkelijk! Harry Quebert, de grote schrijver uit New York, liet mijn dochter in de steek voor een meisje van vijftien. Mijn eigen dochter! Hoe denkt u dat ik me voelde? Het was zo vernederend. O, wat was het vernederend! Ik had het gerucht verspreid dat het tussen Harry en Jenny al min of meer rond was, dus als ik dan... En bovendien was Jenny smoorverliefd op hem. Ze zou het niet overleefd hebben. En daarom hield ik het voor me. Je had mijn Jenny op het zomerbal moeten zien, een week later. Ze zag er zo triest uit, zelfs aan de arm van Travis.'

'En wat zei Chief Pratt toen u hem over het briefje vertelde?'

'Dat hij naspeuringen zou gaan doen. En toen het meisje verdwenen was en ik er opnieuw over begon, zei hij dat het een aanwijzing kon zijn. Het probleem was alleen dat het briefje in de tussentijd verdwenen was.'

'Hoe bedoelt u, "verdwenen"?'

'Ik bewaarde het bij Clark's in de kluis. Ik was de enige die erbij kon. En toen op een dag aan het begin van augustus 1975 was het briefje zomaar verdwenen. Ik had geen briefje meer en geen bewijs tegen Harry.'

'Wie denkt u dat het eruit heeft gehaald?'

'Ik heb geen flauw idee. Het is echt een mysterie. Een enorme smeedijzeren kluis, en ik was de enige met een sleutel. De hele boekhouding van Clark's lag erin, het geld van de lonen en nog wat contanten voor leveranties. Op een ochtend zag ik dat het briefje er niet meer was. Er waren geen sporen van braak. Alles lag er nog, behalve dat vervloekte papiertje. Ik heb geen idee wat er gebeurd kan zijn.'

Ik spitste mijn oren: het werd steeds interessanter. Ik vroeg nog: 'Mevrouw Quinn, even tussen ons: wat ging er door u heen toen u ontdekte dat Harry gevoelens had voor Nola?'

'Woede, walging.'

'U hebt niet toevallig geprobeerd om wraak op Harry te nemen door hem anonieme brieven te sturen?'

'Anonieme brieven? Zie ik eruit alsof ik zoiets achterbaks zou doen?'

Ik drong niet aan en vroeg: 'Denkt u dat Nola ook relaties met andere mannen in Aurora kan hebben gehad?'

Ze verslikte zich bijna in haar ijsthee.

'Bent u wel goed bij uw hoofd? Onmogelijk! Ze was een lieve meid, een schat, altijd behulpzaam, ijverig en intelligent. Wat wilt u bereiken met zulke verhalen over ongepaste vrijages?'

'Het was zomaar een vraag. Kent u Elijah Stern?'

'Natuurlijk,' antwoordde ze als of het vanzelf sprak, voordat ze toevoegde: 'Harry's huisbaas.'

'Harry's wat?' vroeg ik.

'De eigenaar van het huis in Goose Cove, natuurlijk. Dat was van Elijah Stern, en vroeger kwam hij hier vaak. Ik meen dat het huis van zijn familie was. Een tijdlang zagen we hem vaak in Aurora. Toen hij de zaken van zijn vader in Concord overnam, had hij geen tijd meer om hier te komen en verhuurde hij Goose Cove, om het uiteindelijk dus aan Harry te verkopen.'

Ik kon mijn oren niet geloven.

'Dus Goose Cove was van Elijah Stern?'

'O ja. Wat is er, New Yorker? U ziet zo bleek...'

*

Op 30 juni 2008, om halfelf 's ochtends, op de eenenvijftigste etage van het gebouw van Schmid & Hanson aan Lexington Avenue in New York, begon Roy Barnaski aan zijn wekelijkse bespreking met zijn assistente Marisa.

'Marcus Goldman had tot vandaag de tijd om zijn manuscript in te leveren,' bracht Marisa hem in herinnering.

'Je hebt zeker niks ontvangen...'

'Niks, meneer Barnaski.'

'Dat vermoedde ik al. Ik heb hem zaterdag nog gesproken. Hij is zo koppig als een muilezel. Zonde.'

'Wat moet ik doen?'

'Breng Richardson op de hoogte. Zeg dat we hem voor de rechter slepen.'

Op dat moment nam Marisa's secretaresse de vrijheid om de bespreking te verstoren door op de deur te kloppen. Ze had een papier in haar handen.

'Ik weet dat u in bespreking bent, meneer Barnaski,' verontschuldigde ze zich, 'maar u hebt een e-mail ontvangen waarvan ik vermoed dat hij heel belangrijk is.'

'Van wie?' vroeg Barnaski geïrriteerd.

'Van Marcus Goldman.'

'Goldman? Breng hem onmiddellijk hier!'

van: m.goldman@nobooks.com
datum: maandag 30 juni 2008 – 10:24

Beste Roy,
Het wordt geen prul dat zijn weg naar het publiek alleen vindt dankzij de algehele opschudding.
Het wordt geen boek omdat jij een boek van me eist.
Het wordt geen boek waarmee ik mijn huid probeer te redden.
Het wordt een boek omdat ik schrijver ben. Het wordt een boek dat ergens over gaat. Het wordt een boek over het verhaal van iemand aan wie ik alles te danken heb.
Hierbij de eerste pagina's.
Als je het wat vindt: bel me dan.
Als je het niks vindt: bel Richardson en dan zien we elkaar bij de rechter.
Succes met je bespreking met Marisa. Doe haar de hartelijke groeten.
Marcus Goldman

'Heb je de attachment uitgeprint?'

'Nee, meneer Barnaski.'

'Doe dat dan!'

'Ja, meneer Barnaski.'

DE ZAAK HARRY QUEBERT
(werktitel)
door Marcus Goldman

In het voorjaar van 2008, ongeveer een jaar nadat ik de nieuwe ster van de Amerikaanse boekenwereld was geworden, gebeurde er iets waarvan ik besloot dat ik het diep in mijn geheugen ging wegstoppen: ik ontdekte dat mijn leraar Harry Quebert, zevenenzeventig jaar oud, een van de meest gerespecteerde schrijvers van het land, op vierendertigjarige leeftijd een relatie had gehad met een meisje van vijftien. Dat was in de zomer van 1975 geweest.

Die ontdekking deed ik op een dag in maart toen ik in zijn huis in Aurora, New Hampshire logeerde. Toen ik zijn boekenverzameling bekeek, stuitte ik op een brief en een paar foto's. Ik had er geen flauw benul van dat het de prelude was van een van de grootste schandalen van 2008.

[...]

Ik kwam op het spoor van Elijah Stern door een vroegere klasgenote van Nola, een zekere Nancy Hattaway, die nog steeds in Aurora woont. Indertijd had Nola haar opgebiecht dat ze een relatie had met een zakenman uit Concord: Elijah Stern. Die stuurde zijn chauffeur, een zekere Luther Caleb, naar Aurora om haar op te halen en naar hem toe te brengen.

Over Luther Caleb weet ik niets. Wat Stern betreft: sergeant Gahalowood weigert hem vooralsnog te verhoren. Volgens hem is er in dit stadium geen enkele rechtvaardiging om hem bij het onderzoek te betrekken. Daarom zal ik hem zelf een bezoekje brengen. Op internet heb ik gelezen dat hij aan Harvard heeft gestudeerd en dat hij nog steeds betrokken is bij alumnusverenigingen. Hij schijnt een groot kunstliefhebber te zijn en is kennelijk een bekende mecenas. Alles wijst erop dat hij in alle opzichten een goed mens is. Eén toevallig detail is in het bijzonder verontrustend: het huis in Goose Cove, waar Harry woont, was vroeger van hem.

Dat waren de eerste alinea's die ik over Elijah Stern schreef. Zodra ik ze af had, plakte ik ze achter de rest van het document dat ik op die ochtend van 30 juni 2008 aan Roy Barnaski stuurde. Daarna vertrok ik direct naar Concord, vast van plan om die Stern te ontmoeten en te begrijpen hoe hij met Nola verbonden was. Toen ik een halfuur onderweg was, ging mijn telefoon.

'Hallo?'

'Marcus? Met Roy Barnaski.'

'Roy! Dat treft. Heb je mijn e-mail gekregen?'

'Goldman, wat een prachtboek! We doen het!'

'Echt?'

'Absoluut. Ik vind het schitterend! Ik vind het godverdomde mooi! Je wilt gewoon absoluut weten hoe het afloopt.'

'Ik zou zelf ook best willen weten hoe deze geschiedenis afloopt.'

'Luister, Goldman, als jij dit boek schrijft, dan ontbinden we je vorige contract.'

'Prima, maar ik schrijf het wel op mijn eigen manier. Ik wil geen ranzige suggesties van jou. Ik wil niet horen hoe jij erover denkt en ik wil dat me op geen enkele manier de mond gesnoerd wordt.'

'Doe wat je het beste lijkt, Goldman. Ik heb maar één voorwaarde: het boek moet in de herfst verschijnen. Nu Obama dinsdag de presidentskandidaat van de democraten is geworden, gaat zijn autobiografie als warme broodjes over de toonbank. En dus moeten we het boek over deze zaak razendsnel uitbrengen, anders verdrinken we in de waanzin van de presidentsverkiezingen. Ik moet je manuscript tegen het einde van augustus hebben.'

'Tegen het einde van augustus? Dan heb ik nauwelijks twee maanden!'

'Correct.'

'Dat is wel heel krap.'

'Dan zou ik dus maar opschieten. Ik wil de grote najaarsklapper van je maken. Weet Quebert ervan?'

'Nee. Nog niet.'

'Vertel het hem, zou ik zeggen. En hou me op de hoogte van de voortgang.'

Ik wilde net ophangen toen hij riep: 'Goldman, wacht!'

'Wat is er?'

'Waarom ben je van gedachten veranderd?'

'Ik ben bedreigd. Al een paar keer. Iemand lijkt zich ernstig zorgen te maken dat ik iets zou kunnen ontdekken. En daarom ben ik tot de conclusie gekomen dat de waarheid misschien wel een boek verdient. Voor Harry, voor Nola. Dat hoort bij het vak van een schrijver, of niet?'

Barnaski luisterde niet meer. Hij was nog bij de bedreigingen.

'Bedreigd!' zei hij. 'Wat geweldig! Dat gaat enorm veel publiciteit opleveren. Stel je voor, misschien probeert iemand je wel te vermoorden, dan kunnen we zo een nul achter het verkoopaantal zetten. En als het hem lukt misschien wel twee!'
'Vooropgesteld dat ik pas doodga als het boek af is.'
'Dat spreekt vanzelf. Waar zit je? Je bent slecht te verstaan.'
'Ik ben onderweg. Naar Elijah Stern.'
'Dus je denkt echt dat hij iets met deze zaak te maken heeft?'
'Ik ga ervan uit dat ik daarachter kom.'
'Je bent stapelgek, Goldman. Dat trekt me zo in je aan.'

Elijah Stern woonde in een landhuis in de heuvels boven Concord. Het hek stond open en ik reed het perceel op. Een verharde weg leidde naar een stenen herenhuis, omringd door spectaculaire bloemperken, waarvoor een pleintje lag dat versierd was met een fontein in de vorm van een bronzen leeuw en waar een chauffeur in uniform de stoelen van een luxe sedan opwreef.

Ik liet mijn auto midden op het pleintje staan, begroette de chauffeur vanuit de verte alsof ik hem kende en liep energiek naar de voordeur om aan te bellen. Een dienstbode deed open. Ik noemde mijn naam en vroeg meneer Stern te spreken.

'Hebt u een afspraak?'

'Nee.'

'In dat geval is het onmogelijk. Meneer Stern ontvangt nooit onaangekondigde gasten. Wie heeft u op het terrein gelaten?'

'Het hek stond open. Hoe maak ik een afspraak met uw baas?'

'Meneer Stern maakt zijn afspraken zelf.'

'Laat me een paar minuten met hem spreken. Ik heb maar heel kort nodig.'

'Onmogelijk.'

'Zegt u hem maar dat ik namens Nola Kellergan kom. Ik denk dat die naam hem wel iets zegt.'

De dienstbode liet me buiten wachten en kwam gauw terug. 'Meneer Stern zal u ontvangen,' zei ze. 'U moet echt belangrijk zijn.' Ze leidde me over de begane grond naar een werkkamer met lambrisering en wandkleden, waar een zeer elegante man me vanuit een leunstoel streng en schattend opnam. Elijah Stern.

'Mijn naam is Marcus Goldman,' zei ik. 'Fijn dat u me wilt ontvangen.'

'Goldman, de schrijver?'
'Ja.'
'Waaraan heb ik dit onverwachte bezoek te danken?'
'Ik doe onderzoek naar de zaak-Kellergan.'
'Ik wist niet dat er een zaak-Kellergan bestond.'
'Laten we zeggen dat er nog allerlei raadsels niet opgehelderd zijn.'
'Is dat niet het werk van de politie?'
'Ik ben een vriend van Harry Quebert.'
'En wat heb ik hiermee te maken?'
'Er is mij verteld dat u in Aurora hebt gewoond. Dat het huis in Goose Cove waar Harry Quebert nu woont vroeger van u was. Ik wilde me ervan vergewissen dat dat juist is.'
Hij gebaarde me te gaan zitten.
'Uw informatie is juist,' zei hij. 'Ik heb het in 1976 aan hem verkocht, toen hij net was doorgebroken.'
'Dus u kende Harry Quebert?'
'Nauwelijks. Ik heb hem destijds een paar keer ontmoet toen hij pas in Aurora woonde. We hebben geen contact gehouden.'
'Mag ik vragen wat uw band is met Aurora?'
Hij keek me weinig welwillend aan.
'Is dit een verhoor, meneer Goldman?'
'Absoluut niet. Ik ben alleen benieuwd waarom iemand als u een huis zou hebben in een klein stadje als Aurora.'
'Iemand als ik? Iemand die heel rijk is, bedoelt u?'
'Ja. Vergeleken met andere stadjes aan de kust is Aurora niet bepaald opwindend.'
'Mijn vader heeft het huis laten bouwen. Hij wilde iets hebben aan de oceaankust, maar niet te ver van Concord. Verder is Aurora gewoon een mooi stadje. En bovendien ligt het halverwege tussen Concord en Boston. Als kind heb ik er heel wat zomers doorgebracht.'
'Waarom hebt u het verkocht?'
'Toen mijn vader overleed heb ik een aanzienlijk aantal huizen geërfd. Ik had geen tijd om ervan te genieten, en het huis in Goose Cove gebruikte ik niet meer. Daarom besloot ik het te verhuren, en dat heb ik bijna tien jaar gedaan. Maar er waren weinig gegadigden. Het huis stond te vaak leeg. Dus toen Harry Quebert me vroeg of hij het mocht kopen, ging ik direct akkoord. Ik heb het hem trouwens voor een heel zacht prijsje verkocht, want het ging me niet om het geld: ik was blij dat het

huis zou kunnen blijven bestaan. In het algemeen heb ik Aurora altijd heel aangenaam gevonden. In de tijd dat ik veel zaken in Boston deed, maakte ik er vaak een tussenstop. Ik heb hun zomerbal trouwens jarenlang gefinancierd. En Clark's heeft de beste hamburgers in de wijde omtrek. Indertijd wel, in elk geval.'

'En Nola Kellergan? Hebt u die gekend?'

'Heel vaag. Laten we zeggen dat de hele staat over haar hoorde toen ze verdween. Een afschuwelijke geschiedenis. En nu is haar lichaam dus in Goose Cove gevonden... En dan dat boek dat Quebert voor haar had geschreven... gewoonweg walgelijk. Of ik er spijt van heb dat ik hem Goose Cove heb verkocht? Ja, natuurlijk. Maar hoe had ik het kunnen weten?'

'Maar technisch was het huis nog van u op het moment dat Nola verdween...'

'Wat insinueert u? Dat ik iets met haar dood te maken heb? Weet u dat ik me al tien dagen afvraag of Harry Quebert dat huis niet alleen heeft gekocht om zeker te weten dat niemand het lichaam zou vinden dat in de tuin begraven lag?'

Stern zei dat hij Nola vaag kende; moest ik zeggen dat ik een getuige had die zei dat hij een relatie met haar had? Ik besloot die kaart nog even in mijn mouw te houden; maar om hem te prikkelen, noemde ik de naam van Caleb.

'En Luther Caleb?' vroeg ik.

'Wat bedoelt u met "en Luther Caleb"?'

'Kent u een zekere Luther Caleb?'

'Als u me die vraag stelt, dan weet u ongetwijfeld al dat hij jarenlang mijn chauffeur is geweest. Waar wilt u naartoe, meneer Goldman?'

'Een getuige heeft Nola in de zomer van haar verdwijning meer dan eens bij hem in de auto zien stappen.'

Hij stak een dreigende vinger naar me uit.

'Laat de doden met rust, meneer Goldman. Luther was eerzaam, moedig en rechtdoorzee. Ik zal niet toestaan dat zijn naam door het slijk wordt gehaald nu hij zich niet meer kan verdedigen.'

'Is hij dood?'

'Ja. Al heel lang. U zult vast nog wel horen dat hij vaak in Aurora was, en dat is juist: hij zorgde voor het huis in de periode dat ik het verhuurde. Hij zag erop toe dat het niet in verval raakte. Hij had een genereuze natuur, en ik sta niet toe dat u hier zijn herinnering komt besmeuren. Sommige zeurpieten in Aurora zullen u ook wel vertellen dat hij vreemd was, en inderdaad was hij anders dan de meeste stervelingen. In alle opzichten. Hij zag er vreemd uit: zijn gezicht was vreselijk vervormd, zijn kaken zaten niet goed aan elkaar, zodat hij moeilijk te verstaan was. Maar hij had een groot hart en een zeer gevoelige natuur.'

'En u denkt niet dat hij iets met Nola's verdwijning te maken zou kunnen hebben?'

'Nee. Onmogelijk. Ik dacht trouwens dat Harry Quebert de dader was? Die zit momenteel toch in de gevangenis, meen ik...?'

'Ik ben niet overtuigd van zijn schuld. Daarom ben ik hier.'

'Toe zeg, dat meisje wordt in zijn tuin gevonden en het manuscript van zijn boek ligt bij haar. Een boek dat hij voor haar heeft geschreven... Wat wilt u nog meer?'

'Schrijven en moorden zijn twee verschillende dingen, meneer.'

'Uw onderzoek moet wel heel erg zijn vastgelopen als u hier komt om met mij te praten over het verleden en die beste Luther. Dit gesprek is ten einde, meneer Goldman.'

Hij riep de dienstbode, die me naar de voordeur vergezelde.

Ik verliet Sterns studeerkamer met het onaangename gevoel dat dit gesprek voor niets was geweest. Ik vond het jammer dat ik hem niet had kunnen confronteren met de beschuldigingen van Nancy Hattaway, maar ik stond niet sterk genoeg om hem te kunnen beschuldigen. Gahalowood had me gewaarschuwd: die verklaring alleen was niet voldoende, dan werd het haar woord tegen dat van Stern. Ik had iets tastbaarders nodig. En toen bedacht ik dat ik eigenlijk eens wat beter in dit huis zou moeten rondkijken.

Toen we in de enorme hal stonden, vroeg ik de dienstbode of ik voordat ik wegging nog even van het toilet gebruik mocht maken. Ze bracht me naar het gastentoilet op de begane grond en maakte me duidelijk dat ze omwille van mijn privacy bij de voordeur op me zou wachten. Zodra ze weg was, liep ik snel de gang op om de vleugel van het huis waarin ik me bevond te doorzoeken. Wat ik zocht wist ik niet, maar ik wist wel dat ik moest opschieten. Dit was mijn enige kans om iets te vinden wat Stern met Nola in verband zou kunnen brengen. Met bonzend hart trok ik op goed geluk wat deuren open, biddend dat de kamers leeg zouden zijn. Ze waren allemaal uitgestorven: gewoon de ene rijk gedecoreerde salon na de andere. Door de grote ramen zag ik de prachtige tuin. Gespitst op elk geluid vervolgde ik mijn zoektocht. De volgende deur kwam uit op een klein werkkamertje. Ik ging snel naar binnen en trok de kasten open: er stonden mappen in, er lagen stapels documenten. Niets van wat ik zag, was interessant voor me. Ik zocht iets, maar wat? Wat zou mij hier in dit huis, dertig jaar na dato, opeens in het oog kunnen springen en me verder helpen? De tijd drong: de dienstbode zou me zo bij de toiletten gaan zoeken als ik niet snel terugging. Ik bereikte een tweede gang en liep erdoorheen. Aan het eind van de gang was een deur, die ik met bonzend hart opende: ik belandde in een enorme serre die door een oerwoud van klimplanten tegen indiscrete blikken werd beschermd. Er stonden schildersezels en een paar onafgemaakte doeken, en op een tafel lagen een paar kwasten. Een atelier. Aan de muur hing een reeks schilderijen, allemaal zeer geslaagd. Een ervan trok mijn aandacht: ik herkende direct de hangbrug vlak bij Aurora, aan de kust. Toen besefte ik dat alle doeken Aurora uitbeeldden. Ik zag Grand Beach, de hoofdstraat, zelfs Clark's. De doeken waren opvallend natuurgetrouw. Ze waren allemaal ondertekend met L.C., en de jaartallen liepen tot 1975. Toen pas ontdekte ik een ander schilderij, groter dan de rest, dat in een hoek hing; er stond een stoel voor en het was het enige dat verlicht werd. Het was een portret van een jonge vrouw. Je zag haar slechts tot boven haar borsten, maar ze was duidelijk naakt. Ik liep ernaartoe; het gezicht kwam me niet volslagen onbekend voor. Ik keek nog wat langer; toen besefte ik het plotseling en ik stond paf: het was een portret van Nola. Zij was het, daar was geen twijfel over mogelijk. Ik maakte een paar foto's met mijn mobieltje en vluchtte direct de kamer uit. De dienstbode stond ongeduldig bij de voordeur te wachten. Ik nam beleefd afscheid, en trillend en zwetend ging ik er halsoverkop vandoor.

*

Een halfuur na mijn ontdekking stormde ik Gahalowoods kamer binnen op het hoofdkwartier van de Staatspolitie. Natuurlijk was hij woedend dat ik Stern had bezocht zonder hem van te voren te raadplegen.

'Je bent onuitstaanbaar, schrijver! Onuitstaanbaar!'

'Ik ben alleen maar even op bezoek geweest,' legde ik uit. 'Ik heb aangebeld, ik heb gevraagd of ik hem kon spreken en hij heeft me ontvangen. Ik zie niet wat daar verkeerd aan is.'

'Ik had toch gezegd dat je moest wachten?'

'Waarop dan, sergeant? Op uw zegen? Tot het bewijsmateriaal uit de hemel over ons neerdaalt? U zat te klagen dat u hem niet tegen de haren in wilde strijken, en toen ben ik in actie gekomen. U klaagt, ik doe. En kijk eens wat ik bij hem heb gevonden?'

Ik liet hem de foto's op mijn telefoon zien.

'Een schilderij?' zei Gahalowood minachtend.

'Kijk nog eens goed.'

'Verdomme... Dat lijkt...'

'Nola! Er hangt een schilderij van Nola Kellergan bij Elijah Stern.'

Ik mailde de foto's naar Gahalowood, die ze op groot formaat uitprintte.

'Ja hoor, dat is Nola,' constateerde hij toen hij het schilderij vergeleek met de foto's uit het dossier.

De beeldkwaliteit was niet optimaal, maar er was geen twijfel mogelijk.

'Er is dus een link tussen Nola en Stern,' zei ik. 'Nancy Hattaway zei dat Nola een relatie met Stern had en ik heb in zijn atelier een portret van Nola gevonden. En dan heb ik nog niet eens alles verteld: Harry's huis was tot 1976 eigendom van Elijah Stern. Dus toen Nola verdween was Stern de officiële eigenaar van Goose Cove. Een schitterend toeval, of niet? Ik zou zeggen: regel een huiszoekingsbevel en haal de cavalerie. We doen een volstrekt reglementaire huiszoeking bij Stern en we slaan hem in de boeien.'

'Een huiszoekingsbevel? Ben je wel lekker, vriend? Op basis waarvan? Van jouw foto's? Die had je niet eens mogen maken! Dit heeft geen enkele bewijswaarde: je hebt een onrechtmatige huiszoeking gedaan. Hier kan ik niks mee. We moeten iets anders vinden om tegen Stern te gebruiken, en in de tussentijd zal hij er wel voor zorgen dat dat schilderij verdwijnt.'

'Alleen weet hij niet dat ik het heb gezien. Toen ik tegen hem over Luther Caleb begon, werd hij boos. En over Nola deed hij alsof hij haar nauwelijks kende, terwijl hij een schilderij heeft waar ze halfnaakt op staat. Ik weet niet wie dat schilderij gemaakt heeft, maar een aantal van de werken in het atelier was gesigneerd met L.C. Luther Caleb, misschien?'

'Dit verhaal neemt een wending die me niet bevalt, schrijver. Als ik achter Stern aan ga en ik sla de plank mis, dan zit ik diep in de problemen.'

'Dat weet ik, sergeant.'

'Ga maar met Harry over Stern praten. Probeer meer over hem te weten te komen. Dan zal ik me verdiepen in het leven van die Luther Caleb. We hebben iets tastbaars nodig.'

In de auto op weg van het hoofdkwartier van politie naar de gevangenis hoorde ik op de radio dat het oeuvre van Harry in bijna alle staten van het land van het lesprogramma was geschrapt. Het dieptepunt was bereikt: in twee weken was Harry alles kwijtgeraakt. Voortaan was hij een verboden schrijver, een docent in ongenade, het doelwit van de haat van een heel land. Wat de uitkomst van het onderzoek en het proces ook mocht zijn, zijn naam zou voor altijd besmeurd blijven; voortaan zou je niet meer over zijn oeuvre kunnen praten zonder daarbij de enorme controverse te noemen rondom de zomer die hij met Nola had beleefd, en om moeilijkheden te voorkomen zouden culturele evenementen het niet meer aandurven om de naam van Harry Quebert aan hun programma te verbinden. De intellectuele elektrische stoel. Het ergste was dat Harry zich ten volste bewust was van de situatie; toen hij binnenkwam in de bezoekersruimte was het eerste wat hij tegen me zei: 'Stel dat ze me vermoorden...'

'Niemand vermoordt je, Harry.'

'Maar ik ben toch al dood, of niet dan?'

'Welnee. Je bent niet dood! Je bent de grote Harry Quebert. Het belangrijkste is dat je weet hoe je moet vallen, weet je nog? Het gaat er niet om dat je valt, want vallen is onvermijdelijk; het gaat erom dat je weer overeind krabbelt. En dat gaan we doen ook.'

'Je bent een goede kerel, Marcus. Maar door de oogkleppen van de vriendschap ben je blind voor de waarheid. Uiteindelijk gaat het er niet eens om of ik Nola, Deborah Cooper of zelfs Kennedy heb vermoord. Het probleem is dat ik een relatie heb gehad met dat meisje, en dat is onvergeeflijk. En dat boek! Hoe heb ik het in mijn hoofd gehaald om dat boek te schrijven?'

'Wacht maar af, we komen er wel weer bovenop,' zei ik weer. 'Kun je je dat pak slaag nog herinneren dat ik toen in Lowell kreeg, in die loods die was omgebouwd tot een clandestiene bokszaal? Ik ben nog nooit zo goed weer opgekrabbeld.'

Hij glimlachte geforceerd; toen vroeg hij: 'En jij? Word je nog steeds bedreigd?'

'Laten we zeggen dat ik me iedere keer dat ik naar Goose Cove ga, afvraag wat me te wachten staat.'

'Zorg dat je ontdekt wie erachter zit, Marcus. Vind hem en geef hem er flink van langs. Ik kan het idee niet verdragen dat je bedreigd wordt.'

'Maak je geen zorgen.'

'En je onderzoek?'
'Z'n gangetje... Harry, ik ben aan een boek begonnen.'
'Wat geweldig!'
'Het gaat over jou. Over ons, over Burrows. En over jouw geschiedenis met Nola. Het is een liefdesverhaal. Ik geloof in jouw liefdesverhaal.'
'Een mooie hommage.'
'Dus ik heb je zegen?'
'Natuurlijk, Marcus. Weet je, je bent waarschijnlijk een van mijn beste vrienden geweest. Je bent een geweldige schrijver. Ik voel me gevleid dat ik het onderwerp van je volgende boek ga worden.'
'Waarom spreek je in de verleden tijd? Waarom zeg je dat ik een van je beste vrienden "ben geweest"? Dat is toch niet veranderd?'
Hij keek triest. 'Het kwam er gewoon zo uit.'
Ik pakte hem bij de schouders.
'We blijven altijd vrienden, Harry! Ik laat je nooit vallen. Dat boek is een bewijs van mijn onwankelbare vriendschap.'
'Bedankt, Marcus. Ik ben ontroerd. Maar dat boek mag niet over onze vriendschap gaan.'
'Waarom niet?'
'Kun je je ons gesprek nog herinneren van de dag dat je op Burrows je diploma kreeg?'
'Ja, toen we zo lang over de campus hebben gewandeld. We liepen naar de bokszaal. Je vroeg wat ik wilde gaan doen en ik antwoordde dat ik een boek ging schrijven. En toen vroeg je waarom ik schreef. Ik antwoordde dat ik schreef omdat ik het leuk vond en jij zei...'
'Ja, wat zei ik?'
'Dat het leven weinig zin had. Maar dat schrijven het een betekenis kon geven.'
'Precies, Marcus. En dat is precies de fout die je een paar maanden geleden hebt gemaakt, toen Barnaski een nieuw manuscript van je wilde. Je begon te schrijven omdat je een boek moest schrijven, niet om je leven zin te geven. Van zichzelf heeft niets ooit een betekenis: en daarom was het volstrekt niet verrassend dat je geen zin op papier kreeg. Het schrijverschap is niet een gave omdat je schrijft zoals het hoort, maar omdat je je leven er zin mee kunt geven. Iedere dag worden er mensen geboren en gaan er mensen dood. Iedere dag lopen massa's anonieme werknemers grote grijze gebouwen in en uit. En dan heb je schrijvers. Volgens mij leven schrijvers intenser dan andere mensen. Dus schrijf niet uit naam van

onze vriendschap, Marcus. Schrijf omdat het de enige manier is waarop je van dat onbenullige, nietige iets wat we het leven noemen een waardevolle, bevredigende ervaring kunt maken.'

Ik keek hem lang aan. Ik had het gevoel dat de meester zijn laatste les gaf. Het was onverdraaglijk. Hij besloot met: 'Ze hield van opera, Marcus. Zet dat maar in je boek. Haar favoriet was *Madame Butterfly*. Ze zei dat de mooiste opera's trieste liefdesgeschiedenissen waren.'

'Wie, Nola?'

'Ja. Dat kind van vijftien was stapelgek op opera. Na haar zelfmoordpoging zat ze een dag of tien in Charlotte's Hill, een rustoord. Wat ze tegenwoordig een psychiatrisch ziekenhuis noemen. Ik ging stiekem bij haar op bezoek. Ik bracht opera's mee op lp's, die we afspeelden op een kleine draagbare pick-up. Ze was tot tranen toe geroerd. Mocht ze geen actrice in Hollywood worden, dat werd ze zangeres op Broadway, zei ze; en ik antwoordde dat ze de grootste zangeres uit de geschiedenis van Amerika zou worden. Weet je, Marcus, ik denk oprecht dat Nola Kellergan een stempel op dit land had kunnen drukken...'

'Denk je dat haar ouders het hebben gedaan?' vroeg ik.

'Nee, dat lijkt me niet waarschijnlijk. En dan dat manuscript, met dat opschrift... In ieder geval kan ik me David Kellergan nauwelijks voorstellen als de moordenaar van zijn dochter.'

'Maar ze werd wel geslagen...'

'Die klappen, ja... dat was zo vreemd...'

'En Alabama? Heeft Nola daar weleens iets over verteld?'

'Alabama? Ja, daar kwamen de Kellergans vandaan.'

'Nee, Harry, er is meer aan de hand. Ik denk dat er iets in Alabama is gebeurd wat met hun vertrek te maken heeft. Maar ik weet niet wat... En ik weet ook niet hoe ik erachter zou kunnen komen.'

'Arme Marcus, het lijkt wel of je steeds meer raadsels tegenkomt naarmate je dieper in de zaak duikt.'

'Dat lijkt niet alleen zo, Harry. Trouwens, ik heb ontdekt dat Tamara Quinn wist van jou en Nola. Dat heeft ze zelf verteld. Op de dag van Nola's zelfmoordpoging is ze woedend naar je huis gekomen, omdat je haar had laten zitten op het tuinfeest dat ze had georganiseerd. Maar je was niet thuis en toen heeft ze je werkkamer doorzocht. Ze heeft een papier gevonden waarop je iets over Nola had geschreven.'

'Nu je het zegt... ik weet nog wel dat ik iets kwijt was. Ik heb er heel lang naar gezocht, maar tevergeefs. Ik dacht dat ik het was verloren, wat me destijds ontzettend verbaasde omdat ik altijd heel geordend ben. Wat heeft ze ermee gedaan?'

'Ze zegt dat ze het is verloren...'

'Zat ze ook achter die anonieme brieven?'

'Dat lijkt me sterk. Ze had er zelfs geen idee van dat er iets tussen Nola en jou aan de gang was. Ze dacht alleen dat je op haar viel. Trouwens, ben jij tijdens het onderzoek naar Nola's verdwijning ooit door Chief Pratt verhoord?'

'Door Chief Pratt? Nee, nooit.'

Dat was vreemd: waarom had Chief Pratt hem nooit verhoord in het kader van het onderzoek, terwijl Tamara verklaarde dat ze hem had verteld wat ze wist? Zonder Nola of het schilderij te noemen waagde ik het daarna om over Stern te beginnen.

'Stern?' zei Harry. 'Ja, die ken ik wel. Dat was de eigenaar van het huis in Goose Cove. Ik heb het van hem gekocht na het succes van *De wortels van het kwaad*.'

'Ken je hem goed?'

'Niet goed. Ik heb hem in die zomer van 1975 één of twee keer ontmoet. De eerste keer op het zomerbal, toen zaten we bij elkaar aan tafel. Een aardige man. Daarna heb ik hem nog een paar keer gezien. Hij was gul, hij geloofde in me. Hij heeft heel veel voor de cultuur gedaan. Hij is een goed mens.'

'Wanneer heb je hem voor het laatst gezien?'

'Voor het laatst? Dat zal bij de koop van het huis zijn geweest. Eind 1976 dus. Maar wat heeft hij hier in godsnaam mee te maken?'

'Zomaar. Zeg, Harry, dat zomerbal, was dat het feest waarnaar Tamara Quinn hoopte dat je haar dochter mee zou nemen?'

'Klopt. Uiteindelijk ben ik alleen gegaan. Wat een avond... Stel je voor: ik won de tombola. Een week vakantie op Martha's Vineyard.'

'En ben je gegaan?'

'Natuurlijk.'

Toen ik die avond weer in Goose Cove was, vond ik een e-mail van Roy Barnaski, die me een aanbod deed dat geen enkele schrijver zou kunnen afslaan.

Van: r.barnaski@schmidandhanson.com
Datum: maandag 30 juni 2008 – 19:54

Beste Marcus,

Je boek bevalt me. Naar aanleiding van ons telefoongesprek van vanochtend stuur ik je in bijlage een contractvoorstel waarmee je ongetwijfeld akkoord zult gaan.

Stuur me zo snel mogelijk meer pagina's. Zoals gezegd wil ik het in de herfst uitbrengen. Ik denk dat het een groot succes gaat worden. Eigenlijk weet ik dat wel zeker. Warner Bros heeft al gezegd dat ze geïnteresseerd zijn in de filmrechten. Vanzelfsprekend met royalty's voor jou.

De bijlage was een conceptovereenkomst waarin hij me een voorschot van een miljoen dollar beloofde.
Die nacht lag ik lang wakker, overspoeld door allerlei gedachten. Precies om halfelf 's avonds belde mijn moeder. Er klonk lawaai op de achtergrond; ze fluisterde.
'Mama?'
'Markie! Markie, je raadt nooit wie hier bij me is.'
'Papa?'
'Ja. Ach, nee! Wil je wel geloven dat je vader en ik zin kregen om een avondje naar New York te gaan, en dat we bij die Italiaan bij Columbus Circle zijn gaan eten? En raad eens wie we pal voor de deur tegenkwamen? Denise! Je secretaresse!'
'Je meent het!'
'Hou je maar niet van de domme! Denk je dat ik niet weet waar je mee bezig bent? Ze heeft me alles verteld! Alles!'
'Wat heeft ze verteld?'
'Dat je haar hebt ontslagen!'
'Ik heb haar niet ontslagen, mama. Ik heb een goede baan voor haar gevonden bij Schmid & Hanson. Ik had haar niets meer te bieden, geen boek, geen project, helemaal niets! Ik moest toch een beetje om haar toekomst denken, of niet soms? Ik heb een prachtbaan voor haar gevonden op de marketingafdeling.'
'O, Markie, we vielen elkaar gewoon in de armen. Ze zegt dat ze je mist.'

'Toe, mama.'

Ze ging nog zachter praten. Ik kon haar nauwelijks verstaan.

'Ik heb iets bedacht, Markie.'

'Wat dan?'

'Ken je de grote Solzjenitsyn?'

'De schrijver? Ja, en?'

'Gisteravond heb ik een documentaire over hem gezien. Wat een zegen van boven zeg, dat ik die heb gezien! Wil je wel geloven dat hij met zijn secretaresse is getrouwd? Zijn secretaresse! En wie loop ik vandaag tegen het lijf? Jouw secretaresse! Dat is een teken, Markie! Ze heeft geen slecht karakter, en bovendien barst ze van het oestrogeen! Dat weet ik gewoon, vrouwen voelen dat aan. Ze is vruchtbaar en dociel, ze zal je iedere negen maanden een kind schenken! Hoe je ze opvoedt zal ik haar wel leren, dan worden ze allemaal precies zoals ik ze wil! Is het niet geweldig?'

'Absoluut niet. Ik val niet op haar, ze is te oud voor me en daarnaast heeft ze een vriendje. Bovendien doe je dat niet, trouwen met je secretaresse.'

'Maar als de grote Solzjenitsyn het ook doet, dan mag het toch? Ze had wel iemand bij zich, ja, een of andere flapdrol. Hij rook naar eau de cologne uit de supermarkt. Maar jij bent een groot schrijver, Markie. Jij bent de Geweldenaar!'

'De Geweldenaar heeft het afgelegd tegen Marcus Goldman, mama. En daarna ben ik pas begonnen met leven.'

'Hoe bedoel je?'

'Laat maar, mama. Maar laat Denise alsjeblieft rustig eten.'

Een uur later kwam er een politiepatrouille langs om te controleren of alles in orde was. Het waren twee vriendelijke jonge agenten van mijn leeftijd. Ik bood ze koffie aan en ze zeiden dat ze even voor het huis bleven staan. Het was een zachte avond, en door het open raam hoorde ik ze kletsen en grapjes maken, terwijl ze op de motorkap van hun auto een sigaretje rookten. Opeens voelde ik me heel eenzaam, heel ver verwijderd van de wereld. Ik had net een kolossale hoop geld aangeboden gekregen voor het schrijven van een boek dat me zonder enige twijfel vol in de schijnwerpers zou zetten, ik leefde een bestaan waar miljoenen Amerikanen van droomden, en toch ontbrak er iets: een leven. Het eerste deel van mijn bestaan was ik bezig geweest met het bevredigen van mijn ambitie, en aan het tweede zou ik beginnen met een poging om die ambities levend te houden; en als ik er goed over nadacht vroeg ik me af wanneer ik eindelijk gewoon zou gaan leven. Op Facebook liet ik de lijst van mijn duizenden virtuele vrienden de revue passeren; er zat er niet een tussen die ik zou kunnen bellen om een biertje te gaan drinken. Ik wilde een hechte vriendengroep met wie ik de ijshockeycompetitie kon volgen en in het weekend kon kamperen; ik wilde een lieve, tedere vriendin die me aan het lachen en het dromen maakte. Ik wilde niet langer alleen zijn.

In Harry's werkkamer staarde ik lang naar de foto's die ik van het schilderij had gemaakt en waarvan Gahalowood me een vergroting had gegeven. Door wie was het geschilderd? Caleb? Stern? In elk geval was het een prachtig schilderij. Ik zette mijn minidiskspeler aan en ik luisterde de gesprekken van de dag met Harry terug.

'Bedankt, Marcus. Ik ben ontroerd. Maar dat boek mag niet over onze vriendschap gaan.'
'Waarom niet?'
'Kun je je ons gesprek nog herinneren van de dag dat je op Burrows je diploma kreeg?'
'Ja, toen we zo lang over de campus hebben gewandeld. We liepen naar de bokszaal. Je vroeg wat ik wilde gaan doen en ik antwoordde dat ik een boek ging schrijven. En toen vroeg je waarom ik schreef. Ik antwoordde dat ik schreef omdat ik het leuk vond en jij zei...'
'Ja, wat zei ik?'
'Dat het leven weinig zin had. Maar dat schrijven het een betekenis kon geven.'

Ik volgde Harry's raad op en ging weer achter mijn computer zitten om verder te schrijven.

Middernacht, Goose Cove. Door het open raam van de werkkamer waait de zachte oceaanwind de kamer binnen. De aangename geur van vakantie. Buiten wordt alles verlicht door de stralende maan.
Het onderzoek vordert. Of in ieder geval ontdekken sergeant Gahalowood en ik stukje bij beetje hoe ver deze zaak reikt. Volgens mij gaat het om veel meer dan alleen een verboden liefde of een gruwelijk nieuwsfeitje in de trant van een weggelopen meisje dat op een zomeravond in handen van een landloper valt. Er zijn nog te veel vragen onbeantwoord.

- In 1969 verlieten de Kellergans Jackson, Alabama, terwijl vader David er aan het hoofd stond van een bloeiende gemeente. Waarom?
- In de zomer van 1975 beleefde Nola een liefdesgeschiedenis met Harry Quebert, die zich erdoor liet inspireren om *De wortels van het kwaad* te schrijven. Maar Nola had ook een relatie met Elijah Stern, die haar naakt liet poseren. Wie is ze echt? Een soort muze?
- Wat is de rol van Luther Caleb, over wie Nancy Hattaway me heeft toevertrouwd dat hij Nola in Aurora kwam ophalen om haar naar Concord te brengen?
- Wie wist er buiten Tamara Quinn van Nola en Harry? Wie kan die anonieme brieven aan Harry hebben gestuurd?
- Waarom heeft Chief Pratt, die aan het hoofd stond van het onderzoek naar de verdwijning, Harry na de ontdekking van Tamara Quinn niet ondervraagd? En heeft hij Stern wel ondervraagd?
- Wie heeft in hemelsnaam Deborah Cooper en Nola Kellergan vermoord?
- En wie is die ongrijpbare schim die wil verhinderen dat ik het verhaal vertel?

FRAGMENTEN UIT *DE WORTELS VAN HET KWAAD*, DOOR HARRY L. QUEBERT

Het drama vond plaats op een zondag. Ze was ongelukkig en ze had geprobeerd te sterven.

Haar hart had niet meer de kracht om verder te kloppen als het niet klopte voor hem. Ze had hem nodig om te kunnen leven. En nu hij dat had begrepen, kwam hij iedere dag in het geheim naar het ziekenhuis om naar haar te kijken. Hoe kon zo'n leuk meisje als zij nou dood willen? Hij nam het zichzelf kwalijk. Het voelde alsof hij haar dit had aangedaan.

Iedere dag ging hij stiekem op een bankje in de grote tuin van de kliniek zitten, en dan wachtte hij op het moment dat ze naar buiten kwam om van de zon te genieten. Hij zag haar leven. Leven was zo belangrijk. Dan maakte hij er gebruik van dat ze niet op haar kamer was om een brief onder haar kussen te leggen.

Liefste schat,

Je mag nooit sterven. Je bent een engel. Engelen sterven niet.

Zie je wel dat ik nooit ver weg ben. Ik smeek je, droog je tranen. Ik kan het niet verdragen te weten dat je triest bent.

Ik kus je om je pijn te verzachten.

Lieveling,

Wat een verrassing om je briefje te vinden toen ik naar bed ging! Ik schrijf stiekem: we mogen 's avonds niet opblijven nadat de lichten uit zijn, en de verpleegsters zijn heel streng. Maar ik kan me niet inhouden: toen ik je briefje las, moest ik meteen antwoorden. Alleen maar om te zeggen dat ik van je hou.

Ik droom dat ik met je kan dansen. Ik weet zeker dat je beter danst dan wie dan ook. Ik zou je zo graag willen vragen om me mee te nemen naar het zomerbal, maar ik weet dat jij niet wilt. Je zult zeggen dat het ons einde betekent als we samen gezien worden. Maar ik denk dat ik hier hoe dan ook niet op tijd weg ben. Waarom zou je leven als je niet kunt liefhebben? Dat is de vraag die ik voortdurend stel sinds ik heb gedaan wat ik heb gedaan.

Voor eeuwig de jouwe.

Mijn prachtige engel,

Ooit zullen we dansen. Dat beloof ik. Ooit zal de liefde overwinnen en zullen we in alle openheid van elkaar kunnen houden. En dan zullen we dansen, dansen op de stranden. Op het strand, zoals de eerste dag. Je bent zo prachtig op het strand.
  Word snel beter! Ooit zullen we dansen, op de stranden.

Liefste,

Dansen op de stranden. Van iets anders droom ik niet.
   Zeg me dat je me op een dag zult meenemen om te dansen op de stranden, jij en ik en verder niemand...

18

Martha's Vineyard

(Massachusetts, eind juli 1975)

'In deze samenleving worden degenen die bruggen bouwen, wolkenkrabbers laten verrijzen en keizerrijken stichten het meest bewonderd, Marcus. Maar in werkelijkheid is er niemand bewonderenswaardiger en nobeler dan degene die liefde tot stand kan brengen. Want iets grootsers en moeilijkers is er niet.'

Ze danste op het strand. Ze speelde met de golven en rende over het zand, met haar haren in de wind; ze lachte. Ze was zo blij dat ze leefde. Vanaf het hotelterras keek Harry een ogenblik naar haar, toen boog hij zich weer over de papieren die zijn tafel bedekten. Hij schreef snel, en het ging goed. Sinds ze hier waren aangekomen had hij al enkele tientallen bladzijden geschreven, hij vorderde in een koortsachtig tempo. Dat had hij aan haar te danken. Aan Nola, zijn liefste Nola, zijn leven, zijn inspiratie. N-O-L-A. Eindelijk schreef hij zijn grote roman. Een liefdesroman.

'Harry,' riep ze, 'neem nou toch eens pauze! Kom zwemmen!' Hij gaf zichzelf toestemming om zijn werk een ogenblik te onderbreken en ging naar hun kamer, borg de papieren op in zijn boekentas en trok zijn zwembroek aan. Hij liep naar haar toe over het strand en ze wandelden langs de oceaan, ze verwijderden zich steeds verder van het hotel, het terras, de andere gasten en de zwemmers. Ze passeerden een barrière van rotsblokken en bereikten een afgelegen kreek. Daar konden ze van elkaar houden.

'Mijn liefste Harry, neem me in je armen,' zei ze toen ze beschut waren voor alle blikken.

Hij omhelsde haar, zij hing met heel haar gewicht aan zijn hals. Toen namen ze een duik in de oceaan en spetterden elkaar vrolijk nat; daarna gingen ze liggen op de grote witte badhanddoeken van het hotel en lieten ze zich opdrogen in de zon. Ze legde haar hoofd op zijn borst.

'Ik hou van je, Harry… Ik hou van je zoals ik nog nooit van iemand heb gehouden.'

Ze glimlachten naar elkaar.

'Dit is de mooiste vakantie van mijn leven,' zei Harry.

Nola's gezicht lichtte op.

'We moeten foto's maken! Als we foto's maken, vergeten we dit nooit meer! Heb je je camera bij je?'

Hij haalde de camera uit zijn tas en gaf hem aan haar. Ze drukte zich tegen hem aan en hield het toestel op een armlengte afstand, richtte de lens op hun beiden en maakte een foto. Net voordat ze afdrukte, draaide ze haar gezicht en kuste hem langdurig op zijn wang. Ze lachten.

'Volgens mij wordt het een prachtige foto,' zei ze. 'Je moet hem je leven lang bewaren.'

'Mijn leven lang. Ik zal die foto altijd bij me houden.'

Ze waren er nu vier dagen.

*

Twee weken eerder

Het was zaterdag 19 juli, de dag van het jaarlijkse zomerbal. Voor het derde opeenvolgende jaar vond het bal niet plaats in Aurora, maar in de countryclub van Montburry, de enige plaats die volgens Amy Pratt geschikt was om dienst te doen als de locatie van een dergelijk evenement: sinds ze de teugels in handen had genomen, deed ze haar uiterste best om van het zomerbal een chique aangelegenheid te maken. Ze wilde niet langer gebruikmaken van de gymzaal van de middelbare school van Aurora, ze had de lopende buffetten in de ban gedaan ten gunste van een diner met tafelschikking, ze had het dragen van stropdassen voor mannen verplicht gesteld en tussen het diner en de dansavond werd nu een tombola gehouden om de sfeer te verhogen.

In de maand voorafgaand aan het bal zag je Amy Pratt door het stadje struinen om tegen goudgeld lootjes voor de tombola te verkopen, en niemand durfde nee te zeggen, uit angst dat hij of zij op de avond van het bal een rottige plek zou krijgen. Sommige mensen beweerden dat de opbrengst – die niet mis was – direct in haar zak verdween, maar niemand durfde daar openlijk over te beginnen: het was belangrijk om op goede voet met haar te blijven. Het verhaal ging dat ze op een keer was 'vergeten' om een zitplaats te reserveren voor een vrouw met wie ze ruzie had. Toen het diner begon, stond de arme ziel plompverloren midden in de zaal.

Aanvankelijk was Harry van plan om niet naar het bal te gaan. Hoewel hij een paar weken eerder voor een plek had betaald, was hij nu niet bepaald in een uitgaansstemming: Nola lag nog steeds in het ziekenhuis en hij was ongelukkig. Hij wilde alleen zijn. Maar op de ochtend van het bal had Amy Pratt op zijn deur getrommeld: hij was al dagenlang niet meer in de stad gezien, en ook in Clark's was hij niet meer gesignaleerd. Ze wilde zich ervan vergewissen dat hij geen verstek zou laten gaan, hij moest absoluut komen, ze had aan iedereen verteld dat hij er zou zijn. Voor de eerste keer zou er een grote ster uit New York op haar soiree aanwezig zijn, en wie weet, misschien zou Harry het jaar daarop wel terugkomen met de fine fleur van de showbusiness. En dan, over een paar jaar, zouden heel Hollywood en Broadway naar New Hampshire komen om aanwezig te zijn bij wat tegen die tijd een van de meest mondaine evenementen van de Oostkust was geworden. 'Je komt vanavond toch wel, hè Harry? Je bent er toch wel bij, hè?' kreunde ze toen ze handenwringend voor de deur stond. Ze had hem gesmeekt en uiteindelijk had hij beloofd dat hij zou komen, vooral omdat hij geen nee kon zeggen, en ze was er zelfs in geslaagd om hem voor vijftig dollar aan tombolalootjes in de maag te splitsen.

Later op de dag had hij Nola bezocht in de kliniek. Onderweg had hij in een winkel in Montburry nog meer operaplaten gekocht. Hij kon zich niet inhouden, hij wist dat de muziek haar gelukkig zou maken. Maar hij gaf te veel uit en dat kon hij zich niet veroorloven. Hij durfde zich niet voor te stellen hoe zijn bankrekening ervoor stond; hij wilde niet eens weten hoeveel hij nog had. Zijn spaargeld ging in rook op, en in dit tempo zou hij binnenkort geen geld meer hebben om tot het einde van de zomer voor het huis te betalen.

Ze hadden gewandeld in de tuin van de kliniek, en in de privacy van een bosje had Nola hem omhelsd.

'Harry, ik wil weg...'
'De artsen hebben gezegd dat je over een paar dagen naar huis mag.'
'Dat bedoel ik niet: ik wil weg uit Aurora. Met jou. Hier zullen we nooit gelukkig worden.'
'Ooit,' had hij geantwoord.
'Hoe bedoel je, "ooit"?'
'Ooit gaan we weg.'
Haar gezicht lichtte op.
'Echt? Echt, Harry? Neem je me mee, heel ver weg?'
'Heel ver weg. En dan kunnen we gelukkig zijn.'
'Zielsgelukkig!'
Ze drukte hem dicht tegen zich aan. Iedere keer dat ze dicht bij hem kwam, voelde hij een zalige rilling door zich heen gaan.

'Vanavond is het bal,' zei ze.
'Ja.'
'Ga je?'
'Weet ik nog niet. Ik heb Amy Pratt beloofd dat ik zou komen, maar ik heb geen zin.'
'Toe, ga nou wel! Ik droom ervan om te gaan. Ik droom er al zo lang van dat iemand me meeneemt naar het bal. Maar dat zal wel nooit gebeuren... Mama wil het niet.'
'Wat moet ik daar alleen?'
'Maar Harry, je bent er toch niet alleen? Ik ben bij je, in je gedachten. Dan kunnen we samen dansen! Wat er ook gebeurt, in je gedachten ben ik altijd bij je!'
Toen hij dat hoorde, werd hij boos.
'Hoe bedoel je "wat er ook gebeurt"? Wat bedoel je daar precies mee?'
'Niks, liefste Harry, niet boos zijn. Ik bedoel alleen dat ik altijd van je zal blijven houden.'
En dus ging hij uit liefde voor Nola naar het bal, alleen en met tegenzin. Hij was er nog maar net toen hij al spijt had van zijn beslissing: hij voelde zich slecht op zijn gemak in het contact met de menigte. Om zich een houding te geven ging hij aan de bar zitten en bestelde een paar martini's, terwijl hij toekeek hoe de gasten achterelkaar naar binnen kwamen. De zaal liep snel vol, het geroezemoes van de gesprekken zwol aan. Hij was ervan overtuigd dat alle blikken op hem waren gericht, alsof iedereen wist dat hij van een meisje van vijftien hield. Hij voelde zijn knieën knikken en hij ging naar de wc, spatte water op zijn gezicht, sloot zich op in een wc en ging op de bril zitten om bij zijn positieven te komen. Hij ademde diep in: hij moest kalm blijven. Niemand wist van Nola en hem, dat was onmogelijk. Ze waren altijd heel voorzichtig en discreet geweest. Hij had geen enkele reden om zich zorgen te maken. Hij moest vooral gewoon doen. Na een tijd wist hij zichzelf tot bedaren te brengen en voelde hij dat de knoop in zijn maag verdween. Hij deed de wc-deur weer open; op hetzelfde moment zag hij de tekst die met lippenstift op een spiegel was geschreven:

KINDERNEUKER

Hij voelde een golf van paniek over zich heen slaan. Was daar iemand? Hij riep, keek om zich heen en duwde de deuren van alle hokjes open:

niemand te bekennen. De toiletten waren uitgestorven. Gehaast pakte hij een handdoek, maakte hem goed nat en wiste de tekst uit, die veranderde in een lange rode veeg op de spiegel. Toen vluchtte hij de toiletten uit, bang dat hij betrapt zou worden. Ziek en misselijk, met een bezweet voorhoofd en bonkende slapen, mengde hij zich tussen de gasten alsof er niets was gebeurd. Wie wist het van Nola en hem?

In de feestzaal was het diner aangekondigd: de gasten begaven zich naar de tafels. Hij had het gevoel dat hij doordraaide. Een hand greep zijn schouder. Hij maakte een sprongetje. Amy Pratt. Hij zweette overvloedig.

'Gaat het goed, Harry?' vroeg ze

'Ja… Ja… Alleen een beetje warm.'

'Je zit aan de eretafel. Kom maar mee, die kant op.'

Ze bracht hem naar een grote tafel met bloemen erop, waaraan al een man van een jaar of veertig zat, die eruitzag alsof hij zich stierlijk verveelde.

'Harry Quebert,' verklaarde Amy Pratt op officiële toon, 'mag ik je voorstellen aan Elijah Stern, die een genereuze financiële bijdrage heeft geleverd aan dit bal? Dankzij hem kan de entreeprijs zo laag blijven. Hij is ook de eigenaar van het huis dat je bewoont in Goose Cove.'

Elijah Stern stak glimlachend een hand uit en Harry barstte in lachen uit.

'Dus u bent mijn huisbaas, meneer Stern!'

'Zeg maar Elijah. Aangenaam kennis te maken.'

Na het hoofdgerecht gingen de beide mannen naar buiten om een sigaret te roken en een eindje te wandelen over het gras van de countryclub.

'En hoe bevalt het huis?' vroeg Stern.

'Geweldig. Het is prachtig.'

Elijah Stern liet zijn sigaret rood oplichten en vertelde weemoedig dat Goose Cove jarenlang het vakantiehuis van zijn familie was geweest: zijn vader had het laten bouwen omdat zijn moeder aan hevige migraineaanvallen leed en de zeelucht volgens de dokter goed voor haar was.

'Toen mijn vader dat stukje grond aan de oceaan zag, was hij op slag verliefd. Hij aarzelde geen moment en kocht het direct om er een huis op te bouwen. Hij heeft het zelf ontworpen. Ik was dol op die plek. We hebben er heel wat heerlijke zomers doorgebracht. En toen verstreken de jaren, mijn vader ging dood en mijn moeder verhuisde naar Californië. Goose Cove werd niet meer gebruikt. Ik ben gek op dat huis, ik heb het een paar jaar geleden zelfs laten renoveren. Maar ik ben niet getrouwd, ik heb geen kinderen en ik ben haast nooit in de gelegenheid om ervan te genieten; en het is hoe dan ook te groot voor mij. Dus heb ik het toevertrouwd aan een makelaar die het voor me verhuurt. Het idee dat het er leeg en onbewoond zou zijn, kan ik niet verdragen. Ik ben blij dat er nu iemand zoals jij in woont.'

Stern legde uit dat hij als kind in Aurora zijn eerste bals en zijn eerste liefdes had beleefd, en dat hij hier sindsdien eens per jaar naar terugkeerde voor het bal, ter herinnering aan die jaren.

Ze staken nog een sigaret op en gingen op een stenen bankje zitten.

'En waaraan werk je momenteel, Harry?'

'Een liefdesroman... Nou ja, dat probeer ik althans. Weet je, iedereen hier denkt dat ik een beroemd schrijver ben, maar dat is een soort persoonsverwarring.'

Harry wist dat Stern niet iemand was die zich in de luren liet leggen. De laatste antwoordde alleen: 'De mensen hier zijn snel onder de indruk. Kijk alleen maar hoe betreurenswaardig het zomerbal zich heeft ontwikkeld. Een liefdesroman dus?'

'Ja.'

'Hoe ver ben je?'

'Aan het begin. Eerlijk gezegd lukt het schrijven niet zo.'

'Dat is lastig voor een schrijver. Heb je zorgen?'

'Tja.'

'Ben je verliefd?'

'Waarom vraag je dat?'

'Uit nieuwsgierigheid. Ik vroeg me af of je verliefd moet zijn om een liefdesroman te schrijven. Hoe dan ook, ik ben altijd diep onder de indruk van schrijvers. Misschien omdat ik zelf graag schrijver had willen worden. Of een ander soort kunstenaar. Ik heb een onvoorwaardelijke liefde voor schilderijen. Maar jammer genoeg heb ik weinig talent voor de schone kunsten. Hoe gaat je boek heten?'

'Dat weet ik nog niet.'

'En waar gaat het over?'

'Een verboden liefde.'

'Dat klinkt echt interessant,' zei Stern enthousiast. 'We zouden elkaar nog eens moeten zien.'

Om halftien, na het dessert, kondigde Amy Pratt de trekking aan van de tombola, die zoals ieder jaar werd verzorgd door haar echtgenoot.

Chief Pratt, die de microfoon te diep in zijn mond stak, noemde een voor een de winnende lotnummers. De prijzen, grotendeels aangeboden door de plaatselijke middenstand, stelden weinig voor, met uitzondering van de hoofdprijs, waarvan de trekking heel wat drukte veroorzaakte: het ging om een verblijf van een week in een luxehotel op Martha's Vineyard, all-in, voor twee personen. 'Uw aandacht alstublieft,' hijgde het hoofd van politie. 'De hoofdprijs is gevallen op... Let op... Nummer 1385!' Er viel een korte stilte; toen besefte Harry plotseling dat dat een van zijn biljetten was, en hij stond stomverbaasd op. Meteen werd hij bedolven onder een donderend applaus, en een groot aantal aanwezigen stormde op hem af om hem te feliciteren. Tot aan het einde van de avond had iedereen alleen nog oog voor hem: hij was het middelpunt van de wereld. Maar hijzelf lette op niemand, want het middelpunt van zijn eigen wereld lag vijftien mijl verderop op een klein ziekenzaaltje te slapen.

Toen Harry rond een uur of twee naar huis ging, kwam hij bij de garderobe Elijah Stern tegen, die ook op het punt van vertrekken stond.

'De hoofdprijs van de tombola,' glimlachte Stern. 'Je lijkt nogal een goudvink te zijn.'

'Tja... en dan te bedenken dat ik maar een paar lootjes heb gekocht.'

'Kan ik je een lift aanbieden?' vroeg Stern.

'Bedankt, Elijah, maar ik ben zelf ook met de auto.'

Ze liepen samen naar de parkeerplaats. Er stond een zwarte sedan op Stern te wachten, waarbij een man stond die een sigaret rookte. Stern wees hem aan en zei: 'Harry, mag ik je voorstellen aan mijn vertrouweling. Werkelijk een geweldige kerel. Trouwens, als je het goedvindt, wil ik hem binnenkort eens naar Goose Cove sturen om de rozenstruiken te verzorgen. Ze moeten al bijna weer gesnoeid worden en hij is een begenadigd tuinman, in tegenstelling tot de onbenullen die door het verhuurbedrijf worden gestuurd, en die de vorige zomer alle planten hebben laten doodgaan.'

'Natuurlijk vind ik dat goed. Het is jouw huis, Elijah.'

Toen ze dichter bij de man stonden, zag Harry dat die er angstaanjagend uitzag: zijn lichaam was massief en gespierd, zijn gezicht misvormd en vol littekens. Ze begroetten elkaar met een handdruk.

'Harry Quebert,' zei Harry.

'Aangenaam kennif te maken, meneer Quebert,' antwoordde de man, die zich moeizaam en hortend uitdrukte. 'Mijn naam if Luther Caleb.'

Daags na het bal was Aurora in de greep van een grote opwinding: wie zou Harry Quebert naar Martha's Vineyard meenemen? Niemand had hem ooit met een vrouw gezien. Had hij een vriendin in New York? Misschien wel een filmster. Of zou hij een jongedame uit Aurora meenemen? Had hij hier een hart veroverd en was hij gewoon heel discreet? En zou er iets over in de roddelbladen verschijnen?

De enige die niet met die reis bezig was, was Harry zelf. Op maandagochtend 21 juli zat hij thuis, ziek van ongerustheid: wie wist het van hem en Nola? Wie was hem naar de toiletten gevolgd? Wie had het aangedurfd om die walgelijke tekst op de spiegel te kalken? Met lippenstift; het was dus zonder enige twijfel een vrouw. Maar wie dan? Als afleiding ging hij achter zijn werktafel zitten en besloot hij wat orde te brengen in zijn papieren: en toen besefte hij dat er iets ontbrak. Een papier over Nola, geschreven op de dag van haar zelfmoordpoging. Hij wist nog precies dat hij het hier had neergelegd. Weliswaar groeide er al een week lang een flinke stapel kladjes op zijn tafel, maar hij nummerde ze altijd volgens een heel exacte, chronologische code zodat hij ze daarna goed kon rangschikken. En nu hij ze ging ordenen, constateerde hij dat er een aantekening ontbrak. En nog een vrij belangrijke ook, dat wist hij nog. Hij legde alles twee keer achter elkaar op volgorde en leegde zijn boekentas, maar het blaadje bleef weg. Dat was onmogelijk. Hij controleerde altijd heel zorgvuldig zijn tafel als hij wegging uit Clark's om zeker te weten dat hij niets vergat. In Goose Cove werkte hij uitsluitend in de werkkamer, en als hij eens op het terras ging zitten, legde hij daarna alles wat hij had geschreven op zijn werktafel. Hij kón het papier niet zijn kwijtgeraakt – maar waar was het dan? Toen hij het hele huis tevergeefs had doorzocht, begon hij zich af te vragen of er hier misschien iemand naar belastend materiaal had gezocht. Misschien dezelfde persoon die op de avond van het bal die tekst op de spiegel van de toiletten had gekalkt? Van die gedachte kreeg hij zo'n maagpijn dat hij begon te kokhalzen.

Diezelfde dag werd Nola ontslagen uit de kliniek. Haar eerste gedachte toen ze terug was in Aurora was dat ze naar Harry toe moest. Aan het einde van de middag ging ze naar Goose Cove: hij stond op het strand met zijn broodtrommel. Toen ze hem zag, wierp ze zich direct in zijn armen; hij tilde haar op en draaide haar rond.

'O Harry, mijn liefste Harry! Wat heb ik ernaar verlangd om hier weer bij jou te zijn!'

Hij omhelsde haar zo stevig als hij kon.

'Nola! Mijn liefste Nola…'

'Hoe gaat het, Harry? Nancy zei dat je de hoofdprijs in de tombola hebt gewonnen!'

'Ja, niet te geloven, toch?'

'Een vakantie voor twee op Martha's Vineyard! Voor wanneer?'

'Geen vaste datum. Ik hoef maar te bellen wanneer ik wil en dan kan ik een reservering maken.'

'Mag ik mee? O Harry, neem me mee, daar kunnen we gelukkig zijn zonder ons schuil te hoeven houden!'

Hij gaf geen antwoord. Ze liepen een stukje langs het water en keken hoe de reis van de golven op het zand ten einde kwam.

'Waar komen die golven vandaan?' vroeg Nola.

'Van heel ver weg,' antwoordde Harry. 'Ze komen van heel ver weg om de kust van het grote Amerika te zien en dan te sterven.'

Hij keek naar Nola, en plotseling vertrok zijn gezicht in een vlaag van woede.

'Godverdomme, Nola! Wie wil er nou dood?'

'Het is geen kwestie van dood willen,' zei Nola, 'maar van niet verder kunnen leven.'

'Maar weet je die dag op het strand dan niet meer, na de voorstelling, toen je zei dat ik me niet druk moest maken omdat jij er was? Hoe kun je nou voor me zorgen als je dood bent?'

'Ik weet het, Harry. Vergeef me alsjeblieft. Vergeef me.'

En daar, op het strand, waar ze elkaar hadden ontmoet en op slag verliefd waren geworden, knielde ze neer om hem om vergeving te vragen. Ze vroeg het opnieuw: 'Neem me mee, Harry. Neem me mee naar Martha's Vineyard. Neem me mee en laten we voor eeuwig van elkaar houden.' In de euforie van het moment ging hij akkoord. Maar toen ze kort daarna naar huis ging en hij haar nakeek terwijl ze wegliep over het pad van Goose Cove, bedacht hij dat hij haar onmogelijk mee kon nemen. Het kon gewoon niet. Er was al iemand die van hen wist; en als ze samen weg zouden gaan, zou het hele stadje erachter komen. Dan belandde hij geheid in de gevangenis. Hij kon haar onmogelijk meenemen, en als ze er weer over zou beginnen, zou hij de verboden reis uitstellen. Steeds weer uitstellen.

De volgende dag ging hij voor het eerst in lange tijd weer naar Clark's. Zoals gewoonlijk had Jenny dienst. Toen ze Harry zag binnenkomen, lichtten haar ogen op: hij was terug. Kwam het door het bal? Was hij jaloers geworden toen hij haar met Travis had gezien? Wilde hij haar meevragen naar Martha's Vineyard? Als hij zonder haar zou gaan, betekende het dat hij niet van haar hield. De vraag spookte zo door haar hoofd dat ze hem stelde voordat ze zijn bestelling zelfs maar had opgenomen.

'Met wie ga je naar Martha's Vineyard, Harry?'

'Dat weet ik nog niet,' antwoordde hij. 'Misschien ga ik wel alleen. Misschien ga ik de tijd gebruiken om vaart te maken met mijn boek.'

Ze keek verongelijkt.

'Zo'n prachtreis, in je eentje? Wat zonde.'

Ze hoopte heimelijk dat hij zou antwoorden: 'Je hebt gelijk, Jenny. Liefste, laten we samen gaan, zodat we elkaar kunnen kussen in de ondergaande zon.' Maar hij zei alleen: 'Koffie, alsjeblieft.' En Jenny, de sloof, ging aan de slag. Op datzelfde moment kwam Tamara Quinn tevoorschijn uit haar kantoor, waar ze de boekhouding deed. Toen ze Harry aan zijn vaste tafel zag zitten, haastte ze zich naar hem toe, groette niet eens en zei op boze, verbitterde toon: 'Ik ben de boekhouding aan het doen, meneer Quebert. U hebt hier geen krediet meer.'

'Ik begrijp het,' antwoordde Harry, die een scène wilde vermijden. 'Het spijt me enorm van uw uitnodiging van afgelopen zondag... Ik...'

'Uw excuses interesseren me niet. Ik heb uw bloemen gekregen, ze liggen in de vuilnisbak. Ik verzoek u om de openstaande rekening voor het einde van de week te betalen.'

'Natuurlijk. Geeft u de rekening maar, dan betaal ik direct.'

Ze bracht hem de gespecificeerde rekening; toen hij hem openvouwde, stikte hij bijna: ruim vijfhonderd dollar. Zonder het te beseffen had hij vijfhonderd dollar uitgegeven aan eten en drinken. Vijfhonderd dollar uit het raam gegooid, alleen om bij Nola te zijn. Naast die rekening kreeg hij de volgende ochtend nog een brief van het verhuurkantoor. Hij had de helft van zijn verblijf in Goose Cove al betaald, dat wil dus zeggen tot eind juli. De brief deelde hem mee dat hij nog duizend dollar diende te betalen om tot september van het huis gebruik te kunnen blijven maken. Maar hij had geen duizend dollar. Hij had haast niets meer. De rekening van Clark's had hem geruïneerd. Hij had geen geld meer om de huur van een dergelijk huis te blijven betalen. Hij kon niet langer blijven. Wat moest hij doen? Elijah Stern bellen en hem de situatie uitleggen? Maar wat had hij daaraan? Hij had de grote roman waarop hij had gerekend niet geschreven, hij was een doodgewone charlatan.

Nadat hij de tijd had genomen om erover na te denken, belde hij het hotel op Martha's Vineyard. Dit zou hij doen: hij ging het huis opzeggen. Hij zou definitief afzien van die hele maskerade. Hij ging een week weg met Nola om hun liefde nog een laatste keer te vieren en dan zou hij verdwijnen. De hotelreceptie liet hem weten dat er nog een kamer vrij was in de week van 28 juli tot 3 augustus. Dat moest hij doen: nog een laatste keer van Nola houden en daarna voor altijd weggaan uit dit stadje.

Toen hij had geboekt, belde hij naar het verhuurkantoor. Hij legde uit dat hij de brief in goede orde had ontvangen maar dat hij door een ongelukkige samenloop niet langer in staat was om de huur van het huis in Goose Cove op te brengen. Hij verzocht de medewerker daarom de huurovereenkomst per 1 augustus te ontbinden en wist hem zover te krijgen hem het huis nog tot maandag 4 augustus ter beschikking te stellen, de dag waarop hij op weg naar New York naar Boston zou rijden om de sleutels af te geven op het kantoor. Tijdens het bellen klonk er haast een snik door in zijn stem: zo eindigde dus het avontuur van de zogenaamde grote schrijver Harry Quebert, die niet in staat was om ook maar drie zinnen op papier te zetten van het enorme meesterwerk dat hij voor ogen had. En op de rand van een inzinking hing hij op met de woorden: 'Uitstekend, meneer. Dan lever ik de sleutels van Goose Cove dus op maandag 4 augustus af op uw kantoor, als ik op weg ben naar New York.' Maar toen hij de hoorn weer op de haak had gelegd, schrok hij op van een verstikte stem achter zich. 'Ga je weg, Harry?' Nola. Ze was stilletjes binnengekomen en ze had het gesprek gevolgd. Er stonden tranen in haar ogen. 'Ga je weg, Harry?' herhaalde ze. 'Wat is er aan de hand?'

'Nola... Ik zit in de problemen.'

Ze rende naar hem toe.

'Problemen? Wat voor problemen? Je mag niet weg! Harry, je mag niet weg! Als je weggaat, overleef ik het niet!'

'Nee! Dat mag je niet zeggen!'

Ze viel op haar knieën.

'Ga niet weg, Harry! In hemelsnaam! Zonder jou stel ik niks voor!'

Hij liet zich naast haar op de grond vallen.

'Nola... Ik moet je iets vertellen... Ik heb je al die tijd bedrogen. Ik ben geen beroemde schrijver... Ik heb je voorgelogen! Ik heb over alles gelogen! Over mezelf en mijn carrière! Ik heb geen geld meer! Niks! Ik kan het me niet veroorloven om nog langer in dit huis te blijven wonen. Ik kan niet langer in Aurora blijven.'

'We vinden er wel wat op! Ik twijfel er niet aan dat je een wereldberoemde schrijver zult worden. Je wordt steenrijk! Je eerste boek was geweldig, en het boek waar je nu zo hartstochtelijk aan werkt, wordt een enorme klapper, dat weet ik zeker! En ik heb altijd gelijk!'

'Het boek is een ramp, Nola. Een en al vreselijke woorden.'

'Wat zijn dat, vreselijke woorden?'

'Woorden over jou, die ik niet mag schrijven. Maar het komt door wat ik voel.'

'Wat voel je dan, Harry?'

'Liefde. Zoveel liefde!'

'Maak ze dan mooi, die woorden! Ga aan het werk! Schrijf mooie woorden!'

Ze voerde hem aan de hand mee en zette hem op het terras. Ze bracht hem zijn papieren, zijn schriften, zijn pennen. Ze maakte koffie, zette een opera op en deed de ramen van de salon open, zodat hij die goed kon horen. Ze wist dat muziek goed was voor zijn concentratie. Gedwee raapte hij zijn moed bij elkaar en begon helemaal opnieuw; hij schreef een liefdesroman alsof het tussen Nola en hem niet onmogelijk was. Hij schreef ruim twee uur achterelkaar en de woorden kwamen vanzelf, de zinnen tekenden zich scherp en heel natuurlijk af, alsof ze opwelden uit zijn pen die danste over het papier. Voor het eerst sinds hij hier was, had hij het gevoel dat er werkelijk een roman aan het ontstaan was.

Toen hij opkeek van het papier zag hij dat Nola, die om hem niet te storen op een afstandje in een rotanstoel zat, in slaap was gevallen. De zon was prachtig, het was warm. En opeens kreeg hij door de roman, door Nola, door dit huis aan de oceaan, het gevoel dat zijn leven geweldig was. Hij bedacht zelfs dat het helemaal geen slecht idee was om uit Aurora weg te gaan: hij zou zijn roman in New York afmaken, een groot schrijver worden en op Nola wachten. Want weggaan betekende niet dat hij haar kwijt zou raken. Misschien juist wel niet. Zodra ze van school kwam, zou ze naar New York kunnen komen om te studeren. En dan zouden ze samen zijn. Tot die tijd zouden ze elkaar schrijven en in de vakanties opzoeken. De jaren zouden verstrijken en algauw zou hun liefde niet meer verboden zijn. Zachtjes wekte hij Nola. Ze glimlachte en rekte zich uit.

'Ging het goed?'

'Heel goed.'

'Geweldig! Mag ik het lezen?'

'Binnenkort. Beloofd.'

Een vlucht meeuwen vloog over het water.

'Stop je er wel meeuwen in? Stop je wel meeuwen in je roman?'

'Op iedere bladzijde, Nola. Wat dacht je ervan om over een paar dagen naar Martha's Vineyard te gaan? Volgende week is er een kamer vrij.'

Ze straalde.

'Ja! Laten we gaan! Laten we samen gaan!'

'Wat zeg je tegen je ouders?'

'Maak je daar maar geen zorgen over, mijn liefste Harry. Daar zorg ik wel voor. Concentreer jij je nou maar op je meesterwerk en op je liefde voor mij. Dus je blijft?'

'Nee, Nola. Aan het einde van de maand moet ik weg, want ik kan het huis niet meer betalen.'

'Aan het einde van de maand? Maar dat is nu!'

'Weet ik.'

Haar ogen werden nat van de tranen.

'Blijf, Harry!'

'New York is helemaal niet zo ver weg. Je kunt me opzoeken. We zullen elkaar schrijven. En bellen. En waarom ga je er niet studeren? Je zei toch dat het je droom was om New York te zien?'

'Studeren? Maar dat duurt nog drie jaar! Ik kan geen drie jaar zonder jou, Harry! Dat hou ik niet vol!'

'Maak je maar geen zorgen, de tijd gaat snel genoeg. Als je van elkaar houdt, vliegt de tijd.'

'Laat me niet alleen, Harry. Ik wil niet dat onze reis naar Martha's Vineyard een afscheidsreis wordt.'

'Nola, ik heb geen geld meer. Ik kan niet langer blijven.'

'Harry, alsjeblieft. We vinden er wel wat op. Hou je van me?'

'Ja.'

'Als we van elkaar houden, dan vinden we er wel wat op. Mensen die van elkaar houden bedenken altijd wel een manier om van elkaar te kunnen blijven houden. Beloof in elk geval dat je erover zult nadenken.'

'Dat beloof ik.'

Een week later, op maandag 28 juli 1975, vertrokken ze bij zonsopgang, zonder nog een woord te hebben gesproken over het afscheid dat voor Harry onvermijdelijk was geworden. Hij nam het zichzelf kwalijk dat hij zich had laten meeslepen door zijn ambitie en zijn dromen van grootsheid: hoe had hij zo naïef kunnen zijn om te denken dat hij in één zomer een meesterwerk zou kunnen schrijven?

Ze troffen elkaar om vier uur 's ochtends op de parkeerplaats van de jachthaven. Aurora lag te slapen. Het was nog donker. Ze reden stevig door naar Boston. Daar ontbeten ze. Daarna reden ze bijna in één ruk door naar Falmouth, waar ze de ferry namen. Helemaal aan het einde van de dag kwamen ze aan op Martha's Vineyard. De volgende dagen leefden ze als in een droom in een prachtig hotel aan de oceaan. Ze zwommen, ze wandelden, ze dineerden met z'n tweeën in de grote eetzaal van het hotel, zonder dat iemand schuine blikken op ze wierp. In Martha's Vineyard konden ze leven.

*

Ze waren er al vier dagen. Ze lagen op het warme zand van hun eigen baai, afgeschermd van de wereld, en dachten aan niets anders dan aan elkaar en de vreugde van het bij elkaar zijn. Zij speelde met de camera en hij dacht aan zijn boek.

Tegen Harry had ze gezegd dat haar ouders dachten dat ze bij een vriendin was, maar dat was een leugen. Ze was weggelopen zonder iets te zeggen: het zou te ingewikkeld zijn geweest om een afwezigheid van een week te verklaren. En dus was ze stilletjes weggeglipt. In de vroege ochtend was ze door haar slaapkamerraam naar buiten geklommen. En terwijl zij en Harry het ervan namen op het strand, vrat dominee Kellergan zich in Aurora op van ongerustheid. Maandagochtend had hij een lege kamer gevonden. Maar hij had de politie niet gebeld. Eerst een zelfmoordpoging en nu weggelopen – als hij de politie zou inlichten, zou iedereen erachter komen. Hij gaf zichzelf een week de tijd om haar te vinden. Zeven dagen lang, de tijd waarin de Heer de wereld had geschapen. Hij zat de hele dag in de auto en speurde de wijde omtrek af naar zijn dochter. Hij vreesde het ergste. Na zeven dagen zou hij de autoriteiten inlichten.

Harry wist van niks. Hij werd verblind door zijn liefde. Net zoals hij op de ochtend van hun vertrek naar Martha's Vineyard, toen Nola heel vroeg naar de parkeerplaats van de jachthaven was gekomen, niets had gezien van de weggedoken gestalte die hen bespiedde.

Op de middag van zondag 3 augustus 1975 keerden ze terug naar Aurora. Toen ze de grens van Massachusetts met New Hampshire passeerden, begon Nola te huilen. Ze zei tegen Harry dat ze niet zonder hem kon leven, dat hij het recht niet had om weg te gaan, dat je een liefde zoals deze maar één keer in je leven meemaakte, enzovoort. En ze smeekte: 'Laat me niet alleen, Harry. Laat me hier niet achter.' Ze zei dat hij de laatste dagen zo goed was opgeschoten dat hij niet het risico mocht lopen om zijn inspiratie weer te verliezen. Ze praatte op hem in: 'Ik zal voor je zorgen, zodat jij je alleen maar druk hoeft te maken over je boek. Je bent een prachtige roman aan het schrijven, en je hebt het recht niet om alles weg te gooien.' Ze had gelijk: ze was zijn muze, zijn inspiratie, degene door wie hij plotseling zo goed en zo snel schreef. Maar het was te laat: hij had geen geld meer om voor het huis te betalen. Hij moest gaan.

Op een paar straten van haar huis zette hij haar af en ze kusten elkaar een laatste keer. Haar wangen waren nat van de tranen, ze klampte zich aan hem vast om hem tegen te houden.

'Beloof me dat je er morgenochtend nog bent!'

'Nola, ik…'

'Ik neem warme muffins mee, ik maak koffie. Ik doe alles voor je. Jij wordt een groot schrijver en ik word je vrouw. Zeg dat je er morgen nog bent…'

'Morgen ben ik er nog.'

Ze begon te stralen.

'Echt?'

'Morgen ben ik er nog. Beloofd.'

'Beloven is niet genoeg, Harry. Zweer het, zweer op onze liefde dat je me niet in de steek laat.'

'Ik zweer het, Nola.'

Hij loog omdat het te moeilijk was. Toen ze om de hoek was verdwenen, haastte hij zich terug naar Goose Cove. Hij moest opschieten: hij mocht niet het risico lopen dat ze terugkwam en hem tijdens zijn vertrek zou betrappen. Vanavond kon hij al in Boston zijn. In het huis zocht hij haastig zijn spullen bij elkaar: hij propte zijn tassen in de kofferbak van zijn auto en smeet de rest van de spullen die mee moesten op de achterbank. Toen deed hij de luiken dicht en sloot gas, water en elektriciteit af. Hij vluchtte, hij vluchtte voor de liefde.

Hij wilde een berichtje voor haar achterlaten. Hij krabbelde een paar woordjes: 'Mijn liefste Nola, ik moest weg. Ik zal schrijven. Ik blijf altijd van je houden,' schreef hij haastig op een stukje papier dat hij tussen de deurrand klemde, om het direct weer weg te halen uit angst dat iemand anders het zou vinden. Geen berichtje, dat was veiliger. Hij deed de deur

op slot, stapte in zijn auto en stoof weg. Op topsnelheid ging hij ervandoor. Vaarwel Goose Cove, vaarwel New Hampshire, vaarwel Nola.
 Het was definitief voorbij.

17

Vluchtpoging

'Je moet je op je teksten voorbereiden als op een bokswedstrijd, Marcus: de dagen voor het gevecht moet je op niet meer dan zeventig procent van je maximum trainen, zodat de woede die je in je hebt het kookpunt kan bereiken, en op de avond van het gevecht tot ontploffing komt.'
'Wat bedoel je daarmee?'
'Dat je, wanneer je een ingeving hebt, niet op stel en sprong een onleesbaar kort verhaal schrijft dat je vervolgens laat afdrukken op de eerste pagina's van het tijdschrift dat je zelf redigeert, maar dat je het in je binnenste moet bewaren om het te laten rijpen. Je moet zorgen dat het er niet uit kan, je moet het in je laten groeien totdat je voelt dat het moment gekomen is. Dat is nummer... Waar zijn we?'
'Bij 18.'
'Welnee, we zijn bij 17.'
'Waarom vraag je het als je het toch al weet?'
'Om te zien of je wel oplet, Marcus.'
'17 dus, Harry... Ingevingen...'
'... laten uitgroeien tot ideeën.'

Op dinsdag 1 juli 2008 hing ik aan Harry's lippen in de bezoekersruimte van de Staatsgevangenis van New Hampshire. Hij vertelde over de avond van 3 augustus 1975, toen hij net uit Aurora was vertrokken en op volle snelheid over Route 1 reed, tot er een auto uit de andere richting aankwam die rechtsomkeert maakte en hem probeerde in te halen.

*

Zondagavond 3 augustus 1975

Heel even dacht hij dat het een politieauto was, maar er was geen zwaailicht of sirene. Hij werd gevolgd door een toeterende auto en hij wist niet waarom; en opeens was hij bang dat het een overval was. Hij gaf plankgas, maar zijn achtervolger slaagde erin om hem in te halen en dwong hem vervolgens in de berm tot stilstand door dwars op de weg te gaan staan. Harry sprong uit de auto, klaar om erop los te slaan, toen hij de chauffeur van Stern herkende, Luther Caleb, die op zijn beurt ook uitstapte.

'Je bent stapelgek!' brulde Harry.

'Forry, meneer Quebert, ik wilde u niet bang maken. Meneer Ftern wil u abfoluut fpreken. Hij if al een paar dagen naar u op foek.'

'En wat wil meneer Stern van mij?'

Harry stond te trillen; de adrenaline bracht zijn hart op hol.

'Ik fou het niet weten, meneer,' zei Luther. 'Maar hij fei dat het belangrijk waf. Hij wacht thuif op u.'

Luther drong zo aan dat Harry met tegenzin toestemde om achter hem aan naar Concord te rijden. Het werd al avond. Ze reden naar het enorme huis van Stern, en Caleb leidde Harry zonder een woord te zeggen door het huis naar een groot terras. Elijah Stern, gekleed in een dunne kamerjas, zat aan een tafel en dronk citroenlimonade. Zodra hij Harry zag, kwam hij overeind om hem tegemoet te lopen, zichtbaar opgelucht om hem te zien.

'Verdorie, Harry, ik was al bang dat ik je niet meer zou vinden! Fijn dat je hier op dit uur naartoe bent gekomen. Ik heb naar je huis gebeld en ik heb je geschreven. Ik heb Luther iedere dag bij je langs gestuurd. Ik had geen idee waar je uithing. Wat heb je in godsnaam uitgespookt?'

'Ik was buiten de stad. Wat is er zo belangrijk?'

'Ik weet alles! Alles! Wilde je de waarheid voor me achterhouden?'

Harry voelde zich slap worden: Stern wist van Nola.

'Waar heb je het over?' stamelde hij, om tijd te winnen.

'Over het huis in Goose Cove natuurlijk! Waarom heb je niet gezegd dat je het huis wilde opzeggen omdat het te duur voor je was? Nu moest ik het van het verhuurkantoor in Boston horen! Ze zeiden dat je de sleutel morgen zou afgeven, vandaar mijn haast! Ik moest je absoluut zien! Ik vind het zo jammer dat je weggaat! Ik heb het geld van de huur niet nodig, en ik zou je schrijfproject graag ondersteunen. Ik hoop dat je in Goose Cove wilt blijven tot je roman af is, lijkt dat je wat? Je zei dat je het een inspirerende plek vond, dus waarom zou je weggaan? Ik heb alles al geregeld met het verhuurkantoor. Ik hecht veel belang aan kunst en cultuur, dus als je je lekker voelt in dat huis, moet je er gewoon nog een paar maanden blijven! Ik vind het een grote eer om te kunnen bijdragen aan de totstandkoming van een meesterwerk. Ik hoop dat je akkoord gaat, ik ken niet veel schrijvers en ik zou je dolgraag helpen.'

Harry slaakte een zucht van verlichting en plofte neer in een stoel. Hij nam het aanbod van Elijah Stern direct aan. Dit was een onverwachte meevaller: nu kon hij nog een paar maanden lang blijven genieten van het huis in Goose Cove om zijn meesterwerk te voltooien, geïnspireerd door Nola. Als hij simpel zou leven en de huurprijs niet meer hoefde op te hoesten, kon hij het redden. Hij bleef een ogenblik met Stern op het terras over literatuur zitten praten, vooral uit beleefdheid jegens zijn weldoener, want wat hij het liefst van alles wilde was direct teruggaan naar Aurora om Nola te zien en haar te vertellen dat er een uitweg was. Toen bedacht hij dat ze misschien al onverwacht naar Goose Cove was gekomen. Had ze voor de dichte deur gestaan? Had ze ontdekt dat hij zich uit de voeten had gemaakt, dat hij in staat was om haar in de steek te laten? Hij voelde een knoop in zijn maag, en zodra hij weg kon zonder onbeleefd te zijn, reed hij op topsnelheid terug naar Goose Cove. Razendsnel gooide hij de deur en de luiken weer open en sloot water, gas en elektriciteit weer aan. Toen legde hij al zijn spullen weer op hun plaats en wiste hij ieder spoor van zijn vluchtpoging uit. Nola mocht er nooit achter komen. Nola, zijn muze. Zonder wie hij tot niets in staat was.

*

'Zo kon ik dus in Goose Cove aan mijn boek blijven werken,' zei Harry. 'De weken daarop deed ik trouwens niets anders dan schrijven. Ik schreef koortsig, als een waanzinnige, totdat ik geen benul meer had van ochtend of avond, van honger en dorst. Ik schreef achterelkaar door tot ik pijn had in mijn ogen, mijn polsen, mijn schedel, mijn hele lijf. Ik schreef tot ik kokhalsde. Drie weken lang zat ik dag en nacht te schrijven. En al die tijd werd ik verzorgd door Nola. Ze wekte me, ze maakte eten, ze stuurde me naar bed, ze nam me mee uit wandelen als ze zag dat ik de uitputting nabij was. Ze was onopvallend, onzichtbaar en alomtegenwoordig: dankzij haar werd alles mogelijk. Het belangrijkste was dat ze mijn papieren uittypte op een kleine draagbare Remington. En dikwijls nam ze een gedeelte van het manuscript mee om het door te lezen. Ongevraagd. Dan kreeg ik de volgende dag haar commentaar. Meestal was ze vol lof, dan zei ze dat het een prachtige tekst was, de mooiste woorden die ze ooit had gelezen, en dan vervulden haar grote verliefde ogen me met een enorm zelfvertrouwen.'

'Wat heb je haar over het huis verteld?' vroeg ik.

'Dat ik meer van haar hield dan van al het andere, dat ik bij haar in de buurt wilde blijven en dat ik samen met mijn bankier een manier had bedacht waardoor ik het kon blijven huren. Dankzij haar kon ik dat boek schrijven, Marcus. Ik ging niet meer naar Clark's, ze zagen me haast nooit meer in de stad. Zij waakte over mij, ze zorgde voor alles. Ze vertelde zelfs dat ik niet in mijn eentje boodschappen kon doen omdat ik niet wist wat ik nodig had, en dan gingen we samen boodschappen doen in verafgelegen supermarkten waar niemand ons kende. Als ze besefte dat ik een maaltijd had overgeslagen of alleen maar chocoladerepen had gegeten, werd ze woedend. Een heerlijke woede... Ik zou willen dat die zalige woede van haar me voor altijd bij mijn werk en mijn leven had begeleid.'

'Dus je hebt *De wortels van het kwaad* echt in een paar weken geschreven?'

'Ja. Ik werd bezeten door een soort creatieve koorts die ik sindsdien nooit meer heb gevoeld. Zou de liefde die ontketend hebben? Dat moet wel. Ik denk dat een deel van mijn talent met Nola is verdwenen. Nu begrijp je waarom ik je zo op het hart druk om je geen zorgen te maken als je even geen inspiratie hebt.'

Een bewaarder liet ons weten dat het bezoekuur bijna was afgelopen en dat we er een einde aan moesten maken.

'Dus je zegt dat Nola het manuscript weleens mee naar huis nam?' zei ik snel, om de draad van het gesprek niet kwijt te raken.

'Ze nam de delen mee die ze had uitgetypt. Ze las ze en gaf me haar mening. O Marcus, die augustus in 1975 was paradijselijk. Wat was ik gelukkig. Wat waren we gelukkig. Maar toch werd ik nog steeds achtervolgd door de gedachte dat iemand van ons wist. Iemand die bereid was om afschuwelijke dingen op een spiegel te kladden. Die ons misschien vanuit het bos bespiedde en alles zag. Ik werd er ziek van.'

'Was dat de reden dat jullie weg wilden? Waarom waren jullie van plan om op de avond van 30 augustus te vertrekken?'

'Dat had met iets vreselijks te maken, Marcus. Ben je aan het opnemen?'

'Ja.'

'Ik zal je iets heel ergs vertellen. Zodat je het begrijpt. Maar ik wil niet dat iedereen het hoort.'

'Je kunt me vertrouwen.'

'Weet je, die week in Martha's Vineyard had Nola helemaal niet gezegd dat ze bij een vriendin zat: ze was gewoon van huis weggelopen zonder iets aan iemand te zeggen. Toen ik haar op de dag na onze terugkeer weer zag, zag ze er onwaarschijnlijk triest uit. Ze zei dat haar moeder haar had geslagen. Haar lichaam zat onder de blauwe plekken. Ze huilde. Die avond zei ze dat haar moeder haar om het minste of geringste afstrafte. Dat ze haar sloeg met een metalen liniaal en dat ze ook deed wat ze in Guantánamo doen: waterboarden. Dan vulde ze een teil met water, pakte haar dochter bij het haar en duwde ze haar hoofd onder water. Ze zei dat ze dat deed om haar te verlossen.'

'Te verlossen?'

'Van het kwaad. Een soort doop, denk ik. Jezus in de Jordaan, zoiets. Aanvankelijk geloofde ik haar niet, maar ik kon niet om de bewijzen heen. Ik vroeg: "Wie heeft dat gedaan?" "Mama." "En waarom doet je vader niks?" "Papa sluit zich op in de garage en zet de muziek op zijn hardst. Dat doet hij altijd als mama me straft. Hij wil het niet horen." Ze kon niet meer, Marcus. Ze was op. Ik wilde iets doen, met de Kellergans praten. Zo kon het niet doorgaan. Maar Nola smeekte me om niks te doen, ze zei dat ze dan vreselijke problemen zou krijgen, dat haar ouders haar ongetwijfeld de stad uit zouden sturen en dat we elkaar nooit meer zouden zien. Maar toch kon het niet doorgaan. En dus besloten we tegen het einde van augustus, zo rond de twintigste, dat we moesten vertrekken. En snel ook. En natuurlijk in het diepste geheim. We spraken af dat we op 30 augustus zouden gaan. We wilden naar Canada rijden: bij Vermont de grens over en dan misschien helemaal doorrijden tot Brits-Columbia om daar in een blokhut te gaan wonen. Een heerlijk leven aan de oever van een meer. En niemand zou het weten.'

'Dus daarom waren jullie van plan om samen te vluchten?'

'Ja.'

'Maar waarom wil je dat ik dat geheimhoud?'

'Omdat het nog maar het begin van het verhaal is, Marcus. Want later ontdekte ik iets verschrikkelijks over Nola's moeder...'

Op dat ogenblik werden we onderbroken door een bewaarder. Het bezoek was afgelopen.

'Volgende keer praten we verder, Marcus,' zei Harry terwijl hij overeind kwam. 'Hou het in de tussentijd absoluut voor je.'

'Beloofd, Harry. Vertel me nog één ding: wat had je met je boek gedaan als jullie waren weggegaan?'

'Dan was ik een schrijver in ballingschap geworden. Of helemaal geen schrijver. Op dat moment maakte het helemaal niet uit. Nola was het enige wat telde. Nola was mijn wereld. De rest deed er nauwelijks toe.'

Ik kon geen woord uitbrengen. Het idiote plan dat Harry dertig jaar geleden op poten had gezet was dus dat hij naar Canada zou vertrekken met het meisje op wie hij radeloos verliefd was geworden. Hij was van plan er met Nola vandoor te gaan en in het geheim aan de rand van een meer te gaan wonen, zonder ook maar enigszins te vermoeden dat Nola op de avond van hun vertrek zou verdwijnen en vermoord zou worden, of dat het boek dat hij in recordtijd had geschreven en waarvan hij zo gemakkelijk bereid was afstand te doen, een van de grootste verkoopsuccessen van de laatste vijftig jaar zou worden.

Bij ons tweede gesprek gaf Nancy Hattaway me haar versie van de week op Martha's Vineyard. Ze vertelde dat ze de week na Nola's terugkeer uit de kliniek in Charlotte's Hill iedere dag samen gingen zwemmen bij Grand Beach, en dat Nola toen een paar keer bij haar was komen eten. Maar toen ze de maandag daarop aanbelde bij Terrace Avenue 245 om te vragen of Nola meeging naar het strand, zoals ze dat de voorgaande dagen had gedaan, kreeg ze te horen dat Nola zich niet lekker voelde en dat ze in bed moest blijven.

'Die hele week was het hetzelfde liedje,' vertelde Nancy. '"Nola is zo ziek dat ze zelfs geen bezoek kan ontvangen." Zelfs mijn moeder was zo verbaasd dat ze ging vragen wat er aan de hand was, maar ook zij kwam niet verder dan de drempel. Ik werd er gek van, ik wist dat er iets aan de hand was. En toen begreep ik het: Nola was weggelopen.'

'Waarom dacht je dat? Kon ze niet ziek in bed liggen?'

'Er was mijn moeder iets opgevallen: de muziek was opgehouden. De hele week had er niet één keer muziek geklonken.'

Ik speelde de advocaat van de duivel.

'Misschien klonk er geen muziek omdat ze rust nodig had omdat ze zo ziek was.'

'Het was voor het eerst in heel lange tijd dat we geen muziek hoorden. Dat was echt heel ongewoon. Ik wilde weten hoe de vork in de steel zat, en toen ik me voor de zoveelste keer had laten wijsmaken dat Nola ziek in bed lag, sloop ik stilletjes om het huis heen en keek ik door Nola's slaapkamerraam naar binnen. Geen hond te bekennen, en het bed was opgemaakt. Nola was er niet, dat was duidelijk. En toen hoorden we op zondagavond weer muziek. Weer die rotmuziek uit de garage; en de volgende ochtend was Nola er weer. Toeval? Tegen het einde van de middag kwam ze bij mij en toen gingen we naar het plein in de hoofdstraat. Daar heb ik haar uitgehoord. Vooral over de blauwe plekken op haar rug: ik liet haar in de bosjes haar jurk uittrekken en toen zag ik dat ze er flink van langs had gekregen. Ik bleef maar vragen wat er gebeurd was, en uiteindelijk biechtte ze op dat ze straf had gekregen omdat ze de hele week weg was geweest. Ze was ervandoor gegaan met een oudere man. Ongetwijfeld Stern. Ze vertelde dat het heerlijk was geweest en dat het het pak slaag na terugkeer dubbel en dwars waard was geweest.'

Ik paste er wel voor op om Nancy te vertellen dat Nola die week met Harry in Martha's Vineyard had gezeten, en niet bij Elijah Stern. Trouwens, veel meer leek ze niet te weten over de relatie tussen Nola en Stern.

'Volgens mij was het een vuil zaakje met Stern,' vervolgde ze. 'Zeker nu ik erop terugkijk. Luther Caleb kwam met de auto naar Aurora om haar op te halen: hij had een blauwe Mustang. Ik weet dat hij haar naar Stern bracht. Het ging natuurlijk in het diepste geheim, maar ik heb het een keer gezien. Toentertijd zei Nola: "Je mag het aan niemand vertellen! Dat moet je zweren op onze vriendschap. Anders komen we allebei in de problemen." En toen zei ik: "Maar waarom ga je in godsnaam naar die oude kerel toe, Nola?" "Uit liefde," zei ze toen.'

'Hoe lang was dat al aan de gang?' vroeg ik.

'Dat zou ik niet kunnen zeggen. Ik kwam er ergens in die zomer achter, maar ik weet niet meer precies wanneer. Misschien was het al veel langer aan de gang, misschien al jaren, wie zal het zeggen?'

'Maar uiteindelijk heb je het toch wel aan iemand verteld? Toen Nola verdween?'

'Natuurlijk! Ik heb erover gepraat met Chief Pratt. Ik heb alles verteld wat ik wist – alles wat ik jou nu ook vertel. Hij zei dat ik me niet druk moest maken en dat hij de zaak wel zou ophelderen.'

'En zou je bereid zijn om dit voor de rechter te herhalen?'

'Ja natuurlijk, als dat nodig is.'

Ik had veel zin om nog eens met dominee Kellergan te spreken, ditmaal in aanwezigheid van Gahalowood, dus ik belde hem om het hem voor te leggen.

'Samen dominee Kellergan ondervragen? Volgens mij ben je iets van plan.'

'Ja en nee. Ik wil de nieuwe ontwikkelingen in het onderzoek aan hem voorleggen: de affaires van zijn dochter en de klappen die ze kreeg.'

'Dus jij wilt dat ik een vader vraag of zijn dochter een sletje was?'

'Toe, sergeant, u weet toch dat we belangrijke informatie boven water willen krijgen? In een week zijn al uw zekerheden van tafel geveegd. Kunt u met de huidige stand van zaken een beeld schetsen van wie Nola Kellergan werkelijk was?'

'Goed dan, schrijver, je hebt me overtuigd. Morgen kom ik naar Aurora. Ken je Clark's?'

'Natuurlijk. Hoezo?'

'Dan zie ik je daar om tien uur. Ik leg het je nog wel uit.'

De volgende ochtend was ik al voor het afgesproken tijdstip in Clark's om wat met Jenny over vroeger te praten. Ik begon over het zomerbal van 1975, en ze vertelde dat ze zich weinig feesten kon herinneren die zo naar waren: ze had verwacht dat ze er aan Harry's arm naartoe zou gaan. Het ergste was het moment dat Harry de hoofdprijs van de tombola won. Ze had stiekem gehoopt dat zij zijn uitverkorene zou zijn, dat Harry haar op een ochtend zou ophalen om haar mee te nemen voor een zonovergoten week van liefde.

'Ik hoopte zo dat hij mij zou vragen,' zei ze. 'Ik zat er alleen maar op te wachten, iedere dag weer. En toen, helemaal aan het einde van juli, was hij een week lang verdwenen en ik begreep dat hij waarschijnlijk zonder mij naar Martha's Vineyard was gegaan. Ik weet niet eens met wie...'

Ik loog om haar te sparen.

'Alleen,' zei ik. 'Hij is alleen gegaan.'

Ze glimlachte alsof het een opluchting was. Toen zei ze: 'Sinds ik het weet van Harry en Nola, sinds ik weet dat hij dat boek voor haar heeft geschreven, voel ik me geen vrouw meer. Waarom heeft hij haar gekozen?'

'Zulke dingen gebeuren nou eenmaal. Heb je nooit iets vermoed van hem en Nola?'

'Van Harry en Nola? Toe zeg, zoiets kan niemand zich toch voorstellen?'

'Je moeder wel, toch? Ze zegt dat ze het altijd al geweten heeft. Heeft ze het er nooit over gehad?'

'Ze heeft nooit iets gezegd over een relatie. Maar inderdaad, toen Nola verdween zei ze dat ze vermoedde dat Harry erachter zat. Ik herinner me ook dat Travis me in die tijd het hof maakte en af en toe bij ons kwam lunchen, en dat mama dan aan één stuk door tegen hem zei: "Ik weet zeker dat Harry iets te maken heeft met de verdwijning van dat meisje!" En dat Travis dan antwoordde: "Maar we moeten bewijzen hebben, mevrouw Quinn, anders kunnen we niets." En dan zei mijn moeder: "Ik had een bewijs. Onweerlegbaar. Maar ik ben het kwijt." Ik heb haar nooit geloofd. Mama had gewoon een bloedhekel aan hem vanwege dat tuinfeest.'

Om klokslag tien uur kwam Gahalowood binnen.

'Je hebt de vinger op de zere plek gelegd, schrijver,' zei hij toen hij naast me aan de bar ging zitten.

'Hoezo?'

'Ik heb onderzoek gedaan naar die Luther Caleb. Het was niet eenvoudig, maar ik heb het volgende ontdekt: hij is in 1940 geboren in Portland, Maine. Ik weet niet waarom hij hierheen is gekomen, maar tussen 1970 en 1975 is hij geregistreerd door de politie in Concord, Montburry en

Aurora voor ongewenst gedrag tegen vrouwen. Er is zelfs een aanklacht tegen hem ingediend door een zekere Jenny Quinn, later Jenny Dawn. Die dit restaurant leidt. Ze heeft in augustus 1975 aangifte gedaan van ongewenste intimiteiten. Daarom wilde ik hier afspreken.'

'Heeft Jenny aangifte gedaan tegen Luther Caleb?'
'Ken je haar?'
'Natuurlijk.'
'Zou je haar dan willen vragen of ze even hier komt?'

Ik vroeg aan de serveerster om Jenny te halen, die in de keuken stond. Gahalowood stelde zich voor en vroeg of ze iets over Luther Caleb wilde vertellen. Ze haalde haar schouders op.

'Tja, er valt niet zoveel over hem te zeggen. Een aardige jongen. Heel zachtaardig, ondanks zijn uiterlijk. Hij kwam af en toe naar Clark's. Dan gaf ik hem koffie en een sandwich. Ik liet hem nooit betalen. Hij was echt een stakker, ik had een beetje medelijden met hem.'   *armer Schlucker*

'En toch hebt u aangifte tegen hem gedaan,' zei Gahalowood.
Ze leek verbaasd.
'U bent heel goed op de hoogte, sergeant. Dat is al lang geleden. Ja, dat klopt, op aanraden van Travis. Die zei dat Luther gevaarlijk was en dat we hem op een afstandje moesten houden.'
'Hoezo gevaarlijk?'
'Hij zwierf die zomer heel vaak door Aurora. En af en toe was hij wat dwingend tegen mij.'
'Waar werd hij dan agressief van?'
'Agressief is te sterk. Dwingend is beter. Hij bleef maar zeggen dat hij me... Ach, het zal u wel belachelijk in de oren klinken...'
'Vertel ons alstublieft alles, mevrouw. Misschien is het belangrijk.'
Ik knikte om Jenny aan te sporen door te gaan.
'Nou ja, hij bleef maar zeggen dat hij me wou schilderen,' zei ze.
'Dat hij u wou schilderen?'
'Ja. Hij zei dat ik een mooie vrouw was, dat hij me schitterend vond en dat hij me alleen maar wilde schilderen, verder niets.'
'En toen?' vroeg ik.
'Op een dag kwam hij niet meer,' antwoordde Jenny. 'Het schijnt dat hij is omgekomen bij een auto-ongeluk. Vraag maar aan Travis, die weet er meer van.'

Gahalowood bevestigde dat Luther Caleb bij een auto-ongeluk was omgekomen. Op 26 september 1975, dus vier weken na Nola's verdwijning, werd zijn auto gevonden onder aan een klif in de buurt van Sagamore, Massachusetts, op ongeveer tweehonderd mijl van Aurora. Verder had Luther in Portland op de kunstacademie gezeten, en volgens Gahalowood was het vrij aannemelijk dat hij dat schilderij van Nola had gemaakt.

'Die Luther lijkt een rare snijboon te zijn geweest,' zei hij. 'Misschien heeft hij geprobeerd om zich aan Nola te vergrijpen? Misschien heeft hij haar meegesleept naar het bos van Side Creek en heeft hij haar in een vlaag van woede vermoord. Dan zou hij zich daarna van het lichaam hebben ontdaan en naar Massachusetts zijn gevlucht. Verteerd door berouw en wetend dat hij achtervolgd werd, zou hij zich met zijn auto van een klif hebben gestort. Hij heeft een zuster in Portland, Maine. Ik heb haar geprobeerd te bereiken, maar dat is nog niet gelukt. Ik blijf het proberen.'

'Waarom heeft de politie indertijd het verband met hem niet gelegd?'

'Om een verband met Caleb te leggen, zouden ze hem als verdachte hebben moeten beschouwen. En niets in het dossier wees indertijd op hem.'

En dus vroeg ik: 'Zouden we Stern niet eens officieel kunnen ondervragen? Of zijn huis doorzoeken?'

Gahalowood zette een machteloos gezicht op.

'Hij is erg machtig. Voorlopig kunnen we niets doen. Zolang we niets substantiëlers hebben, zal de aanklager het niet toestaan. We moeten iets tastbaarders hebben. Bewijzen, schrijver. We hebben bewijzen nodig.'

'Het schilderij.'

'Het schilderij is onrechtmatig verkregen bewijs, hoe vaak moet ik je dat nog zeggen? Maar vertel eerst maar eens wat je nog van Kellergan wilt weten.'

'Ik wil nog een paar dingen ophelderen. Hoe meer ik over hem en zijn vrouw hoor, hoe meer vragen ik heb.'

Ik vertelde over de reis van Harry en Nola naar Martha's Vineyard en de regelmatige pakken slaag die ze van haar moeder kreeg, waarbij haar vader zich in de garage opsloot. Ik vond dat er een ondoordringbaar mysterie rondom Nola hing: ze was tegelijk uitgedoofd en lichtgevend, iedereen zei dat ze straalde, maar ze deed wel die zelfmoordpoging. We ontbeten en toen gingen we op weg naar David Kellergan.

De deur van het huis aan Terrace Avenue stond open, maar er was niemand thuis; er kwam geen muziek uit de garage. We wachtten op hem op de veranda. Na een halfuur kwam hij aangereden op een knetterende motor: de Harley-Davidson waaraan hij drieëndertig jaar had gesleuteld. Hij reed zonder helm, met oordopjes in zijn oren die waren verbonden met een draagbare cd-speler. Hij begroette ons schreeuwend vanwege het volume van de muziek, die hij pas uitzette toen hij de pick-up in de garage had aangezet en het hele huis doof maakte.

'De politie is al een paar keer langs geweest vanwege het volume,' legde hij uit. 'Alle buren hebben geklaagd. Travis Dawn, de politiechef, is hoogstpersoonlijk langsgekomen om me ertoe over te halen geen muziek meer te draaien. "Wat wilt u dan? Die muziek is mijn boetedoening," heb ik tegen hem gezegd. Toen heeft hij deze discman voor me gekocht en de cd van de lp waar ik altijd naar luister. Hij zei dat ik zo m'n trommelvliezen kon laten barsten zonder dat de telefooncentrale van de politie tegelijkertijd ook uit elkaar barstte van de telefoontjes van alle buren.'

'En de motorfiets?' vroeg ik.

'Die is klaar. Ziet er goed uit, niet?'

Nu hij wist wat er met zijn dochter was gebeurd, had hij de motor kunnen afmaken waaraan hij al werkte sinds de avond dat ze was verdwenen.

David Kellergan nam ons mee naar de keuken en schonk ijsthee in.

'Wanneer krijg ik het lichaam van mijn dochter terug, sergeant?' vroeg hij aan Gahalowood. 'Ze moet nu begraven worden.'

'Heel gauw, meneer. Ik weet dat het moeilijk is.'

De vader speelde met zijn glas.

'Ze was dol op ijsthee,' zei hij tegen ons. 'Op zomeravonden maakten we vaak een grote fles vol, die we dan op het strand opdronken terwijl we keken hoe de zon in de oceaan zakte en de meeuwen door de lucht dansten. Ze hield van meeuwen. Ze was er dol op. Wist u dat?'

Ik knikte. Toen zei ik: 'Meneer Kellergan, er zitten nog wat zwarte gaten in het dossier. Daarom zijn sergeant Gahalowood en ik hier.'

'Zwarte gaten? Dat lijkt me ook, ja... Mijn dochter is vermoord en begraven in een tuin. Is er nieuws?'

'Meneer Kellergan, kent u een zekere Elijah Stern?' vroeg Gahalowood.

'Niet persoonlijk. Ik heb hem een paar keer in Aurora gezien, maar dat is al lang geleden. Steenrijk was hij.'

'En zijn hulpje? Een zekere Luther Caleb?'

'Luther Caleb... Nee, die naam zegt me niets. Maar misschien ben ik het wel vergeten. De tijd verstrijkt en wast alles schoon. Waarom vraagt u dat?'

Zusammenhang 'Alles wijst erop dat er een verband bestaat tussen Nola en die twee personen.'

'Een verband?' herhaalde David Kellergan, die niet op zijn achterhoofd was gevallen. 'Wat betekent "een verband" in dat diplomatieke politietaaltje van u?'

'We vermoeden dat Nola een relatie had met meneer Stern. Ik vind het heel vervelend om het u zo botweg te moeten zeggen.'

Het gezicht van Nola's vader werd paars.

'Wat insinueert u daar? Dat mijn dochter een hoer was? Mijn dochter is het slachtoffer van de smeerlapperij van Harry Quebert, een gevaarlijke pedofiel die hopelijk heel gauw in de dodencel zit! Houdt u zich liever met hem bezig in plaats van de doden te komen bezoedelen, sergeant! Dit gesprek is afgelopen. Tot ziens, heren.'

Gahalowood stond gehoorzaam op, maar ik had nog behoefte aan duidelijkheid over een paar punten. Ik zei: 'Uw vrouw sloeg haar, nietwaar?'

'Wát zegt u?' bracht Kellergan uit.

'Uw vrouw gaf Nola er flink van langs. Waar of niet?'

'U bent stapelgek!'

Ik liet hem niet uitpraten.

'Eind juli 1975 liep ze weg. Ze is weggelopen en u hebt het aan niemand verteld, waar of niet? Waarom hebt u niets gezegd? Schaamde u zich? Waarom hebt u de politie niet gebeld toen ze eind juli 1975 van huis wegliep?'

Hij begon aan een uitleg.

'Ze kwam toch wel weer terug... En dat was ook zo, want een week later was ze er weer!'

'Een week later? U hebt een week gewacht? Terwijl u op de avond dat ze verdween de politie hebt gebeld toen ze nog maar een uur weg was. Waarom?'

De vader begon te brullen: 'Omdat ik die avond door de buurt wandelde en ik hoorde dat er bij Side Creek Lane een bebloed meisje was gezien, en ik onmiddellijk een verband legde! Wat wilt u nou van mij, Goldman? Ik heb geen gezin meer, ik ben alles kwijt! Waarom komt u mijn wonden openrijten? Wegwezen nu! Weg hier!'

Ik liet me niet overdonderen.

'Wat is er in Alabama gebeurd, meneer Kellergan? Waarom bent u naar Aurora gekomen? En wat is er in 1975 gebeurd? Geef antwoord! Geef antwoord, verdomme! Dat bent u uw dochter wel verplicht!'

Kellergan kwam woedend overeind en stormde op me af. Met een kracht die ik nooit achter hem had gezocht greep hij me bij de kraag. 'Mijn huis uit!' brulde hij terwijl hij me achteruitduwde. Ik was waarschijnlijk op de grond gevallen als Gahalowood me niet had opgevangen; daarna sleepte hij me mee naar buiten.

'Ben jij niet goed bij je hoofd, schrijver?' foeterde hij terwijl we terugliepen naar de auto. 'Of ben je gewoon een klootzak? Wil je alle getuigen tegen ons in het harnas jagen?'

'U moet toegeven dat het allemaal nogal vaag is…'

'Hoezo vaag? Zijn dochter wordt voor hoer uitgemaakt en hij wordt boos. Daar is niks abnormaals aan, of wel soms? Integendeel, hij had geen andere keus dan je te lijf te gaan! Hij is sterk, die oude man. Dat had ik niet verwacht.'

'Het spijt me, sergeant. Ik weet niet wat er over me kwam.'

'En wat is dat voor gedoe over Alabama?' vroeg hij.

'Dat had ik toch al gezegd? De Kellergans zijn uit Alabama hiernaartoe gekomen. En ik ben ervan overtuigd dat er een goede reden voor hun vertrek was.'

'Ik zal er wel naar kijken. Als jij belooft dat je je in de toekomst een beetje normaler gedraagt.'

'We komen er wel, hè, sergeant? Ik bedoel: we zijn al een flink eind op weg om Harry's onschuld te bewijzen, niet?'

Gahalowood staarde me aan.

'Waar ik mee zit, schrijver, dat ben jij. Ik doe mijn werk. Ik doe onderzoek naar een dubbele moord. Maar jij lijkt vooral geobsedeerd door de wens om Quebert vrij te pleiten van de moord op Nola, alsof je aan het hele land wil zeggen: zien jullie wel dat hij onschuldig is, wat zitten jullie die goede schrijver nou lastig te vallen? Maar Goldman, wat ze hem verwijten is ook dat hij het heeft aangelegd met een meisje van vijftien!'

'Dat weet ik wel! Echt waar, dat vergeet ik geen moment!'

'Maar waarom heb je het dáár dan nooit over?'

'Ik ben hier direct na het schandaal naartoe gekomen. Zonder er een seconde over na te denken. Ik dacht in de allereerste plaats aan mijn vriend Harry, mijn grote broer. Normaal gesproken zou ik maar twee of drie dagen zijn gebleven om mijn geweten te ontlasten en dan zou ik weer terug naar New York zijn gegaan.'

'En waarom ben je dan gebleven? Om mij het leven zuur te maken?'
'Omdat Harry Quebert mijn enige vriend is. Ik ben dertig jaar en behalve hem heb ik niemand. Alles wat ik weet heb ik van hem geleerd, en in de laatste tien jaar is hij mijn enige mensenbroeder geweest. Buiten hem heb ik niemand.'

Ik denk dat Gahalowood medelijden met me kreeg, want hij nodigde me uit voor het eten. 'Kom vanavond langs, schrijver. Dan kijken we hoe het er met het onderzoek voor staat en dan eten we wat. Dan kun je mijn vrouw ook ontmoeten.' En alsof hij vooral niet te aardig wilde overkomen, voegde hij er met een onaangename stem aan toe: 'Zij vindt dat wél leuk. Ze zeurt me de hele tijd al aan mijn kop dat ik je een keer mee moet nemen. Ze wil je heel graag ontmoeten. Tja, ieder zijn meug.'

*

De Gahalowoods woonden in een lieflijk huisje in een woonwijk in het oosten van Concord; Helen, de vrouw van de sergeant, was elegant en vriendelijk, de volmaakte tegenpool van haar man. Ze verwelkomde me heel hartelijk. 'Ik heb zo genoten van uw boek,' zei ze. 'U werkt dus echt samen met Perry aan een onderzoek?' Haar man gromde dat ik geen onderzoek deed, dat hij de leiding had en dat ik gewoon door de hemel was gezonden om zijn bestaan te vergallen. Toen kwamen zijn dochters, twee pubermeisjes die zichtbaar goed in hun vel zaten, me beleefd begroeten om vervolgens weer naar hun kamer te verdwijnen. Ik zei tegen Gahalowood: 'Dus uiteindelijk bent u de enige in dit huis die me niet mag.'

Hij glimlachte.

'Kop dicht, schrijver. Hou je mond en kom buiten een koud biertje drinken. Het is heerlijk weer.'

Lange tijd zaten we op comfortabele rotanstoelen op het terras en dronken een plastic koelbox leeg. Gahalowood was nog in pak, maar hij had wel oude sloffen aangetrokken. Het was een warme vooravond, we hoorden kinderen spelen op straat. De lucht rook heerlijk naar zomer.

'U hebt een prachtig gezin,' zei ik.
'Bedankt. En jij? Getrouwd? Kinderen?'
'Nee, niks.'
'Een hond?'
'Nee.'
'Zelfs geen hond? Dan ben je inderdaad verdomde eenzaam, schrij-

ver… Laat me raden: je woont in een appartement dat veel te groot voor je is in een hippe buurt in New York. Een groot appartement waar het altijd leeg is.'

Ik probeerde niet eens te ontkennen.

'Vroeger kwam mijn agent baseball bij me kijken. Dan maakten we nacho's met kaas. Dat was leuk. Maar met al dit gedoe weet ik niet of mijn agent nog wel wil komen. Ik heb al twee weken niks van hem gehoord.'

'Je zit 'm te knijpen, schrijver, nietwaar?'

'Ja. Maar het ergste is dat ik niet weet waar ik bang voor ben. Ik ben een nieuw boek aan het schrijven. Over deze zaak. Het gaat me minimaal een miljoen opleveren. Er is geen twijfel aan dat het gaat lopen als een trein. En toch ben ik diep vanbinnen ongelukkig. Wat vindt u dat ik moet doen?'

Hij keek me haast verbaasd aan.

'Je vraagt advies aan iemand die 50.000 dollar per jaar verdient?'

'Ja.'

'Ik heb geen idee wat ik moet zeggen, schrijver.'

'Als ik uw zoon was, wat zou u me dan aanraden?'

'Als jij mijn zoon was? Spaar me. Ga maar in therapie, schrijver. Ik heb al een zoon. Jonger dan jij, hij is twintig…'

'Dat wist ik niet.'

Hij stak een hand in zijn zak en haalde er een fotootje uit dat hij op een stukje karton had geplakt zodat het netjes bleef. Er stond een jonge man op in het gala-uniform van de landmacht.

'Uw zoon is soldaat?'

'Tweede infanteriedivisie. Hij zit in Irak, momenteel. Ik kan me de dag dat hij dienst nam nog heel goed herinneren. Er stond een mobiel rekruteringsbureau van de US Army op de parkeerplaats van het winkelcentrum. Voor hem sprak het vanzelf. Hij kwam thuis en hij zei dat hij een besluit had genomen: hij wilde stoppen met studeren en de oorlog in. Omdat de beelden van 11 september door zijn hoofd spookten. Dus haalde ik een wereldkaart tevoorschijn en vroeg: "Waar ligt dat dan, Irak?" Hij antwoordde: "Irak ligt op de plaats waar ik moet zijn." Wat vind je daar nou van, Marcus?' (Het was de eerste keer dat hij mijn naam gebruikte.) 'Had hij gelijk of niet?'

'Ik zou het niet weten.'

'Ik ook niet. Ik weet alleen dat het leven een reeks van keuzes is waarvan je de consequenties moet aanvaarden.'

Het was een mooie avond. Ik had al lang niet meer zo'n warm bad gevoeld. Na het eten zat ik even alleen op het terras, terwijl Gahalowood zijn vrouw hielp opruimen. Het was donker; de hemel had de kleur van inkt. Ik zag de Grote Beer fonkelen. Alles was in rust. Er speelden geen kinderen meer op straat en het enige wat je hoorde was het rustgevende getsjirp van de krekels. Toen Gahalowood weer ging zitten, spraken we over het onderzoek. Ik vertelde dat Stern ervoor had gezorgd dat Harry op Goose Cove kon blijven.

'Terwijl Stern een relatie had met Nola?' merkte hij op. 'Het is allemaal wel vreemd.'

'Zeg dat wel, sergeant. En ik heb ook ontdekt dat er indertijd iemand op de hoogte was van Harry en Nola. Harry vertelde dat er tijdens een groot feest een tekst op de spiegel in de toiletten was gekalkt die hem voor kinderneuker uitmaakte. Hoe gaat het trouwens met de opdracht op het manuscript? Wanneer komt de uitslag van het handschriftonderzoek?'

'In principe volgende week.'

'Dan weten we het gauw genoeg.'

'Ik heb het politierapport over Nola's verdwijning doorgespit,' zei Gahalowood. 'Dat Chief Pratt had gemaakt. Ik kan bevestigen dat noch Stern, noch Harry erin voorkomt.'

'Dat is vreemd, want Nancy Hattaway én Tamara Quinn hebben allebei gezegd dat ze Chief Pratt ten tijde van de verdwijning hebben verteld over hun verdenkingen ten aanzien van Harry en Stern.'

'En toch is het rapport ondertekend door Pratt zelf. Zou hij dan niets met die informatie hebben gedaan?'

'Wat zou dat kunnen betekenen?' vroeg ik.

Gahalowood keek somber.

'Dat hij zelf ook een relatie met Nola Kellergan had.'

'Hij ook? Denkt u dat... O god... Chief Pratt en Nola?'

'Morgenochtend gaan we het hem vragen, schrijver.'

*

Op de ochtend van donderdag 3 juli 2008 kwam Gahalowood me ophalen op Goose Cove en bezochten we Chief Pratt in zijn huis aan Mountain Drive. Pratt deed zelf open. Eerst zag hij alleen mij, en hij verwelkomde me hartelijk.

'Meneer Goldman, welke gunstige wind heeft u hiernaartoe geblazen? In de stad wordt gezegd dat u zelf aan een onderzoek werkt...'

Ik hoorde Amy vragen wie er was en Pratt antwoordde: 'Goldman, de schrijver.' Toen zag hij Gahalowood, die een paar passen achter me stond, en liet zich ontvallen: 'Aha, dit is een officieel bezoek...'

Gahalowood knikte.

'Gewoon een paar vragen, Chief,' zei hij. 'Het onderzoek zit vast en er ontbreken nog wat elementen. U zult het ongetwijfeld begrijpen.'

We gingen in de woonkamer zitten. Amy Pratt kwam ons begroeten. Haar man zei tegen haar dat ze in de tuin moest gaan werken, en ze zette een hoed op en ging direct naar buiten om de gardenia's te verzorgen. Het tafereel had komisch geweest kunnen zijn, maar om een reden die ik nog niet begreep was de sfeer in de woonkamer van de Pratts opeens om te snijden.

Ik liet Gahalowood het verhoor doen. Hij was een uitstekende politieman, en ondanks zijn latente agressiviteit kende hij de menselijke psyche door en door. Hij begon met doodgewone vragen: hij liet Pratt in het kort vertellen wat er ook alweer was voorafgegaan aan de verdwijning van Nola Kellergan. Maar Pratt verloor al snel zijn geduld: hij zei dat hij in 1975 al verslag had uitgebracht en dat we dat alleen maar hoefden te lezen. Toen zei Gahalowood echter: 'Weet u, dat rapport heb ik al gelezen, en om u de waarheid te zeggen ben ik niet overtuigd door de inhoud. Zo weet ik bijvoorbeeld dat mevrouw Quinn u heeft gemeld dat zij iets wist over Harry en Nola, en dat zie ik in uw dossier niet terug.'

Maar Pratt liet zich niet uit het veld slaan.

'Mevrouw Quinn is inderdaad bij me geweest, ja. Ze vertelde dat ze alles wist, dat Harry fantasieën over Nola had. Maar ze had geen enkel bewijs en ik ook niet.'

'Dat klopt niet,' onderbrak ik. 'Ze heeft u een papier in Harry's handschrift laten zien dat duidelijk compromitterend was.'

'Dat heeft ze me één keer laten zien, ja, en de volgende keer was dat papier weer verdwenen! Ze had helemaal niets! Wat had ik dan moeten doen?'

'En Elijah Stern?' vroeg Gahalowood, die deed alsof hij weer milder gestemd was. 'Wat wist u over Stern?'

'Stern?' herhaalde Pratt. 'Elijah Stern? Wat heeft die hiermee te maken?'

Gahalowood had de bovenhand gekregen. Op kalme maar vastberaden toon zei hij: 'Hou op met dit circus, Pratt. Ik weet alles. Ik weet dat je met het onderzoek hebt gesjoemeld. Ik weet dat Tamara Quinn je na de verdwijning heeft verteld over haar verdenking van Quebert, en dat Nancy Hattaway heeft gezegd dat Nola een seksuele relatie met Elijah Stern had. Je had Quebert en Stern moeten aanhouden, je had ze op zijn minst moeten verhoren, hun huizen moeten doorzoeken, ze om opheldering moeten vragen en alles in je rapport moeten opnemen. Dat is de gebruikelijke procedure. En dat heb je allemaal niet gedaan. Waarom niet? Nou? Je zat wel met een vermoorde vrouw en een verdwenen meisje!'

Ik merkte dat Pratt van slag raakte. Hij verhief zijn stem om zich een houding te geven.

'Wekenlang heb ik de wijde omtrek uitgekamd,' bulderde hij. 'Zelfs in mijn vrije tijd! Ik heb alles gedaan om dat meisje te vinden! Dus kom me niet hier, in mijn eigen huis, beledigen door mijn werk in twijfel te trekken! Zo gaan agenten niet met elkaar om!'

'Je hebt de grond omgespit en de zeebodem afgezocht,' riposteerde Gahalowood. 'Maar je wist dat je ook mensen kon ondervragen, en dat heb je niet gedaan! Waarom niet, in godsnaam? Wat had je te verbergen?'

Er viel een lange stilte. Ik keek naar Gahalowood, die er ontzagwekkend uitzag. Hij keek Pratt met een onheilspellende kalmte aan.

'Wat had je te verbergen?' herhaalde hij. 'Vertel op! Zeg het, verdomme! Wat is er met dat meisje gebeurd?'

Pratt wendde zijn blik af. Hij kwam overeind en ging bij het raam staan om onze blikken te ontwijken. Hij keek een ogenblik naar zijn vrouw, die in de tuin de gardenia's van dode bladeren ontdeed.

'Het was helemaal aan het begin van augustus,' zei hij met nauwelijks hoorbare stem. 'Helemaal aan het begin van augustus van dat vervloekte jaar 1975. Geloof het of niet, maar op een middag kwam ze naar me toe, naar mijn kantoor op het politiebureau. Er werd geklopt en Nola Kellergan kwam binnen zonder op toestemming te wachten. Ik zat aan mijn bureau in een dossier te lezen. Ik was verrast door haar komst. Ik groette en vroeg wat er aan de hand was. Er was iets vreemds aan haar. Ze zei geen woord. Ze deed de deur dicht, draaide de sleutel om, keek me strak aan en liep op me af. Naar mijn bureau. En toen...'

Pratt zweeg abrupt. Hij was zichtbaar van slag, kon geen woorden meer vinden. Gahalowood toonde geen enkel medeleven. Hij vroeg droogweg: 'En toen wat, Chief Pratt?'

'Geloof het of niet, sergeant. Ze kroop onder mijn bureau... Ze... maakte mijn gulp open, pakte mijn penis en stak hem in haar mond.'

Ik sprong overeind.

'Wat is dat nou voor onzin?'

'Dat is de waarheid. Ze heeft me gepijpt en ik liet haar begaan. Ze zei: "Ontspant u zich maar, Chief." Toen ze klaar was, veegde ze haar mond af en keek me aan: "Nu bent u een crimineel."'

We waren met stomheid geslagen. Daarom had Pratt Stern en Harry dus niet ondervraagd: hij was zelf direct bij deze zaak betrokken, net als zij.

Nu hij was begonnen zijn geweten te verlichten, wilde Pratt alles eruit gooien. Hij vertelde dat het later nog eens was gebeurd. Maar hoewel het de eerste keer van haar was uitgegaan, had hij haar die tweede keer gedwongen. Hij vertelde dat hij op een keer alleen op patrouille was toen hij Nola zag, die te voet terugkwam van het strand. Het was in de buurt van Goose Cove. Ze had haar schrijfmachine bij zich. Hij had haar een lift aangeboden, maar in plaats van naar Aurora te rijden was hij naar het bos in Side Creek gereden. 'Een paar weken voor haar verdwijning nam ik haar mee naar Side Creek,' zei hij. 'Ik parkeerde aan de rand van het bos; daar was nooit iemand. Ik pakte haar hand, legde hem op mijn gezwollen geslacht en vroeg haar om nog eens te doen wat ze de vorige keer had gedaan. Ik maakte mijn broek open, pakte haar bij de nek en zei dat ze me moest pijpen... Ik weet niet wat er met me aan de hand was. Het is nu dertig jaar geleden en het achtervolgt me nog steeds. En ik kan er niet meer tegen. Neem me mee, sergeant. Ik wil verhoord worden, berecht worden, vergeven worden. Het spijt me, Nola! Het spijt me!'

Toen Amy Pratt haar man geboeid naar buiten zag komen begon ze te gillen, wat de aandacht trok van alle buren. Op de gazons stonden nieuwsgierigen te kijken naar wat er gebeurde, en ik hoorde dat een vrouw haar man riep zodat hij het schouwspel niet zou mislopen: 'Gareth Pratt wordt afgevoerd door de politie!'

Gahalowood zette Pratt in zijn auto en vertrok met loeiende sirenes naar het hoofdkwartier van de Staatspolitie in Concord. Ik bleef achter op het gazon van de Pratts: Amy zat geknield bij de gardenia's te huilen terwijl de buren, de buren van de buren, de hele straat, de hele wijk en straks de helft van Aurora voor het huis aan Mountain Drive samendromden.

Ik was met stomheid geslagen door wat ik had ontdekt, en uiteindelijk ging ik op een brandkraan zitten en belde Roth om hem op de hoogte te brengen van de situatie. Ik had de moed niet om het aan Harry te vertellen: ik wilde niet degene zijn die hem het nieuws bracht. Een paar uur later deed de televisie dat: de nieuwszenders brachten het nieuws allemaal, en het grote mediabloedbad begon van voren af aan. Gareth Pratt, het voormalige hoofd van politie van Aurora, had bekend dat hij seksuele handelingen had verricht met Nola Kellergan en werd als verdachte aangemerkt. Aan het begin van de middag kreeg ik een collect call van Harry uit de gevangenis; hij was in tranen. Hij vroeg of ik naar hem toe wilde komen. Hij kon niet geloven dat het waar was.

In de bezoekersruimte van de gevangenis vertelde ik wat er bij Chief Pratt was gebeurd. Hij was volledig van streek, zijn wangen waren nat van de tranen. Uiteindelijk zei ik: 'Dat is nog niet alles... Ik geloof dat het tijd is dat ik je alles vertel...'

'Dat je me wat vertelt? Je maakt me bang, Marcus.'

'Weet je nog dat ik een paar dagen geleden over Stern begon? Dat was omdat ik bij hem langs ben geweest.'

'En?'

'Ik heb een schilderij van Nola in zijn huis gevonden.'

'Een schilderij? Hoe bedoel je, "een schilderij"?'

'Stern heeft een schilderij van Nola thuis. Naakt.'

Ik had een vergroting van de foto bij me en liet hem zien.

'Dat is ze!' brulde Harry. 'Dat is Nola! Wat betekent dit? Wat is dit godverdomme voor smeerlapperij?'

Een bewaarder riep hem tot de orde.

'Harry,' zei ik, 'probeer kalm te blijven.'

'Wat heeft Stern hier in godsnaam mee te maken?'

'Dat weet ik niet... Heeft Nola het nooit over hem gehad?'

'Nooit! Nooit!'

'Harry, voor zover ik weet had Nola een relatie met Elijah Stern. Ook in de zomer van 1975.'

'Wat? Wat? Wat bedoel je, Marcus?'

'Ik denk... Tja, voor zover ik het begrijp... Harry, misschien moet je er maar van uitgaan dat je niet de enige man in haar leven was.'

Het leek of hij gek werd. Hij sprong overeind, smeet de plastic stoel tegen een muur en brulde: 'Dat kan niet! Dat kan niet! Ze hield van míj! Hoor je me? Van míj!'

Bewaarders stormden op hem af om hem in bedwang te krijgen, en hij werd afgevoerd. Ik hoorde hem brullen: 'Waarom doe je me dit aan, Marcus? Waarom maak je alles kapot? Val toch dood! En Pratt en Stern erbij!'

Na deze gebeurtenis begon ik het verhaal te schrijven van Nola Kellergan, vijftien jaar oud, die de hoofden op hol bracht van een heel stadje op het Amerikaanse achterland.

16

De wortels van het kwaad

(Aurora, New Hampshire, 11-20 augustus 1975)

'Harry, hoeveel tijd kost het om een boek te schrijven?'
  'Dat hangt ervan af.'
  'Waarvan?'
  'Van alles.'

11 augustus 1975

'Harry! Mijn liefste Harry!'
Met het manuscript in haar handen kwam ze naar binnen gerend. Het was vroeg in de ochtend, nog voor negenen. Harry zat in zijn werkkamer en spitte stapels papieren door. Ze verscheen in de deuropening en zwaaide met de boekentas waar het kostbare document in zat.
'Waar was het?' vroeg Harry geërgerd. 'Waar was dat verdomde manuscript?'
'Het spijt me, Harry. Mijn liefste Harry… Je mag niet boos worden. Maar ik heb het gisteravond meegenomen. Je sliep en toen heb ik het meegenomen om erin te lezen… Dat had ik niet mogen doen… Maar het is zo mooi! Echt heel bijzonder! Prachtig!'
Glimlachend overhandigde ze hem de papieren.
'Dus je vindt het mooi?'
'Of ik het mooi vind?' riep ze uit. 'Of ik het mooi vind? Ik vind het prachtig! Het is het mooiste dat ik ooit heb gelezen! Je bent een geweldige schrijver! Het is een meesterwerk! Je wordt beroemd, Harry. Hoor je me? Beroemd!'
Terwijl ze het zei, danste ze; ze danste op de gang, ze danste in de woonkamer, ze danste op het terras. Ze danste van geluk, o, ze was zo gelukkig. Ze dekte de tafel op het terras. Ze veegde de dauw weg, legde een tafellaken neer en maakte zijn werkplek gereed, ze legde pennen klaar, notitieboeken, zijn kladjes en een paar zorgvuldig op het strand uitgezochte stenen die als presse-papier dienden. Toen haalde ze koffie, wafels, koekjes en fruit en legde een kussen op zijn stoel zodat hij comfortabel zat. Ze vergewiste zich ervan dat alles perfect was, en hij onder ideale omstandigheden zou kunnen werken. Zodra hij zich had geïnstalleerd, nam ze het huis onder handen. Ze ruimde op en ze kookte: ze ontfermde

zich over alles, zodat hij zich puur op zijn schrijfwerk kon richten. Op zijn schrijfwerk en verder niets. Als hij zijn handgeschreven bladen af had, las zij ze over, maakte een paar correcties en typte ze uit op de Remington; ze werkte met de hartstocht en toewijding van de trouwste secretaresses. Pas als ze al haar taken had verricht, stond ze het zichzelf toe om bij Harry te gaan zitten – niet zo dichtbij dat ze hem afleidde – en dan keek ze gelukkig toe terwijl hij schreef. Ze was een schrijversvrouw.

Die dag ging ze kort na twaalven weg. Zoals altijd wanneer ze hem alleen liet, gaf ze aanwijzingen.

'Ik heb sandwiches voor de lunch gemaakt. Ze liggen in de keuken. En er staat ijsthee in de koelkast. Je moet goed eten. En een beetje uitrusten, anders krijg je hoofdpijn. En je weet wat er gebeurt als je te hard werkt, mijn liefste Harry: dan krijg je zo'n vreselijke migraineaanval waar je zo prikkelbaar van wordt.'

Ze sloeg haar armen om hem heen.

'Kom je straks terug?' vroeg Harry.

'Nee, Harry, ik kan niet.'

'Hoezo niet? Waarom moet je zo vroeg weg?'

'Ik kan gewoon niet. Als vrouw moet je mysterieus blijven. Dat heb ik in een tijdschrift gelezen.'

Hij glimlachte.

'Nola...'

'Ja?'

'Bedankt.'

'Waarvoor, Harry?'

'Voor alles. Ik... Ik ben een boek aan het schrijven. En dat dat nu eindelijk lukt, heb ik aan jou te danken.'

'Mijn liefste Harry, dit is hoe ik mijn leven wil inrichten: ik wil er voor je zijn, voor je zorgen, je met je boeken helpen en een gezin met je stichten! Stel je eens voor hoe gelukkig we met z'n allen zullen zijn! Hoeveel kinderen wil jij, Harry?'

'Minstens drie!'

'Ja! Vier zelfs! Twee jongens en twee meisjes, zodat ze niet al te veel ruziemaken. Ik wil Mrs. Nola Quebert worden! Geen vrouw zo trots op haar man als ik!'

Ze vertrok. Ze liep langs het pad van Goose Cove en bereikte Route 1. Weer merkte ze niet dat een weggedoken gedaante haar vanuit het struikgewas bespiedde.

Het kostte haar een halfuur om naar Aurora te lopen. Die weg legde ze twee keer per dag af. Toen ze in het stadje was, sloeg ze af naar de hoofdstraat en liep naar het plein, waar Nancy Hattaway zoals afgesproken op haar wachtte.

'Waarom op het plein en niet op het strand?' klaagde Nancy toen ze haar zag. 'Het is zo warm!'

'Ik heb een afspraak vanmiddag…'

'Wat? Je gaat me toch niet vertellen dat je weer naar Stern gaat?'

'Noem zijn naam nou niet!'

'Heb je me weer opgetrommeld om je alibi te zijn?'

'Toe nou, alsjeblieft, dek me…'

'Maar ik ben al zo vaak je dekmantel!'

'Nog één keer. Eén keertje maar. Alsjeblieft.'

'Ga toch gewoon niet!' smeekte Nancy. 'Ga toch niet naar die kerel toe, het heeft nou wel lang genoeg geduurd! Ik maak me zorgen. Wat doen jullie eigenlijk? Jullie hebben seks, of niet? Is dat het?'

Nola keek lief en geruststellend.

'Maak je geen zorgen, Nancy. Echt, maak je maar geen zorgen. Je dekt me, hè? Beloof dat je me dekt: je weet wat er gebeurt als ze merken dat ik lieg. Je weet wat ze thuis met me doen…'

Nancy zuchtte verslagen.

'Goed dan. Ik blijf hier tot je terugkomt. Maar niet later dan halfzeven, anders krijg ik op m'n kop.'

'Begrepen. En als ze iets vragen, wat hebben we dan gedaan?'

'Dan hebben we de hele middag rondgehangen,' herhaalde Nancy als een trekpop. 'Maar ik ben het wel zat om voor je te liegen!' kreunde ze.

'Waarom doe je het toch? Leg dat nou eens uit!'

'Omdat ik van hem hou! O, ik hou zoveel van hem! Ik zou alles voor hem doen!'

'Braak, walgelijk. Ik moet er niet aan denken.'

Een blauwe Mustang verscheen in een zijstraat van het plein en parkeerde langs de stoeprand. Nola wees ernaar.

'Daar is hij,' zei ze. 'Ik moet weg. Tot straks, Nancy. Dankjewel, je bent een echte vriendin.'

Haastig liep ze naar de auto toe en stapte in. 'Hallo, Luther,' zei ze tegen de bestuurder toen ze op de achterbank ging zitten. De auto reed direct weg en verdween voordat iemand anders dan Nancy kon zien dat er iets verdachts gebeurd was.

Een uur later bereikte de Mustang de oprijlaan van Elijah Sterns landhuis in Concord. Luther bracht het meisje naar binnen. Ze wist de weg al naar de slaapkamer.

'Kleed je maar uit,' zei Luther vriendelijk. 'Ik fal meneer Ftern laten weten dat je er bent.'

*

12 augustus 1975

Zoals iedere ochtend sinds hij tijdens het verblijf in Martha's Vineyard zijn inspiratie had hervonden, stond Harry bij zonsopgang op om hard te lopen voordat hij aan het werk ging.

Zoals iedere ochtend rende hij naar Aurora. En zoals iedere ochtend hield hij stil bij de jachthaven om een paar push-ups te doen. Het was nog geen zes uur. Het stadje sliep. Hij vermeed het om langs Clark's te lopen: dat ging rond deze tijd open en hij wilde niet riskeren Jenny tegen het lijf te lopen. Ze was een geweldige meid en ze verdiende het niet dat hij haar zo slecht behandelde. Hij bleef een ogenblik naar de oceaan staan kijken, die baadde in de onwaarschijnlijke kleuren van de dageraad. Toen ze zijn naam zei, maakte hij een sprongetje.

'Harry! Het is dus waar dat je altijd heel vroeg opstaat om hard te lopen.'

Hij draaide zich om: Jenny, in het uniform van Clark's. Ze liep naar hem toe en deed een onhandige poging hem te omhelzen.

'Ik kijk gewoon graag naar de zonsopgang,' zei hij.

Ze glimlachte. Ze bedacht dat hij toch wel een beetje van haar moest houden als hij helemaal hiernaartoe kwam.

'Ga je mee naar Clark's voor een kopje koffie?' stelde ze voor.

'Bedankt, maar ik wil niet uit mijn ritme raken...'

Ze verborg haar teleurstelling.

'Laten we in elk geval even gaan zitten.'

'Ik wil niet te lang stoppen.'

Ze zag er triest uit.

'Maar ik heb al dagen niks van je gehoord! Je komt nooit meer in Clark's...'

'Het spijt me. Ik ben in de ban van mijn boek.'

'Maar er is meer dan boeken in het leven! Kom me af en toe eens opzoeken, dat zou ik zo leuk vinden. Ik beloof dat mama je met rust laat. Ze had je nooit de hele rekening in een keer moeten laten betalen.'

'Dat doet er niet toe.'

'Mijn dienst begint, we gaan om zes uur open. Weet je zeker dat je geen koffie wilt?'

'Heel zeker, bedankt.'

'Kom je anders misschien later?'

'Ik denk het niet.'

'Als je hier elke ochtend komt, zou ik hier in de jachthaven op je kunnen wachten... als je wilt. Alleen om je goedemorgen te zeggen.'

'Doe maar geen moeite.'

'Goed. Hoe dan ook, ik werk vandaag tot drie uur. Als je wilt komen schrijven... zal ik je niet storen. Dat beloof ik. Ik hoop dat je niet boos bent dat ik met Travis naar het bal ben gegaan... Ik ben niet verliefd op hem, hoor... Hij is gewoon een vriend. Ik... Ik bedoel: ik hou van je, Harry. Ik hou van je zoals ik nog nooit van iemand heb gehouden.'

'Zeg dat nou niet, Jenny...'

De klok van het stadhuis sloeg zes keer: ze kwam te laat. Ze kuste hem op de wang en haastte zich weg. Ze had nooit moeten zeggen dat ze van hem hield, daar had ze nu al spijt van. Ze vond zichzelf belachelijk. Toen ze door de straat omhoogliep richting Clark's draaide ze zich om om naar hem te zwaaien, maar hij was al verdwenen. Als hij nog naar Clark's zou komen, betekende dat dat hij toch wel een beetje verliefd op haar was en dat het allemaal nog niet verloren was, bedacht ze. Ze liep stevig door, maar net voordat ze boven aan de helling kwam, dook er van achter een schutting een brede, verwrongen gestalte op die haar de weg versperde. Jenny was verrast en kon een kreet niet onderdrukken. Toen herkende ze Luther.

'Luther! Je maakt me bang!'

Een straatlantaarn onthulde zijn ontwrichte gezicht en krachtige lichaam.

'Wat... Wat moeft hij van je?'

'Niks, Luther...'

Hij greep haar arm en hield haar stevig vast.

'Nee... nee... fpeel geen fpelletjef met me! Wat moeft hij van je?'

'Hij is een vriend! Laat los, Luther! Als je me pijn doet, zal ik je...! Laat los of ik zeg het!'

Hij verslapte zijn greep en vroeg: 'Heb je nog over mijn voorftel nagedacht?'

'Nee is nee, Luther! Ik wil niet door jou geschilderd worden! En laat me nu los! Anders zeg ik dat je door de stad sluipt en dan krijg je problemen.'

Luther wachtte niet langer en rende er in het halfduister vandoor als een radeloos dier. Ze was bang, ze begon te huilen. Haastig liep ze naar het restaurant, en voordat ze naar binnen ging veegde ze haar ogen droog zodat haar moeder, die er al was, niets zou merken.

Harry was weer aan het hardlopen: hij liep dwars door de stad naar Route 1 om vandaar terug te keren naar Goose Cove. Hij dacht aan Jenny: hij mocht haar geen valse hoop geven. Dat meisje maakte hem heel verdrietig. Toen hij de kruising met Route 1 bereikte, lieten zijn benen hem in de steek; bij de jachthaven waren zijn spieren afgekoeld, hij voelde een kramp opkomen en hij stond moederziel alleen langs een uitgestorven weg. Hij had er spijt van dat hij helemaal naar Aurora was gelopen: hij had er niet aan gedacht dat hij ook weer terug naar Goose Cove zou moeten. Op dat moment stopte er een blauwe Mustang naast hem; hij had hem niet horen aankomen. De chauffeur draaide het raampje open: Harry herkende Luther Caleb.

'Allef in orde?'

'Ik heb te lang gelopen... Volgens mij heb ik een blessure.'

'Ftap maar in. Ik breng u wel thuif.'

'Wat een geluk dat ik u tegenkwam,' zei Harry toen hij voor in de auto stapte. 'Wat doet u op dit tijdstip in Aurora?'

Caleb gaf geen antwoord; hij bracht zijn passagier naar Goose Cove zonder dat ze nog een woord tegen elkaar zeiden. Toen hij Harry thuis had afgezet, reed de Mustang weer verder, maar in plaats van de weg naar Concord te nemen sloeg hij links af, in de richting van Aurora, en reed een klein, doodlopend bospaadje op. Caleb parkeerde de auto tussen de sparren, liep behendig tussen de rijen bomen door en verschuilde zich in de buurt van het huis in het kreupelhout. Het was kwart over zes. Hij ging tegen een boomstronk zitten en hij wachtte.

Rond negen uur kwam Nola aan in Goose Cove om voor haar geliefde te zorgen.

*

13 augustus 1975

'Elke keer doe ik het weer, dokter Ashcroft, en na afloop heb ik spijt.'
'En wat drijft u ertoe?'
'Ik weet het niet. Het lijkt wel alsof het er vanzelf uit komt. Een soort aandrang die ik niet kan onderdrukken. Terwijl ik er alleen maar ongelukkiger van word. O, ik word er zo ongelukkig van! Maar ik kan me gewoon niet inhouden.'
De dokter keek Tamara Quinn een ogenblik aan, toen vroeg hij: 'Bent u in staat om tegen mensen te zeggen wat u voor ze voelt?'
'Ik… Nee. Dat vertel ik ze nooit.'
'Waarom niet?'
'Omdat ze dat wel weten.'
'Weet u dat zeker?'
'Natuurlijk!'
'Hoe zouden ze het moeten weten als u het nooit zegt?'
Ze haalde haar schouders op.
'Dat weet ik niet, dokter…'
'En weet uw familie dat u hier komt?'
'Nee. Nee! Ik… Dat gaat ze niets aan.'
Hij schudde het hoofd.
'Mevrouw Quinn, weet u wat u moet doen? U zou moeten opschrijven wat u voelt. Sommige mensen worden daar rustig van.'
'Dat doe ik al. Ik schrijf alles op. Sinds ik met u praat, schrijf ik alles op in een schriftje, dat ik heel zorgvuldig bewaar.'
'En hebt u er wat aan?'
'Dat weet ik niet. Een beetje wel. Denk ik.'
'Volgende week gaan we erop door. Het is tijd.'
Tamara Quinn stond op en nam met een handdruk afscheid van de psychiater. Toen verliet ze de spreekkamer.

*

14 augustus 1975

Het was een uur of elf. Sinds vroeg in de ochtend had Nola op het terras van het huis in Goose Cove vol toewijding de handgeschreven papieren uitgetypt op de Remington, terwijl Harry tegenover haar zat en gestaag doorschreef. 'Prachtig!' zei Nola enthousiast als ze zag wat hij had geschreven. 'Echt heel mooi!' Bij wijze van antwoord glimlachte Harry, en hij voelde zich vervuld van een eeuwigdurende inspiratie.

Het was warm. Nola zag dat Harry niets meer te drinken had en ze verliet even het terras om in de keuken ijsthee te maken. Toen ze nog maar net binnen was, verscheen er een bezoeker op het terras die om het huis heen was gelopen: Elijah Stern.

'Harry Quebert, je werkt te hard!' riep Stern met donderende stem, zodat Harry, die hem niet had horen aankomen, overeind vloog en direct werd bevangen door een hevige paniek: niemand mocht Nola hier zien.

'Elijah Stern!' brulde Harry zo hard hij kon, zodat Nola hem zou horen en binnen zou blijven.

'Harry Quebert!' herhaalde Stern nog luider, die niet begreep waarom Harry zo schreeuwde. 'Ik heb aangebeld, maar niks. Toen ik je auto zag staan, bedacht ik dat je misschien op het terras zat, en toen ben ik zo vrij geweest om om te lopen.'

'Natuurlijk,' stamelde Harry.

Stern zag eerst de papieren en toen de Remington, die aan de andere kant van de tafel stond.

'Je schrijft en typt tegelijk?' vroeg hij nieuwsgierig.

'Ja. Ik... Ik werk aan meerdere bladzijden tegelijk.'

Stern zakte in een stoel. Hij was bezweet.

'Meerdere bladzijden tegelijk? Je bent een genie, Harry. Maar ik was in de buurt en ik dacht dat ik maar eens langs Aurora moest rijden. Wat een heerlijk stadje. Ik heb mijn auto in de hoofdstraat laten staan en toen ben ik gaan wandelen. Helemaal tot hier. Uit gewoonte, denk ik.'

'Elijah, dit huis is... ongelooflijk. Zo'n heerlijke plek.'

'Ik ben heel blij dat je kon blijven.'

'Bedankt voor je vrijgevigheid. Ik heb alles aan je te danken.'

'Je hoeft me niet te bedanken.'

'Op een dag, als ik rijk ben, koop ik dit huis.'

'Goed zo, Harry, goed zo. Ik wens je alle goeds. Het zou me veel plezier doen als jij het nieuw leven in blaast. Sorry, maar als ik zo vrij mag zijn, ik zweet me een ongeluk en ik sterf van de dorst.'

Nerveus keek Harry in de richting van de keuken; hij hoopte dat Nola hen had gehoord en zich niet zou laten zien. Hij moest absoluut een manier vinden om van Stern af te komen.

'Helaas heb ik niks om je aan te bieden, behalve water...'

Stern barstte in lachen uit.

'Maak je maar niet druk, makker… Ik vermoedde al wel dat je niets te eten en te drinken in huis had. En dat was juist waar ik me zorgen over maakte: schrijven is allemaal leuk en aardig, maar je moet wel voor jezelf zorgen! Het is hoog tijd dat je gaat trouwen, dat je iemand vindt die voor je kan zorgen. Weet je wat: als je me naar de stad brengt, trakteer ik je op een lunch en dan kunnen we even bijpraten. Als je daar zin in hebt, natuurlijk.'

'Heel graag,' antwoordde Harry opgelucht. 'Absoluut! Dolgraag. Wacht even, dan haal ik mijn autosleutels.'

Hij liep naar binnen. Toen hij langs de keuken liep zag hij Nola, die zich onder tafel had verstopt. Ze wierp hem een stralende, samenzweerderige glimlach toe en legde een vinger op haar lippen. Hij glimlachte terug en ging weer naar buiten, naar Stern.

Ze stapten in de Chevrolet en reden naar Clark's. Ze namen plaats op het terras waar ze zich eieren, toast en pancakes lieten brengen. Jenny's ogen straalden toen ze Harry zag. Hij was al zo lang niet meer gekomen.

'Het was heel vreemd,' zei Stern. 'Ik ging een eindje wandelen en toen was ik opeens in Goose Cove. Alsof ik door het landschap werd meegevoerd.'

'De kust tussen Aurora en Goose Cove is prachtig,' antwoordde Harry. 'Die verveelt nooit.'

'Kom je er vaak?'

'Bijna iedere ochtend. Bij het hardlopen. Een mooie manier om de dag te beginnen. Ik sta op bij het krieken van de dag en ik ren mee met de opgaande zon. Een machtig gevoel.'

'Je bent een ware atleet, vriend. Ik wou dat ik jouw discipline had.'

'Een atleet? Zover wil ik niet gaan. Toen ik eergisteren vanuit Aurora terug naar Goose Cove liep, kreeg ik bijvoorbeeld enorm last van kramp. Ik kon geen stap meer zetten. Gelukkig kwam ik je chauffeur tegen. Die was zo vriendelijk om me naar huis te brengen.'

Stern glimlachte geforceerd.

'Was Luther hier eergisterochtend?' vroeg hij.

Jenny onderbrak hen om koffie bij te schenken en verdween toen meteen weer.

'Ja,' vervolgde Harry. 'Het verbaasde mij ook om hem zo vroeg al in Aurora te zien. Woont hij hier in de buurt?'

Stern probeerde de vraag te omzeilen.

'Nee, hij woont bij mij. Ik heb een bijgebouw voor mijn personeel. Maar hij komt hier graag. En inderdaad: Aurora is prachtig in het licht van de opgaande zon.'

'Had je niet gezegd dat hij de rozenperken in Goose Cove zou komen verzorgen? Ik heb hem namelijk nog niet gezien…'

'Maar de planten staan er schitterend bij, nietwaar? Dan is hij dus gewoon heel discreet.'

'Maar ik ben echt heel vaak thuis… Bijna altijd zelfs.'

'Luther is echt heel discreet.'

'Wat ik me afvroeg: wat is hem overkomen? Hij praat zo vreemd…'

'Een ongeluk. Heel lang geleden. Hij is een heel bijzonder mens, weet je… Hij ziet er misschien angstaanjagend uit, maar vanbinnen is hij een prachtig mens.'

'Daar twijfel ik niet aan.'

Jenny kwam terug om koffie bij te schenken in de kopjes die nog even vol waren als daarnet. Ze zette de servettenhouder recht, vulde het zoutpotje bij en zette een nieuwe fles ketchup neer. Ze glimlachte naar Stern en maakte een onopvallend handgebaar naar Harry, om daarna weer naar binnen te verdwijnen.

'Gaat het goed met je boek?' vroeg Stern.

'Heel goed. Nogmaals bedankt dat ik het huis mag gebruiken. Ik voel me erg geïnspireerd.'

'Vooral door dat meisje, zeker?' glimlachte Stern.

'Pardon?' wist Harry uit te brengen.

'Dat soort dingen doorzie ik altijd heel snel. Je deelt het bed met haar, of niet soms?'

'W… wat zeg je?'

'Kijk maar niet zo, makker. Daar is toch niks ergs aan? Je deelt het bed met Jenny de serveerster, of niet soms? Uit hoe ze zich gedraagt sinds wij hier zitten kun je afleiden dat ze of met jou, of met mij de lakens deelt. Aangezien ik weet dat ze dat niet met mij doet, concludeer ik dat ze dat met jou doet. Haha! Je hebt groot gelijk. Ze is een mooie meid. Vind je me niet scherpzinnig?'

Quebert voelde zich opgelucht en deed alsof hij lachte.

'Jenny en ik hebben niets met elkaar,' zei hij. 'Laten we het er maar op houden dat we een beetje geflirt hebben. Ze is een lieve meid, maar eerlijk gezegd een beetje saai… Ik zou dolgraag iemand vinden op wie ik smoorverliefd kon zijn, die heel speciaal is… anders dan de rest…'

'O, ik maak me geen zorgen over jou. Jij vindt nog wel een zeldzame parel die je gelukkig maakt.'

Terwijl Harry en Stern zaten te lunchen, liep Nola met de schrijfmachine over Route 1 naar huis, geteisterd door de zon. Achter haar naderde een auto, die naast haar tot stilstand kwam. Het was een auto van de politie van Aurora, met Chief Pratt achter het stuur.

'Waar ga je met die schrijfmachine naartoe?' vroeg hij lichtelijk geamuseerd.

'Naar huis, Chief.'

'Wat, te voet? Waar kom je in godsnaam vandaan? Nou ja, doet er niet toe: stap maar in, ik breng je wel.'

'Bedankt, Chief Pratt, maar ik loop liever.'

'Doe niet zo raar. Het is bloedheet.'

'Nee bedankt, Chief.'

Toen klonk Chief Pratt opeens agressief.

'Waarom wil je niet dat ik je thuisbreng? Stap in, zeg ik! Instappen!'

Uiteindelijk deed Nola wat Pratt zei: hij liet haar plaatsnemen op de passagiersstoel. Maar in plaats van naar de stad te rijden maakte hij rechtsomkeert en reed de andere kant op.

'Waar gaan we heen, Chief? Aurora is die kant op.'

'Maak je maar geen zorgen, meisje. Ik wil je alleen iets moois laten zien. Je bent toch niet bang, hè? Ik wil je het bos laten zien, daar is het zo mooi. En een mooie plek wil je toch wel zien? Van een mooie plek houdt iedereen. Toch?'

Nola zei niks meer. De auto reed naar Side Creek, sloeg een bospad in en kwam tot stilstand tussen de bomen. Toen maakte de Chief zijn riem los, trok zijn gulp open, greep Nola bij haar nek en beval haar om opnieuw te doen wat ze op zijn kantoor zo vakkundig had gedaan.

*

15 augustus 1975

Om acht uur 's ochtends ging Louisa Kellergan naar de kamer van haar dochter om haar op te halen. Nola zat in haar ondergoed op bed te wachten. Het was weer zover. Ze wist het. Louisa glimlachte vol tederheid naar haar dochter.

'Je weet waarom ik dit doe, Nola…'

'Ja, mama.'

'Het is voor je eigen bestwil. Zodat je naar de hemel gaat. Je wilt toch een engel worden?'

'Ik weet niet of ik wel een engel wil worden, mama.'

'Nou nou, geen rare dingen zeggen. Kom, liefje.'

Nola stond op en liep gedwee achter haar moeder aan naar de badkamer. De grote teil stond al klaar op de vloer, gevuld met water. Nola keek naar haar moeder: ze was een mooie vrouw met blond, prachtig golvend haar. Iedereen zei dat ze erg op elkaar leken.

'Ik hou van jou, mama,' zei Nola.

'Ik ook van jou, liefje.'

'Het spijt me dat ik zo'n slecht kind ben.'

'Je bent geen slecht kind.'

Nola knielde neer bij de teil; haar moeder pakte haar hoofd beet en dompelde haar onder; ze hield haar vast bij de haren. Langzaam en streng telde ze tot twintig, daarna trok ze Nola's hoofd uit het ijskoude water. Haar dochter liet een kreet van paniek ontsnappen. 'Kom, meisje, het is je boetedoening,' zei Louisa. 'Nog een keer, nog een keer.' Meteen duwde ze haar hoofd weer in het ijskoude water.

De dominee had zich opgesloten in zijn garage en luisterde naar zijn muziek.

Hij schrok enorm toen ze dat vertelde.

'Je moeder houdt je hoofd onder water?' herhaalde Harry ontzet.

Het was twaalf uur. Nola was net in Goose Cove aangekomen. Ze had de hele ochtend gehuild, en ondanks al haar pogingen om haar rode ogen droog te vegen voordat ze het grote huis bereikte, viel het Harry direct op dat er iets niet in orde was.

'Ze duwt mijn hoofd in de grote teil,' legde Nola uit. 'Het water is ijskoud! Ze pakt mijn hoofd vast en duwt het naar beneden. En iedere keer denk ik dat ik doodga… Ik kan niet meer, Harry. Help me…'

Ze drukte zich tegen hem aan. Harry stelde voor om naar het strand te gaan, daar werd ze altijd vrolijk van. Hij pakte het trommeltje waarop SOUVENIR UIT ROCKLAND, MAINE stond, en bij de rotsen voerden ze de meeuwen; daarna gingen ze in het zand zitten en keken naar de horizon.

'Ik wil weg, Harry!' riep Nola uit. 'Ik wil dat je me heel ver weg brengt!'

'Wil je weg?'

'Met jou. Heel ver van hier. Je hebt gezegd dat we op een dag weg zouden gaan. Ik wil niks meer met de wereld te maken hebben. Wil jij niet samen met mij weggaan van de rest van de wereld? Ik smeek je: laten we weggaan. Zullen we aan het einde van deze klotemaand vertrekken? Laten we zeggen op de dertigste, dan hebben we vanaf morgen precies twee weken om alles voor te bereiden.'

'De dertigste? Wil je dat we op 30 augustus samen vertrekken? Maar dat kan toch helemaal niet?'

'Kan dat niet? Weet je wat echt niet kan, Harry? Hier in deze rotstad blijven! Wat niet kan is zoveel van elkaar houden als wij en dat niet mogen! Wat niet kan is ons te moeten verbergen alsof we een of andere exotische diersoort zijn! Ik kan niet meer, Harry! Ik ga hoe dan ook weg. In de nacht van dertig augustus ga ik weg uit deze stad. Ik kan hier niet langer blijven. Ga alsjeblieft mee, ik smeek je. Laat me niet alleen.'

'En als ze ons tegenhouden?'

'Wie houdt ons tegen? In twee uur zijn we in Canada. En waarom zouden ze ons tegenhouden? Weggaan is geen misdaad. Weggaan is vrijheid, en wie kan ons verhinderen om vrij te zijn? Vrijheid is waar dit land op is gebouwd! Dat staat in de grondwet. Ik ga weg, Harry, echt waar: over vijftien dagen ga ik weg. In de nacht van 30 augustus vertrek ik uit deze rotstad. Ga je mee?'

Zonder na te denken antwoordde hij: 'Natuurlijk ga ik mee! Ik kan me geen leven zonder jou voorstellen. Op 30 augustus gaan we er samen vandoor.'

'O, mijn liefste Harry, ik ben zo gelukkig! En je boek?'

'Dat is bijna af.'

'Bijna af? Geweldig! Dan ben je flink opgeschoten!'

'Ach, wat doet dat boek ertoe? Als ik met jou wegga, kan ik toch geen schrijver meer zijn, denk ik. Maar wat doet dat ertoe? Jij bent het enige wat telt! Het gaat alleen om ons! Het enige wat ertoe doet is dat wij gelukkig kunnen zijn.'

'Natuurlijk kun je nog wel schrijver zijn! We sturen het manuscript gewoon naar New York! O, ik vind je nieuwe roman zo prachtig! Volgens mij is het de mooiste roman die ik ooit heb gelezen. Je wordt wereldberoemd. Ik geloof in je! De dertigste dus, over vijftien dagen. Dan gaan we er samen vandoor! En twee uur later zijn we al in Canada. Wat zullen we daar gelukkig zijn! Wacht maar af. Liefde, Harry. Liefde is het enige wat het leven echt mooi maakt. De rest is overbodig.'

*

18 augustus 1975

Vanachter het stuur van zijn patrouillewagen hield hij haar door het grote raam van Clark's in de gaten. Sinds het bal hadden ze nauwelijks met elkaar gesproken; ze hield hem op afstand en dat maakte hem verdrietig. De laatste tijd zag ze er bijzonder ongelukkig uit. Hij vroeg zich af of haar gedrag daar iets mee te maken had, en toen herinnerde hij zich die keer dat hij haar in tranen op de veranda van haar huis had gevonden en ze had gezegd dat er een man was die haar pijn deed. Wat zou ze daarmee hebben bedoeld? Zat ze in de problemen? Of erger nog: had iemand haar mishandeld? En wie dan? Wat was er gaande? Hij besloot al zijn moed bij elkaar te rapen en met haar te gaan praten. Zoals gewoonlijk wachtte hij tot het in de diner wat rustiger werd voordat hij zich naar binnen waagde. Toen hij eindelijk over de drempel stapte, stond Jenny net een tafel af te ruimen.

'Hoi, Jenny,' zei hij met bonzend hart.
'Hoi, Travis.'
'Hoe gaat het?'
'O, goed hoor.'
'We hebben elkaar sinds het bal niet zo vaak meer gezien,' zei hij.
'Er was hier zoveel te doen.'
'Ik wou je nog zeggen dat ik blij ben dat ik met jou ben gegaan.'
'Dank je.'
Ze leek nogal afwezig.
'Jenny, ik vind je zo afstandelijk de laatste tijd.'
'Nee, Travis... Ik... Het ligt niet aan jou.'
Ze dacht aan Harry; ze dacht dag en nacht aan hem. Waarom moest hij niets van haar weten? Een paar dagen geleden was hij hier nog met Elijah Stern geweest en toen had hij nauwelijks een woord tegen haar gezegd. Ze had zelfs gezien dat ze samen om haar hadden zitten lachen.

'Jenny, als je problemen hebt, dan weet je dat je me alles kunt vertellen, hè?'
'Ja, dat weet ik. Je bent zo goed voor me, Travis. Nu moet ik door met afruimen.'
Ze liep in de richting van de keuken.
'Wacht,' zei Travis.
Hij wilde haar pols grijpen. Hij kneep niet, maar toch schreeuwde ze het uit van de pijn. Ze liet alle borden los en ze vielen kapot op de grond.

Hij had de grote bloeduitstorting aangeraakt die Luther had veroorzaakt toen hij haar zo hardhandig had vastgegrepen, en die ze ondanks de hitte onder lange mouwen probeerde te verbergen.

'Het spijt me echt heel erg,' verontschuldigde Travis zich, en hij dook naar de grond om de scherven bij elkaar te rapen.

'Jij kunt er niks aan doen.'

Hij liep met haar mee naar de keuken en pakte een bezem om de vloer in de eetzaal aan te vegen. Toen hij terugkwam stond ze haar handen te wassen, en doordat ze haar mouwen had opgestroopt zodat ze niet nat werden, zag hij de blauwe plek op haar pols.

'Wat is dat?' vroeg hij.

'Niks. Ik heb me een paar dagen geleden tegen de klapdeur gestoten.'

'Gestoten? Onzin!' ontplofte Travis. 'Je wordt mishandeld! Door wie?'

'Het maakt niet uit.'

'Het maakt wel uit! Ik eis dat je zegt wie je pijn heeft gedaan. Vertel op! Ik ga niet weg voordat ik het weet.'

'Ik... dat heeft Luther Caleb gedaan. De chauffeur van Stern. Hij... Een paar dagen geleden was hij heel boos. Hij greep mijn pols beet en toen heeft hij me pijn gedaan. Maar niet expres, hoor. Hij kende zijn kracht gewoon niet.'

'Dit is heel erg, Jenny! Heel erg! Als hij hier nog eens komt, moet je me meteen waarschuwen!'

*

20 augustus 1975

Zingend liep ze over het pad naar Goose Cove. Ze voelde een lieflijk geluksgevoel vanbinnen: over tien dagen gingen ze er samen vandoor. Over tien dagen zou haar leven eindelijk echt beginnen. Ze telde de nachten tot de grote dag: die was al heel dichtbij. Toen ze het huis aan het einde van het grindpad zag, begon ze sneller te lopen, zo graag wilde ze Harry zien. Ze merkte de ineengedoken gestalte niet op die haar vanuit de struiken in de gaten hield. Ze ging door de voordeur naar binnen zonder aan te bellen, zoals ze de laatste tijd iedere dag deed.

'Mijn liefste Harry!' riep ze om hem te laten weten dat ze er was.

Geen reactie. Het huis leek uitgestorven. Ze riep opnieuw. Stilte. Ze liep door de eetkamer en de woonkamer, maar ze kon hem niet vinden.

Hij was niet in zijn werkkamer. Ook niet op het terras. Ze liep de trap af naar het strand en schreeuwde zijn naam. Misschien was hij gaan zwemmen? Dat deed hij weleens als hij te hard gewerkt had. Maar ook het strand was verlaten. Ze voelde paniek bezit van haar nemen: waar kon hij zijn? Ze ging weer naar binnen en riep hem opnieuw. Niemand. Ze keek in alle kamers van de begane grond en liep toen de trap op. Toen ze de slaapkamerdeur opendeed, zag ze hem: hij zat op bed in een stapel papieren te lezen.

'Harry, was je hier? Ik loop je al tien minuten overal te zoeken...'

Toen hij haar hoorde, sprong hij op.

'Sorry, Nola, ik zat te lezen... Ik had je niet gehoord.'

Hij kwam overeind, klopte de papieren recht en legde ze in een la van zijn nachtkastje.

Ze glimlachte.

'En wat zit jij zo aandachtig te lezen dat je me niet eens door het huis hoort brullen?'

'Niks belangrijks.'

'Een nieuw deel van je roman? Laat zien!'

'Het doet er echt niet toe, ik laat het je nog weleens zien.'

Ze keek hem schalks aan.

'Weet je zeker dat je niks voor me achterhoudt, Harry?'

Hij lachte.

'Er is niks aan de hand, Nola.'

Ze liepen naar buiten, naar het strand. Ze wilde meeuwen zien. Ze sloeg haar armen uit alsof ze vleugels had en rende in grote cirkels rond.

'Ik wou dat ik kon vliegen, Harry! Nog maar tien dagen! Over tien dagen vliegen we weg! Dan vertrekken we voor altijd uit deze rotstad!'

Ze dachten dat ze alleen waren. Noch Harry, noch Nola vermoedde dat Luther Caleb ze in de gaten hield vanuit het bos, achter de rotsen. Hij wachtte tot ze weer naar binnen gingen voordat hij uit zijn verstopplaats tevoorschijn kwam; hij rende over het pad van Goose Cove naar zijn Mustang, die op een parallel bospad stond. Hij reed naar Aurora en parkeerde bij Clark's. Hij haastte zich naar binnen; hij moest absoluut met Jenny praten. Iemand moest het weten. Hij had een slecht voorgevoel. Maar Jenny was helemaal niet blij om hem te zien.

'Luther? Je mag hier niet komen,' zei ze, toen hij voor de bar stond.

'Jenny... Het fpijt me van laatft. Ik had je arm niet zo hard moeten vaftpakken.'

'Ik heb er een blauwe plek aan overgehouden.'
'Het fpijt me.'
'Je moet nu gaan.'
'Nee, wacht…'
'Ik heb aangifte tegen je gedaan, Luther. Travis zegt dat ik hem moet bellen als je je nog eens in de stad laat zien en dat je dan met hem te maken krijgt. Je kunt maar beter weggaan voordat hij je ziet.'
De reus zag er verslagen uit.
'Heb je aangifte tegen me gedaan?'
'Ja. Je heb me zo bang gemaakt…'
'Maar ik moet je ietf belangrijkf vertellen.'
'Er is niets belangrijks, Luther. Ga nou…'
'Over Harry Quebert…'
'Harry?'
'Ja. Zeg eenf wat je van hem vindt…'
'Wat is er met hem?'
'Vertrouw je hem?'
'Of ik hem vertrouw? Ja, natuurlijk. Waarom vraag je dat?'
'Ik moet je ietf vertellen…'
'Wat moet je me vertellen?'

Net toen Luther antwoord wilde geven, verscheen er een politiewagen op het plein tegenover Clark's.
'Daar is Travis!' riep Jenny uit. 'Ga weg, Luther, snel! Ik wil niet dat je moeilijkheden krijgt.'

Caleb maakte zich onmiddellijk uit de voeten. Jenny zag hoe hij in zijn auto stapte en hard wegreed. Enige ogenblikken later kwam Travis Dawn naar binnen gerend.
'Zag ik Luther Caleb nou net?' vroeg hij.
'Ja,' antwoordde Jenny. 'Maar hij heeft niks gedaan. Het is een goede jongen, ik heb spijt van mijn aangifte.'
'Ik zei toch dat je het moest zeggen als je hem zag? Niemand mag jou iets aandoen. Niemand!'

Travis rende terug naar zijn auto. Jenny haastte zich achter hem aan en hield hem staande op de stoep.
'Travis, ik smeek je, laat hem met rust! Alsjeblieft. Volgens mij heeft hij het nu wel begrepen.'

Travis keek haar aan en besefte opeens wat hem tot dan toe was ontgaan. Dus daarom deed ze zo afstandelijk, de laatste tijd.

'O nee toch, Jen... Je gaat me toch niet vertellen dat...'
'Dat wat?'
'Dat je op die mafkees valt?'
'Wat? Wat zeg je nou weer?'
'Verdomme! Hoe kon ik zo stom zijn!'
'Wat een onzin, Travis. Wat bazel je nou...'
Maar hij luisterde al niet meer. Hij stapte in zijn auto, en met flitsende zwaailichten en gillende sirene scheurde hij weg.

Op Route 1, iets voor Side Creek Lane, zag Luther in zijn achteruitkijkspiegel een politiewagen die op hem inliep. Hij stopte aan de kant van de weg; hij was bang. Woedend stapte Travis uit. Er gingen duizend gedachten door hem heen: hoe kon Jenny zich tot zoiets aangetrokken voelen? Hoe kon ze dat monster boven hem verkiezen? Hij die alles voor haar deed, hij die in Aurora was gebleven om bij haar in de buurt te zijn, werd nu ingewisseld voor zo'n vent! Hij beval Luther om uit te stappen en nam hem van top tot teen op.
'Maak jij Jenny het leven zuur, achterlijke idioot?'
'Nee, Travif. Ik zweer je dat dat niet zo if.'
'Ik heb de blauwe plek op haar pols gezien!'
'Ik waf mijn zelfbeheerfing kwijt. Het fpijt me heel erg. Ik wil geen moeilijkheden.'
'Geen moeilijkheden? Je hebt het allemaal aan jezelf te danken! Doe je het met haar?'
'Wát?'
'Doen Jenny en jij het met elkaar?'
'Nee! Nee!'
'Ik... Ik doe alles om haar gelukkig te maken, en jij doet het met haar! Wat is er godverdomme met de wereld aan de hand?'
'Travif... Het if niet wat je denkt.'
'Kop dicht!' schreeuwde Travis. Hij greep Luther bij zijn kraag en smeet hem tegen de grond.
Hij wist niet precies wat hij moest doen: hij dacht aan Jenny die zo'n afstand bewaarde en hij voelde zich vernederd en ellendig. Hij voelde ook woede: hij had er genoeg van om altijd maar een voetveeg te zijn, het was tijd dat hij zich als een man ging gedragen. En dus haalde hij zijn knuppel van zijn riem, tilde hem hoog op en begon als een krankzinnige op Luther in te slaan.

15
Voor de storm

'Wat vind je ervan?'
 'Niet slecht. Maar ik geloof dat je te veel waarde hecht aan woorden.'
 'Aan woorden? Maar die lijken me best belangrijk als je schrijft, of niet dan?'
 'Ja en nee. De betekenis van woorden is belangrijker dan de woorden zelf.'
 'Hoe bedoel je?'
 'Nou, een woord is een woord en woorden zijn van iedereen. Je hoeft maar een woordenboek open te slaan en er een uit te zoeken. Maar daarna wordt het pas interessant: zul je in staat zijn om zo'n woord een unieke betekenis te geven?'
 'Hoe bedoel je?'
 'Kies een woord en herhaal het in al je boeken, zo vaak je maar kan. Laten we een willekeurig woord uitkiezen: "meeuw". Als iemand het dan over je heeft zal hij al snel zeggen: "Je-weet-wel, Goldman, die het altijd over meeuwen heeft." En dan komt er een moment waarop iedereen bij het zien van een meeuw aan jou gaat denken. Dat ze bij het zien van zo'n krijsend beest bij zichzelf gaan zeggen: "Ik vraag me af hoe Goldman die zou vinden." En algauw gaan ze "meeuwen" en "Goldman" met elkaar vereenzelvigen. En iedere keer dat ze een meeuw zien, denken ze aan je boek en aan je oeuvre. Dan zullen ze nooit meer op dezelfde manier naar ze kijken. En pas op dat moment weet je dat je aan het schrijven bent. Woorden zijn van iedereen totdat je laat zien dat je in staat bent om ze je toe te eigenen. Dat definieert een schrijver, Marcus. En je zult nog wel merken dat sommige mensen je willen laten geloven dat boeken om woorden draaien, maar dat is niet zo: ze draaien om mensen.'

Maandag 7 juli 2008, Boston, Massachusetts

Vier dagen na de arrestatie van Chief Pratt ontmoette ik Roy Barnaski in een privézaaltje van het Park Plaza Hotel in Boston om een contract ter waarde van een miljoen dollar te tekenen voor de uitgave van mijn boek over de zaak Harry Quebert. Douglas was er ook; hij was zichtbaar opgelucht door de goede afloop.

'Het tij is gekeerd,' zei Barnaski. 'De grote Goldman is eindelijk weer aan het werk gegaan. Applaus!'

Ik gaf geen antwoord, haalde alleen een pak papieren uit mijn boekentas en gaf het aan hem. Hij glimlachte breed.

'Aha, de bewuste eerste vijftig bladzijden...'

'Ja.'

'Vind je het goed als ik even de tijd neem om er een blik op te werpen?'

'Ga je gang.'

Douglas en ik liepen de kamer uit om hem in alle rust te laten lezen. We gingen naar de hotelbar en lieten ons donker bier van de tap brengen.

'Alles in orde, Marc?' vroeg Douglas.

'Ja hoor. De laatste vier dagen zijn krankzinnig geweest...'

Hij knikte en deed er nog een schepje bovenop: 'Deze hele zaak is volkomen krankzinnig! Dat boek van jou wordt een enorme klapper, daar heb je geen idee van. Barnaski wel, en daarom biedt hij je zoveel geld. Een miljoen is niks in verhouding tot wat het gaat opleveren. Je moest eens weten: in New York wordt over niets anders gepraat. De filmstudio's spreken al over een film, en elke uitgever wil iets over Quebert uitbrengen. Maar ze weten ook dat jij de enige bent die er echt een boek over kan schrijven. Jij bent de enige die Harry kent en die Aurora van binnenuit heeft meegemaakt. Barnaski wil zorgen dat hij het verhaal eerder dan wie dan ook in handen krijgt: als Schmid & Hanson de geschiedenis van Nola Kellergan als eerste in boekvorm kan uitbrengen, denkt hij dat de uitgeverij haar naam als handelsmerk kan laten deponeren.'

'En wat vind jij ervan?' vroeg ik.

'Ik vind het een prachtig avontuur voor een schrijver. En een mooie manier om wat tegenwicht te bieden aan alle onwaarheden die over Quebert de ronde doen. Je wilde hem in eerste instantie toch vooral verdedigen?'

Ik knikte. Toen keek ik naar het plafond waarboven Barnaski een stuk van mijn verhaal zat te lezen dat ik dankzij de gebeurtenissen van de laatste dagen rijkelijk had kunnen aankleden.

*

3 juli 2008, vier dagen voor ondertekening van het contract

Een paar uur na de arrestatie van Chief Pratt reed ik vanuit de Staatsgevangenis naar Goose Cove. Harry was door het lint gegaan en had me bijna een stoel naar de kop geslingerd toen ik vertelde dat er bij Elijah Stern een schilderij van Nola hing. Ik parkeerde voor het huis, en toen ik uitstapte viel me direct op dat er een papier tussen de voordeur zat geklemd: alweer een brief. Maar de toon was veranderd.

Laatste waarschuwing, Goldman.

Ik besteedde er geen aandacht aan: of het nu de laatste waarschuwing of de eerste was, wat deed dat ertoe? In de keuken gooide ik de brief in de vuilnisbak en toen zette ik de televisie aan. Het ging over niets anders dan de arrestatie van Chief Pratt: hier en daar werd zelfs gesuggereerd dat het onderzoek dat hij indertijd had geleid niet deugde, en de vraag rees of de voormalige politiechef ermee had gesjoemeld.

De dag kwam ten einde en het beloofde een mooie, zachte avond te worden; het soort zomeravond dat je nog mooier moet maken door in gezelschap van vrienden onder het genot van een paar biertjes enorme steaks op de barbecue te leggen. Vrienden had ik niet, maar steaks en bier wel, dacht ik. Ik deed de ijskast open, maar die was leeg: ik was vergeten boodschappen te doen. Ik was mezelf vergeten. Ik besefte dat ik dezelfde ijskast als Harry had: de ijskast van een man alleen. Ik bestelde een pizza, die ik op het terras opat. In ieder geval had ik het terras en de oceaan: het enige wat ontbrak om de avond perfect te maken waren een barbecue, vrienden en een vriendin. Op dat ogenblik werd ik gebeld door een van mijn weinige vrienden, van wie ik overigens al een tijdje niets meer gehoord had: Douglas.

'Marc, hoe gaat het?'

'Hoezo, "hoe gaat het"? Ik heb al twee weken niks van je gehoord! Waar zat je? Ben je mijn agent of niet, verdomme?'

'Ik weet het, Marc. Het spijt me. We hebben een moeilijke tijd achter de rug. Jij en ik, bedoel ik. Maar als je me nog als agent wilt, dan zou het me een eer zijn om de samenwerking voort te zetten.'

'Natuurlijk wil ik dat. Ik heb maar één voorwaarde: dat je weer baseball bij me komt kijken.'

Hij lachte.

'Deal. Jij zorgt voor het bier, ik voor de nacho's.'

'Barnaski heeft me een fantastisch contract aangeboden,' zei ik.

'Weet ik. Dat heeft hij verteld. Doe je het?'

'Ik denk het wel, ja.'

'Barnaski is dolblij. Hij wil je zo snel mogelijk zien.'

'Zien? Waarom?'

'Om te tekenen.'

'Nu al?'

'Ja. Ik denk dat hij zeker wil weten dat je bezig bent. Je hebt weinig tijd: je zult snel moeten werken. De verkiezingen zijn een obsessie voor hem. Voel je je ertoe in staat?'

'Het zal wel lukken. Ik ben weer aan het werk. Maar ik weet niet wat ik moet schrijven: moet ik alles vertellen wat ik weet? Dat Harry van plan was om er met dat meisje vandoor te gaan? Het is allemaal volslagen krankzinnig, Doug. Ik geloof dat je dat nog niet helemaal beseft.'

'Vertel de waarheid, Marc. De waarheid over Nola Kellergan.'

'En als die waarheid belastend is voor Harry?'

'Het is je verantwoordelijkheid als schrijver om de waarheid te vertellen. Ook als dat moeilijk is. Dat is mijn advies als vriend.'

'En je advies als agent?'

'Dek je in: zorg dat je jezelf niet opzadelt met net zoveel processen als New Hampshire inwoners telt. Zei je niet dat dat meisje door haar ouders werd mishandeld?'

'Ja. Door haar moeder.'

'Schrijf dan alleen op dat Nola "een ongelukkig meisje was dat slecht

333

werd behandeld". Dan is het voor iedereen duidelijk dat het over haar ouders gaat, zonder dat je dat met zoveel woorden zegt... Dan kan niemand je iets maken.'

'Maar haar moeder speelt een belangrijke rol in het verhaal.'

'Marc, mijn advies als je agent is dat je kogelvrije bewijzen moet hebben als je mensen gaat beschuldigen, anders word je bedolven onder de rechtszaken. En volgens mij heb je in de laatste maanden al genoeg vijanden gemaakt. Zorg dat je een betrouwbare getuige opspoort die kan bevestigen dat Nola's moeder een secreet was dat haar dochter ervanlangs gaf, en hou het anders bij "een ongelukkig meisje, dat slecht werd behandeld". We willen niet dat het boek door de rechter uit de handel wordt gehaald vanwege smaad. Maar nu iedereen weet wat Pratt heeft uitgespookt, kun je alle ranzige details over hem opschrijven. Goed voor de verkoop.'

Barnaski stelde voor om op maandag 7 juli in Boston af te spreken, een stad die het voordeel had dat hij op een uur vliegen van New York en op twee uur met de auto van Aurora lag: ik stemde toe. Dat gaf me nog vier dagen om onafgebroken te schrijven, zodat ik een paar hoofdstukken voor hem zou hebben.

'Bel maar als je iets nodig hebt,' zei Douglas nog voordat hij ophing.

'Doe ik, dank je. Doug, wacht...'

'Ja?'

'Je maakte altijd mojito's. Weet je nog?'

Ik hoorde dat hij glimlachte.

'Ja, dat weet ik nog.'

'Dat was een mooie tijd, hè?'

'Het is nog steeds een mooie tijd, Marc. We hebben geweldige levens, ook al zijn ze niet altijd even makkelijk.'

*

1 december 2006, New York City

'Wil je nog wat mojito's maken, Doug?'

Douglas, gekleed in een schort waarop een naakte vrouwenromp stond afgebeeld, stond achter de bar van mijn keuken en huilde als een wolf; toen pakte hij de rumfles en goot hem leeg in een karaf vol ijsgruis.

Het was drie maanden na de verschijning van mijn eerste roman; mijn carrière was op zijn hoogtepunt. Voor de vijfde keer in de drie weken sinds ik naar dit appartement in de Village was verhuisd, gaf ik een feestje. Er zaten tientallen mensen opeengepakt in de woonkamer en ik kende er nog geen kwart van. Maar dat vond ik juist geweldig. Douglas overgoot de aanwezigen met mojito's en ik zorgde voor white Russians, de enige cocktail die ik drinkbaar vond.

'Wat een avond,' zei Douglas. 'Is dat de portier van het gebouw die daar staat te dansen?'

'Ja. Ik heb hem uitgenodigd.'

'En verdorie, Lydia Gloor is er ook! Besef je dat wel? Je hebt Lydia Gloor op bezoek!'

'Wie is Lydia Gloor?'

'Verdomme Marc, dat hoor je te weten! Dat is dé actrice van dit moment. Ze speelt in die serie waar iedereen naar kijkt... Nou ja, behalve jij dan kennelijk. Hoe heb je haar hierheen gekregen?'

'Geen idee. Er wordt aangebeld. *Mi casa es tu casa*!'

Ik ging terug naar de woonkamer met hapjes en de shakers. Toen zag ik door het raam dat het sneeuwde, en opeens had ik zin om buiten te zijn. In hemdsmouwen liep ik het balkon op; het was ijskoud. Ik keek naar het enorme New York dat voor me lag, met miljoenen lichtjes zover het oog reikte, en ik brulde zo hard ik kon: 'Ik ben Marcus Goldman!' Op dat moment hoorde ik een stem achter me: een knappe blondine van mijn leeftijd, die ik nooit eerder had gezien.

'Je telefoon gaat, Marcus Goldman,' zei ze.

Haar gezicht kwam me vaag bekend voor.

'Volgens mij heb ik jou al eerder gezien, hè?' vroeg ik.

'Op televisie waarschijnlijk.'

'Jij bent Lydia Gloor...'

'Ja.'

'Sodeju.'

Ik vroeg of ze alsjeblieft op het balkon op me bleef wachten en ik nam snel op.

'Hallo?'

'Marcus? Harry hier.'

'Harry! Wat leuk om je te horen! Hoe gaat het met jou?'

'Niet gek. Ik wou je alleen maar even horen. Het is enorm lawaaiig bij je... Heb je bezoek? Misschien bel ik ongelegen...'

'Ik geef een feestje. In mijn nieuwe appartement.'

'Ben je weg uit Montclair?'

'Ja, ik heb een appartement in de Village gekocht. Ik woon in New York! Je moet absoluut eens komen kijken, het uitzicht is adembenemend.'

'Daar twijfel ik niet aan. In elk geval klink je alsof je je wel vermaakt, daar ben ik blij om. Je zult wel heel veel vrienden hebben...'

'Honderden! En dat is nog niet alles: stel je voor, op het balkon staat een beeldschone actrice op me te wachten! Haha, ik kan het nauwelijks geloven! Het leven is veel te mooi, Harry. Veel te mooi. En jij? Wat doe jij vanavond?'

'Ik... Ik geef een feestje thuis. Vrienden, steaks en bier. Wat wil je nog meer? We vermaken ons prima, jij bent de enige die ontbreekt. Maar er wordt gebeld, Marcus. Nog meer gasten. Ik moet ophangen om open te doen. Ik weet niet of we allemaal wel in het huis passen, en God weet hoe groot het hier is!'

'Fijne avond, Harry. Veel plezier. Ik bel, dat beloof ik!'

Ik liep weer naar het balkon: vanaf die avond ging ik om met Lydia Gloor, die mijn moeder 'die actrice van televisie' zou noemen. Ondertussen deed Harry in Goose Cove de voordeur open: het was de pizzabezorger. Hij nam zijn bestelling in ontvangst en ging voor de televisie zitten eten.

Zoals beloofd belde ik Harry terug. Maar tussen die twee telefoontjes zat een jaar. Het was februari 2008.

'Hallo?'

'Hé, Marcus! Ben jij dat echt? Ongelooflijk. Sinds je een ster bent laat je nooit meer iets van je horen. Ik heb je een maand geleden proberen te bellen, maar toen kreeg ik je secretaresse aan de lijn die zei dat je voor niemand bereikbaar was.'

Ik wond er geen doekjes om.

'Het gaat slecht met me, Harry. Ik geloof dat ik geen schrijver meer ben.'

Hij werd direct serieus.

'Wat zeg je me nou, Marcus?'

'Ik weet niet wat ik moet schrijven, ik ben leeg. Writer's block. Al maandenlang. Misschien al wel een jaar.'

Hij barstte uit in een geruststellende, warme lach.

'Gewoon een mentale blokkade, Marcus! Writer's block is even stompzinnig als een erectiestoornis vanwege faalangst: het is de angst van het

genie, dezelfde paniek die je piemeltje helemaal slap maakt als je op het punt staat de koffer in te duiken met een bewonderaarster en je aan niets anders meer kunt denken dan dat je haar een orgasme moet bezorgen dat in de schaal van Richter valt. Probeer gewoon niet geniaal te zijn en zet wat woorden achter elkaar. Dan komt het genie vanzelf wel.'
'Denk je?'
'Dat weet ik wel zeker. Maar je moet wel minderen met die glamourfeestjes en petitfours. Schrijven is geen kattenpis. Ik dacht dat ik je dat wel had bijgebracht.'
'Maar ik werk me te pletter! Ik doe niet anders! Ik krijg gewoon geen woord op papier!'
'In dat geval werk je niet op de goede plek. New York is leuk en aardig, maar vooral ook heel rumoerig. Waarom kom je niet hierheen, zoals toen je nog bij me studeerde?'

*

4-6 juli 2008

In de vier dagen voorafgaand aan de afspraak in Boston met Barnaski vorderde het onderzoek spectaculair.

In de eerste plaats werd Chief Pratt in staat van beschuldiging gesteld voor het plegen van seksuele handelingen met een minderjarige van onder de zestien en de dag na zijn arrestatie op borgtocht vrijgelaten. Hij trok tijdelijk in een motel in Montburry, terwijl Amy de stad verliet en naar haar zuster ging die in een andere staat woonde. Het verhoor van Pratt door de recherche van de Staatspolitie bevestigde dat Tamara Quinn hem niet alleen het briefje over Nola had laten zien dat ze bij Harry had gevonden, maar ook dat Nancy Hattaway hem had verteld wat ze over Elijah Stern wist. Twee sporen die Pratt bewust had genegeerd, omdat hij vreesde dat Nola een van hen in vertrouwen had genomen over wat zich in de politieauto had afgespeeld en hij niet het risico wilde lopen om in de problemen te komen bij de ondervraging. Wel zwoer hij dat hij niets te maken had met de dood van Nola en Deborah Cooper en dat hij het onderzoek naar eer en geweten had uitgevoerd.

Op basis van die verklaring wist Gahalowood de aanklager ertoe over te halen een huiszoekingsbevel af te geven voor de woning van Elijah Stern. Die huiszoeking vond plaats op de ochtend van vrijdag 4 juli, de nationale feestdag. Het schilderij van Nola werd in het atelier gevonden en in beslag genomen. Elijah Stern werd voor verhoor naar het bureau van de Staatspolitie gebracht, maar hij werd niet in staat van beschuldiging gesteld. Toch wakkerden deze nieuwe wendingen de nieuwsgierigheid van het publiek nog verder aan: na de arrestatie van de beroemde schrijver Harry Quebert en van het voormalig hoofd van politie Gareth Pratt bleek nu ook de rijkste man van New Hampshire betrokken bij de dood van het meisje Kellergan.

Gahalowood vertelde me in detail hoe het verhoor van Stern was verlopen.

'Een indrukwekkende kerel,' zei hij. 'Volmaakt kalm. Hij gaf zijn leger advocaten zelfs opdracht om op de gang op hem te wachten. Die presentie, die staalblauwe blik – ik voelde me haast ongemakkelijk, terwijl ik al God weet hoe vaak zulke situaties heb meegemaakt. Ik liet hem het schilderij zien en hij bevestigde dat het Nola was.'

'Waarom hangt dat schilderij bij u?' had Gahalowood gevraagd.

Alsof het vanzelf sprak zei Stern: 'Omdat het van mij is. Bestaat er een wet in deze staat die me verbiedt om schilderijen aan de muur te hangen?'

'Nee. Maar het is een schilderij van een vermoord meisje.'

'Stel dat ik een schilderij van John Lennon had? Die is ook vermoord. Zou dat erg zijn?'

'U begrijpt toch wel wat ik bedoel, meneer Stern. Waar komt dat schilderij vandaan?'

'Dat heeft een van mijn voormalige medewerkers gemaakt. Luther Caleb.'

'Waarom heeft hij het gemaakt?'

'Omdat hij van schilderen hield.'

'Wanneer is het gemaakt?'

'In de zomer van 1975. In juli of augustus, meen ik me te herinneren.'

'Vlak voordat het meisje verdween.'

'Ja.'

'Hoe heeft hij het tot stand gebracht?'

'Met een kwast, vermoed ik.'

'Alstublieft, hou u niet van de domme. Hoe kende hij Nola?'

'Iedereen in Aurora kende Nola. Hij heeft zich voor dit schilderij door haar laten inspireren.'

'En vond u het geen verontrustende gedachte om een schilderij van een verdwenen meisje in huis te hebben?'

'Nee. Het is een mooi schilderij. "Kunst" noemen ze dat. Kunst is altijd verontrustend. Oncontroversiële kunst is een product van de degeneratie van deze verrotte wereld, veroorzaakt door politieke correctheid.'

'Bent u zich ervan bewust dat het bezit van een werk dat een naakt meisje van vijftien afbeeldt u in de problemen zou kunnen brengen, meneer Stern?'

'Naakt? Ik zie geen borsten en geen geslachtsdeel.'

'Maar ze is duidelijk naakt.'

'Bent u bereid om dat standpunt voor de rechter te verdedigen, sergeant? Want dan verliest u, dat weet u net zo goed als ik.'

'Ik wil alleen weten waarom Luther Caleb Nola Kellergan heeft geschilderd.'

'Dat zei ik toch al: omdat hij van schilderen hield.'

'Kende u Nola Kellergan?'

'Een beetje. Zoals iedereen in Aurora.'

'Een beetje maar?'

'Een beetje maar.'

'U liegt, meneer Stern. Er zijn getuigen die verklaren dat u een relatie met haar had. Dat u haar naar uw huis liet brengen.'

Stern barstte in lachen uit.

'Kunt u dat hardmaken? Dat betwijfel ik ten zeerste, het is namelijk niet waar. Ik heb dat kind nooit aangeraakt. Luister eens, sergeant, u valt me lastig. Uw onderzoek is duidelijk vastgelopen en u hebt grote moeite om uw vragen te formuleren. Laat mij u dan op weg helpen: Nola Kellergan kwam juist naar mij toe. Op een dag kwam ze bij me en ze zei dat ze geld nodig had. Ze was bereid om voor een schilderij te poseren.'

'U betaalde haar om te poseren?'

'Ja. Luther was een begenadigd schilder. Een enorm talent. Hij had al diverse prachtige doeken voor me geschilderd: landschappen van New Hampshire, taferelen uit het dagelijks leven in dit prachtige land – ik was er weg van. Ik dacht dat Luther een van de grootste schilders van de eeuw zou kunnen worden, en ik bedacht dat hij iets geweldigs tot stand zou brengen als hij dit prachtige meisje zou schilderen. En ik heb gelijk gekregen: als ik dit schilderij nu zou verkopen, met alle heisa die om deze zaak heen hangt, dan zou ik er met gemak één of twee miljoen dollar voor krijgen. En kent u veel hedendaagse schilders van wie het werk één of twee miljoen dollar per doek opbrengt?'

Toen hij gezegd had wat hij wilde zeggen, besloot Stern dat hij al genoeg tijd had verspild en dat het verhoor was afgelopen. Hij vertrok, gevolgd door zijn kudde advocaten, waarbij hij Gahalowood woordeloos achterliet met nóg een raadsel in het onderzoek.

'Begrijp jij er iets van, schrijver?' vroeg Gahalowood toen hij me verslag had gedaan van Sterns verhoor. 'Dat meisje komt op een goede dag bij Stern aanzetten en biedt aan om zich tegen betaling te laten schilderen. Geloof jij dat?'

'Het slaat nergens op. Waarom zou ze geld nodig hebben? Omdat ze ervandoor zouden gaan?'

'Misschien. Maar ze heeft haar spaargeld niet eens meegenomen. In haar kamer staat een koektrommel met honderdtwintig dollar erin.'

'En wat hebben jullie met het schilderij gedaan?' vroeg ik.

'Voorlopig houden we het hier. Bewijsmateriaal.'

'Maar wat bewijst het dan? Jullie hebben Stern niet eens in staat van beschuldiging gesteld.'

'Bewijs tegen Caleb.'

'Dus jullie verdenken hem echt?'

'Ik zou het niet weten, schrijver. Stern liet Nola schilderen en Pratt liet zich door haar pijpen, maar welk motief hadden ze om haar te doden?'

'Angst dat ze haar mond zou opendoen?' opperde ik. 'Misschien dreigde ze dat ze alles zou vertellen en heeft een van hen haar toen in een vlaag van paniek doodgeslagen en in het bos begraven.'

'Maar waarom dan die opdracht op het manuscript? "Vaarwel, mijn liefste Nola." Dat komt van iemand die van haar hield. En de enige die van haar hield was Quebert. Alles leidt weer naar Quebert. Stel dat Quebert het had gehoord van Pratt en van Stern en dat hij toen door het lint is gegaan en haar heeft vermoord? Dan zou het allemaal een crime passionnel zijn geweest. Was dat niet jouw hypothese, trouwens?'

'Dat Harry een crime passionnel heeft begaan? Nee, dat is uitgesloten. Wanneer krijgen we nou eindelijk de uitslag van dat handschriftonderzoek?'

'Heel binnenkort. Een kwestie van dagen, waarschijnlijk. Marcus, ik moet je wat vertellen: de aanklager wil het met Quebert op een akkoordje gooien. Ze laten de ontvoering vallen en hij pleit schuldig aan een crime passionnel. Twintig jaar. Vijftien als hij zich gedraagt. Geen doodstraf.'

'Een akkoordje? Waarom? Harry heeft niks misdaan.'
Ik had het gevoel dat we iets over het hoofd zagen, een detail dat alles zou verklaren. Ik liep Nola's laatste dagen nog eens door, maar eigenlijk was er niets bijzonders te melden over die augustus in 1975 in Aurora, tot aan de beruchte avond van de dertigste dan. Eerlijk gezegd kreeg ik uit mijn gesprekken met Jenny Dawn, Tamara Quinn en een paar inwoners van het stadje de indruk dat Nola Kellergans drie laatste weken vooral gelukkig waren. Harry had het verdrinkingstafereel voor me geschetst, Pratt had verteld hoe hij haar had gedwongen hem te pijpen, Nancy vertelde over de ranzige afspraakjes met Luther Caleb, maar de verklaringen van Jenny en Tamara klonken heel anders: volgens hen wees niets erop dat Nola mishandeld werd of ongelukkig was. Tamara Quinn vertelde zelfs dat Nola had gevraagd of ze vanaf het begin van het nieuwe schooljaar weer bij Clark's aan de slag kon, en daar was Tamara mee akkoord gegaan. Toen ik dat hoorde, was ik zo verrast dat ik haar tweemaal om bevestiging vroeg. Waarom zou Nola stappen hebben ondernomen om weer als serveerster aan de slag te gaan als ze toch van plan was om weg te gaan? Robert Quinn vertelde me op zijn beurt dat hij haar af en toe met een schrijfmachine zag lopen, maar dat haar houding opgewekt was en dat ze vrolijk neuriede. Alsof Aurora in augustus 1975 het paradijs op aarde was. Ik begon me af te vragen of Nola echt van plan was geweest om uit het stadje te vertrekken. Toen werd ik bevangen door een afschuwelijke twijfel: welke garanties had ik dat Harry de waarheid vertelde? Hoe kon ik weten of Nola hem echt had gevraagd om er samen vandoor te gaan? Stel dat het een plannetje was om zijn rol bij de moord te verhullen? Stel dat Gahalowood vanaf het begin af aan gelijk had gehad?

Op de middag van 5 juli bezocht ik Harry weer in de gevangenis. Hij zag er afschuwelijk uit; zijn huid was grijs. Over zijn voorhoofd liepen rimpels die ik nooit eerder had gezien.
'De aanklager wil een deal sluiten,' zei ik.
'Weet ik. Dat heeft Roth al verteld. Crime passionnel. Over vijftien jaar kom ik vrij.'
Aan zijn stem hoorde ik dat hij de optie serieus overwoog.
'Je gaat me toch niet vertellen dat je het doet?' zei ik verontwaardigd
'Ik weet het niet, Marcus. Het is wel een manier om onder de doodstraf uit te komen.'

'Onder de doodstraf uit komen? Wat bedoel je daarmee? Dat je schuldig bent?'

'Nee, maar alles pleit tegen me! En ik heb helemaal geen zin in een spelletje poker met juryleden die me allang veroordeeld hebben. Vijftien jaar gevangenisstraf is nog altijd beter dan levenslang of de dodencel.'

'Harry, ik ga het je nog één keer vragen: heb je Nola vermoord?'

'Natuurlijk niet, verdomme! Hoe vaak moet ik je dat nog zeggen?'

'Dan gaan we dat bewijzen ook!'

Ik haalde mijn opnameapparaatje weer tevoorschijn en zette het op tafel.

'Alsjeblieft Marcus, niet weer dat ding!'

'We moeten begrijpen wat er is gebeurd.'

'Ik wil niet dat je nog meer opnames maakt. Alsjeblieft.'

'Goed dan. Dan maak ik wel aantekeningen.'

Ik haalde een pen en een notitieblok tevoorschijn.

'Ik zou graag door willen gaan met ons gesprek over 30 augustus 1975. De dag dat jullie zouden vertrekken. Als ik het goed begrijp, was je boek al bijna af toen Nola en jij besloten om ervandoor te gaan...'

'Een paar dagen voor de dag van vertrek was ik klaar. Ik schreef snel, heel snel. Ik verkeerde in een andere staat. Het was allemaal heel bijzonder: Nola was altijd bij me, ze las mijn werk, corrigeerde het en typte het uit. Het klinkt misschien klef, maar het was gewoon magisch. In de loop van 27 augustus was het boek af. Dat weet ik omdat dat de laatste dag is dat ik Nola heb gezien. We hadden afgesproken dat ik twee of drie dagen voor haar uit de stad zou vertrekken om geen verdenking op me te laden. En dus was de zevenentwintigste onze laatste dag samen. Ik had in een maand een roman geschreven. Krankzinnig. Wat was ik trots op mezelf. Ik weet nog dat de twee manuscripten op het terras op tafel lagen: het handgeschreven origineel en de getypte versie, het resultaat van de titanenklus die Nola had volbracht. We gingen nog even naar het strand, naar de plek waar we elkaar drie maanden eerder hadden ontmoet. We maakten een lange wandeling. Nola pakte mijn hand en zei: "De ontmoeting met jou heeft mijn leven veranderd, Harry. Wacht maar af, we worden zielsgelukkig samen." We liepen en liepen. We hadden ons plan uitgewerkt: ik zou de volgende ochtend uit Aurora vertrekken, via Clark's om mijn gezicht te laten zien en iedereen te laten weten dat ik een week of twee afwezig zou zijn, zogenaamd vanwege spoedeisende zaken in Boston. Ik zou twee dagen in Boston blijven en de hotelrekeningen bewaren zodat alles zou kloppen als de politie me zou ondervragen. Dan, op 30 augustus, zou ik een kamer nemen in het Sea Side Motel aan Route 1. Kamer 8, had Nola gezegd, want dat was haar lievelingsgetal. Ik vroeg hoe ze naar het motel zou komen, dat toch een paar mijl van Aurora vandaan lag, en ze zei dat ik me daar niet druk over hoefde te maken, dat ze snel kon lopen en ze een kortere weg via het strand kende. Aan het begin van de avond, om zeven uur, zou ze er zijn. Dan zouden we direct naar Canada vertrekken en een schuilplaats vinden, een appartementje huren. Na een paar dagen zou ik terug naar Aurora gaan alsof er niets aan de hand was. De politie zou ongetwijfeld naar Nola op zoek zijn, en ik moest me gedeisd houden: als ze iets vroegen, zou ik zeggen dat ik in Boston was geweest en de hotelrekeningen laten zien. Dan moest ik nog een week in Aurora blijven om geen verdenking op me te laden, terwijl zij doodkalm in ons appartement op me wachtte. Daarna moest ik het huis in Goose Cove opzeggen en voorgoed uit Aurora vertrekken, met als excuus dat mijn roman af was en ik er nu voor moest zorgen dat hij werd uitgegeven. Dan zou ik terug naar Nola gaan en het manuscript naar New Yorkse uitgeverijen opsturen, om vervolgens op en neer te pendelen tussen onze schuilplaats in Canada en New York, om ervoor te zorgen dat het boek werd uitgegeven.'

'Maar hoe moest het dan met Nola?'

'We zouden valse papieren voor haar regelen, dan kon ze weer naar school en later naar de universiteit. We zouden wachten tot ze achttien werd en dan zou ze Mrs. Harry Quebert worden.'

'Valse papieren? Dat meen je niet.'

'Volslagen belachelijk, ik weet het. Volslagen belachelijk!'

'En wat gebeurde er toen?'

'Op die zevenentwintigste augustus op het strand hebben we ons plan een paar keer doorgesproken. Toen gingen we weer naar huis. We gingen op de oude bank in de woonkamer zitten, die toen nog niet oud was maar nu wel, omdat ik er nooit afstand van heb kunnen doen, en daar voerden we ons laatste gesprek. En Marcus, dit waren haar laatste woorden, die zal ik nooit vergeten. Ze zei: "Wat zullen we gelukkig worden, Harry. Ik word je vrouw. Jij wordt een groot schrijver. En een hoogleraar: ik heb er altijd al van gedroomd een hoogleraarsvrouw te zijn. Met jou aan mijn zijde word ik de gelukkigste vrouw ter wereld. En dan nemen we een grote hond met de kleur van de zon, een labrador, en die noemen we Storm. Wacht op me, alsjeblieft, wacht op me." En toen zei ik: "Als het moet, wacht ik mijn leven lang op je, Nola." Dat waren onze laatste woorden, Marcus. Daarna ben ik ingedut, en toen ik wakker werd ging de zon al onder en was Nola vertrokken. De oceaan werd verlicht met een roze schijnsel en er vlogen zwermen krijsende meeuwen rond. Die verdomde meeuwen waar zij zo gek op was. Op de tafel op het terras lag nog maar één manuscript: dat wat ik nog heb, het origineel. En daarnaast dat briefje dat je in de kist hebt gevonden en waarvan ik de tekst uit mijn hoofd ken: *Maak je geen zorgen, Harry. Maak je over mij geen zorgen, ik zorg dat ik er ben. Wacht op me in kamer 8, dat is een mooi getal, mijn lievelingsgetal. Zorg dat je om zeven uur 's avonds in die kamer op me wacht. Dan gaan we hier voor altijd weg.* Ik heb niet naar het manuscript gezocht: ik begreep dat ze het had meegenomen om het nog één keer door te nemen. Of misschien om zeker te weten dat ik op de dertigste naar het motel zou komen. Ze had dat verdomde manuscript meegenomen, Marcus. Dat deed ze soms. En de volgende dag verliet ik de stad. Zoals afgesproken. Eerst ging ik koffiedrinken bij Clark's, om gezien te worden en rond te vertellen dat ik weg moest. Zoals iedere ochtend was Jen er ook, en ik zei tegen haar dat ik naar Boston moest, dat mijn boek bijna af was en dat ik een paar belangrijke afspraken had. Toen ging ik weg. Ik ging weg zonder een seconde te vermoeden dat ik Nola nooit meer zou zien.'

Ik legde mijn pen neer. Harry huilde.

*

7 juli 2008

In het zaaltje in het Park Plaza Hotel in Boston gunde Barnaski zichzelf een halfuur om de circa vijftig pagina's door te nemen die ik voor hem had meegebracht; toen liet hij ons weer bij zich komen.

'En?' vroeg ik toen ik binnenkwam.

Hij straalde.

'Het is gewoonweg geniaal, Goldman! Geniaal! Ik wist wel dat je de juiste man voor de klus was!'

'Pas op hoor, dit zijn hoofdzakelijk aantekeningen. Er staan zaken in die niet bekend mogen worden.'

'Natuurlijk, Goldman, natuurlijk. En je mag de drukproeven hoe dan ook inzien.'

Hij bestelde champagne, spreidde de contracten uit op tafel en vatte de inhoud samen.

'Inleverdatum van het manuscript: eind augustus. Dan is het omslag al klaar. Redactie en lay-out in twee weken, druk in de loop van september, verschijning in de laatste week van september. Uiterlijk. Een perfecte timing! Net voor de presidentsverkiezingen en min of meer gelijktijdig met het proces van Quebert! Een fenomenale marketingklapper, beste Goldman! Hiep hiep hoera!'

'En stel dat het onderzoek dan nog niet is afgerond?' vroeg ik. 'Hoe moet ik het boek dan afsluiten?'

Barnaski had een antwoord klaar dat al door zijn juridische afdeling was goedgekeurd.

'Als het onderzoek is afgerond, noemen we het non-fictie. Als het nog niet zover is laten we de uitkomst in het midden of bedenk jij zelf een slot; dan is het een roman. Zo is het juridisch waterdicht, en voor de lezers maakt het geen bal uit. Misschien is het zelfs beter als het onderzoek nog niet is afgerond: dan kunnen we een vervolg uitbrengen. Wat een mazzel!'

Hij keek me sluw aan. Een hotelmedewerker bracht champagne; Barnaski stond erop om de fles zelf open te maken. Ik ondertekende het contract, hij liet de kurk knallen, morste overal champagne, vulde twee coupes, gaf de ene aan Douglas en de andere aan mij.

'Neem je zelf niet?' vroeg ik.

Hij trok een vies gezicht en veegde zijn handen af aan een kussentje.

'Ik hou niet van champagne. Dat spul is alleen maar voor de show. En show, Goldman, is negentig procent van de aandacht die mensen voor het eindproduct hebben!' Toen liep hij de kamer uit om met Warner Bros te bellen over de filmrechten.

In de loop van die middag, toen ik terugreed naar Aurora, werd ik gebeld door Roth: hij was door het dolle heen.

'Goldman, de uitslag is binnen!'

'Welke uitslag?'

'Van het handschriftonderzoek! En die tekst op het manuscript is niet van Harry! Hij heeft hem niet geschreven!'

Ik schreeuwde het uit van blijdschap.

'En wat betekent dat concreet?'

'Dat weet ik nog niet. Maar als het zijn handschrift niet is, betekent het dat het manuscript ten tijde van Nola's dood niet in zijn bezit was. En het manuscript is een van de bewijzen waar de zaak van de aanklager op steunt. De rechter heeft een nieuwe pro-formazitting bepaald voor aanstaande donderdag, de tiende, om elf uur. Zo'n snelle datum betekent zonder twijfel goed nieuws voor Harry!'

Ik was door het dolle heen: Harry kwam binnenkort vrij! Dan had hij dus steeds de waarheid gesproken: hij was onschuldig. Ik wachtte ongeduldig tot het donderdag was. Maar op de dag voor die nieuwe zitting, op woensdag 9 juli, gebeurde er een ramp. Rond vijf uur 's middags zat ik op Harry's werkkamer in Goose Cove mijn aantekeningen over Nola terug te lezen toen Barnaski naar mijn mobiel belde. Zijn stem trilde.

'Marc, ik heb verschrikkelijk nieuws,' zei hij zonder enige inleiding.

'Wat is er?'

'Gestolen...'

'Hoe bedoel je, "gestolen"?'

'Die papieren... Die je me in Boston hebt gegeven.'

'Wat? Hoe kan dat?'

'Ze zaten in een la van mijn bureau. Gisterochtend kon ik ze niet vinden... Ik dacht dat Marisa ze wel in de kluis zou hebben opgeborgen, dat doet ze wel vaker. Maar toen ik het haar vroeg, zei ze dat ze ze niet had aangeraakt. Ik heb ze gisteren de hele dag lopen zoeken, maar zonder resultaat.'

Mijn hart ging als een razende tekeer. Ik voelde een storm opkomen.

'Maar wie zou ze willen stelen?' vroeg ik.

Er viel een lange stilte, toen antwoordde hij: 'Ik ben de hele middag platgebeld: de *Globe*, *USA Today*, *The New York Times*... Iemand heeft kopieën van jouw aantekeningen gemaakt en ze aan de hele landelijke pers gegeven. En ze gaan ze publiceren, Marcus. Hoogstwaarschijnlijk krijgt het hele land morgen te weten wat er in jouw boek staat.'

DEEL TWEE

De genezing van de schrijver

(Het schrijven van het boek)

14
Die dertigste augustus 1975

'Onze maatschappij zit zo in elkaar dat je onophoudelijk moet kiezen tussen hartstocht en ratio, Marcus. Van de ratio is nog nooit iemand beter geworden en hartstocht is vaak genoeg vernietigend. Ik zou het dus best moeilijk vinden om je te helpen.'
 'Waarom zeg je dat, Harry?'
 'Zomaar. Het leven is een kat-in-de zak.'
 'Ga je die frieten nog opeten?'
 'Nee. Neem maar, als je hart je dat ingeeft.'
 'Bedankt, Harry.'
 'Vind je het echt zo oninteressant wat ik vertel?'
 'Helemaal niet. Ik ben een en al oor. Nummer 14: het leven is een kat-in-de-zak.'
 'God, Marcus, je begrijpt er ook niks van. Soms lijkt het wel of ik met een halvegare zit te praten.'

16 uur

Het was een prachtige dag. Zo'n zonnige zaterdag aan het einde van de zomer die heel Aurora in een vredige rust dompelde. In het centrum zag je mensen in alle rust rondwandelen; ze bleven voor de etalages staan en profiteerden van de laatste mooie dagen. In de woonwijken was geen auto te zien: de straten waren ingenomen door kinderen die om het hardst fietsten en rolschaatsten terwijl hun ouders in de schaduw op de veranda limonade zaten te drinken en de krant uitplozen.

Voor de derde keer in minder dan een uur reed Travis Dawn in zijn patrouilleauto door de wijk waarin Terrace Avenue lag en passeerde hij het huis van de Quinns. De middag was volkomen kalm geweest; er waren geen meldingen, de centrale had hem niet één keer opgeroepen. Hij had een paar auto's aan de kant gezet om een beetje aan de gang te blijven, maar hij was er met zijn gedachten niet bij geweest: hij dacht alleen aan Jenny. Daar zat ze, op de veranda, met haar vader. Ze hadden de hele middag kruiswoordpuzzels gedaan, terwijl Tamara de struiken snoeide met het oog op de naderende herfst. Toen Travis in de buurt van het huis kwam, remde hij af totdat hij stapvoets reed; hij hoopte dat ze zou opkijken, hem zou zien en vriendelijk zou zwaaien, zodat hij even kon stoppen om haar door het open raam te groeten. Misschien zou ze hem zelfs een glas ijsthee aanbieden en konden ze even kletsen. Maar ze keek niet op, ze zag hem niet. Ze zat met haar vader te lachen, ze zag er gelukkig uit. Hij reed door, maar enkele tientallen meters verderop, toen hij uit zicht was, stopte hij. Hij keek naar de bos bloemen op de passagiersstoel en pakte het papiertje dat ernaast lag en waarop hij had geschreven wat hij tegen haar wilde zeggen.

Hoi, Jenny. Wat een heerlijk weer, hè? Als je vanavond vrij bent dacht ik dat we misschien wat op het strand konden gaan wandelen? Of anders naar de film? Er draaien nieuwe films in Montburry. (bloemen geven)

Een wandeling of een bioscoopje voorstellen. Makkelijk genoeg. Maar hij durfde niet uit te stappen. Haastig trok hij op: hij vervolgde zijn patrouille en koos een route die hem over twintig minuten weer langs het huis van de Quinns zou brengen. Hij verborg de bloemen onder de stoel zodat niemand ze zou zien. Het waren wilde rozen, geplukt in de buurt van Montburry, aan de oever van een meertje waarover Erne Pinkas hem had verteld. Op het eerste gezicht waren ze minder mooi dan gekweekte rozen, maar ze waren veel stralender van kleur. Hij had Jenny al vaak mee naar het meertje willen nemen, daar had hij zelfs een heel plan voor bedacht. Hij zou haar geblinddoekt naar de rozenstruiken leiden en de blinddoek pas afdoen als ze ervoor stonden, zodat de duizenden kleuren voor haar ogen als vuurwerk zouden opspatten. Daarna zouden ze picknicken aan de rand van het meer. Maar hij had het nog niet aangedurfd om haar mee te vragen. Nu reed hij over Terrace Avenue; hij passeerde het huis van de Kellergans zonder er acht op te slaan. Hij was er niet bij met zijn hoofd.

Ondanks het prachtige weer zat de dominee de hele middag in zijn garage aan een oude Harley-Davidson te sleutelen waarop hij over een tijdje uit rijden hoopte te gaan. Volgens het rapport van de politie van Aurora verliet hij de werkplaats alleen om in de keuken iets te drinken te halen, en telkens als hij dat deed zag hij Nola rustig in de woonkamer zitten lezen.

17 uur 30

Toen de dag ten einde liep, werden de straten in het centrum langzaam leger, terwijl in de woonwijken de kinderen naar huis gingen om te eten. Op de veranda's zag je alleen nog lege stoelen en gelezen kranten.

Gareth Pratt, het hoofd van politie, had een vrije dag gehad. Zijn vrouw en hij waren een groot deel van de dag met vrienden de stad uit geweest, en nu kwamen ze thuis. Op datzelfde moment keerde de familie Hattaway – dat wil zeggen Nancy, haar twee broers en hun ouders – terug naar hun huis op Terrace Avenue na een middag op Grand Beach. In het politierapport wordt vermeld dat mevrouw Hattaway, Nancy's moeder, opvallend luide muziek uit het huis van de Kellergans hoorde komen.

Een paar mijl verderop kwam Harry aan in het Sea Side Motel. Onder een valse naam boekte hij kamer 8, waarvoor hij contant betaalde zodat hij zich niet hoefde te identificeren. Onderweg had hij bloemen gekocht. Ook had hij de auto volgetankt. Alles was klaar. Nog maar anderhalf uur. Minder nog. Als Nola er was, zouden ze het weerzien vieren en dan meteen vertrekken. Om negen uur zouden ze in Canada zijn. Dan waren ze echt samen. Dan zou ze nooit meer ongelukkig zijn.

*

18 uur

Deborah Cooper, eenenzestig jaar, die sinds de dood van haar man alleen in het afgelegen huis aan de rand van het bos van Side Creek woonde, ging aan de keukentafel zitten om appeltaart te maken. Toen ze het fruit had geschild en gesneden, gooide ze een paar stukjes door het raam voor de wasberen, waarna ze op hun komst ging zitten wachten. Op dat moment meende ze een gestalte te zien die tussen de bomenrijen door liep; toen ze beter keek, kon ze nog net een jong meisje in een rode jurk onderscheiden, dat achtervolgd werd door een man; het volgende ogenblik waren ze in het struikgewas verdwenen. Onmiddellijk liep ze naar de telefoon die in de woonkamer stond en belde het alarmnummer van de politie. Het politierapport vermeldt dat de meldkamer de oproep om achttien uur eenentwintig ontving. Het gesprek duurde zevenentwintig seconden. Dit is het transcript:

'Meldkamer politie, wat is uw noodgeval?'
'Hallo? Mijn naam is Deborah Cooper en ik woon aan Side Creek Lane. Volgens mij zag ik net een meisje in het bos dat achterna werd gezeten door een man.'
'Wat was er precies aan de hand?'
'Dat weet ik niet! Ik stond bij het raam, ik keek in de richting van het bos en toen zag ik een meisje tussen de bomen door rennen... Met een man achter zich aan... Volgens mij was ze voor hem op de vlucht.'
'Waar zijn ze nu?'

'Ik... Ik zie ze niet meer. Ergens in het bos.'
'Ik stuur direct een wagen naar u toe, mevrouw.'

Nadat Deborah Cooper had opgehangen, liep ze direct terug naar het keukenraam. Niets meer te zien. Ze dacht dat haar ogen haar voor de gek hadden gehouden, maar dat het in geval van twijfel toch beter was dat de politie de omgeving zou afzoeken. Ze ging naar buiten om de patrouillewagen op te wachten.

In het politierapport wordt ook vermeld dat de meldkamer de informatie doorgaf aan de politie van Aurora, waar Travis Dawn die dag de enige dienstdoende agent was. Ongeveer vier minuten na de oproep bereikte hij Side Creek Lane.

Nadat agent Dawn zich kort op de hoogte had laten stellen, verrichtte hij een eerste onderzoek in het bos. Toen hij enkele tientallen meters in het bos was doorgedrongen, vond hij een flard rode textiel. Hij bedacht dat dit een ernstige zaak zou kunnen zijn en besloot om Chief Pratt onmiddellijk op de hoogte te brengen, ook al had die een vrije dag. Vanuit het huis van Deborah Cooper belde hij naar diens huis. Het was achttien uur vijfenveertig.

*

19 uur

Chief Pratt was van mening dat de zaak ernstig genoeg was om persoonlijk poolshoogte te komen nemen: Travis Dawn zou hem nooit thuis hebben gestoord als dit geen uitzonderlijk geval was.

Toen hij Side Creek Lane bereikte, adviseerde hij Deborah Cooper om zich in huis op te sluiten terwijl Travis en hij het bos grondiger onderzochten. Ze namen het pad langs de oceaan in de richting die het meisje in de rode jurk waarschijnlijk ook had genomen. Volgens het politierapport ontdekten de twee politiemannen toen ze ruim een mijl hadden gelopen bloedsporen en blonde haren in een dun begroeid stuk bos, vlak bij de oceaan. Het was negentien uur dertig.

Waarschijnlijk bleef Deborah Cooper bij het keukenraam staan om de politiemannen te kunnen blijven zien. Die waren al enige tijd over het pad verdwenen toen er plotseling een meisje met een gescheurde jurk en bebloed gezicht uit het bos opdook, dat om hulp riep en naar het huis toe rende. Deborah Cooper raakte in paniek, haalde de keukendeur van het slot om haar binnen te laten en rende naar de woonkamer om opnieuw de politie te bellen.

In het politierapport staat vermeld dat het tweede telefoontje van Deborah Cooper de meldkamer om negentien uur drieëndertig bereikte. Het duurde iets meer dan veertig seconden. Dit is het transcript:

'Meldkamer politie, wat is uw noodgeval?
'Hallo?' (Paniekerige stem) 'Met Deborah Cooper, ik... ik heb net ook al gebeld om... te melden dat ik een meisje zag dat achtervolgd werd in het bos, nou, die is nu hier! Bij mij in de keuken!'
'Rustig maar, mevrouw. Wat is er gebeurd?'
'Ik weet het niet! Ze kwam uit het bos! Er zijn nu ook twee politiemannen in het bos, maar ik denk dat ze haar niet hebben gezien. Ze is nu in de keuken. Ik... Volgens mij is ze de dochter van de dominee... Dat meisje dat bij Clark's werkt... Volgens mij is zij het...'
'Wat is uw adres?'
'Deborah Cooper, Side Creek Lane, Aurora. Ik heb net ook al gebeld! Het meisje is nu hier, hoort u? Er zit bloed op haar gezicht! Kom snel!'
'Blijf waar u bent, mevrouw. Ik stuur direct versterking.'

De twee politiemannen waren de bloedsporen aan het onderzoeken toen ze uit de richting van het huis een knal hoorden. Zonder een seconde te verliezen renden ze terug, met getrokken pistolen.

Op hetzelfde moment besloot de telefonist van de meldkamer, die noch Travis Dawn, noch Chief Pratt kon bereiken, om groot alarm te slaan bij de sheriff en de Staatspolitie en alle beschikbare eenheden naar Side Creek Lane te sturen.

*

19 uur 45

Buiten adem bereikten agent Dawn en Chief Pratt het huis. Ze gingen naar binnen door de keukendeur. Daar troffen ze Deborah Cooper dood aan, liggend op de tegels, badend in haar bloed en met een schotwond ter hoogte van haar hart. Een vluchtig onderzoek van de begane grond leverde niets op, en dus haastte Chief Pratt zich naar zijn auto om de meldkamer in te lichten en om assistentie te vragen. Dit is het transcript van zijn gesprek met de telefonist van de meldkamer:

'Chief Pratt hier, politie van Aurora. Verzoek met spoed assistentie op Side Creek Lane, ter hoogte van de kruising met Route 1. Eén vrouw met dodelijke schotwonden en hoogstwaarschijnlijk een meisje in het bos.'
'Chief Pratt, we hebben 12 minuten geleden al een noodoproep gekregen van een zekere Deborah Cooper, in Side Creek Lane, die ons zei dat een meisje haar om hulp had gevraagd. Hebben de zaken met elkaar te maken?'
'Wat? Deborah Cooper is het slachtoffer. En er is niemand anders in huis. Stuur de hele rataplan hierheen! Het is hier één grote klerezooi!'
'Er zijn al eenheden op weg, Chief. En ik zal er nog meer sturen.'

Nog voor het gesprek was afgelopen, hoorde Pratt al een sirene: de versterking. Hij had nauwelijks tijd om Travis op de hoogte te brengen en vroeg hem alleen om het huis opnieuw te doorzoeken, toen de radio opeens kraakte dat er op Route 1 een achtervolging gaande was: op enkele honderden meters van hen vandaan volgde een auto van de sheriff een verdacht voertuig dat bij de bosrand was gesignaleerd. Deputy sheriff Paul Summond, die als eerste van de versterkingen kwam aanrijden, had toevallig een zwarte Chevrolet Monte Carlo met onleesbare nummerborden gesignaleerd die uit het struikgewas tevoorschijn kwam en ondanks zijn stopteken op volle snelheid was weggereden. De auto reed in noordelijke richting.

Chief Pratt sprong in zijn auto en reed weg om Summond te assisteren. Hij nam een bospad dat parallel liep aan Route 1 om de vluchtende auto verderop te kunnen afsnijden: drie mijl voorbij Side Creek Lane stoof hij de hoofdweg op en wist hij de zwarte Chevrolet bijna te onderscheppen.

De auto's bereikten krankzinnige snelheden. De Chevrolet reed nog steeds in noordelijke richting over Route 1. Chief Pratt vroeg om een helikopter en droeg alle beschikbare eenheden op om wegversperringen op te richten. Algauw sloeg de Chevrolet met een spectaculaire bocht een B-weg in, en toen een andere. De auto haalde halsbrekende toeren uit, de politiewagens konden hem nog maar net bijhouden. Over de boordradio brulde Pratt dat ze hem ieder moment uit het oog konden verliezen.

Op de smalle wegen ging de achtervolging gewoon door: de chauffeur leek precies te weten waar hij heen ging en wist een steeds grotere voorsprong op de politie te krijgen. Bij een kruising lukte het de Chevrolet nog maar net een tegenligger te ontwijken, die midden op de weg tot stilstand kwam. Pratt slaagde erin het obstakel te ontwijken door een stuk door de berm te rijden, maar Summond, die vlak achter hem zat, kon een botsing niet vermijden; gelukkig zonder ernstige gevolgen. Pratt, die nu als enige achter de Chevrolet aan reed, probeerde de hulptroepen zo goed mogelijk naar zijn locatie te loodsen. Hij verloor de auto even uit het oog en vond hem terug op de weg naar Montburry, maar daarna verdween hij definitief uit beeld. Toen hij patrouillewagens uit de andere richting zag komen, begreep hij dat het verdachte voertuig was ontkomen. Direct deed hij een oproep om alle wegen af te zetten, het hele gebied uit te kammen en de Staatspolitie in te schakelen. In Side Creek Lane kon Travis Dawn met zekerheid vaststellen dat er geen spoor te vinden was van een meisje in een rode jurk, niet in het huis en niet in de directe omgeving.

*

20 uur

In paniek belde dominee David Kellergan het alarmnummer van de politie om te melden dat zijn vijftienjarige dochter Nola was verdwenen. De eerste die Terrace Avenue 245 bereikte was een deputy sheriff van de county die ter versterking was opgeroepen, direct gevolgd door Travis Dawn. Om twintig uur vijftien was ook Chief Pratt ter plaatse. Het gesprek tussen Deborah Cooper en de telefonist van de meldkamer liet er geen twijfel over bestaan dat het meisje dat in Side Creek Lane was gezien Nola Kellergan was.

Om twintig uur vijfentwintig verspreidde Chief Pratt een nieuwe noodoproep waarin de vermissing werd gemeld van Nola Kellergan, vijftien jaar, die een uur eerder voor het laatst was gezien in Side Creek Lane.

Uit de hele county kwamen versterkingen toegestroomd. Terwijl in het bos en op het strand de eerste zoekacties op touw werden gezet, in de hoop dat Nola Kellergan nog voor het donker kon worden gevonden, kamden de patrouillewagens de omgeving uit op zoek naar de zwarte Chevrolet waarvan men het spoor voorlopig bijster was.

*

21 uur

De eenheden van de Staatspolitie, onder het bevel van Captain Neil Rodik, bereikten Side Creek Lane om eenentwintig uur. De teams van de technische recherche gingen met spoed naar Deborah Cooper en de plaats in het bos waar de bloedsporen waren gevonden. Er werden sterke halogeenlichtmasten neergezet om die plek te verlichten: er werden plukjes uitgerukte blonde haren, tandsplinters en flarden rode textiel gevonden.

Rodik en Pratt, die van een afstandje toekeken, maakten de balans op.

'Dat moet een behoorlijk bloedbad zijn geweest,' zei Pratt.

Rodik knikte, toen vroeg hij: 'Dus u denkt dat ze nog in het bos is?'

'Of ze is in die auto verdwenen, of ze is nog in het bos. Het strand zijn we al met een stofkam afgegaan. Daar is niets te vinden.'

Rodik dacht een ogenblik na.

'Wat zou er gebeurd zijn? Is ze ergens heen gebracht of is ze nog in het bos?'

'Ik heb geen flauw idee,' verzuchtte Pratt. 'Het enige wat ik wil is dat meisje levend terugvinden, en snel ook.'

'Dat weet ik, Chief. Maar ze is heel veel bloed kwijt, dus als ze nog in leven is, ergens in het bos, dan is ze er slecht aan toe. Je vraagt je af hoe ze de kracht heeft gevonden om naar dat huis te gaan. De moed der wanhoop, vermoed ik.'

'Vast.'

'Geen nieuws over die auto?' vroeg Rodik nog.

'Niks. Ongelooflijk. Terwijl we letterlijk overal wegversperringen hebben opgericht, op alle wegen.'

Toen de agenten een bloedspoor vonden dat van Deborah Coopers huis naar de vindplaats van de zwarte Chevrolet liep, keek Rodik verslagen.

'Ik vind het niet leuk om slecht nieuws te moeten brengen,' zei hij, 'maar óf ze heeft zich ergens naartoe gesleept om te sterven, óf ze is in de kofferbak van die auto beland.'

Om eenentwintig uur vijfenveertig, toen de dag nog slechts een schijnsel boven de streep van de horizon was, vroeg Rodik aan Pratt om de zoekactie de volgende dag voort te zetten.

'Wat?' protesteerde Pratt. 'Geen denken aan. Stel dat ze nog in de buurt is, dat ze nog in leven is en op hulp wacht. We laten dat kind toch niet achter in het bos? Als het moet, werken mijn mannen de hele nacht door: als ze hier nog is, dan zullen we haar vinden ook.'

Rodik was een agent met een ruime praktijkervaring. Hij wist dat lokale politiemachten dikwijls naïef waren en zijn werk bestond er voor een deel in om de leidinggevenden te laten inzien hoe de zaken er werkelijk voor stonden.

'Chief Pratt, laat ze ophouden met zoeken. Het bos is enorm groot en ze zien geen hand voor ogen. Het heeft geen nut om 's nachts te zoeken. In het beste geval putten we al onze middelen uit en moeten we morgen opnieuw beginnen. In het slechtste geval raakt u in dit reusachtige woud een paar agenten kwijt, die we dan ook nog moeten zoeken. En u hebt al genoeg aan uw hoofd.'

'Maar we moeten haar vinden!'

'Vertrouw op mijn ervaring, Chief: het heeft geen enkele zin om hier vannacht aan de gang te blijven. Als ze nog in leven is, vinden we haar morgen ook wel, of ze nou gewond is of niet.'

Ondertussen waren de inwoners van Aurora in rep en roer. Honderden nieuwsgierigen verdrongen zich voor het huis van de Kellergans; de politielinten hielden hen ternauwernood op afstand. Iedereen wilde weten wat er was gebeurd. Toen Chief Pratt terugkwam, kon hij niets anders doen dan een paar geruchten bevestigen: Deborah Cooper was inderdaad dood en Nola was verdwenen. Uit de mensenmassa klonken kreten van afschuw; moeders brachten hun kinderen naar huis en verschansten zich, vaders haalden hun oude geweren tevoorschijn en organiseerden zich in burgermilities die door de wijken patrouilleerden. Het maakte het werk van Chief Pratt er nog moeilijker op: de stad mocht niet in de greep van paniek raken. Politiepatrouilles reden onafgebroken door de straten om de bevolking gerust te stellen, terwijl agenten van de Staatspolitie een huis-aan-huisonderzoek deden om getuigenverklaringen van de bewoners van Terrace Avenue op te nemen.

*

23 uur

In de vergaderruimte van het politiebureau van Aurora bespraken Chief Pratt en Captain Rodik de zaak. De eerste resultaten van het onderzoek wezen uit dat er in Nola's slaapkamer geen sporen van braak of een strubbeling te vinden waren. Wel stond het raam wijd open.

'Heeft ze iets meegenomen?' vroeg Rodik.

'Nee. Geen spullen en geen geld. Haar spaarpot staat er nog en er zit honderdtwintig dollar in.'

'Dit riekt naar een ontvoering.'

'Geen van de buren heeft iets ongewoons gemerkt.'

'Dat verbaast me niets. Waarschijnlijk heeft iemand het meisje overgehaald om mee te gaan.'

'Door het raam?'

'Misschien wel. Misschien niet. Het is augustus, alle ramen staan wijd open. Misschien ging ze een wandelingetje maken en is ze de verkeerde persoon tegengekomen.'

'Het schijnt dat een getuige, een zekere Gregory Stark, heeft verklaard dat hij geschreeuw heeft gehoord bij de Kellergans. Om een uur of vijf vanmiddag, toen hij de hond uitliet. Maar hij is er niet zeker van.'

'Hoezo is hij er niet zeker van?' vroeg Rodik.

'Hij zegt dat er bij de Kellergans muziek op stond. Heel hard.'

'We hebben niks: geen enkel aanknopingspunt en nog niet het kleinste spoortje,' klaagde Rodik. 'Het lijkt wel een spookverschijning. Dat meisje is één moment gezien, bebloed, in paniek en roepend om hulp.'

'Wat moeten we doen, volgens jou?' vroeg Pratt.

'Geloof me, voor vanavond heb je al het mogelijke gedaan. Nu moet je je op de volgende stappen concentreren. Stuur iedereen naar huis om uit te rusten, maar laat de wegversperringen staan. Bedenk een systematische manier om het bos uit te kammen; morgen bij zonsopgang moet de zoekactie direct weer van start gaan. Jij bent de enige die dit onderzoek kan leiden, want je kent het bos als je broekzak. Meld de vermissing ook aan andere politiekorpsen en probeer zoveel mogelijk details over Nola te verspreiden. Welke sieraden ze droeg, opvallende uiterlijke kenmerken, alles waardoor een getuige haar zou kunnen identificeren. Ik zal alles doorsturen naar de FBI, de politie in de omringende staten en de douane. Ik zal er ook voor zorgen dat er morgen een helikopter en hondenbrigades zijn. Probeer zelf ook te slapen. En te bidden. Ik hou van mijn werk, Chief, maar een ontvoerd kind is iets wat ik niet zonder hulp aankan.'

Het stadje bleef de hele nacht onrustig door alle nieuwsgierigen op Terrace Avenue en het af- en aanrijden van politiewagens. Sommige mensen wilden het bos in. Anderen meldden zich bij het politiebureau om hun hulp bij de zoekactie aan te bieden. De bewoners raakten bevangen door paniek.

*

Zondag 31 augustus 1975

Een ijzige regen teisterde het hele gebied, en vanaf de oceaan kwam een dikke mist opzetten. Onder een enorm dekzeil dat in allerijl was opgehangen gaven Chief Pratt en Captain Rodik om vijf uur 's ochtends instructies aan de eerste groepen politiemannen en vrijwilligers. Op een kaart was het bos in sectoren verdeeld; iedere groep kreeg een sector toegewezen. In de loop van de ochtend werd er assistentie van de hondenbrigades en de boswachterij verwacht, zodat de zoekactie kon worden uitgebreid en de groepen konden worden afgelost. Vanwege het slechte zicht was de helikopter voorlopig geannuleerd.

Om zeven uur schrok Harry wakker in kamer 8 van het Sea Side Motel; hij was met zijn kleren aan in slaap gevallen. De radio stond nog steeds aan en verspreidde het nieuws: '… Groot alarm in het gebied rond Aurora nadat een vijftienjarig meisje genaamd Nola Kellergan gisteravond tegen zeven uur uit haar ouderlijke woning is verdwenen. De politie is op zoek naar iedereen die informatie over haar huidige verblijfplaats zou kunnen verschaffen… Op het moment van haar verdwijning ging Nola Kellergan gekleed in een rode jurk…'

Nola! Ze waren in slaap gevallen en vergeten weg te gaan! Hij sprong uit bed en hij riep haar naam. Even dacht hij dat ze ook in de kamer was. Toen herinnerde hij zich dat ze niet was komen opdagen. Waarom had ze hem in de steek gelaten? Waarom was ze er niet? De radio meldde dat ze verdwenen was; dan was ze dus wel van huis weggelopen. Maar waarom dan zonder hem? Was ze van gedachten veranderd? Hield ze zich schuil in Goose Cove? Hun vertrek leek op een catastrofe uit te draaien.

Zonder dat hij de ernst van de situatie nog inzag, gooide hij de bloemen weg en haastte zich de kamer uit, waarbij hij niet eens de tijd nam om zijn haar te kammen of zijn stropdas te strikken. Hij gooide zijn koffers in de achterbak en racete terug naar Goose Cove. Toen hij nog geen twee mijl had gereden, stuitte hij op een imposante wegversperring van de politie. Chief Gareth Pratt, met een shotgun in de hand, was net komen kijken of de barrière goed functioneerde. Hij herkende Harry's auto tussen de rij wachtenden en liep ernaartoe.

'Chief, ik hoor net op de radio van Nola,' zei Harry door het open raam. 'Wat is er aan de hand?'

'Het is één grote puinhoop,' zei hij.

'Wat is er gebeurd?'

'Wisten we het maar! Ze is uit haar huis verdwenen. Gisteravond is ze in de buurt van Side Creek Lane gezien en sindsdien is er geen spoor meer van haar. De hele streek is afgegrendeld en het bos wordt doorzocht.'

Harry dacht dat hij een hartverzakking kreeg. Side Creek Lane lag op de weg naar het motel. Zou ze onderweg naar hun afspraak gewond zijn geraakt? Zou ze, toen ze bij Side Creek Lane was gezien, bang zijn geworden dat de politie naar het motel zou komen en hen samen zou vinden? Maar waar had ze zich dan verstopt?

Chief Pratt zag Harry's duistere blik en zijn volle kofferbak.

'Was je buiten de stad?' vroeg hij.

Harry besloot dat hij zich aan het verhaal moest houden dat Nola en hij hadden bedacht.

'Ik was in Boston. Voor mijn boek.'

'In Boston?' vroeg Pratt verbaasd. 'Maar je komt uit het noorden.'

'Weet ik,' stamelde Harry. 'Maar ik ben ook even in Concord geweest.'

De Chief bekeek hem wantrouwig. Harry reed in een zwarte Chevrolet Monte Carlo. Hij droeg hem op de motor uit te zetten.

'Is er iets?' vroeg Harry.

'We zijn op zoek naar net zo'n auto als die van jou. Die zou bij de zaak betrokken kunnen zijn.'

'Een Monte Carlo?'

'Ja.'

Twee agenten doorzochten de auto, maar ze vonden niets verdachts, en Chief Pratt gaf Harry toestemming om door te rijden. In het voorbijgaan zei hij nog: 'Ik moet je vragen om de stad niet te verlaten. Gewoon een voorzorgsmaatregel, begrijp je?' De autoradio herhaalde Nola's signalement aan één stuk door: 'Een jonge, blanke vrouw van vijf voet twee, gewicht honderd pond, met lang blond haar en groene ogen, gekleed in een rode jurk. Ze draagt een gouden halsketting met daarin de inscriptie NOLA.'

Ze was niet in Goose Cove. Niet op het strand, niet op het terras en niet binnen. Nergens. Hij riep haar naam – jammer dan als iemand het zou horen. Als een waanzinnige zocht hij het strand af. Hij was op zoek naar een brief, een kattebel. Maar er was niets. Langzaam raakte hij in paniek. Waarom zou ze zijn weggelopen als ze niet naar hem kwam?

Hij wist niet wat hij verder nog moest doen en daarom ging hij maar naar Clark's. Daar hoorde hij dat Deborah Cooper Nola onder het bloed had gezien en daarna vermoord was. Hij kon het niet geloven. Wat was er gebeurd? Waarom was hij ermee akkoord gegaan dat ze zelf naar hem toe zou komen? Ze hadden in Aurora moeten afspreken. Hij liep dwars door de stad naar het door politiewagens omringde huis van de Kellergans en mengde zich in de gesprekken van de nieuwsgierigen in een poging te begrijpen wat er was gebeurd. Tegen het einde van de ochtend keerde hij terug naar Goose Cove. Hij ging op het terras zitten met een verrekijker en brood voor de meeuwen. Hij wachtte. Ze was gewoon verdwaald, ze dook heus wel weer op. Ze zou wel terugkomen, dat kon niet anders. Hij speurde het strand af met de verrekijker. Hij bleef wachten. Tot het donker was.

13
De storm

'Het gevaar van een boek is dat je er de grip op kunt verliezen, waarde Marcus. Uitgegeven worden houdt in dat iets wat je in alle eenzaamheid tot stand hebt gebracht plotseling uit je handen wordt gerukt en publiek bezit wordt. Dat is een heel gevaarlijk moment: je moet te allen tijde de controle houden over wat er gebeurt. De grip op je eigen boek verliezen is een ramp.'

UIT DE BELANGRIJKSTE DAGBLADEN VAN DE OOSTKUST
10 juli 2008

New York Times

MARCUS GOLDMAN WERPT LICHT OP DE ZAAK HARRY QUEBERT
In de culturele wereld deed het gerucht dat schrijver Marcus Goldman aan een boek over Harry Quebert werkt al langer de ronde. Nu enige pagina's van het boek zijn uitgelekt en gisterochtend de redacties van diverse nationale dagbladen hebben bereikt, kan het gerucht worden bevestigd. Het boek beschrijft het gedetailleerde onderzoek van Marcus Goldman om alle gebeurtenissen boven tafel te krijgen die in de zomer van 1975 hebben geleid tot de moord op Nola Kellergan, die op 30 augustus 1975 verdween en op 12 juni van dit jaar werd teruggevonden in een kuil in een bos bij Aurora.

De rechten van het boek zijn voor een bedrag van een miljoen dollar aangekocht door de vooraanstaande New Yorkse uitgeverij Schmid & Hanson. De uitgever, Roy Barnaski, die niet bereikbaar was voor commentaar, heeft inmiddels aangegeven dat het boek in de herfst zal verschijnen onder de titel *De zaak Harry Quebert*. […]

Concord Herald

DE ONTHULLINGEN VAN MARCUS GOLDMAN
[…] Goldman, die zeer goed bevriend was met zijn voormalige universiteitsdocent Quebert, beschrijft de recente gebeurtenissen in Aurora van binnenuit. Zijn verhaal begint met zijn ontdekking dat Quebert een relatie had met de destijds vijftienjarige Nola Kellergan:

'In het voorjaar van 2008, ongeveer een jaar nadat ik de nieuwe ster van de Amerikaanse boekenwereld was geworden, gebeurde er iets waarvan ik besloot dat ik het diep ging wegstoppen in mijn geheugen: ik kwam erachter dat mijn hoogleraar Harry Quebert, zevenenzestig jaar, een van de meest gerespecteerde schrijvers van het land, op vierendertigjarige leeftijd een relatie had gehad met een meisje van vijftien. Dat was in de zomer van 1975 geweest.'

Washington Post

BOEK VAN MARCUS GOLDMAN SLAAT IN ALS EEN BOM
[...] Naarmate zijn onderzoek vordert, valt Goldman van de ene ontdekking in de andere. Opvallend is dat hij schrijft dat Nola Kellergan in de war was en zowel geestelijk als lichamelijk werd mishandeld, en dat ze regelmatig onder water werd gehouden en geslagen. Haar vriendschap en vertrouwdheid met Harry Quebert verschafte haar een stabiliteit die ze nooit eerder had gekend en die haar liet dromen van een beter leven. [...]

Boston Globe

HET HELSE LEVEN VAN DE JONGE NOLA KELLERGAN
Marcus Goldman brengt informatie naar buiten die tot nog toe niet bekend was bij de pers.
Ze was het object van de seksuele begeertes van E.S., een machtige zakenman uit Concord, die zijn rechterhand eropuit stuurde om haar op te halen alsof ze een stuk vlees was. Ze was geen kind maar ook geen vrouw, en overgeleverd aan de fantasieën van de mannen van Aurora viel ze eveneens ten prooi aan de plaatselijke politiechef, die haar tot orale omgang zou hebben gedwongen. Dezelfde politiechef die later het onderzoek naar haar verdwijning zou leiden [...]

En ik verloor de grip op een boek dat nog niet eens bestond.

Op de vroege ochtend van donderdag 10 juli zag ik de schreeuwende krantenkoppen: alle nationale dagbladen openden met fragmenten van mijn teksten, maar ze lieten hele stukken weg en rukten alles uit het verband. Mijn hypotheses werden hatelijke beschuldigingen, mijn veronderstellingen vaststaande feiten en mijn overdenkingen walgelijke veroordelingen. Mijn werk werd gedemonteerd, mijn ideeën geplunderd, mijn gedachten verkracht; Goldman, de schrijver die herstellende was van de schrijversziekte, die moeizaam probeerde om de weg naar het schrijven terug te vinden, werd kapotgemaakt.

Toen Aurora ontwaakte, raakte de stad in de greep van een grote commotie; stomverbaasd lazen en herlazen de bewoners de krantenartikelen. In Goose Cove rinkelde de telefoon aan één stuk door: er werd aangebeld door mensen die een verklaring eisten. Ik kon twee dingen doen: of in de aanval gaan, of dekking zoeken; ik koos voor de aanval. Om klokslag tien uur sloeg ik twee dubbele whisky's achterover en ging ik naar Clark's.

Toen ik door de glazen deur naar binnen stapte voelde ik de blikken van de vaste gasten op me inbeuken als vuistslagen. Met bonzend hart ging ik aan tafel 17 zitten, en toen kwam Jenny woedend op me af met de boodschap dat ik een stuk stront was. Ik dacht dat ze me de koffiepot naar het hoofd zou slingeren.

'Wat nou,' ontplofte ze, 'ben je hier alleen naartoe gekomen om over onze ruggen heen rijk te worden? Om allemaal smerigheid over ons te schrijven?'

Er stonden tranen in haar ogen. Ik probeerde haar te kalmeren.

'Welnee, Jenny, dat weet je best. Die fragmenten hadden nooit openbaar mogen worden.'

'Dus je hebt die walgelijke dingen echt geschreven?'

'Uit de context zijn ze inderdaad walgelijk...'
'Heb je die dingen geschreven, ja of nee?'
'Ja. Maar...'
'Niks te maren, Marcus!'
'Echt, ik wilde niemand kwaad doen...'
'Je wilde niemand kwaad doen? Zal ik eens citeren uit je meesterwerk?' (Ze vouwde een krant open.) 'Kijk, hier staat het: "Jenny Quinn, een serveerster bij Clark's, werd direct verliefd op Harry..." Is dat hoe je me ziet? Als een dienstmeid, een serveerstertje dat bij de gedachte aan Harry begint te kwijlen van verliefdheid?'
'Je weet best dat dat niet zo is...'
'Maar het staat er wel, verdomme! In alle kranten van het godganse land! Dit krijgt iedereen te lezen! Mijn vrienden, mijn familie, mijn man!'

Jenny brulde. De andere klanten keken zwijgend toe. Om de lieve vrede te bewaren besloot ik maar weg te gaan; ik ging naar de bibliotheek, waar ik in Erne Pinkas een bondgenoot hoopte te vinden die wel zou begrijpen hoe rampzalig het was als je woorden verkeerd werden geïnterpreteerd. Maar ook hij ontving me niet bepaald met open armen.

'Zo, daar hebben we de grote Goldman,' zei hij, toen hij me zag. 'Op zoek naar nog meer gruwelen om over dit stadje te schrijven?'

'Ik ben er kapot van dat dit is uitgelekt, Erne.'

'Je bent er kapot van? Hou toch op. Iedereen heeft het over je boek. Op televisie, op internet en in de krant hebben ze het nergens anders meer over! Je zou juist blij moeten zijn. In ieder geval hoop ik dat je alle informatie die ik je heb gegeven goed hebt kunnen gebruiken. Marcus Goldman, de almachtige god van Aurora. Marcus, die hier aan komt zetten en zegt: "Ik moet dit weten, ik moet dat weten." En nooit kon er een bedankje van af. Alsof het de normaalste zaak van de wereld was, alsof ik het slaafje ben van meester-schrijver Marcus Goldman. Weet je wat ik van het weekend heb gedaan? Ik ben vijfenzeventig, en om de eindjes aan elkaar te knopen werk ik om de zaterdag in een supermarkt in Montburry. Daar zoek ik op de parkeerplaats de winkelwagentjes bij elkaar en zet ze bij de ingang neer. Roemrijk is het niet, en ik weet dat ik geen ster ben zoals jij, maar een beetje respect mag ik nog wel verwachten, of niet dan?'

'Het spijt me.'

'Welnee! Je wist het niet eens, Marc, want het interesseerde je niet. Je hebt nooit enige interesse gehad voor wie dan ook in Aurora. Het enige wat voor jou telt is roem. Maar roem heeft consequenties!'

'Het spijt me oprecht, Erne. Laten we samen gaan lunchen, als je wilt.'

'Ik wil niet lunchen! Ik wil dat je me met rust laat! Ik moet boeken terugzetten. Boeken hebben tenminste waarde. Jij stelt niks voor.'

Ontgoocheld ging ik terug naar Goose Cove om onder te duiken. Marcus Goldman, de geadopteerde zoon van Aurora, had zijn eigen familie ongewild verloochend. Ik belde Douglas en vroeg hem om een rectificatie te publiceren.

'Wat wil je rectificeren? De kranten hebben het gewoon overgeschreven! En over twee maanden komt alles toch uit.'

'Maar ze hebben alles verdraaid! Er worden allerlei dingen gesuggereerd die ik helemaal niet zo bedoel!'

'Toe, Marc. Maak je niet druk. Concentreer je op je werk, dat is het belangrijkste. Zoveel tijd hebben we niet. Ben je vergeten dat we elkaar drie dagen geleden in Boston hebben gezien en dat je een contract ter waarde van een miljoen dollar hebt getekend om in zeven weken een boek te schrijven?'

'Natuurlijk niet! Maar dat betekent toch niet dat het een of ander vodje moet worden?'

'Een boek dat in een paar weken in elkaar is gezet, is en blijft een boek dat in een paar weken in elkaar is gezet...'

'Harry heeft *De wortels van het kwaad* in evenveel tijd geschreven.'

'Maar Harry is Harry, als je snapt wat ik bedoel.'

'Nee, dat snap ik niet.'

'Hij is echt een groot schrijver.'

'En bedankt! Ik niet dus?'

'Je weet best dat ik dat niet bedoel... Jij bent een, laten we zeggen... moderne schrijver. Je valt in de smaak omdat je jong en dynamisch bent... en hip. Je bent een hippe schrijver. Dat bedoel ik. Niemand zal van jou verwachten dat je de Pulitzerprijs wint, je boeken zijn geliefd omdat ze bij de tijdgeest passen, omdat ze vermakelijk zijn, en dat is ook heel wat waard.'

'Vind je dat echt? Dat ik "vermakelijk" schrijf?'

'Marc, leg me geen woorden in de mond. Je beseft toch wel dat je publiek een zwak voor je heeft omdat je... een knappe jongen bent?'

'Een knappe jongen? Het wordt steeds erger!'

'Toe nou, Marc, je begrijpt toch wel wat ik bedoel? Jij hebt een bepaald imago. Zoals ik al zei, je past bij de tijdgeest. Iedereen mag je. Je bent tegelijk een goede vriend, een mysterieuze minnaar én de ideale schoonzoon... Daarom wordt "De zaak Harry Quebert" ook zo'n enorm succes. Het is toch waanzinnig dat je boek nu al inslaat als een bom terwijl het nog niet eens bestaat? Zoiets heb ik in mijn hele loopbaan nog nooit meegemaakt.'

'De zaak Harry Quebert?'

'Zo gaat het boek heten.'

'Hoe bedoel je, zo gaat het heten?'

'Dat heb je zelf boven je aantekeningen gezet.'

'Dat was een werktitel! Dat had ik er expres bijgezet: werk-ti-tel. Ken je dat woord? Dat betekent dat een titel nog niet definitief is.'

'Heeft Barnaski niks gezegd? De marketingafdeling vond het een perfecte titel. Dat hebben ze gisteravond besloten. Een spoedbijeenkomst vanwege het lek. Ze zijn tot de conclusie gekomen dat ze het lek het beste als marketingtool kunnen gebruiken, en daarom is de publiciteitscampagne vanochtend van start gegaan. Ik dacht dat je dat wel wist. Ga maar op internet kijken.'

'Je dacht dat ik dat wel wist? Godverdomme, Doug! Je bent mijn agent! Jij moet niet denken, je moet doen! Je moet me op de hoogte houden van alles wat er met mijn boek gebeurt, verdomme nog aan toe!'

Woedend hing ik op en ik stortte me op mijn computer. De homepage van de site van Schmid & Hanson was helemaal aan mijn boek gewijd. Er stond een grote kleurenfoto van mij op en zwart-witfoto's van Aurora, ter illustratie van de volgende tekst:

DE ZAAK HARRY QUEBERT
Het verhaal van Marcus Goldman over
de verdwijning van Nola Kellergan
Verschijnt dit najaar
Nu al te bestellen!

Diezelfde dag om één uur zou de zitting plaatsvinden die door de aanklager was aangevraagd naar aanleiding van de uitkomst van het handschriftonderzoek. Journalisten hadden de trappen van het gerechtsgebouw van Concord bestormd, en de verslaggevers van de televisiezenders die de gebeurtenissen live versloegen herhaalden de onthullingen die in de kranten waren verschenen achterelkaar door. Het woord 'seponeren' viel; dit was een smeuïg verhaal.

Een uur voor de zitting belde ik Roth om hem te laten weten dat ik niet naar de rechtszaal zou komen.

'Wil je je verschuilen, Marcus?' gaf hij me ervanlangs. 'Wees toch niet zo angstig, dat boek van jou is een godsgeschenk voor iedereen. Het pleit Harry vrij, het redt jouw carrière en geeft de mijne een flinke duw: straks ben ik niet meer Roth uit Concord, maar de Roth uit jouw bestseller! Dat boek komt precies op het goede moment. Vooral voor jou, natuurlijk. Want het is alweer, even denken, twee jaar geleden dat er voor het laatst iets van jou is verschenen, niet?'

'Hou je mond, Roth! Je hebt geen idee waar je het over hebt!'

'En hou jij op met dat circus, Goldman! Jouw boek gaat inslaan als een bom en dat weet je drommels goed. Je gaat het hele land vertellen waarom Harry een viezerik is. Je had geen inspiratie, je had geen flauw idee waarover je moest schrijven en voilà, nu werk je aan een gegarandeerde bestseller!'

'Die aantekeningen hadden nooit in handen van de pers mogen komen.'

'Maar je hebt ze wel geschreven. Hoe dan ook, maak je niet druk, ik reken erop dat ik Harry vandaag vrij krijg. Met dank aan jou. De rechter leest heus ook wel kranten en het zal me weinig moeite kosten om hem ervan te overtuigen dat Nola een gewillig sletje was.'

'Als je het maar laat, Roth,' schreeuwde ik.

'Waarom dan?'

'Omdat het niet waar is. En hij hield van haar! Hij hield van haar!'

Maar Roth had al opgehangen. Iets later zag ik hem op televisie toen hij triomfantelijk en met een brede glimlach de trappen van de rechtbank beklom. De journalisten staken hun microfoons naar hem uit, ze vroegen of het waar was wat er in de kranten stond: had Nola Kellergan het aangelegd met alle mannen in de stad? Zou het onderzoek helemaal van voren af aan beginnen? En hij gaf doodleuk een bevestigend antwoord op iedere vraag die ze hem stelden.

Op de zitting werd Harry vrijgelaten. Het duurde nauwelijks twintig minuten, en tijdens de recapitulatie van de rechter zakte de hele zaak als een soufflé in elkaar. Het belangrijkste bewijs à charge – het manuscript – was geheel waardeloos geworden nu de tekst 'Vaarwel, mijn liefste Nola' niet van Harry's hand bleek te zijn. Ook de andere bewijzen werden in één haal van tafel geveegd: de beschuldigingen van Tamara Quinn konden niet worden gestaafd met enig materieel bewijs en de zwarte Chevrolet Monte Carlo was zelfs al in de tijd dat Nola's vermissing bekend werd niet als bewijs à charge beschouwd. Het onderzoek leek één grote chaos, en in het licht van de nieuwe feiten die de rechter ter ore waren gekomen besloot hij over te gaan tot voorwaardelijke vrijlating van Harry Quebert tegen een borgsom van een half miljoen dollar. De deur stond nu wagenwijd open om de aanklacht helemaal te laten vallen.

Deze spectaculaire ontwikkeling leidde tot hysterie onder de journalisten. Ze vroegen zich af of de aanklager een monumentale publiciteitsstunt op het oog had gehad toen hij Harry vastzette en hem uitleverde aan de publieke opinie. Vervolgens zag je de verschillende partijen uit de rechtbank naar buiten komen: Roth jubelend voorop, die vertelde dat Harry weer een vrij man zou zijn wanneer morgen de borgsom werd opgebracht, en achter hem de aanklager, die de systematiek van zijn onderzoek probeerde uit te leggen, maar niemand wist te overtuigen.

Toen ik genoeg had van het grote juridische ballet op het kleine scherm, ging ik hardlopen. Ik wilde ver gaan, mijn lichaam op de proef stellen. Ik wilde voelen dat ik leefde. Ik rende naar het meertje bij Montburry, waar het stikte van de kinderen en gezinnen. Op de terugweg, toen ik bijna bij Goose Cove was, werd ik ingehaald door een brandweerwagen die op de voet werd gevolgd door een tweede en door een politiewagen. Toen ik een dikke, scherpe rook van de andere kant van de dennen zag opstijgen, begreep ik het meteen: het huis stond in brand. De brandstichter had zijn dreigement tot uitvoering gebracht.

Ik rende harder dan ik ooit had gerend, ik haastte me om dat schrijvershuis te redden waar ik zo gek op was geweest. De brandweer was druk bezig, maar de immense vlammen verteerden de gevel. Alles stond in lichterlaaie. Op enkele tientallen meters van het vuur stond een politieman langs de weg, die de carrosserie van mijn auto aandachtige bestudeerde, waar met rode verf op geschreven stond: 'Branden zul je, Goldman.'

*

De volgende ochtend om tien uur smeulde het vuur nog na. Het huis was grotendeels verwoest. Experts van de Staatspolitie waren druk in de weer in de ruïne, terwijl een brandweerploeg voorkwam dat de woonkamer opnieuw vlam zou vatten. Aan de intensiteit van het vuur te zien was er benzine of een ander brandversnellend product over de veranda gegoten. De brand had zich direct verspreid. Het terras en de salon waren geheel verwoest, net als de keuken. De eerste etage was er nog vrij goed van af gekomen, maar de rook en vooral het water van de brandweer hadden onherstelbare schade aangericht.

Ik leek wel een spook; nog steeds in mijn hardloopkleding zat ik in het gras naar de ruïne te kijken. Ik had er de hele nacht gezeten. Aan mijn voeten lag een tas die de brandweer ongeschonden uit mijn slaapkamer had gered: er zaten wat kleren in en mijn computer.

Ik hoorde een auto aan komen rijden; er klonk gemompel tussen de nieuwsgierigen achter me. Harry. Hij was vrij. Ik had Roth op de hoogte gebracht en ik wist dat hij Harry over de ramp had ingelicht. Zwijgend zette hij een paar stappen in mijn richting; toen ging hij in het gras zitten en zei alleen: 'Hoe kwam je erbij, Marcus?'

'Ik weet niet wat ik moet zeggen, Harry.'

'Zeg maar niks. Kijk gewoon naar wat je hebt gedaan. Daar zijn geen woorden bij nodig.'

'Harry, ik…'

Hij zag de tekst op de motorkap van mijn Range Rover staan.

'Is je auto onbeschadigd?'

'Ja.'

'Mooi zo. Want je gaat zo instappen en dan maak je dat je wegkomt.'

'Harry…'

'Ze hield van me, Marcus! Ze hield van me! En ik hield van haar zoals ik nooit meer van iemand heb gehouden. Waarom heb je al die vreselijke dingen geschreven? Nou? Weet je wat jouw probleem is? Dat er nog nooit iemand van je gehouden heeft! Nog nooit! Je wilt een liefdesroman schrijven, maar je weet helemaal niks over liefde! En nu wil ik dat je weggaat. Dag.'

'Harry, zoals de pers over haar schrijft, heb ik nooit over Nola geschreven of gedacht. Ze hebben de betekenis van mijn woorden gestolen!'

'Hoe kwam je er in godsnaam bij om Barnaski toestemming te geven om die onzin aan de landelijke pers te sturen?'

'Maar het is gestolen!'

Hij barstte uit in een cynische lach.

'Gestolen? Je gaat me toch niet vertellen dat je zo naïef bent dat je Barnaski's praatjes voor zoete koek slikt? Neem maar van mij aan dat hij die verdomde bladzijden hoogstpersoonlijk heeft gekopieerd en naar alle hoeken van het land heeft verstuurd.'

'Wat? Maar…'

Hij onderbrak me.

'Marcus, volgens mij was het beter geweest als ik je nooit had gekend. En nu wegwezen. Dit is privéterrein en je bent hier niet meer welkom.'

Er viel een lange stilte. De brandweermannen en politieagenten keken naar ons. Ik pakte mijn tas, stapte in en reed weg. Ik belde direct met Barnaski.

'Goed om van je te horen, Goldman,' zei hij. 'Ik hoor net wat er met Queberts huis is gebeurd. Alle nieuwszenders hebben het erover. Blij om te horen dat je ongedeerd bent. Ik kan niet lang praten, ik heb een afspraak met de leiding van Warner Bros: de scriptwriters staan te trappelen om aan de film van "De zaak" te beginnen zodra je een paar pagina's voor ze hebt. Ze zijn razend enthousiast. Volgens mij kunnen we een klein fortuin krijgen voor de filmrechten.'

'Er komt geen boek, Roy,' onderbrak ik hem.

'Wat zeg je me nou?'

'Jij hebt het gedaan, hè? Jij hebt mijn aantekeningen naar de pers gestuurd! Je hebt alles kapotgemaakt!'

'Je lijkt wel een weerhaan, Goldman. Nee, erger nog: een diva. En daar hou ik helemaal niet van! Je hangt de grote detective uit en dan krijg je plotseling een ingeving en komt alles weer tot stilstand. Goed, laat ik het maar op het conto van je afschuwelijke nacht schrijven en dit gesprek vergeten. Kom op zeg, "er komt geen boek"... Wie denk je wel dat je bent, Goldman?'

'Een schrijver. Een echte. En schrijven betekent vrij zijn.'

Hij lachte hol.

'Wie heeft je dat verteld? Je bent een slaaf van je carrière, van je ideeën en van je succes. Je bent een slaaf van je situatie. Schrijven betekent juist afhankelijkheid. Van de mensen die je lezen, of juist niet. Hou toch op over vrijheid! Niemand is vrij. Ik heb een deel van jouw vrijheid in handen en de aandeelhouders van dit bedrijf hebben een deel van mijn vrijheid in handen. Zo zit de wereld in elkaar, Goldman. Niemand is vrij. Als mensen vrij waren, zouden ze gelukkig zijn. En ken jij veel mensen die oprecht gelukkig zijn?' (Ik gaf geen antwoord, en dus praatte hij door.) 'Vrijheid is een interessant gedachtespinsel, niets meer en niets minder. Een kennis van mij was handelaar op Wall Street, zo'n stinkend rijke golden boy die door het leven werd toegelachen. Op een dag besloot hij dat hij vrij wilde zijn. Hij zag een documentaire over Alaska op televisie en dat was een enorme prikkel voor hem. Hij besloot dat hij jager wilde worden, dat hij vrij en gelukkig in de openlucht wilde leven. Hij gaf alles op en vertrok naar Zuid-Alaska, in de buurt van Wrangell. Goed, die jongen die dus altijd succes heeft gehad kon ook deze uitdaging aan; hij werd oprecht vrij. Geen banden, geen familie, geen huis: alleen een paar honden en een tent. Hij was de enige werkelijk vrije mens die ik ooit heb gekend.'

'Was?'

'Was. Drie maanden lang, van juni tot oktober, was die stakker volkomen vrij. Toen werd het winter, en nadat hij uit wanhoop al zijn honden had opgegeten kwam hij om van de kou. Niemand is vrij, zelfs jagers in Alaska niet, Goldman. En al helemaal niet in Amerika, waar goede Amerikanen afhankelijk zijn van het systeem, de Inuit van alcohol en overheidssteun, en de indianen misschien wel vrij zijn, maar in menselijke dierentuinen worden neergeplempt die reservaten worden genoemd en waar ze gedoemd zijn om tot het einde der dagen meelijwekkende regendansen op te voeren voor busladingen toeristen. Niemand is vrij, jongen. We zijn gevangenen van de anderen en van onszelf.'

Terwijl Barnaski dat zei, hoorde ik opeens een sirene achter me: ik werd gevolgd door een burgerwagen van de politie. Ik hing op en parkeerde in de berm; ik dacht dat ik staande werd gehouden omdat ik telefoneerde onder het rijden. Maar toen stapte sergeant Gahalowood uit. Hij liep naar mijn raam toe en zei: 'Je gaat me toch niet vertellen dat je terug naar New York gaat, schrijver?'

'Waarom denkt u dat?'

'Tja, misschien omdat je die kant op rijdt?'

'Ik reed zomaar wat rond.'

'Hm... Een overlevingsinstinct?'

'De spijker op zijn kop. Hoe hebt u mij gevonden?'

'Misschien heb je het niet gemerkt, maar je naam staat met rode letters op je motorkap gekalkt. Dit is niet het goede moment om naar huis te gaan, schrijver.'

'Harry's huis is afgebrand.'

'Weet ik. Daarom ben ik hier. Je mag niet terug naar New York.'

'Waarom niet?'

'Omdat je een dappere jongen bent. Omdat ik in mijn carrière niet vaak zo'n vasthoudendheid heb gezien.'

'Ze hebben mijn boek geplunderd.'

'Maar je hebt dat boek toch nog helemaal niet geschreven? Je hebt je lot zelf in de hand. Je kunt doen wat je wilt! Je hebt het vermogen om te creëren! Dus ga aan de slag en schrijf een meesterwerk! Je bent een vechter, schrijver. Je bent een vechter en je hebt een boek te schrijven. Je hebt iets te vertellen! En bovendien heb je me tot aan mijn nek in de stront gedouwd, als ik me eens zo mag uitdrukken. De aanklager zit in de beklaagdenbank en ik zit naast hem. Het was mijn idee om Harry snel op te pakken. Ik dacht dat een plotselinge arrestatie na drieëndertig jaar hem wel zou breken. Ik ben als een beginneling op mijn bek gegaan. En toen kwam jij aanzetten, met je lakschoentjes die mij een maandsalaris zouden kosten. Ik ga hier in de berm geen liefdesverklaring afsteken, maar... Blijf hier. We moeten dit onderzoek afronden.'

'Ik kan nergens slapen. Het huis is afgebrand.'

'Je hebt net een miljoen verdiend. Dat staat in alle kranten. Neem een suite in een hotel in Concord, dan kan ik mijn lunches op je rekening zetten. Ik verga van de honger. Schiet op, schrijver. Er is werk aan de winkel.'

*

Die hele volgende week zette ik geen voet in Aurora. Ik nam mijn intrek in een suite in het Regent Hotel in het centrum van Concord, waar ik mijn dagen doorbracht met me zowel over het onderzoek als mijn boek te buigen. Over Harry hoorde ik alleen via Roth, die me vertelde dat hij in kamer 8 van het Sea Side Motel was getrokken. Roth zei dat Harry me niet meer wilde zien omdat ik Nola's naam had besmeurd. Toen zei hij: 'Waarom heb je dan ook aan alle kranten gezegd dat Nola een klein, ongelukkig sletje was?'

Ik probeerde me te verdedigen.

'Ik heb helemaal niks gezegd! Ik heb wat dingen op papier gezet en die heb ik aan die flapdrol van een Barnaski gegeven omdat hij wilde weten of ik wel aan het werk was. En toen heeft hij ze naar alle kranten gestuurd en ervoor gezorgd dat het op een diefstal leek.'

'Dat zal dan wel.'

'Het ís zo, verdomme!'

'Hoe dan ook, goed gedaan. Ik had het niet beter kunnen doen.'

'Hoe bedoel je?'

'Van het slachtoffer een schuldige maken. Er is geen betere manier om je tegen een beschuldiging te verweren.'

'Harry is vrijgekomen op basis van het handschriftonderzoek. Dat weet jij net zo goed als ik.'

'Ach Marcus, wat ik al zei: rechters zijn ook mensen. Het eerste wat ze 's ochtends doen is bij een kopje koffie de krant openslaan.'

Roth, die weinig fijnzinnig was maar niet onsympathiek, probeerde me ondanks alles te troosten door te zeggen dat Harry wel van streek zou zijn geweest door het verlies van Goose Cove en dat hij zich ongetwijfeld weer stukken beter zou voelen als de politie de schuldige in handen kreeg. En er was een goed spoor gevonden: de dag na de brand was de omgeving van het huis uitgekamd, en bij het strand was een jerrycan gevonden, verstopt in de struiken, met daarop een vingerafdruk. Jammer genoeg kwam die niet voor in de database, en Gahalowood was van mening dat het zonder aanvullend bewijs moeilijk zou zijn om de dader te vinden. Volgens hem ging het waarschijnlijk om een door en door eerzame burger zonder strafblad, die nooit meer iets van zich zou laten horen. Wel dacht hij dat de dader gezocht moest worden in de nabije omgeving: iemand uit Aurora die zich na het misdrijf op klaarlichte dag zo snel mogelijk van het bewijsmateriaal had ontdaan, uit angst om door een eventuele wandelaar herkend te worden.

Ik had zes weken om de loop van de geschiedenis te veranderen en iets goeds te maken van mijn boek. Het werd tijd dat ik ging knokken om de schrijver te worden die ik wilde zijn. 's Ochtends werkte ik aan het boek en 's middags boog ik me over de zaak, samen met Gahalowood die van mijn suite een dependance van zijn kantoor had gemaakt, door er met hulp van het hotelpersoneel hele dozen vol getuigenissen, rapporten, krantenknipsels, foto's en archieven heen te slepen.

We deden het onderzoek vanaf het begin af aan opnieuw: we herlazen de politierapporten, we bestudeerden de getuigenverklaringen van toen. We tekenden een kaart van Aurora en omgeving en we berekenden de afstanden: van het huis van de Kellergans naar Goose Cove, van Goose Cove naar Side Creek Lane. Gahalowood ging ter plekke de reistijd opmeten, te voet en met de auto, en hij controleerde zelfs de responstijd van de politie, die heel laag bleek te zijn geweest.

'Er is weinig aan te merken op het werk van Chief Pratt,' zei hij. 'Het onderzoek is heel professioneel uitgevoerd.'

'En we weten dat de tekst op het manuscript niet door Harry is geschreven,' antwoordde ik. 'Maar waarom zou de dader Nola dan in Goose Cove hebben begraven?'

'Ongetwijfeld om niet gestoord te worden,' meende Gahalowood. 'Had je niet gezegd dat Harry overal had rondverteld dat hij een tijdje niet in Aurora zou zijn?'

'Inderdaad. Dus volgens u wist de moordenaar dat Harry niet thuis was?'

'Dat is een mogelijkheid. Maar je moet toegeven dat het nogal merkwaardig is dat Harry bij zijn terugkeer niet merkte dat er vlak bij zijn huis een kuil was gegraven...'

'Hij was zichzelf niet,' zei ik. 'Hij was ongerust en van streek. Hij zat de hele dag op Nola te wachten. Redenen te over om niet op een beetje omgespitte aarde te letten, en al helemaal in Goose Cove: als het daar maar even heeft geregend, is het hele terrein één grote modderpoel.'

'Laten we daar voorlopig dan maar van uitgaan. De moordenaar weet dus dat hij in Goose Cove door niemand gestoord wordt. En wie krijgt de schuld als het lijk ooit wordt gevonden?'

'Harry.'

'Bingo, schrijver!'

'Maar waarom dan dat briefje?' vroeg ik. 'Waarom dat "Vaarwel, mijn liefste Nola"?'

'Tja, schrijver, dat is de grote vraag. Vooral voor jou, als ik zo vrij mag zijn.'

Het grootste probleem was dat de sporen alle kanten op wezen. Diverse belangrijke vragen waren nog onopgelost, en Gahalowood schreef ze op enorme vellen papier.

– *Elijah Stern*
Waarom betaalde hij Nola om model te staan?
Heeft hij een motief?

– *Luther Caleb*
Waarom schilderde hij Nola?
Waarom zwierf hij door Aurora? Heeft hij een motief?

– *David en Louisa Kellergan*
Hebben ze hun dochter te hard geslagen? Waarom hielden ze haar zelfmoordpoging en het feit dat ze naar Martha's Vineyard was vertrokken geheim?

– *Harry Quebert*
  Schuldig?

– *Chief Gareth Pratt*
  Waarom had Nola hem bevredigd? Motief: dreigde ze te gaan praten?

– *Volgens Tamara Quinn is het papier dat ze bij Harry had gestolen verdwenen. Wie heeft het uit het kantoor van Clark's ontvreemd?*

– *Wie stuurde Harry die anonieme brieven? Wie weet al drieëndertig jaar van hem en Nola en heeft nooit iets gezegd?*

– *Wie heeft Goose Cove in brand gestoken? Wie heeft er belang bij dat het onderzoek mislukt?*

Op de avond dat Gahalowood de papieren op de muur van mijn suite prikte, slaakte hij een diepe, wanhopige zucht.
'Hoe verder we komen, hoe onduidelijker het allemaal wordt,' zei hij. 'Er moet een element zijn dat al deze mensen en gebeurtenissen met elkaar verbindt. En dat is de sleutel van het onderzoek. Als we de samenhang ontdekken, hebben we de dader.'
Hij plofte neer in een stoel. Het was zeven uur en hij had geen puf meer om na te denken. Zoals alle voorgaande dagen maakte ik me rond deze tijd klaar om iets te gaan doen waar ik een tijdlang mee was opgehouden: ik ging boksen. Ik had een boksschool gevonden op een kwartiertje rijden en ik had besloten dat ik mijn rentree in de ring wilde maken. Sinds ik in het Regent logeerde en de conciërge me de club had aangeraden – waar hij zelf ook trainde – ging ik er iedere avond naartoe.
'Waar ga je heen in dat pakje?' vroeg Gahalowood.
'Ik ga boksen. Gaat u mee?'
'Absoluut niet.'
Ik gooide mijn spullen in mijn tas en nam afscheid van hem.
'Blijf maar zo lang als u wilt, sergeant. Trek gewoon de deur achter u dicht.'
'Maak je geen zorgen, ik heb een sleutel laten bijmaken. Ga je echt boksen?'
'Ja.'
Hij aarzelde even; toen ik de deur uit liep, riep hij me na.

'Wacht even, schrijver, ik ga toch mee.'
'Waarom bent u van gedachten veranderd?'
'De kans om je tot moes te slaan. Waarom hou jij zo van boksen, schrijver?'
'Dat is een lang verhaal, sergeant.'

Op donderdag 17 juli bezochten we Captain Neil Rodik, die in 1975 een van de leiders van het politieonderzoek was geweest. Inmiddels was hij vijfentachtig en sleet hij zijn dagen in een rolstoel in een bejaardentehuis aan de oceaan. Hij herinnerde zich het sinistere onderzoek naar Nola nog goed. Hij zei dat het de grootste zaak van zijn leven was geweest.

'Het was gewoon krankzinnig zoals dat meisje verdween!' riep hij uit. 'Een vrouw zag haar bebloed uit het bos komen. En tegen de tijd dat de politie aanwezig was, was ze voor altijd verdwenen. Maar wat ik nog het vreemdste aan de hele geschiedenis vind, is dat verhaal van de muziek waar haar vader naar luisterde. Dat heeft me altijd dwarsgezeten. En ik heb me ook altijd afgevraagd hoe het mogelijk is dat je niet merkt dat je dochter wordt ontvoerd!'

'Dus volgens u was er sprake van een ontvoering?' vroeg Gahalowood.

'Moeilijk te zeggen. Er zijn nauwelijks bewijzen. Of het mogelijk is dat het meisje ging wandelen en door een maniak in een busje werd meegenomen? Ja, natuurlijk.'

'En weet u toevallig nog wat voor weer het was ten tijde van uw onderzoek?'

'Het was rotweer, heel mistig, regenachtig. Waarom vraagt u dat?'

'Om erachter te komen of het mogelijk is dat Harry Quebert niet heeft gemerkt dat er in zijn tuin gegraven was.'

'Dat is niet uitgesloten. Het is een enorme lap grond. Hebt u zelf een tuin, sergeant?'

'Ja.'

'Hoe groot?'

'Klein.'

'Stel dat iemand in uw afwezigheid een niet al te grote kuil zou graven: denkt u dat het onmogelijk is dat u dat niet zou merken?'

'Dat is inderdaad niet onmogelijk, nee.'

Op de terugweg naar Concord vroeg Gahalowood wat ik ervan dacht.

'Volgens mij bewijst het manuscript dat Nola niet uit haar huis is ontvoerd,' zei ik. 'Ze was op weg naar Harry. Ze hadden een afspraak in het motel, ze is ongemerkt naar buiten geklommen met het enige wat ertoe deed: Harry's boek, dat ze per se wilde houden. En onderweg is ze ontvoerd.'

Gahalowood glimlachte vluchtig.

'Ik geloof dat dat idee me steeds meer aanstaat,' zei hij. 'Ze loopt van huis weg, wat zou kunnen verklaren dat niemand iets gehoord heeft. Ze loopt langs Route 1 naar het Sea Side Motel, en dan wordt ze ontvoerd. Of meegenomen door iemand die ze vertrouwde. "Mijn liefste Nola", schreef de moordenaar. Hij kende haar. Hij biedt aan om haar te brengen. En dan wordt hij handtastelijk. Misschien stopt hij langs de kant van de weg en steekt hij zijn hand onder haar rok. Ze weert zich: hij slaat haar, hij zegt dat ze zich koest moet houden. Maar hij heeft de portieren niet op slot gedaan en ze weet te ontsnappen. Ze wil zich in het bos verstoppen, maar wie woont er vlak bij Route 1 en het bos van Side Creek?'

'Deborah Cooper.'

'Precies! De dader gaat achter Nola aan en laat zijn auto langs de weg staan. Deborah Cooper ziet ze rennen en belt de politie. Op datzelfde moment haalt de dader Nola in op de plaats waar het bloed en die haren zijn gevonden: ze verzet zich, hij geeft haar er stevig van langs. Misschien vergrijpt hij zich aan haar. Maar dan komt de politie: agent Dawn en Chief Pratt doorzoeken het bos en ze komen steeds dichterbij. En dus sleept hij Nola dieper het bos in, maar ze weet te ontkomen, ze bereikt het huis van Deborah Cooper en vraagt om hulp. Ondertussen zijn Dawn en Pratt nog in het bos aan het zoeken. Ze zijn te ver weg om iets te merken. Deborah Cooper laat Nola binnen in de keuken en gaat dan snel naar de woonkamer om de politie te bellen. Als ze terugkomt, ziet ze de dader staan; hij is binnengedrongen om Nola te halen. Hij schiet Cooper een kogel door het hart en grijpt Nola. Hij sleept haar mee naar zijn auto en smijt haar in de kofferbak. Misschien is ze nog in leven, maar ze is in elk geval buiten bewustzijn: ze heeft heel veel bloed verloren. Op dat moment komt de auto van de deputy sheriff langs. Er ontstaat een achtervolging. Als hij de politie heeft afgeschud, houdt hij zich schuil in Goose Cove. Hij weet dat er niemand thuis is en dat niemand hem zal storen. De politie zoekt hem verder van de kust, op de weg naar Montburry. Hij laat de auto met Nola erin achter in Goose Cove; misschien zet hij hem wel in de garage. Dan loopt hij naar het strand en keert te voet terug naar Aurora. Ja, ik ben ervan overtuigd dat onze man in Aurora woont: hij kent alle wegen, hij kan de weg in het bos vinden, hij weet dat Harry niet thuis is. Het is hem allemaal bekend. Ongemerkt bereikt hij zijn huis; hij neemt een douche en kleedt zich om, en als de politie bij het huis van de Kellergans aankomt, waar de vader net heeft gemeld dat zijn dochter is verdwenen, schaart hij zich onder de massa nieuwsgierigen op Terrace Avenue en is hij verdwenen. Daarom is de moordenaar nooit gevonden: omdat hij toen iedereen naar hem op zoek was in het epicentrum van de drukte was, in het hart van Aurora.'

'Verdomme,' zei ik. 'Dus daar was hij?'

'Ja. Ik denk dat hij daar de hele tijd geweest is. En toen hoefde hij alleen nog in het holst van de nacht over het strand terug naar Goose Cove te lopen. Ik vermoed dat Nola toen al dood was. Hij begraaft haar op het terrein, aan de rand van het bos, op een plek waar het niemand zal opvallen dat de aarde is omgewoeld. Dan neemt hij zijn auto weer mee en parkeert hem heel braaf in zijn garage, waar hij hem enige tijd laat staan om geen verdenking op zich te laden. De perfecte misdaad.'

Ik stond versteld van deze uitleg.

'En wat vertelt dit ons over de dader?'

'Dat hij een man alleen was. Iemand die zijn gang kon gaan zonder dat iemand zich afvroeg waarom hij zijn auto niet meer uit de garage haalde. Iemand met een zwarte Chevrolet Monte Carlo.'

Ik liet me meeslepen.

'Dan hoeven we dus alleen nog te achterhalen wie in Aurora destijds een zwarte Chevrolet had en dan hebben we onze man!'

Maar Gahalowood temperde direct mijn enthousiasme.

'Daar heeft Pratt destijds ook al aan gedacht. Pratt heeft overal aan gedacht. Zijn rapport bevat een lijst van alle eigenaars van Chevrolets in Aurora en omstreken. Hij heeft ze stuk voor stuk bezocht en ze hadden allemaal een solide alibi. Allemaal op één na: Harry Quebert.'

Harry weer. We kwamen steeds weer uit bij Harry. Ieder aanvullend criterium dat we vaststelden om de moordenaar te ontmaskeren, was ook op hem van toepassing.

'En Luther Caleb?' vroeg ik met een klein sprankje hoop. 'In wat voor auto reed hij?'

Gahalowood schudde het hoofd.

'Een blauwe Mustang,' zei hij.

Ik zuchtte.

'Wat moeten we nu doen, volgens u, sergeant?'

'Caleb heeft een zus, die hebben we nog niet bezocht. Ik geloof dat de tijd daar rijp voor is. Het is het enige spoor dat we nog niet goed hebben gevolgd.'

Die avond na het boksen raapte ik al mijn moed bij elkaar en reed naar het Sea Side Motel. Het was ongeveer halftien. Harry zat voor kamer 8 op een plastic stoel en profiteerde van de zachte avond; hij dronk een blikje frisdrank. Hij zei niets toen hij me zag; voor het eerst voelde ik me ongemakkelijk in zijn aanwezigheid.

'Ik moest je spreken, Harry. Om te zeggen hoezeer deze hele geschiedenis me spijt...'

Hij gebaarde dat ik op de stoel naast hem moest gaan zitten.

'Frisdrank?' bood hij aan.

'Graag.'

'De automaat staat aan het eind van de gang.'

Ik glimlachte en haalde een blikje cola light. Toen ik terugkwam, zei ik: 'Dat zei je ook toen ik voor het eerst naar Goose Cove kwam. Ik zat in het eerste jaar van de universiteit. Je had limonade gemaakt en je vroeg of ik wilde, ik zei ja en toen zei je dat ik hem uit de ijskast kon halen.'

'Dat was een mooie tijd.'

'Ja.'

'Wat is er veranderd, Marcus?'

'Niks. Alles, maar niks. We zijn allemaal veranderd, de wereld is veranderd. Het World Trade Center is in elkaar gezakt, Amerika is ten strijde getrokken... Maar mijn aanzien voor jou is niet veranderd. Je bent nog steeds mijn leermeester. Je bent nog steeds Harry.'

'Wat is veranderd, is de strijd tussen leerling en meester, Marcus.'

'Wij leveren geen strijd.'

'Wel en niet. Ik heb je geleerd om boeken te schrijven, en wat gebeurt er? Je boeken beschadigen me.'

'Dat is nooit mijn bedoeling geweest, Harry. We komen er wel achter wie Goose Cove in brand heeft gestoken, dat beloof ik.'

'Maar krijg ik daarmee de dertig jaar aan herinneringen terug die ik ben kwijtgeraakt? Mijn hele leven is in rook opgegaan! Waarom heb je zulke vreselijke dingen over Nola gezegd?'

Ik gaf geen antwoord. We bleven een tijdje zwijgen. Ondanks het zwakke licht van de wandlampen zag hij de verwondingen op mijn vuisten van het vele slaan tegen de boksballen.

'Je handen,' zei hij. 'Ben je weer aan het boksen?'

'Ja.'

'Je houdt je handen verkeerd. Dat is altijd al je zwakke punt geweest. Je techniek is goed, maar het eerste kootje van je middelvinger steekt te ver uit, en dat schuurt als je vuist doel treft.'

'Zullen we boksen?' stelde ik voor.

'Als je wilt.'

We liepen naar de parkeerplaats. Er was niemand. We ontblootten ons bovenlijf. Hij was sterk vermagerd. Hij bekeek me.

'Je bent erg knap, Marcus. Ga toch eens trouwen, verdomme! Ga toch eens leven!'

'Ik moet een onderzoek afmaken.'

'Loop naar de duivel met je onderzoek!'

We gingen tegenover elkaar staan en we wisselden ingehouden slagen uit: de een sloeg en de andere moest in de bokshouding blijven staan om zich te beschermen. Droog deelde Harry klappen uit.

'Wil je niet weten wie Nola heeft vermoord?' vroeg ik.

Hij verstijfde.

'Weet je dat dan?'

'Nee. Maar de aanwijzingen worden steeds duidelijker. Sergeant Gahalowood en ik gaan morgen op bezoek bij de zus van Luther Caleb. In Portland. En we gaan ook met wat mensen uit Aurora praten.'

Hij zuchtte.

'Aurora... Sinds mijn vrijlating heb ik niemand meer gezien. Een paar dagen geleden ben ik even bij het verwoeste huis gaan kijken. Een brandweerman zei dat ik naar binnen mocht, ik heb een paar spullen bij elkaar gezocht en toen ben ik hier weer naartoe gelopen. Sindsdien ben ik niet meer weggeweest. Roth regelt de verzekering en de rest van de rompslomp. Ik kan niet meer terug naar Aurora. Ik kan die mensen niet meer recht in de ogen kijken en zeggen dat ik van Nola hield en dat ik een boek voor haar heb geschreven. Ik kan mezelf niet eens meer in de ogen kijken. Roth zei dat je boek "De zaak Harry Quebert" gaat heten.'

'Ja. Het boek gaat erover dat jouw boek mooi is. Ik hou van *De wortels van het kwaad*! Dat boek heeft me ertoe aangezet om schrijver te worden.'

'Zeg dat nou niet, Marcus!'

'Maar het is de waarheid! Het is waarschijnlijk het mooiste boek dat ik ooit heb gelezen. Je bent mijn lievelingsschrijver.'

'Hou alsjeblieft op, in godsnaam!'

'Ik wil een boek schrijven om jouw boek te verdedigen, Harry. Toen ik hoorde dat je het voor Nola had geschreven was ik geschrokken, laat dat duidelijk zijn. Maar toen heb ik het herlezen. En het is prachtig! Alles staat erin! Vooral het einde. Hoe je het verdriet beschrijft dat je altijd zult voelen. Ik kan niet toestaan dat je boek door het slijk wordt gehaald, want het heeft me gevormd. Weet je, toen ik voor het eerst bij je was en ik de ijskast opendeed om die limonade te pakken en zag dat hij verder helemaal leeg was, toen begreep ik hoe eenzaam je was. En ik begreep nog iets: *De wortels van het kwaad* gaat over eenzaamheid. Je hebt de eenzaamheid op spectaculaire wijze beschreven. Je bent een reusachtige schrijver!'

'Hou op, Marcus!'

'En het einde is zo prachtig! Dat je de hoop op Nola laat varen, dat je beseft dat ze voorgoed is verdwenen en desondanks altijd op haar blijft wachten… En nu ik je boek echt heb begrepen, zit ik nog maar met één vraag, en die gaat over de titel. Waarom heb je zo'n mooi boek zo'n sombere titel meegegeven?'

'Dat ligt nogal gecompliceerd, Marcus.'

'Maar ik wil het begrijpen…'

'Het is te ingewikkeld…'

We stonden in de bokshouding tegenover elkaar en keken elkaar aan als twee krijgers. Uiteindelijk zei hij: 'Ik weet niet of ik je wel kan vergeven, Marcus…'

'Vergeven? Ik laat Goose Cove herbouwen! Ik zal alles betalen! We bouwen een nieuw huis met de opbrengst van het boek! Je kunt onze vriendschap toch niet zomaar tot zinken brengen?'

Hij begon te huilen.

'Je begrijpt het niet, Marcus. Het komt niet door jou! Niets komt door jou, en toch kan ik je niet vergeven.'

'Maar wát kun je me niet vergeven?'

'Dat kan ik niet zeggen. Je zou het niet begrijpen…'

'Toe nou, Harry! Waarom die raadseltjes? Wat is er verdomme aan de hand?'

Met de rug van zijn hand veegde hij de tranen van zijn gezicht.

'Kun je je mijn advies nog herinneren?' vroeg hij. 'Toen je bij me studeerde heb ik ooit gezegd: begin nooit een boek te schrijven als je nog niet weet hoe het afloopt.'

'Ja, dat weet ik nog heel goed. Dat zal ik nooit vergeten.'

'En hoe loopt jouw boek af?'
'Het loopt goed af.'
'Maar ze gaat toch dood op het eind?'
'Nee, het boek eindigt niet met de dood van de vrouwelijke hoofdpersoon. Daarna gebeuren er nog allerlei prachtige dingen.'
'Zoals wat?'
'Dat de man die dertig jaar op haar heeft gewacht, weer begint met leven.'

FRAGMENT UIT *DE WORTELS VAN HET KWAAD* (laatste bladzijde)

Toen hij besefte dat het altijd onmogelijk zou blijven, dat zijn hoop een leugen was, schreef hij haar nog een laatste keer. Na alle liefdesbrieven was de tijd gekomen voor een brief vol verdriet. Hij moest het accepteren. Voortaan zou hij niets anders doen dan wachten. Zijn leven lang zou hij op haar wachten. Hij wist dat ze niet terug zou komen. Hij wist dat hij haar nooit meer zou zien, nooit meer zou vinden, nooit meer zou horen.

Toen hij begreep dat er nooit iets mogelijk zou worden, schreef hij haar nog een laatste keer.

Liefste,

Dit is mijn laatste brief. Dit zijn mijn laatste woorden. Ik schrijf om je vaarwel te zeggen.
 Na vandaag zal er geen 'wij' meer bestaan.
 Geliefden gaan uit elkaar en vinden elkaar nooit meer terug. Zo lopen liefdesgeschiedenissen af.

Liefste, ik zal je missen. Ik zal je zo missen.
 Mijn ogen tranen. Alles brandt in mij.
 Nooit zullen we elkaar nog zien; ik zal je zo missen.

Ik hoop dat je gelukkig zult zijn.

Ik hou mezelf voor dat jij en ik, dat wij samen een droom was en dat het nu tijd is om wakker te worden.

Ik zal je mijn leven lang missen.

Vaarwel. Ik heb je lief zoals ik nooit meer lief zal hebben.

12
De man die schilderde

'Leer van je mislukkingen te houden, Marcus, want ze zullen je vormen. Mislukkingen geven smaak aan je triomfen.'

Op de dag dat we op bezoek gingen bij Sylla Caleb Mitchell, Luthers zus, was het stralend weer in Portland, Maine. Het was vrijdag 18 juli 2008. De familie Mitchell woonde in een aardig huis in een woonwijk, niet ver van het centrum. Sylla ontving ons in de keuken; toen we aankwamen stond de koffie al op tafel te dampen, in twee identieke koppen, en daarnaast lag een stapel fotoalbums.

De dag ervoor was Gahalowood erin geslaagd contact met haar te leggen. Onderweg van Concord naar Portland vertelde hij dat hij, toen hij haar aan de telefoon kreeg, het gevoel had dat ze zijn telefoontje al verwachtte. 'Ik zei dat ik van de politie was, dat ik onderzoek deed naar de moorden op Deborah Cooper en Nola Kellergan en dat ik haar wat vragen wilde stellen. Gewoonlijk worden mensen zenuwachtig van het woord Staatspolitie: ze worden ongerust, vragen zich af wat er aan de hand is en hoe zij daarbij betrokken zijn. Maar Sylla Mitchell zei alleen: "Kom morgen maar, dan ben ik thuis. We moeten inderdaad praten."'

In de keuken ging ze tegenover ons zitten. Ze was een mooie vrouw van in de vijftig, die er verzorgd en gedistingeerd uitzag; ze had twee kinderen. Haar man was er ook: hij bleef schuin achter haar staan, alsof hij vreesde dat zijn aanwezigheid ongewenst was.

'En,' vroeg ze, 'is het allemaal waar?'

'Wat bedoelt u?' vroeg Gahalowood.

'Wat ik in de krant heb gelezen… Al die afschuwelijke dingen over dat arme meisje in Aurora.'

'Ja. De pers heeft het een beetje vertekend, maar de feiten kloppen. U leek niet verbaasd toen ik gisteren belde, mevrouw Mitchell…'

Ze zag er triest uit.

'Zoals ik gisteren al door de telefoon zei, stonden er dan wel geen namen in de krant, maar ik begreep direct dat E.S. op Elijah Stern sloeg. En dat zijn chauffeur dus Luther was.' Ze haalde een krantenknipsel tevoorschijn en las het hardop voor, alsof ze probeerde te begrijpen wat ze niet begreep. '"E.S., een van de rijkste personen in New Hampshire, liet Nola door zijn chauffeur ophalen in het centrum van de stad en haar naar zijn huis in Concord brengen. Drieëndertig jaar later zou een vriendin van Nola, die destijds nog maar een kind was, vertellen dat ze op een dag getuige was geweest van de afspraak met die chauffeur, en dat Nola was vertrokken alsof ze op weg naar het schavot was. Die jonge getuige zou de chauffeur beschrijven als een afschrikwekkende man met een krachtig lichaam en een misvormd gezicht." Zo'n beschrijving kan alleen maar op mijn broer slaan.'

Ze keek ons zwijgend aan. Ze wachtte op een reactie en Gahalowood legde zijn kaarten op tafel.

'We hebben bij Elijah Stern een schilderij gevonden waarop Nola Kellergan zogoed als naakt staat afgebeeld,' zei hij. 'Volgens Stern heeft uw broer het gemaakt. Het schijnt dat Nola bereid was om voor geld te poseren. Volgens Stern ging Luther haar ophalen in Aurora en nam hij haar mee naar Concord. We weten niet precies wat zich daar afspeelde, maar in elk geval heeft Luther dat schilderij van haar gemaakt.'

'Hij was altijd aan het schilderen!' riep Sylla uit. 'Hij had zoveel talent, hij had een schitterende carrière kunnen hebben... Denkt u... Verdenkt u hem van de moord op dat meisje?'

'Laten we zeggen dat hij op de lijst van mogelijke daders staat,' antwoordde Gahalowood.

Er rolde een traan over Sylla's wang.

'Weet u, sergeant, ik kan me de dag dat hij doodging nog precies herinneren. Het was op een vrijdag, tegen het einde van september. Ik had net mijn eenentwintigste verjaardag gevierd. We werden gebeld door de politie, die vertelde dat Luther bij een auto-ongeluk om het leven was gekomen. Ik weet nog precies dat de telefoon ging en mijn moeder opnam. Mijn vader en ik zaten ernaast. Mama zei iets en wij mompelden meteen: "Politie." Ze luisterde aandachtig, toen zei ze: "Oké." Dat moment zal ik nooit vergeten. Aan de andere kant van de lijn zei een politieagent dat haar zoon was overleden. Hij zei iets in de trant van: "Mevrouw, het is mijn droevige plicht om u mede te delen dat uw zoon bij een auto-ongeluk om het leven is gekomen", en toen antwoordde zij: "Oké." Toen hing ze op, keek ze ons aan en zei: "Hij is dood."'

'Wat was er gebeurd?' vroeg Gahalowood.

'Hij was aan de kust bij Sagamore, Massachusetts van de klippen gestort, van twintig meter hoogte. Ze zeiden dat hij gedronken had. Het is een bochtige weg die 's nachts niet verlicht wordt.'

'Hoe oud was hij?'

'Dertig... Hij was dertig. Mijn broer was een goed mens, maar... Weet u, ik ben blij dat u gekomen bent. Ik geloof dat ik u iets moet vertellen dat we drieëndertig jaar geleden al hadden moeten vertellen.'

En met trillende stem vertelde Sylla ons iets wat ongeveer drie weken voor het ongeluk was gebeurd. Op zaterdag 30 augustus 1975.

*

30 augustus 1975, Portland, Maine

Die avond ging de familie Caleb uit eten in de Horse Shoe, Sylla's lievelingsrestaurant, om haar eenentwintigste verjaardag te vieren. Ze was op 1 september jarig. Jay Caleb, haar vader, had als verrassing de besloten zaal op de eerste verdieping afgehuurd. Hij had al haar vrienden en een paar familieleden uitgenodigd: een man of dertig, onder wie Luther.

De familie Caleb – Jay, moeder Nadia en Sylla – ging om zes uur naar het restaurant. Alle genodigden stonden al in het zaaltje op Sylla te wachten, en toen ze binnenkwam werd ze vrolijk verwelkomd. Het feest begon: er was muziek en champagne. Luther was er nog niet. Aanvankelijk vermoedde zijn vader dat hij onderweg was opgehouden, maar toen het eten om halfacht werd opgediend, was hij er nog steeds niet. Aangezien hij gewoonlijk erg punctueel was, werd Jay ongerust. Hij probeerde Luther te bereiken op het telefoonnummer van zijn kamer in het bijgebouw op het landgoed van Stern, maar er werd niet opgenomen.

Luther ontbrak tijdens het diner, bij de taart en tijdens het bal. Om één uur 's nachts gingen de Calebs stilletjes en ongerust naar huis: ze maakten zich zorgen. Luther zou de verjaardag van zijn zus nooit missen. Thuis zette Jay mechanisch de radio in de woonkamer aan. Op het nieuws werd gesproken over een grootschalig politieoptreden in Aurora vanwege de vermissing van een vijftienjarig meisje. Aurora, dat klonk bekend. Luther zei dat hij er vaak naartoe ging om de rozenstruiken te verzorgen van een prachtig huis bij de oceaan dat Elijah Stern er bezat. Jay Caleb dacht dat het toeval was. Aandachtig luisterde hij naar de rest van het nieuws en toen naar het nieuws op een paar andere zenders, om te horen of er in de buurt een auto-ongeluk was geweest, maar daarvan werd geen enkele melding gemaakt. Ongerust bleef hij tot diep in de nacht op. Hij wist niet of hij de politie moest inlichten, thuis moest blijven wachten of op weg moest gaan naar Concord. Uiteindelijk viel hij op de bank in de woonkamer in slaap.

De volgende ochtend had hij nog steeds niets gehoord, en hij belde heel vroeg naar Elijah Stern om erachter te komen of die zijn zoon had gezien. 'Luther?' zei Stern. 'Die is er niet. Die heeft vakantie genomen. Heeft hij dat niet verteld?' Het was allemaal heel vreemd; waarom zou Luther zonder iets te zeggen weggaan? Bezorgd en niet langer in staat om lijdzaam te blijven wachten besloot Jay Caleb naar zijn zoon op zoek te gaan.

*

Toen Sylla Mitchell aan die tijd terugdacht, begon ze te trillen. Abrupt stond ze op en zette verse koffie.

'Mijn vader ging naar Concord en mijn moeder bleef thuis voor het geval dat Luther zou komen, en ik bracht de dag met vriendinnen door,' vertelde ze. 'Toen ik weer thuiskwam, was het al laat. Mijn ouders zaten in de woonkamer te praten, en ik hoorde mijn vader tegen mijn moeder zeggen: "Volgens mij heeft Luther iets heel stoms gedaan." Ik vroeg wat er aan de hand was en hij zei dat ik met niemand over Luthers verdwijning mocht praten, vooral niet met de politie. Hij zei dat hij hem zelf zou vinden. Meer dan drie weken lang heeft hij tevergeefs gezocht. Tot aan het ongeluk.'

Ze onderdrukte een snik.

'Wat is er gebeurd, mevrouw Mitchell?' vroeg Gahalowood op kalmerende toon. 'Waarom dacht uw vader dat Luther iets stoms had gedaan? Waarom wilde hij de politie niet inlichten?'

'Het is allemaal niet zo eenvoudig, sergeant. O, het is allemaal zo ingewikkeld...'

Ze sloeg fotoalbums open en vertelde over de familie Caleb: Jay, een liefhebbende vader en Nadia, zijn vrouw, een voormalige Miss Maine die haar gevoel voor esthetiek aan haar kinderen had doorgegeven. Luther was de oudste, negen jaar ouder dan zij. Ze waren beiden in Portland geboren.

Ze liet ons foto's uit haar kindertijd zien. Het huis, vakantie in Colorado, de enorme loods van het bedrijf van haar vader waar Luther en zij hele zomers hadden doorgebracht. Een fotoserie uit 1963 van het gezin in Yosemite. Luther is achttien, een knappe jongen, slank en elegant. Dan zien we een foto uit de herfst van 1974: Sylla's twintigste verjaardag. Iedereen is ouder geworden. Jay, de trotse pater familias, is inmiddels een zestiger met een buikje. Zijn vrouw heeft rimpels in haar gezicht waartegen ze niets meer kan doen. Luther is bijna dertig: zijn gezicht is verminkt.

Sylla keek lang naar de foto.

'Voordat het gebeurde, waren we een prachtige familie,' zei ze. 'Wat waren we gelukkig.'

'Voordat wat gebeurde?' vroeg Gahalowood.

Ze keek hem aan alsof het vanzelf sprak.

'Voordat hij werd aangevallen.'

'Aangevallen?' herhaalde Gahalowood. 'Daar weet ik niets van.'

Sylla legde de twee foto's van haar broer naast elkaar.

'Het was in de herfst na onze vakantie in Yosemite. Kijk eens naar deze foto... Ziet u hoe knap hij was? Luther was een heel bijzondere jongen. Hij hield van kunst, hij had talent voor schilderen. Hij was klaar met de middelbare school en hij was toegelaten tot de kunstacademie in Portland. Iedereen zei dat hij zo getalenteerd was dat hij een groot schilder zou worden. Hij was gelukkig. Maar het was ook de begintijd van Vietnam en hij moest in dienst. Hij werd opgeroepen door het leger. Hij zei dat hij na zijn terugkeer naar de kunstacademie zou gaan en zou trouwen. Hij was al verloofd. Eleanore Smith heette ze. Een meisje van school. Echt, hij was een oprecht gelukkig man. Tot die avond in september 1964.'

'Wat is er gebeurd?'

'Hebt u weleens van de bende van de *field goals* gehoord, sergeant?'

'De bende van de field goals? Nee, nooit.'

'Zo noemde de politie een stelletje tuig dat in die tijd in dit gebied huishield.'

*

September 1964

Het was een uur of tien 's avonds. Luther had de avond bij Eleanore doorgebracht en nu liep hij terug naar zijn ouderlijk huis. De volgende ochtend zou hij naar de legerbasis vertrekken. Eleanore en hij hadden net besloten dat ze zodra hij terug was zouden trouwen: ze zwoeren elkaar trouw en ze waren voor het eerst met elkaar naar bed geweest, in Eleanores kleine bed, terwijl haar moeder in de keuken cookies voor hen bakte.

Toen Luther bij de familie Smith was vertrokken, was hij meermalen terug naar het huis gelopen. Onder de veranda zag hij in het licht van de straatlantaarns Eleanore zitten, die huilend naar hem zwaaide. Nu liep hij over Lincoln Road, een weg die op dit tijdstip uitgestorven en slecht verlicht was, maar wel de kortste route naar huis. Hij moest drie mijl lopen. Er kwam een auto langs; de lichtbundel van de koplampen verlichtte een groot deel van de weg. Even later naderde een tweede auto hem met hoge snelheid van achteren. De inzittenden waren zichtbaar opgefokt en schreeuwden door het raam om hem bang te maken. Luther reageerde niet; enkele tientallen meters voor hem kwam de auto abrupt tot stilstand, midden op de weg. Hij liep door; wat had hij anders moeten doen? Had hij moeten oversteken? Toen hij de auto passeerde, vroeg de bestuurder: 'Hé, jij daar! Kom jij hier uit de buurt?'

'Ja,' antwoordde Luther.

Hij kreeg een plens bier in zijn gezicht.

'Wat een boerenlullen, die lui uit Maine!' brulde de bestuurder.

De andere inzittenden schreeuwden luidruchtig. Ze waren met z'n vieren, maar in het donker kon Luther hun gezichten niet onderscheiden. Hij vermoedde dat ze jong waren, tussen de vijfentwintig en de dertig, dronken en heel agressief. Hij was bang, en met bonzend hart liep hij door. Hij was geen vechtersbaas, hij wilde geen moeilijkheden.

'Hé!' begon de bestuurder weer. 'Waar ga jij zo naar toe, boerenlulletje?'

Luther gaf geen antwoord en begon sneller te lopen.

'Kom terug jij! Kom hier, dan zullen we je laten zien wat wij doen met zulke klootzakjes als jij.'

Luther hoorde dat de portieren opengingen. De bestuurder riep: 'Heren, de jacht op de boerenlul is geopend! Honderd dollar voor wie hem vangt!' Direct begon hij te rennen, zo hard als hij kon. Hij hoopte dat er een auto zou verschijnen. Maar er was niemand om hem te redden. Een van zijn achtervolgers haalde hem in, werkte hem tegen de grond en brulde naar de anderen: 'Ik heb hem! Ik heb hem! De honderd dollar zijn voor mij!' Allemaal stortten ze zich op Luther en begonnen hem af te tuigen. Terwijl hij op de grond lag, riep een van de aanvallers: 'Wie heeft er zin in football? Wat dachten jullie van een potje field goals?'* De anderen begonnen enthousiast te schreeuwen, en om de beurt schopten ze hem zo hard als ze konden in het gezicht, alsof ze tegen een bal trapten die over de doellijn moest. Toen ze de reeks hadden afgemaakt, lieten ze hem voor dood achter in de berm. Daar werd hij veertig minuten later gevonden door een motorrijder, die de hulpdiensten belde.

*

'Nadat Luther een paar dagen in coma had gelegen werd hij wakker met een gezicht dat volkomen in puin lag,' vertelde Sylla. 'Hij kreeg een paar reconstructieve operaties, maar die konden hem zijn gezicht niet teruggeven. Twee maanden lag hij in het ziekenhuis. Toen hij eruit kwam, was hij gedoemd om met een misvormd uiterlijk en een spraakgebrek verder te leven. Hij hoefde natuurlijk niet meer naar Vietnam, maar hij was alles kwijt. Hij zat de hele dag thuis, hij schilderde niet meer, deed helemaal niets meer. Na zes maanden verbrak Eleanore de verloving. Ze ging zelfs weg uit Portland. Wie kan het haar kwalijk nemen? Ze was nog maar achttien, ze had helemaal geen zin om haar leven op te offeren om voor Luther te zorgen, die een schim van zichzelf was geworden en zijn leed met zich mee zeulde. Hij was niet meer dezelfde.'

'En de daders?' vroeg Gahalowood.

'Die zijn nooit gevonden. Het schijnt dat diezelfde bende al vaker in het gebied had huisgehouden. En altijd hadden ze naar hartenlust *field goals* genomen. Maar Luther kregen ze erger te pakken dan wie dan ook: ze hebben hem bijna doodgetrapt. De kranten stonden er vol van en de politie keek naar ze uit. Maar ze lieten nooit meer van zich horen. Waarschijnlijk waren ze bang dat ze gepakt zouden worden.'

'Wat is er met uw broer gebeurd?'

'Twee jaar lang hing Luther thuis rond. Hij leek wel een spook. Hij deed niets meer. Mijn vader bleef elke dag zo lang mogelijk in de loods, mijn moeder zorgde ervoor dat ze zoveel mogelijk buiten de deur te doen had. Het waren twee loodzware jaren. Maar toen ging op een dag in 1966 de bel.'

---

* Field goal: onderdeel van American football, waarbij men probeert te scoren door de bal van grote afstand tussen de twee verticale palen van de goal door te trappen (noot van de auteur).

1966

Hij aarzelde voordat hij de voordeur van het slot haalde; hij kon het niet verdragen als er mensen naar hem keken. Maar hij was alleen thuis en misschien was het belangrijk, en daarom deed hij open. Hij zag een zeer elegante man van een jaar of dertig staan.

'Goedendag,' zei de man. 'Het spijt me dat ik zomaar aanbel, maar ik sta met motorpech, vijftig meter verderop. Heb jij toevallig verstand van auto's?'

'Fomf wel,' antwoordde Luther.

'Het is niets ernstigs, gewoon een lekke band. Maar ik krijg geen beweging in de krik.'

Luther wilde best een kijkje nemen. De auto was een luxueuze coupé, die op honderd meter van het huis langs de weg stond. In de rechtervoorband zat een spijker. De krik zat vast omdat hij niet goed in het vet zat; toch wist Luther er beweging in te krijgen, en hij verwisselde de band.

'Indrukwekkend,' zei de man. 'Een geluk dat je thuis was. Wat doe je in het leven? Ben je monteur?'

'Nikf. Vroeger fchilderde ik. Maar ik heb een ongeluk gehad.'

'En hoe verdien je je geld?'

'Ik verdien mijn geld niet.'

De man nam hem op en gaf hem een hand.

'Ik ben Elijah Stern. Bedankt, je hebt me enorm uit de brand geholpen.'

'Luther Caleb.'

'Aangenaam, Luther.'

Ze keken elkaar een ogenblik aan. Ten slotte stelde Stern de vraag die al aan hem vrat sinds Luther had opengedaan.

'Wat is er met je gezicht gebeurd?' vroeg hij.

'Hebt u weleenf van de bende van de field goalf gehoord?'

'Nee.'

'Die floegen menfen voor de lol in elkaar. Ze trapten tegen het hoofd van hun flachtofferf alfof het een voetbal waf.'

'Wat verschrikkelijk…'

Gelaten haalde Luther zijn schouders op.

'Laat je niet kisten!' riep Stern vriendelijk uit. 'Als het leven je een loer draait, moet je je kont tegen de krib gooien! Wat zou je denken van een baan? Ik zoek iemand om mijn auto's te onderhouden en me rond te rijden. Je bevalt me wel. Als het je wat lijkt, dan ben je aangenomen.'

400

Een week later verhuisde Luther naar Concord, naar het personeelsverblijf op het enorme landgoed van de Sterns.

*

Volgens Sylla kwam de ontmoeting met Stern voor haar broer als geroepen.

'Dankzij Stern werd Luth weer mens,' vertelde ze. 'Hij had weer een baan en een inkomen. Zijn leven kreeg weer inhoud. En het belangrijkste was dat hij weer begon te schilderen. Stern en hij konden het goed met elkaar vinden: hij was niet alleen zijn chauffeur, maar ook zijn vertrouweling; ik denk zelfs dat ze haast vrienden waren. Stern had de zaken van zijn vader nog maar net overgenomen en hij woonde moederziel alleen in een landhuis dat veel te groot voor hem was. Volgens mij was hij blij met Luthers gezelschap. Ze hadden een sterke band. Luth is negen jaar bij hem in dienst geweest. Tot aan zijn dood.'

'Mevrouw Mitchell,' vroeg Gahalowood, 'hoe was uw relatie met uw broer?'

Ze glimlachte.

'Hij was een heel bijzonder mens. Zo zachtaardig! Hij hield van bloemen en van kunst. Hij had nooit als een doodgewone limousinechauffeur mogen eindigen. Ik heb niks tegen chauffeurs hoor, maar Luth was zo bijzonder! Op zondag kwam hij vaak bij ons lunchen. Hij kwam 's ochtends, bracht de hele dag met ons door en ging 's avonds weer naar Concord. Ik vond het altijd heerlijk, vooral als hij ging schilderen, in zijn oude kamer waarvan hij een atelier had gemaakt. Hij had enorm veel talent. Zodra hij begon te tekenen, ging er een waanzinnige schoonheid van hem uit. Ik ging achter hem op een stoel zitten en keek toe terwijl hij werkte. Ik keek naar de lijnen die eerst een chaos waren, maar dan met z'n allen ongelooflijk realistische taferelen begonnen te vormen. Eerst leek het of hij maar wat deed, maar dan verrees er plotseling een beeld uit al die lijnen, en uiteindelijk bleek iedere streep die hij had gezet een betekenis te hebben. Dat was een ongelooflijk moment. Ik zei dat hij er iets mee moest doen, dat hij toch weer eens over de kunstacademie moest nadenken, dat hij zijn werk tentoon moest stellen. Maar hij wilde niet meer. Vanwege zijn gezicht en zijn spraakgebrek. Vanwege alles. Voor hij zo werd aangevallen zei hij dat hij schilderde omdat het in hem zat. Toen hij eindelijk weer aan het werk ging, zei hij dat hij schilderde om minder eenzaam te zijn.'

'Mogen we wat van zijn schilderijen zien?' vroeg Gahalowood.

'Ja, natuurlijk. Mijn vader heeft iets van een collectie opgebouwd, van alle doeken die hij in Portland heeft achtergelaten plus alle doeken die we na zijn dood uit zijn kamer bij Stern hebben gehaald. Hij zei dat het misschien zou lukken om ze ooit aan een museum te schenken. Maar het enige wat hij met al die herinneringen gedaan heeft, is ze opslaan in kisten, die ik sinds de dood van hem en mijn moeder hier bewaar.'

Sylla bracht ons naar de kelder waar een van de opslagruimtes vol stond met grote houten kisten. Talloze doeken in groot formaat staken erboven uit, terwijl er tussen de lijsten allerlei schetsen en tekeningen staken. Het was een indrukwekkende verzameling.

'Het is nogal een zootje,' verontschuldigde ze zich. 'Dit zijn herinneringen in het groot. Ik heb nooit iets weg durven gooien.'

Gahalowood groef tussen de schilderijen en viste een doek op waarop een jonge blonde vrouw stond afgebeeld.

'Eleanore,' verklaarde Sylla. 'Dat zijn de doeken van voor hij werd aangevallen. Hij schilderde haar graag. Hij zei dat hij haar wel zijn hele leven had willen schilderen.'

Eleanore was een knappe blonde jonge vrouw. Een intrigerend detail was dat ze enorm op Nola leek. Er waren nog talrijke andere portretten van vrouwen, stuk voor stuk blond, en uit de datering bleek dat ze stuk voor stuk in de jaren na de mishandeling waren geschilderd.

'Wie zijn die vrouwen op de schilderijen?' vroeg Gahalowood.

'Geen idee,' antwoordde Sylla. 'Ze zullen wel aan Luthers verbeelding zijn ontsproten.'

Toen stuitten we op een reeks houtskoolschetsen. Op een daarvan meende ik het interieur van Clark's te herkennen, met achter de bar een knappe, maar trieste vrouw. Hoewel de gelijkenis met Jenny verbijsterend was, dacht ik toch dat het toeval was. Totdat ik de tekening omdraaide en de volgende tekst zag: 'Jenny Quinn, 1974'. En dus vroeg ik: 'Waarom was het zo'n obsessie voor uw broer om blondines te schilderen?'

'Ik zou het niet weten,' antwoordde Sylla. 'Echt niet...'

Gahalowood keek haar tegelijk vriendelijk en ernstig aan en zei: 'Mevrouw Mitchell, het is tijd dat u ons vertelt waarom uw vader op de avond van 31 augustus 1975 zei dat hij dacht dat Luther "iets stoms" had gedaan.'

Ze knikte.

*

31 augustus 1975

Toen Jay Caleb om negen uur 's ochtends de hoorn weer op de haak legde, begreep hij dat er iets niet in orde was. Elijah Stern had hem net gezegd dat Luther voor onbepaalde tijd verlof had opgenomen. 'U zoekt Luther?' had Stern verbaasd gevraagd. 'Die is er niet. Ik dacht dat u dat wel wist.' 'Is hij er niet? Waar is hij dan? Hij had gisteren hier moeten zijn voor de verjaardag van zijn zusje, maar hij is niet komen opdagen. Ik maak me ernstig zorgen. Wat heeft hij precies gezegd?' 'Hij zei dat hij waarschijnlijk niet voor mij kon blijven werken. Dat was vrijdag.' 'Niet voor u kon blijven werken? Waarom niet?' 'Ik heb geen idee. Ik dacht dat u dat wel zou weten.'

Zodra hij de hoorn op de haak had gelegd, nam hij hem er direct weer vanaf om de politie te bellen. Maar hij maakte de beweging niet af. Hij had een vreemd voorgevoel. Nadia, zijn vrouw, kwam zijn werkkamer binnen.

'Wat zei Stern?' vroeg ze.

'Dat Luther vrijdag ontslag heeft genomen.'

'Wat? Heeft hij ontslag genomen?'

Jay zuchtte; de korte nacht had veel van hem gevergd en hij was doodop.

'Ik snap er niks van,' zei hij. 'Ik begrijp niet wat er aan de hand is. Ik begrijp er helemaal niks van... Ik moet hem gaan zoeken.'

'Maar waar?'

Hij haalde zijn schouders op. Hij had geen idee.

'Blijf hier,' droeg hij Nadia op. 'Voor als hij komt. Ik zal je ieder uur bellen om je op de hoogte te houden.'

Hij pakte de sleutels van zijn pick-up en reed weg, zonder dat hij ook maar een flauw idee had waar hij moest beginnen. Uiteindelijk besloot hij naar Concord te rijden. Hij kende de stad slecht en reed zomaar wat rond; hij voelde zich verloren. Meer dan eens reed hij langs een politiebureau: het liefst was hij gestopt om hulp te vragen, maar iedere keer dat hij dat overwoog was er iets wat hem ervan weerhield. Uiteindelijk ging hij naar Elijah Stern. Die was er niet, maar een huisknecht bracht hem naar de kamer van zijn zoon. Jay hoopte dat Luther een boodschap had achtergelaten, maar hij vond niets. De kamer zag er heel normaal uit, er lag geen briefje, geen enkele aanwijzing over de reden van zijn vertrek.

'Heeft Luther iets tegen u gezegd?' vroeg Jay aan de huisknecht die met hem meeliep.

'Nee. Ik was er gisteren en eergisteren niet, maar ik heb gehoord dat Luther voorlopig niet meer komt werken.'

'Dat hij voorlopig niet meer komt werken? Heeft hij nou verlof of ontslag genomen?'

'Dat zou ik niet kunnen zeggen, meneer.'

Al die verwarring over Luther was heel vreemd. Jay was er inmiddels van overtuigd dat er iets ernstigs aan de hand moest zijn als zijn zoon zomaar in rook was opgegaan. Hij verliet Sterns landgoed en reed terug naar de stad. Hij stopte in een restaurant om zijn vrouw te bellen en een sandwich naar binnen te werken. Nadia vertelde dat ze nog steeds niets had gehoord. Onder het eten keek hij de krant door: er werd alleen maar gesproken over die gebeurtenis in Aurora.

'Wat is dat voor een vermissing?' vroeg hij aan de baas van de diner.

'Een heel vuil zaakje... In een klein stadje, op een uur van hier: er is een vrouw vermoord en een meisje van vijftien ontvoerd. De hele Staatspolitie is uitgerukt...'

'Hoe kom ik in Aurora?'

'Route 101 in oostelijke richting. Als je bij de oceaan bent, neem je Route 1 naar het zuiden en dan ben je er.'

Gedreven door een voorgevoel reed Jay Caleb naar Aurora. Op Route 1 moest hij tweemaal stoppen bij wegversperringen van de politie, en toen hij langs het dichte bos van Side Creek reed, zag hij de omvang van de recherche-inzet: er stonden tientallen voertuigen van hulpdiensten, overal waren politieagenten en honden, iedereen was in rep en roer. Hij reed door naar het centrum, en net voorbij de jachthaven parkeerde hij voor een diner in de hoofdstraat waar het stampvol was. Hij liep naar binnen en ging aan de bar zitten. Een erg knappe, blonde jonge vrouw schonk hem koffie in. Een fractie van een seconde dacht hij dat hij haar kende, ook al was hij hier nog nooit geweest. Hij keek naar haar en ze glimlachte. Toen zag hij haar naam op haar badge staan: Jenny. En plotseling begreep hij het: het was de vrouw van die houtskoolschets van Luther waar hij zo dol op was. Dat was dit meisje! Hij wist nog precies wat achterop stond: *Jenny Quinn, 1974.*

'Kan ik u ergens mee helpen, meneer?' vroeg Jenny. 'U ziet eruit alsof u verdwaald bent.'

'Ik... Wat vreselijk wat er hier gebeurd is...'

'Zegt u dat wel... We weten nog steeds niet wat er met haar is gebeurd. En ze is nog zo jong! Nog maar vijftien. Ik ken haar heel goed, ze werkt hier op zaterdag. Ze heet Nola Kellergan.'

'Hoe… Hoe zei u?' stamelde Jay, die hoopte dat hij het verkeerd had verstaan.

'Nola. Nola Kellergan.'

Toen hij die naam weer hoorde, voelde hij dat hij begon te wankelen. Hij moest overgeven. Hij wilde hier weg. Ver van hier. Hij legde tien dollar op de bar en maakte zich uit de voeten.

Toen hij weer thuiskwam, zag Nadia meteen dat haar echtgenoot volkomen van slag was. Ze haastte zich naar hem toe en hij zakte haast ineen in haar armen.

'O god, wat is er, Jay?'

'Weet je nog dat Luth en ik drie weken geleden gingen vissen?'

'Ja. Toen hebben jullie die zwartbaarzen gevangen, met dat oneetbare vlees. Waarom vraag je dat?'

Jay vertelde zijn vrouw wat er die dag gebeurd was. Zondag 10 augustus 1975. Luther was de avond ervoor in Portland aangekomen: ze waren van plan geweest om vroeg te gaan vissen aan de oever van een klein meer. Het was een mooie dag, de vissen wilden goed bijten, ze hadden een heel rustig plekje uitgezocht en ze werden door niemand gestoord. Onder het genot van een paar biertjes hadden ze over hun levens gepraat.

'Ik moet je ietf vertellen, pa,' had Luther gezegd. 'Ik heb een ongelooflijke vrouw ontmoet.'

'Echt?'

'Fowaar alf ik hier fta. Fe if heel bijzonder. Fe laat mijn hart fneller kloppen en geloof het of niet, maar fe houdt van me. Dat heeft fe felf gefegd. Ik fal haar een keer voorftellen. Ik weet feker dat je haar heel aardig vindt.'

Jay glimlachte.

'En heeft die jongedame ook een naam?'

'Nola, papa. Fe heet Nola Kellergan.'

Toen Jay Caleb over die dag vertelde, legde hij zijn vrouw uit: 'Nola Kellergan is de naam van dat meisje uit Aurora dat ontvoerd is. Volgens mij heeft Luther iets heel stoms gedaan.'

Op dat moment kwam Sylla thuis. Ze hoorde nog net wat haar vader zei. 'Wat is er?' riep ze. 'Wat heeft Luther gedaan?' Haar vader legde uit wat er aan de hand was, en hij droeg haar op om er met niemand over te praten. Niemand mocht een verband leggen tussen Luther en Nola. Daarna bracht hij een week buitenshuis door, op zoek naar zijn zoon:

eerst doorzocht hij Maine, toen reisde hij de hele kust af, van Canada tot Massachusetts. Hij keek bij meren en blokhutten, op al die verlaten plekjes waar zijn zoon zo van hield. Hij bedacht dat Luther misschien in paniek was ondergedoken, opgejaagd als een dier door alle politiekorpsen van het land. Hij kon geen enkel spoor van hem vinden. Iedere avond wachtte hij op hem, speurde hij naar het minste geluid. Toen de politie belde om te zeggen dat hij dood was, leek hij haast opgelucht. Hij eiste van Nadia en Sylla dat ze voor altijd over deze geschiedenis zouden zwijgen, zodat de nagedachtenis van zijn zoon nooit zou worden bezoedeld.

*

Toen Sylla haar verhaal had verteld, vroeg Gahalowood: 'Bedoelt u dat u denkt dat uw broer iets te maken had met Nola's ontvoering?'

'Laten we het erop houden dat hij zich vreemd gedroeg tegenover vrouwen... Hij mocht ze graag schilderen. Vooral blonde vrouwen. Ik weet dat hij ze in openbare gelegenheden weleens stiekem tekende. Ik heb nooit begrepen wat hij daar leuk aan vond... Dus ja, ik denk dat zich iets tussen hem en dat meisje afgespeeld kan hebben. Mijn vader dacht dat ze Luther misschien had afgewezen en dat hij toen door het lint is gegaan en haar heeft vermoord. Toen de politie belde om te vertellen dat hij was omgekomen, heeft mijn vader heel hard gehuild. En door zijn tranen heen hoorde ik hem zeggen: 'Het is beter zo... Als ik hem had gevonden, denk ik dat ik hem zelf had doodgemaakt. Zodat hij niet op de elektrische stoel zou eindigen.'

Gahalowood boog het hoofd. Hij wierp nog een snelle blik op Luthers spullen en pakte er een aantekeningboekje uit.

'Is dit het handschrift van uw broer?'

'Ja, dat zijn aanwijzingen voor het snoeien van de rozenstruiken... Hij zorgde ook voor Sterns rozenstruiken. Geen idee waarom ik dat bewaard heb.'

'Mag ik het meenemen?' vroeg Gahalowood.

'Meenemen? Ja, natuurlijk. Maar ik ben bang dat het niet zo interessant is voor uw onderzoek. Ik heb erin gekeken, en het zijn gewoon wat tuinierinstructies.'

Gahalowood knikte.

'Ik moet het handschrift van uw broer laten bestuderen, begrijpt u?' zei hij.

11
Wachten op Nola

'Geef die zandzak ervan langs, Marcus. Geef hem ervan langs alsof je leven ervan afhangt. Je moet boksen zoals je schrijft en schrijven zoals je bokst: met alles wat je in je hebt. Want elke wedstrijd kan je laatste zijn – en elk boek ook.'

In de zomer van 2008 was het erg rustig in Amerika. De strijd om de presidentiële nominaties werd tegen het einde van juni beslecht toen de democraten tijdens de voorverkiezingen in Montana Barack Obama als kandidaat aanwezen, terwijl de republikeinen John McCain al in februari hadden gekozen. Nu was het tijd om de krachten binnen de partijen te bundelen: de volgende belangrijke evenementen zouden pas aan het einde van augustus plaatsvinden, wanneer de twee grote historische partijen van het land hun kandidaten voor het Witte Huis officieel zouden benoemen.

Door de relatieve stilte voor de electorale storm die tot 4 november – Election Day – zou woeden, behield de zaak Harry Quebert de topositie in alle media en bracht hij in de publieke opinie een ongekende beroering teweeg. Je had de 'pro-Queberts', de 'anti-Queberts', de aanhangers van complottheorieën en degenen die dachten dat hij alleen voorwaardelijk was vrijgelaten omdat hij het op een financieel akkoordje had gegooid met dominee Kellergan. Sinds mijn aantekeningen in de pers waren verschenen, lag mijn boek op ieders lippen; er werd over niets anders meer gepraat dan 'de nieuwe Goldman, die in de herfst zal verschijnen'. Hoewel Elijah Sterns naam niet in mijn notities voorkwam, had hij een klacht wegens smaad ingediend om de publicatie te voorkomen. Ook David Kellergan had laten weten dat hij van plan was naar de rechter te stappen en zich krachtig te verdedigen tegen de beschuldigingen dat hij zijn dochter had mishandeld. En midden op het slagveld stonden twee mensen bijzonder te genieten: Barnaski en Roth.

Roy Barnaski, die zijn New Yorkse advocatenploegen tot in New Hampshire had laten oprukken om ieder juridisch probleem te lijf te gaan dat de verschijning van het boek zou kunnen vertragen, stond te juichen: dankzij het lek, waarvan er geen twijfel meer bestond dat hij er zelf achter zat, kon hij rekenen op buitengewone verkoopcijfers en was hij in staat om het hele mediaterrein te bestrijken. Hij was van mening dat zijn strategie niet slechter of beter was dan die van een ander, dat de boekenwereld zich had ontwikkeld van de nobele boekdrukkunst tot de kapitalistische waanzin van de eenentwintigste eeuw, dat boeken tegenwoordig werden geschreven om verkocht te worden, dat er over een boek gesproken moest worden wilde het verkopen, en dat je ruimte voor je boek moest bevechten als je wilde dat erover gesproken werd, want als je dat niet deed werd die wel door andere boeken ingenomen. Eten of gegeten worden.

Wat betreft de juridische kant van de zaak: er was weinig twijfel dat het strafdossier op korte termijn in rook zou opgaan. Benjamin Roth was de advocaat van het jaar aan het worden en werd een nationale bekendheid. Hij accepteerde alle interviewverzoeken en bracht het grootste deel van zijn tijd door in plaatselijke radio- en televisiestudio's. Waar dan ook. Als er maar over hem gepraat werd. 'Weet je dat ik inmiddels duizend dollar per uur in rekening kan brengen?' zei hij. 'En iedere keer dat ik op het nieuws kom, verhoog ik mijn tarief voor nieuwe klanten met tien dollar per uur. Het maakt niet uit wat je zegt in de krant, als je er maar in staat. Wat de mensen onthouden is dat ze je foto in *The New York Times* hebben gezien, niet wat je vertelde.' Roth had zijn hele carrière op de zaak van de eeuw gewacht, en nu was het zover. Nu hij in de schijnwerpers stond, vertelde hij de media alles wat ze horen wilden: hij vertelde over Chief Pratt en Elijah Stern, hij riep om het hardst dat Nola een manipulatieve verleidster was en dat Harry in feite het werkelijke slachtoffer was van deze zaak. Om het publiek te prikkelen suggereerde hij zelfs dat de helft van Aurora intieme omgang met Nola had gehad, wat hij onderbouwde met verzonnen details; hij ging zo ver dat ik hem moest bellen om hem op te laten houden.

'Hou op met die pornopraatjes, Benjamin. Je haalt iedereen door het slijk.'

'Precies, Marcus: want eigenlijk is het niet zozeer mijn taak om Harry's blazoen te zuiveren, maar om te laten zien hoe smerig en vuig die andere zogenaamde eerzame burgers zijn. En als het tot een proces komt, laat ik Pratt getuigen, dagvaard ik Stern en roep ik alle mannen van Aurora naar de rechtszaal om ze in het openbaar te laten boeten voor hun vleselijke omgang met dat meisje Kellergan. En dan zal ik bewijzen dat het enige wat Harry uiteindelijk heeft misdaan is dat hij zich heeft laten verleiden door een perverse jonge vrouw, zoals al die anderen voor hem.'

'Wat lul je nou?' zei ik boos. 'Dat is allemaal nooit gebeurd!'

'Kom nou, laten we het beestje bij de naam noemen. Dat meisje was een slet.'

'Wat ben jij een triest geval,' antwoordde ik.

'Triest? Ik herhaal alleen wat jij hebt geschreven, niet dan?'

'Dat is onzin en dat weet je heel goed! Nola was geen flirt en al helemaal geen verleidster. Wat Harry en zij met elkaar hadden, was liefde!'

'Liefde, liefde, altijd weer die liefde. Liefde betekent toch niks, Goldman! Liefde is een constructie die door mannen is bedacht om de was niet te hoeven doen!'

De openbare aanklager was door de pers in de beklaagdenbank gezet, en dat was voelbaar op de burelen van de recherche van de Staatspolitie: het gerucht ging dat de gouverneur bij een vergadering van de driehoek de politie persoonlijk had gemaand om de zaak zo snel mogelijk op te lossen. Sinds de onthullingen van Sylla Mitchell begon Gahalowood meer lichtpuntjes in het onderzoek te zien; de bewijzen wezen steeds sterker in Luthers richting, en hij ging ervan uit dat het handschriftonderzoek van het aantekeningenboekje zijn vermoeden zou bevestigen. In de tussentijd moest hij meer over Luther te weten komen, vooral over zijn omzwervingen door Aurora. En zo spraken we op zondag 20 juli af met Travis Dawn om te horen wat hij ervan wist.

Aangezien ik me nog niet opgewassen voelde tegen een nieuw bezoek aan het centrum van Aurora, stemde Travis toe om ons te ontmoeten in een wegrestaurant in de buurt van Montburry. Ik verwachtte dat hij me niet al te hartelijk zou begroeten vanwege alles wat ik over Jenny had geschreven, maar hij was juist heel vriendelijk.

'Het spijt me van die uitgelekte notities,' zei ik. 'Het waren persoonlijke aantekeningen die nooit openbaar hadden mogen worden.'

'Ik kan je niets verwijten, Marc…'

'Dat kun je best…'

'Je hebt gewoon de waarheid verteld. Ik wist wel dat Jenny heel veel gevoelens had voor Quebert… Ik zag toen ook al wel hoe ze naar hem keek… Volgens mij deugt je onderzoek, Marcus… daar ziet het in ieder geval wel naar uit. Is er trouwens nog nieuws?'

Gahalowood nam het woord.

'Ja, dat we een serieuze verdenking hebben tegen Luther Caleb.'

'Luther Caleb, die mafkees? Dan is het dus waar van dat schilderij.'

'Ja. Kennelijk kwam ze regelmatig bij Stern. Wist u het van Chief Pratt en Nola?'

'Die smeerlapperij? Nee! Ik viel van mijn stoel toen ik het hoorde. Maar weet u, misschien heeft hij een grove misstap begaan, maar toch is hij altijd een uitstekend politieman geweest. Ik weet niet of het terecht is om zijn onderzoek en zijn naspeuringen in twijfel te trekken, zoals de kranten doen.'

'Wat denkt u van de verdenkingen tegen Stern en Quebert?'

'Dat jullie je hoofd op hol hebben laten brengen. Tamara Quinn zegt dat ze ons indertijd al over Quebert heeft verteld. Maar ik denk dat we dat allemaal in een ander licht moeten bezien: ze deed alsof ze alles wist, maar eigenlijk wist ze niets. Er was geen enkel bewijs voor haar beweringen. Alles wat ze zei is dat ze een onweerlegbaar bewijs in handen had gehad dat op mysterieuze wijze was verdwenen. Ze had niets overtuigends. En u weet net zo goed als ik hoe voorzichtig je met loze beschuldigingen moet omgaan, sergeant. Het enige bewijs tegen Quebert was die zwarte Chevrolet Monte Carlo. En dat was bij lange na niet genoeg.'

'Een vriendin van Nola beweert heel stellig dat ze Pratt heeft verteld wat er bij Stern gebeurde.'

'Daar heeft Pratt nooit iets over gezegd.'

'Maar waarom denk je dan dat hij niet met het onderzoek heeft gesjoemeld?' vroeg Gahalowood.

'Leg me geen woorden in de mond, sergeant.'

'En Luther Caleb? Wat kunt u over hem vertellen?'

'Luther was een vreemde vogel. Hij viel vrouwen lastig. Ik heb Jenny zelfs aangezet om aangifte tegen hem te doen toen hij zich agressief tegen haar had gedragen.'

'En is hij nooit een verdachte geweest?'

'Niet echt. Zijn naam is wel gevallen en we hebben uitgezocht in wat voor auto hij reed: een blauwe Mustang, dat weet ik nog. Maar het leek hoe dan ook vrij onwaarschijnlijk dat hij onze man was.'

'Hoezo?'

'Omdat ik er kort voor Nola's verdwijning voor heb gezorgd dat hij nooit meer in Aurora zou komen.'

'Dat wil zeggen?'

Opeens leek Travis slecht op zijn gemak.

'Tja... Tegen half augustus zag ik hem bij Clark's, net nadat ik Jenny ervan had overtuigd dat ze aangifte tegen hem moest doen... Hij had haar mishandeld en daar had ze een vreselijke bloeduitstorting op haar arm aan overgehouden. Ik bedoel, het was niet niks. Toen hij me zag aankomen, sloeg hij op de vlucht. Ik zette de achtervolging in en ik haalde hem in op Route 1. En daar... heb ik... Tja, Aurora is een rustig stadje, ik wilde niet dat hij er altijd rondhing...'

'Wat hebt u gedaan?'

'Ik heb hem een pak slaag gegeven. Daar ben ik niet trots op. En toen...'

'En toen wát, Chief Dawn?'

'Toen heb ik mijn pistool tegen zijn ballen gezet. Ik heb hem een pak slaag gegeven, en toen hij dubbelgevouwen op de grond lag hield ik hem stevig op zijn plaats, haalde mijn colt tevoorschijn, laadde hem door en zette de loop tegen zijn ballen. Ik zei dat ik hem van mijn leven niet meer wilde zien. Hij kreunde. Hij kreunde dat hij nooit meer zou komen, hij smeekte me om hem te laten gaan. Ik weet dat het niet mag, maar ik wilde er zeker van zijn dat hij nooit meer een stap in Aurora zou zetten.'

'En u denkt dat hij dat ook niet gedaan heeft?'

'Daar twijfel ik niet aan.'

'Dan bent u dus de laatste die hem in Aurora heeft gezien.'

'Ja. Ik heb het aan al mijn collega's doorgegeven, met een beschrijving van zijn auto erbij. Hij heeft zich nooit meer laten zien. Later hoorden we dat hij een maand later in Massachusetts was verongelukt.'

'Wat was dat voor ongeluk?'

'Ik geloof dat hij uit de bocht is gevlogen. Verder weet ik er weinig van. Eerlijk gezegd interesseerde het me niet. Op dat moment hadden we belangrijker zaken aan ons hoofd.'

Toen we uit het wegrestaurant kwamen, zei Gahalowood: 'Volgens mij is die auto de sleutel tot het raadsel. We moeten erachter zien te komen wie er in een zwarte Chevrolet Monte Carlo kan hebben gereden. Of beter gezegd: of het mogelijk is dat Luther Caleb op 30 augustus 1975 achter het stuur zat van een zwarte Chevrolet Monte Carlo.'

De volgende dag ging ik voor het eerst sinds de brand terug naar Goose Cove. Ik liep naar binnen, ondanks de politielinten rondom de veranda die de toegang tot het huis verboden. Alles was kapot. In de keuken vond ik het blik met het opschrift SOUVENIR UIT ROCKLAND, MAINE ongeschonden terug. Ik haalde het droge brood eruit en vulde het met wat onbeschadigde voorwerpen die ik her en der vond toen ik de kamers doorliep. In de woonkamer vond ik een klein fotoalbum dat op wonderbaarlijke wijze gespaard was gebleven. Ik nam het mee naar buiten en ging onder een grote berk tegenover het huis zitten om de foto's te bekijken. Toen verscheen Erne Pinkas. Hij zei alleen: 'Ik zag je auto aan het begin van het pad staan.'

Hij ging naast me zitten.

'Zijn dat foto's van Harry?' vroeg hij terwijl hij op het album wees.

'Ja. Die heb ik binnen gevonden.'

Er viel een lange stilte. Ik sloeg de bladzijden om. Waarschijnlijk stamden de foto's uit de vroege jaren tachtig. Op een paar foto's stond een gele labrador.

'Van wie is die hond?' vroeg ik.

'Van Harry.'

'Ik wist niet dat hij een hond had.'

'Storm heette hij. Volgens mij is hij een jaar of twaalf, dertien geworden.'

Storm. Die naam kwam me bekend voor, al wist ik niet waarom.

'Marcus,' vervolgde Pinkas. 'Ik wilde je geen pijn doen, laatst. Het spijt me als ik dat gedaan heb.'

'Het doet er niet toe.'

'Jawel, het doet er wel toe. Ik wist niet dat je bedreigd werd. Had dat iets met het boek te maken?'

'Waarschijnlijk wel.'

Hij wees op het huis en zei verontwaardigd: 'Wie doet zoiets?'

'Daar is niets over bekend. Volgens de politie is er een brandbare stof gebruikt, benzine of zo. Er is een lege jerrycan op het strand gevonden, maar de vingerafdrukken die erop stonden zijn onbekend.'

'Dus je bent gebleven, hoewel je bedreigd werd?'

'Ja.'

'Waarom?'

'Waarom zou ik weggaan? Uit angst? Angst moet je trotseren.'

Pinkas zei dat ik iets voorstelde, en dat hij ook graag iets zou hebben voorgesteld in het leven. Zijn vrouw had altijd in hem geloofd. Ze was een paar jaar geleden overleden, geveld door een tumor. Op haar doodsbed had ze tegen hem gesproken alsof hij een jonge kerel was die zijn leven nog voor zich had: 'Ernie, je zult iets groots verrichten in je leven. Ik geloof in je.' 'Daar ben ik al te oud voor. Mijn leven ligt achter me.' 'Je bent nooit te oud, Ernie. Zolang je nog niet dood bent, kun je nog alle kanten op.' Maar het enige wat Ernie na de dood van zijn vrouw voor elkaar had gekregen, was het lospeuteren van een baantje bij de supermarkt van Montburry om de chemotherapie te betalen en het natuursteen van haar graf te laten onderhouden.

'Ik zet boodschappenkarretjes terug, Marcus. Ik loop over de parkeerplaats op zoek naar eenzame, in de steek gelaten wagentjes en ik neem ze mee, ik troost ze en zet ze terug in de rij met al hun vriendjes voor de volgende klanten. De karretjes zijn nooit alleen. Of in elk geval niet lang. Want in alle supermarkten van de wereld is er een Ernie die ze verzamelt en terugbrengt naar hun familie. Maar wie brengt Ernie terug naar zijn familie? Waarom doen we wel voor boodschappenwagentjes wat we niet voor mensen doen?'

'Je hebt gelijk. Wat kan ik voor je doen?'

'Ik zou willen dat je me in je dankwoord opneemt. Ik zou willen dat je mijn naam in een dankwoord op de laatste pagina zet, zoals schrijvers dat wel vaker doen. Ik zou willen dat je mijn naam als eerste noemt. In grote letters. Omdat ik je een klein beetje heb geholpen met het vinden van je informatie. Kan dat? Mijn vrouw zou zo trots op me zijn. Dat haar mannetje had bijgedragen aan het enorme succes van Marcus Goldman, de nieuwe ster van het schrijversvak.'

'Komt in orde,' zei ik.

'Ik zal haar je boek voorlezen, Marc. Ik zal iedere dag bij haar gaan zitten om je boek voor te lezen.'

'Ons boek, Erne. Ons boek.'

Opeens hoorden we voetstappen achter ons: het was Jenny.

'Ik zag je auto bij het begin van het pad staan, Marcus,' zei ze.

Bij die woorden moesten Erne en ik glimlachen. Ik stond op en Jenny omhelsde me moederlijk. Toen keek ze naar het huis en barstte in tranen uit.

Later die dag, op de terugweg naar Concord, zocht ik Harry op in het Sea Side Motel. Met ontbloot bovenlijf drentelde hij rond voor de deur van zijn kamer. Hij oefende boksbewegingen. Hij was niet meer dezelfde. Toen hij me zag, zei hij: 'Laten we gaan boksen, Marcus.'

'Ik moet met je praten.'

'Dan praten we onder het boksen.'

Ik gaf hem het trommeltje met SOUVENIR UIT ROCKLAND, MAINE dat ik in de puinhopen van het huis had gevonden.

'Dit heb ik voor je meegenomen,' zei ik. 'Ik ben in Goose Cove geweest. Je huis staat nog vol spullen... Waarom haal je ze niet op?'
'Wat zou ik moeten ophalen?'
'Herinneringen?'
Hij keek stuurs.
'Van herinneringen word je alleen maar verdrietig, Marcus. Alleen al van dat trommeltje moet ik bijna janken!'
Hij nam het in zijn handen en drukte het tegen zich aan.
'Toen ze verdween, heb ik niet helpen zoeken...' zei hij. 'Weet je wat ik heb gedaan?'
'Nee...'
'Ik heb gewacht, Marcus. Op haar. Als ik haar was gaan zoeken, had dat betekend dat ze weg was. Daarom heb ik op haar gewacht, in de volle overtuiging dat ze terug zou komen. Ik wist zeker dat ze terug zou komen. En als het zover was, wilde ik dat ze trots op me zou zijn. Drieëndertig jaar lang heb ik me op haar terugkeer voorbereid. Drieëndertig jaar! Iedere dag kocht ik bloemen en chocolade voor haar. Ik wist dat ze de enige was van wie ik ooit zou houden, want liefde vind je maar één keer in je leven, Marcus! Als je me niet gelooft, dan heb je nog nooit liefgehad. 's Avonds zat ik op de bank en keek ik naar haar uit, dan hield ik mezelf voor dat ze zo wel zou komen, zoals ze altijd plotseling was opgedoken. Als ik ergens in het land een lezing hield, hing ik een briefje op de voordeur: 'In Seattle voor een conferentie. A.s. dinsdag terug,' voor het geval ze in de tussentijd zou komen opdagen. En de deur heb ik nooit op slot gedaan. Nooit! Drieëndertig jaar lang heb ik nooit een sleutel in het slot gestoken. Ze zeiden dat ik gek was, dat ik bij thuiskomst ooit zou merken dat het huis was leeggehaald door inbrekers, maar in Aurora, New Hampshire, breekt nooit iemand in. Weet je waarom ik al die jaren op tournee ben gegaan en iedere lezing heb gehouden waarvoor ik gevraagd werd? Omdat ik dacht dat ik haar daarmee misschien kon terugvinden. De grootste steden, de kleinste gehuchten: ik heb dit land in alle richtingen doorkruist, ik heb ervoor gezorgd dat alle lokale kranten mijn komst vermeldden, soms door uit eigen zak advertentieruimte te betalen, en waarvoor? Voor haar, om haar terug te vinden. En tijdens iedere lezing bekeek ik het publiek, zocht ik naar jonge blonde vrouwen van haar leeftijd, probeerde ik gelijkenissen te vinden. Iedere keer hield ik mezelf voor: misschien is ze er wel. En na de lezing ging ik in op iedere vraag, in de hoop dat ze misschien naar me toe zou komen. Jarenlang heb ik het

publiek bestudeerd: eerst de meisjes van vijftien, toen die van zestien, toen die van twintig, toen die van vijfentwintig! Ik ben in Aurora gebleven omdat ik op Nola wachtte, Marcus. En toen, anderhalve maand geleden, werd ze gevonden. Dood. Begraven in mijn eigen tuin! Al die tijd dat ik op haar wachtte was ze eigenlijk vlak bij me! Precies op de plek waar ik altijd hortensia's voor haar wilde planten! Sinds de dag dat ze haar hebben gevonden staat mijn hart op springen, Marcus! Omdat ik de liefde van mijn leven kwijt ben, omdat ze nog in leven zou zijn als ik niet met haar had afgesproken in dit vervloekte hotel! Dus kom me niet aanzetten met herinneringen, want die scheuren mijn hart aan stukken. Hou er alsjeblieft over op.'

Hij liep naar de trap.

'Wat ga je doen, Harry?'

'Boksen. Dat is het enige wat ik nog heb.'

Hij liep naar de parkeerplaats, en onder de verontruste blikken van de gasten van het aangrenzende restaurant begon hij aan een krijgszuchtige choreografie. Ik liep naar hem toe en hij ging in de bokshouding tegenover me staan. Hij begon aan een serie directen, maar zelfs bij het boksen was hij niet meer de oude.

'Waarom ben je eigenlijk gekomen?' vroeg hij, tussen twee stoten met zijn rechtervuist door.

'Waarom? Om je te zien, natuurlijk…'

'En waarom wilde je me zo graag zien?'

'We zijn toch vrienden?'

'Dat is precies wat je niet begrijpt, Marcus: we kunnen geen vrienden meer zijn.'

'Wat zeg je nou, Harry?'

'De waarheid. Ik hou van je als van een zoon. En ik zal altijd van je houden. Maar we kunnen geen vrienden meer zijn.'

'Waarom niet? Vanwege het huis? Ik zal alles betalen, dat heb ik toch al gezegd? Ik zal alles betalen!'

'Je begrijpt het nog steeds niet, Marcus. Het heeft niks met het huis te maken.'

Een ogenblik vergat ik de bokshouding en hij gaf me een reeks directen, hoog op mijn rechterschouder.

'Blijf in de bokshouding, Marcus! Als dat je hoofd was geweest, was je nu knock-out!'

'Wat kan mij de bokshouding schelen! Ik wil het gewoon weten! Ik wil begrijpen waarom je dit spelletje met me speelt!'

'Het is geen spelletje. Op de dag dat je dit raadsel begrijpt, zul je deze zaak hebben opgelost.'
Ik bleef stokstijf staan.
'Waar heb je het in godsnaam over? Hou je iets voor me achter? Heb je niet alles gezegd?'
'Ik heb alles gezegd, Marcus. De waarheid ligt nu in jouw handen.'
'Maar ik begrijp er niets van.'
'Dat weet ik. Maar zodra je het begrijpt, zal alles anders zijn. Je staat op een breekpunt in je leven.'
Uitgeput ging ik op het asfalt zitten. Meteen brulde hij dat dit niet het moment was om te gaan zitten.
'Sta op, jij! Opstaan!' brulde hij. 'We zijn de nobele bokskunst aan het beoefenen!'
Maar ik had niks te schaften met die nobele bokskunst van hem.
'Boksen betekent alleen iets voor mij vanwege jou, Harry! Kun je je het kampioenschap van 2002 nog herinneren?'
'Natuurlijk... Hoe zou ik dat kunnen vergeten?'
'Waarom kunnen we dan geen vrienden meer zijn?'
'Vanwege de literatuur. De literatuur heeft ons bij elkaar gebracht en nu worden we erdoor gescheiden. Het stond geschreven.'
'Het stond geschreven? Hoe bedoel je?'
'Alles staat in de boeken... Marcus, toen ik je voor het eerst zag, wist ik al dat dit moment zou komen.'
'Welk moment?'
'Het komt door dat boek dat je aan het schrijven bent.'
'Dat boek? Als je wilt, hou ik er meteen mee op! Wil je dat ik alles afzeg? Geen enkel punt, doe ik! Geen boek, niks!'
'Dat haalt niks uit, jammer genoeg. Als het dit boek niet is, komt er wel een ander boek.'
'Harry, wat probeer je te zeggen? Ik begrijp er niks van.'
'Je zult dit boek schrijven en het wordt een prachtboek, Marcus. Begrijp me niet verkeerd: daar ben ik heel blij om. Maar ons afscheid nadert. De ene schrijver vertrekt, een andere wordt geboren. Je neemt de fakkel van me over, Marcus. Je zult een geweldige schrijver worden. Je hebt een miljoen gekregen voor de rechten van je manuscript! Een miljoen! Je wordt een van de allergrootsten, Marcus. En dat heb ik altijd al geweten.'
'Wat probeer je me in hemelsnaam te vertellen?'

'De sleutel zit in boeken, Marcus. Die ligt vlak voor je neus. Kijk, kijk eens goed! Zie je waar we zijn?'

'Op de parkeerplaats van een motel!'

'Nee! Welnee, Marcus! Bij de wortels van het kwaad! En ik zie al meer dan dertig jaar op tegen dit moment.'

*

Boksring van de campus van de universiteit van Burrows, februari 2002

'Je houdt je handen niet goed, Marcus. Je slagen zijn goed, maar het eerste kootje van je middelvinger steekt te ver uit, en dat schuurt als je vuist doel treft.'

'Met handschoenen aan voel ik het niet.'

'Maar je moet ook met blote vuisten kunnen boksen. Die handschoenen dienen er alleen voor dat je je tegenstander niet doodslaat. Dat zou je wel weten als je ooit tegen iets anders had geslagen dan die zandzak.'

'Harry… Wat is volgens jou de reden dat ik altijd alleen boks?'

'Die vraag moet je jezelf stellen.'

'Omdat ik bang ben, denk ik. Bang om te mislukken.'

'Maar wat voelde je toen je op mijn aanraden naar die boksring in Lowell ging en je door die grote zwarte vent tot moes liet slaan?'

'Trots. Na afloop voelde ik me trots. Toen ik de volgende ochtend al die blauwe plekken op mijn lichaam zag, was ik blij: ik had mezelf overstegen, ik had het aangedurfd! Ik was het gevecht aangegaan!'

'Dus eigenlijk beschouwde je het als een overwinning…'

'Uiteindelijk wel, ja. Ik heb die dag verloren, maar het voelt alsof ik gewonnen heb.'

'En dat is de clou, Marcus: het maakt niet zoveel uit of je wint of verliest. Wat telt is de weg die je aflegt tussen de gongslag waarmee de wedstrijd begint en de gongslag waarmee hij eindigt. De uitslag van de wedstrijd is uiteindelijk alleen maar voor het publiek van belang. Wie heeft het recht om te zeggen dat je verloren hebt als je zelf vindt dat je gewonnen hebt? Het leven is een hardloopwedstrijd, Marcus: er zijn altijd mensen die sneller of langzamer zijn dan jij. Waar het uiteindelijk om gaat, is het vuur waarmee je hebt gelopen.'

'Harry, kijk, ik heb deze poster ergens in een hal gevonden…'

'Het interuniversitair bokskampioenschap?'

'Ja... Alle grote universiteiten doen mee... Harvard, Yale... Ik... Ik zou graag meedoen.'
'Dan zal ik je helpen.'
'Echt?'
'Natuurlijk. Je kunt altijd op me rekenen, Marcus. Vergeet dat nooit. We zijn een team, jij en ik. Voor de rest van ons leven.'

10

Op zoek naar een meisje van vijftien

(Aurora, New Hampshire, 1-18 september 1975)

'Harry, hoe moet je emoties overbrengen die je zelf niet voelt?'
 'Dat is nou precies je werk als schrijver. Schrijven houdt in dat je in staat bent om méér te voelen dan een ander en die emoties vervolgens over te brengen. Door te schrijven stel je je lezers in staat om te zien wat ze zelf misschien niet kunnen zien. Als alleen weeskinderen over weeskinderen zouden schrijven, zou het moeilijk worden. Dat zou inhouden dat je ook niet mocht schrijven over moeders, vaders, honden, piloten en de Russische Revolutie omdat je zelf geen moeder, vader, hond of piloot bent en de Russische Revolutie niet hebt meegemaakt. Je bent alleen Marcus Goldman. En als iedere schrijver zich alleen tot zichzelf zou beperken, dan zou de literatuur onwaarschijnlijk triest worden en al zijn betekenis verliezen. Je hebt het recht om over alles te praten, Marcus, over alles wat een mens aangaat. En daar mag niemand je om veroordelen. We zijn schrijvers omdat we iets doen wat iedereen kan, maar dan op een andere manier: schrijven. En dat is nou juist het subtiele.'

Vroeg of laat dacht iedereen weleens dat hij of zij Nola ergens had gezien. In de supermarkt in een nabijgelegen stadje, bij de bushalte, aan de bar in een restaurant. Een week na haar verdwijning, toen het onderzoek in volle gang was, moest de politie een groot aantal onjuiste getuigenverklaringen natrekken. In Cordrige County werd een filmvoorstelling onderbroken toen een toeschouwer Nola Kellergan op de derde rij meende te herkennen. In de buurt van Manchester werd een vader die met zijn blonde, vijftienjarige dochter naar de kermis ging, ter controle meegenomen naar het bureau.

Het onderzoek, hoe grondig ook, was tevergeefs: dankzij de hulp van de plaatselijke bevolking was het uitgebreid naar alle stadjes in de omgeving van Aurora, maar dat had er niet toe geleid dat er ook maar een begin van een spoor werd gevonden. Er waren specialisten van de FBI gekomen om de politie efficiënter in te zetten door te laten zien op welke plaatsen er, op basis van ervaring en statistiek, als eerste moest worden gezocht: bij beekjes, bij bosranden in de buurt van een parkeerplaats en bij vuilnisbelten. De zaak leek zo complex dat zelfs de hulp werd ingeroepen van een medium dat zijn sporen bij twee moordzaken in Oregon had verdiend, maar ditmaal geen succes had.

Het gonsde in Aurora, het stadje werd overspoeld door nieuwsgierigen en journalisten. Op het politiebureau aan de hoofdstraat was het een drukte vanjewelste: hier werd het onderzoek gecoördineerd en de binnenkomende informatie verzameld en geschift. De telefoonlijnen waren overbezet, de telefoons stonden roodgloeiend, meestal voor niets, en na ieder telefoontje moesten er tijdrovende natrekkingen worden gedaan. Er werden sporen gevolgd in Vermont en Massachusetts, waar hondenbrigades werden ingezet. Tevergeefs. De persverklaringen die Chief Pratt en Captain Rodik tweemaal per dag aflegden voor de ingang van het bureau kregen steeds meer het aanzien van brevetten van onvermogen.

Hoewel niemand het merkte, werd Aurora streng beveiligd: tussen de journalisten die uit de hele staat waren gekomen om de gebeurtenissen te verslaan, stonden federale agenten die de omgeving van het huis van de Kellergans observeerden en hun telefoon lieten afluisteren. Als Nola ontvoerd was, zou het niet lang duren voordat de dader zich zou melden. Hij zou bellen of zich uit perversiteit mengen onder de nieuwsgierigen die zich voor Terrace Avenue 245 ophielden om hun steun te betuigen. En als het niet om losgeld ging maar de daad was van een maniak, zoals sommige mensen vreesden, moest hij zo snel mogelijk worden uitgeschakeld, voordat hij opnieuw zijn slag kon slaan.

De bevolking sloeg de handen ineen: de mannen brachten al hun tijd door met het uitkammen van hele lappen grasland en bosgrond en het afzoeken van de oevers van de waterwegen. Robert Quinn nam twee dagen vrij om te helpen zoeken. Met toestemming van zijn voorman vertrok Erne Pinkas iedere dag een uur eerder uit de fabriek zodat hij de zoekers vanaf het einde van de middag tot het vallen van de avond kon helpen. In de keuken van Clark's maakten Tamara Quinn, Amy Pratt en anderen voedsel voor de vrijwilligers. Er werd over niets anders gesproken dan het onderzoek.

'Ik heb informatie,' zei Tamara Quinn steeds. 'Ik heb informatie van het grootste belang!'

'Wat? Wat? Vertel!' hijgden haar gesprekspartners terwijl ze bruin brood beboterden om sandwiches te maken.

'Ik kan er niets over zeggen... Het is veel te ernstig.'

En iedereen kwam met z'n eigen verhaal: er werd allang vermoed dat er onfrisse dingen gebeurden op Terrace Avenue 245, en de slechte afloop kwam niet uit de lucht vallen. Mevrouw Philips, de moeder van een jongen die bij Nola in de klas had gezeten, vertelde dat een medeleerling op een keer in de pauze bij wijze van grap Nola's poloshirt had opgetild, en dat iedereen toen zag dat er blauwe plekken op haar lichaam zaten. Mevrouw Hattaway vertelde dat haar dochter Nancy heel goed bevriend was met Nola en dat er in de loop van de zomer allerlei merkwaardige dingen waren gebeurd, vooral dat Nola een week lang van de aardbodem verdwenen leek en de deur van het huis van de Kellergans gesloten bleef voor alle bezoek. 'En dan die muziek!' zei mevrouw Hattaway nog. 'Iedere dag die veel te harde muziek uit de garage! Ik vroeg me altijd af waarom ze nou in hemelsnaam de hele buurt doof moesten maken. Ik zou eigenlijk over het lawaai hebben moeten klagen, maar dat heb ik nooit aangedurfd. Het was toch de dominee...'

Maandag 8 september 1975

Het liep tegen twaalven.

In Goose Cove zat Harry te wachten. In zijn hoofd buitelden steeds dezelfde vragen over elkaar heen: wat was er gebeurd? Wat was haar overkomen? Hij had zich al een week opgesloten in zijn huis, en zat afgezonderd van de wereld te wachten. Hij sliep op de bank in de woonkamer, zijn oren gespitst op het minste geluidje. Eten deed hij niet meer. Hij dacht dat hij gek werd: waar kon Nola zijn? Hoe was het mogelijk dat de politie geen enkel spoor van haar vond? Hoe meer hij erover nadacht, hoe vaker dezelfde gedachte in hem opkwam: had Nola de sporen misschien bewust uitgewist? Wat als ze de aanval in scène had gezet? Wat rodevruchtensaus op haar gezicht en even brullen om het op een ontvoering te doen lijken: terwijl de politie in de buurt van Aurora naar haar op zoek was, had ze alle tijd om zich uit de voeten te maken en misschien wel naar een uithoek van Canada te verdwijnen. Misschien zou iedereen binnenkort denken dat ze dood was, en dan zou niemand haar nog zoeken. Had ze dit allemaal in scène gezet om ervoor te zorgen dat ze voor altijd met rust gelaten zouden worden? Maar waarom was ze dan niet op de afgesproken tijd naar het hotel gekomen? Was de politie er te snel bij geweest? Had ze zich in het bos moeten verstoppen? En wat was er bij Deborah Cooper gebeurd? Bestond er een verband tussen beide zaken of was het puur toeval? Stel dat Nola niet ontvoerd was, waarom had ze hem dan geen teken van leven gegeven? Waarom had ze zich niet hier in Goose Cove verscholen? Hij dwong zichzelf om na te denken: waar kon ze zijn? Op een plaats die zij alleen kenden. In Martha's Vineyard? Te ver weg. Het trommeltje in de keuken herinnerde hem aan hun uitstapje naar Maine van toen hun relatie nog heel pril was. Zat ze ondergedoken in Rockland? Toen hij dat bedacht, pakte hij direct zijn autosleutels en rende naar buiten. Hij gooide de voordeur open en stond oog in oog met Jenny, die op het punt stond aan te bellen. Ze wilde kijken of het goed met hem ging: ze had hem al dagen niet gezien en ze maakte zich zorgen. Ze trof hem sterk vermagerd aan, en zijn gezichtsuitdrukking was angstaanjagend. Hij droeg hetzelfde pak als toen ze hem een week geleden bij Clark's had gezien.

'Harry, wat is er?' vroeg ze.
'Ik wacht.'
'Waarop dan?'
'Op Nola.'

Ze begreep het niet. Ze zei: 'O ja, het is zo afschuwelijk wat er gebeurd is! De hele stad is van slag. Het is nu al een week geleden en er is nog geen spoor van haar gevonden. Helemaal niets. Je ziet er slecht uit, Harry... Ik maak me zorgen. Heb je de laatste tijd nog weleens gegeten? Ik laat het bad wel even voor je vollopen en dan maak ik iets te eten.'

Hij had geen tijd om zich met Jenny bezig te houden. Hij moest achterhalen waar Nola zich schuilhield. Hij duwde haar nogal ruw opzij, daalde de houten treden af die naar het grind van de parkeerplaats leidden en stapte in zijn auto.

'Ik heb niks nodig,' zei hij door het open raam. 'Ik heb het heel druk, ik kan niet gestoord worden.'

'Maar waar heb je het dan zo druk mee?' drong Jenny verdrietig aan.

'Met wachten.'

Hij startte de auto en verdween achter een rij naaldbomen. Ze ging op het trapje van de veranda zitten en barstte in tranen uit. Hoe meer ze hem liefhad, hoe ongelukkiger ze werd.

Op datzelfde moment liep Travis Dawn Clark's binnen met de rozen in zijn hand. Hij had haar al dagenlang niet gezien; al sinds de verdwijning niet meer. Hij had de hele ochtend met de zoekploegen in het bos doorgebracht, en toen hij weer in zijn patrouillewagen stapte, zag hij de bloemen op de vloer liggen. Ze waren een beetje uitgedroogd en de blaadjes waren omgekruld, maar hij had opeens zin gehad om ze direct naar Jenny te brengen. Alsof het leven te kort was. En dus was hij er even tussenuit geknepen om haar bij Clark's op te zoeken, maar daar was ze niet.

Hij nam plaats aan de bar en Tamara Quinn kwam direct naar hem toe, zoals ze tegenwoordig altijd deed als ze een uniform zag.

'Hoe gaat het met zoeken?' vroeg ze met de blik van een verontruste moeder.

'Nog niks gevonden, mevrouw Quinn. Geen enkel spoor.'

Ze zuchtte en keek naar het vermoeide gezicht van de jonge agent.

'Heb je al geluncht, jongen?'

'Eh... Nee, mevrouw Quinn. Ik kwam eigenlijk voor Jenny.'

'Die is even weg.'

Ze schonk een glas ijsthee voor hem in en legde een papieren placemat en bestek voor hem neer. Ze zag de bloemen en vroeg: 'Zijn die voor haar?'

'Ja, mevrouw Quinn. Ik wilde kijken of het wel goed met haar ging. Na alles wat er de laatste dagen is gebeurd...'

'Ze kan ieder moment terugkomen. Ik heb gezegd dat ze voor de lunchdrukte terug moest zijn, maar ik geloof dat ze te laat is. Die kerel brengt haar het hoofd op hol...'

'Wie bedoelt u?' vroeg Travis, die zijn hart voelde samentrekken.

'Harry Quebert.'

'Harry Quebert?'

'Ik weet zeker dat ze bij hem is. Ik snap niet waarom ze zo koppig achter die smeerlap aan zit... Nou ja, laat ik er maar geen woorden aan vuil maken. De dagschotel is kabeljauw met gebakken aardappelen...'

'Perfect, mevrouw Quinn. Dank u wel.'

Ze legde een vriendschappelijke hand op zijn schouder.

'Je bent een goede jongen, Travis. Ik zou heel gelukkig zijn als mijn Jenny zo iemand als jij zou vinden.'

Ze liep naar de keuken. Travis nam een paar slokken van zijn ijsthee. Hij was triest.

Een paar minuten later kwam Jenny binnen; ze had snel haar make-up bijgewerkt zodat niemand zou zien dat ze gehuild had. Ze glipte achter de bar en deed haar schort voor; toen zag ze Travis zitten. Hij glimlachte en gaf haar de bos verlepte bloemen.

'Ze zien er niet zo goed uit,' verontschuldigde hij zich, 'maar ik wil ze je al een paar dagen geven. En toen bedacht ik dat het om het gebaar gaat.'

'Bedankt, Travis.'

'Het zijn wilde rozen. Ik ken een plek vlak bij Montburry waar er honderden groeien. Daar kan ik je wel een keertje mee naartoe nemen, als je dat leuk vindt. Gaat het wel, Jenny? Je ziet er niet zo goed uit...'

'Jawel hoor...'

'Zit die afschuwelijke geschiedenis je dwars? Ben je bang? Maak je geen zorgen, er is nu overal politie. En bovendien weet ik zeker dat we Nola terugvinden.'

'Ik ben niet bang. Het is iets anders.'

'Wat dan?'

'Doet er niet toe.'

'Heeft het iets met Harry Quebert te maken? Je moeder zegt dat je hem wel leuk vindt.'

'Misschien. Laat maar, Travis, het doet er echt niet toe. Ik moet... naar de keuken. Ik ben al te laat en anders krijg ik de volle laag van mama.'

Jenny verdween door de klapdeur en stuitte op haar moeder, die borden klaarmaakte.

'Alweer te laat, Jenny! Ik was helemaal alleen, en dat met deze drukte.'
'Sorry, mam.'
Tamara gaf haar een bord met kabeljauw en gebakken aardappelen.
'Wil je dit naar Travis brengen?'
'Ja, mam.'
'Hij is een goede jongen.'
'Weet ik...'
'Je gaat hem vragen of hij zondag bij ons komt lunchen.'
'Bij ons komt lunchen? Dat wil ik niet, mama. Ik val niet op hem. En dan haalt hij zich van alles in zijn hoofd, en dat zou niet aardig van me zijn.'
'Geen gemaar! Je deed ook niet zo moeilijk toen hij je meenam naar het bal toen je geen date had. Het is duidelijk dat hij je heel graag mag, en hij zou een lieve echtgenoot zijn. Vergeet die Quebert toch! Er komt geen Quebert! Knoop dat toch eens in je oren! Quebert is geen goed mens! Het is tijd dat je een man vindt, en prijs jezelf gelukkig dat zo'n knappe jongen je het hof maakt terwijl jij de hele dag met een schort voor loopt!'
'Mama!'
Tamara zette een hoog jankstemmetje op, een imitatie van een zeurend kind: 'Mama! Mama! Hou toch eens op met dat gesnotter! Je bent al bijna vijfentwintig! Wil je soms een oude vrijster worden? Al je schoolvriendinnen zijn al getrouwd! En jij? Nou? Je was de koningin van je klas, wat is er in godsnaam gebeurd? O meisje, ik ben zo teleurgesteld. Mama is heel teleurgesteld in je. Travis komt zondag lunchen en daarmee basta. Je gaat hem nu zijn bord brengen en je nodigt hem uit. En daarna neem je de tafeltjes achterin af, want die zijn ongelooflijk smerig. Dat zal je leren om altijd te laat te zijn.'

*

Woensdag 10 september 1975

'Weet u, dokter, er is een heel charmante politieman die haar het hof probeert te maken. Ik heb tegen haar gezegd dat ze hem zondag voor de lunch moet uitnodigen. Ze wilde niet, maar ik heb gezegd dat het moest.'
'Waarom hebt u dat gezegd, mevrouw Quinn?'
Tamara haalde haar schouders op en liet haar hoofd met het volle ge-

wicht terugvallen op de armleuning van de divan. Ze stond zichzelf een moment van overpeinzing toe.

'Omdat... omdat ik niet wil dat ze alleen blijft.'
'Dus u bent bang dat uw dochter voor de rest van haar leven alleen blijft?'
'Ja! Precies! Voor de rest van haar leven!'
'Bent u zelf bang voor eenzaamheid?'
'Ja.'
'Waar komt die angst vandaan?'
'Eenzaamheid is de dood.'
'Bent u bang voor de dood?'
'Ontzettend bang, dokter.'

*

Zondag 14 september 1975

Aan tafel bij de Quinns werd Travis bestookt met vragen. Tamara wilde alles weten over het onderzoek dat maar niet opschoot. Robert had ook graag een duit in het zakje gedaan, maar de weinige keren dat hij iets wilde zeggen had zijn vrouw hem afgebekt met de woorden: 'Hou je mond, Bobbo. Dat is slecht voor je kanker.' Jenny zag er ongelukkig uit en raakte haar eten nauwelijks aan. Alleen haar moeder had het hoogste woord. Toen ze de appeltaart op tafel zette, durfde ze eindelijk te vragen: 'En Travis, hebben jullie al een lijst met verdachten?'

'Niet echt, nee. Ik moet zeggen dat we op het ogenblik behoorlijk in het duister tasten. Het blijft vreemd dat er geen enkel spoor van haar is.'

'En is Harry Quebert ook verdachte?' vroeg Tamara.

'Mama!' riep Jenny verontwaardigd.

'Wat nou? Mogen er in dit huis geen vragen meer worden gesteld? Ik heb zo mijn redenen om over hem te beginnen: die kerel is een perverse viezerik, Travis. Een viezerik! Mij zou het niets verbazen als hij bij de verdwijning betrokken is.'

'Dat is een heel ernstige beschuldiging, mevrouw Quinn,' antwoordde Travis. 'Zoiets mag je niet zeggen als je er geen bewijs voor hebt.'

'Maar dat had ik!' riep ze uit, gek van woede. 'Dat had ik! Geloof het of niet, maar in de kluis van het restaurant had ik een heel belastende tekst liggen, van zijn hand! En ik ben de enige met een sleutel! En weet je waar ik die bewaar? Om mijn nek! Ik doe hem nooit af! Nooit! En toen ik dat stomme papier er een paar dagen geleden uit wilde halen om het aan Chief Pratt te geven, was het verdwenen! Het lag niet meer in de kluis! Hoe dat kan, ik zou het niet weten! Het lijkt wel tovenarij!'

'Misschien had je het toch ergens anders opgeborgen,' opperde Jenny.

'Hou je mond, liefje. Ik ben toch niet gek? Bobbo, ben ik gek?'

Robert maakte een hoofdbeweging die geen ja en geen nee betekende, zodat zijn vrouw nog geïrriteerder werd.

'Bobbo, waarom geef je geen antwoord als ik je iets vraag?'

'Dat komt door mijn kanker,' zei hij uiteindelijk.

'Nou, dan krijg je ook geen taart. Dat heeft de dokter gezegd: van toetjes kun je ter plekke dood neervallen.'

'Dat heb ik de dokter nooit horen zeggen!' protesteerde Robert.

'Kijk, nou word je ook al doof van je kanker. Arme Bobbo, over twee jaar zing je met de engelen mee.'

Travis probeerde de sfeer wat te verlichten en pakte de draad van zijn verhaal weer op.

'Hoe dan ook, als u geen bewijs hebt, dan kunnen we er niets mee,' besloot hij. 'Een politieonderzoek is een exacte, wetenschappelijke aangelegenheid. En ik kan er over meepraten: ik was de primus van mijn jaar op de politieacademie.'

Alleen al van de gedachte dat ze niet meer wist waar het papiertje was dat Harry's einde had kunnen betekenen, raakte Tamara in alle staten. Om rustig te worden greep ze de taartschep en hakte ze een paar stukken taart af, terwijl Bobbo zat te snotteren dat hij helemaal niet dood wou.

*

Woensdag 17 september 1975

De zoektocht naar het papiertje werd een obsessie voor Tamara Quinn. Twee dagen lang doorzocht ze haar huis, haar auto, en zelfs de garage, hoewel ze daar nooit kwam. Tevergeefs. Die ochtend sloot ze zich na het begin van de eerste ontbijtronde bij Clark's in haar kantoor op en leegde de inhoud van de kluis op de vloer: niemand kon in de kluis komen, dus dat papiertje kon onmogelijk verdwenen zijn. Het moest er zijn. Opnieuw controleerde ze de inhoud – tevergeefs; verongelijkt ruimde ze alles weer op. Op dat moment klopte Jenny aan en stak haar hoofd om de deur. Ze zag haar moeder, die diep was weggedoken in de enorme stalen muil.

'Mam, wat doe je?'
'Ik ben bezig.'
'O, mam! Je gaat me toch niet vertellen dat je nog steeds naar dat vervloekte stukje papier zoekt?'
'Bemoei je liever met je eigen zaken, liefje! Hoe laat is het?'
Jenny keek op haar horloge.
'Bijna halfnegen,' zei ze.
'Potverdorie, dan ben ik te laat!'
'Te laat waarvoor?'
'Ik heb een afspraak.'
'Een afspraak? Maar de frisdrank wordt vanochtend bezorgd. Vorige week woensdag zei je nog dat...'
'Je bent toch een grote meid?' onderbrak haar moeder droog. 'Je hebt twee handen en je weet waar het magazijn is. Je hoeft niet aan Harvard gestudeerd te hebben om een paar kratten met colaflesjes boven op elkaar te zetten: ik weet zeker dat je je prima zult redden. En waag het niet om de chauffeur lief aan te kijken zodat hij het voor je doet! Het is hoog tijd dat je je armen eens uit de mouwen leert steken!'

Zonder haar dochter nog aan te kijken greep Tamara haar autosleutels en ging ervandoor. Een halfuur nadat ze weg was, stopte er een indrukwekkend grote vrachtwagen achter Clark's: de chauffeur zette een zware pallet vol kratten Coca-Cola bij de dienstingang.

'Za'k een handje helpen?' vroeg hij aan Jenny toen ze het ontvangstbewijs had getekend.
'Nee, meneer. Mijn moeder wil dat ik het zelf doe.'
'Zoals je wilt. Prettige dag dan maar.'

De vrachtwagen vertrok weer en Jenny tilde de zware kratten een voor een naar het magazijn. Ze kon wel huilen. Op dat moment kwam Travis langs in zijn patrouillewagen. Toen hij haar zag, stopte hij direct en stapte uit.

'Zal ik een handje helpen?' bood hij aan.
Ze haalde haar schouders op.
'Het gaat wel. Je hebt het vast al druk genoeg,' antwoordde ze, zonder haar werk te onderbreken.
Hij tilde een krat op en probeerde een gesprek aan te knopen.

'Ze zeggen dat het recept van Coca-Cola geheim is en dat het in een kluis in Atlanta wordt bewaard.'

'Dat wist ik niet.'

Hij liep achter haar aan naar het magazijn en ze zetten de twee kratten die ze hadden gedragen boven op elkaar. Omdat ze niets zei, praatte hij verder.

'Het schijnt ook heel goed te zijn voor de moraal van GI's, en daarom sturen ze er sinds de Tweede Wereldoorlog kratten vol van naar troepen die in het buitenland gelegerd zijn. Dat heb ik in een boek over Coca-Cola gelezen. Tja, daar ben ik gewoon een keertje in begonnen, ik lees ook serieuzere dingen.'

Ze stonden weer op de parkeerplaats. Ze keek hem diep in de ogen.

'Travis...'

'Ja, Jenny?'

'Hou me vast. Neem me in je armen en hou me stevig vast. Ik voel me zo eenzaam! Ik ben zo ongelukkig! Ik heb het koud tot in het diepst van mijn hart.'

Hij nam haar in zijn armen en drukte haar met al zijn kracht tegen zich aan.

'Nu begint mijn dochter me ook al vragen te stellen, dokter. Net vroeg ze nog waar ik iedere woensdag naartoe ging.'

'En wat hebt u gezegd?'

'Dat ze zich moet laten nakijken! En dat ze de cola moest uitladen! Het gaat haar niks aan waar ik heen ga!'

'Ik hoor aan uw stem dat u woedend bent.'

'Natuurlijk ben ik woedend! Wat dacht u dan, dokter Ashcroft?'

'Maar op wie dan?'

'Op wie? Op... op... op mezelf!'

'Waarom?'

'Omdat ik alweer tegen haar geschreeuwd heb. Weet u, dokter, je maakt kinderen en je wilt dat ze de allergelukkigste kinderen van de wereld zijn. Maar dan gaat het leven dwarsliggen.'

'Hoe bedoelt u?'

'Ze vraagt me continu advies over van alles en nog wat! Ze hangt altijd aan mijn rokken en dan vraagt ze: "Mam, hoe moet dit? Mam, waar moet ik dat opbergen? Mam, dit, Mam, dat! Mam! Mam! Mam!" Maar ik zal er niet altijd voor haar zijn. Ooit zal ik niet meer over haar kunnen waken, snapt u? En die gedachte voel ik hier, in mijn buik. Alsof er een knoop in mijn maag zit! Een lichamelijke pijn die me de eetlust ontneemt!'

'Bedoelt u dat u angsten hebt, mevrouw Quinn?'

'Ja! Ja! Angsten! Vreselijke angsten! Je probeert alles goed te doen, je probeert je kinderen het beste te geven! Maar wat gebeurt er met ze als wij er niet meer zijn? Wat zullen ze dan doen? Hoe kun je zeker weten dat ze gelukkig zullen worden, dat hun nooit iets zal overkomen? Zoals met dat meisje, dokter Ashcroft! Wat is er met die arme Nola gebeurd? Waar kan ze zijn?'

*

Waar kon ze zijn? Niet in Rockland. Niet op het strand, niet in een restaurant, niet in een winkel. Nergens. Hij belde naar het hotel op Martha's Vineyard om te vragen of het personeel geen jong blond meisje had gezien, maar de receptioniste die hij aan de lijn kreeg leek te denken dat hij gek was. En dus bleef hij wachten. De hele dag en de hele nacht.

Hij wachtte de hele maandag.
Hij wachtte de hele dinsdag.
Hij wachtte de hele woensdag.
Hij wachtte de hele donderdag.
Hij wachtte de hele vrijdag.
Hij wachtte de hele zaterdag.
Hij wachtte de hele zondag.

Hij wachtte vol vuur en vol hoop: ze kwam heus wel terug. En dan zouden ze samen weggaan. Ze zouden gelukkig worden. Alleen zij had zijn leven ooit betekenis gegeven. Ze mochten alle boeken verbranden, alle huizen, alle muziek en alle mensen: het zou hem allemaal niets uitmaken als zij bij hem was. Hij hield van haar, en dat betekende dat noch de dood, noch enige tegenslag hem kon raken zolang zij aan zijn zijde stond. En daarom wachtte hij. En toen de nacht viel, zwoer hij op de sterren dat hij altijd zou blijven wachten.

Terwijl Harry weigerde de hoop op te geven, kon Captain Rodik niets anders doen dan concluderen dat het politieoptreden, ondanks de omvangrijke inzet, was mislukt. Inmiddels hadden ze al ruim twee weken lang hemel en aarde bewogen, maar tevergeefs. Tijdens een bespreking met de FBI en Chief Pratt kwam Rodik bitter tot een conclusie: 'De honden kunnen niks vinden, de troepen kunnen niks vinden. Volgens mij gaan we haar niet vinden.'

'Dat ben ik in grote lijnen met u eens,' stemde de verantwoordelijke van de FBI in. 'In dit soort zaken vindt men het slachtoffer gewoonlijk direct terug, dood of levend, óf er volgt een losgeldeis. Als dat allebei niet het geval is, dan belandt de zaak op de stapel onopgeloste verdwijningen, die jaar na jaar aangroeit op onze bureaus. Alleen al in de laatste week heeft de FBI uit het hele land vijf vermissingen van minderjarigen doorgekregen. En we hebben de tijd niet om ze allemaal te onderzoeken.'

'Maar wat kan er dan met dat meisje gebeurd zijn?' vroeg Pratt, die het niet kon verkroppen dat hij het bijltje erbij neer moest gooien. 'Is ze van huis weggelopen?'

'Van huis weggelopen? Nee. Waarom zou ze dan bebloed en in doodsangst zijn gezien?'

Rodik haalde zijn schouders op en de man van de FBI stelde voor om een biertje te gaan drinken.

Op de avond van de volgende dag, 18 september, deelden Chief Pratt en Captain Rodik bij de laatste gezamenlijke persverklaring mee dat het zoeken naar Nola Kellergan werd gestaakt. Het dossier zou in behandeling blijven bij de recherche van de Staatspolitie. Er was geen enkele aanwijzing gevonden, helemaal niets: in twee weken tijd was er geen enkel spoor van de kleine Nola Kellergan ontdekt.

Onder leiding van Chief Pratt bleef een aantal vrijwilligers nog een paar weken doorzoeken tot aan de staatsgrenzen. Maar tevergeefs. Nola Kellergan leek wel weggevlogen.

9
Een zwarte Monte Carlo

'Woorden zijn heel leuk en aardig, Marcus, maar je moet niet schrijven om gelezen te worden. Je moet schrijven om gehoord te worden.'

Ik schoot goed op met het boek. Het aantal uren dat ik doorbracht met schrijven groeide gestaag, en ik voelde weer dat onbeschrijflijke gevoel in me opwellen waarvan ik dacht dat ik het voor altijd was verloren. Alsof ik eindelijk weer beschikte over een vitale emotie, waarvan de afwezigheid me had belet om goed te functioneren; het was alsof iemand in mijn hoofd op een knop had gedrukt zodat plotseling het licht weer was aangegaan. Alsof ik opeens weer leefde. Het schrijversgevoel.

Mijn dagen begonnen voor zonsopgang: ik ging hardlopen, dwars door Concord, met de minidiskspeler in mijn oren. Als ik terugkwam op mijn hotelkamer bestelde ik een liter koffie en ging aan het werk. Ik kon opnieuw rekenen op de hulp van Denise, die ik weer bij Schmid & Hanson had weggehaald en die ermee had ingestemd om weer in het kantoor op Fifth Avenue aan de slag te gaan. Zodra ik een bladzijde had geschreven, e-mailde ik hem naar haar en dan corrigeerde zij het taalgebruik. Zodra er een hoofdstuk af was, stuurde ik het naar Douglas, zodat hij zijn mening kon geven. Het was komisch om te zien hoe betrokken hij bij het boek was; ik weet dat hij aan zijn computer gekluisterd op mijn hoofdstukken zat te wachten. Ook herinnerde hij me er steeds aan hoe dichtbij de deadline was door onophoudelijk te herhalen: 'Als je niet op tijd klaar bent, zijn we de sigaar!' Hij zei steevast 'we', hoewel er in theorie voor hem niets op het spel stond; maar hij was even bezorgd als ik.

Ik geloof dat Douglas enorm door Barnaski onder druk werd gezet, en dat hij me probeerde te beschermen: Barnaski vreesde dat ik er zonder hulp van buitenaf niet in zou slagen om de deadline te halen. Hij had me al een paar keer gebeld om me dat persoonlijk te vertellen.

'Je moet ghostwriters nemen voor je boek,' zei hij, 'anders krijg je het nooit af. Ik heb een heel team voor je klaarstaan: jij vertelt het verhaal in grote lijnen en zij schrijven het op.'

'Nooit van mijn leven,' had ik gezegd. 'Het schrijven van dit boek is mijn verantwoordelijkheid. En ik laat het aan niemand anders over.'

'Die moraliteit en goede bedoelingen van jou zijn onuitstaanbaar, Goldman. Tegenwoordig laat iedereen zijn boeken door een ander schrijven. *Die en die* bijvoorbeeld slaat de hulp van mijn team nooit af.'

'Schrijft *die en die* zijn boeken niet zelf?'

Hij grinnikte op die karakteristieke manier van hem.

'Natuurlijk niet! Hoe denk je dat hij dat schrijftempo volhoudt? De lezers willen niet weten hóe *die en die* zijn boeken schrijft, niet eens óf hij ze wel schrijft. Het enige wat ze willen is ieder jaar aan het begin van de zomer een nieuw boek van hem om mee te nemen op vakantie. En daar zorgen wij voor. Dat heet handelsinstinct.'

'Dat heet publieksbedrog,' zei ik.

'Publieksbedrog... Tss, Goldman, wat ben je toch een moraalridder.'

Ik maakte hem duidelijk dat er geen sprake van kon zijn dat iemand anders het boek zou schrijven: toen verloor hij zijn geduld en werd hij grof.

'Godverdomme nog aan toe, Goldman. Als ik me goed herinner heb ik je een miljoen gegeven voor dat boek: ik zou het op prijs stellen als je je iets meegaander zou opstellen. Als ik denk dat je mijn schrijvers nodig hebt, dan gaan we die gebruiken ook!'

'Rustig maar, Roy, je krijgt je boek voordat de deadline verstrijkt. Op voorwaarde dat je me niet meer van mijn werk houdt met al die telefoontjes.'

Toen begon Barnaski echt te vuilbekken.

'Goldman, ik hoop dat je godverdomme beseft dat ik mijn kloten op het blok leg voor dat boek. Mijn kloten! Op het blok! Ik heb er een heleboel poen in gestoken en de geloofwaardigheid van een van de grootste uitgeverijen van het land staat op het spel. Dus als dit verkeerd afloopt, als er straks geen boek is vanwege jouw koppigheid of weet ik veel waarom, en als ik verzuip, dan sleur ik jou mee, is dat duidelijk? En goed ook!'

'Ik zal het onthouden, Roy. Ik zal het niet vergeten.'

Naast zijn menselijke zwaktes bezat Barnaski ook een aangeboren talent voor marketing: mijn boek was nu al het boek van het jaar, hoewel de promotiecampagne, met enorme affiches op de muren van New York, nog maar net was begonnen. Kort nadat het huis in Goose Cove was afgebrand had hij een opzienbarende aankondiging gedaan. Hij had gezegd: 'Ergens in Amerika houdt zich een schrijver schuil die zijn uiterste best doet om aan het licht te brengen wat er in 1975 écht in Aurora is gebeurd. En omdat die waarheid moeilijk te verkroppen is, is iemand tot alles bereid om hem het zwijgen op te leggen.' De volgende dag stond er een artikel in *The New York Times* met de kop: 'Wie heeft het op Marcus Goldman gemunt?' Dat kreeg mijn moeder natuurlijk onder ogen, en ze belde me direct.

'In godsnaam, Marcus, waar zit je?'

'In Concord. In het Regent Hotel. Suite 208.'

'Stil nou toch!' riep ze uit. 'Ik wil het niet weten!'

'Ja maar mam, je vroeg het toch?'

'Als ik het weet, kan ik me niet inhouden om het aan de slager te vertellen die het weer aan zijn knecht zegt, die het aan zijn moeder vertelt die de nicht is van de conciërge van de middelbare school in Felton en die het heus wel aan hem zal vertellen, waarna die het weer doorvertelt aan de directeur, die het weer rondbazuint in de lerarenkamer, en voordat je het weet is heel Montclair op de hoogte dat mijn zoon in suite 208 van het Regent Hotel in Concord zit, en dan snijdt degene die het op jou heeft gemunt je keel door in je slaap. Waarom heb je trouwens een suite? Heb je een vriendinnetje? Ga je trouwen?'

Ze riep mijn vader, ik hoorde haar schreeuwen: 'Nelson, kom bij de telefoon! Markie gaat trouwen!'

'Mama, ik ga niet trouwen. Ik zit helemaal alleen in die suite.'

Gahalowood, die op mijn kamer zat en net een uitgebreid ontbijt had laten brengen, kon niets beters bedenken dan uit te roepen: 'Hé, ik ben er ook nog, hoor!'

'Wie is dat?' vroeg mijn moeder direct.

'Niemand.'

'Hou toch op! Ik hoor een mannenstem. Marcus, ik moet je een medische vraag van het grootste belang stellen, en jij moet eerlijk zijn tegen de vrouw die je negen maanden in haar buik heeft gedragen: zit er een homofiele man op je kamer verstopt?'

'Nee, mama. Sergeant Gahalowood is hier, hij is van de politie. We doen samen onderzoek en verder blaast hij de rekening van mijn roomservice op.'

'Is hij naakt?'

'Wat? Natuurlijk niet! Hij is van de politie, mama! We werken samen.'

'Een politieman? Ik ben niet van gisteren, hoor: die muziekgroep van die mannen die samen zingen, met die motorrijder in het leer, die loodgieter, die indiaan en die politieman...?'

'Dit is een echte politieman, mama.'

'Markie, uit naam van ons voorgeslacht dat voor de pogroms is gevlucht en uit liefde voor je lieve mamaatje: jaag die naakte man je kamer uit.'

'Ik jaag niemand mijn kamer uit, mama.'

'O Markie, waarom bel je me als je me toch alleen maar pijn wilt doen?'

'Jij hebt gebeld, mama.'

'Omdat je vader en ik ons zorgen maken over die gevaarlijke gek die achter je aan zit.'

'Er zit niemand achter me aan. De krant overdrijft.'

'Iedere ochtend en iedere avond controleer ik de brievenbus.'

'Waarom?'

'Waarom? Waarom, vraagt hij! Een bom, natuurlijk!'

'Ik denk niet dat iemand je een bom zal sturen, mama.'

'Ze blazen ons op! Voordat we de vreugde van het grootouderschap hebben gekend. Ben je tevreden over jezelf? Stel je voor: een paar dagen geleden werd je vader achtervolgd door een grote zwarte auto, helemaal tot hij thuis was. Papa ging snel naar binnen en toen stopte die auto hier vlakbij in de straat.'

'Hebben jullie de politie gebeld?'

'Natuurlijk. Er kwamen twee auto's, met loeiende sirenes.'

'En?'

'Het waren de buren, die hadden een nieuwe auto gekocht! Zomaar, zonder iets te zeggen. Een nieuwe auto, tsss! Terwijl iedereen zegt dat er een enorme crisis zit aan te komen, kopen zij een nieuwe auto. Vind je dat niet verdacht? Ik denk dat hij in de drugshandel zit, of zoiets.'

'Mama, wat is dat nou weer voor onzin?'

'Ik weet waarover ik het heb! En zo mag je niet praten tegen je arme moedertje, die ieder moment bij een bomaanslag om het leven kan komen! Hoe gaat het met je boek?'

'Ik schiet heel aardig op. Over vier weken moet het af zijn.'

'En hoe loopt het af? Misschien heeft de moordenaar van dat meisje het wel op jou gemunt.'

'Dat is nou juist het probleem: ik weet nog steeds niet hoe het afloopt.'

Op de middag van maandag 21 juli kwam Gahalowood mijn suite binnen toen ik net aan het hoofdstuk werkte waarin Nola en Harry besluiten om samen naar Canada te vertrekken. Hij was heel opgewonden en pakte allereerst een biertje uit de minibar.

'Ik ben bij Elijah Stern geweest,' zei hij.
'Bij Stern? Zonder mij?'
'Mag ik je eraan herinneren dat Stern een proces tegen je heeft aangespannen vanwege je boek? Nou ja, ik wou je alleen iets vertellen…'
Gahalowood vertelde dat hij zomaar bij Stern had aangeklopt om zijn komst niet officieel te maken, en dat hij te woord was gestaan door Bo Sylford, Sterns advocaat, een bekende verschijning aan de balie in Boston, die hem bezweet en in sportkleding had ontvangen met de woorden: 'Geef me vijf minuten, sergeant. Ik ga snel even douchen en dan sta ik tot uw beschikking.'
'Douchen?' vroeg ik.
'Net wat ik zeg, schrijver: die Sylford liep halfnaakt door de hal. Ik wachtte in een kleine salon en toen kwam hij terug, gekleed in een pak en in gezelschap van Stern, die zei: 'Zo sergeant, u hebt mijn partner dus ontmoet.'
'"Mijn partner"?' herhaalde ik. 'Bedoelt u dat Stern…'
'Homo is. Wat betekent dat hij waarschijnlijk nooit iets voor Nola Kellergan heeft gevoeld.'
'Maar wat betekent dat?' vroeg ik.
'Dat heb ik hem ook gevraagd. En hij stond behoorlijk open voor een gesprek.'
Stern had gezegd dat mijn boek hem enorm dwarszat; hij was van mening dat ik niet wist waarover ik het had. Daarom had Gahalowood de koe bij de hoorns gevat en hem gevraagd om zijn licht op het onderzoek te werpen.
'Meneer Stern,' had hij gezegd, 'Kunt u mij in het licht van wat me net duidelijk is geworden over uw… seksuele voorkeur, duidelijk maken wat de relatie was tussen u en Nola?'
'Dat heb ik u vanaf het begin al gezegd,' had Stern geantwoord zonder een spier te vertrekken. 'Een arbeidsrelatie.'
'Een arbeidsrelatie?'
'Dat iemand iets voor je doet en dat je die persoon in ruil daarvoor beloont, sergeant. In het onderhavige geval ging het om poseren.'
'Dus Nola Kellergan kwam echt om voor u te poseren?'
'Ze kwam poseren, maar niet voor mij.'
'Niet voor u? Voor wie dan?'
'Voor Luther Caleb.'
'Voor Luther? Waarom dan?'

'Om hem erbovenop te helpen.'

De scène die Stern vervolgens beschreef, speelde zich af op een avond in juli 1975. Stern kon zich de precieze datum niet meer herinneren, maar het was tegen het einde van de maand. Door zijn relaas met mijn eigen gegevens te vergelijken kon ik vaststellen dat het vlak voor het vertrek naar Martha's Vineyard moet zijn geweest.

*

Concord, eind juli 1975

Het was al laat. Stern en Luther waren alleen thuis en zaten op het terras te schaken. Plotseling ging de deurbel, en ze vroegen zich af wie er op zo'n tijdstip aanbelde. Luther deed open. Hij keerde terug op het terras in gezelschap van een beeldschone jonge blondine met rode ogen van het huilen. Nola.

'Goedenavond, meneer Stern,' zei ze verlegen. 'Het spijt me dat ik onverwacht kom aanzetten. Ik heet Nola Kellergan en ik ben de dochter van de dominee van Aurora.'

'Aurora? Ben je helemaal uit Aurora hiernaartoe gekomen?' vroeg hij. 'Hoe heb je dat gedaan?'

'Gelift, meneer Stern. Ik moet u absoluut spreken.'

'Kennen wij elkaar?'

'Nee, meneer. Maar ik heb een hoogst belangrijk verzoek.'

Stern bekeek het jonge meisje met haar glanzende, maar trieste ogen, dat laat op de avond bij hem kwam aanzetten voor een 'hoogst belangrijk verzoek'. Hij wees haar een makkelijke stoel en Caleb bracht koekjes en een glas limonade.

'Ik luister,' zei hij, haast geamuseerd, toen ze haar limonade in één teug had opgedronken. 'Wat voor belangrijk verzoek heb je voor me?'

'Ik vraag u nogmaals om excuses dat ik u op dit tijdstip stoor. Maar het is overmacht. Ik kom u in alle vertrouwen vragen om... mij in dienst te nemen.'

'In dienst te nemen? Als wat?'

'Als wat dan ook, meneer. Ik doe alles voor u.'

'In dienst te nemen?' herhaalde Stern, die het niet goed begreep. 'Waarom dan? Heb je geld nodig, meisje?'

'In ruil zou ik u willen vragen om Harry Quebert in Goose Cove te laten blijven.'

'Gaat Harry Quebert weg uit Goose Cove?'

'Hij heeft geen geld om langer te blijven. Hij heeft al met het verhuurbedrijf gesproken. Hij kan augustus niet betalen. Maar hij moet blijven! Want er is een boek waar hij nog maar net aan is begonnen en waarvan ik voel dat het geweldig wordt! En als hij weggaat, maakt hij het nooit meer af! Dan is zijn carrière kapot! En dat zou zo zonde zijn, meneer! En het is ook voor mezelf. Ik hou van hem, meneer Stern. Ik hou van hem zoals ik maar één keer in mijn leven van iemand zal houden. Ik weet dat het belachelijk klinkt, dat u denkt dat ik nog maar vijftien ben en niks van het leven weet. Misschien weet ik ook wel niks van het leven, meneer Stern, maar mijn hart ken ik door en door, en zonder Harry ben ik niets.'

Ze vouwde haar handen alsof ze hem smeekte, en Stern vroeg: 'Maar wat verwacht je van mij?'

'Ik heb geen geld. Anders zou ik de huur van het huis betalen zodat Harry kon blijven. Maar u kunt me wel in dienst nemen! Ik zal voor u werken, en ik zal zolang als nodig is voor u blijven werken, totdat mijn loon overeenkomt met de huurprijs van het huis voor een paar maanden.'

'Maar ik heb al genoeg huispersoneel.'

'Ik doe alles wat u wilt. Alles! Laat me de huur anders in kleine beetjes betalen: ik heb al honderdtwintig dollar!' Ze haalde de bankbiljetten uit haar zak. 'Al mijn spaargeld! Op zaterdag werk ik bij Clark's, en ik zal blijven werken totdat ik u heb terugbetaald!'

'Hoeveel verdien je?'

Trots antwoordde ze: 'Drie dollar per uur! Plus fooien!'

Stern glimlachte, ontroerd door Nola's verzoek. Vol tederheid nam hij haar op: eigenlijk had hij de huuropbrengst van Goose Cove niet nodig, en dus kon hij Quebert prima nog een paar maanden laten blijven. Maar toen vroeg Luther hem onder vier ogen te spreken. Ze gingen samen naar de kamer ernaast.

'Eli,' zei Caleb, 'ik wil haar fchilderen. Alfjeblieft... Alfjeblieft.'

'Nee, Luther. Dat niet... nog niet...'

'Ik fmeek je... Laat me haar fchilderen... Het if al fo lang geleden...'

'Maar waarom dan? Waarom zij?'

'Fe doet me aan Eleanore denken.'

'Eleanore weer? Genoeg nu! Ophouden!'

Aanvankelijk weigerde Stern. Maar Caleb bleef maar aandringen en uiteindelijk ging Stern overstag. Hij keerde terug naar Nola, die de kruimeltjes van het schaaltje met koekjes at.

'Nola,' zei hij, 'ik heb erover nagedacht. Ik ben bereid om Harry Quebert toe te staan om zo lang als hij wil in het huis te blijven wonen.'

Ze vloog hem spontaan om de hals.

'Dank u wel! O, dank u wel, meneer Stern!'

'Wacht even, er is wel een voorwaarde…'

'Natuurlijk! Wat u maar wilt! U bent zo goed, meneer Stern.'

'Je moet model staan. Voor een schilderij. Luther gaat het schilderen. Je doet je kleren uit en dan gaat hij je schilderen.'

'Naakt? Moet ik helemaal naakt?' stamelde ze.

'Ja. Maar alleen als model. Niemand zal je aanraken.'

'Maar meneer, dat is zo gênant… Ik bedoel…' (Ze begon te snikken.) 'Ik dacht dat ik wat klusjes voor u zou doen: in de tuin werken of uw boeken op volgorde zetten. Ik dacht niet dat ik… Zo bedoelde ik het niet.'

Ze veegde haar wangen af. Stern keek naar dat lieve meisje dat hij ertoe dwong naakt te poseren. Hij had haar het liefst in zijn armen genomen om haar te troosten, maar hij mocht zijn emoties niet met hem op de loop laten gaan.

'Dat is de prijs,' zei hij droog. 'Quebert mag in het huis blijven wonen als jij naakt poseert.'

Ze knikte.

'Goed, meneer Stern. Wat u maar wilt. Vanaf nu sta ik tot uw beschikking.'

*

Drieëndertig jaar later nam Stern, verscheurd door berouw en bij wijze van boetedoening, Gahalowood mee naar het terras waar hij indertijd op verzoek van zijn chauffeur van Nola had geëist dat ze haar kleren zou uittrekken, als ze tenminste wilde dat de liefde van haar leven in de stad kon blijven wonen.

'Zo is Nola in mijn leven gekomen,' zei hij. 'De ochtend nadat ze hier kwam, probeerde ik contact met Quebert op te nemen om hem te vertellen dat hij in Goose Cove kon blijven, maar ik kreeg hem niet te pakken. Een week lang was hij onvindbaar. Ik heb Luther er zelfs op uit gestuurd om hem op te wachten bij het huis. Uiteindelijk wist hij contact met hem te leggen toen hij op het punt stond om Aurora te verlaten.'

Toen vroeg Gahalowood: 'Maar vond u het geen vreemde vraag van Nola? En vond u het niet vreemd dat zo'n meisje van vijftien een relatie had met een man van boven de dertig en u namens hem om een gunst kwam vragen?'

'Weet u, sergeant, ze sprak zo mooi over liefde... Zulke mooie woorden zou ik zelf nooit kunnen vinden. En bovendien: vergeet niet dat ik op mannen val. Weet u hoe er in die tijd tegen homoseksualiteit werd aangekeken? Nu nog steeds, trouwens. U ziet, ik hou het nog steeds geheim. In die mate dat ik niet eens iets durf te zeggen als Goldman roept dat ik een oude sadist ben en suggereert dat ik Nola heb misbruikt. Ik gooi mijn advocaten in de strijd, ik span processen aan en ik probeer het boek te laten verbieden. Terwijl het al voldoende zou zijn als ik Amerika liet weten dat ik van de andere kant ben. Maar onze landgenoten zijn nog altijd heel puriteins en ik heb een reputatie te bewaren.'

Gahalowood bracht het gesprek weer op het hoofdonderwerp.

'Hoe verliep het in de praktijk, met Nola?'

'Luther ging haar halen in Aurora. Ik zei dat ik er niets van wilde weten. Ik eiste dat hij zijn eigen auto zou gebruiken, een blauwe Mustang, en niet mijn zwarte Lincoln. Zodra ik hem naar Aurora zag vertrekken, liet ik al mijn huispersoneel naar huis gaan. Ik wilde niet dat er nog iemand in huis was. Ik schaamde me kapot. Zozeer dat ik niet wilde dat Luther op de veranda werkte die hij vaak als atelier gebruikte: ik was te bang dat ze door iemand gezien zouden worden. Daarom zette hij Nola neer in een kleine salon die aan mijn studeerkamer grenst. Ik groette haar als ze aankwam en opnieuw als ze vertrok. Dat was de voorwaarde die ik aan Luther stelde: ik wilde er zeker van zijn dat alles goed ging, of beter gezegd niet al te slecht. Ik herinner me dat ze de eerste keer op een sofa met een wit laken eroverheen lag. Ze was naakt en ze beefde, ze was slecht op haar gemak en doodsbang. Ik gaf haar een hand en ze leek wel versteend. Ik bleef nooit in de kamer, maar wel in de buurt, om er zeker van te zijn dat hij haar niets aandeed. Later heb ik zelfs een intercom in de kamer verstopt. Die zette ik aan, zodat ik kon horen wat er gebeurde.'

'En?'

'Niets. Luther sprak geen woord. Hij was sowieso al zwijgzaam van aard vanwege zijn verbrijzelde kaken. Hij schilderde haar. Verder niets.'

'Dus hij heeft haar nooit aangeraakt?'

'Nooit! Echt niet, dat had ik nooit toegestaan.'

'Hoe vaak is ze gekomen?'

'Weet ik niet precies. Een keer of tien, denk ik.'

'En hoeveel schilderijen heeft hij van haar gemaakt?'

'Eentje maar.'
'Dat wat wij in beslag hebben genomen?'
'Ja.'
Het was dus uitsluitend aan Nola te danken dat Harry in Aurora kon blijven. Maar waarom wilde Luther Caleb haar zo graag schilderen? En waarom was Stern, die naar eigen zeggen bereid was geweest om Harry voor niets in het huis te laten blijven, uiteindelijk toch op Calebs verzoek ingegaan en had hij Nola gedwongen om naakt te poseren? Allemaal vragen waar Gahalowood geen antwoord op had.

'Ik heb het wel gevraagd,' zei hij. 'Ik heb gezegd: "Meneer Stern, er is nog een kleinigheidje wat ik niet begrijp: waarom wilde Luther Nola schilderen? U zei net dat het hem zou helpen: bedoelt u dat het hem seksueel bevredigde? U noemde ook een zekere Eleanore, was dat zijn vriendinnetje?" Maar Stern zei niets meer. Hij zei dat het een ingewikkelde geschiedenis was en dat ik alles wist wat ik moest weten, dat de rest een afgesloten hoofdstuk was. En toen maakte hij een einde aan het gesprek. Ik was er niet in mijn officiële hoedanigheid, en ik kon hem niet tot antwoorden verplichten.'

'Volgens Jenny wilde Luther haar ook schilderen,' bracht ik Gahalowood in herinnering.

'En dus? Is hij een maniak met een kwast?'

'Ik zou het niet weten, sergeant. Denkt u dat Stern op Calebs verzoek is ingegaan omdat hij zich tot hem aangetrokken voelde?'

'Dat kwam ook bij mij op en ik heb het aan Stern gevraagd. Hij antwoordde heel rustig dat dat volstrekt niet het geval is. "Ik ben al sinds de vroege jaren zeventig de zeer trouwe partner van meneer Sylford," zei hij. "Voor Luther Caleb heb ik nooit iets anders gevoeld dan medelijden, de reden waarom ik hem in dienst heb genomen. Hij was een arme jongen uit Portland, ernstig misvormd en gehandicapt na een ongenadig pak slaag. Een leven dat zonder enige reden verwoest was. Hij wist het een en ander van mechanica en ik had net iemand nodig om mijn wagenpark te onderhouden en me rond te rijden. Al snel knoopten we vriendschapsbanden aan. Hij was een goede kerel, weet u. Ik mag wel zeggen dat we vrienden waren." Zie je, schrijver, wat me dwarszit zijn nou juist die banden die hij vriendschappelijk noemt. Maar ik heb de indruk dat er meer speelt. Niets seksueels: ik ben ervan overtuigd dat Stern de waarheid spreekt als hij zegt dat hij zich niet tot Caleb aangetrokken voelde. Nee, volgens mij is die band... ongezonder. Dat is wat ik heb overgehouden aan de manier waarop Stern beschreef hoe hij akkoord ging met Calebs verzoek om Nola naakt te laten poseren. Hij zegt dat hij ervan moest kokhalzen, maar dat hij het toch heeft gedaan, alsof Caleb een bepaalde macht over hem had. Trouwens, Sylford ontging het ook niet. Tot dan toe had hij geen woord gezegd, hij luisterde alleen, maar toen Stern vertelde hoe doodsbang het spiernaakte meisje was toen hij haar ging begroeten voordat ze poseerde, zei hij: "Hè? Wat is dat voor verhaal, Eli? Waarom heb je me daar nooit iets over verteld?"

'En Luthers verdwijning?' vroeg ik. 'Hebt u het daar met Stern over gehad?'

'Rustig aan, schrijver, ik heb het beste voor het laatst bewaard. Ongewild zette Sylford hem onder druk. Hij was zo van de kaart dat hij zijn advocatenreflexen verloor. Hij begon te brullen: "Maar Eli, zeg nou gewoon eens waarom je daar nooit iets over hebt gezegd? Waarom heb je al die tijd je mond gehouden?" Die Eli zat 'm te knijpen, dat begrijp je, en hij antwoordde: "Ik heb mijn mond gehouden, dat klopt. Ik heb nooit iets gezegd, maar ik ben ook niks vergeten! Ik heb dat schilderij drieëndertig jaar lang bewaard! Iedere dag ging ik in het atelier op de bank zitten om ernaar te kijken. Ik moest haar blik, haar aanwezigheid laten voortbestaan. En dan keek ze me aan met die spookachtige ogen! Dat was mijn boetedoening!"'

Natuurlijk vroeg Gahalowood toen aan Stern wat hij bedoelde met boetedoening.

'Omdat ik haar een beetje vermoord heb!' riep Stern uit. 'Ik geloof dat ik verschrikkelijke spoken in Luthers hoofd heb laten ontwaken door haar naakt te laten poseren... Ik... Ik had haar gezegd dat ze naakt voor Luther moest poseren en daarmee heb ik een connectie tussen die twee tot stand gebracht. Ik geloof dat ik misschien indirect verantwoordelijk ben voor de dood van dat lieve meisje.'

'Wat is er gebeurd, meneer Stern?'

Eerst bleef Stern zwijgen; hij draaide in kringetjes rond en het was duidelijk dat hij niet wist of hij open kaart moest spelen. Uiteindelijk besloot hij van wel.

'Algauw besefte ik dat Luther smoorverliefd op Nola was en dat hij wilde begrijpen waarom Nola op haar beurt smoorverliefd was op Harry. Hij werd er ziek van. Quebert werd een obsessie voor hem; het ging zelfs zo ver dat hij zich in de bosjes bij het huis in Goose Cove verstopte om hem te bespioneren. Ik merkte dat hij steeds vaker naar Aurora ging en ik wist dat hij er soms hele dagen doorbracht. Ik had het gevoel dat ik de grip op de situatie verloor, en daarom ben ik hem op een dag gevolgd. Ik zag zijn auto in het bos vlak bij Goose Cove. Ik liet de mijne iets verder weg staan, uit het zicht, en ging een kijkje nemen in het bos: ik zag hem, maar hij mij niet. Hij hield zich schuil achter wat kreupelhout en bespiedde het huis. Ik heb me niet laten zien, maar ik besloot dat ik hem wel duidelijk wilde maken dat hij door het oog van de naald was gekropen: ik wilde hem aan het gevaar laten ruiken. Ik besloot dat ik naar Goose Cove zou gaan, alsof ik onverwacht bij Harry op bezoek ging. Daarom ging ik terug naar Route 1 en liep ik over het grindpad naar Goose Cove, alsof het puur toeval was. Ik liep direct door naar het terras, heel luidruchtig. Ik brulde: "Hallo? Hallo, Harry!" zodat Luther me onmogelijk kon missen. Harry zal wel gedacht hebben dat ik gek was, en ik herinner me trouwens dat hij zelf ook brulde als een idioot. Ik maakte hem wijs dat ik mijn auto in Aurora had laten staan en ik stelde voor om naar de stad te gaan en samen te lunchen. Gelukkig ging hij akkoord, en we vertrokken. Ik had bedacht dat ik Luther zo de tijd zou geven om zich uit de voeten te maken, zodat hij er met de schrik van af kon komen. We gingen lunchen bij Clark's. Daar vertelde Harry Quebert dat Luther hem twee dagen daarvoor in de vroege ochtend van Aurora naar Goose Cove had gebracht, toen hij tijdens het joggen kramp had gekregen. Harry vroeg wat Luther op dat uur in Aurora uitspookte. Ik bracht het gesprek op een ander onderwerp, maar ik was wel bezorgd: dit kon niet langer doorgaan. Die avond droeg ik Luther op om niet meer naar Aurora te gaan, omdat hij last zou krijgen als hij het wel deed. Maar hij deed het toch. En dus zei ik een week of twee later tegen hem dat ik niet wilde dat hij Nola nog zou schilderen. We kregen verschrikkelijk ruzie. Dat was op vrijdag 29 augustus 1975. Hij zei dat hij niet langer voor me kon werken en ging er met slaande deuren vandoor. Ik dacht dat het een opwelling was, dat hij wel terug zou komen. De volgende ochtend, op 30 augustus 1975 dus, ging ik heel vroeg van huis vanwege een paar privézaken, maar toen ik aan het einde van de middag thuiskwam merkte ik dat Luther nog steeds niet terug was, en toen kreeg ik een vreemd voorgevoel. Ik ging naar hem op zoek. Tegen acht uur 's avonds reed ik naar Aurora. Onderweg werd ik ingehaald door een colonne politievoertuigen. Toen ik in de stad aankwam, ontdekte ik dat er een verschrikkelijke drukte heerste: men zei dat Nola was verdwenen. Ik liet me het huis van de Kellergans wijzen, maar ik had ook gewoon de stroom nieuwsgierigen en hulpvoertuigen kunnen volgen die ernaartoe bewoog. Ik bleef een tijdje ongelovig tussen de andere nieuwsgierigen voor het huis staan kijken naar de plek waar dat lieve meisje woonde, naar het kleine, rustige huisje van witte planken met een dikke kersenboom waar een schommel aan hing. Toen het donker werd ging ik terug naar Concord, ik keek of Luther op zijn kamer was, maar nee. Nola's schilderij staarde me aan. Het was af, het schilderij was af. Ik nam het mee en hing het op in het atelier. Daar is het altijd gebleven. De hele nacht bleef ik tevergeefs op Luther wachten. De volgende ochtend werd ik gebeld door zijn vader: die was ook naar hem op zoek. Ik zei dat zijn zoon twee dagen geleden was vertrokken, maar ik gaf geen bijzonderheden. Aan niemand, trouwens. Ik hield mijn mond. Want als ik Luther als de ontvoerder van Nola Kellergan zou aanwijzen, zou ik zelf ook een beetje schuldig worden. Drie weken lang was ik naar Luther op zoek; iedere dag probeerde ik hem te vinden. Tot ik van zijn vader hoorde dat hij bij een auto-ongeluk was omgekomen.'

'Bedoelt u dat u denkt dat Luther Caleb Nola heeft vermoord?' had Gahalowood toen gevraagd.

Stern knikte.

'Ja, sergeant. Dat denk ik al drieëndertig jaar.'

Toen Gahalowood vertelde wat Stern had gezegd, was ik eerst sprakeloos. Toen haalde ik twee biertjes uit de minibar en sloot ik mijn opnameapparaatje aan.

'U moet het allemaal nog eens vertellen, sergeant,' zei ik. 'Ik moet het opnemen voor mijn boek.'

Hij ging zonder tegenstribbelen akkoord.

'Zoals je wilt, schrijver.'

Ik zette het apparaat aan. Op dat moment ging Gahalowoods telefoon. Hij nam op, en op de opname is te horen wat hij zei: 'Weet je dat zeker,' zei hij. 'Heb je alles gecheckt? Wat? Wat? Mijn god, dat is gewoon krankzinnig!' Hij vroeg om pen en papier, hij schreef op wat hij hoorde en hij hing weer op. Toen keek hij me aan met een merkwaardige blik en zei: 'Dat was een stagiair van de recherche... Ik had hem gevraagd om het proces-verbaal van Luther Calebs ongeluk voor me op te duikelen.'

'En?'

'Volgens het toenmalige rapport is Luther Caleb gevonden in een zwarte Chevrolet Monte Carlo, met een kenteken dat op naam stond van Sterns bedrijf.'

*

Vrijdag 26 september 1975

Het was een nevelige dag. De zon was al een paar uur op, maar het licht was slecht. Ondoorzichtige nevelslierten klampten zich vast aan het landschap, zoals wel vaker in de vochtige herfst van New England. Om acht uur 's ochtends voer George Tent, een kreeftvisser, vanuit de haven van Sagamore, Massachusetts, uit met zijn boot, in gezelschap van zijn zoon. Hoewel zijn vangstgebied grotendeels langs de kust lag, was hij een van de weinige vissers die ook vallen zetten in een paar verlaten zeearmen die andere vissers links lieten liggen, omdat ze dikwijls als moeilijk toegankelijk werden beschouwd en ze te afhankelijk van de grillen van het getij waren om rendabel te zijn. Die dag ging George Tent naar zo'n arm toe om twee vallen te lichten. Terwijl hij zijn boot in de richting van Sunset Cove manoeuvreerde – een uitloper van de oceaan, omringd door abrupte kliffen – werd zijn zoon plotseling verrast door een lichtflits. Een zonnestraal was door de wolken gebroken en weerkaatste ergens op. Het duurde maar een fractie van een seconde, maar het was opvallend genoeg om de interesse van de jongeman te wekken, zodat hij een verrekijker greep en de kliffen afspeurde.

'Wat is er aan de hand?' vroeg zijn vader.

'Ik zag iets op de wal. Ik weet niet wat, maar er glinsterde iets. Heel fel.'

Tent peilde de diepte van het water ten opzichte van de rotsen en besloot dat het hier diep genoeg was om dichter bij de kliffen te varen. En dus voer hij heel langzaam langs de rotswand.

'Enig idee wat het was?' vroeg George Tent bevreemd.

'Een weerkaatsing, dat is duidelijk. Maar door iets ongewoons, metaal of glas of zo.'

Ze voeren verder, en aan de andere kant van een barrière van rotsen zagen ze plotseling wat hun aandacht had getrokken. 'Wel potverdrie...' vloekte de oude Tent met wijd opengesperde ogen. Hij haastte zich naar zijn boordradio en lichtte de kustwacht in.

Diezelfde dag om acht uur zevenenveertig werd de politie van Sagamore door de kustwacht op de hoogte gebracht van een dodelijk ongeluk: van de weg langs de kliffen van Sunset Cove was een auto naar beneden gestort die op de lagere rotsen te pletter was geslagen. Agent Darren Wanslow ging poolshoogte nemen. Hij kende deze plek goed: een smal weggetje langs een duizelingwekkende rotswand, vanwaar je een spectaculair uitzicht had. Op het hoogste punt was zelfs een parkeerplaats aangelegd om toeristen in staat te stellen van het panorama te genieten. Het was een schitterende plek, maar agent Wanslow had het altijd gevaarlijk gevonden dat er geen vangrail was om de auto's te beschermen. Hoewel hij er een paar keer bij de gemeente op had aangedrongen, was dat tevergeefs geweest, ondanks de enorme drukte op zomerse avonden. Er was alleen een waarschuwingsbord geplaatst.

Toen Wanslow de parkeerplaats bereikte, zag hij een pick-up van de boswachterij die ongetwijfeld de plaats markeerde waar het ongeluk had plaatsgehad. Hij zette de sirene van zijn auto uit en parkeerde snel. Twee boswachters keken naar het tafereel dat zich onder hen afspeelde: bij de kliffen was een motorboot van de kustwacht druk met een grijparm in de weer.

'Ze zeggen dat er een auto ligt,' verklaarde een van de boswachters aan Wanslow, 'maar ik zie niks.'

De politieman liep naar de rand van de rotswand: een steile helling overdekt met doornstruiken, hoog gras en stenen richels. Het was inderdaad onmogelijk om iets te zien.

'Dus die auto ligt hier recht onder?' vroeg hij.

'Dat zeiden ze op de noodfrequentie. Aan de positie van het schip van de kustwacht te zien, denk ik dat de auto op de parkeerplaats stond en om de een of andere reden naar beneden is gestort. Ik bid dat het niet van die jongelui zijn die hier midden in de nacht komen vrijen en dan vergeten de handrem aan te trekken.'

'Mijn god,' mompelde Wanslow. 'Ik hoop ook dat het geen jongelui zijn, daarbeneden.'

Hij onderzocht het gedeelte van de parkeerplaats dat het dichtst bij de klif lag. Er was een brede strook gras tussen de rand van het asfalt en de afgrond. Hij zocht of er aanwijzingen waren dat er een auto overheen was gereden: gras en doornstruiken die door de auto waren losgetrokken op het moment dat hij over de rand was gegaan.

'Denkt u dat de auto rechtdoor is gereden?' vroeg hij aan de boswachter.

'Ja, dat denk ik wel. Er wordt al zo lang geroepen dat er een hek moet komen. Ik weet zeker dat het jongelui waren. Dat kan niet anders. Ze hadden een slok op en zijn rechtdoor gereden. Want als je geen stuk in je kraag hebt, moet je wel een heel goede reden hebben om niet te stoppen na de parkeerplaats.'

Het motorbootje keerde om en maakte zich los van de rotswand. Zo zagen de drie mannen dat er een auto aan de grijparm hing. Wanslow keerde terug naar zijn auto en nam via zijn boordradio contact op met de kustwacht.

'Wat is het voor auto?' vroeg hij.

'Een Chevrolet Monte Carlo,' was het antwoord. 'Zwart.'

'Een zwarte Monte Carlo? Kunt u bevestigen dat het om een zwarte Monte Carlo gaat?'

'Correct. Geregistreerd in New Hampshire. Met een lijk erin dat er niet al te fris uitziet.'

*

We zaten al twee uur in Gahalowoods kortademige dienst-Chrysler. Het was maandag 21 juli 2008.

'Wilt u dat ik het stuur overneem, sergeant?'

'Absoluut niet.'

'U rijdt zo langzaam.'

'Ik rij voorzichtig.'

'Dit is een schroothoop, sergeant.'

'Dit is een voertuig van de Staatspolitie. Een beetje respect graag.'

'Dan is het een Staatsschroothoop. Zullen we een muziekje opzetten?'

'Als je dat maar uit je hoofd laat, schrijver. Dit is een onderzoek, geen uitstapje met de meiden.'

'Dan zet ik in mijn boek dat u als een oud mannetje rijdt, echt waar.'

'Zet de radio maar aan, schrijver. Flink hard. Ik wil je niet meer horen tot we er zijn.'

Ik lachte.

'Kunt u mij wat meer vertellen over die man?' vroeg ik. 'Die Darren...'

'... Wanslow. Hij zat bij de politie van Sagamore. Hij kreeg de melding dat die vissers het wrak van Luthers auto hadden gevonden.'

'Een zwarte Chevrolet Monte Carlo.'

'Precies.'

'Wat idioot! Waarom heeft niemand het verband gelegd?'

'Ik heb geen idee, schrijver. Dat is nou juist wat we moeten achterhalen.'

'Wat is er met die Wanslow gebeurd?'

'Die is al een paar jaar met pensioen. Tegenwoordig runt hij een garage, samen met zijn neef. Ben je aan het opnemen?'

'Ja. Wat zei Wanslow gisteren door de telefoon?'
'Niet veel. Hij leek verrast dat ik belde. Hij zei dat we hem overdag in zijn garage konden vinden.'
'Waarom hebt u hem niet per telefoon ondervraagd?'
'Niets werkt zo goed als een persoonlijk gesprek, schrijver. Telefoons zijn veel te onpersoonlijk. Die zijn er voor slappelingen zoals jij.'
De garage lag aan de rand van Sagamore. We vonden Wanslow met zijn hoofd onder de motorkap van een oude Buick. Hij joeg zijn neef het kantoor uit, liet ons binnenkomen, verplaatste stapels ordners van de boekhouding die op de stoelen lagen zodat we konden gaan zitten, waste uitgebreid zijn handen bij een fonteintje dat daar speciaal voor was en bood ons koffie aan.
'Zo,' zei hij terwijl hij inschonk. 'Wat is er gebeurd dat de Staatspolitie van New Hampshire me hier komt opzoeken?'
'Zoals ik gisteren al zei, doen we onderzoek naar de moord op Nola Kellergan,' antwoordde Gahalowood. 'En meer in het bijzonder naar een auto-ongeluk dat op 26 september 1975 in uw district heeft plaatsgevonden.'
'Die zwarte Monte Carlo, toch?'
'Precies. Hoe weet u dat die ons interesseert?'
'U doet onderzoek naar de zaak-Kellergan. En indertijd dacht ik zelf ook dat er een verband moest zijn.'
'Echt waar?'
'Ja. Dat is precies de reden dat ik het nog weet. Ik bedoel, op de lange termijn zijn er zaken die je vergeet en dingen die je tot in de kleinste details onthoudt. En dit ongeluk is blijven hangen.'
'Waarom?'
'Tja, als je agent bent in een klein stadje, zijn auto-ongelukken een van de belangrijkste dingen waar je mee te maken krijgt. Ik bedoel: de enige doden die ik in mijn carrière heb gezien, waren slachtoffers van auto-ongelukken. Maar in dit geval was het anders: in de weken ervoor hadden we allemaal te horen gekregen over die ontvoering in New Hampshire. Er werd actief gezocht naar een zwarte Chevrolet Monte Carlo en ze hadden ons gevraagd om onze ogen goed open te houden. Ik herinner me dat ik in die weken op iedere patrouille uitkeek naar zo'n Chevrolet in welke kleur dan ook, en dat ik ze allemaal controleerde. Ik bedacht dat je een zwarte auto gemakkelijk kunt overspuiten. Kortom: ik voelde me bij die zaak betrokken, zoals alle agenten in de omtrek, trouwens: we wil-

den dat meisje absoluut vinden. En toen kreeg ik uiteindelijk op een ochtend dat ik dienst had een melding van de kustwacht dat ze een auto aan het bergen waren onder aan de kliffen van Sunset Cove. En raad eens wat voor auto?'

'Een zwarte Monte Carlo.'

'Bingo. Met een nummerbord uit New Hampshire. En een lijk erin. Ik weet nog precies dat ik de auto inspecteerde: hij was helemaal samengedeukt door de val en er zat iemand in die een soort pap was geworden. Hij had papieren bij zich: Luther Caleb. Ik weet het nog precies. De auto stond op naam van een groot bedrijf uit Concord: Stern Limited. We zijn met een stofkam door de cabine gegaan: er was niet veel te vinden. Bovendien had het water nogal wat schade aangericht. Maar toch vonden we de resten van drankflessen die in duizend scherven waren gebroken. In de kofferbak lag alleen een tas met wat kleren.'

'Een weekendtas?'

'Ja precies. Een vrij kleine.'

'En wat hebt u toen gedaan?' vroeg Gahalowood.

'Mijn werk: in de uren daarna heb ik onderzoek gedaan. Ik vroeg me af wie die kerel was, wat hij daar deed en hoe lang hij daar al lag. Ik deed wat navraag naar die Caleb en raad eens wat ik ontdekte?'

'Dat er aangifte wegens ongewenste intimiteiten tegen hem was gedaan bij de politie van Aurora,' verklaarde Gahalowood, haast luchtig.

'Precies! Verdorie, hoe weet u dat?'

'Dat weet ik gewoon.'

'Ik dacht dat het echt geen toeval kon zijn. Eerst probeerde ik te achterhalen of iemand hem als vermist had opgegeven. Ik bedoel: uit ervaring weet ik dat er bij auto-ongelukken altijd familieleden zijn die zich zorgen maken, en dat is trouwens ook vaak de manier waarop we de slachtoffers kunnen identificeren. Maar nu was er niets. Vreemd, nietwaar? Ik belde direct met dat bedrijf, Stern Limited, om iets meer te weten te komen. Ik zei dat ik zojuist een van hun voertuigen had teruggevonden en toen vroegen ze me om aan de lijn te blijven: na een wachtmuziekje werd ik plotseling doorverbonden met Elijah Stern zelf. De erfgenaam van de Sterns. In eigen persoon. Ik legde uit wat er aan de hand was, ik vroeg of er een auto van hem was verdwenen en hij zei van niet. Ik vertelde over de zwarte Chevrolet en hij legde uit dat die auto meestal werd gebruikt door zijn chauffeur, als die geen dienst had. Toen vroeg ik hem wanneer hij zijn chauffeur voor het laatst had gezien, en hij zei dat die op vakantie

was. "Hoe lang is hij precies al op vakantie?" vroeg ik toen, en hij antwoordde: "Een paar weken." "En waar is hij naartoe?" Hij zei dat hij daar geen idee van had. Ik vond het allemaal heel vreemd.'
'En wat deed u toen?' vroeg Gahalowood.
'Ik was van mening dat we een belangrijke verdachte hadden voor de ontvoering van dat meisje Kellergan. En dus belde ik direct met het hoofd van politie van Aurora.'
'U belde Chief Pratt?'
'Chief Pratt. Precies, zo heette hij. Ja, ik vertelde hem wat ik had gevonden. Hij leidde het onderzoek naar de ontvoering.'
'En?'
'Hij kwam nog diezelfde dag. Hij bedankte me en bestudeerde het dossier aandachtig. Hij was erg sympathiek. Hij bekeek de auto en zei dat die jammer genoeg niet overeenkwam met het model dat hij tijdens de achtervolging had gezien, en dat hij zich opeens ook afvroeg of hij wel een Chevrolet Monte Carlo had gezien en geen Nova, die er heel sterk op lijkt, en dat hij dat zou checken bij het bureau van de sheriff. Hij voegde er nog aan toe dat hij al onderzoek had gedaan naar die Caleb, maar dat er zoveel aanwijzingen waren die hem vrijpleitten dat ze het spoor niet verder volgden. Hij zei dat ik hem mijn rapport toch maar moest toesturen, en dat heb ik ook gedaan.'
'Dus u hebt Chief Pratt ingelicht, maar hij heeft het spoor niet gevolgd?'
'Precies. Zoals ik al zei verzekerde hij me ervan dat ik me vergiste. Hij was heel zeker van zijn zaak, en bovendien had hij de leiding over het onderzoek. Hij wist waar hij mee bezig was. Hij concludeerde dat het om een doodgewoon auto-ongeluk ging, en dat heb ik ook in mijn rapport vermeld.'
'En vond u dat niet een beetje vreemd?'
'Destijds niet, nee. Ik dacht dat ik te snel van stapel was gelopen. Maar toch heb ik mijn werk gedaan: ik heb het lijk naar de lijkschouwer laten brengen, vooral om te proberen te begrijpen wat er gebeurd kon zijn en of het ongeluk te maken had met alcoholconsumptie, vanwege die flessen die we hadden gevonden. Jammer genoeg kon er niets worden vastgesteld, omdat er door de hevige val en het zeewater nog maar weinig van het lichaam over was. Die kerel was gewoon verbrijzeld. Het enige wat de lijkschouwer kon zeggen was dat het lichaam er waarschijnlijk al een paar weken lag. En God weet hoeveel tijd het er nog zou hebben ge-

legen als die visser de auto niet had gezien. Toen is het lichaam vrijgegeven aan de familie en daarmee hield het op. Echt, alles wees erop dat het om een doodgewoon auto-ongeluk ging. Natuurlijk ben ik nu nergens meer zeker van, na alles wat ik heb gehoord, vooral over Pratt en dat meisje.'

De gebeurtenis die Darren Wanslow beschreef was inderdaad erg intrigerend. Na het onderhoud gingen Gahalowood en ik naar de jachthaven van Sagamore om een hapje te eten. Er was een piepklein haventje waaraan een general store en een briefkaartenwinkeltje lagen. Het was mooi weer, de kleuren waren fel, de oceaan leek enorm groot. Overal om ons heen zagen we leuke, kleurige huisjes, soms vlak bij het water, met goed onderhouden tuintjes eromheen. We lunchten met steaks en bier in een klein restaurantje met een terras op palen dat boven de oceaan uitstak. Gahalowood zat in gedachten verzonken te kauwen.

'Waar denkt u aan?' vroeg ik.

'Dat alles erop lijkt te wijzen dat Luther de dader is. Hij had die tas bij zich... Hij was van plan om te vluchten, misschien samen met Nola. Maar er kwam een kink in de kabel: Nola ontsnapte, daarom moest hij mevrouw Cooper vermoorden en toen heeft hij Nola te hard geslagen.'

'Denkt u dat hij de dader is?'

'Ja, dat denk ik. Maar we hebben nog niet alles opgehelderd... Ik begrijp niet waarom Stern niks over de zwarte Chevrolet heeft gezegd. Terwijl dat wel belangrijk is. Luther verdween met een auto die op naam van zijn bedrijf stond, en hij maakte zich er helemaal niet druk over? En waarom heeft Pratt verdomme geen onderzoek gedaan?'

'Denkt u dat Chief Pratt betrokken is bij Nola's verdwijning?'

'Laten we zeggen dat mijn interesse voldoende is gewekt om hem te vragen waarom hij het spoor van Caleb niet heeft nagetrokken, ondanks Wanslows rapport. Ik bedoel: hij krijgt op een presenteerblaadje een verdachte in een Chevrolet Monte Carlo aangereikt en hij zegt meteen dat er geen verband bestaat. Heel vreemd, vind je niet? En als hij werkelijk twijfelde aan het model van de auto, als hij inderdaad dacht dat het misschien een Nova was geweest in plaats van een Monte Carlo, dan had hij dat bekend moeten maken. Want in het rapport gaat het steevast over een Monte Carlo...'

Diezelfde middag gingen we terug naar Montburry, naar het kleine motel waar Chief Pratt logeerde. Het was een gelijkvloers gebouw met een tiental kamers op een rij en een parkeerplaats voor elk daarvan. Het zag er verlaten uit: er stonden maar twee auto's waarvan een voor Pratts kamer, die dus waarschijnlijk van hem was. Gahalowood roffelde op de deur. Geen reactie. Hij klopte opnieuw. Tevergeefs. Er kwam een kamermeisje langs; Gahalowood vroeg haar om de deur met haar loper te openen.

'Dat gaat niet,' antwoordde ze.

'Hoezo, dat gaat niet?' vroeg Gahalowood gepikeerd, terwijl hij zijn badge liet zien.

'Ik ben vandaag al een paar keer langs geweest om de kamer schoon te maken,' legde ze uit. 'Ik dacht dat de gast misschien was vertrokken zonder dat ik het had gemerkt, maar de sleutel zit nog in het slot. De deur kan niet open. Dat betekent dat hij nog binnen zit. Behalve als hij is weggegaan en de deur achter zich heeft dichtgeslagen met de sleutel aan de binnenkant nog in het slot, dat gebeurt weleens als gasten haast hebben. Maar ja, z'n auto staat er nog.'

Gahalowood zag er ontstemd uit. Hij bonsde steeds harder op de deur en sommeerde Pratt om open te doen. Hij probeerde door het raam naar binnen te kijken, maar de gordijnen waren dicht, zodat hij niets zag. Toen besloot hij de deur open te breken. Bij de derde trap begaf het slot het.

Chief Pratt lag languit op het tapijt. Badend in zijn bloed.

8
De brievenschrijver

'Wie waagt, wint, Marcus. Hou dat devies altijd in gedachten als je iets moeilijks te doen staat. Wie waagt, wint.'

FRAGMENT UIT *DE ZAAK HARRY QUEBERT*

Op maandag 21 juli 2008 was het de beurt aan het stadje Montburry om dezelfde drukte te beleven die Aurora een paar weken eerder ten deel was gevallen bij de vondst van Nola's lichaam. Uit de hele regio stroomden politieauto's toe, die zich verzamelden bij een motel in de buurt van het industrieterrein. De omstanders fluisterden dat er iemand was vermoord: het voormalige hoofd van politie van Aurora.

Sergeant Gahalowood stond onverstoorbaar bij de deuropening. Diverse medewerkers van het forensisch laboratorium waren druk in de weer bij de plaats delict, maar hij keek alleen toe. Ik vroeg me af wat er op dat moment door zijn hoofd ging. Uiteindelijk draaide hij zich om, en toen zag hij dat ik hem zat te observeren vanaf de motorkap van een politieauto. Hij wierp me een boze blik toe, als een moordlustige bizon, en liep op me af.

'Wat doe je met dat apparaat, schrijver?'
'Ik dicteer wat er gebeurt, voor mijn boek.'
'Weet je wel dat je op de motorkap van een politiewagen zit?'

*

'Wat doe je met dat apparaat, schrijver?'
'Ik dicteer wat er gebeurt, voor mijn boek.'
'Weet je wel dat je op de motorkap van een politiewagen zit?'
'O, pardon, sergeant. Is er al iets bekend?'
'Wil je dat apparaat nu uitzetten?'
Ik gehoorzaamde.
'Volgens de eerste onderzoeksresultaten is de Chief achter op zijn schedel geslagen,' verklaarde Gahalowood. 'Minstens één keer. Met een zwaar voorwerp.'

'Net als Nola?'

'Iets vergelijkbaars, ja. Hij is meer dan twaalf uur geleden overleden. Dat wijst dus op afgelopen nacht. Ik denk dat hij zijn moordenaar kende. Vooral omdat de sleutel in het slot zat. Hij moet voor hem opengedaan hebben: misschien verwachtte hij hem wel. Hij kreeg de klappen op zijn achterhoofd en dat betekent dat hij zich waarschijnlijk heeft omgedraaid. Waarschijnlijk vermoedde hij niets en heeft de bezoeker daarvan geprofiteerd om hem de doodsklap toe te dienen. We hebben geen moordwapen gevonden. De moordenaar zal het wel mee hebben genomen. Misschien een ijzeren staaf of zo. Dat zou betekenen dat het hier waarschijnlijk niet om een uit de hand gelopen ruzie gaat, maar om een aanval met voorbedachten rade. Dan is iemand hier dus naartoe gekomen om Pratt te doden.'

'Getuigen?'

'Die zijn er niet. Het motel is bijna uitgestorven. Niemand heeft iets gezien of gehoord. De receptie sluit 's avonds om zeven uur. Van tien tot zeven is er een nachtwaker, maar die zat voor de televisie. Hij kan ons niet verder helpen. Er lijken ook geen camera's te zijn.'

'Wie denkt u dat het gedaan kan hebben?' vroeg ik. 'Dezelfde persoon die de brand in Goose Cove heeft aangestoken?'

'Misschien. In elk geval waarschijnlijk iemand die door Pratt werd beschermd en die bang was dat hij zou gaan praten. Misschien heeft Pratt altijd geweten wie Nola heeft vermoord. Dan zou hij vermoord zijn om hem het zwijgen op te leggen.'

'U hebt al een hypothese, nietwaar, sergeant?'

'Tja... Wie is de schakel tussen alle elementen die we hebben – Goose Cove, de zwarte Chevrolet – en is niet Harry Quebert...'

'Elijah Stern?'

'Elijah Stern. Ik denk er al een tijdje over na, en toen ik Pratts lijk zag moest ik er opnieuw aan denken. Ik weet niet of Elijah Stern Nola heeft vermoord, maar ik vraag me wel af of hij Caleb al dertig jaar dekt. Als je kijkt naar die mysterieuze vakantie en het feit dat hij niemand over de verdwenen auto heeft ingelicht...'

'Wat denkt u, sergeant?'

'Dat Caleb schuldig is en dat Stern erbij betrokken is. Toen Caleb in zijn zwarte Chevrolet bij Side Creek Lane werd gezien en hij tijdens de achtervolging niet aan Pratt kon ontkomen, heeft hij zich op Goose Cove verstopt, denk ik. Het hele gebied was afgezet, hij wist dat hij onmogelijk kon vluchten, maar daar zou niemand hem komen zoeken. Niemand... behalve Stern. Waarschijnlijk heeft Stern inderdaad op 30 augustus 1975 de hele dag privébezoeken afgelegd, zoals hij me vertelde. Maar toen hij 's avonds thuiskwam en constateerde dat Luther er nog niet was – sterker nog, dat hij met een van zijn auto's was vertrokken, een die minder opviel dan zijn eigen blauwe Mustang – kan hij toch nooit met zijn armen over elkaar zijn blijven zitten? Het is volkomen logisch dat hij naar Luther op zoek is gegaan om te voorkomen dat die een stommiteit zou begaan. Dat heeft hij dus ook gedaan, denk ik. Maar toen hij in Aurora aankwam was het al te laat: overal was politie. De tragedie die hij gevreesd had, had zich al voltrokken. Hij moet Caleb koste wat kost vinden, en waar gaat hij dan als eerste zoeken, schrijver?'

'In Goose Cove.'

'Precies. Het is zijn huis en hij weet dat Luther zich er veilig voelt. Misschien heeft Luther zelfs een sleutel. Kortom: Stern gaat kijken hoe het er op Goose Cove voor staat, en dan vindt hij Luther.'

*

30 augustus 1975 volgens de hypothese van Gahalowood

Stern vond de Chevrolet voor de garage. Luther stond over de kofferbak gebogen.

'Luther!' brulde Stern terwijl hij uitstapte. 'Wat heb je gedaan?'

Luther was volkomen in paniek.

'We... we kregen rufie... Ik wilde haar nikf aandoen.'

Stern kwam dichter bij de auto en zag Nola in de kofferbak liggen met een leren tas om haar schouder; haar lichaam lag in een vreemde hoek, ze bewoog niet meer.

'Maar... Je hebt haar vermoord...'

Stern ging over zijn nek.

'Anderf had fe de politie gebeld...'

'Wat heb je gedaan? Luther, wat heb je gedaan?'

'Help me, Eli. In godfnaam, help me.'

'Je moet vluchten, Luther. Als de politie je te pakken krijgt, krijg je de elektrische stoel.'

'Nee! In godfnaam, dat niet! In godfnaam!' brulde Luther, die volkomen in paniek was.

Toen zag Stern de kolf van een wapen onder zijn riem.

'Luth! Wat... Wat is dat?'

'Die oude vrouw... Die oude vrouw heeft allef gefien.'

'Welke oude vrouw?'

'Daar in dat huif...'

'Mijn god, heeft iemand je gezien?'

'Eli, Nola en ik hadden rufie... Fe verfette fich... Ik moeft haar wel pijn doen. Maar fe wift te ontkomen, fe rende en fe ging dat huif binnen... Ik ging achter haar aan, ik dacht dat het huif leegftond. Maar toen fag ik die oude vrouw... Ik moeft haar wel doden...'

'Wat? Wat? Wat zeg je?'

'Eli, ik fmeek je, help me!'

Ze moesten zich van het lijk ontdoen. Zonder een seconde te verliezen haalde Stern een schop uit de garage en begon gehaast te graven. Hij koos voor de bosrand, waar de aarde rul was en niemand, vooral Quebert niet, zou merken dat de grond was omgespit. Snel groef hij een ondiepe kuil: toen riep hij Caleb dat hij het lichaam moest brengen, maar hij zag hem niet: Caleb zat neergeknield bij de auto, verzonken in een pak papieren.

'Luther! Wat doe je in godsnaam?'

Hij huilde.

'Quebertf boek... Daar had Nola me al over verteld. Hij heeft een boek voor haar gefchreven.... Fo mooi.'

'Breng haar daarheen, ik heb een gat gegraven.'

'Wacht!'

'Wat is er?'

'Ik wil aan haar feggen dat ik van haar hou.'

'Hè?'

'Laat me ietf voor haar fchrijven. Een paar woorden. Geef me je pen. Dan begraven we haar en verdwijn ik voor altijd.'

Met tegenzin haalde Stern een pen uit de zak van zijn jasje en gaf hem aan Caleb, die op de omslag van het manuscript schreef: 'Vaarwel, mijn liefste Nola'. Toen deed hij het boek zorgvuldig terug in de tas die nog steeds om Nola's hals hing en droeg haar naar de kuil. Hij legde haar erin en de twee mannen gooiden hem dicht, om er vervolgens zorgvuldig wat dennennaalden, een paar takken en mos op te leggen, zodat de illusie volmaakt was.

*

'En toen?' vroeg ik.
'Toen wilde Stern iets bedenken om Luther te beschermen,' zei Gahalowood. 'En dat was Pratt.'
'Pratt?'
'Ja. Ik denk dat Stern wist wat Pratt met Nola had gedaan. We weten dat Caleb door Goose Cove zwierf en dat hij Harry en Nola bespioneerde: misschien had hij gezien dat Pratt met Nola in de berm was gestopt en haar had gedwongen hem te pijpen... En misschien heeft hij het aan Stern verteld. Op de bewuste avond laat Stern Luther achter in Goose Cove en brengt hij op het politiebureau een bezoek aan Pratt: hij wacht tot het laat is, misschien tot na elven, als de zoekactie is opgeschort. Hij zorgt dat hij alleen is met Pratt en dan chanteert hij hem: hij vraagt hem om vrije doortocht voor Luther langs de wegversperringen in ruil voor zijn stilzwijgen over Nola. En Pratt gaat akkoord: hoe waarschijnlijk is het anders dat Caleb ongestoord naar Massachusetts kon rijden? Maar Caleb voelt zich toch als een kat in het nauw. Hij kan nergens heen, hij is verloren. Hij koopt drank en zet het op een zuipen. Hij wil er een einde aan maken. Hij waagt de grote sprong van de kliffen van Sunset Cove. Als de auto een paar weken later wordt gevonden, reist Pratt af naar Sagamore om alles in de doofpot te stoppen. Hij zorgt ervoor dat Caleb nog steeds niet verdacht wordt.'
'Maar waarom zou hij ervoor blijven zorgen dat Caleb niet verdacht werd? Die was toch al dood?'
'Stern was er ook nog. En Stern wist ervan. Door Caleb buiten schot te houden, beschermde Pratt zichzelf.'
'Dus Stern en Pratt hebben al die tijd geweten hoe het zat?'
'Ja. Ze hebben die geschiedenis onder in hun geheugen begraven. Ze hebben elkaar nooit teruggezien. Stern heeft zich ontdaan van het huis in Goose Cove door het aan Harry te verpatsen en hij heeft nooit meer een voet in Aurora gezet. En dertig jaar lang dacht iedereen dat deze zaak onopgelost zou blijven.'
'Totdat Nola's lichaam werd gevonden.'
'En een koppige schrijver de zaak tot op de bodem ging uitzoeken. Een schrijver die ze op alle mogelijke manieren zover hebben proberen te krijgen om de zoektocht naar de waarheid op te geven.'
'Dus Pratt en Stern wilden de zaak in de doofpot stoppen,' zei ik. 'Maar wie heeft Pratt dan vermoord? Stern, omdat hij begreep dat Pratt op het punt stond om door te slaan en de waarheid te vertellen?'

'Daar moeten we nog achter zien te komen. Maar geen woord hierover, schrijver,' beval Gahalowood. 'Schrijf hier voorlopig nog geen letter over. Ik wil niet nog een lek. Ik ga me in Sterns leven verdiepen. Het is een moeilijk te verifiëren hypothese. Maar in elk geval hebben alle scenario's een gemeenschappelijk element: Luther Caleb. En als hij inderdaad de moordenaar van Nola Kellergan is, dan zullen we daarachter komen ook...'

'Door de handschriftanalyse...' zei ik.

'Precies.'

'Nog een laatste vraag, sergeant: waarom wilde Stern Caleb ten koste van alles beschermen?'

'Dat zou ik ook graag willen weten, schrijver.'

Het onderzoek naar Pratts dood beloofde complex te worden: de politie had geen enkel tastbaar bewijs en er was geen enkel spoor. Een week na de moord vond de begrafenis plaats van Nola's stoffelijke resten, die eindelijk aan haar vader waren vrijgegeven. Dat was op woensdag 30 juli 2008. De plechtigheid – waar ik niet bij was – vond aan het begin van de middag plaats op het kerkhof van Aurora, in een onverwachte motregen en ten overstaan van een klein publiek. David Kellergan reed op zijn motorfiets tot vlak bij het graf en niemand durfde er wat van te zeggen. Hij had zijn oordopjes in en later hoorde ik dat zijn enige woorden waren: 'Waarom hebben ze haar uit de grond gehaald als ze haar toch meteen weer terug stoppen?' Hij had niet gehuild.

Dat ik niet bij de begrafenis aanwezig was, kwam doordat ik op het moment dat die begon iets ging doen wat me belangrijk leek: ik ging naar Harry om hem gezelschap te houden. Hij zat in de lauwe regen op de parkeerplaats, met ontbloot bovenlijf.

'Harry, kom even schuilen,' zei ik.

'Ze gaan haar begraven, hè?'

'Ja.'

'Ze gaan haar begraven en ik ben er niet eens bij.'

'Het is beter zo... Het is beter dat je er niet bij bent... Vanwege alles wat er gebeurd is.'

'Loop naar de hel met je "wat zullen de mensen zeggen"! Nola wordt begraven en ik ben er niet eens om afscheid van haar te nemen. Om haar nog een laatste keer te zien. Om bij haar te zijn. Al drieëndertig jaar lang wacht ik tot ik haar terug zal zien, al is het maar één keer. Weet je waar ik nu zou willen zijn?'

'Bij de begrafenis?'
'Nee. In het schrijversparadijs.'
Hij ging op het beton liggen en bewoog niet meer. Ik kwam naast hem liggen. De regen viel op ons neer.
'Marcus, ik wou dat ik dood was.'
'Dat weet ik.'
'Hoe weet je dat?'
'Vrienden voelen zoiets aan.'
Er viel een lange stilte. Uiteindelijk zei ik: 'Een tijdje geleden zei je dat we geen vrienden meer konden zijn.'
'Dat is ook zo, Marcus. We zijn langzaam maar zeker afscheid aan het nemen. Ongeveer alsof je weet dat ik ga sterven en we nog een paar weken hebben. Vriendschapskanker.'
Hij deed zijn ogen dicht en spreidde zijn armen alsof hij op een kruis lag. Ik deed hetzelfde. En zo bleven we lang op het beton liggen.

Later die dag verliet ik het hotel en ging ik naar Clark's om te kijken of ik iemand kon spreken die bij Nola's begrafenis was geweest. Het was er uitgestorven: er was alleen een medewerker die futloos de bar oppoetste en nog net de kracht wist te verzamelen om de tap in werking te stellen en me een biertje in te schenken. Toen pas merkte ik Robert Quinn op, die zich achter in de eetzaal schuilhield; hij knabbelde op wat pinda's en vulde de kruiswoordpuzzels in van oude kranten die her en der op de tafeltjes lagen. Hij hield zich schuil voor zijn vrouw. Ik ging naar hem toe. Ik bood hem een biertje aan, hij accepteerde, maakte wat ruimte op het bankje en nodigde me uit om te gaan zitten. Een ontroerend gebaar: ik had gemakkelijk tegenover hem kunnen gaan zitten op een van de vijftig lege stoelen in de eetzaal. Maar hij schoof op zodat ik bij hem op het bankje kon komen zitten.
'Bent u bij Nola's begrafenis geweest?' vroeg ik.
'Ja.'
'Hoe was het?'
'Onfris. Zoals dit hele zaakje. Er waren meer journalisten dan bekenden.'
We bleven een ogenblik zitten zwijgen; toen vroeg hij, om het gesprek op gang te houden: 'Hoe gaat het met uw boek?'
'Het gaat wel. Maar gisteren las ik het weer door, en toen besefte ik dat er nog een paar schaduwplekken zijn. Vooral wat betreft uw vrouw. Ze

heeft me ervan verzekerd dat ze een compromitterend papier in het handschrift van Harry Quebert in bezit had, dat op mysterieuze wijze zou zijn verdwenen. U weet vast ook niet wat daarmee is gebeurd?'

Hij nam een grote slok bier en at zelfs nog een paar pinda's voordat hij antwoord gaf.

'Verbrand,' zei hij. 'Dat vervloekte papier is verbrand.'

'Hè? Hoe weet u dat?' vroeg ik stomverbaasd.

'Omdat ik dat zelf heb gedaan.'

'Wat? Waarom dan? En waarom hebt u dat nooit gezegd?'

Nuchter haalde hij zijn schouders op.

'Omdat niemand het ooit heeft gevraagd. Al drieëndertig jaar lang praat mijn vrouw over dat papiertje. Ze schreeuwt zich hees, ze brult, ze zegt: "Daar! Daar lag het! In de brandkast! Daar!" En nooit: "Robert, liefje, heb jij dat papiertje misschien ergens gezien?" Ze heeft nooit iets gevraagd en daarom heb ik nooit geantwoord.'

Ik probeerde mijn verbazing te verbergen zodat hij door zou praten.

'Hoe ging dat precies?'

'Het begon allemaal op een zondagmiddag. Mijn vrouw had een belachelijk tuinfeest georganiseerd ter ere van Quebert, maar die was niet komen opdagen. Gek van woede besloot ze hem thuis te gaan opzoeken. Ik kan me de dag nog heel goed herinneren: zondag 13 juli 1975. Dezelfde dag dat die kleine Nola haar zelfmoordpoging deed.'

*

Zondag 13 juli 1975

'Robert! Roooobert!'

Tamara stoof als een furie naar binnen en zwaaide met een papier door de lucht. Ze rende door alle kamers op de begane grond totdat ze haar man vond, die de krant zat te lezen in de woonkamer.

'Verdorie, Robert! Waarom geef je geen antwoord als ik je roep? Ben je doof? Hier! Kijk eens wat verschrikkelijk! Lees eens hoe vreselijk!'

Ze gaf hem het papier dat ze bij Harry had gestolen en hij las het.

O Nola, mijn liefste Nola, teerbeminde Nola. Wat heb je gedaan? Waarom wil je sterven? Komt dat door mij? Ik hou meer van je dan van wat dan ook. Laat me niet alleen. Als jij doodgaat, sterf ik ook. Het enige wat er in mijn leven toe doet ben jij, Nola. Vier letters: N-O-L-A.

'Waar heb je dat gevonden?' vroeg Robert.
'Bij dat smerige klootzakje Quebert! Ha!'
'Heb je dat gestolen?'
'Ik heb niks gestolen: ik heb het gewoon meegenomen! Ik wist het wel, hij is een smerige viespeuk die fantaseert over een meisje van vijftien. Misselijk word ik ervan! Ik moet er haast van kotsen! Ik moet kotsen, Bobbo, hoor je me? Harry Quebert is verliefd op een kind! Dat is illegaal! O, dat zwijn! Dat smerige zwijn! Hij zit gewoon bij Clark's om haar te begluren! Hij komt naar mijn restaurant om naar de tieten van een kind te gluren!'

Robert las de tekst een paar keer over. Er kon nauwelijks twijfel over bestaan: het was inderdaad een door Harry geschreven liefdesverklaring aan het adres van een meisje van vijftien.

'Wat ga je ermee doen?' vroeg hij aan zijn vrouw.
'Dat weet ik nog niet.'
'Ga je ermee naar de politie?'
'De politie? Nee, Bobbo van me. Nu nog niet. Ik wil niet dat iedereen weet dat die misdadige Quebert een kind verkiest boven onze prachtige Jenny. Waar is ze eigenlijk? Op haar kamer?'

'Wil je wel geloven dat die jonge politieman, Travis Dawn, hiernaartoe kwam toen je nog maar net weg was en haar mee naar het zomerbal heeft gevraagd? Ze zijn samen uit eten in Montburry. Jenny heeft alweer een ander afspraakje voor het bal, is het niet geweldig?'

'Is het niet geweldig? Het enige wat hier niet geweldig is ben jij, arme Bobbo! En nu wegwezen! Ik moet dat papiertje ergens verstoppen, en niemand mag weten waar.'

Bobbo gehoorzaamde en bracht de rest van de dag op de veranda door. Maar hij kon niet meer lezen: zijn geest werd in beslag genomen door de ontdekking van zijn vrouw. Harry, de grote schrijver, schreef dus liefdesbriefjes voor een meisje dat half zo oud was als hij. Die lieve kleine Nola. Het was heel verontrustend. Moest hij iets aan Nola zeggen? Moest hij haar vertellen dat Harry rare neigingen had en dat hij zelfs gevaarlijk zou kunnen worden? Moest hij de politie inlichten, zodat Harry door een arts onderzocht en behandeld kon worden?

Een week later vond het zomerbal plaats. Robert en Tamara Quinn stonden in een hoek van de zaal te nippen van een alcoholvrije cocktail toen ze te midden van de andere aanwezigen Harry Quebert zagen. 'Kijk,

Bobbo,' siste Tamara. 'Daar heb je die viezerik!' Ze hielden hem langdurig in de gaten terwijl Tamara onderwijl aan één stuk door bleef schelden, maar zo zacht dat alleen Robert het kon horen.
'Wat ga je doen met dat papier?' vroeg Robert uiteindelijk.
'Dat weet ik nog niet. Maar één ding is zeker: eerst laat ik hem betalen wat hij me nog verschuldigd is. Hij staat voor vijfhonderd dollar bij mijn restaurant in het krijt!'
Harry leek zich slecht op zijn gemak te voelen; hij liet zich iets inschenken bij de bar om zich een houding te geven en ging toen naar de wc.
'Kijk eens aan, hij gaat pissen,' zei Tamara. 'Kijk dan, Bobbo! Weet je wat hij gaat doen?'
'Een grote boodschap?'
'Welnee, hij gaat even lekker met zichzelf aan de gang terwijl hij aan dat meisje denkt!'
'Wat?'
'Stil, Bobbo. Je kakelt, ik wil je niet meer horen. Blijf hier maar even staan.'
'Waar ga je heen?'
'Hier blijven. En zie de meester aan het werk.'
Tamara zette haar glas op een statafel en liep onopvallend in de richting van de toiletten waar Harry Quebert net naar binnen was gegaan, en verdween er zelf ook in. Even later kwam ze weer naar buiten; ze liep snel terug naar haar man.
'Wat heb je gedaan?' vroeg Robert.
'Hou toch je mond!' foeterde zijn vrouw, terwijl ze haar glas weer oppakte. 'Hou je kop, anders worden we betrapt!'
Amy Pratt liet de gasten weten dat het diner werd opgediend en de menigte stroomde langzaam in de richting van de tafels. Op dat moment kwam Harry uit de toiletten tevoorschijn. Bezweet en paniekerig mengde hij zich onder de aanwezigen.
'Kijk hem eens rondhoppen als een konijn,' mompelde Tamara. 'Hij raakt in paniek.'
'Wat heb je nou gedaan?' vroeg Robert opnieuw.
Tamara glimlachte. Onopvallend speelde haar hand met de lippenstift waarmee ze op de spiegel van de toiletten had geschreven. Ze antwoordde eenvoudig: 'Laten we zeggen dat ik een berichtje voor hem heb achtergelaten dat hem nog lang zal heugen.'

*

Achter in de restaurantzaal van Clark's zat ik stomverbaasd naar Robert Quinns verhaal te luisteren.

'Dus die tekst op de spiegel kwam van uw vrouw,' zei ik.

'Ja. Harry Quebert werd een obsessie voor haar. Ze sprak alleen nog over dat papier, ze zei dat ze Harry kapot ging maken. Ze zei dat alle kranten binnenkort zouden openen met GROTE SCHRIJVER BLIJKT GROTE VIEZERIK. Uiteindelijk sprak ze erover met Chief Pratt. Ongeveer twee weken na het bal heeft ze hem alles verteld.'

'Hoe weet u dat?' vroeg ik.

Hij aarzelde een ogenblik voordat hij antwoordde: 'Dat weet ik omdat… omdat ik dat van Nola heb.'

*

Dinsdag 5 augustus 1975

Het was zes uur toen Robert uit de handschoenenfabriek naar huis ging. Zoals altijd parkeerde hij zijn oude Chrysler in de steeg, en toen hij de motor had uitgezet keek hij in de achteruitkijkspiegel, zette zijn hoed scheef en zette de blik op van de acteur Robert Stack wanneer zijn personage Eliot Ness op het punt staat om een stelletje onderwereldfiguren er verschrikkelijk van langs te geven. Hij bleef wel vaker in zijn auto treuzelen: hij had al heel lang niet zoveel zin meer om naar huis te gaan. Soms maakte hij een omweg om het moment nog even uit te stellen; soms stopte hij bij de ijssalon. Toen hij eindelijk uitstapte, meende hij dat er vanachter de bosjes een stem klonk die hem riep. Hij draaide zich om, keek een ogenblik om zich heen en zag toen Nola, verborgen achter de rododendrons.

'Nola!' zei Robert. 'Dag meisje. Hoe gaat het?'

Ze fluisterde: 'Ik moet met u praten, meneer Quinn. Het is heel belangrijk.'

Hij praatte nog steeds hardop en duidelijk verstaanbaar. 'Kom maar binnen, dan maak ik een koud glas limonade voor je.'

Ze gebaarde dat hij zachter moest praten.

'Nee,' zei ze. 'We moeten een rustig plekje vinden. Kunnen we niet een stukje in uw auto gaan rijden? Op weg naar Montburry zit een hotdogtentje, daar kunnen we ongestoord praten.'

Robert was heel verbaasd over haar verzoek, maar hij stemde toe. Hij liet Nola instappen en ze reden in de richting van Montburry. Een paar mijl verderop hielden ze stil bij een blokhut waar snacks werden verkocht. Robert kocht frites en frisdrank voor Nola en voor zichzelf een hotdog en alcoholvrij bier. Ze gingen aan een van de tafeltjes in het gras zitten.

'En, meisje,' zei Robert terwijl hij zijn hotdog naar binnen werkte. 'Wat is er zo belangrijk dat je niet eens een lekker glas limonade kunt komen drinken?'

'Ik heb uw hulp nodig, meneer Quinn. Ik weet dat het raar klinkt, maar... Er is vandaag iets bij Clark's gebeurd en u bent de enige die me kan helpen.'

Nola beschreef het tafereel waarbij ze ongeveer twee uur eerder toevallig aanwezig was geweest. Ze was naar Clark's gegaan om bij mevrouw Quinn het salaris te halen van de zaterdagen die ze voorafgaand aan haar zelfmoordpoging had gewerkt. Mevrouw Quinn had gezegd dat ze langs mocht komen wanneer het haar uitkwam. Ze was om klokslag vier uur gekomen. Ze trof alleen enkele zwijgzame klanten, en Jenny die de afwas stond op te ruimen en haar liet weten dat haar moeder in het kantoortje was: ze vond het niet nodig om te zeggen dat ze daar niet alleen was. Het 'kantoor' was de plaats waar Tamara Quinn de boekhouding deed, de dagopbrengst in de brandkast opborg, telefonisch de strijd aanging met late leveranciers of zich gewoon met een slechte smoes opsloot als ze behoefte had aan rust. Het was een krappe ruimte, waarvan de deur, die altijd dicht was, voorzien was van het opschrift PRIVÉ. Je bereikte hem via de gang achter de eetzaal, die ook naar de personeelstoiletten leidde.

Toen Nola voor de deur stond en wilde aankloppen, hoorde ze stemmen. Er was iemand in het kantoor bij Tamara... ze hoorde een mannenstem. Ze spitste haar oren en ving flarden op van een gesprek.

'Hij is een misdadiger, hoort u me wel?' zei Tamara. 'Misschien zelfs een verkrachter! U moet iets doen!'

'Weet u zeker dat Harry Quebert dat briefje heeft geschreven?'

Nola herkende de stem van Chief Pratt.

'Honderd procent,' antwoordde Tamara. 'Het is zijn handschrift. Harry Quebert heeft een oogje op dat meisje Kellergan en hij schrijft smerige pornoverhaaltjes over haar. U moet iets doen.'

'Juist. Goed dat u het hebt verteld. Maar u bent illegaal bij hem binnengetreden en u hebt dat papier van hem gestolen. In de huidige situatie kan ik niets doen.'

'Wat? Niets doen? Moeten we soms wachten tot die gek dat meisje iets aandoet voordat u in actie komt?'

'Dat zeg ik niet,' nuanceerde de Chief. 'Ik zal Quebert in het oog houden. Ondertussen moet u dat papier goed bewaren. Ik kan het niet bewaren, dan kan ik in de problemen komen.'

'Ik zal het in de brandkast leggen,' zei Tamara. 'Dan kan niemand erbij. Alstublieft, Chief, doe iets. Die Quebert is een crimineel stuk stront! Een misdadiger! En niets anders dan dat!'

'Maakt u zich geen zorgen, mevrouw Quinn. U zult wel zien hoe we dat soort lui hier aanpakken.'

Nola hoorde voetstappen in de richting van de deur komen en ze vluchtte het restaurant uit zonder nog iets te zeggen.

Robert was kapot van het nieuws. Arm meisje, dacht hij, wat moet het een schok voor haar zijn geweest om te horen dat Harry vunzige verhaaltjes over haar schrijft. Ze zocht iemand om in vertrouwen te nemen en ze was naar hem toe gekomen; hij moest doen wat hem te doen stond en haar uitleggen hoe het in elkaar stak, dat mannen rare vogels waren, Harry Quebert in het bijzonder, dat ze vooral bij hem uit de buurt moest blijven en dat ze de politie moest inlichten als ze bang was dat hij haar iets zou aandoen. Trouwens, had hij haar al iets aangedaan? Voelde ze de behoefte om op te biechten dat hij haar misbruikt had? Zou hij daartegen kunnen, zulke onthullingen, terwijl hij volgens zijn vrouw nog niet eens in staat was om de tafel te dekken voor het avondeten? Hij slikte een hap van zijn hotdog door en bedacht wat troostrijke woorden, maar hij kreeg de tijd niet om zijn mond open te doen, want net toen hij wilde gaan praten zei ze: 'Meneer Quinn, u moet me helpen om dat papier in handen te krijgen.'

En toen stikte hij bijna in zijn worstje.

*

'Ik hoef het niet voor u uit te tekenen, meneer Goldman,' zei Robert Quinn in de achterzaal van Clark's. 'Ik had alles verwacht behalve dat: ze wilde dat ik dat verduvelde papier voor haar in handen zou krijgen. Wilt u nog een biertje?'

'Graag. Hetzelfde. Zeg eens, meneer Quinn, vindt u het vervelend als ik dit gesprek opneem?'

'Als u het opneemt? Graag zelfs. Eindelijk iemand die een beetje interesse toont in wat ik te zeggen heb.'

Hij gebaarde naar de serveerster en bestelde nog twee bier; ik haalde mijn opnameapparaat tevoorschijn en zette het aan.

'Dus bij die blokhut vroeg ze u om hulp,' zei ik, om het gesprek weer op gang te krijgen.

'Ja. Kennelijk was mijn vrouw tot alles bereid om Harry Quebert kapot te maken. En Nola was tot alles bereid om hem tegen haar te beschermen. Ik kon haast niet geloven dat ik dat gesprek zat te voeren. Ik hoorde dat er echt iets was tussen Nola en Harry. Ik weet nog dat ze me aankeek met fonkelende, vastberaden ogen, en ik zei: "Hoe bedoel je, 'dat papier in handen krijgen'?" Ze antwoordde: "Ik hou van hem. Ik wil niet dat hij in de problemen komt. Dat briefje heeft hij geschreven vanwege mijn zelfmoordpoging. Het is allemaal mijn schuld, ik had nooit moeten proberen er een einde aan te maken. Ik hou van hem, hij is alles wat ik heb, alles waar ik ooit van heb gedroomd." Daar zaten we opeens over de liefde te praten! "Dus je bedoelt dat Harry Quebert en jij, dat jullie…" "Ja, we houden van elkaar!" "Jullie houden van elkaar? Wat zeg je me nou? Je kunt helemaal niet van hem houden!" "En waarom niet?" "Omdat hij te oud voor je is." "Leeftijd speelt geen rol!" "Natuurlijk wel!" "Nou, dat zou niet zo moeten zijn!" "En toch is het zo, meisjes van jouw leeftijd hebben niets te zoeken bij kerels die zo oud zijn als hij." "Ik hou van hem!" "Zeg niet zulke vreselijke dingen en eet je frietjes nou maar op." "Maar meneer Quinn, als ik hem kwijtraak, heb ik niks meer!" Ik kon mijn ogen niet geloven, meneer Goldman: dat meisje was smoorverliefd op Harry. En die gevoelens die ze had, kende ik niet, of in ieder geval kon ik me niet herinneren dat ik ze ooit voor mijn vrouw had gehad. En op dat moment besefte ik dankzij dat meisje van vijftien dat ik waarschijnlijk nooit liefde had gekend. Dat heel veel mensen waarschijnlijk nooit liefde hebben gekend. Dat ze zich uiteindelijk tevredenstellen met positieve gevoelens, dat ze zich ingraven in het comfort van een miserabel leven zodat ze allerlei wonderbaarlijke emoties mislopen, waarschijnlijk de enige emoties die het bestaan rechtvaardigen. Een neefje van mij dat in Boston woont, werkte in de financiële sector: hij verdiende een zak geld per maand, hij was getrouwd, drie kinderen, een schat van een vrouw en een prachtige auto. Een droomleventje kortom. Op een dag komt hij thuis en zegt tegen zijn gezin dat hij weggaat, dat hij liefde heeft gevonden bij een docente van Harvard die net zo oud is als zijn dochter en die hij op een conferentie heeft leren kennen. Iedereen zei dat hij niet goed wijs was, dat hij bij dat meisje naar een tweede jeugd zocht, maar ik denk dat hij eindelijk liefde had gevonden. Mensen denken dat ze van elkaar houden en daarom trouwen ze. En dan ontdekken ze op een dag, zonder het te willen of het zelfs maar te beseffen, dat er zoiets als liefde bestaat. En het raakt ze vol in het gezicht. Als waterstof die in contact komt met lucht: er volgt een enorme, allesverwoestende explosie. Dertig jaar huwelijksfrustratie komt in één klap tot ontploffing, alsof er een enorme septic tank ontploft die het kookpunt heeft bereikt, zodat iedereen in de omgeving wordt ondergespetterd. Midlifecrisis, tweede leg – allemaal doodgewoon mensen die te laat de kracht van de liefde inzien en wier hele leven erdoor overhoop wordt gehaald.'

'En wat hebt u toen gedaan?' vroeg ik.

'Voor Nola? Ik heb geweigerd. Ik zei dat ik me er niet mee wilde bemoeien en dat ik hoe dan ook niets kon uitrichten. Dat de brief in de brandkast lag en dat de enige sleutel daarvan dag en nacht om de hals van mijn vrouw hing. Geen speld tussen te krijgen. Ze smeekte me, ze zei dat Harry ernstig in de problemen zou komen als de politie dat papier in handen zou krijgen, dat het zijn carrière zou verwoesten, dat hij misschien zelfs de gevangenis in zou moeten terwijl hij niets verkeerd had gedaan. Ik herinner me haar brandende blik, haar houding, haar gebaren… Er brandde een prachtig vuur in haar. Ik herinner me dat ze zei: "Ze maken alles kapot, meneer Quinn! De mensen in de stad zijn stapelgek! Ze doen me denken aan dat stuk van Arthur Miller, *The Crucible*. Hebt u weleens iets van Miller gelezen?" Haar ogen vulden zich met kleine parelende traantjes die ieder moment konden overstromen om over haar wangen te biggelen. Ik had Miller inderdaad gelezen. Ik herinnerde me de opschudding toen het stuk op Broadway was uitgekomen: de première vond vlak voor de terechtstelling van het echtpaar Rosenberg plaats. Daar had ik dagenlang koude rillingen van, omdat de Rosenbergs kinderen hadden die maar net iets ouder waren dan Jenny toen, en ik mezelf afvroeg wat er van haar zou worden als ik zelf geëxecuteerd werd. O, wat was ik toen opgelucht dat ik geen communist was.'

'Waarom kwam Nola juist naar u toe?'

'Vast omdat ze dacht dat ik toegang tot de brandkast had. Maar dat was niet zo. Zoals ik al zei had mijn vrouw de enige sleutel. Die bewaarde ze angstvallig aan een ketting tussen haar borsten. En tot haar borsten had ik al heel lang geen toegang meer.'

'En wat gebeurde er toen?'
'Nola begon te vleien. Ze zei: "U bent zo handig en kwiek, u krijgt het vast wel voor elkaar!" En dus ging ik uiteindelijk overstag.'
'Waarom?' vroeg ik.
'Waarom? Om de liefde natuurlijk! Zoals ik al zei: ze was vijftien, maar ze sprak over dingen die ik niet kende en die ik waarschijnlijk nooit zou kennen. Ook al werd ik eerlijk gezegd nogal misselijk van dat gedoe met Harry. Ik heb het voor haar gedaan, niet voor hem. En ik heb haar gevraagd wat ze van plan was met Chief Pratt te doen. Want of er nou een bewijsstuk was of niet: Chief Pratt was van alles op de hoogte. Toen keek ze me strak aan en zei: "Ik zorg dat hij niets kan uitrichten. Ik ga een misdadiger van hem maken." Toen ze dat zei, begreep ik niet wat ze bedoelde. Maar toen Pratt een paar weken geleden werd gearresteerd, besefte ik dat er rare dingen moeten zijn gebeurd.'

*

Woensdag 6 augustus 1975

Ze hadden het niet afgesproken, maar op de dag na het gesprek gingen ze allebei aan de slag. Rond vijf uur 's middags kocht Robert Quinn slaapmiddelen bij een apotheek in Concord. Op datzelfde moment zat Nola in het geheim op het politiebureau van Aurora, geknield onder het bureau van Chief Pratt, en dwong ze zichzelf om Harry te beschermen door Pratt te verdoemen, door een misdadiger van hem te maken, en hem mee te sleuren in wat een lange, dertig jaar durende spiraal zou worden.

Die nacht sliep Tamara dieper dan ooit. Na het eten voelde ze zich zo moe dat ze direct naar bed ging, zonder zelfs de tijd te nemen om haar make-up van haar gezicht te halen. Ze zakte als een blok ineen op bed en viel in een diepe slaap. Het ging zo snel dat Robert heel even dacht dat hij een te grote dosis in haar waterglas had opgelost en dat hij haar vermoord had, maar het magistrale gesnurk dat algauw met een militaire cadans uit zijn vrouw opsteeg, stelde hem gerust. Hij wachtte tot één uur 's nachts voordat hij zijn slag sloeg: hij moest er zeker van zijn dat Jenny sliep en dat niemand in de stad hem zou zien. Toen het tijd was om in actie te komen, schudde hij eerst zijn vrouw wild door elkaar om er zeker van te zijn dat ze inderdaad was uitgeschakeld: tot zijn vreugde constateerde hij dat ze nog steeds niet bewoog. Voor het eerst voelde hij zich machtig: de draak lag bedwongen op de matras en maakte niemand meer bang. Hij maakte de ketting los die om haar hals hing en greep de sleutel triomfantelijk beet. Ondertussen pakte hij haar borsten vol in zijn handen: met spijt constateerde hij dat het hem niets meer deed.

Zonder een enkel geluid verliet hij het huis. Om stil te blijven en geen verdenking op zich te laden, nam hij de fiets van zijn dochter. Met de sleutels van Clark's en de brandkast in zijn zak, fietsend door de stad, voelde hij de opwinding van het verbodene in zich opkomen. Hij had niet meer kunnen zeggen of hij het deed voor Nola of om zijn vrouw te tergen. En toen hij op volle snelheid door de stad fietste, voelde hij zich plotseling zo vrij dat hij besloot dat hij wilde scheiden. Jenny was al volwassen, er was geen enkele reden waarom hij nog bij zijn vrouw zou blijven. Hij had meer dan genoeg van die furie, hij had recht op een nieuw leven. Op zijn gemak fietste hij hier en daar wat om, zodat het opwindende gevoel wat langer duurde. Toen hij de hoofdstraat bereikte, liep hij een stukje met de fiets aan de hand zodat hij tijd had om de omgeving te verkennen: het stadje lag vredig te slapen. Er waren geen lichten of geluiden. Hij zette de fiets tegen een muur, maakte de deur van Clark's open en waagde zich naar binnen, enkel bijgelicht door de straatverlichting, die door de ramen naar binnen viel. Hij kwam in het kantoor. Het kantoor waar hij zonder uitdrukkelijke toestemming van zijn vrouw niet mocht komen, en waar hij nu heer en meester was. Hij trad het met voeten en schond het: het was veroverd gebied. Hij deed de zaklamp aan die hij had meegebracht en begon de planken en de ordners te bekijken. Al jarenlang droomde hij ervan om op deze plek rond te snuffelen; wat zou zijn vrouw verbergen? Hij bekeek een paar mappen en bladerde ze snel door: hij betrapte zich erop dat hij naar brieven van minnaars zocht. Hij vroeg zich af of zijn vrouw hem bedroog. Hij vermoedde van wel: hoe kon ze met hem tevreden zijn? Maar hij vond alleen bestelbonnen en boekhoudpapieren. En dus richtte hij zijn aandacht op de brandkast: een imposante stalen kast van minstens een meter hoog die op een houten vlonder stond. Hij stak de veiligheidssleutel in het slot en draaide hem om; en toen hij het mechaniek hoorde werken, begon hij te trillen. Hij trok de zware deur open en liet zijn lamp over de binnenkant gaan: er waren vier plankjes. Het was de eerste keer dat hij de brandkast open zag; hij trilde van opwinding.

Op de bovenste plank lagen bankpapieren, het laatste bankafschrift, bestelbonnen en salarisgegevens van medewerkers.

Op de tweede plank vond hij een witmetalen kistje met daarin de kas van Clark's, en een tweede kistje met een klein geldbedrag om leveranciers te betalen.

Op de derde plank vond hij een stukje hout in de vorm van een beer. Hij glimlachte: het was het eerste wat hij ooit aan Tamara had gegeven, op hun eerste echte date. Hij had die avond heel zorgvuldig voorbereid: wekenlang had hij overgewerkt bij de benzinepomp waar hij naast zijn studie werkte om zijn Tamy mee te kunnen nemen naar een van de beste eetgelegenheden uit de omtrek: Chez Jean-Claude, een Frans restaurant waar naar het scheen heerlijke kreeftgerechten werden geserveerd. Hij had het hele menu bestudeerd, hij had uitgerekend hoeveel de maaltijd hem zou kosten als zij het allerduurste zou bestellen; hij had gespaard totdat hij genoeg geld bij elkaar had en toen had hij haar meegevraagd. Op de bewuste avond ging hij haar bij haar ouders ophalen, maar toen zij hoorde waar ze naartoe gingen, had ze hem gesmeekt om zich niet voor haar te ruïneren. 'O Robert, je bent een schat. Maar dat is te veel, echt te veel,' had ze gezegd. Ze had 'schat' gezegd. En om hem ertoe over te halen ervan af te zien had ze voorgesteld om pasta te gaan eten bij een klein Italiaans restaurantje in Concord dat haar al heel lang aantrok. Ze hadden spaghetti gegeten en chianti en huisgemaakte grappa gedronken, en lichtelijk aangeschoten waren ze naar een kermis in de buurt gegaan. Op de terugweg waren ze gestopt bij de oceaan en hadden ze op de zonsopgang gewacht. In het zand had hij een stuk hout gevonden dat op een beer leek: hij had het haar gegeven toen ze zich bij het eerste licht van de dageraad tegen hem aan drukte. Ze had gezegd dat ze het altijd zou bewaren en had hem voor de eerste keer gekust.

Ontroerd zocht Robert verder door de brandkast, en naast het stuk hout vond hij een stapel foto's van zichzelf door de jaren heen. Op de achterkant had Tamara steeds iets gekrabbeld, zelfs op de meest recente. De laatste dateerde uit april, toen ze samen naar een autorace waren gaan kijken. Robert stond erop met een verrekijker tegen zijn ogen geplakt, terwijl hij commentaar gaf op de race. En achterop had Tamara geschreven: 'Mijn Robert, die altijd zo hartstochtelijk leeft. Tot mijn laatste snik zal ik van hem houden.'

Op de foto's volgden souvenirs van hun gezamenlijke leven: hun huwelijksaankondiging, Jenny's geboortekaartje, vakantiefoto's, prulletjes waarvan hij dacht dat ze ze allang had weggegooid. Kleine cadeautjes, een kitscherige broche, een souvenirpen en presse-papiers van serpentijn die ze op vakantie in Canada hadden gekocht en die hem op scherpe terechtwijzingen waren komen te staan, in de trant van: 'Maar Bobbo, wat moet ik met die troep?' En nu bleek ze alles trouw in de brandkast te hebben bewaard. Robert bedacht dat zijn vrouw eigenlijk haar hart in deze brandkast bewaarde. En hij vroeg zich af waarom.

Op de vierde plank lag een dik notitieboek met leren kaft. Hij sloeg het open: Tamara's dagboek. Zijn vrouw hield een dagboek bij. Dat had hij nooit geweten. Hij sloeg het lukraak ergens open en las bij het licht van zijn zaklantaarn:

1 januari 1975

Oud en nieuw gevierd bij de Richardsons. Cijfer voor de avond: 5. Eten was niet geweldig en de Richardsons zijn saai. Dat was me nog nooit opgevallen. Volgens mij is oud en nieuw een goede manier om erachter te komen of je vrienden saai zijn of niet. Bobbo zag al snel dat ik me verveelde en wou me vermaken. Hij hing de clown uit, vertelde moppen en liet zijn krab praten. De Richardsons moesten lachen. Paul Richardson stond zelfs op om een van de grappen op te schrijven. Hij zei dat hij zeker wilde weten dat hij hem niet zou vergeten. Het enige wat ik heb gedaan, is hem op z'n kop geven. In de auto op de terugweg heb ik vreselijke dingen tegen hem gezegd. Ik zei: 'Je maakt niemand aan het lachen met die vieze grappen van je. Je bent verschrikkelijk. Wie heeft je gezegd om de clown uit te hangen? Jij bent toch ingenieur in die grote fabriek van je? Praat dan over je werk, laat zien dat je serieus bent, dat je ertoe doet. Je zit toch niet bij het circus, verdomme?' Hij antwoordde dat Paul om zijn grappen moest lachen en ik zei dat hij zijn mond moest houden, dat ik hem niet meer wilde horen.
Ik weet niet waarom ik zo gemeen tegen hem ben. Ik hou zoveel van hem. Hij is zo lief, zo attent. Ik weet niet waarom ik me zo slecht tegen hem gedraag. Na afloop neem ik het me kwalijk en dan haat ik mezelf, en dan doe ik nog onaardiger.
Op deze nieuwjaarsdag neem ik me voor om te veranderen. Nou ja, dat neem ik me ieder jaar voor, en ik hou me er toch nooit aan. Sinds een paar maanden loop ik bij dokter Ashcroft in Concord. Het was zijn idee dat ik een dagboek bij zou houden. We spreken iedere week af. Niemand weet ervan. Ik zou me kapot schamen als iemand wist dat ik naar de psychiater ga. Straks denken ze nog dat ik gek ben. Ik ben niet gek. Ik lijd. Ik lijd, maar ik weet niet waaraan. Dokter Ashcroft zegt dat ik de neiging heb om alles

kapot te maken wat me blij maakt. Autodestructief heet dat. Hij zegt dat ik doodsangsten heb en dat die twee dingen met elkaar te maken hebben. Het zal wel. Ik weet alleen dat ik lijd. En dat ik van Robert hou. Alleen van hem. Wat zou er zonder hem van me geworden zijn?

Robert legde het dagboek neer. Hij huilde. Wat zijn vrouw hem nooit had kunnen zeggen, had ze opgeschreven. Ze hield van hem. Ze hield echt van hem. Alleen van hem. Hij vond het de mooiste woorden die hij ooit had gelezen. Hij veegde zijn ogen droog om geen vlekken op het papier te maken en las verder; arme Tamara, lieve Tamy, die leed in stilte. Waarom had ze hem niet over dokter Ashcroft verteld? Als ze leed wilde hij meelijden, daarvoor was hij met haar getrouwd. Hij bescheen de onderste plank met zijn zaklamp; hij stuitte op Harry's briefje en werd met een ruk teruggebracht naar de werkelijkheid. Hij herinnerde zich zijn missie; hij herinnerde zich dat zijn vrouw uitgeteld en gedrogeerd op bed lag, en dat hij dit papiertje moest laten verdwijnen. Opeens had hij spijt van waar hij mee bezig was; hij wilde er net mee ophouden, toen hij bedacht dat zijn vrouw minder aandacht voor Harry Quebert en meer aandacht voor hem zou hebben als hij het liet verdwijnen. Het ging om hem, en zij hield van hem. Dat had ze zelf geschreven. En zo kwam hij er uiteindelijk toe om het papiertje mee te nemen en in de stilte van de nacht uit Clark's weg te vluchten, nadat hij zich ervan had vergewist dat hij geen sporen had achtergelaten. Hij fietste de hele stad door, en in een rustig steegje zette hij de woorden van Harry Quebert met zijn aansteker in brand. Hij keek hoe het papiertje verbrandde: het werd bruin en krulde op tot een vlam die eerst goudkleurig was, toen blauw werd en ten slotte langzaam uitdoofde. Algauw was er niets meer van over. Hij ging naar huis, hing de sleutel weer tussen de borsten van zijn vrouw, ging naast haar liggen en omhelsde haar langdurig.

Het duurde twee dagen tot Tamara merkte dat het papiertje niet meer op zijn plek lag. Ze dacht dat ze gek werd: ze wist zeker dat ze het in de brandkast had gelegd, en toch lag het er niet. Niemand kon erbij, ze had de sleutel altijd bij zich en er waren geen sporen van braak. Zou ze het ergens in het kantoor zijn kwijtgeraakt? Zou ze het in haar onnadenkendheid ergens anders hebben opgeruimd? Urenlang doorzocht ze de kamer, haalde ze ordners leeg en vulde ze weer, schiftte ze papieren en ruimde ze weer op, maar tevergeefs: als door een raadsel was het piepkleine stukje papier verdwenen.

*

Robert Quinn vertelde dat zijn vrouw stapelgek werd toen Nola een paar weken later verdween.

'Ze zei aan één stuk door dat de politie Harry had kunnen natrekken als ze dat papiertje nog had gehad. En Chief Pratt zei tegen haar dat hij zonder dat papiertje niets kon beginnen. Ze was hysterisch. Honderd keer per dag zei ze tegen me: "Quebert heeft het gedaan, Quebert heeft het gedaan! Dat weet ik, dat weet jij, dat weet iedereen! Jij hebt dat briefje net zo goed als ik gezien, of niet?"'

'Waarom hebt u de politie niet verteld wat u weet?' vroeg ik. 'Waarom hebt u niet gezegd dat Nola naar u toe was gekomen en over Harry had verteld? Dat had een spoor kunnen zijn, of niet?'

'Dat wilde ik wel. Ik hinkte heel erg op twee gedachten. Zou u die recorder uit willen zetten, meneer Goldman?'

'Natuurlijk.'

Ik zette het apparaatje uit en borg het op in mijn tas. Hij vervolgde: 'Toen Nola verdween, kreeg ik spijt. Ik nam het mezelf kwalijk dat ik het papier had verbrand dat haar met Harry verbond. Ik zei tegen mezelf dat de politie daarmee Harry Quebert had kunnen ondervragen, dat ze hem onder de loep hadden kunnen nemen en uitgebreid hadden kunnen natrekken. En als hem niets te verwijten viel, had hij niets te vrezen. Onschuldige mensen hoeven zich toch geen zorgen te maken? Nou ja, hoe dan ook: ik had er spijt van. En dus begon ik hem anonieme brieven te sturen, die ik tussen zijn deur klemde als ik wist dat hij niet thuis was.'

'Wat? Dus die anonieme brieven kwamen van u?'

'Die kwamen van mij. Ik had er een stapeltje van gemaakt op de schrijfmachine van mijn secretaresse op de handschoenenfabriek in Concord. "Ik weet wat je met dat meisje van vijftien hebt uitgespookt. En binnenkort weet de hele stad het." Ik bewaarde ze in het handschoenenvakje van mijn auto. Iedere keer dat ik Harry in de stad tegenkwam, reed ik snel naar Goose Cove om er een brief achter te laten.'

'Maar waarom dan?'

'Om mijn geweten te sussen. Mijn vrouw bleef maar zeggen dat hij het had gedaan en het leek me niet onwaarschijnlijk. En als ik hem net zo lang bleef lastigvallen tot hij bang werd, zou hij zich uiteindelijk wel aangeven. Zo ging het een paar maanden door. Toen ben ik ermee opgehouden.'

'Waarom bent u ermee opgehouden?'
'Vanwege zijn verdriet. Hij was zo triest na de verdwijning... Hij was niet meer dezelfde. En ik bedacht dat hij het onmogelijk gedaan kon hebben. Daarom hield ik ermee op.'
Ik was met stomheid geslagen. Ik vroeg lukraak: 'Meneer Quinn, zegt u eens: u hebt niet toevallig het huis in Goose Cove in brand gestoken?'
Hij glimlachte, bijna geamuseerd door mijn vraag.
'Nee. U bent een aardige kerel, meneer Goldman, en zoiets zou ik u niet aandoen. Ik heb geen idee wat voor zieke geest daarachter zit.'
We dronken onze biertjes op.
'Trouwens,' merkte ik op, 'uiteindelijk bent u niet gescheiden. Is het allemaal goed gekomen met uw vrouw? Nadat u haar dagboek en die souvenirs in de brandkast had gevonden, bedoel ik?'
'Het ging van kwaad tot erger, meneer Goldman. Ze bleef me genadeloos afkatten en ze heeft nooit gezegd dat ze van me hield. Niet één keer. De maanden en jaren daarna heb ik haar meer dan eens met slaapmiddelen gedrogeerd om haar dagboek te herlezen, en dan huilde ik om onze herinneringen en hoopte ik dat het ooit beter zou gaan. Hopen dat het ooit beter zal gaan: misschien is dat liefde.'
Ik boog mijn hoofd ter instemming.
'Misschien wel,' zei ik.

In mijn suite in het Regent bleef ik gestaag doorschrijven aan mijn boek. Ik vertelde hoe Nola Kellergan, vijftien jaar oud, alles had gedaan om Harry te beschermen. Hoe ze zich had gegeven en gecompromitteerd zodat hij in zijn huis kon blijven om door te schrijven en hij zich nergens zorgen over hoefde te maken. Hoe ze langzaam maar zeker zowel de muze als de beschermvrouwe van zijn meesterwerk was geworden. Hoe ze erin geslaagd was om een bubbel om hem heen te creëren, waarin hij zich kon concentreren op het schrijven en zijn levenswerk ter wereld kon brengen. En naarmate ik doorschreef, verraste ik mezelf met de gedachte dat Nola Kellergan die unieke vrouw was geweest over wie alle schrijvers op de wereld ongetwijfeld zullen dromen. Vanuit New York, waar ze met een bijzondere toewijding en efficiency mijn papieren corrigeerde, belde Denise me op een middag op en zei: 'Marcus, ik geloof dat ik moet huilen.'
'Waarom dan?' vroeg ik.
'Om dat meisje, die Nola. Volgens mij hou ik ook van haar.'

Ik glimlachte en antwoordde: 'Volgens mij hield iedereen van haar, Denise. Iedereen.'

Toen kwam er twee dagen later, dus op 3 augustus, een opgewonden telefoontje van Gahalowood.

'Schrijver!' brulde hij. 'Ik heb de resultaten van het laboratorium! Potverdrie, je gelooft je oren niet! Het handschrift op het manuscript is van Luther Caleb! Zonder enige twijfel. We hebben hem, Marcus. We hebben hem!'

7
Na Nola

'Koester de liefde, Marcus. Maak er je grootste veldtocht van, je enige ambitie. Na mensen komen andere mensen. Na boeken komen andere boeken. Na glorie komt andere glorie. Na geld is er nog meer geld. Maar na de liefde, Marcus, na de liefde is er alleen nog het zout van je tranen.'

Het leven na Nola was geen leven meer. Iedereen in Aurora zei dat het stadje in de maanden na haar verdwijning langzaam wegzakte in neerslachtigheid en de angst voor een nieuwe ontvoering.

Het was herfst en de bomen kleurden. Maar de kinderen konden zich niet meer laten vallen in de enorme bergen dode bladeren die langs de wegen lagen: hun ouders, ongerust als ze waren, hielden hen continu in het oog. Voortaan wachtten ze samen met hen op de schoolbus en stonden ze op de stoep uit te kijken naar hun thuiskomst. Vanaf halfvier stonden er rijen moeders op de stoep, bij elk huis een, die menselijke hagen vormden in de verlaten straten, als onbeweeglijke wachtposten die over de terugkeer van hun nageslacht waakten.

De kinderen mochten er niet meer alleen op uit. De heerlijke tijd dat de straten gevuld waren met vrolijk schreeuwende kinderen was voorbij; voor de garages werden geen rolhockeywedstrijden meer gehouden en werd er niet meer touwtje gesprongen; de reusachtige, met krijt op het asfalt getekende hinkelbanen verdwenen uit de hoofdstraat, evenals de rijen fietsen voor de general store van de familie Hendorf, waar je voor minder dan een nickel een handvol snoepjes kon kopen. Al snel hing de verontrustende stilte van een spookstad in de straten.

Alle deuren zaten op slot, en als het eenmaal donker was patrouilleerden er burgerwachten van vaders en echtgenoten over de stoepen om hun wijk en hun gezinnen te beschermen. De meesten van hen bewapenden zich met knuppels, sommigen namen een jachtgeweer mee. Ze zeiden dat ze niet zouden aarzelen om te schieten als het nodig was.

Het vertrouwen lag aan diggelen. Mensen op doorreis – vrachtwagenchauffeurs en handelsreizigers – werden koel onthaald en voortdurend in de gaten gehouden. Maar het ergste was het wantrouwen dat de bewoners jegens elkaar voelden. Buren die al vijfentwintig jaar bevriend waren, hielden elkaar nauwlettend in het oog. En iedereen vroeg zich af wat de ander had gedaan in de namiddag van 30 augustus 1975.

Auto's van de politie en de sheriff reden non-stop rondjes door de stad; de afwezigheid van politie is verontrustend, maar een teveel aan politie leidt tot angst. En toen een onopvallende, maar toch als zodanig herkenbare zwarte Ford van de Staatspolitie voor Terrace Avenue 245 stopte, vroeg iedereen zich af of dat Captain Rodik was die nieuws kwam brengen. De gordijnen van het huis van de familie Kellergan bleven dicht – dagenlang, wekenlang, maandenlang. Aangezien David Kellergan geen kerkdiensten meer leidde, kwam er met spoed een vervangende dominee uit Manchester, zodat de zondagsvieringen in de Saint-James konden worden voortgezet.

Toen kwam de nevel van het einde van oktober. Het gebied stroomde vol met ondoorzichtige, vochtige, grijze wolken, en algauw begon er met tussenpozen een ijzige regen te vallen. In Goose Cove zat Harry moederziel alleen te verkommeren. Al twee maanden lang was hij nergens meer gezien. Hij sloot zich dagen achterelkaar op in zijn werkkamer, waar hij achter zijn schrijfmachine zat te werken, volkomen in beslag genomen door de stapels handgeschreven bladzijden die hij overlas en zorgvuldig overtypte. Hij stond vroeg op en zorgde goed voor zichzelf: hij schoor zich aandachtig en kleedde zich netjes, hoewel hij wist dat hij de deur niet zou uit gaan en de hele dag niemand zou zien. Hij installeerde zich aan zijn werktafel en ging aan de slag. Zijn pauzes waren schaars en dienden alleen om het koffiezetapparaat bij te vullen; de rest van de tijd bracht hij door met herschrijven, herlezen, corrigeren, verscheuren en opnieuw beginnen.

De enige die zijn eenzaamheid doorbrak, was Jenny. Iedere dag kwam ze na haar werk naar hem toe, ongerust omdat hij langzaam wegkwijnde. Gewoonlijk kwam ze tegen zessen, en tijdens de paar stappen van de auto naar de veranda raakte ze al doorweekt van de regen. Ze had altijd een mand bij zich met voedsel dat ze bij Clark's had verzameld: broodjes kip, eieren met mayonaise, dampende pasta met kaas en room die ze warm hield op een metalen schotel, gevulde soesjes die ze voor de klanten verborg om er zeker van te zijn dat er nog een paar voor hem overbleven.

Ze belde aan. Hij sprong op uit zijn stoel. Nola! Zijn liefste Nola! Hij rende naar de deur. Daar stond ze, stralend, in al haar pracht. Ze stormden op elkaar af. Hij nam haar in zijn armen en liet haar ronddraaien, de hele wereld rond, en ze kusten elkaar. Nola! Nola! Nola! Ze kusten elkaar opnieuw, ze dansten. Het was midden in de zomer, de lucht glinsterde met de gloed van net voor zonsondergang, boven hen vlogen zwermen meeuwen die zongen als nachtegaaltjes en ze glimlachte, ze lachte, haar gezicht was als een zon. Ze was er, hij kon haar tegen zich aan drukken, haar huid aanraken, haar gezicht strelen, haar geur opsnuiven, met haar haren spelen. Ze was er, ze leefde. Ze leefden allebei. 'Waar was je nou?' vroeg hij terwijl hij zijn handen op de hare legde. 'Ik heb zo lang op je gewacht! Ik was zo ongerust! Iedereen zei dat je iets vreselijks was overkomen! Ze zeiden dat mevrouw Cooper je onder het bloed bij Side Creek heeft gezien! En er was overal politie! Ze hebben het hele bos uitgekamd! Ik dacht dat je iets vreselijks was overkomen en ik werd krankzinnig omdat ik het niet wist.' Ze omhelsde hem zo stevig als ze kon, ze klampte zich aan hem vast en stelde hem gerust: 'Maak je geen zorgen, mijn liefste Harry! Er is me niks overkomen, ik ben er! Ik ben er! We zijn samen, voor altijd! Heb je al gegeten? Je zult wel honger hebben! Heb je al gegeten?'

'Heb je al gegeten? Harry? Harry? Gaat het?' vroeg Jenny aan het vale, uitgemergelde spook dat de deur voor haar opendeed.

De stem van het meisje bracht hem terug naar de realiteit. Het was donker en koud, er viel een harde, kletterende regen. Het was bijna winter. De meeuwen waren allang vertrokken.

'Jenny?' zei hij verwilderd. 'Ben jij het?'

'Ja, ik ben het. Ik heb eten bij me, Harry. Je moet iets eten, het gaat niet goed met je. Helemaal niet goed.'

Hij keek naar haar: ze was doorweekt en ze klappertandde. Hij liet haar binnen. Ze bleef maar even. Net lang genoeg om de mand in de keuken neer te zetten en het eten van de vorige dag mee te nemen. Wanneer ze zag dat het nauwelijks was aangeroerd, gaf ze hem goedaardig op z'n kop.

'Je moet toch eten, Harry!'

'Soms vergeet ik het gewoon,' antwoordde hij.

'Toe zeg, hoe kun je nou vergeten om te eten?'

'Dat komt door het boek dat ik schrijf... Ik zit er zo diep in dat ik verder alles vergeet.'

'Het is vast een prachtig boek,' zei ze.

'Het is heel mooi.'

Ze begreep niet hoe je er zo aan toe kon zijn omwille van een boek. Iedere keer hoopte ze weer dat hij haar zou vragen om te blijven eten. Ze nam altijd genoeg voor twee personen mee, maar het viel hem nooit op.

Ze bleef een paar minuten tussen de keuken en de eetkamer staan dralen. Ze wist niet wat ze moest zeggen. Iedere keer overwoog hij haar te vragen om nog even te blijven, maar toch deed hij het niet, omdat hij haar geen valse hoop wilde geven. Hij wist dat hij nooit meer zou liefhebben. Als hij de stilte niet meer kon verdragen, zei hij 'dank je' en deed hij de voordeur open zodat ze weg zou gaan.

Teleurgesteld en ongerust ging ze naar huis. Haar vader maakte warme chocolademelk voor haar waarin hij een marshmallow liet smelten en stak de haard in de woonkamer aan. Dan gingen ze voor het vuur op de bank zitten en vertelde ze aan haar vader dat Harry zo somber was.

'Waarom is hij toch zo triest?' vroeg ze. 'Het lijkt wel of hij doodgaat.'

'Ik zou het niet weten,' antwoordde Robert Quinn.

Hij durfde niet naar buiten. De weinige keren dat hij Goose Cove verliet, vond hij bij terugkomst weer zo'n afschuwelijke brief. Iemand hield hem in de gaten. Iemand wilde hem kwaad doen. Iemand zag wanneer hij de deur uit ging en stak dan een klein envelopje tussen de deurlijst. Met altijd hetzelfde briefje erin.

Ik weet wat je met dat meisje van vijftien hebt uitgespookt.
En binnenkort weet de hele stad het.

Wie? Wie had het op hem gemunt? Wie wist het van hem en Nola en wilde hem absoluut schade berokkenen? Hij werd er ziek van; iedere keer dat hij zo'n brief vond, voelde hij zich abrupt koortsig. Hij had hoofdpijn en angstaanvallen. Soms werd hij overmand door misselijkheid of slapeloosheid. Hij was bang dat hij ervan zou worden beschuldigd dat hij Nola iets had aangedaan. Hoe kon hij zijn onschuld bewijzen? Hij begon zich de meest onheilspellende scenario's voor te stellen: dat hij de rest van zijn leven in de maximum security-vleugel van een federale gevangenis zou slijten, misschien op de elektrische stoel of in de gaskamer zou belanden. Langzaam maar zeker ontwikkelde hij een angst voor de politie: van de aanblik van een uniform of een politiewagen werd hij extreem nerveus. Toen hij op een dag uit de supermarkt kwam, zag hij een patrouillewagen van de Staatspolitie op de parkeerplaats staan waarin een agent zat die hem in het oog hield. Hij maande zichzelf tot kalmte, en met zijn boodschappen in zijn armen stapte hij stevig door naar zijn auto. Maar toen hoorde hij opeens dat hij geroepen werd. Het was de politieman. Hij deed of hij hem niet hoorde. Achter hem klonk het geluid van een portier: de politieman stapte uit. Hij hoorde zijn voetstappen, het gerammel van de riem waar handboeien, een vuurwapen en een knuppel aan hingen. Toen hij bij zijn auto kwam, gooide hij de boodschappen in de kofferbak om zo snel mogelijk weg te kunnen rijden. Hij trilde, hij zweette, hij kon niet goed meer zien; hij was volkomen in paniek. Vooral kalm blijven, hield hij zichzelf voor, instappen en verdwijnen. Vooral niet naar Goose Cove rijden. Maar hij kreeg er de tijd niet voor: hij voelde een sterke hand op zijn schouder.

Hij had nog nooit gevochten, hij wist niet eens hoe het moest. Wat zou hij doen? Moest hij de ander wegduwen om net genoeg tijd te winnen om snel in te stappen en weg te vluchten? Moest hij hem slaan? Zijn wapen bemachtigen en hem neerschieten? Hij draaide zich snel om, tot alles bereid. En toen gaf de politieman hem een briefje van twintig dollar.

'Dit viel uit uw zak, meneer. Ik riep u al, maar u hoorde me niet. Gaat het, meneer? U ziet zo bleek.'

'Het gaat wel,' antwoordde Harry. 'Ik... Ik was in gedachten verzonken en... Nou ja, hartelijk dank. Ik... Ik... moet gaan.'

De politieman stak een vriendelijke hand op en liep terug naar zijn auto; Harry stond te trillen.

Na die gebeurtenis gaf hij zich op voor boksles; hij ging er serieus mee aan de slag. Uiteindelijk besloot hij hulp te zoeken. Hij won informatie in en nam contact op met dokter Roger Ashcroft in Concord, die naar men zei een van de beste psychiaters in de omtrek was. Ze kwamen overeen dat ze elkaar wekelijks zouden zien, op woensdagochtend van 10.40 tot 11.30. Hij vertelde dokter Ashcroft niet over de brieven maar wel over Nola. Weliswaar zonder haar naam te noemen, maar toch: voor het eerst kon hij met iemand over Nola praten. Het luchtte enorm op. Ashcroft zat in zijn gecapitonneerde stoel, hoorde hem aandachtig aan en tikte telkens als hij aan een interpretatie begon met zijn vingers op een vloeiblad.

'Volgens mij zie ik doden,' verklaarde Harry.

'Dus uw vriendin is dood?' concludeerde Ashcroft.

'Ik heb geen idee... Daar word ik juist zo gek van.'

'Ik denk niet dat u gek bent, meneer Quebert.'

'Soms ga ik naar het strand en dan schreeuw ik haar naam. En als ik geen kracht meer heb om te schreeuwen, ga ik in het zand zitten en huil ik.'

'Volgens mij zit u in een rouwproces. U hebt een rationele, heldere, bewuste kant die strijd levert met een andere kant die weigert te accepteren wat hij onacceptabel vindt. Als de werkelijkheid onverdraaglijk wordt, proberen we die een andere richting op te duwen. Misschien kan ik u wat kalmeringsmiddelen voorschrijven, zodat u zich gemakkelijker kunt ontspannen.'

'Nee, dat niet. Ik moet me concentreren op mijn boek.'
'Vertelt u eens over dat boek, meneer Quebert.'
'Het wordt een schitterend liefdesverhaal.'
'En waar gaat het verhaal over?'
'Over een liefde tussen twee mensen die nooit kan bestaan.'
'Het verhaal van u en uw vriendin?'
'Ja. Ik haat boeken.'
'Waarom?'
'Ze doen pijn.'
'Het is tijd. Volgende week gaan we verder.'
'Prima. Bedankt, dokter.'

Op een dag liep hij in de wachtkamer Tamara Quinn tegen het lijf, die net uit de spreekkamer kwam.

*

Half november legde hij de laatste hand aan het manuscript, op een middag die zo donker was dat je niet zag of het dag of nacht was. Hij klopte het dikke pak papieren recht en las aandachtig de titel, die met hoofdletters op het omslag stond.

DE WORTELS VAN HET KWAAD
DOOR HARRY QUEBERT

Opeens voelde hij de behoefte er met iemand over te praten, en hij ging regelrecht naar Clark's om Jenny te vinden.

'Mijn boek is af,' zei hij in een vlaag van euforie. 'Ik ben naar Aurora gekomen om een boek te schrijven en nu is het klaar. Het is klaar! Het is, klaar!'

'Geweldig,' antwoordde Jenny. 'Ik weet zeker dat het een meesterwerk is. Wat ga je nu doen?'

'Eerst een tijdje naar New York. Om het bij uitgevers aan te bieden.'

Hij leverde kopieën van het manuscript in bij vijf belangrijke uitgeverijen in New York. Binnen een maand namen ze alle vijf contact met hem op, ervan overtuigd dat ze een meesterwerk in handen hadden, en begonnen ze elkaar te overbieden voor de rechten. Het was het begin van een nieuw leven. Hij nam een advocaat en een agent in dienst. Een paar dagen voor kerst tekende hij bij een van de uitgeverijen een geweldig contract ter waarde van 100.000 dollar. De weg naar de roem lag voor hem open.

Op 23 december keerde hij aan het stuur van een gloednieuwe Chrysler Cordoba terug naar Goose Cove. Hij wilde de kerstdagen per se in Aurora doorbrengen. In de deurlijst zat een anonieme brief geklemd die zo te zien al een paar dagen oud was. De laatste die hij ooit zou krijgen.

De volgende dag besteedde hij aan het maken van het avondeten: hij bakte een enorme kalkoen, stoofde haricots verts in boter, bakte aardappeltjes en maakte een chocolade-roomtaart. Uit de platenspeler schalde *Madame Butterfly*. Hij dekte een tafel voor twee personen bij de kerstboom. Hij zag niet dat Robert Quinn hem vanachter het beslagen raam in de gaten hield en zichzelf die dag bezwoer dat het voorbij was met die brieven.

Na het eten verontschuldigde Harry zich tegenover het lege bord tegenover hem en verdween een ogenblik in zijn werkkamer. Hij kwam weer tevoorschijn met een grote doos.

'Is dat voor mij?' riep Nola uit.

'Het was even zoeken, maar uiteindelijk is alles mogelijk,' antwoordde Harry, terwijl hij de doos op de grond zette.

Nola knielde neer. 'Wat is het dan? Wat is het?' vroeg ze aan één stuk door, terwijl ze de flappen optilde van de doos die niet was dichtgeplakt. Er kwam een snoetje tevoorschijn en toen een klein geel koppie. 'Een puppy! Een puppy! Een hondje met de kleur van de zon! O Harry, mijn liefste Harry! Dankjewel! Dankjewel!' Ze tilde het hondje uit de doos en nam het in haar armen. Het was een labrador van krap tweeënhalve maand. 'Storm zul je heten!' zei ze tegen de hond. 'Storm! Storm! Jij bent het hondje waarvan ik altijd gedroomd heb!'

Ze zette de pup op de grond. Keffend begon het beestje zijn nieuwe omgeving te onderzoeken en zij vloog Harry om de hals.

'Bedankt, Harry. Je maakt me zo gelukkig. Maar ik schaam me verschrikkelijk, want ik heb niks voor jou.'

'Jouw geluk is mijn cadeau, Nola.'

Hij sloot haar in zijn armen, maar hij had de indruk dat ze weggleed; algauw voelde hij haar niet meer, zag hij haar niet meer. Hij riep, maar ze antwoordde niet meer. Hij was weer alleen, hij stond midden in de eetkamer en omhelsde zijn eigen armen. Aan zijn voeten was de pup uit de doos geklommen en speelde met zijn schoenveters.

*

De wortels van het kwaad verscheen in juni 1976. Direct na verschijning werd het een enorm succes. De fenomenale Harry Quebert, vijfendertig jaar, werd bewierookt door de kritiek en beschouwd als de grootste schrijver van zijn generatie.

Harry's uitgever, die zich bewust was van de impact die het boek zou veroorzaken, legde twee weken voor de verschijning persoonlijk de weg af naar Aurora om hem te bezoeken.

'Zeg, Quebert, ik hoor dat je niet naar New York wil komen,' zei de uitgever.

'Ik kan hier niet weg,' zei Harry. 'Ik wacht op iemand.'

'Je wacht op iemand? Wat zeg je me nou? Heel Amerika wil je. Je wordt een enorme ster.'

'Ik wil hier niet weg, ik heb een hond.'

'Nou, dan neem je die toch mee? Maak je niet druk, we zullen hem vertroetelen: hij krijgt een oppas, een kok, een uitlater en een trimmer. Kom, makker. Pak je spullen in en loop de roem tegemoet.'

En Harry verliet Aurora voor een nationale tournee van een paar maanden. Algauw werd er over niets anders meer gesproken dan over hem en zijn verbluffende roman. In de keuken van Clark's of in haar slaapkamer volgde Jenny hem via radio en televisie. Ze kocht alle kranten over hem en bewaarde de artikelen trouw. Altijd als ze zijn boek in een winkel zag liggen, kocht ze het. Ze had er al meer dan tien. Ze had ze allemaal gelezen. Soms vroeg ze zich af of hij terug zou komen om haar mee te nemen. Als de postbode kwam, betrapte ze zich erop dat ze op een brief van hem rekende. Als de telefoon ging, hoopte ze dat hij het was.

De hele zomer wachtte ze. Als ze een auto zag die op de zijne leek, begon haar hart te bonzen.

In de herfst wachtte ze nog steeds. Als de deur van Clark's openging, fantaseerde ze dat hij was gekomen om haar op te halen. Hij was de liefde van haar leven. En terwijl ze wachtte dacht ze, om haar geest bezig te houden, aan die heerlijke dagen dat hij in Clark's aan tafel 17 had zitten werken. Daar, vlak bij haar, had hij het meesterwerk geschreven waarvan ze iedere avond een paar bladzijden herlas. Als hij in Aurora wilde blijven wonen, zou hij hier iedere dag kunnen komen: dan zou ze hier wel blijven werken, alleen om bij hem in de buurt te zijn. Het kon haar niet schelen of ze tot het einde van haar leven hamburgers moest rondbrengen, als ze maar in zijn buurt kon zijn. Ze zou die tafel altijd voor hem vrijhouden. En ondanks de bezwaren van haar moeder bestelde ze op eigen kosten een metalen plaque, die ze op tafel 17 liet vastschroeven en waarin gegraveerd stond:

> Aan deze tafel schreef de schrijver Harry Quebert in de zomer
> van 1975 zijn beroemde roman *De wortels van het kwaad*

Op 13 oktober 1976 vierde ze haar vijfentwintigste verjaardag. Harry zat in Philadelphia, dat had ze in de krant gelezen. Sinds zijn vertrek had hij haar geen enkel teken van leven gegeven. Die avond, in de woonkamer van het huis van haar ouders, vroeg Travis Dawn, die sinds een jaar iedere zondag bij de Quinns kwam lunchen, in aanwezigheid van haar ouders om haar hand. En omdat ze geen hoop meer had, zei ze ja.

*

Juli 1985

Tien jaar na de gebeurtenissen had de tijd het spookbeeld van Nola's ontvoering uitgewist. In de straten van Aurora had het leven zijn plaats allang weer ingenomen: de kinderen waren weer luidruchtig op hun rolschaatsen aan het hockeyen, er werd weer touwtje gesprongen, de reusachtige hinkelbanen waren weer op de trottoirs verschenen, in de hoofdstraat versperden de fietsen de gevel van de general store van de Hendorfs, waar een handvol snoepjes inmiddels bijna een dollar kostte.

In Goose Cove zat Harry op het einde van een ochtend van de tweede week van juli op het terras te genieten van de warmte en de mooie dagen, terwijl hij de bladzijden van zijn nieuwe roman corrigeerde; vlak bij hem lag Storm, de hond, te slapen. Boven hem vloog een zwerm meeuwen. Hij volgde de vogels met zijn blik: ze landden op het strand. Meteen stond hij op om oud brood uit de keuken te halen, dat hij bewaarde in een blikken trommel met het opschrift SOUVENIR UIT ROCKLAND, MAINE; toen liep hij naar het strand om de vogels te voeren, op de voet gevolgd door zijn oude hond, die moeilijk liep door de artrose. Hij ging op de rotsen zitten om naar de vogels te kijken en de hond kwam naast hem zitten. Hij aaide hem langdurig. 'Arme oude Storm,' zei hij. 'Je hebt moeite met lopen, hè? Tja, je bent dan ook niet de jongste meer... Ik weet nog precies dat ik je kocht, in 1975, vlak voor Kerstmis... Je was een klein pluisbolletje, nauwelijks groter dan twee vuisten.' Plotseling hoorde hij dat hij geroepen werd.

'Harry?'

Op het terras stond een bezoeker naar hem te zwaaien. Harry kneep zijn ogen samen en herkende Eric Rendall, de rector magnificus van de universiteit van Burrows, Massachusetts. De twee hadden elkaar een jaar geleden op een conferentie leren kennen en daarna hadden ze altijd contact gehouden.

'Eric? Ben jij dat?' antwoordde Harry.

'Jazeker.'

'Blijf waar je bent, ik kom eraan.'

Een paar tellen later stond Harry, met moeite gevolgd door de oude labrador, bij Rendall op het terras.

'Ik heb je proberen te bellen,' zei de rector om zijn onaangekondigde bezoek te verklaren.

'Ik neem niet zo vaak op,' glimlachte Harry.

'Is dat je nieuwe roman?' vroeg Rendall toen hij de papieren zag die de hele tafel in beslag namen.

'Ja. Hij zou deze herfst moeten verschijnen. Ik heb er twee jaar aan gewerkt... Ik moet de proeven nog lezen, maar weet je, ik geloof dat ik nooit meer zoiets zal kunnen schrijven als *De wortels van het kwaad*.'

Rendall keek Harry vriendelijk aan.

'Eigenlijk schrijft iedere schrijver maar één boek in zijn leven,' zei hij.

Harry knikte instemmend en bood zijn bezoeker koffie aan. Toen gingen ze aan tafel zitten en stak Rendall van wal.

'Harry, ik ben zo vrij geweest om bij je langs te komen omdat ik me herinnerde dat je les wilde geven aan een universiteit. En op de letterkundefaculteit van Burrows komt binnenkort een leerstoel vrij. Ik weet dat het geen Harvard is, maar we zijn een goede universiteit. Als de positie je wat lijkt, kun je haar krijgen.'

Harry wendde zich tot zijn hond, die de kleur had van de zon, en aaide hem over zijn nek.

'Hoor je dat, Storm?' mompelde hij hem in het oor. 'Ik word professor aan de universiteit.'

6
De wet van Barnaski

'Woorden zijn heel leuk en aardig, hoor Marcus, maar soms schieten ze tekort. Soms willen mensen je niet horen.'
 'En wat moet je dan doen?'
 'Dan moet je ze bij hun nekvel grijpen en je elleboog op hun keel zetten. Heel stevig.'
 'Waarom?'
 'Om ze te wurgen. Als woorden geen effect meer hebben, moet je een paar vuistslagen uitdelen.'

Aan het begin van augustus 2008 legde de openbare aanklager van New Hampshire, in het licht van de nieuwe bewijzen die het onderzoek had opgeleverd, de ter zake belaste rechter een nieuw rapport voor, waarin werd geconcludeerd dat Luther Caleb de moordenaar was van Deborah Cooper en dat hij Nola Kellergan had ontvoerd, doodgeslagen en bij Goose Cove had begraven. Naar aanleiding van dit rapport werd Harry opgeroepen voor een spoedzitting waarop de aanklachten tegen hem definitief werden ingetrokken. Door die laatste ontwikkeling kreeg de zaak het aanzien van een groot zomerfeuilleton: Harry Quebert, de ster die werd ingehaald door zijn verleden en in ongenade was gevallen, werd eindelijk vrijgesproken – nadat zijn carrière was verwoest en hij de doodstraf had geriskeerd.

Luther Caleb kreeg postuum de reputatie van een monster, wat ertoe leidde dat zijn leven breed werd uitgemeten in de kranten en zijn naam werd bijgeschreven in het pantheon van de grote criminelen uit de Amerikaanse geschiedenis. Algauw was de algehele aandacht alleen nog maar voor hem. Zijn hele leven werd uitgeplozen, de geïllustreerde weekbladen kochten steeds meer oude foto's op van zijn naasten en zaagden eindeloos door over zijn verleden: zijn onbezorgde jaren in Portland, zijn grote schilderstalent, de mishandeling, zijn afdaling in de hel. Zijn behoefte om naakte vrouwen te schilderen hield het publiek in haar greep, en er werden psychiaters geïnterviewd voor nadere duiding: was dit een bekend verschijnsel? Was het iets wat de tragische loop van de gebeurtenissen had kunnen voorspellen? Door een lek bij de politie konden er beelden worden verspreid van het schilderij dat zich bij Elijah Stern bevond, wat leidde tot waanzinnige speculaties: iedereen vroeg zich af waarom Stern, een invloedrijk en gerespecteerd man, erin had toegestemd dat een meisje van vijftien naakt zou poseren.

De beschuldigende blikken richtten zich vervolgens op de openbare aanklager, die het volgens sommigen viel aan te rekenen dat hij het fiasco met Quebert als een kip zonder kop had doorgezet. Sommigen waren zelfs van mening dat hij met zijn handtekening onder het beruchte rapport uit augustus tegelijkertijd het doodvonnis van zijn eigen carrière had getekend. Maar die carrière werd deels gered door Gahalowood, die als verantwoordelijke bij de politie de volle verantwoordelijkheid voor het onderzoek nam en een persconferentie belegde om uit te leggen dat hij degene was die Harry Quebert had gearresteerd, maar dat hij ook degene was die ervoor had gezorgd dat hij weer vrij kwam, dat dat elkaar niet beet en ook geen brevet van onvermogen was, maar juist het bewijs dat het justitiële systeem werkte. 'Er heeft niemand ten onrechte vastgezeten,' verklaarde hij aan de talrijke journalisten. 'Er waren verdenkingen en die zijn later weerlegd. Beide keren hebben we consequent gehandeld. En dat is precies zoals de politie hoort te werken.' En als verklaring voor de lange tijd die de politie nodig had gehad om de dader te vinden, zette hij zijn theorie van concentrische cirkels uiteen: het centrale element was Nola, en om haar heen beschreven allerlei andere elementen een baan. Die moesten stuk voor stuk worden geïsoleerd om de moordenaar te vinden. Maar dat werk kon pas beginnen toen het lichaam was gevonden. 'U zegt dat het ons drieëndertig jaar heeft gekost om de moord op te lossen,' hield hij zijn toehoorders voor, 'maar eigenlijk was het maar twee maanden. De rest van de tijd was er geen lichaam en geen moord. Alleen een vermist meisje.'

Niemand snapte zo weinig van de situatie als Benjamin Roth. Toen ik hem op een middag toevallig tegen het lijf liep op de cosmetica-afdeling van een van de grote winkelcentra van Concord, zei hij: 'Wat idioot, gisteren heb ik Harry in zijn motel opgezocht, en het lijkt wel dat het hem nauwelijks blij maakt dat zijn naam is gezuiverd.'

'Hij is verdrietig,' legde ik uit.
'Verdrietig? Maar we hebben gewonnen!'
'Hij is verdrietig omdat Nola dood is.'
'Maar dat is ze al dertig jaar!'
'Nu pas echt.'
'Ik begrijp je niet, Goldman.'
'Dat verbaast me niks.'
'Hoe dan ook, ik ben bij hem langs geweest om te zeggen dat hij met het huis aan de gang moet: ik heb de mensen van de verzekering laten komen en die zorgen voor alles, maar hij moet nog wel een architect vinden

en besluiten wat hij wil. Het leek hem allemaal niks te kunnen schelen. Het enige wat hij zei was: "Laten we ernaartoe gaan." Dus toen zijn we erheen gereden. Er liggen nog allemaal spullen in het huis, wist je dat? Hij heeft alles laten liggen, meubels en allerlei andere zaken die nog onbeschadigd zijn. Hij zegt dat hij niks nodig heeft. We zijn meer dan een uur gebleven. En in dat uur zijn m'n schoenen van zeshonderd dollar compleet naar m'n grootje gegaan. Ik wees hem dingen aan die we nog mee konden nemen, vooral meubels. Ik stelde voor om een van de muren uit te breken om de woonkamer groter te maken, en ik herinnerde hem er ook nog aan dat we de staat New Hampshire zouden kunnen aanklagen voor de morele schade die deze hele zaak heeft veroorzaakt en een flinke zak geld kunnen eisen. Maar hij reageerde niet eens. Ik stelde voor om een verhuisbedrijf in te schakelen om alles wat nog intact was op te halen en bij een meubelopslag onder te brengen, ik zei dat hij geluk had gehad dat het niet geregend had en dat er geen dieven waren geweest, maar hij antwoordde dat het hem allemaal niet uitmaakte. Hij zei zelfs dat het hem niets kon schelen als hij werd bestolen, omdat iemand dan tenminste nog iets aan die meubels zou hebben. Begrijp jij er iets van, Goldman?'

'Ja. Hij heeft niks meer aan dat huis.'
'Hij heeft er niks meer aan? Hoe bedoel je?'
'Omdat hij niet meer hoeft te wachten.'
'Op wie zou hij moeten wachten?'
'Op Nola.'
'Maar Nola is dood!'
'Precies.'
Roth haalde zijn schouders op.
'Eigenlijk had ik de hele tijd gelijk,' zei hij. 'Die kleine Kellergan was een sletje. De hele stad mocht over haar heen en Harry was gewoon de stomkop, de softe romantische sukkel die als een blok voor haar viel en liefdesbriefjes voor haar schreef. Een hele roman zelfs.'
Hij lachte vettig.
Het was de druppel. Met een snelle beweging greep ik de kraag van zijn overhemd en duwde hem tegen een muur, terwijl er links en rechts parfumflesjes aan diggelen vielen, en toen zette ik mijn vrije onderarm tegen zijn keel.
'Nola heeft Harry's leven veranderd!' schreeuwde ik uit. 'Ze heeft zich voor hem opgeofferd! Haal het niet in je hoofd om te gaan rondbazuinen dat ze een slet was.'

Hij probeerde los te komen, maar hij stond machteloos; ik hoorde een klein, verstikt, benard stemmetje. Mensen dromden om ons heen, er kwamen beveiligers aangerend en uiteindelijk liet ik los. Hij was zo rood als een tomaat, zijn overhemd hing open. Hij stotterde: 'Je... je... Je bent gek, Goldman! Stapelgek! Net zo gek als Quebert! Ik kan je laten arresteren, weet je dat!'

'Doe wat je niet laten kunt, Roth!'

Hij liep woedend weg, en van een afstandje riep hij: 'Dat ze een slet was heb ik van jou, Goldman! Dat stond in jouw aantekeningen! Het is allemaal jouw schuld!'

Ik hoopte dat mijn boek de schade zou herstellen die door het uitlekken van mijn aantekeningen was ontstaan. Over anderhalve maand was de officiële boekpresentatie en Roy Barnaski was door het dolle heen: hij belde me een paar keer per dag om te zeggen hoe opgewonden hij was.

'Het gaat allemaal perfect!' riep hij uit tijdens een van die gesprekken. 'De timing is perfect! Dat het rapport van de aanklager juist nu uitkomt, met alle drukte eromheen, is een ongelooflijke mazzel! Over drie maanden zijn de presidentsverkiezingen en dan heeft niemand nog enige aandacht voor je boek of deze hele geschiedenis. Informatie is een onbeperkte stroom in een beperkte ruimte, weet je. De hoeveelheid informatie is onbegrensd, maar de tijd die het publiek ervoor heeft is beperkt en onveranderlijk. Het gros der mensheid heeft er – tja, wat zal het zijn, misschien een uur per dag voor. Twintig minuten voor de gratis krant 's ochtends in de metro, een halfuurtje internet op het werk en 's avonds voor het slapengaan een kwartiertje CNN. En om die tijdsruimte te vullen is er een oneindig aanbod aan materiaal! Er gebeuren allerlei gruwelijke dingen in de wereld, maar daarover praten we niet, daar hebben we geen tijd voor. Je kunt niet over Nola Kellergan én over Sudan praten, daar hebben we gewoon de tijd niet voor. De aandacht reikt niet verder dan vijftien minuten CNN. Daarna gaat de kijker terug naar zijn televisieseries. Het leven is een kwestie van prioriteiten.'

'Wat ben jij cynisch, Roy,' antwoordde ik.

'Ach nee, wat een onzin! Schuif me nou niet steeds van alles in de schoenen! Ik ben gewoon realistisch. Jij bent een schattig vlinderjagertje, een dromer die over de steppe rent op zoek naar inspiratie. Maar al zou jij een meesterwerk over Sudan schrijven, ik zou het niet uitgeven. Omdat het de mensen niet kan schelen! Geen moer! Dus ja, noem me gerust een klootzak, maar ik richt me gewoon naar de vraag. Sudan kan niemand wat schelen en dat is nou eenmaal zo. Momenteel heeft iedereen het over Harry Quebert en Nola Kellergan, en daar moeten we gebruik van maken: over twee maanden praat iedereen over de nieuwe president en dan bestaat je boek niet eens meer. Maar dan hebben we er al zoveel exemplaren van verkocht dat jij het ervan kunt nemen in je nieuwe huis op de Bahama's.'

Er viel niets op te zeggen: Barnaski wist precies hoe je de mediaruimte moest innemen. Iedereen sprak over het boek, en hoe meer erover gepraat werd, hoe meer publiciteitscampagnes hij op touw zette, zodat er nog meer over gepraat zou worden. De pers presenteerde *De zaak Harry Quebert* als 'het boek van een miljoen'. En ik besefte dat het astronomische bedrag dat hij me had geboden en waarover hij uitvoerig in de media had gepraat een marketinginvestering was: in plaats van dat geld te besteden aan reclames of posters had hij het gebruikt om de algemene interesse te wekken. Daar maakte hij trouwens geen geheim van als ik het hem vroeg, en hij legde me zijn theorie daarover uit: volgens hem waren de regels van het zakendoen volledig op hun kop gezet door de opkomst van internet en sociale netwerken.

'Heb je enig idee hoeveel een enkel reclamebord in de metro van New York kost, Marcus? Een fortuin. Je betaalt je blauw voor een affiche met een beperkte levensduur, dat maar door een beperkt aantal mensen wordt gezien. En nu hoef je alleen maar op de een of andere manier de interesse te wekken, een buzz te creëren zoals dat heet, ervoor te zorgen dat er over je gepraat wordt, en dan kun je het verder aan de mensen overlaten om op sociale netwerken over je te praten: zo heb je toegang tot een gratis, onbegrensd reclameplatform. Mensen van over de hele wereld zorgen er zonder het zelf te beseffen voor dat je wereldwijd publiciteit krijgt. Is het niet ongelooflijk? De gebruikers van Facebook zijn sandwichmannen die gratis voor je werken. Het zou stom zijn om daar geen gebruik van te maken.'

'En dat heb je dus gedaan.'

'Door jou een miljoen te geven, ja. Als je iemand evenveel voor een boek betaalt als wat een speler uit de NBA of NHL in een jaar verdient, dan kun je ervan uitgaan dat iedereen erover praat.'

In New York, op het hoofdkantoor van Schmid & Hanson, was de spanning om te snijden. Er waren hele teams gemobiliseerd om de productie en de voortgang van het boek in de gaten te houden. Via FedEx kreeg ik een conferencecallapparaat dat me in staat stelde om de vergaderingen in Manhattan vanuit mijn suite in het Regent bij te wonen. Vergaderingen met het marketingteam over de promotie, vergaderingen met het designteam over het omslagontwerp, vergaderingen met de juridische afdeling over de juridische aspecten en ten slotte vergaderingen met een team van ghostwriters, dat Barnaski voor bepaalde sterauteurs inzette en dat hij me absoluut in de maag wilde splitsen.

Tweede telefonische bespreking. Met de ghostwriters.
'Over drie weken moet het boek af zijn, Marcus,' zei Barnaski voor de tiende keer. 'Dan hebben we nog tien dagen voor correcties en een week voor het drukken. Wat dus betekent dat we half september het hele land kunnen bestoken. Gaat dat lukken?'

'Ja, Roy.'

'Als het moet, komen we direct naar je toe,' brulde François Lancaster, het hoofd van de ghostwriters, op de achtergrond. 'Dan nemen we het eerste vliegtuig naar Concord en kunnen we je vanaf morgen helpen.'

Ik hoorde de anderen schreeuwen: ja, ze zouden er morgen zijn, het zou geweldig gaan.

'Wat pas echt geweldig zou zijn, is als jullie me rustig lieten werken,' antwoordde ik. 'Ik schrijf dit boek alleen.'

'Maar ze zijn heel goed,' drong Barnaski aan. 'Je zult het verschil zelf niet eens merken!'

'Ja, je zult het verschil zelf niet eens merken,' herhaalde François. 'Waarom zou je werken als het niet hoeft?'

'Ik haal die deadline wel, maken jullie je geen zorgen.'

Vierde telefonische bespreking. Met het marketingteam.
'We hebben foto's van u nodig, meneer Goldman,' zei Sandra van marketing. 'Dat u zit te schrijven, archieffoto's met Harry, foto's van Aurora... En de aantekeningen die u heeft gemaakt.'

'Ja, alle aantekeningen!' benadrukte Barnaski.

'O... Ja... En waarom?' vroeg ik.

'We gaan een boek over uw boek uitbrengen,' legde Sandra uit. 'Een soort logboek. Rijk geïllustreerd. Dat verkoopt als een tierelier, want iedereen die uw boek heeft gekocht zal het dagboek erbij willen lezen en vice versa. Dat zult u wel merken.'

Ik zuchtte.

'Denken jullie dat ik momenteel niets beters te doen heb dan te werken aan een boek over een boek dat nog niet af is?'

'Nog niet af?' brulde Barnaski hysterisch. 'Ik stuur de ghostwriters direct naar je toe!'

'Als je dat maar laat! Laat me in godsnaam rustig aan mijn boek werken!'

Zesde telefonische bespreking. Met de ghostwriters.
'We hebben geschreven dat Caleb huilde toen hij het meisje begroef,' liet François Lancaster me weten.

'Hoezo "we hebben geschreven"?'

'Nou, dat hij huilt als hij het meisje begraaft. Zijn tranen vallen in het graf en maken modder van de aarde. Het is een mooie scène geworden, dat zult u wel zien.'

'Wat? Heb ik jullie verdomme gevraagd om een mooie scène te schrijven over hoe Caleb Nola begraaft?'

'Nou... Nee... Dat heeft meneer Barnaski gedaan...'

'Barnaski? Hé, Roy, ben je daar? Hé? Hé?'

'Eh... Ja, Marcus, ik ben er...'

'Wat zijn dat voor fratsen?'

'Maak je niet druk, Marcus. Ik kan gewoon niet het risico nemen dat het boek niet op tijd klaar is. En dus heb ik ze gevraagd om alvast vooruit te werken. Voor het geval dát. Een eenvoudige voorzorgsmaatregel. Als hun teksten je niet bevallen, gebruiken we ze niet. Maar stel je nou voor dat je in tijdnood komt, dan is dit onze reddingsboei!'

Tiende telefonische bespreking. Met de juridische afdeling.
'Goedendag, meneer Goldman, Richardson hier, van de juridische afdeling. We hebben alles uitgezocht hier en we kunnen bevestigen dat u alle eigennamen kunt gebruiken. Stern, Pratt, Caleb. Alle namen die in het rapport van de aanklager staan en door de media zijn overgenomen. We zijn gedekt, er is geen enkel risico. Er is geen sprake van verzinsels of van smaad, alleen van feiten.'

'Ze zeggen dat je in de vorm van dromen of fantasieën ook seksscènes en orgies kunt invoegen,' voegde Barnaski toe. 'Toch, Richardson?'

'Absoluut. Dat had ik trouwens al gezegd. Uw personage mag dromen dat hij geslachtsverkeer heeft, zodat u seks in uw boek kunt gebruiken zonder dat u daarover kunt worden aangeklaagd.'

'Ja, iets meer seks graag, Marcus,' vervolgde Barnaski. 'François zei een paar dagen geleden dat het een prachtig boek is, maar dat het jammer is dat het niet wat pikanter wordt. Ze is vijftien. Quebert is in de dertig, en dat in die tijd! Schud er een flinke scheut salsa eroverheen! *Caliente*, zoals ze in Mexico zeggen.'

'Je bent stapelgek, Roy!' riep ik uit.

'Je verpest alles, Goldman,' zuchtte Barnaski. 'Niemand houdt van heilige boontjes.'

Twaalfde telefonische bespreking. Met Roy Barnaski.
'Ben jij dat, Roy?'

'Hoezo, "Roy"!'

'Mama?'

'Markie?'

'Mama?'

'Markie? Ben jij dat? Wie is Roy?'

'Godverdomme, ik heb het verkeerde nummer getoetst.'

'Het verkeerde nummer? Die belt zijn moeder, roept "godverdomme" en zegt dan doodleuk dat-ie het verkeerde nummer heeft getoetst!'

'Zo bedoel ik het niet, mama. Maar ik moet Roy Barnaski spreken en toen heb ik zonder erbij na te denken jullie nummer getoetst. Ik ben er niet helemaal bij met mijn gedachten, momenteel...'

'Die belt zijn moeder omdat hij er niet helemaal bij is met zijn gedachten... Het wordt steeds mooier. Je schenkt ze het leven en wat krijg je ervoor terug? Niks.'

'Het spijt me, mam. Geef papa een kus. Ik bel nog.'

'Wacht!'

'Wat?'

'Heb je niet eens een minuutje voor je arme moeder? Je moeder die zo'n mooie, grote schrijver van je heeft gemaakt, verdient die niet een paar seconden van je tijd? Kun je je die kleine Jeremy Johnson herinneren?'

'Johnson? Ja, we zaten bij elkaar in de klas. Wat is er met hem?'

'Zijn moeder was toch dood? Nou, hoe denk je dat hij het zou vinden om een telefoon te kunnen pakken en met zijn lieve mamaatje te bellen die in de hemel tussen de engeltjes zit? Naar de hemel loopt geen telefoonlijn, Markie, maar naar Montclair wel! Probeer daar af en toe maar eens aan te denken.'

'De moeder van Jeremy Johnson was helemaal niet dood! Dat maakte hij iedereen wijs omdat ze donker donshaar op haar wangen had zodat het net leek of ze een baard had en alle kinderen hem daarmee pestten. Dus toen zei hij dat zijn moeder dood was en dat die vrouw de oppas was.'
'Wat? Dus die oppas van de Johnsons, met die baard, was zijn moeder?'
'Ja, mama.'
Ik hoorde dat mijn moeder in beweging kwam en mijn vader riep. 'Nelson, kom eens gauw! Een *plotke* dat je absoluut moet horen: die vrouw met die baard bij de Johnsons, dat was de moeder! Hoezo, "dat wist ik allang"? Waarom heb je dat nooit gezegd?'
'Mama, ik moet nu ophangen. Ik heb een belafspraak.'
'Wat is dat, een belafspraak?'
'Dat is een afspraak om elkaar te bellen.'
'Waarom maken wij geen belafspraken met elkaar?'
'Belafspraken maak je alleen voor je werk, mama.'
'Wie is die Roy, liefje? Is dat die naakte man die zich op jouw kamer schuilhoudt? Je kunt me alles vertellen hoor, ik kan alles aan. Waarom wil je een opbelafspraak met zo'n vieze vent?'
'Roy is mijn uitgever, mama. Je kent hem wel, je hebt hem in New York ontmoet.'
'Weet je, Markie, ik heb met de rabbi gepraat over je seksuele problemen. Hij zegt dat...'
'Mama, genoeg. Ik ga nu ophangen. Geef papa een kus.'

Dertiende telefonische bespreking. Met de vormgevers.
Brainstormsessie over het omslag.
'We zouden een foto van jou kunnen gebruiken,' suggereerde Steven, de hoofdontwerper.
'Of van Nola,' stelde een ander voor.
'Een foto van Caleb zou ook niet gek zijn, toch?' gooide een derde in de groep.
'En als we nou eens een foto van het bos doen?' bracht een ontwerpassistent te berde.
'Ja, niet gek, heel duister en angstaanjagend,' zei Barnaski.
'Of juist iets heel sobers?' suggereerde ik toen maar. 'Een foto van Aurora met op de voorgrond in silhouet twee gestaltes die je niet kunt identificeren, maar waarvan je vermoedt dat het Harry en Nola zijn die samen over Route 1 lopen.'

'Pas op met soberheid,' zei Steven. 'Sober is saai. En wat saai is, verkoopt niet.'

Eenentwintigste telefonische bespreking. Met de juristen, ontwerpers en marketingmensen.
Ik hoorde de stem van Richardson van de juridische afdeling.
'Donuts?'
Ik antwoordde: 'Hè? Ik? Nee.'
'Hij had het niet tegen u,' zei Steven, de ontwerper. 'Maar tegen Sandra van marketing.'
Barnaski werd boos.
'Zouden jullie het gesprek niet willen verstoren door elkaar op lekker warme kopjes koffie en donuts te trakteren? We spelen hier geen restaurantje, we maken een bestseller.'

*

Terwijl mijn boek razendsnel vorderde, zat het onderzoek naar de moord op Chief Pratt muurvast. Gahalowood had een paar rechercheurs ter versterking gevraagd, maar het schoot gewoon niet op. Er waren geen aanwijzingen en geen bruikbare sporen. We spraken er lang over in een truckerscafé aan de rand van de stad, waar Gahalowood zich af en toe terugtrok om te biljarten.
'Dit is mijn schuilhol,' zei hij, terwijl hij me een keu aangaf zodat we een partij konden spelen. 'Ik kom hier vaak, de laatste tijd.'
'Het is geen makkelijke tijd geweest, hè?'
'Het gaat nu wel weer. In elk geval hebben we de zaak-Kellergan opgelost en dat is het voornaamste. Al hebben we een grotere beerput opengetrokken dan ik had verwacht. Vooral de aanklager komt er slecht van af, zoals gewoonlijk. Omdat de aanklager gekozen is.'
'En u?'
'De gouverneur is tevreden, het hoofd van politie is tevreden, en dus is iedereen tevreden. Trouwens, de hoge pieten overwegen een afdeling cold cases op te zetten, en ze willen dat ik daar deel van ga uitmaken.'
'Cold cases? Maar is het niet frustrerend om geen crimineel en geen slachtoffer te hebben? Dan ben je uiteindelijk alleen maar met doden bezig.'
'Met levenden. In het geval van Nola Kellergan heeft haar vader het

recht om te weten wat er met zijn dochter is gebeurd, en Quebert had bijna, onterecht, de beproeving van een rechtszaak moeten doorstaan. Het recht moet zijn beloop hebben, ook na jaren.'

'En Caleb?' vroeg ik.

'Volgens mij was hij in de war. Weet je, in een zaak als deze heb je óf te maken met een seriemoordenaar – maar in de twee jaar voor en na de ontvoering is er in de wijde omtrek geen enkele zaak geweest die lijkt op die van Nola – óf met iemand die heeft gehandeld in een vlaag van waanzin.'

Ik knikte.

'Het enige wat me nog dwarszit, is Pratt,' zei Gahalowood. 'Wie heeft hem vermoord? En waarom? Er is nog een onbekende in de vergelijking, en ik vrees dat we die nooit zullen vinden.'

'Denkt u nog steeds dat Stern er iets mee te maken heeft?'

'Het is alleen maar een vermoeden. Ik heb je mijn theorie uiteengezet over de duistere plekken in zijn relatie met Luther. Wat is de band tussen die twee? En waarom heeft Stern de vermissing van zijn auto niet gemeld? Er is echt iets raars aan de hand. Zou hij er in de verte mee te maken kunnen hebben? Dat is best mogelijk.'

'Hebt u het hem niet gevraagd?' vroeg ik.

'Jawel. Hij heeft me twee keer heel vriendelijk te woord gestaan. Hij zegt dat het hem goed heeft gedaan om me te vertellen hoe het zat met dat schilderij. Hij heeft me verteld dat Luther die zwarte Chevrolet Monte Carlo af en toe voor privédoeleinden mocht gebruiken, omdat zijn blauwe Mustang niet goed reed. Of het waar is weet ik niet, maar hoe dan ook: die verklaring staat als een huis. Alles staat als een huis. Tien dagen lang heb ik in Sterns verleden gespit, maar ik heb niks gevonden. Ik heb ook weer met Sylla Mitchell gepraat, ik heb gevraagd wat er met de Mustang van haar broer is gebeurd, en ze zegt dat ze geen flauw idee heeft. Die auto is verdwenen. Ik heb niks tegen Stern, niks wat je zou kunnen laten denken dat hij iets met de zaak te maken heeft.'

'Waarom zou een man als Stern zich zo door zijn chauffeur laten koeioneren? Waarom zou hij toegeven aan zijn grillen en hem een auto ter beschikking stellen? Er is iets wat ik gewoon niet begrijp.'

'Ik ook niet, schrijver. Ik ook niet.'

Ik legde de ballen op het laken.

'Mijn boek zou over twee weken af moeten zijn,' zei ik.

'Nu al? Je schrijft snel.'

'Zo snel nou ook weer niet. U zult misschien horen dat het boek in twee maanden is geschreven, maar ik ben er twee jaar mee bezig geweest.'
Hij glimlachte.

*

Aan het einde van augustus 2008 legde ik, vanuit de luxepositie dat ik zelfs nog even voor de deadline zat, de laatste hand aan *De zaak Harry Quebert*, het boek dat twee maanden later waanzinnig veel succes zou hebben.

En toen was het dus tijd om terug te gaan naar New York, waar Barnaski op het punt stond om de aftrap te geven van de promotie van het boek, met uitgebreide fotosessies en gesprekken met journalisten.

Door een toevalligheid van de kalender verliet ik Concord op de op een na laatste dag van augustus. Onderweg maakte ik een omweg door Aurora om Harry op te zoeken in zijn motel. Zoals altijd zat hij voor de deur van zijn kamer.

'Ik ga terug naar New York' zei ik.
'Dan is dit dus een afscheid…'
'Een "Tot ziens". Ik kom gauw terug. Ik zal je rehabiliteren, Harry. Geef me een paar maanden de tijd en dan ben je weer de meest gerespecteerde schrijver van het land.'
'Waarom doe je dit, Marcus?'
'Omdat je van mij gemaakt hebt wie ik ben.'
'En dus? Denk je dat je een soort ereschuld aan me hebt? Ik heb een schrijver van je gemaakt, en omdat het ernaar uitziet dat ikzelf in de ogen van de publieke opinie geen schrijver meer ben, probeer je hetzelfde voor mij terug te doen?'
'Nee, ik verdedig je omdat ik altijd in je heb geloofd. Altijd.'
Ik gaf hem een dikke envelop.
'Wat is dit?' vroeg hij.
'Mijn boek.'
'Ik ga het niet lezen.'
'Ik wil je goedkeuring voordat het wordt gepubliceerd. Dit is jouw boek.'
'Nee, Marcus. Dit is jouw boek. En dat is nou juist het probleem.'
'Wat is het probleem?'

'Volgens mij is het een prachtig boek.'
'En dat is een probleem omdat?'
'Het is gecompliceerd, Marcus. Ooit zul je het wel begrijpen.'
'Wát begrijpen, verdomme? Zeg nou eens wat! Zeg eens wat!'
'Ooit zul je het begrijpen, Marcus.'
Er viel een lange stilte.
'Wat ga je nu doen?' vroeg ik uiteindelijk.
'Ik ga hier weg.'
'Wat bedoel je met hier? Dit hotel, New Hampshire of Amerika?'
'Ik ga naar het schrijversparadijs.'
'Het schrijversparadijs? Wat is dat?'
'Het schrijversparadijs is de plaats waar je besluit het leven te herschrijven tot het zo is als je het zou willen. Want Marcus, de macht van de schrijver is dat hij zelf kan beslissen hoe zijn boek eindigt. Hij beschikt over leven of dood, hij heeft de macht om alles te veranderen. Een schrijver beschikt over een macht waarvan hij de omvang dikwijls niet beseft. Hij hoeft zijn ogen maar dicht te doen om de loop van een leven te veranderen. Marcus, wat zou er op 30 augustus 1975 zijn gebeurd als...'
'Je kunt het verleden niet veranderen, Harry. Denk daar maar niet over na.'
'Hoe zou ik er niet aan kunnen denken?'
Ik legde het manuscript op de stoel naast de zijne en maakte aanstalten om te vertrekken.
'Waar gaat je boek over?' vroeg hij toen.
'Het is het verhaal van een man die een jonge vrouw liefhad die genoeg dromen had voor hen beiden. Ze wilde dat ze hun leven zouden delen, dat hij een groot schrijver zou worden en hoogleraar aan de universiteit en dat ze een hond zouden krijgen met de kleur van de zon. Maar toen, op een dag, verdween ze. Ze werd nooit teruggevonden. De man bleef in zijn huis op haar wachten. Hij werd een groot schrijver, hij werd hoogleraar aan de universiteit, hij nam een hond met de kleur van de zon. Hij deed alles wat ze van hem had gevraagd en hij bleef op haar wachten. Hij zou nooit van een ander houden. Hij wachtte trouw tot ze terugkwam. Maar ze kwam niet.'
'Want ze was dood!'
'Ja. Maar nu kan die man om haar rouwen.'
'Welnee, daar is het te laat voor. Hij is al zesenzeventig!'
'Het is nooit te laat om opnieuw lief te hebben.'

Ik stak een vriendelijke hand op.
'Tot ziens, Harry. Ik bel je zodra ik in New York ben.'
'Bel maar niet. Dat is beter.'
Ik liep de buitentrap af naar de parkeerplaats. Toen ik op het punt stond om in de auto te stappen, hoorde ik hem roepen over de balustrade van de eerste etage.
'Marcus, welke dag is het vandaag?'
'30 augustus, Harry.'
'En hoe laat is het?'
'Het is bijna elf uur 's ochtends.'
'Nog ruim acht uur, Marcus!'
'Ruim acht uur tot wat?'
'Tot het zeven uur is.'
Ik begreep het niet meteen en ik vroeg: 'Wat is er om zeven uur?'
'Dan heb ik met haar afgesproken, dat weet je best. En ze zal komen. Kijk maar, Marcus! Kijk maar waar we zijn! We zijn in het schrijversparadijs. Je hoeft alleen maar te schrijven en dan kan alles veranderen.'

*

30 augustus 1975 in het schrijversparadijs

Ze besloot om niet Route 1 te volgen, maar langs de oceaan te lopen. Dat was verstandiger. Met het manuscript stevig in haar armen rende ze over de keien en het zand. Ze was bijna ter hoogte van Goose Cove. Nog twee of drie mijl lopen en dan was ze in het motel. Ze keek op haar horloge: iets na zessen. Over drie kwartier zou ze op de afgesproken plaats zijn. Om zeven uur, precies volgens afspraak. Ze liep door en bereikte de rand van Side Creek Lane, waar ze besloot dat het tijd was om door het bos naar Route 1 te lopen. Ze klom van het strand naar het bos door zich aan de rotsen vast te grijpen, toen liep ze voorzichtig tussen de bomenrijen door, goed oplettend dat ze geen schrammen opliep of haar mooie rode jurk zou scheuren in het kreupelhout. Door de begroeiing heen zag ze in de verte een huis: in de keuken stond een vrouw een appeltaart te bakken.

Ze bereikte Route 1. Net voordat ze uit het bos tevoorschijn kwam, reed er met flinke snelheid een auto voorbij. Het was Luther Caleb, die terug naar Concord reed. Ze liep nog twee mijl langs de weg en bereikte het motel. Het was precies zeven uur. Ze sloop over de parkeerplaats en nam de buitentrap. Kamer 8 lag op de eerste verdieping. Ze beklom de trap met vier treden tegelijk en trommelde op de kamerdeur.

Er werd geklopt. Haastig kwam hij van het bed overeind om open te doen.
'Harry! Harry liefste!' riep ze uit toen ze hem in de deuropening zag staan.
Ze vloog hem om de nek en overlaadde hem met kussen. Hij tilde haar op.
'Nola... Je bent er. Je bent gekomen! Je bent gekomen!'
Ze wierp hem een vreemde blik toe.
'Natuurlijk ben ik gekomen, wat dacht je dan?'
'Ik moet in slaap gevallen zijn, ik heb een nachtmerrie gehad... Ik zat hier op de kamer te wachten. Ik wachtte en wachtte, maar je kwam niet. Dus wachtte ik nog langer. Maar je kwam maar niet.'
Ze drukte zich tegen hem aan.
'Wat een verschrikkelijke nachtmerrie, Harry! Maar nu ben ik er! Ik ben er, en ik ga nooit meer weg!'
Ze omhelsden elkaar langdurig. Hij gaf haar de bloemen die in de wasbak in het water stonden.
'Heb je niets meegenomen?' vroeg Harry, toen hij zag dat ze geen bagage bij zich had.
'Niks. Om minder op te vallen. We kopen onderweg wel wat we nodig hebben. Maar ik heb het manuscript wel meegenomen.'
'Dat heb ik overal gezocht!'
'Ik had het meegenomen om het nog een keer te lezen... O Harry, ik vind het zo mooi! Het is echt meesterlijk!'
Ze omhelsden elkaar opnieuw, toen zei ze: 'Laten we gaan! Laten we snel gaan! Laten we meteen weggaan.'
'Meteen?'
'Ja, ik wil hier weg. Toe, Harry! Ik wil niet het risico lopen dat ze ons vinden. Laten we direct gaan.'
Het werd donker. Het was 30 augustus 1975. Twee silhouetten maakten zich los van het motel en liepen snel de trap af naar de parkeerplaats, om daarna te worden opgeslokt door een zwarte Chevrolet Monte Carlo. Je kon de auto in noordelijke richting over Route 1 zien vertrekken. Hij reed snel en verdween in de verte. Algauw kon je de vorm niet meer

onderscheiden: de auto werd een zwarte vlek, toen een minuscuul stipje. Nog een ogenblik zag je de piepkleine lichtpuntjes van de achterlichten, toen was de auto helemaal verdwenen.

Ze waren op weg naar het leven.

DERDE DEEL

Het schrijversparadijs

(Verschijning van het boek)

5
Het meisje dat Amerika ontroerde

'Met een nieuw boek begin je ook aan een nieuw leven, Marcus. Het is een heel altruïstisch moment: je geeft een stuk van jezelf aan wie het maar wil ontdekken. Sommige mensen zullen het prachtig vinden, andere verschrikkelijk. Sommige mensen zullen een ster van je maken, andere zullen je verachten. Sommige mensen zullen jaloers zijn, andere geïnteresseerd. Maar je schrijft niet voor hen, Marcus. Je schrijft voor al diegenen die te midden van hun dagelijkse beslommeringen een moment van schoonheid zullen beleven dankzij Marcus Goldman. Je zult zeggen dat dat weinig om het lijf heeft, maar toch: dat is niet mis. Sommige schrijvers willen de wereld veranderen. Maar wie kan er nou echt iets veranderen aan de wereld?'

Iedereen had het over mijn boek. In New York kon ik niet meer rustig over straat, en iedere keer dat ik ging hardlopen in Central Park werd ik herkend door wandelaars die uitriepen: 'Hé, dat is Goldman, de schrijver!' Een enkeling rende zelfs een eindje met me mee om me de vragen te stellen die hem door het hoofd spookten: 'Is het waar wat u zegt in uw boek? Heeft Harry Quebert dat echt gedaan?' In het café in de West Village waar ik kind aan huis was, aarzelden sommige klanten niet om bij me aan te schuiven en een gesprek aan te knopen: 'Ik ben uw boek aan het lezen, meneer Goldman, en ik kan het gewoon niet wegleggen! Ik vond het eerste al zo goed, maar dit! Hebt u er echt een miljoen dollar voor gekregen? Hoe oud bent u? Dertig nog maar? Poeh, dan hebt u goed geboerd!' Zelfs de portier van mijn appartementencomplex, die ik in mijn boek zag lezen als hij geen deuren hoefde open te houden, hield me, toen hij het uit had, langdurig staande bij de lift om te zeggen wat hem op het hart lag: 'Dus dát is er met Nola Kellergan gebeurd! Wat verschrikkelijk! Hoe kún je iemand zoiets aandoen hè, meneer Goldman? Hoe kún je dat?'

Vanaf de dag van verschijning stond *De zaak Harry Quebert* in het hele land op één: het beloofde het best verkopende boek van het jaar in Noord-Amerika te worden. Op televisie, op de radio, in de krant: iedereen had het erover. De critici, die van plan waren geweest om er gehakt van te maken, prezen me de hemel in. Men zei dat mijn nieuwe roman een meesterwerk was.

Direct na de verschijning vertrok ik op een marathonpromotietoer die me in krap twee weken naar alle uithoeken van het land bracht – vanwege de presidentsverkiezingen. Barnaski was van mening dat dat het maximale tijdsbestek was dat ons was gegund voordat alle blikken zich naar Washington zouden richten voor de verkiezingen van 4 november. Terug in New York liep ik nog in rap tempo alle televisiestudio's af, vanwege het algehele enthousiasme dat zich zelfs uitstrekte tot het huis van mijn ouders, waar onafgebroken werd aangebeld door nieuwsgierigen en journalisten. Om ze een beetje rust te gunnen had ik ze een camper gegeven, waarmee ze hun oude droom konden waarmaken: naar Chicago gaan en van daaruit over Route 66 naar Californië rijden.

Na een artikel in *The New York Times* kreeg Nola de bijnaam 'Het meisje dat Amerika ontroerde'. En datzelfde sentiment sprak ook uit alle lezersbrieven die ik kreeg: iedereen was geroerd door de geschiedenis van dat ongelukkige, mishandelde meisje dat weer kon glimlachen toen ze Harry Quebert leerde kennen, die met al haar vijftien jaren voor hem had gevochten en hem in staat had gesteld om *De wortels van het kwaad* te schrijven. Sommige literatuurkenners waren overigens van mening dat je zijn boek alleen goed kon begrijpen als je het mijne had gelezen; ze stonden een nieuwe interpretatie voor waarin Nola geen onmogelijke liefde meer symboliseerde, maar een allesomvattende emotie. En zo kwam ook de verkoop weer op gang van *De wortels van het kwaad*, dat vier maanden eerder nog in bijna alle boekhandels van het land van de schappen was gehaald. Met het oog op de kerstdagen was het marketingteam van Barnaski bezig om een limited edition boxset te maken van *De wortels van het kwaad*, *De zaak Harry Quebert*, en een tekstuele analyse van de hand van een zekere François Lancaster.

Van Harry had ik niets meer gehoord sinds ik hem in het Sea Side Motel had achtergelaten. Terwijl ik hem toch ontelbaar vaak probeerde te bereiken: zijn mobiel was afgesloten en als ik naar het motel belde en om kamer 8 vroeg, rinkelde de telefoon in een lege kamer. Ik had sowieso geen contact meer met Aurora, wat misschien ook maar het beste was; ik wilde liever niet weten hoe het boek daar was ontvangen. Ik hoorde alleen van de juridische afdeling van Schmid & Hanson dat Elijah Stern hardnekkig bleef proberen om de uitgeverij voor de rechter te slepen, door de passages die over hem gingen als lasterlijk af te schilderen, in het bijzonder die waarin ik me afvroeg waarom hij niet alleen Luthers verzoek om Nola naakt te laten poseren had ingewilligd, maar ook waarom hij de vermissing van zijn zwarte Monte Carlo nooit aan de politie had gemeld. Toch had ik hem voordat mijn boek uitkwam gebeld om zijn versie van de feiten te horen, maar hij had zich niet verwaardigd om te antwoorden.

Vanaf de derde week van oktober namen de presidentsverkiezingen alle mediaruimte in, precies zoals Barnaski had voorspeld. De verzoeken aan mijn adres namen sterk af, en ik voelde een zekere opluchting. Ik had twee zware jaren achter de rug: mijn aanvankelijke succes, de schrijversziekte en toen dit tweede boek. Mijn geest kwam tot rust, en ik had oprecht behoefte aan vakantie. Omdat ik geen zin had om alleen te gaan en ik Douglas wilde bedanken voor zijn hulp kocht ik twee tickets naar de Bahama's voor een vriendenvakantie, iets wat ik al sinds de middelbare school niet meer had ondernomen. Ik wilde hem ermee verrassen toen hij op een avond sport bij me kwam kijken. Maar tot mijn grote ontsteltenis sloeg hij de uitnodiging af.

'Het was leuk geweest,' zei hij, 'maar ik ga in die periode juist met Kelly naar de Caraïben.'

'Kelly? Zijn jullie dan nog bij elkaar?'

'Ja, natuurlijk. Wist je dat niet? We willen ons verloven. Ik moet haar alleen nog om haar hand vragen als we daar zijn.'

'Geweldig! Ik ben heel blij voor jullie. Van harte!'

Ik moet er een beetje triest hebben uitgezien, want hij zei: 'Marc, je hebt alles wat je je in het leven zou kunnen wensen. Nu is het tijd dat je niet meer alleen bent.'

Ik knikte.

'Ik heb... Ik heb alleen al zo lang geen afspraakjes meer gehad,' zei ik.

Hij glimlachte.

'Maak je daar maar niet druk over.'

Dit gesprek leidde tot de avond van donderdag 23 oktober 2008, twee dagen later: de avond dat alles veranderde.

Douglas had een afspraakje voor me geregeld met Lydia Gloor, omdat hij van haar agent had gehoord dat ze nog steeds iets voor me voelde. Hij had me zover gekregen om haar te bellen en we spraken af in een bar in Soho. Om klokslag zeven uur belde Douglas bij me aan om me morele steun te bieden.

'Je bent nog niet klaar,' constateerde hij, toen ik met ontbloot bovenlijf opendeed.

'Ik kon niet kiezen welk overhemd,' antwoordde ik, terwijl ik twee kleerhangers voor me hield.

'Die blauwe is goed.'

'Weet je zeker dat het wel een goed idee is als ik met Lydia uitga, Doug?'

'Je hoeft toch niet met haar te trouwen, Marc? Je gaat alleen iets drinken met een mooie meid die jou leuk vindt en die jij ook leuk vindt. Gewoon om te zien of er nog steeds een vonk overspringt.'

'En wat doen we nadat we iets gedronken hebben?'
'Ik heb een tafel gereserveerd bij een hippe Italiaan, niet ver van het café. Ik stuur je wel een sms met het adres.'
Ik glimlachte.
'Wat moest ik zonder jou, Doug?'
'Waar heb je anders vrienden voor?'
Precies op dat moment werd ik gebeld op mijn mobiel. Ik denk niet dat ik had opgenomen als ik op het schermpje niet had gezien dat het Gahalowood was.
'Hallo, sergeant? Wat leuk om u te horen.'
Hij klonk niet bepaald opgewekt.
'Goedenavond, schrijver, sorry dat ik stoor...'
'U stoort helemaal niet.'
Hij klonk ontstemd. 'Schrijver, volgens mij hebben we een reusachtig probleem,' zei hij.
'Wat is er dan?'
'Het gaat over de moeder van Nola Kellergan. Over wie je in je boek zegt dat ze haar dochter sloeg.'
'Louisa Kellergan, ja. Wat is er met haar?'
'Kun je op internet? Ik stuur je even een mailtje.'
Ik liep naar de woonkamer en zette de computer aan. Ik ging naar mijn inbox met Gahalowood nog aan de telefoon. Hij had me een foto gestuurd.
'Wat is dat?' vroeg ik. 'U maakt me ongerust.'
'Open die foto nou maar. Weet je nog dat je het over Alabama had?'
'Ja, natuurlijk weet ik dat nog. Daar kwamen de Kellergans vandaan.'
'We hebben het verprutst, Marcus. We zijn straal vergeten om ons in Alabama te verdiepen. En je had het nog zo gezegd!'
'Wat had ik gezegd?'
'Dat we moesten achterhalen wat er in Alabama was gebeurd.'
Ik klikte op de afbeelding. Het was een foto van een grafsteen op een kerkhof, met de volgende inscriptie:

LOUISA KELLERGAN

1930-1969

ONZE GELIEFDE VROUW EN MOEDER

Ik was met stomheid geslagen.
'Jezus!' fluisterde ik. 'Wat is dat in godsnaam?'
'Dat betekent dat de moeder van Nola in 1969 is overleden, dus zes jaar voordat haar dochter verdween!'
'Hoe komt u aan die foto?'
'Van een journaliste uit Concord. Morgen staat dit op alle voorpagina's en we weten allebei hoe dat afloopt, schrijver: drie uur later vindt niemand in het land nog dat jouw boek en het onderzoek overeind staan.'

Er kwam die avond geen etentje met Lydia Gloor. Douglas haalde Barnaski uit een zakenbespreking, Barnaski haalde Richardson-van-de-juridische-afdeling van huis en er volgde een nogal stormachtig crisisberaad in een spreekkamertje van Schmid & Hanson. De foto was door de *Concord Herald* overgenomen van een lokale krant uit de buurt van Jackson, die de steen had ontdekt. Barnaski had twee uur lang geprobeerd om de hoofdredacteur van de *Concord Herald* ertoe over te halen de volgende dag niet met die foto te openen, maar tevergeefs.
'Wat denk je dat iedereen zegt als ze erachter komen dat je boek een grote hoop leugens is?' bruldе hij. 'Verdomme, Goldman, waarom heb je je bronnen niet gechecked?'
'Ik weet het niet meer, het is krankzinnig! Harry heeft het over Nola's moeder gehad! Heel vaak! Ik snap er niks van. Nola werd door haar moeder geslagen! Dat heeft hij zelf gezegd! Hij vertelde dat ze haar sloeg en bijna liet verdrinken.'
'En wat zegt Quebert nu?'
'Hij is onbereikbaar. Ik heb hem vanavond al minstens tien keer proberen te bellen. Ik heb sowieso al twee maanden niets van hem gehoord.'
'Blijven proberen! Opschieten! Praat met iemand die hem wel kan bereiken! Zorg dat ik een verklaring heb als de journalisten zich morgenochtend op me storten!'
Om klokslag tien uur belde ik ten slotte naar Erne Pinkas.
'Hoe kwam je er in godsnaam bij dat haar moeder nog leefde?' vroeg hij.
Ik kon geen woord uitbrengen. Uiteindelijk zei ik schaapachtig: 'Omdat niemand heeft gezegd dat ze dood was.'
'Maar er heeft ook niemand gezegd dat ze nog leefde!'
'Jawel! Dat heeft Harry gezegd.'
'Dan heeft hij je in de maling genomen. Die Kellergan is in zijn een-

tje met zijn dochter naar Aurora gekomen. Er is nooit een moeder geweest.'

'Ik snap er niks meer van! Volgens mij ben ik gek geworden. Wat moet iedereen wel niet van me denken?'

'Dat je een flutschrijver bent, Marcus. Ik kan je wel vertellen dat we het hier al moeilijk te verteren vonden. We zien je al een maand rondparaderen in alle tijdschriften en televisieprogramma's. We vonden allemaal dat je uit je nek zwamde.'

'Waarom heeft niemand me gewaarschuwd?'

'Gewaarschuwd? Wat hadden we moeten zeggen? Hadden we moeten vragen of je niet op het verkeerde spoor zat toen je er een moeder bij sleepte die allang dood was?'

'Hoe is ze doodgegaan?' vroeg ik.

'Geen flauw idee.'

'Maar... die muziek dan? En die klappen? Ik heb getuigen die alles kunnen bevestigen.'

'Getuigen waarvan? Dat de dominee zijn transistorradio keihard aanzette als hij zijn dochter ervanlangs gaf? Ja, dat dachten we allemaal al. Maar in je boek zeg je dat Kellergan zich in zijn garage verstopte als Nola er van haar moeder van langs kreeg. En het probleem is dat die moeder nooit een voet in Aurora heeft gezet, omdat ze al dood was voordat ze hierheen zijn verhuisd. Waarom zou je dan geloven wat je in de rest van het boek beweert? En bovendien had je gezegd dat je me in het dankwoord zou noemen...'

'Dat heb ik ook gedaan!'

'Ergens tussen de andere namen, ja: "E. Pinkas, Aurora". Terwijl ik mijn naam in grote letters wilde zien. Zodat er over me gesproken zou worden.'

'Wat? Maar...'

Hij hing abrupt op. Barnaski keek me kwaadaardig aan. Hij stak een dreigende vinger naar me uit.

'Goldman, morgenochtend neem jij het eerste vliegtuig naar Concord en los je deze shit op.'

'Roy, als ik naar Aurora ga, word ik gelyncht.'

Hij lachte gespeeld en zei: 'Je mag blij zijn als het daarbij blijft.'

*

Was het meisje dat Amerika ontroerde ontsproten aan de zieke geest van een schrijver met gebrek aan inspiratie? Hoe kon je zo'n detail zo volkomen over het hoofd zien? Het bericht in de *Concord Herald*, dat door alle media werd overgenomen, zaaide twijfel over de ware toedracht van de zaak Harry Quebert.

Op de ochtend van vrijdag 23 oktober nam ik het vliegtuig naar Manchester, waar ik aan het begin van de middag aankwam. Ik huurde een auto op het vliegveld en reed direct naar het hoofdkwartier van de Staatspolitie in Concord, waar Gahalowood op me wachtte. Hij praatte me bij over wat hij over het verleden van de familie Kellergan in Alabama had achterhaald.

'David en Louisa Kellergan trouwen in 1955,' legde hij uit. 'Dan is hij al een dominee met een bloeiende gemeente. Zijn vrouw helpt hem om die nog verder te ontwikkelen. In 1960 wordt Nola geboren. In de jaren daarna gebeurt er niets bijzonders. Maar op een nacht in de lente van 1969 gaat hun huis in vlammen op. Het meisje wordt op het laatste moment uit de vuurzee gered, maar haar moeder komt om het leven. Een paar weken later vertrekt de dominee uit Jackson.'

'Een paar wéken later?' vroeg ik verbaasd.

'Ja. Ze gaan naar Aurora.'

'Maar waarom heeft Harry dan gezegd dat Nola door haar moeder werd geslagen?'

'Dat zal haar vader dan wel geweest zijn.'

'Nee, nee!' riep ik uit. 'Harry had het over haar moeder! De moeder! Dat heb ik zelfs op band staan!'

'Laten we die opnames dan maar eens beluisteren,' stelde Gahalowood voor.

Ik had de minidisks meegebracht. Ik legde ze op Gahalowoods bureau en deed mijn best om wegwijs te worden uit de etiketten op de doosjes. Ik had een vrij nauwkeurige indexering gemaakt, op persoon en op datum, maar toch slaagde ik er niet in om de hand te leggen op de bewuste opname. Pas toen ik mijn tas helemaal leegmaakte vond ik nog een laatste disk, ongedateerd, die aan mijn aandacht was ontsnapt. Ik deed hem direct in de speler.

'Wat vreemd,' zei ik. 'Waarom heb ik daar geen datum op gezet?'

Ik zette het apparaat aan. Ik hoorde mijn eigen stem verklaren dat het dinsdag 1 juli 2008 was. Het was een opname van Harry in de bezoekersruimte van de gevangenis.

'Was dat de reden dat jullie weg wilden? Waarom waren jullie van plan om op de avond van 30 augustus te vertrekken?'
'Dat had met iets vreselijks te maken, Marcus. Ben je aan het opnemen?'
'Ja.'
'Ik zal je iets heel ergs vertellen. Zodat je het begrijpt. Maar ik wil niet dat iedereen het hoort.'
'Je kunt me vertrouwen.'
'Weet je, die week in Martha's Vineyard had Nola helemaal niet gezegd dat ze bij een vriendin zat: ze was gewoon van huis weggelopen zonder iets aan iemand te zeggen. Toen ik haar op de dag na onze terugkeer weer zag, zag ze er onwaarschijnlijk triest uit. Ze zei dat haar moeder haar had geslagen. Haar lichaam zat onder de blauwe plekken. Ze huilde. Die avond zei ze dat haar moeder haar om het minste of geringste afstrafte. Dat ze haar sloeg met een metalen liniaal en dat ze ook deed wat ze in Guantánamo doen: waterboarden. Dan vulde ze een teil met water, pakte haar dochter bij het haar en duwde haar hoofd onder water. Ze zei dat ze dat deed om haar te verlossen.'
'Te verlossen?'
'Van het kwaad. Een soort doop, denk ik. Jezus in de Jordaan, zoiets. Aanvankelijk geloofde ik haar niet, maar ik kon niet om de bewijzen heen. Ik vroeg: "Wie heeft dat gedaan?" "Mama." "En waarom doet je vader niks?" "Papa sluit zich op in de garage en zet de muziek op zijn hardst. Dat doet hij altijd als mama me straft. Hij wil het niet horen." Ze kon niet meer, Marcus. Ze was op. Ik wilde iets doen, met de Kellergans praten. Zo kon het niet doorgaan. Maar Nola smeekte me om niks te doen, ze zei dat ze dan vreselijke problemen zou krijgen, dat haar ouders haar ongetwijfeld de stad uit zouden sturen en dat we elkaar nooit meer zouden zien. Maar toch kon het niet doorgaan. En dus besloten we tegen het einde van augustus, zo rond de twintigste, dat we moesten vertrekken. En snel ook. En natuurlijk in het diepste geheim. We spraken af dat we op 30 augustus zouden gaan. We wilden naar Canada rijden: bij Vermont de grens over en dan misschien helemaal doorrijden tot Brits-Columbia om daar in een blokhut te gaan wonen. Een heerlijk leven aan de oever van een meer. En niemand zou het weten.'
'Dus daarom waren jullie van plan om samen te vluchten?'
'Ja.'
'Maar waarom wil je dat ik dat geheimhoud?'
'Omdat het nog maar het begin van het verhaal is, Marcus. Want later ontdekte ik iets verschrikkelijks over Nola's moeder...'

(Geluidssignaal.) De stem van een bewaarder kondigt het einde van het bezoekuur aan.

'*Volgende keer praten we verder, Marcus. Hou het in de tussentijd absoluut voor je.*'

'Wat had hij dan over Nola's moeder ontdekt?' vroeg Gahalowood ongeduldig.
'Ik ben vergeten hoe het verder ging,' antwoordde ik verward, terwijl ik tussen de andere disks zocht.
Plotseling verstijfde ik. Ik werd bleek en riep uit: 'Nee toch!'
'Wat, schrijver?'
'Dat was de laatste opname van Harry! Daarom staat er geen datum op de disk! Dat was ik straal vergeten. We hebben dat gesprek nooit afgemaakt! Want daarna kwamen die onthullingen over Pratt, en toen wilde Harry niet meer dat ik hem opnam en maakte ik tijdens mijn interviews aantekeningen in een boekje. Toen lekten die bladzijden uit en werd Harry boos op me. Hoe kan ik zo stom zijn geweest?'
'We moeten absoluut met Harry praten,' zei Gahalowood, terwijl hij zijn jas pakte. 'We moeten uitvinden wat hij over Louisa Kellergan had ontdekt.'
En we vertrokken naar het Sea Side Motel.

Tot onze grote verrassing werd de deur van kamer 8 niet opengedaan door Harry, maar door een grote, blonde vrouw. We gingen op zoek naar de receptionist, die alleen zei: 'Er heeft hier recentelijk geen Harry Quebert gelogeerd.'
'Onmogelijk,' zei ik. 'Hij heeft hier wekenlang gezeten.'
Op verzoek van Gahalowood raadpleegde de receptionist het register van het afgelopen halfjaar. Maar hij hield voet bij stuk: 'Geen Harry Quebert.'
'Dat kan niet!' riep ik uit. 'Ik heb hem gezien, hier! Een grote kerel met witte, warrige haren!'
'O die! Ja, die man die zo vaak over de parkeerplaats zwierf. Maar die heeft hier nooit een kamer gehad.'
'Die had kamer 8!' Ik werd boos. 'Dat weet ik zeker, ik heb hem vaak genoeg voor de deur zien zitten.'
'Ja, hij zat heel vaak voor de deur van kamer 8. Ik heb hem een paar

keer gevraagd om weg te gaan, maar iedere keer gaf hij me een briefje van honderd dollar! En voor zo'n prijs mocht hij zo lang blijven als hij wilde. Hij zei dat hij goede herinneringen aan die plek had.'

'En hoe lang hebt u hem al niet meer gezien?' vroeg Gahalowood.

'Tja... Al een paar weken niet. Ik herinner me alleen dat hij me op de dag dat hij wegging nog een honderdje gaf en dat hij er toen bij zei dat ik, als er iemand belde voor kamer 8, moest doen alsof ik hem doorverbond, maar de telefoon gewoon moest laten rinkelen. Hij zag eruit of hij haast had. Dat was kort na die ruzie...'

'Die ruzie?' donderde Gahalowood. 'Welke ruzie? Wat bedoel je nou?'

'Nou, die vriend van u, die kreeg ruzie met iemand. Met een oud mannetje dat hier speciaal met de auto naartoe kwam om iets met hem uit te vechten. Het ging er behoorlijk fel aan toe. Er werd geschreeuwd en zo. Ik wilde net tussenbeide komen, maar toen stapte die oude man weer in zijn auto en reed weg. Toen besloot uw vriend dat hij ook ging vertrekken. Ik zou hem er sowieso uit gezet hebben, want ik hou niet van gedoe. Dan gaan de gasten klagen en dan krijg ik overal de schuld van.'

'Maar waar ging die ruzie dan over?'

'Iets over een brief. Geloof ik. "Dat was jij dus!" brulde de oude man tegen uw vriend.'

'Een brief? Wat voor brief?'

'Hoe moet ik dat nou weten?'

'En toen?'

'Toen vertrok die oude man en ging uw vriend er halsoverkop vandoor.'

'En zou u hem herkennen?'

'Die oude man? Nee, dat denk ik niet. Maar vraag het eens aan mijn collega's, want die rare snuiter is nog eens teruggekomen. Volgens mij om uw vriend om zeep te helpen. Ik weet hoe zo'n onderzoek gaat, ik kijk genoeg televisieseries. Uw vriend had zich al uit de voeten gemaakt, maar ik voelde dat er iets niet in de haak was. Ik heb de politie zelfs nog gebeld. Al heel snel kwamen er twee auto's van de Highway Patrol en die hebben hem wat vragen gesteld. Toen hebben ze hem laten gaan. Ze zeiden dat er niets aan de hand was.'

Gahalowood belde direct naar de meldkamer met het verzoek om hem te laten weten wie de persoon was die kortgeleden door de Highway Patrol bij het Sea Side Motel was gecontroleerd.

'Ze bellen zodra ze het weten,' zei hij toen hij ophing.

Ik begreep er niets van. Ik haalde mijn hand door mijn haar en zei: 'Het slaat helemaal nergens op! Nergens!'
De receptionist keek me plotseling vreemd aan en vroeg: 'Bent u meneer Marcus?'
'Ja, hoezo?'
'Omdat uw vriend een envelop voor u heeft achtergelaten. Hij zei dat er een jonge vent zou komen die ongetwijfeld zou zeggen: "Het slaat helemaal nergens op! Het slaat helemaal nergens op!" Hij zei dat ik u dit moest geven.'
Hij overhandigde me een kleine envelop van pakpapier waar een sleutel in zat.
'Een sleutel?' zei Gahalowood. 'Verder niks?'
'Nee.'
'Maar waar is die sleutel dan van?'
Ik keek aandachtig naar de vorm van de sleutel. En toen herkende ik hem.
'De locker in de sportschool in Montburry!'

Twintig minuten later stonden we in de kleedkamer van de sportschool. In locker 201 lag een pak samengebonden papieren met daarbij een handgeschreven briefje.

Waarde Marcus,
Als je dit leest is het waarschijnlijk een enorme puinhoop aan het worden rondom je boek, en heb je behoefte aan antwoorden.
Dit zal je wel interesseren. Dit boek bevat de waarheid.

Harry.

Het pak was een getypt manuscript, niet zo dik, getiteld

DE MEEUWEN VAN AURORA
Door Harry L. Quebert

'Wat heeft dit te betekenen?' vroeg Gahalowood.
'Geen idee. Het lijkt wel een ongepubliceerde tekst van Harry.'
'Dat papier is oud,' constateerde Gahalowood terwijl hij de bladzijden bestudeerde.

Ik bladerde snel door de tekst.

'Nola had het vaak over meeuwen,' zei ik. 'Harry zei dat ze er dol op was. Er moet een verband zijn.'

'Maar wat bedoelt hij met "de waarheid"? Gaat deze tekst over wat er in 1975 is gebeurd?'

'Geen flauw idee.'

We besloten om eerst naar Aurora te gaan en de tekst pas later te bestuderen. Mijn komst bleef niet onopgemerkt. Voorbijgangers gaven blijk van hun afkeuring en riepen dat ik moest maken dat ik wegkwam. Bij Clark's schold Jenny me de huid vol: ze was woedend over hoe ik haar moeder had beschreven en ze weigerde te geloven dat haar vader de auteur van die anonieme brieven aan Harry was.

De enige die zich verwaardigde om ons te woord te staan, was Nancy Hattaway, die we opzochten in haar winkel.

'Ik snap er niks van,' zei Nancy. 'Ik heb het toch nooit over Nola's moeder gehad?'

'Maar u vertelde dat u sporen van mishandeling had gezien. En dat Nola een week lang van huis was weggelopen en dat ze u toen probeerden wijs te maken dat ze ziek was.'

'Dat was haar vader. Die wilde me niet binnenlaten toen Nola in juli een week lang spoorloos was verdwenen. Ik heb het nooit over haar moeder gehad.'

'U had het over de klappen met een metalen liniaal op haar borsten. Weet u dat nog?'

'Die klappen, ja. Maar ik heb nooit gezegd dat haar moeder dat had gedaan.'

'Ik heb het op band staan! 26 juni. Ik heb de opname bij me, kijk hier maar, de datum staat erop.'

Ik zette de speler aan.

'Wat vreemd dat u dat zegt over dominee Kellergan, mevrouw Hattaway. Ik heb hem een paar dagen geleden ontmoet en hij maakte op mij juist een heel zachtaardige indruk.'

'Die indruk wekt hij inderdaad. In het openbaar dan. Toen de Saint Jamesgemeente begon te versloffen, werd hij erbij gehaald om haar erbovenop te brengen; het scheen dat hij in Alabama wonderen had verricht. En inderdaad: kort na zijn komst zat de kerk van Saint James weer iedere zondag vol. Maar verder was het moeilijk te zeggen wat er precies bij de Kellergans gebeurde…'

'Hoe bedoelt u?'
'Nola werd geslagen.'
'Wat?'
'Ja, ze werd vaak geslagen. En ik herinner me een afschuwelijk voorval, meneer Goldman. Aan het begin van de zomer. De eerste keer dat ik blauwe plekken op haar lichaam zag. We waren gaan zwemmen op Grand Beach. Nola zag er verdrietig uit; ik dacht dat het iets met een jongen te maken had. Er was een zekere Cody, een jongen uit de vijfde, die achter haar aan zat. En toen biechtte ze op dat ze thuis werd uitgescholden, dat ze zeiden dat ze een slecht kind was. Ik vroeg waarom en toen zei ze dat er iets in Alabama was gebeurd, maar meer wilde ze er niet over zeggen. Later op het strand, toen ze zich omkleedde, zag ik heel erge blauwe plekken op haar borsten. Ik vroeg meteen hoe ze daaraan kwam en geloof het of niet, maar toen zei ze: "Dat heeft mama gedaan, ze heeft me er zaterdag van langs gegeven met een ijzeren liniaal." Ik stond natuurlijk helemaal paf, ik dacht dat ik het verkeerd begrepen had. Maar ze bleef het maar zeggen. "Echt waar. En ze zegt ook altijd dat ik een slecht kind ben." Ze zag er wanhopig uit en ik hield erover op. Na Grand Beach gingen we naar huis en toen heb ik wat zalf op haar borsten gesmeerd. Ik zei dat ze met iemand over haar moeder moest praten, bijvoorbeeld met mevrouw Sanders, de schoolverpleegster. Maar Nola zei dat ze het er niet meer over wilde hebben.'

'Daar!' riep ik uit, terwijl ik de speler op pauze zette. 'Ziet u wel, daar noemt u haar moeder.'

'Welnee,' zei Nancy. 'Ik zeg juist dat het zo raar was dat Nola over haar moeder begon. Dat deed ik om u uit te leggen dat er iets niet in de haak was bij de Kellergans. Ik was er volkomen van overtuigd dat u wist dat ze dood was.'

'Maar daar had ik geen flauw idee van! Ik bedoel, ik wist wel dat haar moeder dood is, maar ik dacht dat ze pas na de verdwijning van haar dochter was overleden. Ik weet zelfs nog dat David Kellergan me een foto van zijn vrouw liet zien toen ik voor het eerst bij hem op bezoek ging. Ik herinner me zelfs dat ik nog zo verbaasd was dat hij me zo vriendelijk ontving. En ik weet ook nog dat ik zoiets zei van: "En uw vrouw?" en dat hij toen antwoordde: "Die is al heel lang dood"'.

'En nu ik naar de band luister, begrijp ik hoe u een foutieve gevolgtrekking hebt kunnen maken. Het is een vreselijk misverstand, meneer Goldman. En dat spijt me.'

Ik zette de speler weer aan.

'... *met mevrouw Sanders, de schoolverpleegster. Maar Nola zei dat ze het er niet meer over wilde hebben.*'
 '*Wat is er in Alabama gebeurd?*'
 '*Ik heb geen flauw idee. Daar ben ik nooit achter gekomen. Dat heeft Nola nooit verteld.*'
 '*Heeft het iets te maken met de reden dat ze daar zijn weggegaan?*'
 '*Ik weet het niet. Ik zou u graag verder helpen, maar ik weet het niet.*'

'Het is allemaal mijn eigen schuld, mevrouw Hattaway,' zei ik. 'Toen begon ik over Alabama...'
 'Dus als ze werd geslagen, dan deed haar vader dat?' vroeg Gahalowood perplex.
 Nancy dacht een ogenblik na; ze leek een beetje in de war. Uiteindelijk gaf ze antwoord.
 'Ja. Of nee. Ik weet het niet meer. Ik zag die sporen op haar lichaam. Als ik vroeg wat er gebeurd was, zei ze dat ze thuis gestraft werd.'
 'Gestraft waarvoor?'
 'Dat zei ze niet. Maar ze zei ook niet dat haar vader het deed. Eerlijk gezegd heb ik geen idee wat er gebeurde. Mijn moeder heeft de sporen van de klappen ook een keer gezien, op het strand. En dan was er nog die oorverdovende muziek die hij vrij regelmatig draaide. Iedereen vermoedde dat dominee Kellergan zijn dochter sloeg, maar niemand durfde iets te zeggen. Hij was toch de dominee.'
 Na het gesprek met Nancy Hattaway bleven Gahalowood en ik geruime tijd zwijgend op een bankje voor de winkel zitten. Ik was de wanhoop nabij.
 'Een misverstand, verdomme!' riep ik uiteindelijk uit. 'Alles vanwege een onbenullig misverstand! Hoe kon ik zo stom zijn?'
 Gahalowood probeerde me te troosten.
 'Rustig maar, schrijver, wees maar niet zo streng voor jezelf. We zijn er allemaal in getuind. We waren zo gefixeerd op de voortgang van het onderzoek dat we het meest voor de hand liggende over het hoofd hebben gezien. Zo'n blinde vlek heeft iedereen weleens.'
 Toen ging zijn telefoon. Hij nam op. Het hoofdkwartier van de Staatspolitie belde terug.
 'Ze hebben de naam achterhaald van die man bij het hotel,' fluisterde

hij, terwijl hij luisterde naar wat de telefonist hem doorgaf. Hij zag er merkwaardig uit. Toen haalde hij het toestel van zijn oor en zei: 'Het was David Kellergan.'

Uit Terrace Avenue 245 weerklonk dezelfde muziek als altijd: dominee Kellergan was thuis.
'We moeten er absoluut achter zien te komen wat hij van Harry wilde,' zei Gahalowood bij het uitstappen. 'Maar laat mij alsjeblieft het woord doen, schrijver!'
Bij de controle bij het Sea Side Motel had de Highway Patrol een jachtgeweer in David Kellergans auto gevonden. Daar hadden ze zich evenwel niet druk over gemaakt, omdat hij het wapen legaal in bezit had. Hij had uitgelegd dat hij op weg was naar de schietclub en even wilde stoppen voor een kopje koffie in het restaurant van het motel. De agenten vonden niets verdachts en lieten hem weer vertrekken.
'Leg hem het vuur aan de schenen, sergeant,' zei ik toen we over het verharde pad naar het huis liepen. 'Ik zou heel graag willen weten hoe het met die brief zit… Terwijl Kellergan toch tegen mij zei dat hij Harry nauwelijks kende. Denkt u dat hij gelogen heeft?'
'Daar gaan we nu achter komen, schrijver.'
Ik vermoed dat Kellergan ons al had zien aankomen, want nog voordat we aanbelden deed hij open, met zijn jachtgeweer in zijn hand. Hij was buiten zinnen en hij zag eruit alsof hij heel veel zin had om mij te doden. 'Jullie hebben de nagedachtenis aan mijn vrouw en mijn dochter door het slijk gehaald!' brulde hij. 'Je bent een stuk stront! Een hoerenjong!' Gahalowood probeerde hem tot rust te brengen, hij vroeg hem zijn wapen weg te leggen en zei dat we juist waren gekomen omdat we wilden weten wat er echt met Nola was gebeurd. Een paar nieuwsgierigen kwamen op het geschreeuw en het lawaai af rennen om te zien wat er aan de hand was. Algauw verzamelde zich een kring van omstanders bij het huis, terwijl meneer Kellergan nog steeds stond te schelden en Gahalowood me een teken gaf dat we ons langzaam uit de voeten moesten maken. Twee patrouillewagens van de politie van Aurora kwamen met loeiende sirenes aanrijden. Travis Dawn stapte uit een van de auto's en was zichtbaar ontstemd toen hij me zag. Hij zei: 'Denk je dat je nog niet genoeg hebt aangericht in deze stad?' Toen vroeg hij aan Gahalowood of er een goede reden was dat de Staatspolitie zich in Aurora bevond zonder dat hij daar tijdig van op de hoogte was gesteld. Ik besefte dat onze tijd erop

zat en dus schreeuwde ik naar David Kellergan: 'Dominee, geef antwoord: u zette die muziek op z'n hardst en dan gaf u haar er vrolijk van langs, of niet soms?'

Weer zwaaide hij met zijn jachtgeweer.

'Ik heb nooit een vinger naar haar uitgestoken! Ze is nooit mishandeld! Je bent vuilnis, Goldman! Ik neem een advocaat en ik klaag je aan!'

'O ja? Waarom hebt u dat dan nog niet gedaan? Nou? Waarom zit u dan nog niet bij de rechter? Of wilt u liever niet dat ze uw verleden onder de loep nemen? Wat is er in Alabama gebeurd?'

Hij spuugde naar me.

'Mensen zoals jij kunnen dat toch niet begrijpen, Goldman!'

'Wat is er in het Sea Side Motel tussen u en Harry Quebert gebeurd? Wat houdt u voor ons achter?'

Toen begon Travis ook te brullen, en hij dreigde Gahalowood dat hij zijn meerdere zou inlichten; het was tijd om te vertrekken.

Zwijgend reden we in de richting van Concord. Uiteindelijk zei Gahalowood: 'Wat hebben we gemist, schrijver? Wat is er vlak voor onze neus aan ons voorbijgegaan?'

'We weten dat Harry iets over Nola's moeder wist wat hij me nooit verteld heeft.'

'En we kunnen ervan uitgaan dat Kellergan ook weet wat Harry weet. Maar wat dan, verdomme?'

'Sergeant, denkt u dat Kellergan bij de zaak betrokken zou kunnen zijn?'

*

De pers smulde.

Nieuwe ontwikkeling in de zaak Harry Quebert: de ontdekking van inconsistenties in het verhaal van Marcus Goldman zaait twijfel over de geloofwaardigheid van zijn boek, dat door de kritiek is bejubeld en door de Amerikaanse boekentycoon Roy Barnaski is gepresenteerd als een nauwkeurige weergave van de gebeurtenissen die hebben geleid tot de moord op de jonge Nola Kellergan in 1976. Ik kon niet terug naar New York zolang ik de zaak niet had opgehelderd, en ik dook onder in mijn suite in het Regent Hotel in Concord. De enige aan wie ik het adres van mijn verblijfplaats doorgaf was Denise, zodat ze me op de hoogte kon houden van de gebeurtenissen in New York en de laatste ontwikkelingen over het fantoom van mevrouw Kellergan.

Die avond nodigde Gahalowood me thuis uit voor het eten. Zijn dochters waren druk in de weer voor Obama's verkiezingscampagne en verlevendigden de maaltijd. Ze gaven me stickers voor op mijn auto. Toen ik later in de keuken Helen met de afwas hielp, zei ze dat ik er slecht uitzag.

'Ik begrijp niet wat er is gebeurd,' legde ik haar uit. 'Hoe heb ik me zo kunnen vergissen?'

'Er zal heus wel een goede reden voor zijn, Marcus. Perry heeft enorm veel vertrouwen in je, weet je. Hij zegt dat je een heel bijzonder mens bent. Ik ken hem al dertig jaar en dat heb ik hem nog nooit horen zeggen. Ik ben ervan overtuigd dat je niet zomaar wat hebt aangeklungeld en dat er een rationele verklaring voor deze kwestie moet zijn.'

Die nacht sloten Gahalowood en ik ons urenlang op in zijn werkkamer en bestudeerden we het manuscript dat Harry voor me had achtergelaten. Zo ontdekte ik de onuitgegeven roman *De meeuwen van Aurora*, een prachtige roman waarin Harry zijn geschiedenis met Nola beschreef. Het manuscript was niet gedateerd, maar ik vermoedde dat het vlak na *De wortels van het kwaad* moest zijn geschreven. Want in dat boek beschreef hij de onmogelijke liefde die nooit in vervulling was gegaan, en in *De meeuwen van Aurora* vertelde hij hoe Nola hem had geïnspireerd, hoe ze altijd in hem was blijven geloven, hem had aangemoedigd en van hem de grote schrijver had gemaakt die hij was geworden. Aan het einde van de roman gaat Nola echter niet dood: een paar maanden nadat hij is doorgebroken verdwijnt de hoofdpersoon, Harry genaamd, met zijn nieuwverworven fortuin naar Canada, waar in een mooi huis aan de rand van een meer Nola op hem wacht.

Om klokslag twee uur 's nachts zette Gahalowood koffie en vroeg: 'Wat probeert hij ons nou eigenlijk met dit boek te vertellen?'

'Hij stelt zich voor hoe zijn leven er zou hebben uitgezien als Nola niet was doodgegaan,' zei ik. 'Dit boek is het schrijversparadijs.'

'Het schrijversparadijs? Wat is dat?'

'Dat is wanneer de kracht van het schrijven zich tegen je keert, en je niet meer weet of je personages alleen in je hoofd bestaan of ook daarbuiten.'

'En hoe zou dit ons kunnen helpen?'

'Ik zou het niet weten. Ik heb geen idee. Het is een prachtig boek en het is nooit uitgegeven. Waarom zou hij het in een la hebben laten liggen?'

Gahalowood haalde zijn schouders op.

'Misschien durfde hij het niet te laten uitgeven omdat het over een verdwenen meisje gaat,' zei hij.

'Dat zou kunnen. Maar in *De wortels van het kwaad* ging het ook over Nola, en dat heeft hem er ook niet van weerhouden om het bij uitgevers aan te bieden. En waarom schrijft hij: "Dit boek bevat de waarheid?" De waarheid waarover? Over Nola? Wat bedoelt hij daarmee? Dat Nola nooit is doodgegaan en ergens in een hut in het bos woont?'

'Dat slaat nergens op,' meende Gahalowood. 'De onderzoeken laten geen enkele twijfel bestaan: dat skelet was van haar.'

'En dus?'

'Dus schieten we hier weinig mee op, schrijver.'

De volgende ochtend belde Denise om te vertellen dat er een vrouw naar Schmid & Hanson had gebeld, die vervolgens naar haar was doorverwezen.

'Ze wilde je spreken,' zei Denise. 'Ze zei dat het belangrijk was.'

'Belangrijk? Waar ging het over?'

'Ze zei dat ze in Aurora met Nola Kellergan op school had gezeten. En dat Nola haar over haar moeder had verteld.'

*

Cambridge, Massachusetts, zaterdag 25 oktober 2008

In het yearbook van 1975 van de school van Aurora werd ze vermeld onder de naam Stefanie Hendorf; haar foto stond twee plekken voor die van Nola. Ze was een van degenen die Erne Pinkas niet had kunnen opsporen. Ze was getrouwd met een man van Poolse afkomst, heette nu Stefanie Larjinjiak en woonde in een luxueus huis in Cambridge, de chique voorstad van Boston. Daar troffen Gahalowood en ik haar. Ze was achtenveertig jaar, zo oud als Nola nu ook zou zijn. Ze was een mooie vrouw, twee keer getrouwd, moeder van drie kinderen, ze had kunstgeschiedenis onderwezen op Harvard en runde nu een galerie. Ze was in Aurora opgegroeid en had in de klas gezeten bij Nola, Nancy Hattaway en een paar anderen die ik tijdens mijn onderzoek had ontmoet. Toen ik haar hoorde vertellen over haar vroegere leven, bedacht ik dat ze een overlevende was. Dat je Nola had, die op vijftienjarige leeftijd was vermoord, en Stefanie, die het vergund werd om te leven, een galerie te beginnen en zelfs twee keer te trouwen.

Op de lage tafel in de salon had ze wat foto's uit haar jeugd uitgestald.

'Ik volg deze zaak al vanaf het begin,' verklaarde ze. 'Ik herinner me de dag dat Nola verdween, ik weet het allemaal nog, zoals alle meisjes van mijn leeftijd die toen in Aurora woonden, denk ik. Dus toen haar lichaam werd gevonden en Harry Quebert werd gearresteerd, voelde ik me heel betrokken. Wat een zaak… Ik heb genoten van uw boek, meneer Goldman. U beschrijft Nola zo goed. Dankzij u heb ik iets van haar teruggekregen. Gaan ze het echt verfilmen?'

'Warner Bros is geïnteresseerd in de rechten,' antwoordde ik.

Ze liet ons de foto's zien: een verjaardagfeest waar Nola ook was, in 1973. Ze vervolgde: 'Nola en ik waren heel close. Ze was een schat van een meid. Iedereen in Aurora hield van haar. Ik denk dat de mensen werden geraakt door het beeld dat zij en haar vader uitstraalden: de vriendelijke dominee die zijn vrouw was kwijtgeraakt en zijn toegewijde dochter, altijd glimlachend en nooit klagend. Ik herinner me dat mijn moeder als ik iets raars deed weleens zei: "Neem toch eens een voorbeeld aan Nola! God heeft dat arme kind haar moeder afgenomen en toch is ze altijd vriendelijk en dankbaar."'

'Verdomme,' zei ik. 'Hoe heb ik nou kunnen missen dat haar moeder dood was? En toch zegt u dat u het een mooi boek vond! U zult zich hoe dan ook wel hebben afgevraagd wat een flutschrijver ik was!'

'Helemaal niet. Integendeel juist! Ik dacht zelf dat u het bewust had gedaan. Want ik heb het zelf meegemaakt, met Nola.'

'Hoe bedoelt u, "ik heb het meegemaakt"?'

'Op een dag gebeurde er iets heel vreemds. Een gebeurtenis waardoor ik wat afstand nam van Nola.'

Maart 1973

Meneer en mevrouw Hendorf dreven de general store in de hoofdstraat. Soms nam Stefanie Nola er na school mee naartoe, dan gingen ze zich in het magazijn stiekem volproppen met snoep. Zo ook die middag: verscholen achter de zakken meel deden ze zich te goed aan winegums totdat ze er buikpijn van kregen, en ze lachten, met de hand voor hun mond om niet gehoord te worden. Maar plotseling merkte Stefanie dat er iets met Nola aan de hand was. Haar blik veranderde en ze luisterde niet meer.

'Gaat het, Nool?' vroeg Stefanie.

Geen antwoord. Stefanie vroeg het opnieuw, en uiteindelijk zei Nola: 'Ik... Ik... moet naar huis.'
'Nu al? Waarom dan?'
'Mama wil dat ik thuiskom.'
Stefanie dacht dat ze het verkeerd had begrepen.
'Hè? Je moeder?'
In paniek kwam Nola overeind. Ze zei opnieuw: 'Ik moet weg!'
'Maar je moeder is dood, Nola!'
Nola haastte zich naar de deur van het magazijn, en toen Stefanie haar arm probeerde te pakken om haar tegen te houden, draaide ze zich om en greep haar bij haar jurk.
'Mijn moeder!' riep ze doodsbang. 'Je weet niet wat ze met me doet! Als ik ongehoorzaam ben, krijg ik straf!'
Ze rende ervandoor.
Stefanie kon minutenlang geen woord uitbrengen. 's Avonds vertelde ze haar moeder wat er gebeurd was, maar mevrouw Hendorf geloofde er geen woord van. Ze aaide haar teder over het hoofd.
'Ik weet niet waar je die verzinsels vandaan haalt, liefje. Toe, hou nou maar op met die flauwekul en ga je handen wassen. Je vader komt bijna thuis en dan heeft hij honger; we gaan zo aan tafel.'
De volgende dag op school leek Nola doodkalm; ze zag eruit alsof er niets aan de hand was. Stefanie durfde niet te beginnen over wat er de vorige dag gebeurd was. Uit bezorgdheid had ze er uiteindelijk, een dag of tien later, met dominee Kellergan over gepraat. Ze zocht hem op in zijn studeerkamer in de parochie, waar hij haar zoals altijd heel vriendelijk ontving. Hij gaf haar een glas ranja en luisterde aandachtig, in de verwachting dat ze hem kwam opzoeken in zijn hoedanigheid van dominee. Maar toen ze vertelde wat ze had meegemaakt, geloofde hij haar ook niet.
'Dat moet je verkeerd begrepen hebben,' zei hij.
'Ik weet dat het gek klinkt, dominee. Maar toch is het zo.'
'Maar dat slaat toch nergens op? Waarom zou Nola zulke kletspraatjes vertellen? Weet je niet dat haar moeder dood is? Wil je ons allemaal pijn doen?'
'Nee, maar...'
David Kellergan wilde het gesprek afbreken, maar Stefanie bleef aandringen. Plotseling veranderde het gezicht van de dominee: voor de eerste keer kreeg de hartelijke dominee een duister, haast angstaanjagend gezicht. Zo had ze hem nog nooit gezien.

'Ik wil niet dat je hier ooit nog een woord over zegt!' riep hij. 'Niet tegen mij, niet tegen wie dan ook. Hoor je me? Anders vertel ik aan je ouders dat je een klein leugenaartje bent. En dan zeg ik dat ik heb gezien dat je iets uit de kerk hebt gestolen. Dat je vijftig dollar hebt gestolen. En je wilt toch geen moeilijkheden, of wel soms? Dus je kunt maar beter doen wat ik zeg.'

*

Stefanie onderbrak haar verhaal. Ze speelde een ogenblik met de foto's en richtte toen het woord tot mij.

'En daarom heb ik het er nooit meer met iemand over gehad,' zei ze. 'Maar ik ben het nooit vergeten. In de loop der jaren heb ik mezelf ervan weten te overtuigen dat ik het wel verkeerd gehoord of begrepen zou hebben en dat het nooit gebeurd is. En toen kwam uw boek uit en vond ik die levende moeder die haar dochter ervanlangs geeft terug. Ik kan u niet zeggen wat dat met mij gedaan heeft; u hebt heel veel talent, meneer Goldman. En toen de kranten een paar dagen geleden begonnen te roepen dat u flauwekul had opgeschreven, bedacht ik dat ik contact met u moest opnemen. Omdat ik weet dat u de waarheid vertelt.'

'Maar welke waarheid dan?' riep ik uit. 'Die moeder was toch al heel lang dood?'

'Dat weet ik wel. Maar toch weet ik dat u gelijk hebt.'

'Denkt u dat Nola door haar vader werd geslagen?'

'Dat werd in elk geval wel gezegd. Op school zagen we de sporen op haar lichaam. Maar wie durfde het op te nemen tegen de dominee? In 1975 bemoeide je je in Aurora niet met andermans zaken. En bovendien was het een andere tijd. Iedereen kreeg weleens een klap.'

'Zijn er nog andere zaken die u te binnen schieten?' vroeg ik. 'Over Nola of het boek?'

Ze dacht een ogenblik na.

'Nee,' antwoordde ze. 'Behalve dat het haast... grappig is om na al die jaren te horen dat ze dus op Harry Quebert verliefd was.'

'Hoe bedoelt u?'

'Ik was een heel naïef kind, weet u... Na die keer bij de winkel ging ik minder met Nola om. Maar in de zomer dat ze verdween, zag ik haar weer vaker. In die zomer van 1975 werkte ik vrij vaak in de winkel van mijn ouders, die tegenover het toenmalige postkantoor lag. En ik zag

Nola echt de hele tijd. Dan ging ze brieven posten. Dat wist ik omdat ik haar zo vaak langs de winkel zag lopen dat ik het heb gevraagd. Op een dag liet ze eindelijk iets los. Ze zei dat ze smoorverliefd op iemand was en dat ze elkaar schreven. Ze heeft me nooit willen zeggen wie het was. Ik dacht dat het Cody was, een jongen uit de vijfde die in het basketbalteam zat. Het is me nooit gelukt om de naam van de geadresseerde te lezen, maar ik heb wel een keer gezien dat het iemand in Aurora was. Ik vroeg me af wat het voor zin had om vanuit Aurora te schrijven naar iemand in Aurora.'

Toen we het huis van Stefanie Larjinjiak verlieten, keek Gahalowood me aan met grote, bedachtzame ogen. Hij zei: 'Wat is hier aan de hand, schrijver?'
    'Dat wilde ik ook net vragen, sergeant. Wat moeten we doen, denkt u?'
    'Wat we al heel lang geleden hadden moeten doen: naar Jackson, Alabama, gaan. Je hebt de hamvraag al heel lang geleden gesteld, schrijver: wat is er in Alabama gebeurd?'

4
Sweet Home Alabama

'Gun je lezer nog een laatste onverwachte wending als je bijna aan het einde van het boek bent gekomen, Marcus.'
'Waarom?'
'Waarom? Omdat je de lezer tot het einde toe in spanning moet houden, natuurlijk. Net als wanneer je zit te kaarten, moet je een paar troeven tot het einde bewaren.'

Jackson, Alabama, 28 oktober 2008

En we landden in Alabama.

Bij aankomst op het vliegveld van Jackson werden we verwelkomd door een jonge agent van de Staatspolitie, Philip Thomas geheten, met wie Gahalowood een paar dagen eerder contact had opgenomen. Hij stond in uniform in de aankomsthal, kaarsrecht en met zijn pet over de ogen. Hij groette Gahalowood eerbiedig, en toen hij mij aankeek tilde hij zijn pet een stukje op.

'Heb ik u misschien al eerder gezien?' vroeg hij. 'Op televisie?'
'Dat kan wel,' antwoordde ik.
'Ik zal je wel even helpen,' zei Gahalowood. 'Hij heeft dat boek geschreven waar iedereen het over heeft. Pas op voor hem, hij is in staat om er een enorme bende van te maken, daar heb je geen idee van.'

'Dan zijn de Kellergans dus de familie waar het in uw boek over gaat?' vroeg agent Thomas terwijl hij zijn verbazing probeerde te verbergen.

'Precies,' antwoordde Gahalowood opnieuw voor me. 'Blijf bij hem uit de buurt, agent. Zelf leidde ik een vredig leventje totdat ik hem ontmoette.'

Agent Thomas had zijn werk heel serieus genomen. Op verzoek van Gahalowood had hij een klein dossier over de Kellergans voor ons aangelegd, dat we doornamen in een restaurant in de buurt van het vliegveld.

'David J. Kellergan is in 1923 in Montgomery geboren,' begon Thomas. 'Hij studeerde theologie, en toen hij dominee werd, kwam hij naar Jackson om de Mount Pleasant-gemeente te leiden. In 1955 trouwde hij met Louisa Bonneville. Ze woonden in een huis in een rustige wijk in het noorden van de stad. In 1960 zette Louisa Kellergan een dochter op de wereld: Nola. Verder niets opvallends. Een rustig, gelovig gezin uit Alabama. Tot aan het drama in 1969.'

'Het drama?' herhaalde Gahalowood.
'Brand. Op een nacht brandde het huis af. Louisa Kellergan kwam om in de vlammen.'
Thomas had kopieën van krantenartikelen uit die tijd bij het dossier gevoegd.

DODELIJKE BRAND IN LOWER STREET
Bij een brand in Lower Street is gisteravond een vrouw omgekomen. Volgens de brandweer is het drama mogelijk veroorzaakt door een niet gedoofde kaars. Het huis is geheel verwoest. Het slachtoffer was de echtgenote van een lokale voorganger.

Een uittreksel uit het politierapport gaf aan dat Louisa en Nola in de nacht van 30 augustus 1969 omstreeks één uur 's nachts in hun slaap werden verrast door de brand, terwijl dominee David Kellergan aan het doodsbed van een gemeentelid zat. Toen de dominee thuiskwam, merkte hij dat er heel veel rook naar buiten kwam. Hij haastte zich naar binnen: de eerste verdieping stond in brand. Toch slaagde hij erin de kamer van zijn dochter te bereiken; ze lag half bewusteloos in bed. Hij droeg haar naar de tuin. Toen wilde hij teruggaan om zijn vrouw te halen, maar de brand had zich al uitgebreid tot aan de trap. Gewaarschuwd door het geschreeuw kwamen de buren aangerend, maar ze konden slechts vaststellen dat ze niets konden doen. Toen de brandweer kwam, stond de hele eerste verdieping in lichterlaaie: uit de ramen schoten vlammen die het dak verzwolgen. Louisa Kellergan werd dood gevonden; ze was gestikt. De conclusie in het politierapport was dat er een kaars was blijven branden die waarschijnlijk de gordijnen in brand had gezet, waarna het vuur zich snel door de rest van het houten huis had verspreid. Dominee Kellergan vermeldde in zijn verklaring dat zijn vrouw dikwijls een geurkaars op haar nachtkastje liet branden als ze ging slapen.

'De datum!' riep ik uit toen ik het rapport las. 'Kijk naar de datum van de brand, sergeant!'
'Verdomd: 30 augustus 1969!'
'De officier die het onderzoek leidde heeft heel lang twijfels gehad over de vader,' legde Thomas uit.
'Hoe weet je dat?'
'Ik heb hem gesproken. Edward Horowitz heet hij. Hij is nu met pensioen. Hij brengt zijn dagen door met het opknappen van zijn boot, voor zijn huis.'

'Denk je dat we hem kunnen opzoeken?' vroeg Gahalowood.
'Ik heb al met hem afgesproken. Hij verwacht ons om drie uur.'

De gepensioneerde inspecteur Horowitz stond onverstoorbaar voor zijn huis en schuurde nauwgezet de romp van een houten bootje. Omdat er regen dreigde, had hij zijn garagedeur opengezet zodat die een afdak vormde. Hij nodigde ons uit een biertje te pakken uit een aangebroken sixpack op de grond en stond ons te woord zonder zijn werk te onderbreken, maar hij liet wel merken dat we zijn volle aandacht hadden. Hij vertelde over de brand in het huis van de Kellergans en herhaalde wat we al wisten uit het politierapport, zonder nieuwe details.

'Eigenlijk was het best merkwaardig, die brand,' besloot hij.

'Hoezo dan?' vroeg ik.

'We dachten heel lang dat David Kellergan het huis in brand had gestoken en zijn vrouw had vermoord. Er was geen enkel bewijs voor zijn versie van de feiten: dat hij als door een wonder op tijd was gekomen om zijn dochter te redden, maar net te laat om zijn vrouw te redden. Het was verleidelijk om te geloven dat hij het vuur zelf had aangestoken. Vooral omdat hij er een paar weken later vandoor ging. Zijn huis brandt af, zijn vrouw gaat dood en hij verlaat de stad. Er klopte iets niet, maar we hebben nooit iets gevonden wat zijn schuld kon bewijzen.'

'Hetzelfde scenario als bij de verdwijning van zijn dochter,' stelde Gahalowood vast. 'In 1975 verdwijnt Nola van het toneel: ze is waarschijnlijk vermoord, maar er is geen enkel hard bewijs.'

'Wat denkt u, sergeant?' vroeg ik. 'Heeft de dominee zijn vrouw vermoord en toen zijn dochter? Denkt u dat we de verkeerde dader hebben?'

'Als dat zo is, dan is dat rampzalig,' bracht Gahalowood uit. 'Wie zouden we hier kunnen ondervragen, meneer Horowitz?'

'Moeilijk te zeggen. Jullie zouden naar de kerk van Mount Pleasant kunnen gaan. Misschien hebben ze een gemeenteregister en misschien heeft iemand dominee Kellergan gekend. Maar negenendertig jaar na dato… dat gaat jullie veel tijd kosten.'

'En die hebben we niet,' zei Gahalowood geërgerd.

'Ik weet dat David Kellergan nogal nauwe banden had met een afsplitsing van de pinkstergemeente, net buiten de stad,' vervolgde Horowitz. 'Een stelletje godsdienstwaanzinnigen die een gezamenlijk boerenbedrijf runnen, op een uur rijden hiervandaan. Daar heeft de dominee na de brand gewoond. Dat weet ik omdat ik er vrij vaak kwam als ik hem iets moest vragen voor het onderzoek. Hij is er tot zijn vertrek gebleven. Vraag naar dominee Lewis, als die nog leeft. Die is een soort goeroe daar.'

Dominee Lewis, over wie Horowitz had verteld, stond aan het hoofd van de Gemeenschap van de Nieuwe Kerk van de Heiland. We gingen er de volgende ochtend heen. Agent Thomas kwam ons halen uit de Holiday Inn bij de snelweg waar we twee kamers hadden genomen – de ene betaald door de staat New Hampshire, de andere door mij – en bracht ons naar een enorm landbouwbedrijf, dat voor het grootste gedeelte uit akkerland bestond. Nadat we verdwaald waren op een weg waar aan beide kanten maisplanten groeiden, kwamen we een man op een tractor tegen die ons naar een groepje huizen vergezelde en ons wees waar de dominee woonde.

We werden hartelijk ontvangen door een vriendelijke dikke vrouw, die ons liet plaatsnemen in een studeerkamer waar dominee Lewis een paar minuten later ook naartoe kwam. Ik wist dat hij in de negentig moest zijn, maar hij zag er twintig jaar jonger uit. Hij leek heel sympathiek, volkomen anders dan de omschrijving die Horowitz had gegeven.

'Politie?' zei hij, toen hij ons om beurten begroette.

'Staatspolitie van New Hampshire en Alabama,' verduidelijkte Gahalowood. 'We doen onderzoek naar de dood van Nola Kellergan.'

'Het lijkt alsof het de laatste tijd over niets anders gaat.'

Toen hij me de hand schudde, keek hij me even aan en vroeg toen: 'Bent u niet…'

'Ja, dat is hij,' antwoordde Gahalowood geïrriteerd.

'En, heren… Wat kan ik voor u doen?'

Gahalowood opende het gesprek.

'Dominee Lewis, als ik me niet vergis kende u Nola Kellergan?'

'Ja. Eigenlijk kende ik vooral haar ouders. Erg vriendelijke mensen. Heel betrokken bij onze gemeenschap.'

'En welke gemeenschap is dat?'

'We zijn onderdeel van de pinksterbeweging, sergeant. Niets meer dan dat. We hebben christelijke idealen en die delen we met elkaar. O, ik weet dat er wordt gezegd dat we een sekte zijn. Twee keer per jaar krijgen we een maatschappelijk werker op bezoek die komt kijken of de kinderen wel naar school gaan, of ze goed te eten krijgen en of ze niet mishandeld worden. Ze komen ook kijken of we wapens hebben en of we *white*

548

supremacists zijn. Af en toe is het gewoon belachelijk. Onze kinderen gaan naar de openbare school, ik heb van mijn leven nog geen karabijn aangeraakt en ik heb actief bijgedragen aan de campagne van Barack Obama in deze county. Wat wilt u precies weten?'
'Wat er in 1969 is gebeurd,' zei ik.
'Toen is de Apollo 11 op de maand geland,' antwoordde Lewis. 'Een grote overwinning van de Amerikanen op de Russische vijand.'
'U weet best wat ik bedoel. De brand bij de Kellergans. Wat is het echte verhaal? Wat is er met Louisa Kellergan gebeurd?'
Lewis keek me langdurig aan voordat hij het woord tot me richtte.
'Ik heb u de laatste tijd heel vaak op televisie gezien, meneer Goldman. Volgens mij bent u een goede schrijver, maar hoe is het mogelijk dat u geen informatie over Louisa hebt ingewonnen? Want dat is vast de reden van uw komst, of niet? Uw boek houdt geen steek, en laat ik het maar gewoon zeggen: volgens mij is er paniek in de tent. Waar of niet? Wat zoekt u hier? Een rechtvaardiging voor uw leugens?'
'De waarheid,' zei ik.
Hij glimlachte triest.
'De waarheid? Welke waarheid, meneer Goldman? Die van God of die van de mensen?'
'Die van u. Wat is uw waarheid over de dood van Louisa Kellergan? Heeft David Kellergan zijn vrouw vermoord?'
Dominee Lewis kwam overeind uit zijn stoel en deed de deur van zijn studeerkamer dicht, die nog halfopen stond. Toen ging hij bij het raam staan en keek naar buiten. De scène deed me denken aan ons bezoek aan Chief Pratt. Gahalowood gebaarde me dat hij het stokje van me overnam.
'David was zo'n ontzettend goed mens,' fluisterde Lewis uiteindelijk.
'Was?' merkte Gahalowood op.
'Ik heb hem negenendertig jaar niet gezien.'
'Sloeg hij zijn dochter?'
'Nee! Nee hoor. Zijn hart was zuiver. Hij was een man van God. Toen hij in Mount Pleasant aankwam, waren de kerkbanken leeg. Zes maanden later zaten ze iedere zondagochtend stampvol. Hij zou zijn vrouw nooit een haar hebben gekrenkt, en zijn dochter ook niet.'
'Wat waren het voor mensen?' vroeg Gahalowood zacht. 'Wie waren de Kellergans?'
Dominee Lewis riep zijn vrouw en vroeg om thee met honing voor ie-

549

dereen. Hij ging weer zitten en keek ons een voor een aan. Zijn blik was zachtaardig en zijn stem klonk warm. Hij zei: 'Doe uw ogen dicht, heren. Ogen dicht. We zijn in Jackson, Alabama, en het jaar is 1953.'

*

Jackson, Alabama, januari 1953

Het was een verhaal zoals Amerika het graag hoort. Op een dag aan het begin van 1953 betrad een jonge dominee uit Montgomery het vervallen gebouw van de kerk van Mount Pleasant, in het hart van Jackson. Het was een stormachtige dag: gordijnen van regen vielen uit de hemel en de straten werden schoongeveegd door hevige rukwinden. De bomen zwaaiden heen en weer, de wind had de kranten uit de handen van een venter gerukt die onder het afdak van een etalage stond te schuilen: ze vlogen door de lucht, terwijl de voorbijgangers van afdak naar afdak renden om zich een weg door de storm te banen.

De dominee duwde de deur van de kerk open, die klapperde in de wind: binnen was het donker en ijskoud. Langzaam liep hij langs de kerkbanken. De regen kwam door het lekkende dak naar binnen en vormde hier en daar plassen op de grond. Het was uitgestorven, er was geen gelovige te bekennen en er waren weinig aanwijzingen dat deze kerk werd gebruikt. Op de plaats waar de kaarsen hoorden te staan, lagen alleen wat wasresten. Hij liep door naar het altaar, en toen hij de preekstoel zag zette hij zijn voet op de eerste tree van de houten trap om naar boven te klimmen.

'Niet doen!'

Hij schrok van die stem die uit het niets kwam. Hij draaide zich om en zag een kleine, ronde man uit het donker tevoorschijn komen.

'Niet doen,' herhaalde de man. 'De trap is vermolmd, straks breekt u uw nek nog. Bent u dominee Kellergan?'

'Ja,' antwoordde David ongemakkelijk.

'Welkom in uw nieuwe gemeente, dominee. Ik ben dominee Jeremy Lewis, ik sta aan het hoofd van de Gemeenschap van de Nieuwe Kerk van de Heiland. Na het vertrek van mijn voorganger hebben ze mij gevraagd om over deze gemeente te waken. Nu is het aan u.'

De mannen gaven elkaar een warme handdruk. David Kellergan klappertandde.

'U rilt!' constateerde Lewis. 'U hebt het ijskoud! Kom mee, er is een café op de hoek. Laten we lekker een grog gaan drinken, dan kunnen we praten.'

En zo leerden Jeremy Lewis en David Kellergan elkaar kennen. In het café op de hoek wachtten ze tot de storm was geluwd.

'Ik had al gehoord dat het niet goed ging met Mount Pleasant,' glimlachte David Kellergan, een beetje van zijn stuk gebracht, 'maar ik moet bekennen dat ik dit niet had verwacht.'

'Zeg dat wel. Ik zal niet ontkennen dat u op het punt staat om een gemeente onder uw hoede te nemen die er heel slecht aan toe is. De gelovigen komen niet meer en ze doen geen schenkingen meer. Het gebouw is een ruïne. Er is veel te doen. Ik hoop dat dat u niet afschrikt.'

'Er is wel meer voor nodig om mij af te schrikken, dominee Lewis, maar dat zult u nog wel merken.'

Lewis glimlachte. Hij was nu al onder de indruk van de sterke persoonlijkheid en het charisma van zijn jonge gesprekgenoot.

'Bent u getrouwd?' vroeg hij.

'Nee, dominee Lewis. Ik ben nog vrijgezel.'

Zes maanden lang zocht de nieuwe dominee Kellergan alle gemeenteleden thuis op om kennis te maken en hen ertoe over te halen om 's zondags weer plaats te nemen op de banken van Mount Pleasant. Toen begon hij fondsen te werven om het dak van de kerk te repareren, en omdat hij niet in Korea diende droeg hij bij aan de oorlogsinspanningen door een resocialisatieprogramma voor veteranen op poten te zetten. Algauw meldden zich vrijwilligers om de aangrenzende gemeentezaal op te knappen. Langzaam maar zeker kwam het gemeenteleven weer op gang, de kerk van Mount Pleasant hervond iets van zijn vroegere glorie, en al snel werd David Kellergan beschouwd als de rijzende ster van Jackson. Vooraanstaande leden van de gemeente zagen een politieke carrière voor hem in het verschiet. Men zei dat hij de stad weleens zou kunnen ontgroeien. Misschien behoorde zelfs een loopbaan op federaal niveau voor hem tot de mogelijkheden. Wie weet zelfs als senator. Hij had er de capaciteiten voor.

Op een avond aan het einde van 1953 ging David Kellergan eten in een restaurantje in de buurt van de kerk. Hij nam plaats aan de bar, zoals hij wel vaker deed. Naast hem zat een jonge vrouw die hem nog niet was opgevallen; ze draaide zich plotseling om en toen ze hem herkende, glimlachte ze.

'Dag, dominee,' zei ze.

Hij glimlachte terug, een beetje geforceerd.

'Sorry mevrouw, maar kennen wij elkaar?'

Ze barstte in lachen uit en schudde zacht met haar blonde krullen.

'Ik ben lid van uw gemeente. Ik heet Louisa. Louisa Bonneville.'

Hij was wat van slag omdat hij haar niet herkende en begon te blozen: daar moest ze nog meer om lachen. Hij stak een sigaret op om zich een houding te geven.

'Mag ik er ook een?' vroeg ze.

Hij gaf haar het pakje.

'U vertelt toch niemand dat ik rook, hè, dominee?' zei Louisa.

Hij glimlachte.

'Erewoord.'

Louisa was de dochter van een vooraanstaand lid van de gemeente. David en zij zagen elkaar steeds vaker. Algauw werden ze verliefd. Iedereen vond dat ze een prachtig stel vormden. In de loop van de zomer van 1955 trouwden ze. Ze straalden een en al geluk uit. Ze wilden heel veel kinderen, minstens zes, drie jongens en drie meisjes, vrolijke, lachende kinderen, die het huis aan Lower Street, waar het jonge stel naartoe was verhuisd, tot leven zouden brengen. Maar Louisa raakte maar niet in verwachting. Ze raadpleegde diverse specialisten, aanvankelijk zonder resultaat. Uiteindelijk kreeg ze in de zomer van 1959 het goede nieuws van haar arts: ze was zwanger.

Op 12 april 1960 bracht Louisa Kellergan in het General Hospital van Jackson haar eerste en enige kind ter wereld.

'Een meisje,' meldde de arts aan David Kellergan, die liep te ijsberen op de gang

'Een meisje!' riep dominee Kellergan uit, stralend van geluk.

Haastig voegde hij zich bij zijn vrouw, die de pasgeborene tegen zich aan drukte. Hij omhelsde haar en bekeek de baby, die haar ogen nog dichthield. Je kon al raden dat ze net zo blond was als haar moeder.

'Zullen we haar Nola noemen?' stelde Louisa voor.

Dat vond de dominee een prachtige voornaam en hij stemde in.

'Welkom, Nola,' zei hij tegen zijn dochter.

In de jaren daarna werd de familie Kellergan altijd als lichtend voorbeeld genomen: zo'n goede vader, zo'n zachtaardige moeder en dan zo'n prachtige dochter. David Kellergan was een harde werker: hij barstte van de ideeën en de projecten en zijn vrouw steunde hem altijd. Op zomerse zondagen gingen ze dikwijls picknicken bij de Gemeenschap van de Nieuwe Kerk van de Heiland, uit vriendschap voor dominee Jeremy Lewis met wie David Kellergan nauw in contact was gebleven, sinds ze elkaar bijna tien jaar eerder op een stormachtige dag hadden ontmoet. De mensen die in die tijd met hen omgingen keken allemaal vol bewondering naar het geluk van de familie Kellergan.

*

'Ik heb nooit meer iemand gezien die er zo gelukkig uitzag als zij,' vertelde dominee Lewis. 'David en Louisa voelden een enorme liefde voor elkaar. Krankzinnig gewoon. Alsof ze door de Heer waren gemaakt om van elkaar te houden. En ze waren geweldige ouders. Nola was een heel bijzonder meisje, vrolijk en levendig. Het was een gezin dat je ernaar liet verlangen om zelf aan een gezin te beginnen en dat je vertrouwen in de mensheid voorgoed kon herstellen. Het was prachtig om te zien. Vooral in alle rotzooi van Alabama in de jaren zestig, toen het zo zwaar onder de segregatie te lijden had.'
'En toen stortte alles in,' zei Gahalowood.
'Ja.'
'Hoe?'
Er viel een lange stilte. Het gezicht van dominee Lewis betrok. Hij kwam weer overeind omdat hij niet kon blijven zitten en ijsbeerde door de kamer.
'Waarom zouden we het daarover hebben?' vroeg hij. 'Het is al zo lang geleden...'
'Wat is er in 1969 gebeurd, dominee Lewis?'
De dominee wendde zich tot een groot kruis dat aan de muur hing. En toen zei hij: 'We hebben de duivel uit haar gebannen. Maar het verliep rampzalig. Ik denk dat er te veel kwaad in haar zat.'
'Wat bedoelt u?'
'De brand... De nacht van de brand. Die nacht is het niet precies zo gegaan als David Kellergan aan de politie heeft verteld. Hij was inderdaad bij een lid van de gemeente dat op sterven lag. En toen hij tegen enen

thuiskwam, stond het huis inderdaad in brand. Maar... Hoe zal ik het zeggen... Toch is het niet gegaan zoals David Kellergan de politie heeft verteld.'

*

30 augustus 1969

Jeremy Lewis lag diep te slapen en hoorde niet dat er werd aangebeld. Zijn vrouw Matilda ging opendoen en kwam hem toen direct wakker maken. Het was vier uur 's ochtends. 'Word wakker, Jeremy!' zei ze met tranen in de ogen. 'Er is iets verschrikkelijks gebeurd... Dominee Kellergan is hier... Er is brand geweest. Louisa is... Ze is dood!'

Lewis sprong uit bed. Hij trof de dominee in de woonkamer, verwilderd, gebroken en in tranen. Zijn dochter zat naast hem. Matilda nam Nola mee naar de logeerkamer en stopte haar daar in bed.

'O, Heer! Wat is er gebeurd, David?' vroeg Lewis.

'Er was brand... Het huis is afgebrand. Louisa is dood. Ze is dood!'

David Kellergan kon zich niet meer inhouden: hij zat ineengedoken in een stoel en liet zijn tranen de vrije loop. Hij trilde over zijn hele lichaam. Jeremy Lewis schonk een groot glas whisky voor hem in.

'En Nola? Is ze ongedeerd?' vroeg hij.

'Gelukkig wel, godzijdank. Ze hebben haar onderzocht en ze heeft niets.'

Jeremy Lewis kreeg tranen in zijn ogen.

'O, Heer... David, wat een drama. Wat een drama!'

Hij legde zijn handen op de schouders van zijn vriend om hem te troosten.

'Ik begrijp niet wat er gebeurd is, Jeremy. Ik zat aan het sterfbed van een lid van de gemeente. Toen ik terugkwam, stond het huis in brand. De vlammen waren enorm.'

'Heb jij Nola naar buiten gehaald?'

'Jeremy... Ik moet je iets vertellen.'

'Wat dan? Vertel maar, ik ben er voor je!'

'Jeremy... Toen ik voor het huis stond zag ik de vlammen... De hele verdieping stond in brand! Ik wilde naar boven om mijn vrouw te halen, maar de trap stond al in lichterlaaie! Ik kon niets doen! Niets!'

'Grote God... en Nola?'

David Kellergan kokhalsde.
'Ik heb de politie verteld dat ik naar boven ben gegaan en dat ik Nola uit het huis heb gehaald, maar dat ik niet terug kon om mijn vrouw te halen…'
'En is dat niet zo?'
'Nee, Jeremy. Toen ik aankwam stond het huis in brand. Maar Nola… Nola stond op de veranda te zingen.'

De volgende ochtend sloot David Kellergan zich met zijn dochter op in de logeerkamer. Hij wilde haar eerst uitleggen dat haar moeder dood was.
'Liefje,' zei hij. 'Weet je nog wat er gisteravond is gebeurd? Dat vuur, weet je dat nog?'
'Ja.'
'Er is iets heel ergs gebeurd. Iets heel ergs en heel verdrietigs, wat je heel triest gaat maken. Mama was op haar kamer toen er brand was, en ze kon niet vluchten.'
'Ja, dat weet ik. Mama is dood,' zei Nola. 'Ze was niet lief. En daarom heb ik haar kamer in brand gestoken.'
'Hè? Wat zeg je nou?'
'Ik ben naar haar kamer gegaan. Ze sliep. Ik vond dat ze er niet lief uitzag. Stomme mama! Stomme mama, ik wou dat ze dood was! En toen heb ik lucifers van het nachtkastje gepakt en de gordijnen in brand gestoken.'
Nola glimlachte naar haar vader, die vroeg of ze dat nog eens wilde zeggen. En Nola zei het nog eens. Op dat moment hoorde David Kellergan de vloer kraken en hij draaide zich om. Dominee Lewis, die kwam kijken hoe het met het meisje ging, had het gesprek gehoord.

Ze sloten zich op in de studeerkamer.
'Heeft Nola het huis in brand gezet? Heeft Nola haar moeder vermoord?' riep Lewis verbijsterd uit.
'Ssst! Niet zo hard, Jeremy! Ja… Ze… ze zegt dat ze het huis in brand heeft gestoken, maar Here God, dat kan toch niet waar zijn?'
'Is Nola bezeten door demonen?' vroeg Lewis.
'Demonen? Welnee! Af en toe hebben haar moeder en ik weleens wat gedrag bij haar gezien dat je vreemd zou kunnen noemen, maar nooit iets ernstigs.'

'Nola heeft haar moeder gedood, David. Besef je wel hoe erg dat is?'
David Kellergan trilde. Hij huilde, zijn hoofd tolde, de ideeën buitelden over elkaar heen in zijn hoofd. Hij moest overgeven en Jeremy Lewis gaf hem de prullenbak.
'Mond dicht tegen de politie, Jeremy. Ik smeek je!'
'Maar dit is heel ernstig, David!'
'Je mag niets zeggen! In hemelsnaam, hou je mond. Als de politie het hoort, belandt Nola in een jeugdgevangenis, of God weet waar. En ze is nog maar negen...'
'Dan moeten we haar genezen,' zei Lewis. 'Nola wordt bewoond door het Kwaad en we moeten haar genezen.'
'Nee, Jeremy! Dat niet!'
'We moeten een exorcisme doen, David. Dat is de enige manier om haar te verlossen van het Kwaad.'

*

'Ik heb haar geëxorciseerd,' verklaarde dominee Lewis. 'We hebben een paar dagen lang geprobeerd om de demon uit haar lichaam te drijven.'
'Wat is dit voor een waanzin?' mompelde ik.
'Toe, zeg!' zei Lewis met stemverheffing. 'Waarom bent u zo sceptisch? Nola was zichzelf niet: de duivel had bezit van haar lichaam genomen!'
'Wat hebt u met haar gedaan?' bulderde Gahalowood.
'In principe is gebed voldoende, sergeant.'
'Maar laat me raden: nu bleek dat niet zo te zijn!'
'De duivel was heel sterk! En dus hebben we haar met haar hoofd in een bak wijwater gedompeld om korte metten met hem te maken.'
'Gesimuleerde verdrinking,' zei ik.
'Maar ook dat was niet afdoende. En dus hebben we haar geslagen om de duivel te vloeren en hem uit Nola's lichaam te krijgen.'
'Hebt u dat kind geslagen?' ontplofte Gahalowood.
'Welnee, niet dat kind: de duivel!'
'U bent gek, dominee Lewis!'
'We moesten haar verlossen! En we dachten dat het ons gelukt was. Maar Nola begon aanvallen te krijgen. Zij en haar vader bleven nog een tijdje bij ons, maar het meisje was niet meer te houden. Ze begon haar moeder te zien.'

'U bedoelt dat Nola hallucineerde?' vroeg Gahalowood.

'Erger. Ze begon een dubbele persoonlijkheid te ontwikkelen: soms werd ze haar eigen moeder en dan strafte ze zich voor wat ze had gedaan. Op een dag vond ik haar brullend in de badkamer. Ze had het bad laten vollopen en ze hield zichzelf met één hand stevig bij haar haren vast en duwde zichzelf kopje-onder in het ijskoude water. Zo kon het niet doorgaan. En dus besloot David dat hij moest vluchten. Heel ver weg. Hij zei dat hij weg moest uit Jackson en uit Alabama, dat de afstand en de tijd er zeker toe zouden bijdragen dat het beter zou gaan met Nola. Ik had toen net gehoord dat de gemeente van Aurora een nieuwe leidsman zocht, en hij aarzelde geen seconde. Zo vertrok hij om zich in een andere hoek van het land te vestigen, in New Hampshire.

3
Election Day

'In een mensenleven gebeuren er allerlei grote dingen in de wereld. Noem ze in je boeken, Marcus. Want als die dan heel slecht blijken te zijn, zullen ze in ieder geval de verdienste hebben dat ze een paar bladzijden van de geschiedenis vastleggen.'

Fragment uit de Concord Herald van 5 november 2008

BARACK OBAMA VERKOZEN TOT 44STE PRESIDENT
VAN DE VERENIGDE STATEN

De democratische presidentskandidaat Barack Obama heeft de verkiezingen gewonnen van de republikein McCain. Hij wordt de vierenveertigste president van de Verenigde Staten. New Hampshire, dat de overwinning in 2004 aan John Kerry gunde […]

---

5 november 2008

De dag na de verkiezingen was New York in jubelstemming. In de straten vierden de mensen de zege van de democraten tot in de kleine uurtjes, alsof ze de demonen van de vorige twee termijnen wilden verjagen. Zelf deelde ik alleen in de volksvreugde vanachter het televisietoestel op mijn kantoor, waar ik me al drie dagen lang opsloot.

Die ochtend kwam Denise om acht uur op kantoor met een Obama-trui, Obama-tas, Obama-button en een pak Obama-stickers. 'O, Marcus, je bent er al,' zei ze toen ze binnenkwam en zag dat alle lichten brandden. 'Ben je gisteren de straat op gegaan? Wat een overwinning! Ik heb stickers meegenomen voor je auto.' Onder het praten legde ze haar spullen op tafel en zette het koffiezetapparaat aan en het antwoordapparaat uit; daarna liep ze mijn kamer binnen. Toen ze zag hoe die eruitzag, sperde ze haar ogen wijd open en riep uit: 'Marcus, wat is hier in godsnaam gebeurd?'

Ik zat in mijn fauteuil en staarde naar een van de muren, die ik gedurende een groot gedeelte van de nacht had bedekt met aantekeningen en schema's uit het onderzoek. Ik had onafgebroken geluisterd naar mijn geluidsopnames van Harry, Nancy Hattaway en Robert Quinn.

'Er is iets wat ik niet begrijp in deze zaak,' zei ik. 'En daar word ik langzaam gek van.'

'Ben je hier de hele nacht geweest?'

'Ja.'

'O Marcus, en ik maar denken dat je buiten was en een beetje plezier maakte. Je hebt al zo lang geen leuke dingen gedaan. Zit je roman je zo dwars?'

'Er zit me iets dwars wat ik vorige week heb ontdekt.'

'Wat heb je dan ontdekt?'

'Dat weet ik niet, dat is het hem nou juist. Wat doe je als je beseft dat je wordt voorgelogen en verraden door iemand die je altijd hebt bewonderd en die altijd je voorbeeld is geweest?'

Ze dacht een ogenblik na, toen zei ze: 'Dat is mij ook weleens overkomen: ik heb mijn eerste man met mijn beste vriendin in bed betrapt.'

'En wat heb je toen gedaan?'

'Niks. Ik heb niks gezegd en niks gedaan. Het was in de Hamptons, we waren een weekendje weg met mijn beste vriendin en haar man, naar een hotel aan zee. Op zaterdag, aan het einde van de middag, ging ik wandelen langs de oceaan. Alleen, want mijn man had gezegd dat hij moe was. Ik kwam veel eerder thuis dan gepland. Alleen uit wandelen was minder leuk dan ik dacht. Ik ging weer naar mijn kamer, deed de deur open met de keycard en toen zag ik ze in bed. Hij lag boven op haar. Mijn beste vriendin. Heel gek dat je met zo'n keycard een kamer kan binnen komen zonder enig geluid te maken. Ze hebben me niet gezien en niet gehoord. Ik bleef een paar seconden staan kijken, ik zag hoe mijn man zich in allerlei bochten wrong om haar te laten kreunen als een klein hondje, toen liep ik zonder enig geluid de kamer weer uit. Op de wc bij de receptie heb ik overgegeven en toen ben ik weer gaan wandelen. Een uur later kwam ik terug: mijn man zat in de hotelbar gin te drinken en te lachen met de man van mijn beste vriendin. Ik heb niks gezegd. We hebben met z'n allen gegeten. Ik deed of er niks aan de hand was. 's Avonds viel hij als een blok in slaap, hij zei alleen dat hij uitgeput was van het nietsdoen. Ik heb niks gezegd. Zes maanden lang heb ik niks gezegd.'

'En toen heb je de scheiding aangevraagd…'

'Nee. Toen heeft hij me voor haar in de steek gelaten.'

'Heb je spijt dat je niks hebt gedaan?'

'Dagelijks.'

'Dan moet ik wat doen. Is dat wat je probeert te zeggen?'

'Ja. Doe iets, Marcus. Wees niet zo'n stomme bedrogen troel als ik.'

Ik glimlachte.

'Je kunt veel over jou zeggen, maar een troel ben je niet.'

'Marcus, wat is er de laatste weken gebeurd? Wat heb je ontdekt?'

*

5 dagen eerder

Op 13 oktober bevestigde professor Gideon Alkanor, een van de grootste specialisten van de Oostkust op het gebied van de kinderpsychiatrie en een goede bekende van Gahalowood, iets wat we eigenlijk al wisten: dat Nola ernstige psychiatrische problemen had.

De dag na onze terugkeer uit Jackson reden Gahalowood en ik naar Boston, waar Alkanor ons ontving op zijn spreekkamer in het Children's Hospital. Op basis van de gegevens die hem van tevoren waren doorgegeven, was hij van mening dat hij de diagnose kinderpsychose kon stellen.

'En wat houdt dat ongeveer in?' vroeg Gahalowood ongeduldig.

Alkanor zette zijn bril af en veegde bedachtzaam de glazen schoon, alsof hij nadacht over wat hij ging zeggen. Uiteindelijk richtte hij het woord tot mij.

'Dat betekent dat ik denk dat u gelijk hebt, meneer Goldman. Ik heb uw boek een paar weken geleden gelezen. In het licht van wat u beschrijft en de zaken die Perry me heeft verteld, denk ik dat Nola af en toe het contact met de werkelijkheid verloor. Waarschijnlijk heeft ze tijdens zo'n moment van crisis de kamer van haar moeder in brand gestoken. Op die avond van 30 augustus 1969 is Nola's relatie tot de werkelijkheid vertroebeld geraakt: ze wilde haar moeder doden, en op dat exacte moment betekende doden niets voor haar. Ze voltrok een handeling waarvan ze de consequenties niet kon bevatten. Boven op die eerste traumatische episode kwam dan nog het exorcisme, en de herinnering daaraan kan heel wel de aanvallen van persoonsverdubbeling hebben ontketend waarin Nola veranderde in de moeder die ze zelf had gedood. En dan wordt het allemaal ingewikkeld: wanneer Nola het contact met de werkelijkheid verloor, werd ze achtervolgd door de herinnering aan de moeder en aan haar daad.'

Ik wist even niet wat ik moest zeggen.

'Dus u bedoelt dat...'

Alkanor knikte voordat ik de zin kon afmaken en zei: 'Op die momenten van decompensatie mishandelde Nola zichzelf.'

'Maar wat kan zo'n aanval dan veroorzaken?' vroeg Gahalowood.

'Ingrijpende emotionele veranderingen, vermoed ik: een stressvolle gebeurtenis, een groot verdriet. De dingen die u in uw boek noemt, meneer Goldman: de ontmoeting met Harry Quebert, op wie ze smoorverliefd wordt, en zijn afwijzing, die haar zelfs tot een zelfmoordpoging beweegt. Het is haast het "klassieke" patroon, zou ik zeggen. Wanneer haar emoties op hol slaan, decompenseert ze. En als ze decompenseert, ziet ze haar moeder voor zich, die haar bestraft voor wat ze heeft gedaan.'

Al die jaren waren Nola en haar moeder een en dezelfde persoon geweest. We hadden nog een bevestiging van haar vader nodig, en op zaterdag 1 november 2008 trokken we gezamenlijk naar Terrace Avenue 245: Gahalowood, ik en Travis Dawn, aan wie we hadden verteld wat we in Alabama hadden gehoord en die door Gahalowood was gevraagd om mee te gaan om David Kellergan gerust te stellen.

Toen die ons voor zijn deur zag staan, verklaarde hij direct: 'Ik heb niks te zeggen. Niet aan jullie en niet aan iemand anders.'

'Ik heb u wel iets te zeggen,' zei Gahalowood kalm. 'Ik weet wat er in maart 1969 in Alabama is gebeurd. Ik weet van de brand, ik weet alles.'

'U weet niks.'

'Je kunt maar beter luisteren naar wat hij te zeggen heeft,' zei Travis. 'Laat ons liever binnen, David. Dat praat wat makkelijker.'

Uiteindelijk stemde David Kellergan toe; hij liet ons binnen en nam ons mee naar de keuken. Hij schonk een kop koffie voor zichzelf in maar bood ons niets aan; toen ging hij weer aan tafel zitten. Gahalowood en Travis gingen tegenover hem zitten en ik bleef iets achteraf staan.

'Nou?' vroeg Kellergan.

'Ik ben in Jackson geweest,' antwoordde Gahalowood. 'Ik heb met dominee Jeremy Lewis gesproken. Ik weet wat Nola heeft gedaan.'

'Hou op!'

'Ze had een kinderpsychose. Ze had aanvallen van schizofrenie. Op 30 augustus 1969 heeft ze brand gesticht in de slaapkamer van haar moeder.'

'Niet waar!' brulde David Kellergan. 'Jullie liegen!'

'Die avond stond Nola op de veranda te zingen toen u haar vond. Uiteindelijk begreep u wat er was gebeurd. En u hebt een exorcisme gedaan. Omdat u dacht dat u haar daarmee hielp. Maar het liep uit op een ramp. Ze kreeg aanvallen van persoonsverdubbeling waarbij ze zichzelf probeerde te straffen. En toen bent u gevlucht, weg uit Alabama: u bent het hele land doorgereisd in de hoop dat u die spoken kon afschudden, maar het spook van uw vrouw is u gevolgd omdat het in Nola's hoofd nog altijd bestond.'

Er rolde een traan over zijn wang.

'Af en toe kreeg ze een aanval,' bracht hij uit. 'En ik stond machteloos. Dan gaf ze zichzelf ervanlangs. Ze was dochter en moeder tegelijk. Ze sloeg zichzelf en smeekte zichzelf onderwijl om op te houden.'

'En dus zette u de muziek op z'n hardst en sloot u zich op in de garage. Omdat het onverdraaglijk was.'

'Ja! Ja! Onverdraaglijk! Ik had geen idee wat ik moest doen. O, mijn dochter, mijn lieve dochter, ze was zo ziek.'

Hij begon te snikken. Travis keek naar hem, geschrokken van wat hij had gehoord.

'Waarom liet u haar niet behandelen?' vroeg Gahalowood.

'Ik was bang dat ze haar bij me weg zouden halen. Dat ze haar zouden opsluiten! En bovendien werden de aanvallen na verloop van tijd zeldzamer. Een paar jaar lang dacht ik zelfs dat de herinnering aan de brand was vervaagd, ik begon zelfs te hopen dat die episodes helemaal zouden verdwijnen. Het ging steeds beter. Tot die zomer van 1975. Plotseling kreeg ze weer een hele reeks hevige crises, waarom weet ik niet.'

'Om Harry,' zei Gahalowood. 'De ontmoeting met Harry was emotioneel te veel voor haar.'

'Het was een afschuwelijke zomer,' zei Kellergan. 'Ik voelde de aanvallen aankomen. Ik kon ze haast voorspellen. Het was verschrikkelijk. Ze sloeg met een liniaal op haar vingers en haar borsten. Ze vulde een teil met water, hield haar hoofd onder water en smeekte haar moeder om op te houden. En haar moeder schold haar de huid vol, met haar eigen stem.'

'Dat verdrinken, was dat iets wat u ook bij haar had gedaan?'

'Jeremy Lewis had me bezworen dat dat het enige was wat we konden doen! Ik had al weleens gehoord dat Lewis meende dat hij demonen kon uitbannen, maar we hadden het er nog nooit over gehad. En toen verkondigde hij opeens dat de Boze bezit had genomen van Nola's lichaam en dat we haar moesten verlossen. Ik stemde alleen maar in om te voorkomen dat hij Nola aan de politie zou verraden. Jeremy was stapelgek, maar wat kon ik anders? Ik had geen keus… In dit land zetten ze kinderen in de gevangenis!'

'En dat weglopen?' vroeg Gahalowood.

'Af en toe liep ze weg. Een keer wel een week lang. Ik weet het nog precies, dat was in de laatste dagen van juli 1975. Wat moest ik doen? De politie bellen? Wat moest ik zeggen? Dat mijn dochter verzoop in haar waanzin? Ik sprak af met mezelf dat ik tot het einde van de week zou wachten en dan alarm zou slaan. Een week lang heb ik overal gezocht, dag en nacht. En toen kwam ze terug.'

'En wat is er op 30 augustus gebeurd?'

'Ze had een heel hevige aanval. Ik had haar nog nooit in zo'n toestand gezien. Ik probeerde haar te kalmeren, maar er was niets met haar te beginnen. En dus sloot ik me op in de garage om die vervloekte motorfiets te repareren. Ik zette de muziek op z'n hardst. Ik hield me er het grootste gedeelte van de middag schuil. Wat er daarna is gebeurd, weten jullie: toen ik naar haar toe ging, was ze weg… Ik ging naar buiten om de buurt uit te kammen en toen hoorde ik dat er in de omgeving van Side Creek een bebloed meisje was gezien. Ik begreep dat er iets heel ernstigs aan de hand was.'

'Wat dacht u dat er was gebeurd?'

'Eerlijk gezegd dacht ik eerst dat Nola van huis was weggelopen en dat ze zichzelf iets had aangedaan. Ik dacht dat ze misschien midden in haar crisis zat toen Deborah Cooper haar zag. Het was immers 30 augustus, de dag dat ons huis in Jackson was afgebrand.'

'Had ze op die datum al eerder zulke hevige aanvallen gehad?'

'Nee.'

'Wat zou zo'n hevige crisis hebben kunnen ontketend?'

David Kellergan aarzelde een ogenblik voordat hij antwoord gaf. Travis Dawn begreep dat hij een aansporing nodig had.

'David, als je iets weet, dan moet je het zeggen. Het is heel belangrijk. Doe het voor Nola.'

'Toen ik die dag naar haar kamer ging en zag dat ze weg was, vond ik een envelop, verstopt onder haar bed. Een envelop waar haar naam op stond. Er zat een brief in. Ik denk dat die de crisis had veroorzaakt. Want in die brief maakte iemand het met haar uit.'

'Een brief? Je hebt nooit iets over een brief gezegd!' riep Travis uit.

'Omdat die brief was geschreven door een man, en het handschrift bewees dat hij duidelijk niet de leeftijd had om een affaire met mijn dochter te hebben. Wat had je dan gewild? Dat de hele stad zou denken dat Nola een slet was? Op dat moment was ik er nog van overtuigd dat de politie haar zou vinden en naar huis zou brengen. En dan zou ik haar echt laten behandelen! En goed ook!'

'En wie was de schrijver van die brief?' vroeg Gahalowood.

'Harry Quebert.'

We waren allemaal sprakeloos. Kellergan kwam overeind en verdween

een ogenblik, om daarna weer terug te komen met een kartonnen doos vol brieven.

'Deze heb ik na haar verdwijning gevonden, verstopt achter een losse plank in haar kamer. Nola correspondeerde met Harry Quebert.'

Gahalowood haalde er lukraak een brief uit en las hem snel door.

'Hoe weet u dat het Harry Quebert was?' vroeg hij. 'De brieven zijn niet ondertekend…'

'Omdat… omdat die teksten in zijn boek staan.'

Ik keek de brieven in de doos door: inderdaad zat er de correspondentie uit *De wortels van het kwaad* in, in elk geval de brieven die Nola had ontvangen. Alles was er: de brieven die over hen gingen, de brieven naar de kliniek in Charlotte's Hill. Ik herkende het heldere, perfecte handschrift van het manuscript en ik werd er haast doodsbang van: het was allemaal zo echt.

'Hier is de bewuste laatste brief,' zei Kellergan, terwijl hij Gahalowood een envelop aanreikte.

Hij las hem en gaf hem toen aan mij.

Liefste,

Dit is mijn laatste brief. Dit zijn mijn laatste woorden. Ik schrijf om je vaarwel te zeggen.

Na vandaag zal er geen 'wij' meer bestaan.
Geliefden gaan uit elkaar en vinden elkaar nooit meer terug, zo eindigen liefdesgeschiedenissen.

Liefste, ik zal je missen. Ik zal je zo missen.
  Mijn ogen tranen. Alles brandt in mij.
  Nooit zullen we elkaar nog zien; ik zal je zo missen.

Ik hoop dat je gelukkig zult zijn.

Ik hou mezelf voor dat jij en ik, dat wij samen een droom waren en dat het tijd is om wakker te worden.

Ik zal je mijn leven lang missen.

Vaarwel. Ik heb je lief zoals ik nooit meer lief zal hebben.

'Dezelfde tekst als op de laatste bladzijde van *De wortels van het kwaad*,' verklaarde Kellergan.

Ik knikte. Ik herkende de tekst. Ik stond paf.

'Hoe lang weet u al dat Harry en Nola elkaar schreven?' vroeg Gahalowood.

'Dat besefte ik pas een paar dagen geleden. In de supermarkt stuitte ik op *De wortels van het kwaad*. Het was net weer terug in de verkoop. Ik weet niet waarom, maar ik heb het gekocht. Ik voelde de behoefte om dat boek te lezen en het te proberen te begrijpen. Al snel kreeg ik het gevoel dat ik sommige zinnen al eerder had gezien. Idioot, zo goed als je geheugen is. En toen ik erover nadacht, werd alles duidelijk: dit waren de brieven die ik in Nola's kamer had gevonden. Ik had ze dertig jaar niet meer aangeraakt, maar ergens in mijn geest had ik ze bewaard. Ik herlas ze en toen begreep ik alles... Die smerige brief heeft mijn dochter waanzinnig van verdriet gemaakt, sergeant. Misschien heeft Luther Caleb Nola vermoord, maar in mijn ogen is Quebert net zo schuldig als hij: zonder die crisis was ze misschien nooit van huis weggelopen en was ze Caleb nooit tegengekomen.'

'Dus daarom zocht u Harry op in zijn hotel,' concludeerde Gahalowood.

'Ja! Drieëndertig jaar lang heb ik me afgevraagd wie die vervloekte brieven had geschreven. En al die tijd was het antwoord te vinden in alle boekenkasten van Amerika. Ik ging naar het Sea Side Motel en we kregen ruzie. Ik was zo woedend dat ik terugging om mijn geweer te halen, maar toen ik weer in het motel kwam, was hij al verdwenen. Ik denk echt dat ik hem vermoord zou hebben. Hij wist dat ze kwetsbaar was en toch heeft hij haar tot het uiterste gedreven!'

Ik viel om van verbazing.

'Hoe bedoelt u dat hij dat wist?' vroeg ik.

'Hij wist alles over Nola! Alles!' riep David Kellergan uit.

'Bedoelt u dat Harry van Nola's psychose afwist?'

'Ja! Ik wist dat Nola af en toe met de schrijfmachine naar hem toe ging. De hele rest wist ik natuurlijk niet. Ik vond het zelfs goed voor haar dat ze met een schrijver omging. Het was vakantie en het gaf haar iets omhanden. Totdat die vervloekte schrijver verhaal bij me kwam halen omdat hij dacht dat mijn vrouw onze dochter mishandelde.'

'Is Harry die zomer bij u langs geweest?'

'Ja. Half augustus. Een paar dagen voordat ze verdween.'

*

15 augustus 1975

Het was halverwege de middag. Uit het raam van zijn studeerkamer zag dominee Kellergan een zwarte Chevrolet op de parkeerplaats van de pastorie tot stilstand komen. Hij zag Harry Quebert uitstappen en met snelle passen naar de hoofdingang lopen. Hij vroeg zich af wat de reden van het bezoek kon zijn: sinds Harry in Aurora was, had hij nog geen voet in de kerk gezet. Hij hoorde de voordeur dichtslaan, gevolgd door voetstappen op de gang; enige ogenblikken later zag hij hem in de deuropening van zijn studeerkamer staan.

'Dag, Harry,' zei hij. 'Wat een aangename verrassing.'

'Dag, dominee. Stoor ik?'

'Absoluut niet. Kom alsjeblieft binnen.'

Harry liep de kamer in en trok de deur achter zich dicht.

'Alles in orde?' vroeg dominee Kellergan. 'Je ziet eruit alsof er iets is.'

'Ik wilde het over Nola hebben…'

'O, dat treft: ik wilde je nog bedanken. Ik weet dat ze soms bij je langsgaat en dan komt ze altijd heel opgewekt thuis. Ik hoop dat ze je niet van je werk afhoudt? Dankzij jou heeft ze wat te doen tijdens de vakantie.'

Harry's gezicht bleef gesloten.

'Ze is vanochtend ook geweest,' zei hij. 'Ze was in tranen. Ze heeft me alles verteld over uw vrouw…'

De dominee verbleekte.

'Over… mijn vrouw? Wat heeft ze dan gezegd?'

'Dat ze geslagen wordt! Dat haar moeder haar hoofd in een bak ijskoud water houdt!'

'Harry, ik…'

'Het spel is uit, dominee. Ik weet alles.'

'Harry, het ligt allemaal veel ingewikkelder… Ik…'

'Ingewikkelder? Ga je me ervan proberen te overtuigen dat er een goede reden voor die afstraffingen is? Nou? Ik haal de politie erbij, dominee. Ik ga jullie verlinken.'

'Nee, Harry… Doe dat vooral niet…'

'O, dat ga ik wel doen. Wat denk jij? Dat ik het niet durf omdat jij een man van de kerk bent? Jij stelt helemaal niets voor! Wat ben jij voor een man als je toestaat dat je vrouw je dochter afrost?'

'Harry... Luister alsjeblieft. Volgens mij is dit een groot misverstand. We moeten rustig praten.'

*

'Ik weet niet wat Nola aan Harry had gezegd,' zei de dominee. 'Hij was niet de eerste die vermoedde dat er iets niet in de haak was, maar tot dan toe had ik alleen nog maar te maken gekregen met vrienden van Nola, kinderen dus, die vragen stelden die ik gemakkelijk kon omzeilen. Nu was het anders. En dus moest ik hem opbiechten dat Nola's moeder alleen in haar hoofd bestond. Ik smeekte hem om het aan niemand te vertellen, maar hij begon zich direct te bemoeien met dingen die hem niet aangingen, en te zeggen wat ik met mijn bloedeigen dochter moest doen. Hij wilde dat ik haar liet behandelen! Ik zei dat hij zich zelf moest laten nakijken... En toen, een week later, was ze verdwenen.'

'En daarna hebt u Harry dertig jaar ontlopen,' zei ik. 'Omdat jullie de enige twee mensen waren die Nola's geheim kenden.'

'Ze was mijn enige kind, snapt u? Ik wilde dat iedereen goede herinneringen aan haar zou bewaren, en niet alleen maar zou denken dat ze gek was. Trouwens, ze was niet gek! Alleen maar kwetsbaar! Bovendien: als de politie van die aanvallen had geweten, was er nooit zoveel aan gedaan om haar terug te vinden. Dan was ze gewoon een weggelopen gekkin geweest!'

Gahalowood wendde zich tot mij.

'Wat betekent dit allemaal, schrijver?'

'Dat Harry ons heeft voorgelogen: dat hij niet in het motel op haar heeft gewacht. Hij wilde het uitmaken met Nola. Hij wist allang dat hij dat ging doen. Hij was nooit van plan om er samen met haar vandoor te gaan. Op 30 augustus 1975 kreeg ze nog een laatste brief van hem, waarin stond dat hij zonder haar was vertrokken.'

Na de onthullingen van dominee Kellergan gingen Gahalowood en ik direct terug naar het hoofdkwartier van de Staatspolitie in Concord om de brief te vergelijken met de laatste bladzijde van het manuscript dat bij Nola was gevonden: ze waren identiek.

'Hij had alles gepland!' riep ik uit. 'Hij wist dat hij haar in de steek ging laten. Hij wist het allang.'

Gahalowood knikte.

'Als ze met het plan komt om er samen vandoor te gaan, weet hij al dat hij dat niet gaat doen. Hij voelt er niets voor om een meisje van vijftien achter zich aan te slepen.'
'Maar ze heeft het manuscript gelezen,' voerde ik aan.
'Natuurlijk, maar ze denkt dat het een roman is. Ze weet niet dat Harry gewoon hun verhaal heeft opgeschreven, en dat het einde al vastligt: dat Harry haar niet moet. Stefanie Larjinjiak vertelde dat ze elkaar schreven en dat Nola altijd uitkeek naar de postbode. Op zaterdagochtend, de dag van haar vlucht, de dag dat ze dacht dat ze met de man van haar leven op reis ging naar het geluk, controleert ze de brievenbus nog een laatste keer. Ze wil er zeker van zijn dat ze er geen brief in laat liggen met relevante informatie die hun vlucht in gevaar zou kunnen brengen. Maar wat ze vindt is dit briefje, waarin hij schrijft dat het allemaal voorbij is.'
Gahalowood bestudeerde de envelop waar de laatste brief in had gezeten.
'Er staat wel een adres op, maar er zit geen postzegel of stempel op,' zei hij. 'Hij heeft hem in de brievenbus gelegd.'
'Harry, bedoel je?'
'Ja. Waarschijnlijk 's nachts, voordat hij zich uit de voeten maakte. Hij heeft het waarschijnlijk pas op het laatste moment gedaan, in de nacht van vrijdag op zaterdag. Zodat ze niet naar het motel zou komen. Zodat ze zou begrijpen dat er geen afspraak was. Als ze de brief op zaterdag ontdekt, ontsteekt ze in een verschrikkelijke woede: ze decompenseert, krijgt een enorme aanval en mishandelt zichzelf. In paniek sluit dominee Kellergan zich voor de zoveelste keer op in de garage. Als Nola weer bij zinnen komt, legt ze het verband met het manuscript. Ze wil een uitleg. Ze neemt het manuscript mee en gaat op weg naar het hotel. Ze hoopt dat het niet waar is en dat Harry er zal zijn. Maar onderweg komt ze Luther tegen. En dan loopt het slecht af.'
'Maar waarom zou Harry de dag na de verdwijning weer naar Aurora zijn gegaan?'
'Hij hoort dat Nola is verdwenen. Hij heeft die brief voor haar achtergelaten en hij raakt in paniek. Waarschijnlijk maakt hij zich ook zorgen over haar. Hij zal zich ook wel schuldig voelen, maar ik denk dat hij vooral bang is dat die brief of het manuscript in verkeerde handen valt en dat hij daardoor in de problemen komt. Hij blijft liever in Aurora om de ontwikkelingen te volgen, misschien zelfs om sporen te wissen waarvan hij denkt dat ze tegen hem pleiten.'

We moesten Harry terugvinden. Ik moest hem absoluut spreken. Waarom had hij me laten denken dat hij op Nola had gewacht als hij een afscheidsbrief voor haar had geschreven? Gahalowood zette een grote zoekactie op touw op basis van de afschriften van Harry's creditcard en zijn telefoongesprekken. Maar zijn creditcard zweeg en zijn telefoon had geen bereik. De database van de douane werd geraadpleegd en we ontdekten dat hij bij Derby Line, Vermont, de grens naar Canada was overgestoken.

'Hij zit dus in Canada,' zei Gahalowood. 'Waarom Canada?'

'Hij denkt dat daar het schrijversparadijs is,' antwoordde ik. 'In het manuscript dat hij voor me heeft achtergelaten, *De meeuwen van Aurora*, is dat waar hij uiteindelijk met Nola terechtkomt.'

'Ja, maar mag ik je er wel aan herinneren dat hij in zijn boek niet de waarheid vertelt? Niet alleen is Nola dood, maar kennelijk is hij ook nooit van plan geweest om met haar weg te gaan. En toch laat hij een manuscript achter waarin Nola en hij in Canada belanden. Dus wat is de waarheid dan wel?'

'Ik snap er niets van!' gromde ik. 'Waarom is hij in godsnaam vertrokken?'

'Omdat hij iets te verbergen heeft. Alleen weten we niet precies wat.'

Het was nog niet gedaan met de verrassingen, ook al wisten we dat toen nog niet. Twee belangrijke gebeurtenissen zouden algauw antwoord op onze vragen brengen.

Die avond liet ik Gahalowood weten dat ik de volgende dag op het vliegtuig naar New York zou stappen.

'Wat zeg je nou? Ga je terug naar New York? Ben je gek, schrijver? We zijn er bijna uit! Geef je identiteitskaart, die neem ik in beslag.'

Ik glimlachte.

'Ik laat u niet in de steek, sergeant. Maar het is tijd.'

'Tijd waarvoor?'

'Om te gaan stemmen. Amerika heeft een afspraak met de geschiedenis.'

*

Op die vijfde november 2008, om twaalf uur 's middags, toen New York nog steeds vierde dat Obama het hoogste ambt zou gaan bekleden, had ik een lunchafspraak met Barnaski bij Chez Pierre. Door de overwinning van de democraten was hij in een goed humeur: 'Ik hou van *blacks*!' zei hij. 'Ik hou van knappe blacks! Als je wordt uitgenodigd op het Witte Huis moet je me wel meenemen, hoor! Nou goed, wat heb je voor belangrijks te melden?'

Ik vertelde wat ik over Nola had ontdekt, over de diagnose van kinderpsychose, en zijn gezicht lichtte op.

'Dus in die scènes waarin je beschrijft dat haar moeder haar mishandelt, doet Nola die dingen zichzelf aan?'

'Ja.'

'Maar dat is geweldig!' brulde hij door het hele restaurant. 'Dat boek van jou is van een heel nieuw genre! De lezer belandt zelf even in een toestand van waanzin, omdat het personage van de moeder bestaat zonder echt te bestaan. Je bent een genie, Goldman! Een genie!'

'Nee, ik heb me gewoon vergist. Ik heb me door Harry laten inpakken.'

'Wist Harry ervan?'

'Ja. En nu is hij van de aardbodem verdwenen.'

'Hoe bedoel je?'

'Hij is onvindbaar. Het schijnt dat hij de grens met Canada is overgestoken. Als enig spoor heeft hij een raadselachtig bericht en een ongepubliceerd manuscript over Nola voor me achtergelaten.'

'Heb je de rechten?'

'Wat zeg je?'

'Dat onuitgegeven manuscript, heb jij daar de rechten van? Ik koop ze van je!'

'Verdomme, Roy! Daar gaat het niet om!'

'Sorry. Maar ik mag het toch wel vragen?'

'Er mist nog een detail. Er is iets wat ik nog niet begrijp. Die kinderpsychose en Harry's verdwijning. Er ontbreekt nog een puzzelstukje, dat weet ik, maar ik kan het gewoon niet vinden.'

'Je bent een schijterd, Marcus, en geloof me: angst brengt je nergens. Ga toch naar dokter Freud en laat je wat ontspanningspilletjes voorschrijven. Dan stap ik naar de pers, we bereiden een persbericht voor over de ziekte van dat meisje en we laten iedereen denken dat we het de hele tijd al wisten maar dat het een verrassing van de kok was: een manier om te laten zien dat de waarheid soms niet is wat je denkt en dat je het nooit bij je eerste indruk moet laten. Degenen die de vloer met je hebben aangeveegd staan volkomen voor lul en iedereen zal zeggen dat je een voorloper bent. In één klap heeft iedereen het weer over je boek, en dan kunnen we er nog flink wat meer van verkopen. Want met zo'n klapper zullen zelfs mensen die helemaal niet van plan waren om het te kopen toch geen weerstand meer kunnen bieden aan hun nieuwsgierigheid naar je beschrijving van haar moeder. Je bent een genie, Goldman; ik betaal voor de lunch.'

Ik keek wat moeilijk en zei: 'Ik ben niet overtuigd, Roy. Ik zou liever nog wat meer tijd hebben om verder te graven.'

'Maar jij bent nooit overtuigd, arme jongen! We hebben geen tijd om "verder te graven" zoals jij dat noemt. Jij bent een dichter, jij denkt dat de tijd die verstrijkt een betekenis heeft, maar verstrijkende tijd is of geld dat je verdient, of geld dat je misloopt. En ik ben een groot voorstander van de eerste optie. Aan de andere kant hebben we sinds gisteren een nieuwe president – misschien wist je dat al – knap, zwart en uitermate populair. Volgens mijn berekeningen zullen we hem minstens een week lang met alle denkbare sausjes krijgen opgediend. En in die week is er voor niets anders ruimte dan voor hem. Het is dus nutteloos om in die tijd met de media te communiceren, dat levert hooguit een halve kolom op tussen de aangereden honden. Ik zal de pers dus pas volgende week inlichten, en dat geeft je nog even tijd. Tenzij onze nieuwe president natuurlijk wordt omgelegd door een stelletje *Southerners* met puntmutsen, want dan is de voorpagina dik een maand bezet. Ja, dik een maand. Stel je voor hoe verschrikkelijk dat zou zijn: volgende maand zitten we in de kersttijd en dan besteedt niemand nog aandacht aan onze verhalen. Over een week maken we het nieuws van haar kinderpsychose dus bekend. Extra supplementen in de krant, de hele mikmak. Als ik meer tijd had zou ik razendsnel een boekje voor ouders in elkaar zetten. Iets in de trant van "Kinderpsychose: Hoe voorkomt u dat uw kind de nieuwe Nola Kellergan wordt en u levend verbrandt in uw slaap?" Dat loopt als een tierelier. Nou ja, daar hebben we geen tijd voor.'

Ik had een week voordat Barnaski alles openbaar ging maken. Een week om te begrijpen wat me nu nog ontging. Er verstreken vier dagen waarin niets gebeurde. Ik belde aan een stuk door met Gahalowood, die moest erkennen dat het hem boven de pet ging. Het onderzoek zat op een dood spoor en hij kwam niet vooruit. En toen, op de avond van de vijfde dag, gebeurde er iets wat de koers van het onderzoek veranderde. Het was 10 november, kort na middernacht. Tijdens een patrouille zette Dean Forsyth van de Highway Patrol op de weg van Montburry naar Aurora een auto aan de kant, na te hebben vastgesteld dat het voertuig een rood licht had genegeerd en harder reed dan was toegestaan. Het zou een doodgewone bekeuring zijn geweest als het gedrag van de bestuurder van het voertuig, die geagiteerd leek en overdadig zweette, de nieuwsgierigheid van de politieman niet had gewekt.

'Waar komt u vandaan, meneer?' vroeg agent Forsyth.
'Montburry.'
'En wat hebt u daar gedaan?'
'Ik... Ik heb vrienden bezocht.'
'En hoe heten die?'

De nieuwsgierigheid van agent Forsyth werd nog groter door de aarzeling van de chauffeur en de paniekerige flikkering in zijn ogen. Met zijn zaklantaarn bescheen hij het gezicht van de man; toen ontdekte hij een schram op diens wang.

'Wat is er met uw gezicht gebeurd?'
'Een laaghangende tak, die had ik niet gezien.'

De politieman was niet overtuigd.

'Waarom reed u zo hard?'
'Ik... Dat had ik niet moeten doen. Ik had haast. U hebt gelijk, ik had het niet moeten doen...'
'Hebt u gedronken, meneer?'
'Nee.'

Een blaastest wees uit dat de man inderdaad niet had gedronken. Met het voertuig was alles in orde, en toen de politieman de lichtbundel van zijn zaklantaarn over de binnenkant van de auto liet schijnen, zag hij geen lege pillendoosjes of andere verpakkingen die gewoonlijk worden aangetroffen op de achterbanken van de auto's van drugsverslaafden. Toch had hij een voorgevoel: iets gaf hem het idee dat deze man veel te geagiteerd was en tegelijkertijd te kalm, en dat rechtvaardigde een nader onderzoek. Plotseling viel hem iets op wat hij nog niet eerder had gezien: de man had vieze handen, zijn schoenen zaten onder de modder en zijn broek was doorweekt.

'Stapt u maar even uit, meneer,' gebood Forsyth.
'Hè? Wat? Waarom?' stotterde de chauffeur.
'Doe wat ik zeg. Uitstappen.'

De man aarzelde, en geërgerd besloot agent Forsyth hem met geweld uit zijn auto te halen en te arresteren voor het negeren van een dienstbevel. Hij bracht hem naar de centrale politiepost van de county, waar hij persoonlijk volgens het protocol de vereiste foto's nam en zijn vingerafdrukken scande. En van de informatie die toen op het scherm van zijn computer verscheen, raakte hij even van zijn stuk. Hij nam de hoorn van de haak, hoewel het halftwee 's nachts was, omdat hij meende dat de ontdekking die hij had gedaan belangrijk genoeg was om sergeant Perry Gahalowood van de recherche van de Staatpolitie uit zijn bed te bellen.

Drie uur later, dus rond halfvijf 's ochtends, werd ik op mijn beurt ook wakker gebeld.

'Schrijver? Gahalowood hier. Waar zit je?'

'Ik lig in m'n bed in New York,' antwoordde ik half in coma. 'Waar dacht u dan, sergeant? Wat is er?'

'De vogel zit in z'n kooitje,' zei hij.

'Wat zegt u?'

'De brandstichter van Harry's huis... We hebben hem vannacht te pakken gekregen.'

'Wat?'

'Zit je?'

'Ik lig zelfs.'

'Nog beter. Want dit wordt een flinke schok.'

2
Het spel is uit

'Soms zul je enorm ontmoedigd raken, Marcus. Dat is normaal. Ik zei al dat schrijven net boksen is, maar het is ook net hardlopen. Daarom stuur ik je er ook steeds op uit om asfalt te vreten: als je de innerlijke kracht hebt om in weer en wind lange stukken te gaan hardlopen, als je sterk genoeg bent om door te gaan tot het einde, al je krachten te gebruiken en heel je hart erin te leggen om je doel te bereiken, dan ben je ook in staat om te schrijven. Laat je nooit weerhouden door vermoeidheid of angst. Die moet je juist gebruiken om vooruit te komen.'

Diezelfde ochtend vloog ik naar Manchester, volkomen ondersteboven van wat ik had gehoord. Het vliegtuig landde om één uur en een halfuur later bereikte ik het hoofdkwartier van de politie. Gahalowood haalde me op bij de receptie.

'Robert Quinn!' riep ik uit toen ik hem zag, alsof ik het nog steeds niet kon geloven. 'Dus Robert Quinn heeft het huis in brand gestoken? Heeft hij me dan ook die berichten gestuurd?'

'Ja, schrijver. De vingerafdrukken op de jerrycan waren van hem.'

'Maar waarom dan?'

'Wist ik het maar. Hij heeft zijn mond niet opengedaan. Hij beroept zich op zijn zwijgrecht.'

Gahalowood bracht me naar zijn kantoor en gaf me koffie. Hij legde uit dat de recherche het huis van de Quinns in de vroege uren van de ochtend had doorzocht.

'En hebben jullie iets gevonden?' vroeg ik.

'Nee,' antwoordde Gahalowood. 'Helemaal niks.'

'En zijn vrouw? Wat zei zij ervan?'

'Dat was wel vreemd: we kwamen aan om halfacht. We kregen haar met geen mogelijkheid wakker. Ze lag als een blok te slapen en ze had niet eens gemerkt dat haar man er niet was.'

'Hij geeft haar pillen,' zei ik.

'Hoe bedoel je, "hij geeft haar pillen"?'

'Robert Quinn geeft zijn vrouw slaapmiddelen als hij rust nodig heeft. Het is heel aannemelijk dat hij dat vannacht ook heeft gedaan, zodat ze niets zou vermoeden. Maar waarván dan niet? En waarom zat hij onder de modder? Zou hij iets begraven hebben?'

'Dat is de grote vraag... En als hij geen verklaring aflegt, kan ik hem weinig ten laste leggen.'

'En die jerrycan benzine dan?'

'Zijn advocaat zegt nu al dat Robert die op het strand heeft gevonden. Dat hij een tijdje geleden ging wandelen en die jerrycan toen op de grond zag liggen en hem heeft meegenomen om hem in de bosjes te gooien, zodat hij niet in het zicht van andere wandelaars lag. We hebben aanvullend bewijs nodig, anders veegt zijn advocaat zonder enige moeite de vloer met ons aan.'

'Wie is zijn advocaat?'

'Laat maar, dat geloof je toch niet.'

'Zeg toch maar.'

'Benjamin Roth.'

Ik zuchtte.

'Dus u denkt dat Robert Quinn Nola Kellergan heeft vermoord?'

'Laten we zeggen dat niets is uitgesloten.'

'Laat mij met hem praten.'

'Onmogelijk.'

Op dat moment kwam er een man binnen die niet had aangeklopt, en Gahalowood sprong in de houding. Het was Lansdane, het hoofd van de Staatspolitie. Hij zag er geïrriteerd uit.

'Ik heb de hele ochtend aan de telefoon gehangen met de gouverneur, journalisten en die vervloekte advocaat Roth.'

'Journalisten? Waarover?'

'Over die vent die je vannacht hebt opgepakt.'

'Ja, sir. Volgens mij hebben we een belangrijk spoor in handen.' Lansdane legde een vriendschappelijke hand op Gahalowoods schouder.

'Perry... We kunnen hier niet mee doorgaan.'

'Hoe bedoelt u?'

'Er komt geen einde aan deze geschiedenis. Wees even reëel, Perry: je verandert van verdachte zoals iemand anders van overhemd. Roth zegt dat hij er een schandaal van gaat maken. De gouverneur wil dat het afgelopen is. Het is tijd om het dossier te sluiten.'

'Maar sir, we hebben nieuwe bewijzen! De dood van Nola's moeder, de aanhouding van Robert Quinn. We staan op het punt om een doorbraak te maken!'

'Eerst Quebert, toen Caleb, nu de vader of die Quinn, of Stern, of anders de Lieve-Heer zelf misschien? Wat hebben we nou tegen die vader? Niets. En tegen Stern? Niets. En tegen Robert Quinn? Ook niets.'

'We hebben een jerrycan benzine...'

'Roth zegt dat het hem geen enkele moeite zal kosten om de rechter te overtuigen van Quinns onschuld. Ben je van plan om hem formeel in staat van beschuldiging te stellen?'

'Natuurlijk.'

'Dat verlies je, Perry. Voor de zoveelste keer. Je bent een goede speurder, Perry: de beste. Maar je moet wel weten wanneer je moet ophouden.'

'Maar sir…'

'Zet de rest van je carrière niet op het spel, Perry… Ik wil je niet beledigen door je te bevelen het dossier onmiddellijk te sluiten. Vanwege onze vriendschap geef ik je vierentwintig uur. Morgenmiddag om vijf uur kom je naar mijn kantoor en dan laat je me officieel weten dat de zaak-Kellergan is afgesloten. Dan heb je nog vierentwintig uur om je collega's te vertellen dat je het liever opgeeft en de eer aan jezelf te houden. Dan is het weekend en ga je er met je gezin op uit, dat heb je wel verdiend.'

'Sir, ik…'

'Je moet weten wanneer je moet opgeven, Perry. Tot morgen.'

Lansdane verliet de kamer en Gahalowood liet zich terugvallen in zijn stoel. Alsof het nog niet genoeg was, werd ik op mijn mobiel gebeld door Roy Barnaski.

'Ha, die Goldman,' zei hij familiair. 'Morgen is het een week geleden, zoals je ongetwijfeld weet.'

'Is wat een week geleden, Roy?'

'Dat de week inging die je van me hebt gekregen tot ik de laatste ontwikkelingen over Nola Kellergan aan de pers zou doorgeven. Dat ben je toch niet vergeten? Ik ga ervan uit dat je niets nieuws hebt ontdekt?'

'Luister, Roy, we hebben een spoor. Misschien is het een goed idee als je de persconferentie uitstelt.'

'O, o, o… Sporen, sporen, altijd weer die sporen, Goldman… Je spoort zelf niet, kerel! Het is tijd dat er een einde aan die geschiedenissen komt, jongen. Ik heb de journalisten gezegd dat ze er morgen om vijf uur moeten zijn. Ik reken op je aanwezigheid.'

'Ik kan niet. Ik zit in New Hampshire.'

'Wat? Maar Goldman, jij bent de ster! Ik heb je nodig!'

'Het spijt me, Roy.'

Ik hing op.

'Wie was dat?' vroeg Gahalowood.

'Barnaski, mijn uitgever. Hij wil morgen aan het einde van de middag de pers bij elkaar brengen voor de grote onthulling. Hij gaat vertellen dat Nola ziek was en dat mijn boek geniaal is omdat het een weergave is van de dubbele persoonlijkheid van een meisje van vijftien.'

'Tja, dan lijkt het erop dat alles morgen aan het eind aan de middag officieel is mislukt.'

Gahalowood beschikte nog over een laatste etmaal, en dat wilde hij niet verspillen. Hij stelde voor om naar Aurora te gaan en Tamara en Jenny te ondervragen om meer over Robert te weten te komen.

Onderweg belde hij Travis om hem te laten weten dat we eraan kwamen. We vonden hem voor het huis van de Quinns. Hij stond volkomen paf.

'Dus die vingerafdrukken op de jerrycan waren echt van Robert?' vroeg hij.

'Ja,' antwoordde Gahalowood.

'Ik kan het verdomme niet geloven! Waarom zou hij dat gedaan hebben?'

'Geen flauw idee...'

'Denken... denken jullie dat hij bij de moord op Nola is betrokken?'

'In dit stadium kunnen we niets uitsluiten. Hoe gaat het met Jenny en Tamara?'

'Slecht. Heel slecht. Ze zijn in shock. En ik ook. Het is een nachtmerrie! Een nachtmerrie!'

Ontgoocheld ging hij op de motorkap van zijn auto zitten.

'Wat is er?' vroeg Gahalowood, die begreep dat er iets aan de hand was.

'Sergeant, vanaf vanochtend kan ik nergens anders meer aan denken... Deze hele geschiedenis brengt zoveel herinneringen naar boven.'

'Wat voor herinneringen?'

'Robert Quinn was altijd zo nieuwsgierig naar het onderzoek. Indertijd zag ik Jenny heel regelmatig, ik lunchte elke zondag bij de Quinns. Hij hield maar niet op over het onderzoek.'

'Ik dacht dat zijn vrouw het juist over niets anders kon hebben?'

'Aan tafel niet, nee. Maar als ik aankwam, schonk haar man me op het terras een glas bier in en dan hoorde hij me uit. Hadden we al een verdachte? Waren er aanwijzingen? Na het eten liep hij met me mee naar mijn auto en dan praatten we nog steeds. Soms was het zelfs moeilijk om van hem af te komen.'

'Bedoel je...'

'Ik bedoel niks. Maar...'

'Maar wat?'

Hij groef in de zak van zijn jack en haalde er een foto uit.

'Dit heb ik vanochtend gevonden in een fotoalbum van Jenny, dat bij ons thuis staat.'

Op de foto stond Robert Quinn, voor Clark's, naast een zwarte Chevrolet Monte Carlo. Achterop stond: *Aurora, augustus 1975.*

'Wat heeft dit te betekenen?' vroeg Gahalowood.

'Dat heb ik Jenny ook gevraagd. Ze vertelde me dat haar vader die zomer een nieuwe auto wilde kopen, maar dat hij nog niet wist wat voor een. Hij heeft bij alle dealers in de omtrek proefritten gemaakt, en een paar weekends lang heeft hij verschillende modellen uitgetest.'

'Waaronder een zwarte Monte Carlo?' vroeg Gahalowood.

'Waaronder een zwarte Monte Carlo,' bevestigde Travis.

'Bedoel je dat het mogelijk is dat Robert Quinn op de dag van Nola's verdwijning in zo'n auto reed?'

'Ja.'

Gahalowood streek met zijn hand over zijn schedel. Hij vroeg of hij de foto mocht houden.

'Travis,' zei ik toen. 'We moeten Tamara en Jenny spreken. Zijn ze binnen?'

'Ja, natuurlijk. Kom. Ze zitten in de woonkamer.'

Tamara en Jenny zaten krachteloos op de bank. Meer dan een uur lang probeerden we ze aan het praten te krijgen, maar ze waren zo in shock dat ze niet in staat waren om hun gedachten op een rijtje te krijgen. Uiteindelijk slaagde Tamara er tussen twee snikken door in om de afgelopen avond te beschrijven. Zij en Robert hadden vroeg gegeten, daarna hadden ze televisiegekeken.

'Is u iets vreemds opgevallen aan het gedrag van uw man?' vroeg Gahalowood.

'Nee... Nou ja, wel, hij wilde absoluut dat ik een kop thee dronk. Ik hoefde niet, maar hij bleef maar aandringen: "Drink toch, schatteboutje, drink toch. Het is kruidenthee. Vochtafdrijvend. Het zal je goeddoen." Uiteindelijk heb ik die vervloekte kruidenthee maar opgedronken. En toen viel ik op de bank in slaap.'

'Hoe laat was dat?'

'Tegen elven, zou ik zeggen.'

'En toen?'

'De rest is een groot zwart gat. Ik heb geslapen als een blok. Toen ik wakker werd, was het halfacht 's ochtends. Ik lag nog steeds op de bank en er klopten politiemensen aan.'

'Mevrouw Quinn, is het waar dat uw man van plan was een Chevrolet Monte Carlo te kopen?'

'Ik... Dat weet ik niet meer... Ja... Misschien... Maar... Denkt u dat hij dat meisje iets heeft aangedaan? Dat hij het heeft gedaan?'

Bij die woorden rende ze naar de wc om over te geven.

Het gesprek leidde tot niets. We vertrokken zonder iets nieuws te hebben gehoord, en de seconden tikten weg. In de auto stelde ik Gahalowood voor om Robert te confronteren met de foto van de zwarte Monte Carlo, die een verpletterend bewijs vormde.

'Dat levert toch niks op,' antwoordde hij. 'Roth weet dat Lansdane op het punt van breken staat en heeft Quinn waarschijnlijk aangeraden om zoveel mogelijk tijd te rekken. Quinn zegt niks. En wij staan met lege handen. Morgenmiddag om vijf uur wordt het dossier gesloten en gaat je maatje Barnaski zijn nummertje opvoeren in alle talkshows van het land. Robert Quinn komt vrij en heel Amerika lacht ons uit.'

'Tenzij...'

'Tenzij er een wonder gebeurt, schrijver. Tenzij we begrijpen wat Quinn gisteravond heeft uitgespookt en waarom hij zo'n haast had. Zijn vrouw zegt dat ze om elf uur in slaap is gevallen. Hij is rond middernacht aangehouden. Daar zit een uur tussen. We weten dus in ieder geval dat hij niet ver weg is geweest. Maar waar dan wel?'

Volgens Gahalowood konden we maar één ding doen: naar de plek gaan waar Robert Quinn was aangehouden en proberen de weg die hij had afgelegd in omgekeerde richting te volgen. Hij gunde zich zelfs de luxe om agent Forsyth op zijn vrije dag te storen en hem naar de bewuste plek te laten komen. We troffen hem een uur later aan de rand van Aurora. Hij nam ons mee naar een plek op de weg naar Montburry.

'Hier was het,' zei hij.

De weg was recht en aan beide kanten omzoomd met kreupelhout. Het hielp ons nauwelijks verder.

'Hoe ging het precies?' vroeg Gahalowood.

'Ik kwam uit de richting van Montburry. Routinepatrouille, toen er plotseling een auto voor me opdoemde.'

'Wat bedoel je met "opdoemde"?'

'Hij kwam van die kruising vijf-, zeshonderd meter verderop.'

'Welke kruising?'

'Ik zou niet weten welke weg dat is, maar er is daar een kruising met een stopbord. Dat weet ik omdat het het enige stopbord op dit traject is.'

'Bedoel je dat stopbord daar?' vroeg Gahalowood opnieuw, terwijl hij in de verte staarde.

'Dat is 'm,' bevestigde Forsyth.

Plotseling buitelde alles in mijn hoofd over elkaar heen. 'Dat is de weg naar het meer!' riep ik uit.

'Wat? Welk meer?' vroeg Gahalowood.

'Dat is de weg naar het meer van Montburry.'

We reden terug naar de kruising en sloegen af naar het meer. Honderd meter verderop bereikten we de parkeerplaats. De oevers van het meer lagen er beroerd bij: de slagregens van de herfst hadden de grond er flink van langs gegeven. Alles was modder.

*

Dinsdag 11 november 2008, 8 uur

Een colonne politievoertuigen bereikte de parkeerplaats bij het meer. Gahalowood en ik zaten al een tijdje in de auto te wachten. Toen we de busjes van het duikteam van de politie zagen, vroeg ik: 'Weet u zeker dat het gaat lukken, sergeant?'

'Nee, maar we hebben geen keus.'

Het was onze laatste kaart: het spel was afgelopen. Robert Quinn was hier geweest, dat stond vast. Hij was door de modder naar de waterkant geploegd en had iets in het meer gegooid. Dat was onze theorie tenminste.

We stapten uit en liepen naar de duikers die zich klaarmaakten. Het hoofd van het duikteam gaf zijn mannen wat aanwijzingen, toen wendde hij zich tot Gahalowood.

'Waar zijn we naar op zoek, sergeant?' vroeg hij.

'Naar alles. Het maakt niet uit wat. Papieren, een wapen. Geen flauw idee. Iets wat met de zaak-Kellergan te maken heeft.'

'Dit meer is een vuilstortplaats, dat weet u toch wel? Dus als u wat preciezer kunt zijn…'

'Ik denk dat we iets zoeken wat zo herkenbaar is dat uw mannen het zullen weten als ze het vinden. Maar wat het is, weet ik nog niet.'

'En op welk niveau in het meer denkt u dat we het zullen vinden?'

'Dicht bij de waterkant. Laten we zeggen: op worpafstand van de oever. Ik zou de prioriteit geven aan de overkant van het meer. De verdachte zat onder de modder en hij had een schram op zijn gezicht, waarschijnlijk van een laaghangende tak. Ongetwijfeld heeft hij het voorwerp ergens willen verbergen waar niemand graag zoekt. Daarom denk ik dat hij naar de overkant is gelopen, vanwege alle doornstruiken daar.'

De zoekactie begon. Wij posteerden ons aan de waterrand, vlak bij de parkeerplaats, en keken naar de duikers die in het water verdwenen. Het was ijskoud. Er verstreek een uur waarin niets gebeurde. We stonden naast het hoofd van het duikteam en luisterden mee met de schaarse radiogesprekken.

Om halftien belde Lansdane Gahalowood op om hem ervanlangs te geven. Hij schreeuwde zo hard dat ik het gesprek kon volgen.

'Zeg dat het niet waar is, Perry!'

'Dat wat niet waar is, sir?'

'Heb je de duikers opgetrommeld?'

'Ja, sir.'

'Je bent stapelgek. Je graaft je eigen graf. Weet je wel dat ik je kan schorsen voor zoiets? Vanmiddag om vijf uur geef ik een persconferentie. En jij bent erbij en kondigt aan dat het onderzoek is afgesloten. Je redt je maar met die journalisten. Ik ga je niet meer dekken, Perry! Ik heb er schoon genoeg van!'

'Begrepen, sir.'

Hij hing weer op. We bleven zwijgen.

Weer verstreek er een uur; de zoekactie had nog steeds niet opgeleverd. Ondanks de kou bleven Gahalowood en ik op onze observatiepost. Ten slotte zei ik: 'Sergeant, wat als...'

'Mond houden, schrijver. Alsjeblieft. Geen woord. Ik wil niks weten van je vragen en je twijfels.'

We bleven wachten. Opeens begon de radio van de commandant van de duikploeg anders te kraken dan tevoren. Er was iets gebeurd. Duikers kwamen naar de oppervlakte; er heerste een opgewonden stemming en iedereen haastte zich naar de waterkant.

'Wat gebeurt er?' vroeg Gahalowood aan de commandant van de duikers.

'Ze hebben het gevonden! Ze hebben het gevonden!'

'Wat hebben ze dan gevonden?'

Op een meter of tien van de oever hadden de duikers in de modder een colt .38 gevonden, met daarbij een gouden halsketting waarin de naam NOLA was gegraveerd.

Diezelfde dag om twaalf uur zat ik achter de spiegelruit van een verhoorkamer van het hoofdkwartier van de Staatspolitie en was ik getuige van de bekentenis van Robert Quinn, toen Gahalowood het wapen en de halsketting die in het meer waren gevonden voor hem had neergelegd.

'Dus dat hebt u gisternacht gedaan?' vroeg hij met een haast zachtaardige stem. 'U hebt het bewijsmateriaal dat tegen u pleitte uit de weg geruimd?'

'Hoe... Hoe hebben jullie dat voor elkaar gekregen?'

'Het spel is uit, meneer Quinn. Het spel is uit voor u. Die zwarte Monte Carlo, dat was u, of niet? Het was een auto van een handelaar die nergens geregistreerd stond. Niemand zou die ooit met u in verband hebben gebracht als u niet op het stomme idee was gekomen om u ermee te laten fotograferen.'

'Ik... Ik...'

'En waarom? Waarom hebt u dat meisje vermoord? En die arme vrouw?'

'Ik weet het niet. Volgens mij heb ik dat niet gedaan. Eigenlijk was het een ongeluk.'

'Wat is er gebeurd?'

'Nola liep door de berm en ik bood aan om haar een eindje op weg te helpen. Ze ging akkoord en ze stapte in... En toen... Tja, ik voelde me gewoon zo alleen. Ik wilde haar haren een beetje strelen... Ze vluchtte weg, het bos in. Ik moest haar te pakken zien te krijgen om te vragen of ze het aan niemand wilde vertellen. Toen vluchtte ze bij Deborah Cooper naar binnen. En toen kon ik niet anders. Anders had ze haar mond opengedaan. Het was... een vlaag van waanzin!' *Anfall*

Hij zakte ineen.

Toen Gahalowood uit de verhoorkamer kwam, belde hij Travis om hem in te lichten dat Robert Quinn een volledige bekentenis had afgelegd.

'Om vijf uur is er een persconferentie,' zei hij. 'Ik wilde niet dat u het van de televisie zou horen.'

'Bedankt, sergeant. Ik... Wat moet ik tegen mijn vrouw zeggen?'

'Ik heb geen flauw idee. Vertel het haar in elk geval snel. Het nieuws gaat inslaan als een bom.'

'Doe ik.'

'Chief Dawn, zou u misschien naar Concord kunnen komen om een paar zaken over Robert Quinn op te helderen? Ik wil uw vrouw of uw schoonmoeder liever niet met mijn vragen belasten.'

'Natuurlijk. Ik heb nu dienst, en er wordt op me gewacht bij een aanrijding. En ik moet ook nog met Jenny praten. Ik kan op z'n vroegst vanavond of morgen komen.'

'Kom maar gewoon morgen. We hebben nu geen haast meer.'

Gahalowood hing op. Hij zag er vredig uit.

'En nu?' vroeg ik.

'Nu neem ik je mee om een hapje te eten. Dat hebben we wel verdiend, vind ik.'

We lunchten in de kantine van het hoofdkwartier. Gahalowood zag er bedachtzaam uit: hij raakte zijn bord niet aan. Hij had het dossier bij zich, het lag op tafel, en een kwartier lang zat hij naar de foto van Robert met de zwarte Monte Carlo te staren. Ik vroeg: 'Wat zit u dwars, sergeant?'

'Niks. Ik vraag me alleen af waarom Quinn een wapen bij zich had... Hij zei dat hij dat meisje toevallig was tegengekomen toen hij een autoritje maakte. Maar óf hij had alles van tevoren gepland, wat betreft de auto en dat wapen, óf hij kwam Nola toevallig tegen, en daarom vraag ik me af waarom hij een schietijzer bij zich had en hoe hij eraan kwam?'

'Dus u denkt dat het allemaal gepland was, maar dat hij een minimale bekentenis wilde afleggen?'

'Dat zou kunnen.'

Hij staarde nog wat langer naar de foto. Hij bracht hem vlak bij zijn gezicht om ieder detail te kunnen zien. Plotseling viel hem iets op. Direct veranderde zijn blik. 'Wat is er, sergeant?' vroeg ik.

'Die krantenkop...'

Ik kwam naar zijn kant van de tafel en keek naar de foto. Hij wees op een krantenrek dat op de achtergrond zichtbaar was, naast Clark's. Als je goed keek, kon je de tekst op de voorpagina net lezen:

NIXON TREEDT AF

'Richard Nixon is afgetreden in augustus 1974!' riep Gahalowood uit. 'Dan kan die foto onmogelijk in augustus 1975 gemaakt zijn!'

'Maar wie heeft die verkeerde datum dan achter op de foto gezet?'

'Ik zou het niet weten. Maar dat betekent wel dat Robert Quinn ons voorliegt. Hij heeft niemand vermoord!'

Gahalowood sprintte de kantine uit en rende met vier treden tegelijk de centrale trap op. Ik volgde hem door de gangen naar het cellencomplex. Hij vroeg of hij direct met Robert Quinn kon spreken.

'Wie probeer je te dekken?' riep Gahalowood, zodra hij hem achter de tralies van zijn cel zag. 'Jij hebt in augustus 1975 helemaal geen zwarte Monte Carlo op proef gehad! Je probeert iemand te dekken en ik wil weten wie! Je vrouw? Je dochter?'

Robert leek de wanhoop nabij. Zonder op te staan van het smalle, gecapitonneerde bankje waar hij op zat, mompelde hij: 'Jenny. Ik bescherm Jenny.'

'Jenny?' herhaalde Gahalowood verbluft. 'Heeft je dochter...'

Hij haalde zijn telefoon tevoorschijn en draaide een nummer.

'Wie belt u?' vroeg ik.

'Travis Dawn. Dat hij nog niets aan zijn vrouw moet vertellen. Als ze weet dat haar vader een bekentenis heeft afgelegd, raakt ze in paniek en gaat ze ervandoor.'

Travis nam niet op. Daarom belde Gahalowood naar het politiebureau van Aurora, om via de radio verbinding met Travis te krijgen.

'Dit is sergeant Gahalowood van de Staatspolitie van New Hampshire,' zei hij tegen de agent van dienst. 'Ik moet onmiddellijk met Chief Dawn spreken.'

'Chief Dawn? Die moet u mobiel bellen, hij heeft geen dienst vandaag.'

'Wat? Ik heb hem eerder ook al gebeld en toen zei hij dat hij op weg was naar een aanrijding.'

'Onmogelijk, sergeant. Hij heeft vandaag geen dienst.'

Bleek hing Gahalowood op, en hij sloeg direct groot alarm.

*

Travis en Jenny Dawn werden een paar uur later aangehouden op het vliegveld van Boston-Logan, waar ze op het punt stonden om aan boord te gaan van een vliegtuig met bestemming Caracas.

Het was al diep in de nacht toen Gahalowood en ik het hoofdkwartier van de Staatspolitie in Concord verlieten. Een horde journalisten stond bij de uitgang van het gebouw te wachten en stormde op ons af. Zonder

enig commentaar baanden we ons een weg door de menigte. We doken in Gahalowoods auto. Zwijgend zat hij achter het stuur. Ik vroeg: 'Waar gaan we heen, sergeant?'
'Weet ik niet.'
'Wat doen agenten op dit soort momenten?'
'Ze drinken. En schrijvers?'
'Die ook.'
Hij reed naar zijn stamkroeg aan de rand van Concord. We gingen aan de bar zitten en bestelden allebei een dubbele whisky. Op een televisiescherm achter ons verscheen op de nieuwsticker het bericht

POLITIEMAN UIT AURORA BEKENT MOORD OP NOLA KELLERGAN

I
De waarheid over de zaak Harry Quebert

'Het laatste hoofdstuk van een boek moet het mooiste zijn, Marcus.'

New York City, donderdag 18 december 2008
Eén maand na de ontdekking van de waarheid

Het was de laatste keer dat ik hem zag.

Negen uur 's avonds. Ik zat thuis naar mijn minidisks te luisteren toen hij aanbelde. Ik deed open en we keken elkaar een tijd lang zwijgend aan. Ten slotte zei hij: 'Goedenavond, Marcus.'

Na een korte aarzeling antwoordde ik: 'Ik dacht dat je dood was.'

Hij boog het hoofd en knikte.

'Ik ben alleen nog maar een spook.'

'Zal ik koffiezetten?'

'Graag. Ben je alleen?'

'Ja.'

'Je moet niet langer alleen blijven.'

'Kom binnen, Harry.'

Ik liep naar de keuken om koffie te zetten. Hij stond zenuwachtig in de woonkamer te wachten, speelde met de ingelijste foto's die op de planken van mijn boekenkast stonden. Toen ik terugkwam met de cafetière en de kopjes stond hij een foto te bekijken van ons beiden op de dag van mijn diploma-uitreiking in Burrows.

'Dit is de eerste keer dat ik bij je thuis ben,' zei hij.

'De logeerkamer staat voor je klaar. Al een paar weken.'

'Dus je wist dat ik zou komen?'

'Ja.'

'Wat ken je me goed, Marcus.'

'Vrienden weten zoiets.'

Hij glimlachte triest.

'Bedankt voor je gastvrijheid, Marcus, maar ik blijf niet.'

'Waarom ben je dan gekomen?'

'Om afscheid te nemen.'

Ik deed mijn best om mijn o<u>ntreddering</u> te verbergen en schonk koffie in.

[margin note: Ontsteltenis / Erschütterung]

'Als je weggaat, heb ik geen vrienden meer,' zei ik.

'Zeg dat niet. Je was meer voor me dan een vriend, Marcus. Ik hield van je als van een zoon.'

'Ik hield van jou als van een vader, Harry.'

'Ondanks de waarheid?'

'De waarheid verandert niets aan wat je voor iemand voelt. Dat is het grote drama van het gevoel.'

'Dat klopt, Marcus. Dus je weet alles, hè?'

'Ja.'

'Hoe ben je erachter gekomen?'

'Het is me uiteindelijk duidelijk geworden.'

'Jij was de enige die me kon ontmaskeren.'

'Dus dat bedoelde je, toen op de parkeerplaats van het motel. De reden waarom het nooit meer hetzelfde zou zijn tussen ons. Je wist dat ik alles zou ontdekken.'

'Ja.'

'Hoe heeft het kunnen gebeuren, Harry?'

'Ik heb geen idee...'

'Ik heb de video-opname van het verhoor van Travis en Jenny Dawn. Wil je ze zien?'

'Ja. Graag.'

Hij ging op de bank zitten. Ik deed een dvd in de speler en zette hem aan. Jenny verscheen op het scherm. Ze was recht van voren gefilmd, in een kamer van het hoofdkwartier van de Staatspolitie van New Hampshire. Ze huilde.

*

Fragment uit het verhoor van Jenny E. Dawn

Sergeant P. Gahalowood: Mevrouw Dawn. Hoe lang weet u het al?

Jenny Dawn (snikkend): Ik... Ik heb nooit iets vermoed. Nooit! Tot de dag dat Nola's lichaam in Goose Cove werd gevonden. Toen was er zo veel drukte in de stad. Clark's zat stampvol journalisten die vragen kwamen stellen. Het was een hel. Na een tijd voelde ik me niet zo lekker en ik ging vroeger dan anders naar huis om wat te rusten. Er stond een auto voor het huis die ik niet kende. Ik ging naar binnen, ik hoorde flarden van stemmen. Ik herkende Chief Pratt. Hij maakte ruzie met Travis. Ze hoorden me niet.

12 juni 2008

'Kalm blijven, Travis!' donderde Pratt. 'Maak je niet druk, niemand komt erachter hoe het zit.'
'Hoe kun je daar zo zeker van zijn?'
'Quebert krijgt de schuld! Het lichaam lag vlak bij zijn huis! Alle sporen wijzen naar hem!'
'Maar verdomme, stel dat ze bewijzen dat hij onschuldig is?'
'Dat gebeurt niet. We mogen hier nooit meer een woord over spreken, begrepen?'
Jenny hoorde dat ze opstonden en ze verstopte zich in de woonkamer. Ze zag Chief Pratt naar buiten komen. Zodra ze zijn auto hoorde starten, haastte ze zich naar de keuken, waar ze haar man verpletterd aantrof.
'Wat is er aan de hand, Travis? Ik heb gehoord wat jullie zeiden! Wat hou je voor me achter? Wat hou je voor me achter over Nola Kellergan?'

Jenny Dawn: Toen heeft Travis alles verteld. Hij liet me de ketting zien, hij zei dat hij die had bewaard om nooit te vergeten wat hij had gedaan. Ik pakte de ketting, ik zei dat ik alles zou regelen. Ik wilde mijn man beschermen, het echtpaar redden dat wij vormden. Ik ben altijd alleen geweest, sergeant. Ik heb geen kinderen. Travis is de enige die ik heb. Ik wilde niet het risico lopen om hem kwijt te raken... Ik had goede hoop dat het onderzoek snel werd afgerond en dat Harry veroordeeld zou worden... Maar toen kwam Marcus Goldman in het verleden wroeten, overtuigd van Harry's onschuld. Hij had gelijk, maar toch kon ik hem niet zijn gang laten gaan. Ik kon niet toestaan dat hij de waarheid zou ontdekken. En daarom besloot ik om hem dat duidelijk te maken... Ik heb die stomme Corvette in brand gestoken. Maar hij trok zich niets aan van mijn waarschuwingen! Toen besloot ik het huis in brand te steken.

Fragment uit het verhoor van Robert Quinn
Sergeant P. Gahalowood: Waarom hebt u het gedaan?
Robert Quinn: Voor mijn dochter. Ze werd zo onrustig van alle drukte

in de stad nadat Nola's lichaam werd gevonden. Ik dacht dat ze ergens mee zat, ze gedroeg zich zo raar. Ze ging zomaar weg bij Clark's. De dag dat de kranten die notities van Goldman publiceerden, was ze ongelooflijk kwaad. Bijna angstaanjagend. Toen ik van het personeelstoilet kwam, zag ik hoe ze er stiekem tussenuit kneep via de dienstingang. En toen besloot ik haar te volgen.

Donderdag 10 juli 2008

Ze parkeerde op de bosweg, stapte haastig uit en pakte de jerrycan benzine en de verfbom. Uit voorzorg had ze tuinhandschoenen aangetrokken om geen vingerafdrukken achter te laten. Hij kon haar met moeite op een afstandje volgen. Toen hij tussen de bomen vandaan kwam, had ze de Range Rover al beklad en zag hij hoe ze benzine over de veranda goot.

'Jenny! Wacht!' brulde haar vader.

Ze streek snel een lucifer af en gooide hem op de grond. De entree van het huis vatte direct vlam. Ze werd verrast door de felle vlammen en deinsde een paar meter terug, met haar handen voor haar gezicht geslagen. Haar vader greep haar bij de schouders.

'Jenny! Ben je gek?'

'Je kunt dit niet begrijpen, papa! Wat doe je hier? Ga weg! Ga weg!'

Hij trok de jerrycan uit haar handen.

'Wegwezen!' beval hij. 'Weg hier, voordat ze je te pakken krijgen!'

Ze verdween in het bos en liep weer naar haar auto. Hij moest van die jerrycan af zien te komen, maar hij was zo in paniek dat hij niet helder kon denken. Uiteindelijk haastte hij zich naar het strand en verborg hem in de bosjes.

Fragment uit het verhoor van Jenny E. Dawn
Sergeant P. Gahalowood: En toen?

Jenny Dawn: Toen smeekte ik mijn vader om zich er niet mee te bemoeien. Ik wilde niet dat hij erbij betrokken raakte.

Sergeant P. Gahalowood: Maar dat was hij al. Wat hebt u toen gedaan?

Jenny Dawn: Sinds Chief Pratt had bekend dat hij Nola had gedwongen om hem af te zuigen, stond hij steeds meer onder druk. Eerst was hij heel zelfverzekerd geweest, maar nu kon hij ieder moment breken. En dan zou hij alles vertellen. We moesten van hem af zien te komen en het wapen weer in handen krijgen.

Sergeant P. Gahalowood: Hij had het wapen bewaard...
Jenny Dawn: Ja. Het was zijn dienstrevolver. Al die tijd...

Fragment uit het verhoor van Travis S. Dawn
Travis Dawn: Ik zal mezelf nooit vergeven wat ik heb gedaan, sergeant. Ik denk er al drieëndertig jaar aan. Al drieëndertig jaar lang word ik erdoor achtervolgd.
Sergeant P. Gahalowood: Eén ding snap ik niet. U bent politieman en toch hebt u die halsketting bewaard – een vernietigend bewijsstuk.
Travis Dawn: Ik kon hem gewoon niet wegdoen. Die ketting was mijn boetedoening. Een herinnering aan het verleden. Sinds 30 augustus 1975 is er geen dag voorbijgegaan dat ik me niet ergens heb afgezonderd om naar die ketting te kijken... Wat was de kans dat iemand hem zou vinden?
Sergeant P. Gahalowood: En Pratt?
Travis Dawn: Die zou praten. Sinds u had ontdekt wat er tussen hem en Nola was gebeurd, was hij doodsbang. Op een dag belde hij op: hij wilde me zien. We spraken af op het strand. Hij zei dat hij alles wilde opbiechten, dat hij een deal wilde sluiten met de aanklager en dat ik dat ook moest doen, omdat de waarheid uiteindelijk toch wel aan het licht zou komen. Diezelfde avond zocht ik hem op in zijn motel. Ik probeerde hem tot rede te brengen. Maar hij weigerde. Hij liet me zijn oude colt .38 zien die hij in de la van zijn nachtkastje bewaarde en hij zei dat hij hem de volgende dag aan jullie zou geven. Hij ging praten, sergeant. En dus wachtte ik tot hij met zijn rug naar me toe stond en heb ik hem met één klap van mijn knuppel doodgeslagen. Toen heb ik de colt gepakt en ben ik ervandoor gegaan.
Sergeant P. Gahalowood: Een klap met uw knuppel. Net als bij Nola?
Travis Dawn: Ja.
Sergeant P. Gahalowood: Hetzelfde wapen?
Travis Dawn: Ja.
Sergeant P. Gahalowood: Waar is die knuppel nu?
Travis Dawn: Het is mijn dienstknuppel. Dat hadden we indertijd met Pratt afgesproken: hij zei dat je een wapen het beste kon verbergen door het steeds in het zicht te houden. De colt en de knuppel die aan onze riem hingen toen we op zoek waren naar Nola waren de moordwapens.
Sergeant P. Gahalowood: Waarom hebt u ze dan uiteindelijk toch weggedaan? En hoe kwam Robert Quinn in het bezit van de colt en de halsketting?

nachgeben Travis Dawn: Jenny zette me onder druk. En ik ben gezwicht. Sinds Pratts dood kon ze niet meer slapen. Ze was op. Ze zei dat we door de mand zouden vallen als we ze in huis zouden bewaren. Uiteindelijk heeft ze me overtuigd. Ik wilde ze in zee gooien zodat niemand ze ooit nog zou vinden. Maar Jenny raakte in paniek en trok haar eigen plan. Ze vroeg haar vader om het voor haar te doen.
Sergeant P. Gahalowood: Waarom haar vader?
Travis Dawn: Ik denk omdat ze mij niet vertrouwde. Ik was er drieëndertig jaar lang niet in geslaagd om me van die halsketting te ontdoen en ze was bang dat het me nog steeds niet zou lukken. Ze heeft altijd een onwankelbaar vertrouwen in haar vader gehad, ze dacht dat hij de enige was die haar zou kunnen helpen. En bovendien zou niemand Robert Quinn verdenken... zo'n goedzak. *gutmütiger Mensch*

9 november 2008

Jenny stormde het huis van haar ouders binnen. Ze wist dat haar vader alleen thuis was. Ze vond hem in de woonkamer.
'Papa!' riep ze uit. 'Papa, je moet me helpen!'
'Jenny? Wat is er aan de hand?'
'Stel liever geen vragen. Wil je dit voor me laten verdwijnen?'
Ze gaf hem een plastic tas.
'Wat zit erin?'
'Geen vragen stellen. Maak de tas niet open. Dat is heel belangrijk. Je bent de enige die me kan helpen. Gooi dit ergens weg waar niemand er ooit naar zal zoeken.'
'Zit je in de problemen?'
'Ja. Ik geloof het wel.'
'Dan doe ik het, liefje. Wees maar gerust. Ik doe alles wat ik kan om je te beschermen.'
'Maak die tas vooral niet open, papa. Zorg alleen dat je hem voor altijd laat verdwijnen.'
Maar zodra zijn dochter weg was, maakte Robert de tas toch open. Hij raakte in paniek door wat hij vond en vrezend dat zijn dochter een moordenaar was, besloot hij de inhoud 's avonds in het meer van Montburry te gooien.

Fragment uit het verhoor van Travis S. Dawn

Travis Dawn: Toen ik hoorde dat meneer Quinn was gearresteerd, wist ik dat het spel uit was. Dat ik iets moest doen. Ik bedacht dat ik hem ervoor moest laten opdraaien. In ieder geval voor even. Ik wist dat hij zijn dochter zou beschermen en dat hij dat wel een dag of twee zou volhouden. Genoeg tijd om Jenny en mij te laten vertrekken naar een land dat niemand uitlevert. Ik ging op zoek naar bewijs tegen Robert. Ik heb alle fotoalbums doorzocht die Jenny bewaart, in de hoop dat ik een foto van Robert en Nola zou vinden, en dan zou ik er iets compromitterends achterop schrijven. Toen stuitte ik op die foto van hem met die zwarte Monte Carlo. Wat een ongelooflijk toeval! Ik schreef er met pen de datum van augustus 1975 op en toen heb ik hem aan u gegeven.

Sergeant P. Gahalowood: Chief Dawn, het is hoog tijd dat u ons vertelt wat er echt is gebeurd op 30 augustus 1975...

*

'Zet af, Marcus!' brulde Harry. 'Ik smeek je, zet die dvd af! Ik kan dit niet verdragen.'

Direct zette ik de televisie uit. Harry huilde. Hij stond op van de bank en drukte zich tegen het raam. Buiten viel de sneeuw in grote vlokken. De lichtjes van de stad waren prachtig.

'Het spijt me, Harry.'

'New York is een ongelooflijke plek,' mompelde hij. 'Ik vraag me heel vaak af hoe mijn leven eruit zou hebben gezien als ik aan het begin van de zomer van 1975 niet naar Aurora was gegaan maar hier was gebleven.'

'Dan had je nooit liefde gekend,' zei ik.

Hij staarde naar de duisternis.

'Hoe ben je erachter gekomen, Marcus?'

'Waarachter? Dat jij *De wortels van het kwaad* niet hebt geschreven? Kort na de arrestatie van Travis Dawn. De pers begon de zaak weer breed uit te meten en een paar dagen later werd ik gebeld door Elijah Stern. Hij wilde me absoluut spreken.'

*

Vrijdag 14 november 2008
Landgoed van Elijah Stern bij Concord, New Hampshire

'Fijn dat u gekomen bent, meneer Goldman.'
Elijah Stern ontving me op zijn werkkamer.
'Ik was verrast dat u belde, meneer Stern. Ik dacht dat u me niet mocht.'
'U bent een zeer getalenteerde jongeman. Is het waar wat de kranten schrijven over Travis Dawn?'
'Ja, meneer.'
'Een smerig zaakje...'
Ik knikte. Toen zei ik: 'Ik zat op alle fronten fout over Caleb. Dat betreur ik.'
'U zat niet fout. Als ik het goed begrijp, is het aan uw vasthoudendheid te danken dat de politie de zaak tot een goed einde heeft kunnen brengen. Die politieman zweert bij u... Perry Gahalowood heet hij, meen ik.'
'Ik heb mijn uitgever gevraagd om *De zaak Harry Quebert* uit de handel te nemen.'
'Ik ben blij dat te horen. Gaat u een gecorrigeerde versie schrijven?'
'Waarschijnlijk wel. Ik weet nog niet hoe die eruit gaat zien, maar er zal recht worden gedaan. Ik heb gevochten voor Queberts goede naam. Ik zal ook vechten voor die van Caleb.'
Hij glimlachte.
'Heel goed, meneer Goldman. En dat is ook de reden dat ik u wilde zien. Ik ga u de waarheid vertellen. En dan zult u begrijpen waarom ik het u niet kwalijk kan nemen dat u een paar maanden lang dacht dat Luther de dader was: zelf heb ik drieëndertig jaar geleefd in de overtuiging dat Luther Nola Kellergan had vermoord.'
'Meent u dat?'
'Ik was er absoluut van overtuigd. Ab-so-luut.'
'Waarom hebt u de politie nooit iets verteld?'
'Ik wilde Luther geen tweede keer laten sterven.'
'Ik begrijp niet wat u bedoelt, meneer Stern.'
'Luther werd geobsedeerd door Nola. Hij zat continu in Aurora om haar in de gaten te houden...'
'Dat weet ik. Ik weet dat u hem in Goose Cove betrapte. Dat hebt u aan sergeant Gahalowood verteld.'
'Dan denk ik dat u de reikwijdte van Luthers obsessie onderschat. In

die maand augustus in 1975 zat hij iedere dag bij Goose Cove in de bosjes om Harry en Nola te bespieden: op het terras, op het strand, overal. Overal! Hij werd er stapelgek van, hij wist alles over ze! Alles! Hij had het nergens anders meer over. Iedere dag vertelde hij wat ze hadden gedaan, wat ze hadden gezegd. Hij vertelde me hun hele geschiedenis: dat ze elkaar op het strand hadden ontmoet, dat ze aan een boek werkten, dat ze een hele week waren weg geweest. Hij wist alles! Alles! Langzaam maar zeker begreep ik dat hij zelf door middel van hen ook een liefdesgeschiedenis beleefde. Omdat hij vanwege zijn afstotende uiterlijk zo'n liefde nooit zelf zou kunnen meemaken, beleefde hij hem bij volmacht. Het ging zo ver dat ik hem soms de hele dag niet zag! Dat ik zelf naar mijn afspraken moest rijden!'

'Sorry dat ik u onderbreek, meneer Stern, maar ik snap iets niet: waarom hebt u Luther niet ontslagen? Ik bedoel: dat is toch vreemd? Het lijkt alsof u zich schikte naar de grillen van uw eigen werknemer: hij eiste dat hij Nola mocht schilderen en hij liet u gewoon barsten omdat hij al zijn tijd in Aurora wilde doorbrengen. Het spijt me dat ik het vraag, maar wat was er tussen u gaande? Was u...'

'Verliefd op hem? Nee.'

'Maar vanwaar dan die vreemde relatie tussen u? U bent een machtig man, niet iemand die met zich laat sollen. En nu...'

'Ik had een schuld aan hem. Ik... Ik... U zult het zo wel begrijpen. Luther werd dus geobsedeerd door Harry en Nola, en langzaam maar zeker liep het uit de hand. Op een dag kwam hij hevig toegetakeld terug. Hij zei dat een agent uit Aurora hem had afgerost omdat hij hem had betrapt toen hij zat te loeren, en dat een serveerster van Clark's zelfs aangifte tegen hem had gedaan. Het leek allemaal volledig mis te lopen. Ik zei dat ik niet wilde dat hij nog langer naar Aurora zou gaan, dat ik wilde dat hij vakantie nam, dat hij er een tijdje tussenuit ging, naar zijn familie in Maine of waar dan ook. En dat ik alle onkosten zou betalen...'

'Maar hij weigerde,' zei ik.

'Niet alleen weigerde hij, maar hij vroeg zelfs of hij een auto van me mocht lenen, omdat zijn blauwe Mustang inmiddels te herkenbaar was. Natuurlijk weigerde ik, ik zei dat het al lang genoeg was doorgegaan. En toen riep hij uit: "Je begrijpt het niet, Eli! Ze gaan weg! Over tien dagen gaan ze er samen vandoor! Voorgoed! Dat hebben ze op het strand afgesproken! Ze hebben besloten dat ze op de dertigste gaan vertrekken! Dan verdwijnen ze voorgoed! Ik wil alleen afscheid van haar nemen, dit zijn de laatste dagen dat ik bij Nola kan zijn. Je kunt me niet verbieden om bij haar te zijn nu ik toch al weet dat ik haar kwijtraak." Ik hield voet bij stuk. En ik hield hem goed in het oog. En toen kwam die vervloekte 29 augustus. Die dag heb ik hem overal gezocht. Hij was onvindbaar. Terwijl zijn Mustang toch op zijn plaats stond. Uiteindelijk biechtte een van mijn werknemers op dat Luther met een van mijn auto's was vertrokken, een zwarte Monte Carlo. Luther had gezegd dat hij toestemming van me had, en omdat iedereen wist dat ik hem alles toestond, had niemand doorgevraagd. Ik werd gek. Ik doorzocht meteen zijn kamer. Ik vond het schilderij van Nola, waar ik haast van moest kotsen, en toen vond ik al die brieven, verstopt in een kistje onder zijn bed... Brieven die hij had gestolen... Een briefwisseling tussen Harry en Nola, die hij kennelijk uit hun brievenbussen had gepikt. En dus wachtte ik hem op, en toen hij aan het einde van de dag thuiskwam kregen we een verschrikkelijke aanvaring...'

Stern zweeg en keek in de verte.

'Wat gebeurde er toen?' vroeg ik.

'Ik... Ik wilde dat hij er niet meer naartoe ging, dat begrijpt u zeker wel. Ik wilde dat er een einde kwam aan die obsessie met Nola! Maar hij wilde er niets van horen. Niets! Hij zei dat er een sterkere band tussen hem en Nola was dan ooit tevoren, en dat niemand hen ooit zou kunnen scheiden. Ik ging door het lint. We gingen met elkaar op de vuist en ik heb hem geslagen. Ik greep hem bij zijn kraag, ik schreeuwde en ik heb hem geslagen. Ik noemde hem een boerenlul. Hij lag op de grond en hij greep naar zijn bloedende neus. Ik stond aan de grond genageld. En toen zei hij... Toen zei hij...'

Stern kon geen woord meer uitbrengen. Hij maakte een walgend gebaar.

'Meneer Stern, wat zei hij?' vroeg ik, zodat hij de draad van het verhaal niet zou kwijtraken.

'Hij zei: "Jij was het!" Hij brulde: "Jij was het! Jij was het!" Ik was aan de grond genageld. Hij vluchtte weg, zocht wat spullen bij elkaar op zijn kamer en voordat ik iets kon doen, vertrok hij met de Chevrolet. Hij... Hij had mijn stem herkend.'

Stern huilde. Hij balde zijn vuisten van woede.

'Hij had uw stem herkend?' herhaalde ik. 'Hoe bedoelt u?'

'Ik... Er was een tijd dat ik met wat oude vrienden van Harvard omging. Een of ander debiel dispuut. We brachten weekends door in Maine:

dan zaten we twee dagen lang in een luxehotel te drinken en kreeft te eten. We hielden van knokken, we mochten graag arme drommels afrossen. We zeiden dat die lui uit Maine boerenlullen waren en dat het onze taak op deze wereld was om ze af te rossen. We waren nog geen dertig, pretentieuze rijkeluiszoontjes. Licht racistisch, ongelukkig en agressief. We hadden een spelletje bedacht: *field goals* heette het, en het bestond erin dat we onze slachtoffers tegen het hoofd schopten alsof we een football wegtrapten. Op een dag in 1964 waren we in de buurt van Portland, heel opgefokt en stomdronken. Onderweg zagen we een jonge kerel. Ik zat aan het stuur... Ik stopte en ik stelde voor dat we ons een beetje met hem gingen vermaken...'

'Dus u hebt Caleb in elkaar geschopt?'

'Ja! Ja!' barstte hij los. 'En ik heb het mezelf nooit vergeven! De volgende ochtend werden we wakker in onze luxe hotelsuite met een dijk van een kater. Het stond in alle kranten: die jongen lag in coma. De politie was actief naar ons op zoek: "De bende van de field goals" noemden ze ons. We spraken af dat we er nooit meer een woord over zouden spreken, dat we de gebeurtenis zouden wegstoppen in ons geheugen. Maar ik kon het niet vergeten: in de dagen en maanden daarna kon ik nergens anders meer aan denken. Ik was er doodziek van. Ik ging een paar keer terug naar Portland om erachter te komen wat er was geworden van die jongen die we zo hadden mishandeld. Er verstreken twee jaar, en op een dag kon ik er niet meer tegen: ik besloot hem een baan aan te bieden, een kans om eruit te komen. Ik deed alsof ik een lekke band had, ik vroeg of hij me wilde helpen en toen heb ik hem in dienst genomen als chauffeur. Ik gaf hem alles wat hij vroeg... Ik richtte een atelier voor hem in op de veranda, ik gaf hem geld en een auto, maar het was nooit genoeg om mijn schuldgevoel te laten verdwijnen. Ik wilde meer voor hem doen, steeds meer! Ik had zijn schilderscarrière verwoest en dus heb ik alle mogelijke exposities gefinancierd, en heel vaak liet ik hem dagenlang schilderen. En toen begon hij erover dat hij zo eenzaam was, dat niemand hem ooit zou willen. Hij zei dat hij vrouwen alleen nog maar kon schilderen. Hij wilde blonde vrouwen schilderen, hij zei dat die hem deden denken aan zijn verloofde van voor de aanval. En dus huurde ik wagonladingen blonde prostituees om voor hem te poseren. Maar op een dag in Aurora kwam hij Nola tegen. En hij werd verliefd op haar. Hij zei dat hij voor het eerst sinds zijn vroegere verloofde weer van iemand hield. Maar toen kwam Harry, de geniale, knappe schrijver. De man die Luther had willen zijn. En Nola werd verliefd op Harry. En dus besloot Luther dat hij Harry wilde zijn... Wat kon ik anders? Ik had zijn leven gestolen, ik had hem alles afgenomen. Hoe kon ik hem verbieden om van haar te houden?'

'Dus u hebt alles gedaan om uw geweten te sussen?'

'Als u dat zo wilt noemen.'

'29 augustus... Wat gebeurde er toen?'

'Toen Luther begreep dat ik degene was die hem had... toen pakte hij zijn tas in en ging er met de zwarte Chevrolet vandoor. Ik ging direct achter hem aan. Ik wilde het hem uitleggen. Ik wilde dat hij me zou vergeven. Maar ik kon hem nergens vinden. Ik heb de hele dag en een gedeelte van de nacht naar hem gezocht. Tevergeefs. Wat was ik boos op mezelf. Ik hoopte dat hij uit zichzelf zou terugkomen. Maar de volgende dag hoorde ik tegen het einde van de middag op de radio dat Nola Kellergan was verdwenen. De verdachte reed in een zwarte Chevrolet... Ik hoef het niet voor u uit te tekenen. Ik besloot dat ik er nooit met iemand over zou praten, zodat Luther nooit verdacht zou worden. Of misschien omdat ik uiteindelijk even schuldig was als Luther. Dat is de reden waarom ik het niet kon verdragen dat u spoken tot leven kwam wekken. En toen hoorde ik dankzij u eindelijk dat Luther Nola niet heeft vermoord. Het voelde alsof ik haar ook niet meer vermoord had. U hebt mijn geweten verlicht, meneer Goldman.'

'En de Mustang?'

'Die staat onder een zeil in mijn garage. Die hou ik al drieëndertig jaar verborgen.'

'En de brieven?'

'Die heb ik ook bewaard.'

'Ik zou ze heel graag willen zien.'

Stern haalde een schilderij van de wand en onthulde een kleine kluis, die hij openmaakte. Hij haalde er een schoenendoos vol brieven uit. Zo ontdekte ik de hele correspondentie tussen Harry en Nola, op basis waarvan hij *De wortels van het kwaad* had kunnen schrijven. De eerste herkende ik direct: dat was de brief waar het boek mee begon. Die brief van 5 juli 1975, die brief vol verdriet, die Nola had geschreven toen Harry haar had afgewezen en ze had gehoord dat hij de avond van de vierde juli met Jenny Dawn had doorgebracht. Die dag had ze een envelop tussen de deur gestoken met daarin die brief en twee foto's die ze in Rockland had gemaakt. Op de eerste stond een zwerm meeuwen bij de zee. De tweede was een foto van hoe ze samen zaten te picknicken.

'Hoe heeft Luther die brieven in godsnaam in handen gekregen?' vroeg ik.

'Geen idee,' zei Stern. 'Maar het zou me niet verbazen als hij bij Harry naar binnen is gegaan.'

Ik dacht na: hij had de brieven heel eenvoudig achterover kunnen drukken in de paar dagen dat Harry niet in Aurora was. Maar waarom had Harry nooit gezegd dat die brieven waren verdwenen? Ik vroeg of ik de doos mee mocht nemen en Stern ging akkoord. Ik werd bevangen door een enorme twijfel.

*

Harry keek uit over New York en huilde in stilte, terwijl hij mijn verhaal aanhoorde.

'Toen ik die brieven zag,' legde ik uit, 'buitelde alles in mijn hoofd over elkaar heen. Ik dacht weer aan het boek dat je in de kluis van de sportschool had achtergelaten: *De meeuwen van Aurora*. En ik besefte iets wat me al die tijd nog niet was opgevallen: dat er in *De wortels van het kwaad* geen meeuwen voorkomen. Hoe was het mogelijk dat me dat al die tijd was ontgaan? Er kwam niet één meeuw in voor! Terwijl je haar toch beloofd had dat je meeuwen in je boek zou stoppen! Dat was het moment waarop ik begreep ik dat jij *De wortels van het kwaad* niet had geschreven. Dat *De meeuwen van Aurora* het boek is dat je in die zomer van 1975 hebt geschreven. Het boek dat jij had geschreven en Nola had uitgetypt. De bevestiging kwam toen ik aan Gahalowood vroeg om het handschrift van de brieven die Nola had gekregen te vergelijken met dat van de boodschap op het manuscript dat bij haar lichaam was gevonden. Toen hij zei dat beide handschriften identiek waren, begreep ik dat je mij gewoon had gebruikt toen je vroeg of ik het handgeschreven manuscript voor je wou verbranden. Het was niet in jouw handschrift geschreven... Je hebt het boek dat je beroemd heeft gemaakt niet zelf geschreven! Je hebt het van Luther gestolen!'

'Hou je mond, Marcus!'

'Is het soms niet waar? Je hebt een boek gestolen! De ergste misdaad die een schrijver kan begaan! Daarom had je het dus *De wortels van het kwaad* genoemd! En ik begreep maar niet waarom je zo'n mooi verhaal zo'n sombere titel had meegegeven! Die titel slaat niet op het boek, die slaat op jou. En je hebt het bovendien altijd tegen me gezegd: boeken draaien niet om woorden, maar om mensen. Dat boek is de wortel van het kwaad dat al die tijd al aan jou knaagt, het kwaad van wroeging en bedrog!'

'Hou op, Marcus! Hou nu je mond!'

Hij huilde. Ik ging door.

'Op een dag zette Nola een envelop tegen de deur van je huis. Dat was op 5 juli 1975. Een envelop met daarin foto's van meeuwen en een brief op haar lievelingspapier, waarin ze vertelde over Rockland en schreef dat ze je nooit zou vergeten. Dat was in de tijd dat je het jezelf niet toestond om met haar om te gaan. Maar die brief heeft jou nooit bereikt, omdat Luther je huis bespioneerde en hem meenam zodra Nola was weggerend. En zo begon hij met Nola te corresponderen. Hij beantwoordde haar brieven en deed alsof hij jou was. Ze schreef terug, ze dacht dat ze aan jou schreef, maar hij onderschepte de brieven uit je brievenbus en schreef terug, uit jouw naam. Daarom zwierf hij altijd rond in de buurt van je huis. Nola dacht dat ze met jou correspondeerde, en die correspondentie met Luther Caleb werd uiteindelijk *De wortels van het kwaad*. Hoe kon je zoiets doen, Harry...'

'Ik was in paniek, Marcus! Het schrijven ging zo slecht, die zomer. Ik dacht dat het nooit zou lukken. Ik schreef aan dat boek, *De meeuwen van Aurora*, maar o, wat vond ik het slecht. Nola zei dat ze het prachtig vond, maar het kon me niet kalmeren. Ik kreeg idiote woede-uitbarstingen. Ze typte mijn handgeschreven bladzijden voor me uit, ik herlas ze en daarna verscheurde ik alles. Ze smeekte me om ermee op te houden, ze zei: "Doe dat nou niet, je bent zo briljant. Ga nou alsjeblieft door, mijn liefste Harry, ik zou het niet verdragen als je je boek niet afmaakte!" Maar ik geloofde er niet in. Ik dacht dat ik nooit een schrijver zou zijn. En toen, op een dag, belde Luther Caleb aan. Hij zei dat hij niet wist met wie hij erover moest praten en dat hij daarom naar mij toe kwam: hij had een boek geschreven en hij vroeg zich af of het de moeite waard was om het bij uitgevers aan te bieden. Vergeet niet dat hij dacht dat ik een grote schrijver uit New York was, Marcus, en dat ik hem wel zou kunnen helpen.

*

20 augustus 1975

'Luther?'

Harry deed de voordeur open en deed geen poging om zijn verbazing te verbergen.

'Dag... dag Harry.'

Er viel een ongemakkelijke stilte.

'Kan ik iets voor je doen, Luther?'

'Ik ben hier op perfoonlijke titel. Voor advief.'

'Advies? Ik ben een en al oor. Wil je binnenkomen?'

'Graag.'

De twee mannen namen plaats in de woonkamer. Luther was nerveus. Hij had een dikke envelop bij zich, die hij stevig tegen zich aan drukte.

'En, Luther, wat is er?'

'Ik... Ik heb een boek gefchreven. Een liefdefverhaal.'

'Echt?'

'Ja. En ik weet niet of het ietf if. Ik bedoel, hoe weet je of ietf de moeite waard if om een uitgever te foeken?'

'Ik weet het niet. Als je denkt dat je je best hebt gedaan... Heb je de tekst bij je?'

'Ja, maar hij if met de hand gefchreven,' verontschuldigde Luther zich. 'Daar denk ik nu paf aan. Ik heb ook een getypte verfie, maar ik heb de verkeerde envelop meegenomen toen ik van huif ging. Fal ik hem gaan halen en later terugkomen?'

'Nee, laat maar zien.'

'Maar...'

'Toe, wees maar niet verlegen. Ik weet zeker dat ik het wel kan lezen.'

Luther gaf hem de envelop. Harry haalde de bladzijden eruit en bekeek er een paar, verbluft door het perfecte schrijfwerk.

'Heb jij dit geschreven?'

'Ja.'

'Verdorie, het lijkt wel... Dit... Dit is ongelooflijk mooi geschreven. Hoe doe je dat?'

'Weet ik niet. Zo fchrijf ik.'

'Als het mag, hou ik het hier. Zodat ik het kan lezen. Daarna zal ik je eerlijk zeggen wat ik ervan vind.'

'Echt?'

'Natuurlijk.'

Luther ging graag akkoord en nam afscheid. Maar in plaats van weg te gaan uit Goose Cove verstopte hij zich in het kreupelhout om op Nola te wachten, zoals hij altijd deed. Even later kwam ze, blij omdat ze binnenkort zouden vertrekken. Ze zag de gestalte niet die haar vanuit het struikgewas in de gaten hield. Ze ging naar binnen door de voordeur, zonder aan te bellen, zoals elke dag.

'Mijn liefste Harry!' riep ze om hem te laten weten dat ze er was.

Geen reactie. Het huis leek uitgestorven. Ze riep opnieuw. Stilte. Ze liep door de eetkamer en de woonkamer, maar ze kon hem niet vinden. Hij was niet in zijn werkkamer. Ook niet op het terras. Ze liep de trap af naar het strand en schreeuwde zijn naam. Misschien was hij gaan zwemmen? Dat deed hij weleens als hij te hard gewerkt had. Maar ook het strand was verlaten. Ze voelde paniek opkomen: waar kon hij zijn? Ze ging weer naar binnen en riep hem opnieuw. Niemand. Ze keek in alle kamers van de begane grond en liep toen de trap op. Toen ze de slaapkamerdeur opendeed, zag ze hem: hij zat op bed in een pak papieren te lezen.

'Harry, was je hier? Ik loop je al tien minuten overal te zoeken...'

Toen hij haar hoorde, sprong hij op.

'Sorry, Nola, ik zat te lezen... Ik had je niet gehoord.'

Hij kwam overeind, klopte de papieren recht en legde ze in een la van zijn nachtkastje.

Ze glimlachte.

'En wat zit jij zo aandachtig te lezen dat je me niet eens door het huis hoort brullen?'

'Niks belangrijks.'

'Een nieuw deel van je roman? Laat zien!'

'Het doet er echt niet toe, ik laat het je nog weleens zien.'

Ze keek hem schalks aan.

'Weet je zeker dat je niks voor me achterhoudt, Harry?'

Hij lachte.

'Er is niks aan de hand, Nola.'

Ze liepen naar buiten, naar het strand. Ze wilde meeuwen zien. Ze sloeg haar armen uit alsof ze vleugels had en rende in grote cirkels rond.

'Ik wou dat ik kon vliegen, Harry! Nog maar tien dagen! Over tien dagen vliegen we weg! Dan vertrekken we voor altijd uit deze rotstad!'

Ze dachten dat ze alleen waren. Noch Harry, noch Nola vermoedde dat Luther Caleb ze in de gaten hield vanuit het bos, achter de rotsen. Hij wachtte tot ze weer naar binnen gingen voordat hij uit zijn schuilplaats tevoorschijn kwam; hij rende over het pad van Goose Cove naar zijn Mustang, die op een parallel bospad stond. Hij reed naar Aurora en parkeerde bij Clark's. Hij haastte zich naar binnen; hij moest absoluut met Jenny praten. Iemand moest het weten. Hij had een slecht voorgevoel. Maar Jenny was helemaal niet blij om hem te zien.

'Luther? Je mag hier niet komen,' zei ze, toen hij voor de bar stond.

'Jenny... Het fpijt me van laatft. Ik had je arm niet zo hard moeten vaftpakken.'

'Ik heb er een blauwe plek aan overgehouden.'

'Het fpijt me.'

'Je moet nu gaan.'

'Nee, wacht...

'Ik heb aangifte tegen je gedaan, Luther. Travis zegt dat ik hem moet bellen als je je nog eens in de stad laat zien en dat je dan met hem te maken krijgt. Je kunt maar beter weggaan voordat hij je ziet.'

De reus zag er verslagen uit.

'Heb je aangifte tegen me gedaan?'

'Ja. Je heb me zo bang gemaakt...'

'Maar ik moet je ietf belangrijkf vertellen.'

'Er is niets belangrijks, Luther. Ga nou...'

'Over Harry Quebert...'

'Harry?'

'Ja. Zeg eenf wat je van hem vindt...'

'Wat is er met hem?'

'Vertrouw je hem?'

'Of ik hem vertrouw? Ja, natuurlijk. Waarom vraag je dat?'

'Ik moet je ietf vertellen...'

'Wat moet je me vertellen?'

Net toen Luther antwoord wilde geven, verscheen er een politiewagen op het plein tegenover Clark's.

'Daar is Travis!' riep Jenny uit. 'Ga weg, Luther, snel! Ik wil niet dat je moeilijkheden krijgt.'

*

'Het was simpelweg het mooiste boek dat ik ooit had gelezen,' zei Harry. 'En toen wist ik nog niet eens dat het over Nola ging! Haar naam kwam er niet in voor. Het was een prachtige liefdesgeschiedenis. Ik heb Caleb nooit teruggezien. Ik heb niet meer de gelegenheid gehad om hem zijn tekst terug te geven. Want toen gebeurden al die dingen die je bekend zijn. Vier weken later hoorde ik dat Luther Caleb bij een ongeluk om het leven was gekomen. En ik had het originele manuscript in mijn bezit van wat ik besefte dat een meesterwerk was. En dus besloot ik om het op mijn eigen naam te zetten. Ik heb mijn carrière en mijn leven op een leugen gebouwd. Hoe kon ik weten hoe succesvol dat boek zou zijn? En dat succes heeft mijn leven lang aan me gevreten. Mijn leven lang! En nu, drieëndertig jaar later, vindt de politie Nola en dat manuscript in mijn tuin. In mijn eigen tuin! Op dat moment werd ik zo bang dat ik alles zou kwijtraken, dat ik zei dat ik dat boek voor haar had geschreven.'

'Uit angst om alles kwijt te raken? Je werd liever veroordeeld voor een moord dan dat je de waarheid over dat manuscript zou onthullen?'

'Ja! Ja! Want Marcus, mijn hele leven is een leugen!'

'Dus Nola heeft die kopie nooit meegenomen. Dat zei je om ervoor te zorgen dat niemand eraan zou twijfelen dat jij de auteur was.'

'Ja. Maar waar komt dat exemplaar dan vandaan dat ze bij zich had?'

'Dat had Luther in haar brievenbus gelegd,' zei ik.

'In haar brievenbus?'

'Luther wist dat jij er met Nola vandoor zou gaan, daar had hij jullie op het strand over horen praten. Hij wist dat Nola zonder hem wegging en daarom liet hij het verhaal op dezelfde manier aflopen: met het vertrek van de vrouwelijke hoofdpersoon. Hij schrijft haar een laatste brief, een brief waarin hij haar een mooi leven toewenst. Die brief staat ook in het manuscript dat hij je toen kwam brengen. Luther wist alles. Maar dan, op de dag van vertrek, waarschijnlijk in de nacht van 29 op 30 augustus, voelt hij de behoefte om de losse eindjes aan elkaar te knopen: hij wil de geschiedenis met Nola net zo laten aflopen als zijn manuscript. En daarom legt hij een laatste brief in de brievenbus van de Kellergans. Of beter gezegd: een laatste pakket. Met daarin de afscheidsbrief en het manuscript van zijn boek, zodat zij zal beseffen hoeveel hij van haar houdt. En omdat hij weet dat hij haar nooit meer zal zien, schrijft hij op het omslag: "Vaarwel, mijn liefste Nola". Waarschijnlijk heeft hij tot de ochtend op de uitkijk gestaan om er zeker van zijn dat Nola inderdaad degene is die de post uit de brievenbus haalt. Dat deed hij altijd. Maar als Nola de brief en het manuscript vindt, denkt ze dat jij ze hebt geschreven. En ze denkt dat je niet komt. Ze decompenseert. En ze draait bijna door.'

Harry zakte ineen en greep met beide handen naar zijn hart.

'Vertel het, Marcus! Vertel het. Ik wil het in jouw woorden horen! Jij kiest je woorden altijd zo goed! Vertel wat er is gebeurd op 30 augustus 1975.'

*

30 augustus 1975

Op een dag aan het einde van augustus werd er in Aurora een vijftienjarig meisje vermoord. Ze heette Nola Kellergan. Ze wordt door iedereen beschreven als een meisje vol levensvreugde en vol dromen.

Het is moeilijk om haar dood alleen te verklaren door wat er op 30 augustus 1975 is gebeurd. Eigenlijk begint het allemaal misschien al jaren eerder. In de loop van de jaren zestig, wanneer haar ouders niet zien dat een ziekte vat krijgt op hun kind. Of op een nacht in 1964, als een jongeman verminkt wordt door een bende dronken tuig en een van hen later vol berouw zijn geweten probeert te sussen door in het geheim toenadering tot het slachtoffer te zoeken. Of op die nacht in 1969, wanneer een vader besluit om het geheim van zijn dochter te verzwijgen. Of misschien begint alles op een middag in juni 1975, als Harry Quebert en Nola elkaar ontmoeten en verliefd op elkaar worden.

Het is het verhaal van ouders die de waarheid over hun kinderen niet willen inzien.

Het is het verhaal van een rijke erfgenaam die zich in zijn jonge jaren heeft misdragen en het leven heeft verwoest van een jongeman, en daarna door zijn daad wordt achtervolgd.

Het is het verhaal van een man die ervan droomt om een groot schrijver te worden en zich langzaam door zijn ambitie laat verteren.

In de vroege ochtend van 30 augustus 1975 stopte er een auto voor Terrace Avenue 245. Luther Caleb kwam afscheid nemen van Nola. Hij was volkomen van slag. Hij wist niet meer of ze van elkaar hadden gehouden of dat hij dat alleen maar had gedroomd; hij wist niet meer of ze elkaar echt zoveel brieven hadden geschreven. Maar hij wist dat Nola en Harry van plan waren die dag te vertrekken. Zelf wilde hij ook weg uit New Hampshire, om zo ver mogelijk van Stern te zijn. Zijn gedachten buitelden over elkaar heen: de man die hem het leven had teruggegeven was dezelfde man die hem het leven had ontnomen. Het was een nachtmerrie. Het enige wat er nu nog toe deed, was dat hij zijn liefdesgeschiedenis tot een einde moest brengen. Hij moest Nola zijn laatste brief geven. Hij had er bijna twee weken aan geschreven, sinds de dag dat hij Harry en Nola had horen zeggen dat ze op 30 augustus zouden vertrekken. Gehaast had hij zijn boek afgemaakt, en het origineel had hij zelfs aan Harry Quebert gegeven; hij wilde weten of die het de moeite waard vond om het te laten uitgeven. Maar niets was nu nog de moeite waard. Hij had niet eens een poging gedaan om de tekst terug te krijgen. Hij had nog een getypt exemplaar dat had hij mooi had laten inbinden, voor Nola. Die zaterdag, 30 augustus, was de dag dat hij zijn laatste brief, de brief waarmee het verhaal werd afgesloten, in de brievenbus van de Kellergans zou leggen, met het manuscript erbij, zodat Nola hem nooit zou vergeten. Hoe moest hij het boek noemen? Hij had geen flauw idee. Er zou nooit een boek komen, dus waarom zou hij het een titel geven? Hij beperkte zich tot een opdracht op het omslag waarmee hij haar een goede reis wenste: Vaarwel, mijn liefste Nola.

Hij wachtte in zijn geparkeerde auto tot de zon opkwam. Hij wachtte tot ze naar buiten kwam. Hij wilde er gewoon zeker van zijn dat zij inderdaad degene was die het boek zou vinden. Sinds ze elkaar schreven, was zij altijd degene geweest die de post ging halen. Hij wachtte. Hij hield zich zo goed mogelijk schuil: niemand mocht hem zien, vooral die bruut Travis Dawn niet, anders zwaaide er wat voor hem. En hij had al genoeg klappen gekregen voor één leven.

Om elf uur kwam ze eindelijk naar buiten. Ze keek om zich heen, zoals altijd. Ze straalde. Ze droeg een schitterende rode jurk. Ze liep snel naar de brievenbus en glimlachte toen ze de envelop en het pak zag. Ze las de brief haastig door: opeens begon ze te wankelen. In tranen vluchtte ze naar binnen. Ze zouden niet samen vertrekken. Harry wachtte niet op haar in het motel. Zijn laatste brief was een afscheidsbrief.

Ze hield zich schuil in haar kamer en zakte ineen op haar bed, overmand door verdriet. Waarom deed hij dit? Waarom wees hij haar af? Waarom had hij haar laten geloven dat ze voor altijd van elkaar zouden houden? Ze bladerde het manuscript door: wat was dit dan voor boek? Hier had hij haar nooit over verteld. Haar tranen vielen op het papier en maakten er vlekken op. Het waren hun brieven: al hun brieven stonden erin, inclusief die laatste, die het boek afsloot. Hij had vanaf het begin tegen haar gelogen. Hij was nooit van plan geweest om met haar weg te gaan. Ze moest zo hard huilen dat ze er hoofdpijn van kreeg. Het deed zoveel pijn dat ze dood wilde.

De deur van haar kamer ging zachtjes open. Haar vader had gehoord dat ze huilde.

'Wat is er, liefje?'

'Niks, papa.'

'Zeg toch niet dat er niks is, ik zie best dat er iets is…'

'O, papa! Ik ben zo verdrietig! Zo verdrietig!'

Ze wierp zich om de hals van de dominee.

'Laat haar los!' brulde Louisa Kellergan opeens. 'Ze verdient helemaal geen liefde! Laat haar los, David, nu!'

'Nola, hou op… Niet weer!'

'Hou je mond, David! Je bent een slappeling! Je hebt niet ingegrepen! En nu moet ik het zelf doen.'

'Nola, in hemelsnaam! Rustig nou! Rustig nou! Ik sta niet toe dat je jezelf nog meer pijn doet.'

'Laat ons alleen, David!' barstte Louisa uit, terwijl ze haar man hard wegduwde. Machteloos deinsde hij achteruit, de gang op.

'Kom hier, Nola!' brulde haar moeder. 'Kom hier! Ik zal je een lesje leren!'

De deur ging dicht. Dominee Kellergan stond als versteend. Hij kon alleen maar luisteren naar wat er aan de andere kant van de muur gebeurde.

'Mama, hou op! Alsjeblieft, hou op!'

'Hier. Pak aan! Dit gebeurt er met meisjes die hun moeder vermoorden.'

En de dominee haastte zich naar de garage en zette de pick-up aan, met het volume op maximum.

De hele dag schalde de muziek door het huis en door de hele buurt. De voorbijgangers wierpen afkeurende blikken op de ramen. Sommige mensen keken elkaar veelbetekenend aan: iedereen wist wat er bij de Kellergans gebeurde als de muziek aan stond.

Luther had niet bewogen. Hij zat nog steeds achter het stuur van zijn Chevrolet, verscholen tussen de rijen geparkeerde auto's langs de stoeprand, en hij wendde zijn blik niet van het huis af. Waarom had ze gehuild? Vond ze de brief niet mooi? En het boek, vond ze dat ook niet mooi? Waarom die tranen? Hij had zo zijn best gedaan. Hij had een liefdesverhaal voor haar geschreven, en niemand zou ooit moeten huilen om de liefde.

Tot zes uur 's avonds bleef hij wachten. Hij wist niet meer of hij nog moest wachten tot ze weer tevoorschijn kwam of dat hij moest aanbellen. Hij wilde haar zien, haar zeggen dat ze niet moest huilen. En toen zag hij haar in de tuin: ze was door het raam naar buiten geklommen. Ze keek de straat in om er zeker van te zijn dat niemand haar zag en wandelde onopvallend weg over de stoep. Ze droeg een leren tas over haar schouder. Algauw begon ze te rennen. Luther startte de motor.

De zwarte Chevrolet stopte naast haar.
'Luther,' zei Nola.
'Niet huilen... Ik wil alleen feggen dat je niet moet huilen.'
'O. Luther, er is me zoiets verdrietigs overkomen... Neem me mee! Neem me mee!'
'Waar ga je heen?'
'Ver weg van alles.'
Zonder Luthers antwoord af te wachten ging ze op de passagiersstoel zitten.
'Rijden, Luther! Ik moet naar het Sea Side Motel. Het kan gewoon niet dat hij niet van me houdt! We houden meer van elkaar dan wie ook!'
Luther gehoorzaamde. Noch hij, noch Nola zag de patrouillewagen die de kruising op reed. Travis Dawn was zojuist voor de zoveelste keer langs het huis van de Quinns gereden, wachtend totdat Jenny alleen thuis was zodat hij haar de wilde rozen kon geven die hij geplukt had. Ongelovig zag hij Nola in die onbekende auto stappen. Hij had gezien dat Luther achter het stuur zat. Hij zag de Chevrolet wegrijden, wachtte nog even en ging er toen achteraan: hij mocht de auto niet uit het zicht verliezen, maar er ook niet te dicht op zitten. Hij was vast van plan om te achterhalen waarom Luther zoveel tijd in Aurora doorbracht. Kwam hij Jenny bespieden? En waarom nam hij Nola mee? Stond hij op het punt een misdaad te begaan? Onder het rijden pakte hij de microfoon van zijn radio: hij ging versterking vragen om er zeker van te zijn dat hij Luther te pakken zou krijgen als de aanhouding verkeerd liep. Maar hij veranderde direct weer van gedachten: hij had liever geen collega's op zijn nek. Hij wilde de zaken op zijn eigen manier afhandelen: Aurora was een rustig stadje en hij zou ervoor zorgen dat dat zo bleef. Hij wilde Luther een lesje leren, een lesje dat hij nooit zou vergeten. Dit was de laatste keer dat hij hier een voet zou zetten. En hij vroeg zich opnieuw af hoe Jenny verliefd had kunnen worden op zo'n monster.

'Heb jij die brieven geschreven?' stoof Nola op toen ze Calebs uitleg had gehoord.

'Ja...'

Met de rug van haar hand veegde ze haar tranen weg.

'Maar Luther, je bent gek! Je gaat toch geen post van iemand stelen? Je hebt iets heel ergs gedaan!'

Beschaamd boog hij zijn hoofd.

'Het fpijt me... Ik voelde me fo alleen...'

Ze legde een vriendschappelijke hand op zijn sterke schouder.

'Joh, Luther, het maakt ook niet uit! Want dat betekent dat Harry wel op me wacht! Hij wacht op me! We gaan er samen vandoor!'

Alleen al bij die gedachte klaarde ze op.

'Je hebt geluk, Nola. Jullie houden van elkaar... Dat betekent dat jullie nooit alleen fullen fijn.'

Ze reden over Route 1. Ze passeerden de kruising met het pad naar Goose Cove.

'Vaarwel, Goose Cove!' riep Nola blij. 'Dat huis is de enige plek waar ik blije herinneringen aan heb.'

Ze barstte in lachen uit. Zomaar. En Luther lachte mee. Nola en hij gingen uit elkaar, maar wel op een goede manier. Opeens hoorden ze een politiesirene achter zich. Ze kwamen in de buurt van het bos en Travis had besloten dat hij Caleb daar liet stoppen om hem een lesje te leren. In het bos zou niemand ze zien.

'Travif!' brulde Luther. 'Alf hij onf te pakken krijgt, fijn we de klof.'

Nola raakte direct in paniek.

'O nee, geen politie! O Luther, doe iets, ik smeek je!'

De Chevrolet trok op. Er zat een sterke motor in. Travis werd boos en door de luidspreker sommeerde hij Luther om in de berm te stoppen.

'Niet doen!' smeekte Nola. 'Doorrijden! Doorrijden!'

Luther gaf nog meer gas. De Chevrolet liep iets uit op de auto van Travis.

Na Goose Cove maakte Route 1 een paar bochten: Luther nam ze heel strak en kreeg zo iets meer voorsprong. Hij hoorde dat de sirene verder weg klonk.

'Hij gaat verfterking vragen,' zei Luther.

'Als hij ons inhaalt, kan ik er niet met Harry vandoor!'

'Dan moeten we het bof in vluchten. Het bof if fo groot, daar fal niemand onf finden. Dan kun jij naar het Fea Fide Motel toe. Alf fe me te

pakken krijgen, fal ik nikf feggen, Nola. Ik fal niet feggen dat je bij me waf. Dan kun jij er met Harry vandoor.'
'O, Luther...'
'Maar beloof dat je mijn boek fult houden! Beloof dat je het bewaart, alf herinnering aan mij!'
'Dat beloof ik!'
Na die woorden gooide Luther abrupt het stuur om: de auto boorde zich in het kreupelhout van de bosrand om vervolgens achter de dikke doornstruiken tot stilstand te komen. Snel stapten ze uit.
'Rennen!' beval Luther. 'Rennen, Nola!'
Ze baanden zich een weg door het doornige onderhout. Haar jurk scheurde en haar gezicht kwam onder de schrammen.

Travis baalde. Hij zag de zwarte Chevrolet niet meer. Hij gaf nog meer gas en merkte de zwarte carrosserie niet op, die door de struiken aan het oog werd onttrokken. Hij vervolgde zijn weg over Route 1.

Ze renden door het bos. Nola voorop en Luther achter haar aan, omdat het voor hem vanwege zijn grote gestalte moeilijker was om zich een weg door de lage takken te banen.
'Doorlopen, Nola! Niet ftil blijven ftaan!' riep hij.
Zonder het te merken kwamen ze bij de bosrand. Ze stonden aan de rand van Side Creek Lane.
Deborah Cooper stond bij het keukenraam en keek naar het bos. Plotseling meende ze iets te zien bewegen. Ze keek nog eens goed en toen zag ze een meisje dat in volle vaart rende, gevolgd door een man. Ze haastte zich naar de telefoon en draaide het nummer van de politie.

Travis was net langs de weg gestopt toen hij het bericht van de meldkamer kreeg: vlak bij Side Creek was een jong meisje gezien dat kennelijk door een man achterna werd gezeten. Hij bevestigde de ontvangst van het bericht en reed direct terug naar Side Creek, met brandende zwaailichten en brullende sirene. Een halve mijl later werd zijn aandacht getrokken door een schittering: een voorruit! De zwarte Chevrolet, verborgen tussen de struiken! Hij stopte en liep met getrokken pistool naar de auto toe: niemand. Meteen liep hij terug naar zijn eigen auto en haastte zich naar Deborah Cooper.

In de buurt van het strand bleven ze stilstaan om op adem te komen.
'Denk je dat we veilig zijn?' vroeg Nola aan Luther.
Hij spitste zijn oren: niets te horen.
'We kunnen het befte nog even blijven wachten,' zei hij. 'In het bof fijn we onfichtbaar.'
Nola's hart ging als een razende tekeer. Ze dacht aan Harry. Ze dacht aan haar moeder. Ze miste haar moeder.

'Een meisje in een rode jurk,' vertelde Deborah aan agent Dawn. 'Ze rende in de richting van het strand. Met een man op haar hielen. Ik kon hem niet goed zien. Maar hij was behoorlijk breed.'
'Dat zijn ze,' zei hij. 'Mag ik even bellen?'
'Natuurlijk.'
Travis belde Chief Pratt thuis op.
'Chief, het spijt me dat ik u stoor op uw vrije dag, maar er is iets vreemds aan de gang. Ik heb Luther Caleb in Aurora betrapt...'
'Alweer?'
'Ja. Alleen liet hij deze keer Nola Kellergan in zijn auto stappen. Ik heb geprobeerd om hem te laten stoppen, maar hij is ontkomen. Hij is met dat meisje Nola het bos in gevlucht. Volgens mij heeft hij zich aan haar vergrepen, Chief. Maar het bos is heel dicht en in mijn eentje kan ik niets uitrichten.'
'Mijn god. Goed dat je gebeld hebt! Ik kom er nu aan!'

'We gaan naar Canada. Ik hou van Canada. We gaan in een mooi huis bij een meer wonen. We zullen zo gelukkig zijn.'
Luther glimlachte. Hij zat op een dode boomstronk en luisterde naar Nola's dromen.
'Een mooi plan,' zei hij.
'Ja. Hoe laat heb je het?'
'Het if bijna kwart voor feven.'
'Dan moet ik weg. Ik heb om zeven uur afgesproken in kamer 8. De kust zal nu wel veilig zijn.'
Maar op dat moment hoorden ze geluiden. En toen stemmen.
'Politie!' riep Nola in paniek.

Chief Pratt en Travis doorzochten het bos; ze liepen langs de bosrand bij het strand. Met hun knuppels in de hand baanden ze zich een weg door het struikgewas.

'Je moet weg, Nola,' zei Luther. 'Ga maar, ik blijf hier.'

'Nee! Ik kan je niet achterlaten!'

'Toe, fchiet op! Ga dan! Je hebt genoeg tijd om het motel te bereiken! En Harry wacht op je! Ga nou fnel! Ga fo fnel mogelijk weg! Ga weg en weef gelukkig.'

'Luther, ik...'

'Vaarwel, Nola. Weef gelukkig. Hou van mijn boek zoalf ik wou dat je van mij hield.'

Ze huilde. Ze stak een hand naar hem op en verdween tussen de bomen.

De politiemannen vorderden gestaag. Na een paar honderd meter zagen ze een gestalte.

'Daar zit hij!' brulde Travis. 'Daar is Luther!'

Hij zat nog op de boomstronk. Hij verroerde zich niet. Travis haastte zich naar hem toe en greep hem bij de kraag.

'Waar is dat meisje?' brulde hij terwijl hij hem door elkaar schudde.

'Welk meifje?' vroeg Luther.

In zijn hoofd probeerde hij uit te rekenen of Nola al genoeg tijd had gehad om het motel te bereiken.

'Waar is Nola? Wat heb je met haar gedaan?' herhaalde Travis.

Toen Luther geen antwoord gaf, liep Chief Pratt van achter naar hem toe, greep zijn been vast en brak zijn knie met een keiharde klap van zijn knuppel.

Nola hoorde gebrul. Ze bleef stokstijf staan en huiverde. Ze hadden Luther gevonden en ze sloegen hem in elkaar. Ze aarzelde een fractie van een seconde: ze moest teruggaan, ze moest zich aan de agenten laten zien. Luther mocht niet vanwege haar in de problemen komen. Ze wilde teruggaan naar de boomstronk, maar plotseling voelde ze een hand die haar schouder vastgreep. Ze draaide zich om en maakte een sprongetje.

'Mama?' zei ze.

Met twee gebroken knieën viel Luther kreunend op de grond. Om beurten schopten Travis en Pratt en sloegen ze met hun knuppels.

'Wat heb je met Nola gedaan?' schreeuwde Travis. 'Wat heb je gedaan? Nou? Ben jij een smerige viespeuk? Kon je het niet laten om haar iets aan te doen?'

Luther brulde onder de slagen en smeekte de agenten om op te houden.

'Mama?'
Ze lachte teder naar haar dochter.
'Wat doe je hier, liefje?' vroeg ze.
'Ik ben weggelopen.'
'Waarom?'
'Omdat ik naar Harry toe wil. Ik hou zoveel van hem.'
'Je kunt je vader niet alleen achterlaten. Zonder jou is hij zo ongelukkig. Je kunt niet zomaar weggaan...'
'Mama... O, mama, het spijt me zo wat ik je heb aangedaan.'
'Ik vergeef je, liefje. Maar je mag jezelf geen pijn meer doen.'
'Goed.'
'Beloof je dat?'
'Dat beloof ik, mama. Wat moet ik doen?'
'Ga terug naar je vader. Je vader heeft je nodig.'
'Maar Harry dan? Ik wil hem niet kwijtraken.'
'Je raakt hem niet kwijt. Hij zal heus wel op je wachten.'
'Echt?'
'Ja. Hij zal zijn leven lang op je wachten.'
Nola hoorde nog meer geschreeuw. Luther! Ze rende zo hard als ze kon terug naar de boomstronk. Ze schreeuwde uit alle macht om een einde te maken aan de klappen. Ze dook op van tussen de struiken. Luther lag op de grond. Dood. Chief Pratt en agent Travis stonden naast elkaar en keken verwilderd naar het lichaam. Overal was bloed.
'Wat hebben jullie gedaan?' schreeuwde Nola.
'Nola?' zei Pratt. 'Maar...'
'Jullie hebben Luther vermoord!'
Ze wierp zich op Chief Pratt, die haar met een vuistslag afweerde. Haar neus begon direct te bloeden. Ze trilde van angst.
'Het spijt me, Nola, ik wilde je geen pijn doen,' stamelde Pratt.
Ze deinsde terug.
'Jullie... Jullie hebben Luther vermoord!'
'Nola, wacht!'
Zo snel ze kon rende ze weg. Travis probeerde haar bij haar haren te grijpen; hij trok een handvol blonde lokken uit.
'Hou haar tegen, verdomme!' brulde Pratt tegen Travis. 'Hou haar tegen!'
Ze rende door het stuikgewas, haalde haar wangen open en passeerde de laatste bomenrij. Een huis. Een huis! Ze haastte zich naar de keuken-

deur. Haar neus bloedde nog steeds. Er zat bloed op haar gezicht. Deborah Cooper deed in paniek voor haar open en liet haar binnen.

'Help me,' kreunde Nola. 'Bel het alarmnummer.'

Deborah rende terug naar de telefoon om de politie in te lichten.

Nola voelde een hand voor haar mond. Met een machtige zwaai tilde Travis haar op. Ze stribbelde tegen, maar hij hield haar te stevig vast. Er was geen tijd om weer naar buiten te gaan: Deborah Cooper kwam alweer terug uit de woonkamer. Ze slaakte een kreet van afschuw.

'Maakt u zich geen zorgen,' stamelde Travis. 'Ik ben van de politie. Alles is in orde.'

'Help!' brulde Nola, terwijl ze zich los probeerde te rukken. 'Ze hebben iemand vermoord! Deze politiemensen hebben iemand vermoord! Er ligt een dode man in het bos!'

Er verstreek een moment waarvan je onmogelijk kon zeggen hoe lang het duurde. Deborah Cooper en Travis keken elkaar zwijgend aan; ze durfde niet naar de telefoon te rennen, ze durfde niet te vluchten. Toen klonk er een schot en Deborah zakte ineen op de grond. Chief Pratt had haar met zijn dienstwapen gedood.

'Je bent gek!' brulde Travis. 'Stapelgek! Waarom heb je dat gedaan?'

'We hebben geen keus, Travis. Weet je wat er met ons zou gebeuren als dat oudje haar mond opendeed...?'

Travis trilde.

'Wat doen we nu?' vroeg de jonge agent.

'Geen idee.'

Met de moed der wanhoop profiteerde de doodsbange Nola van dat moment van besluiteloosheid om zich uit Travis' greep te bevrijden. Voordat Chief Pratt de tijd had om te reageren stormde ze door de keukendeur naar buiten. Ze verloor haar evenwicht op het stoepje en kwam ten val. Ze stond direct weer op, maar de sterke hand van de Chief greep haar bij haar haren. Ze begon te brullen en beet in de arm die vlak bij haar gezicht was. De Chief liet haar los, maar ze kreeg de tijd niet om te vluchten: Travis sloeg met zijn knuppel tegen haar achterhoofd. Ze zakte ineen. Verschrikt deinsde hij terug. Overal was bloed. Ze was dood.

Travis bleef een ogenblik over het lichaam gebogen staan. Hij moest overgeven. Pratt rilde. In het bos hoorden ze de vogels zingen.

'Chief, wat hebben we gedaan?' mompelde Travis verwilderd.

'Rustig maar. Rustig. Dit is niet het moment om in paniek te raken.'

'Nee, Chief.'
'We moeten ons van Caleb en Nola ontdoen. Daar krijgen we de elektrische stoel voor.'
'Ja, Chief. En Cooper?'
'We laten het eruitzien alsof ze vermoord is. Een verkeerd gelopen overval. Je moet precies doen wat ik zeg.'
Nu stond Travis te huilen.
'Ja, Chief. Ik doe alles wat nodig is.'
'Je zei dat je Calebs auto bij Route 1 had gezien.'
'Ja. De sleutels zaten er nog in.'
'Mooi zo. We leggen de lichamen in de auto en dan laat jij ze verdwijnen, goed?'
'Ja.'
'Zodra je bent vertrokken roep ik versterking op, zodat niemand ons verdenkt. En opschieten, hè?' Als de hulptroepen komen, ben jij allang weg. In alle drukte zal het niemand opvallen dat jij er niet bent.'
'Ja, Chief... Maar ik geloof dat mevrouw Cooper het alarmnummer nog eens heeft gebeld.'
'Verdomme! Dan moeten we opschieten!'
Ze sleepten de lichamen van Luther en Nola naar de Chevrolet. Toen rende Pratt door het bos terug naar Deborah Cooper en de politieauto's. Hij greep de mobilofoon om de meldkamer te laten weten dat ze het lichaam van Deborah Cooper hadden gevonden en dat ze met een vuurwapen om het leven was gebracht.
Travis nam plaats achter het stuur van de Chevrolet en reed weg. Op het moment dat hij uit de struiken kwam, zag hij een patrouillewagen van het bureau van de sheriff die na het tweede telefoontje van Deborah Cooper ter versterking was opgeroepen door de meldkamer.

Pratt wilde net contact opnemen met de meldkamer toen hij vlak bij zich een politiesirene hoorde. Op de radio werd gemeld dat een auto van de sheriff op Route 1 een zwarte Chevrolet Monte Carlo achtervolgde die in de buurt van Side Creek Lane was gesignaleerd. Chief Pratt meldde dat hij zich direct bij de achtervolging zou aansluiten. Hij startte de motor, zette de sirene aan en reed over de parallelle bosweg. Toen hij Route 1 bereikte, knalde hij haast tegen Travis op. Ze keken elkaar een ogenblik aan: ze waren doodsbang.
Tijdens de achtervolging slaagde Travis erin om de auto van de deputy

sheriff een zwieper te laten maken. Pratt bleef achter hem aan rijden en deed of hij hem achtervolgde. Via de radio gaf hij steeds verkeerde locaties door: hij deed of hij op de weg naar Montburry zat. Hij zette de sirene uit, nam de afslag naar Goose Cove en trof de ander voor het huis. In paniek en ten einde raad stapten de twee mannen uit.

'Ben je gek geworden? Hoe kom je erbij om hier te stoppen?' zei Pratt.

'Quebert is niet thuis,' antwoordde Travis. 'Hij is een tijdje buiten de stad, dat heeft hij aan Jenny Quinn gezegd en die heeft het weer aan mij verteld.'

'Ik heb op alle wegen wegversperringen laten oprichten. Ik kon niet anders.'

'Verdomme!' kreunde Travis. 'Ik zit in de val, verdomme! Wat doen we nu?'

Pratt keek om zich heen. Hij zag de lege garage.

'Zet de auto binnen, doe de deur op de grendel en loop zo snel je kan langs het strand terug naar Side Creek Lane. Doe alsof je het huis van Cooper doorzoekt. Ik ga door met de achtervolging. Vannacht ontdoen we ons van de lichamen. Heb je een jack in de auto liggen?'

'Ja.'

'Trek het aan. Je zit onder het bloed.'

Toen Pratt een kwartier later in de buurt van Montburry de patrouillewagens tegemoet reed die hem kwamen helpen, sloot Travis, met zijn jack aan en in gezelschap van collega's die uit de hele staat waren toegestroomd, de omgeving van Side Creek Lane af, waar het lichaam van Deborah Cooper zojuist was gevonden.

In het holst van de nacht keerden Travis en Pratt terug naar Goose Cove. Ze begroeven Nola op twintig meter van het huis. Pratt had het gebied al bepaald waar gezocht zou worden, samen met Captain Rodik van de Staatspolitie: hij wist dat Goose Cove er geen deel van uitmaakte en dat niemand hier zou komen zoeken. Ze had haar tas nog om haar schouder en die begroeven ze met haar mee, zonder te kijken wat erin zat.

Toen ze de kuil hadden dichtgegooid, ging Travis weer achter het stuur van de zwarte Chevrolet zitten en verdween over Route 1, met Luthers lichaam in de kofferbak. Hij reed naar Massachusetts. Onderweg moest hij twee wegversperringen passeren.

'Papieren,' zeiden de agenten beide keren nerveus toen ze de auto zagen. En iedere keer zwaaide Travis met zijn badge.

'Politie van Aurora, jongens. Ik zit net achter onze man aan.'
De agenten groetten hun collega eerbiedig en wensten hem succes.
Hij reed naar een klein dorpje langs de kust dat hij goed kende: Sagamore. Hij nam de oceaanroute die langs de kliffen van Sunset Cove liep. Daar was een uitgestorven parkeerplaats. Overdag had je er een prachtig uitzicht; hij had Jenny er vaak mee naartoe willen nemen voor een romantisch uitstapje. Hij stopte de auto, zette Luther op de bestuurdersstoel en goot wat goedkope alcohol in zijn mond. Daarna zette hij de auto in zijn vrij en duwde: eerst reed de auto langzaam over de kleine grashelling, toen stortte hij de rotswand af en verdween met een metaalachtig lawaai in de diepte.
Vervolgens liep hij een paar honderd meter terug over de weg. In de berm stond een auto te wachten. Hij nam plaats op de passagiersstoel. Hij zweette en hij zat onder het bloed.
'Gebeurd,' zei hij tegen Pratt, die achter het stuur zat.
De Chief startte de motor.
'We mogen nooit meer spreken over wat er is gebeurd, Travis. En als de auto wordt teruggevonden, stoppen we het in de doofpot. De enige manier om ervoor te zorgen dat we nooit worden lastiggevallen is de verdachte te laten verdwijnen. Duidelijk?'
Travis knikte. Hij stak zijn hand in zijn zak en haalde er de halsketting uit die hij stiekem van Nola's nek had gerukt toen ze haar begroeven. Het was een mooi gouden kettinkje met de naam NOLA erin.

*

Harry was weer op de bank gaan zitten.
'Dus zij hebben Nola, Luther en Deborah Cooper vermoord.'
'Ja. En ze hebben er ook voor gezorgd dat het onderzoek nooit iets zou opleveren. Harry, jij wist dat Nola psychotische aanvallen had, hè? En daar heb je indertijd met dominee Kellergan over gepraat...'
'Dat van die brand, dat wist ik niet. Maar ik had ontdekt dat Nola kwetsbaar was toen ik bij de Kellergans was om hem te confronteren met die mishandelingen. Ik had Nola beloofd dat ik haar ouders niet zou opzoeken, maar ik kon ook niet niks doen, begrijp je? En toen begreep ik dat "de Kellergans" alleen bestond uit de dominee, die al zes jaar weduwnaar was, en dat de situatie hem volkomen boven het hoofd was gegroeid. Hij... Hij weigerde de waarheid onder ogen te zien. Ik moest Nola ver van Aurora brengen om haar te laten behandelen.'

'Dus je wilde met haar weggaan om haar te laten behandelen...'
'Dat werd wel de reden voor mij. We zouden goede artsen bezoeken en ze zou genezen! Ze was een heel bijzonder meisje, Marcus! Ze had een groot schrijver van me kunnen maken, en ik had al haar slechte gedachten kunnen verjagen! Ze inspireerde me, ze leidde me! Ze heeft me mijn hele leven geleid! Dat weet je toch? Dat weet je beter dan wie dan ook!'
'Ja, Harry. Maar waarom heb je niets gezegd?'
'Dat wilde ik wel! En dat had ik ook gedaan als die aantekeningen van jou niet waren uitgelekt. Ik dacht dat je mijn vertrouwen had misbruikt. Ik was woedend op je. Volgens mij wilde ik dat je boek zou mislukken: ik wist dat niemand je nog serieus zou nemen na dat verhaal over haar moeder. Ja, dat is het: ik wilde dat je tweede boek zou mislukken. Zoals het mijne uiteindelijk ook mislukt is.'
We zwegen een ogenblik.
'Het spijt me, Marcus. Ik heb overal spijt van. Je zult wel heel teleurgesteld in me zijn...'
'Nee.'
'Ik weet dat het wel zo is. Je hebt zoveel vertrouwen in mij gesteld. En mijn hele leven is op een leugen gebouwd!'
'Ik heb je altijd bewonderd om wie je bent, Harry. En het maakt me weinig uit of jij dat boek nou geschreven hebt of niet. Als mens heb je me zoveel over het leven geleerd. Dat kan niemand ongedaan maken.'
'Nee, Marcus. Je zult me nooit meer zien zoals tot nu toe. Dat weet je best. Ik ben een bedrieger! Een charlatan! Vandaar dat ik zei dat we geen vrienden meer konden zijn: het is voorbij. Alles is voorbij, Marcus. Jij bent een grote schrijver aan het worden en ik ben niets meer. Jij bent een echte schrijver en dat ben ik nooit geweest. Jij hebt geknokt voor je boek, jij hebt gevochten om je inspiratie terug te vinden, jij hebt een obstakel overwonnen! Terwijl ik in diezelfde situatie vals heb gespeeld.'
'Harry, ik...'
'Zo is het leven, Marcus. En je weet dat ik gelijk heb. Voortaan zul je me niet meer recht in de ogen kunnen kijken. En ik zal jou nooit meer kunnen aankijken zonder een enorme, verwoestende jaloezie te voelen omdat jij geslaagd bent waar ik heb gefaald.'
Hij drukte me tegen zich aan.
'Harry,' mompelde ik. 'Ik wil je niet kwijt.'
'Je redt je uitstekend alleen, Marcus. Je bent een flinke kerel geworden. Een flinke schrijver. Je redt je wel! Dat weet ik gewoon. Hier gaan onze

wegen voor altijd uit elkaar. Dat noemen ze het noodlot. Het is nooit *Schicksal*
mijn lot geweest om een groot schrijver te zijn. Terwijl ik er toch alles
aan heb gedaan om dat te veranderen: ik heb een boek gestolen en dertig
jaar lang gelogen. Maar het lot laat zich niet dwingen: uiteindelijk is het
je altijd de baas.'
'Harry...'
'Het is altijd jouw lot geweest om schrijver te worden. Dat heb ik altijd
geweten. En ik heb altijd geweten dat dit moment zou komen.'
'Je zult altijd mijn vriend blijven, Harry.'
'Marcus, maak je boek af. Maak dat boek over mij af! Nu je alles weet,
moet je de hele wereld de waarheid vertellen. De waarheid zal ons allebei
verlossen. Schrijf de waarheid over de zaak Harry Quebert. Verlos mij
van het kwaad dat al dertig jaar aan me knaagt. Dat is het laatste wat ik
van je vraag.'
'Maar hoe dan? Ik kan het verleden niet uitwissen.'
'Nee, maar je kunt het heden wel veranderen. Dat is de macht van de
schrijver. Het schrijversparadijs, weet je nog? Ik weet zeker dat je weet
wat je moet doen.'
'Harry, jij bent degene die me heeft laten groeien! Jij hebt me gemaakt
tot wie ik ben!'
'Dat is een illusie, Marcus. Ik heb niks gedaan. Je hebt jezelf gemaakt.'
'Dat is niet waar! Ik heb gewoon jouw advies opgevolgd! Ik heb al jouw
eenendertig raadgevingen gevolgd! En zo kon ik mijn eerste boek schrijven! En het tweede! En alle andere! Je eenendertig raadgevingen, Harry? Weet je die nog?'
Hij glimlachte triest.
'Natuurlijk weet ik die nog, Marcus.'

*

Burrows, Kerstmis 1999

'Gelukkig kerstfeest, Marcus!'
'Een cadeau? Bedankt, Harry. Wat is het?'
'Maak maar open. Een minidiskspeler. Dat schijnt het nieuwste van
het nieuwste te zijn. Je maakt continu aantekeningen van wat ik je vertel,
maar dan raak je ze weer kwijt en moet ik alles opnieuw vertellen. Hiermee kun je alles opnemen, dacht ik zo.'

'Goed dan. Begin maar.'
'Wat?'
'Geef maar een eerste advies. Ik ga al je adviezen heel trouw opnemen.'
'Prima. Wat voor adviezen?'
'Weet ik veel... Adviezen voor schrijvers. En voor boksers. En voor mensen.'
'Wat, zoveel? Goed dan. Hoeveel wil je er?'
'Minstens honderd!'
'Honderd? Ik moet er toch een paar voor mezelf houden, anders kan ik je straks niets meer leren.'
'Je zult me altijd iets kunnen leren. Je bent de grote Harry Quebert.'
'Eenendertig raadgevingen zal ik je geven. In de loop van de komende jaren. Niet allemaal tegelijk.'
'Waarom eenendertig?'
'Omdat eenendertig een belangrijke leeftijd is. In de eerste tien jaar word je gevormd als kind. In de tweede tien als volwassene. In de derde tien jaar word je gevormd als mens, of niet. En op je eenendertigste heb je dat allemaal achter de rug. Hoe denk jij dat je eruit zult zien op je eenendertigste?'
'Zoals jij.'
'Kom, geen stomme dingen zeggen. Begin liever met opnemen. Ik ga terugtellen. Raadgeving nummer eenendertig dus, een raadgeving over boeken. Dus hierbij nummer eenendertig: het eerste hoofdstuk is essentieel, Marcus. Als dat de lezers niet bevalt, gaan ze de rest van je boek ook niet lezen. Waarmee ben jij van plan te openen?'
'Dat weet ik nog niet, Harry. Denk je dat het me ooit zal lukken?'
'Wat?'
'Een boek schrijven.'
'Dat weet ik wel zeker.'

*

Hij keek me strak aan en glimlachte.
'Binnenkort word je eenendertig, Marcus. Je hebt het gered. Je bent een geweldig mens geworden. De Geweldenaar worden stelde niets voor, maar dat je een geweldig mens bent geworden is de bekroning van een lange, schitterende strijd met jezelf. Ik ben heel trots op je.'
Hij deed zijn jas aan en knoopte zijn sjaal om.

'Waar ga je heen, Harry?'
'Ik moet weg.'
'Ga nou niet! Blijf!'
'Dat kan niet...'
'Blijf toch, Harry! Blijf nog even!'
'Dat kan niet.'
'Ik wil je niet kwijt!'
'Dag, Marcus. De ontmoeting met jou was de mooiste van mijn leven.'
'Waar ga je naartoe?'
'Ik moet ergens op Nola gaan wachten.'
Hij drukte me weer tegen zich aan.
'Zorg dat je liefde vindt, Marcus. Liefde geeft het leven betekenis. Als je liefhebt, word je sterker. Word je groter. Kom je verder.'
'Harry, laat me niet alleen!'
'Dag, Marcus.'
Hij vertrok. Hij liet de deur openstaan en dat liet ik heel lang zo. Want het was de laatste keer dat ik mijn meester en vriend Harry Quebert zag.

*

Mei 2002, finale van het interuniversitair bokskampioenschap

'Marcus, ben je zover? Over drie minuten ga je de ring in.'
'Ik ben doodsbang, Harry.'
'Natuurlijk. En dat is maar goed ook, want als je niet doodsbang bent, kun je niet boksen. Vergeet niet: je moet boksen alsof je een boek opbouwt... Weet je nog? Hoofdstuk 1, hoofdstuk 2...'
'Ja. Bij één een klap, bij twee de knock-out...'
'Heel goed, kampioen. Oké, ben je klaar? Ha! We staan in de finale van het kampioenschap, Marcus! In de finale! En dan te bedenken dat je kortgeleden nog tegen zandzakken sloeg! Nu sta je in de finale van het kampioenschap! Hoor je de luidspreker? "Marcus Goldman met coach Harry Quebert, universiteit van Burrows!" Dat zijn wij! Kom!'
'Wacht, Harry...'
'Wat?'
'Ik heb een cadeau voor je.'
'Een cadeau? Denk je dat dit daar het moment voor is?'
'Absoluut. Ik wil het je voor de wedstrijd geven. Het zit in mijn tas, pak

het maar. Ik kan het niet zelf doen vanwege mijn handschoenen.'
'Een cd?'
'Ja, een verzameling. Je eenendertig belangrijkste uitspraken. Over boksen, over boeken, over het leven.'
'Dankjewel, Marcus. Ik ben diep ontroerd. Ben je klaar voor de strijd?'
'Meer dan ooit...'
'Nou, kom dan.'
'Wacht, ik heb nog één vraag...'
'Het is tijd, Marcus!'
'Maar het is belangrijk! Ik heb alle disks afgeluisterd en je hebt er nooit antwoord op gegeven.'
'Goed, toe maar. Ik luister.'
'Harry, hoe weet je wanneer een boek af is?'
'Boeken zijn net als het leven, Marcus. Ze zijn nooit echt af.'

EPILOOG

Oktober 2009

(één jaar na de verschijning van het boek)

'Hoe goed een boek is meet je niet alleen aan de laatste woorden af, Marcus, maar aan het effect van alle woorden die daaraan voorafgingen. Ongeveer een halve seconde nadat de lezer het boek uit heeft, als hij het laatste woord net heeft gelezen, moet hij bevangen worden door een hevige emotie: een ogenblik lang moet hij alleen maar denken aan alles wat hij heeft gelezen, dan moet hij naar het omslag kijken en lichtelijk verdrietig glimlachen omdat hij alle personages zo zal missen. Een goed boek, Marcus, is een boek waarvan je het jammer vindt dat het uit is.'

Strand van Goose Cove, 17 oktober 2009

'Het gerucht gaat dat je een nieuw manuscript af hebt, schrijver.'
'Klopt.'
Ik zat met Gahalowood bij de oceaan, we dronken een biertje en keken naar de zon die achter de horizon zakte.
'De nieuwe bestseller van het wonderkind Marcus Goldman!' riep Gahalowood uit. 'Waar gaat het over?'
'U zult het toch wel lezen. U komt er trouwens ook in voor.'
'Echt waar? Mag ik alvast kijken?'
'Zelfs niet in uw dromen, sergeant.'
'Nou ja, als het slecht is, wil ik in elk geval mijn geld terug.'
'Goldman geeft geen geld meer terug, sergeant.'
Hij lachte.
'Zeg eens, schrijver, hoe kwam je er eigenlijk bij om dit huis te herbouwen en er een retraiteoord voor jonge schrijvers van te maken?'
'Zomaar.'
'"Schrijversresidentie Harry Quebert". Klinkt goed, vind ik. Eigenlijk nemen jullie schrijvers het er goed van. Jullie komen hier om naar de oceaan te kijken en boeken te schrijven, dat lijkt mij ook wel wat... Heb je het artikel in *The New York Times* van vandaag gelezen?'
'Nee.'
Hij haalde een krantenbladzijde uit zijn zak en vouwde hem open. Hij las: 'Special: *De meeuwen van Aurora*, de nieuwe roman die u absoluut moet ontdekken. Luther Caleb, die ten onrechte werd beschuldigd van de moord op Nola Kellergan, was in de eerste plaats een schrijver wiens talent door niemand werd herkend. Uitgeverij Schmid & Hanson doet hem recht door postuum het opzienbarende boek uit te geven dat hij schreef over de relatie tussen Nola Kellergan en Harry Quebert. Deze

prachtige roman beschrijft hoe Harry Quebert voor *De wortels van het kwaad* inspiratie putte uit zijn relatie met Nola Kellergan.'

Hij onderbrak zichzelf en barstte in lachen uit.

'Wat is er, sergeant?' vroeg ik.

'Niks. Je bent gewoon een genie, Goldman! Een genie!'

'Niet alleen de politie zorgt voor rechtvaardigheid, sergeant.'

We dronken ons bier op.

'Morgen ga ik terug naar New York,' zei ik.

Hij boog het hoofd.

'Kom af en toe nog eens langs. Om gedag te zeggen. Nou ja, dat zou mijn vrouw leuk vinden.'

'Heel graag.'

'Trouwens, je hebt me nog niet verteld hoe je nieuwe boek heet.'

'*De waarheid over de zaak Harry Quebert.*'

Hij keek peinzend voor zich uit. We liepen terug naar onze auto's. Een vlucht meeuwen doorkliefde de hemel; we keken ze een ogenblik na. Toen vroeg Gahalowood opnieuw: 'En wat ga je nu doen, schrijver?'

'Ooit heeft Harry tegen me gezegd: "Geef je leven zin. Er zijn twee dingen die het leven zin geven: boeken en liefde." De boeken heb ik gevonden. Dankzij Harry. Nu ga ik op zoek naar liefde.'

DE UNIVERSITEIT VAN BURROWS
betuigt haar erkentelijkheid aan

Marcus P. Goldman

Winnaar interuniversitair kampioenschap
boksen 2002

En zijn trainer:
Harry L. Quebert

Dankwoord

Met heel mijn hart bedank ik Erne Pinkas uit Aurora, New Hampshire, voor zijn onmisbare hulp.

Van de Staatspolitie van New Hampshire en Alabama bedank ik sergeant Perry Gahalowood (recherche van de Staatspolitie van New Hampshire) en agent Philip Thomas (Alabama Highway Patrol).

Ten slotte wil ik in het bijzonder mijn erkentelijkheid betuigen aan mijn assistente Denise, zonder wie ik dit boek nooit had kunnen voltooien.